CENAS DA VIDA NA PROVÍNCIA

J.M. COETZEE

Cenas da vida na província

Tradução
Luiz Roberto Mendes Gonçalves
(*Infância*)

José Rubens Siqueira
(*Juventude e Verão*)

Copyright © 1997, 2002, 2009 by J.M. Coetzee

Todos os direitos reservados.

Publicado mediante acordo com Peter Lampack Agency, Inc.

Grafia atualizada segundo o Acordo Ortográfico da Língua Portuguesa de 1990, que entrou em vigor no Brasil em 2009.

Título original
Scenes from Provincial Life (Boyhood, Youth, Summer)

Capa
Thiago Lacaz

Revisão
Renato Potenza Rodrigues
Marise Leal

Dados Internacionais de Catalogação na Publicação (CIP)
(Câmara Brasileira do Livro, SP, Brasil)

Coetzee, J. M.
Cenas da vida na província / J. M. Coetzee ; tradução Luiz
Roberto Mendes Gonçalves, José Rubens Siqueira — 1ª ed. —
São Paulo : Companhia das Letras, 2025.

Título original: Scenes from Provincial Life (Boyhood,
Youth, Summer).
ISBN 978-85-359-4023-7

1. Coetzee, J. M., 1940- — Ficção 2. Escritores — Sul-africanos — Século 20 — Autobiografia — Ficção 3. Sul-africanos
— Inglaterra — Ficção I.Título.

24-233271   CDD-823.914

Índice para catálogo sistemático:
1. Ficção autobiográfica : Literatura inglesa 823.914

Cibele Maria Dias – Bibliotecária – CRB 8/9427

Todos os direitos desta edição reservados à
EDITORA SCHWARCZ S.A.
Rua Bandeira Paulista, 702, cj. 32
04532-002 — São Paulo — SP
Telefone: (11) 3707-3500
www.companhiadasletras.com.br
www.blogdacompanhia.com.br
facebook.com/companhiadasletras
instagram.com/companhiadasletras
x.com/cialetras

Nota do autor

As três partes de *Cenas da vida na província* apareceram antes como *Infância* (1997), *Juventude* (2002) e *Verão* (2009). Foram revisadas para republicação.

Gostaria de expressar minha gratidão a Marilia Bandeira pela ajuda com o português brasileiro, e ao espólio de Samuel Beckett pela permissão de citar *Esperando Godot* (na verdade erroneamente).

INFÂNCIA

1.

Eles moram num conjunto habitacional perto da cidade de Worcester, entre a estrada de ferro e a rodovia Nacional. As ruas do conjunto têm nomes de árvores, mas ainda não têm árvores. O endereço deles é avenida dos Choupos número 12. Todas as casas do conjunto são novas e idênticas. Estão situadas em grandes lotes de terra argilosa e vermelha onde nada cresce, separadas por cercas de arame. Em cada quintal há uma pequena edícula que consiste em um quarto e um banheiro. Apesar de não terem empregada, eles se referem àquilo como "o quarto de empregada" e "o banheiro de empregada". Usam o quarto de empregada para guardar coisas: jornais, garrafas vazias, uma cadeira quebrada, um velho catre de couro.

No fundo do quintal, eles construíram um galinheiro e ali instalaram três galinhas, que deveriam lhes fornecer ovos. Mas as galinhas não produzem. A água da chuva, incapaz de se infiltrar na argila, forma poças no quintal. O galinheiro se transforma num lamaçal malcheiroso. As galinhas têm calombos feios nas pernas, que lembram pele de elefante. Fracas e infelizes, elas pararam de pôr. A mãe dele consultou a irmã em Stellenbosch, e ela disse que só voltarão a pôr se eles cortarem as cascas duras que ficam embaixo da língua. Então a mãe segura as galinhas entre os joelhos, uma a uma, aperta o papo até abrirem o bico, e com a ponta de uma faca de descascar legumes cutuca-lhes a língua. As galinhas gritam e se debatem de olhos arregalados. Ele tem arrepios e se afasta. Lembra-se da mãe batendo a carne para o ensopado no balcão da cozinha e cortando-a em cubos; lembra-se dos dedos ensanguentados dela.

As lojas mais próximas ficam a dois quilômetros, indo pela estrada monótona, ladeada de eucaliptos. Presa naquela casinha no conjunto habitacional, a mãe não tem o que fazer o dia inteiro além de varrer e arrumar. Toda vez que sopra o vento, uma poeira fina de argila ocre penetra sob as portas, passa pelas frestas das janelas, por baixo dos beirais, através das juntas do forro. Depois de um dia inteiro de tempestade, alguns centímetros de terra se amontoam contra a fachada.

Eles compram um aspirador. Todas as manhãs a mãe arrasta o aspirador de quarto em quarto, sugando a poeira para a barriga roncadora, sobre a qual um duende vermelho e sorridente parece saltar uma barreira. Um duende, por quê?

Ele brinca com o aspirador, rasgando papel e vendo voar as tiras para dentro como folhas ao vento. Segura o tubo sobre uma trilha de formigas e as suga para a morte.

Worcester tem formigas, moscas, infestações de pulgas. Worcester fica a apenas cento e quarenta quilômetros da Cidade do Cabo, mas aqui tudo é pior. Ele tem um círculo de picadas de pulga nas pernas, acima das meias, e feridas nos lugares em que coçou. Certas noites não consegue dormir de tanta coceira. Não entende por que precisaram sair da Cidade do Cabo.

A mãe também está impaciente. Se pelo menos eu tivesse

um cavalo, ela diz, poderia ir cavalgar pela savana. Um cavalo!, admira-se o pai. Você quer ser Lady Godiva?

Ela não compra um cavalo. Em vez disso, sem avisar ninguém, compra uma bicicleta, modelo feminino, de segunda mão, pintada de preto. É tão grande e pesada que, quando ele a experimenta no quintal, não consegue girar os pedais.

Ela não sabe andar de bicicleta; talvez também não saiba andar a cavalo. Comprou a bicicleta pensando que seria fácil sair pedalando. E agora não encontra ninguém para ensiná-la.

O pai não consegue esconder a satisfação. Mulheres não andam de bicicleta, ele diz. A mãe continua a desafiá-lo. Não quero ser uma prisioneira nesta casa, ela diz. Serei livre.

No começo, ele achou maravilhoso que a mãe possuísse uma bicicleta. Chegou a imaginar os três pedalando pela avenida dos Choupos — ela, ele e seu irmão. Mas agora, ouvindo as piadas do pai, que a mãe retribui apenas com um silêncio obstinado, começa a hesitar. Mulheres não andam de bicicleta — e se o pai tiver razão? Se a mãe não encontrar alguém disposto a ensiná-la, se nenhuma outra dona de casa de Reunion Park tiver uma bicicleta, talvez as mulheres realmente não devam andar de bicicleta.

No quintal atrás da casa, a mãe tenta aprender sozinha. Com as pernas estendidas até o chão, ela roda pelo caminho que vai até o galinheiro. A bicicleta se inclina e para. Como o modelo não tem o cano do meio, ela não cai, só tropeça um pouco de um jeito bobo, agarrada ao guidom.

O coração dele se volta contra ela. Naquela noite junta-se ao pai na zombaria. Sabe muito bem que é traição. Agora a mãe está sozinha.

Mas ela acaba aprendendo a pedalar, mesmo que de modo hesitante, sem equilíbrio, esforçando-se para girar as pesadas catracas.

Ela faz suas expedições a Worcester de manhã, quando ele está na escola. Só consegue vê-la uma vez, rapidamente, com a bicicleta. Está usando uma blusa branca e saia escura. Desce a avenida dos Choupos em direção à casa. Os cabelos ondulam ao vento. Ela parece jovem, quase uma menina, jovem e viçosa e misteriosa.

Toda vez que o pai vê a pesada bicicleta preta encostada à parede, faz uma piada. Nas piadas os moradores de Worcester interrompem seus afazeres e olham espantados a mulher que passa esfalfando-se na bicicleta. *Créc, créc*, eles gritam, caçoando: Força! As piadas não têm a menor graça, mas ele e o pai sempre riem juntos. Quanto a sua mãe, ela nunca tem uma reação, não possui esse dom. "Podem rir se quiserem", diz.

Então, certo dia, sem explicação, ela deixa de andar de bicicleta. Pouco depois a bicicleta desaparece. Ninguém diz uma palavra, mas ele sabe que ela foi derrotada, posta em seu devido lugar, e sabe que em parte a culpa é dele. Um dia vou me redimir, promete a si mesmo.

A lembrança da mãe na bicicleta não o abandona. Ela pedala pela avenida dos Choupos fugindo dele, fugindo em direção a seus próprios desejos. Ele não quer que ela vá. Não quer que tenha desejos próprios. Quer que esteja sempre em casa, esperando que ele volte. Nem sempre se alia ao pai contra ela: está muito mais inclinado a apoiar a mãe contra o pai. Mas nesse caso fica do lado dos homens.

2.

Ele não conta nada para a mãe. Sua vida escolar é guardada em segredo absoluto. Ela não vai saber de nada, decide, a não ser o que estiver no boletim trimestral, que será impecável. Ele será sempre o primeiro da classe. Seu comportamento será sempre *muito bom*, e o aproveitamento, *excelente*. Enquanto o boletim dele for irretocável, ela não terá o direito de perguntar nada. É o contrato que ele estipula mentalmente.

Acontece que na escola os meninos são castigados. E acontece todos os dias. Mandam os meninos se abaixarem até tocar os dedos dos pés, e então são açoitados com uma vara.

Ele tem um colega na terceira série chamado Rob Hart, que a professora particularmente adora surrar. A professora da terceira série é uma mulher nervosa de cabelos tingidos com hena, chamada srta. Oosthuizen. De algum lugar os pais dele a conhecem por Marie Oosthuizen: ela participa de peças de teatro e nunca se casou. Está claro que ela tem uma vida fora da escola, mas ele não consegue imaginá-la. Não consegue imaginar nenhuma professora tendo uma vida fora da escola.

A srta. Oosthuizen tem acessos de raiva, manda Rob Hart levantar da carteira e inclinar-se, e então lhe bate nas nádegas. Os golpes são rápidos e seguidos, quase sem dar tempo para o bambu ir e voltar. Quando a srta. Oosthuizen termina, Rob Hart fica com o rosto vermelho. Mas ele não chora; na verdade, talvez esteja corado apenas porque estava de cabeça para baixo. A srta. Oosthuizen, por outro lado, tem o peito arfante e parece à beira das lágrimas — das lágrimas e também de outras emanações.

Depois desses rompantes de paixão desenfreada, a classe toda se cala, e continua calada até o sino tocar.

A srta. Oosthuizen nunca consegue fazer Rob Hart chorar; talvez seja isso o que lhe provoca esses acessos de raiva e a faz espancá-lo com tanta força, com mais força do que bate em qualquer outro. Rob Hart é o mais velho da classe, quase dois anos mais velho que ele (o mais jovem); ele tem a sensação de que entre Rob Hart e a srta. Oosthuizen existe alguma coisa que não consegue decifrar.

Rob Hart é alto e bonito, com maneiras atrevidas. Embora Rob Hart não seja inteligente, correndo até o risco de repetir de ano, ele é fascinado pelo colega. Rob Hart faz parte de um mundo no qual ele ainda não descobriu um jeito de entrar: um mundo de sexo e porrada.

Quanto a ele, não sente vontade de ser espancado pela srta. Oosthuizen ou por qualquer outra pessoa. A própria ideia de ser surrado o faz encolher-se de vergonha. Faria qualquer coisa para escapar disso. Nesse sentido, é esquisito, e sabe disso. Vem de uma família esquisita e envergonhada, na qual não apenas não surram as crianças, como tratam as pessoas mais velhas pelo primeiro nome e ninguém vai à igreja e usam sapatos todos os dias.

Todos os professores da escola, homens e mulheres, têm uma vara de bambu que podem usar à vontade. Cada vara tem uma personalidade, um caráter conhecido pelos meninos, que falam sobre elas incansavelmente. Num espírito de profunda sabedoria, os meninos avaliam a personalidade das varas e o tipo de dor que produzem, comparam as técnicas de braço e de pulso dos professores que as aplicam. Ninguém menciona a vergonha de ser chamado, ter de se inclinar e ser açoitado no traseiro.

Sem experiência própria, ele não pode participar dessas conversas. Assim mesmo, sabe que a dor não é a principal coisa a ser considerada. Se os outros garotos podem suportá-la, então ele, que tem muito mais força de vontade, também pode. O que não poderá suportar é a vergonha. A vergonha será tão forte, pensa, tão apavorante que, quando for chamado, se agarrará à escrivaninha, recusando-se a ir. E isso será uma vergonha ainda maior: o fará ser discriminado, e também incitará os outros meninos contra ele. Se um dia acontecer de o chamarem para ser castigado, haverá uma cena tão humilhante que ele nunca mais poderá voltar à escola; no final, não haverá outra saída além do suicídio.

Então é isso o que está em jogo. É por isso que ele nunca faz um ruído na classe. Por isso que está sempre limpo, sempre faz a lição de casa, sempre sabe a resposta. Não arrisca um deslize. Se deslizar, se arrisca a levar uma surra; e caso seja espancado, caso lute para não ser espancado, dá na mesma: ele vai morrer.

O mais estranho é que bastará uma surra para quebrar o terrível feitiço que o domina. Ele sabe bem disso: se de alguma forma o levarem depressa ao espancamento, antes que tenha tempo de se transformar em pedra e resistir, se a violação de seu corpo for efetuada rapidamente, à força, ele conseguirá sair como um garoto normal, capaz de participar tranquilamente das conversas sobre os professores, suas varas e os diversos graus e sabores da dor que produzem. Mas por si mesmo não consegue vencer essa barreira.

Põe a culpa na mãe, por não bater nele. Ao mesmo tempo que ele se sente feliz por usar sapatos, retirar livros na biblioteca pública e não ter que ir à escola quando está resfriado — todas as coisas que o tornam diferente —, ele sente raiva da mãe por não ter filhos normais e não lhes dar uma vida normal. O pai, caso assumisse o comando, os transformaria numa família normal. Seu pai é normal em todos os sentidos. Ele é grato à mãe por protegê-lo da normalidade do pai, quer dizer, das ocasionais e ingênuas crises de raiva e das ameaças de surra. Ao mesmo tempo tem raiva da mãe por transformá-lo numa coisa esquisita, uma coisa que precisa ser protegida para continuar vivendo.

Dentre as varas, não é a da srta. Oosthuizen que mais o impressiona. A mais temível é a do sr. Lategan, o professor de marcenaria. A vara do sr. Lategan não é comprida e flexível, no estilo preferido pela maioria dos professores. Ao contrário, é curta e roliça, mais parecendo uma bengala ou um bastão que uma vara. Comenta-se que o sr. Lategan só a aplica nos garotos maiores, pois seria demais para um menino mais jovem. Comenta-se que o sr. Lategan e sua vara já fizeram até meninos do último ano choramingar e implorar perdão, urinar nas calças e cair em desgraça.

O sr. Lategan é um homem baixo com cabelo militar e bigode. Não tem um dos polegares: o toco é coberto por uma nítida cicatriz arroxeada. O sr. Lategan quase não fala. Está sempre distante, tem um humor irritadiço, como se ensinar marcenaria para meninos pequenos fosse uma função menor, que ele desempenha sem vontade. Na maior parte das aulas, fica junto à janela, olhando para o pátio, enquanto os meninos tentam serrar, medir e aplainar. Às vezes ele segura a vara grossa e a tamborila na perna enquanto rumina. Quando faz a ronda de inspeção, aponta com desdém o que está errado, encolhe os ombros e segue em frente.

É permitido aos meninos fazer piadas sobre os professores e suas varas. Na verdade, esse é um campo em que os mestres admitem até certa provocação. "Faça-a cantar, senhor!", os meninos pedem. O sr. Gouws desce o braço e sua longa vara (a mais comprida da escola, apesar de o sr. Gouws ser apenas o professor da quinta série) assobia no ar.

Ninguém brinca com o sr. Lategan. Existe um respeito pelo sr. Lategan, pelo que ele é capaz de fazer com sua vara a meninos que já são quase homens.

No Natal, quando o pai e os irmãos do pai se reúnem na fazenda, a conversa sempre gira em torno dos tempos de escola. Eles relembram os professores e suas varas; se lembram das frias manhãs de inverno quando a vara deixava vergões azulados em suas nádegas, e o ardor durava dias na memória da carne. Nas palavras deles, há uma nota de nostalgia e temor prazeroso. Ele escuta avidamente, mas disfarça quanto pode. Não quer que, numa pausa da conversa, virem para ele e lhe perguntem sobre o lugar que a vara ocupa em sua própria vida. Nunca foi açoitado e se envergonha profundamente disso. Não pode falar sobre varas do jeito descontraído e experiente desses homens.

Tem a sensação de ser defeituoso. Tem a sensação de que alguma coisa em seu interior está se rompendo lentamente: um muro, uma membrana. Tenta se controlar ao máximo para manter esse rompimento dentro de limites. Para mantê-lo nos limites, e não para impedi-lo: nada poderá impedi-lo.

Uma vez por semana, ele e a classe marcham pelo pátio até o ginásio, para a aula de EF — Educação Física. No vestiário põem camisetas e calções brancos. Então, sob a orientação do sr. Barnard, também vestido de branco, passam meia hora saltando sobre o cavalo, ou atirando a pesada bola de ginástica, ou pulando e batendo palmas sobre a cabeça.

Fazem tudo isso descalços. Dias antes ele teme ficar descalço para a EF, descalçar os pés sempre escondidos. Mas, quando tira os sapatos e as meias, de repente não há mais problema. Precisa simplesmente se distanciar de sua vergonha, passar pelo desnudamento de modo ágil e apressado, e seus pés se tornam apenas pés, iguais aos de qualquer outro. Porém, em algum lugar próximo, a vergonha ainda paira, esperando para retornar, mas é uma vergonha particular, que os outros garotos jamais perceberão.

Seus pés são macios e brancos; fora isso, se parecem com os de todo mundo, mesmo com os dos meninos que não têm sapatos e vão à escola descalços. Ele não gosta da EF e de se despir para a aula, mas diz a si mesmo que é capaz de suportar, assim como suporta outras coisas.

Mas certo dia há uma mudança na rotina. Eles são mandados do ginásio para as quadras de tênis, onde vão aprender a jogar com raquetes de madeira. As quadras são um pouco afastadas; no trajeto ele precisa caminhar com atenção, escolhendo os lugares sem pedrinhas. Sob o sol de verão o saibro da quadra está tão quente que ele saltita de um pé para outro a fim de não se queimar. É um alívio voltar para o vestiário e calçar os sapatos novamente; mas à tarde ele mal consegue andar, e quando a mãe tira seus sapatos em casa, vê que as solas dos pés estão cheias de bolhas e sangrando.

Ele passa três dias em casa se recuperando. No quarto dia volta com um bilhete da mãe, um bilhete cujas palavras indignadas ele compreende e aprova. Como um guerreiro ferido reassumindo o posto nas fileiras, ele manca pelo corredor até a carteira.

"Por que você faltou?", seus colegas sussurram.

"Não conseguia andar, estava com bolhas nos pés por causa do tênis", ele responde.

Ele espera surpresa e simpatia; mas recebe risos. Mesmo os colegas que usam sapatos não levam muito a sério a história. De alguma forma eles também conseguiram ter pés rijos, pés que não empolam. Só ele tem pés macios, e começa a perceber que ter pés macios não é uma marca de distinção. Subitamente está isolado — ele e, por trás dele, a mãe.

3.

Nunca entendeu qual era a posição do pai na casa. Na verdade, não fica claro com que direito o pai está lá. Numa casa normal, ele consegue entender, o pai é o chefe: a casa lhe pertence, a mulher e os filhos vivem sob seu comando. Mas no caso deles, assim como no das duas irmãs de sua mãe, são a mulher e os filhos que formam o núcleo, enquanto o marido não passa de um apêndice, alguém que contribui economicamente como se fosse um inquilino.

Desde que pode se lembrar, ele se sente o príncipe da casa, e vê a mãe como uma incentivadora dúbia e uma protetora ansiosa — ansiosa e dúbia porque, como ele sabe, uma criança não deve mandar. Se pode sentir ciúme de alguém, não é do pai, mas do irmão menor. Pois a mãe também o incentiva e, porque o irmão é inteligente mas não tanto quanto ele, nem tão ousado ou aventureiro, chega a favorecê-lo. Na verdade, ela parece rondar constantemente o irmão, pronta para afastar o perigo;

enquanto, no caso dele, mantém-se um pouco atrás, esperando, ouvindo, pronta para vir se ele chamar.

Gostaria que ela agisse com ele da mesma forma que com o irmão. Mas deseja isso como um sinal, uma prova, nada mais. Sabe que terá um acesso de raiva se um dia ela começar a rondá-lo.

Costuma acuá-la nos cantos e exigir que confesse de quem gosta mais, dele ou do irmão. Ela sempre se esquiva. "Gosto dos dois do mesmo jeito", afirma sorrindo. Mesmo as perguntas mais elaboradas — e se a casa pegasse fogo, por exemplo, e ela só tivesse tempo para salvar um dos dois? — não conseguem pegá-la. "Os dois", ela diz. "Com certeza salvarei os dois. Mas a casa não vai pegar fogo." Embora caçoe da falta de imaginação dela, ele a respeita pela constância tenaz.

Os ataques contra a mãe são uma das coisas que ele precisa manter cuidadosamente em segredo do mundo exterior. Só eles quatro sabem das torrentes de desprezo que despeja sobre ela, tratando-a como uma inferior. "Se seus professores e seus amigos soubessem como você trata sua mãe...", diz o pai, balançando um dedo ameaçador. Ele odeia o pai por enxergar com tanta clareza a brecha em sua armadura.

Gostaria que o pai lhe batesse, transformando-o num menino normal. Ao mesmo tempo sabe que se o pai ousasse lhe dar uma surra, só descansaria depois de se vingar. Se seu pai o surrasse, ele enlouqueceria: ficaria possuído, como um rato acuado, correndo de um lado para outro, mostrando as presas venenosas, perigoso demais para ser tocado.

Em casa, ele é um déspota irascível; na escola, um cordeiro manso e tímido. Senta-se na penúltima fila, a fila mais obscura, para não ser notado, e enrijece de medo quando começam as surras. Levando essa vida dupla, criou para si mesmo um fardo de impostura. Ninguém mais precisa tolerar algo semelhante, nem mesmo seu irmão, que no máximo é uma imitação dele, nervosa e desbotada. Na verdade, ele suspeita que no fundo o irmão seja normal. Ele está sozinho. Não pode esperar a ajuda de ninguém. Cabe a ele mesmo superar de alguma forma a infância, a família e a escola, criar uma nova vida em que não precisará mais fingir.

A infância, segundo a *Enciclopédia das Crianças*, é uma época de felicidade inocente, que se vive nas campinas entre flores e coelhos, ou junto à lareira absorto num livro de contos. É uma visão da infância totalmente alheia a ele. Nada do que vive em Worcester, em casa ou na escola, o faz pensar que a infância seja mais que uma fase de engolir a seco e suportar.

Como não existe clube de lobinhos em Worcester, permitem que ele ingresse na tropa dos escoteiros, apesar de ter só dez anos. Para a estreia como escoteiro, prepara-se minuciosamente. Vai com a mãe à loja para comprar o uniforme: chapéu de feltro duro, marrom, com a insígnia prateada, camisa, calção e meias cáqui, cinto de couro com a fivela dos escoteiros, ombreiras e presilhas para as meias verdes. Ele corta uma lasca de um metro e meio de choupo, retira a casca e passa a tarde com uma chave de fenda em brasa, gravando na madeira branca todo o código Morse e os sinais de trânsito. Vai para a sua primeira reunião dos escoteiros com a lasca pendurada no ombro por um cordão verde que ele mesmo trançou. Ao fazer o juramento e a continência com dois dedos, é, sem dúvida, o que tem o uniforme mais impecável entre os novatos, é o "pés-macios".

Ele descobre que, assim como na escola, ser escoteiro é passar por provas. Para cada prova que a pessoa passa, ela recebe um distintivo, que é costurado na camisa.

As provas são feitas numa sequência predeterminada. A primeira é a dos nós: nó de escota, nó duplo, nó de aboço, catau. Ele é aprovado, mas sem distinção. Não entende bem como alguém passa nas provas dos escoteiros com distinção, com excelência.

A segunda prova vale um distintivo de lenhador. Para passar, ele deve acender o fogo sem usar papel e gastando no máximo três fósforos. No terreno vazio ao lado da igreja anglicana, numa tarde de inverno com vento frio, ele arma uma pilha de gravetos e pedaços de casca, e depois, sob o olhar do líder da tropa e do chefe dos escoteiros, risca os fósforos um a um. O fogo não acende: a cada vez o vento apaga a chama minúscula. O chefe dos escoteiros e o líder da tropa vão embora. Eles não pronunciam as palavras "Você foi reprovado", então ele não tem certeza se fracassou realmente. E se tiverem se afastado para debater, e decidam que por causa do vento a prova foi injusta? Ele espera que voltem. Espera que de qualquer jeito lhe deem o distintivo do lenhador. Mas nada acontece. Ele fica junto do monte de gravetos e nada acontece.

Ninguém volta a tocar no assunto. Foi a primeira prova que ele não passou na vida.

Todas as férias de junho os escoteiros vão para um acampamento. Com exceção de uma semana que passou no hospital, aos quatro anos, ele nunca ficou longe da mãe. Mas está decidido a ir com os escoteiros.

Há uma lista de coisas para levar. Uma delas é um saco de dormir. Sua mãe não tem um saco de dormir, nem sabe bem o que seja. Em vez disso lhe compra um colchão inflável de borracha vermelho. No acampamento, ele descobre que todos os meninos têm sacos de dormir adequados, cáqui. O colchão vermelho imediatamente o distingue dos outros. Isso não é tudo. Ele é incapaz de fazer as necessidades num buraco fedorento cavado na terra.

No terceiro dia de acampamento, eles vão nadar no rio Breede. Embora ele, o irmão e o primo costumassem pegar o trem até Fish Hoek e passar tardes inteiras trepando nas pedras, fazendo castelos de areia e saltando as ondas quando viviam na Cidade do Cabo, ele não sabe nadar de verdade. Agora, como escoteiro, precisa atravessar o rio a nado e voltar.

Ele detesta os rios com sua água turva, a lama que se enfia entre os dedos do pé, as latas enferrujadas e os cacos de vidro em que se pode pisar; prefere a areia branca e limpa da praia. Mesmo assim mergulha e consegue atravessar, debatendo-se. Na margem oposta se agarra à raiz de uma árvore, acha um apoio para o pé e fica ali com água barrenta até a cintura, batendo os dentes.

Os outros meninos chegam e começam a nadar de volta. Ele fica sozinho. Não há o que fazer além de se atirar novamente na água.

No meio da correnteza, sente-se exausto. Desiste de nadar e tenta ficar de pé, mas o rio é fundo demais. Sua cabeça afunda. Ele tenta se reerguer, voltar a nadar, mas não acha forças. Afunda pela segunda vez.

Tem uma visão da mãe sentada numa cadeira de espaldar alto e reto, lendo a carta que relata a morte dele. O irmão está atrás, espiando por sobre o ombro dela.

A próxima coisa que percebe é que está deitado na margem do rio, e o líder da tropa, que se chama Michael e com quem ainda não teve coragem de falar, está montado sobre ele. Fecha os olhos, cheio de alívio. Foi salvo.

Depois disso, pensa em Michael durante semanas, como Michael arriscou a própria vida, mergulhando no rio para salvá-lo. Sente-se maravilhado pelo fato de Michael o ter notado, ter percebido que ele estava se afogando. Comparado a Michael (que está na sétima série e recebeu todas as insígnias, menos as mais avançadas, e será Escoteiro do Rei), ele é desprezível.

24

Seria perfeitamente normal que Michael não o visse afundar, e mesmo que não notasse a falta dele até chegar ao acampamento. Nesse caso, tudo o que se exigiria é que Michael escrevesse a carta para sua mãe, a carta fria e formal começando com: "Lamentamos informar que...".

A partir daquele dia, ele sabe que tem alguma coisa de especial. Deveria ter morrido, mas não morreu. Apesar de não a merecer, foi-lhe dada uma segunda vida. Ele estava morto, mas está vivo.

Não diz uma palavra à mãe sobre o que aconteceu no acampamento.

4.

O grande segredo de sua vida escolar, o segredo que ele não conta para ninguém em casa, é que se tornou católico; para todos os efeitos, ele "é" católico.

É difícil discutir o assunto em casa, porque a família deles não "é" nada. São sul-africanos, é claro, mas mesmo a sul-africanidade é um pouco embaraçosa, e, portanto, não mencionada, pois nem todos os que vivem na África do Sul são sul-africanos ou sul-africanos de fato.

Em termos de religião, eles certamente não são nada. Nem na família do pai, que é muito mais tranquila e comum que a materna, as pessoas vão à igreja. Ele mesmo só esteve numa igreja duas vezes na vida: para ser batizado e para comemorar a vitória na Segunda Guerra Mundial.

A decisão de "ser" católico foi tomada no calor do momento. Em seu primeiro dia na nova escola, quando o resto da classe saiu para se reunir no pátio, ele e três outros novos alunos são retidos. "Qual é a sua religião?", a professora pergunta a cada um.

Ele olha para os lados. Qual é a resposta certa? Que religiões existem para escolher? É como entre russos e americanos? Chega a vez dele. "Qual é a sua religião?", pergunta a professora. Ele está suando, não sabe o que dizer. "Você é cristão, católico romano ou judeu?", ela insiste, impaciente. "Católico romano", ele diz.

Quando termina o interrogatório, ele e outro menino, que disse ser judeu, são instruídos a esperar; os outros dois, que disseram ser cristãos, saem para o pátio.

Eles esperam para saber o que lhes acontecerá. Mas nada acontece. Os corredores estão vazios, e o prédio, silencioso; não se vê um professor.

Os dois saem pelo pátio e juntam-se aos outros meninos deixados para trás. É a temporada das bolas de gude; na estranha calma da quadra vazia, ouvindo arrulhos de pombos no ar e um canto distante e suave, eles jogam as bolinhas de vidro. O tempo passa. Então ouvem o sino que encerra o culto. Os outros meninos voltam do salão, marchando em fileiras separadas por classe. Alguns parecem mal-humorados. "*Jood!*", sibila para ele um menino africânder ao passar: "Judeu!". Quando eles se juntam aos colegas, ninguém sorri.

O episódio o perturba. Espera que, no dia seguinte, ele e os outros novatos sejam retidos mais uma vez e possam fazer uma nova escolha. Então ele, que claramente cometeu um erro, poderá corrigi-lo e ser um cristão. Mas não há uma segunda chance.

Duas vezes por semana repete-se a separação de ovelhas e cabras. Enquanto os judeus e os católicos são deixados para trás, os cristãos vão cantar hinos e ouvir sermões. Para se vingar disso, e para se vingar do que os judeus fizeram a Cristo, os meninos africânderes, grandes, valentões, às vezes pegam um judeu ou um católico e lhe aplicam murros no bíceps, golpes rápidos e maldosos com os nós dos dedos, ou lhe dão uma joelhada no saco, ou torcem seu braço atrás das costas até ele implorar perdão. "*Asseblief!*", o menino choraminga: "Por favor!". "*Jood!*", eles sussurram em resposta. "*Jood! Vuilgoed!*", "Judeu! Nojento!".

Um dia, no intervalo do almoço, dois meninos africânderes o encurralam e o arrastam para o canto mais distante do campo de rúgbi. Um deles é grande e gordo. Ele diz: "*Ek is nie 'n Jood nie*", "Eu não sou judeu". Oferece a bicicleta para que a usem a tarde toda. Quanto mais ele fala, mais o garoto gordo ri. Evidentemente, é disso que ele gosta: as súplicas, a humilhação.

Do bolso da camisa, o gordo tira algo, uma coisa que começa a explicar por que ele foi arrastado para aquele canto tranquilo: uma lagarta verde que se contorce. O colega dele segura seus braços nas costas; o gordo lhe aperta as juntas do maxilar até a boca abrir, então enfia o verme. Ele cospe o bicho já destroçado, já vertendo suas gosmas. O gordo o esmaga, esfregando-o sobre os lábios. "*Jood!*", repete, limpando a mão no capim.

Naquela manhã fatídica, ele escolhera ser católico romano por causa de Roma, por causa de Horácio e seus dois companheiros, de espada na mão, capacete com penacho, uma coragem indômita no olhar, defendendo a ponte sobre o rio Tibre contra as hordas etruscas. Agora, pouco a pouco, ele descobre com os outros meninos católicos o que realmente é ser católico apostólico romano. Ser católico não tem nada a ver com Roma. Os católicos nem sequer ouviram falar em Horácio. Os católicos vão ao catecismo nas tardes de sexta-feira; vão para a confissão; eles recebem a comunhão. É isso que os católicos fazem.

Os meninos católicos mais velhos o cercam e interrogam: ele vai ao catecismo, já se confessou e comungou? Catecismo? Confissão? Comunhão? Ele nem sabe o que significam essas palavras. "Eu ia, na Cidade do Cabo", diz evasivamente. "Onde?", perguntam. Ele não sabe o nome de nenhuma igreja na Cidade do Cabo, mas os outros também não sabem. "Venha ao catecismo na sexta", ordenam-lhe. Quando ele não vai, os meninos informam ao padre que existe um apóstata na terceira série. O padre manda um recado: ele deve frequentar o catecismo. Ele desconfia que tenham forjado a mensagem, mas na sexta-feira seguinte fica em casa, acabrunhado.

Os meninos católicos mais velhos começam a deixar claro que não acreditam em suas histórias de ser católico na Cidade do Cabo. Mas agora ele foi longe demais, não há retorno. Se disser "Cometi um erro, na verdade eu sou cristão", cairá em desgraça. Além disso, mesmo que tenha de suportar as provocações dos africânderes e os interrogatórios dos católicos verdadeiros, isso não vale os dois períodos livres por semana e os momentos de liberdade para passear pelos campos de esportes vazios conversando com os judeus?

Numa tarde de sábado, quando toda Worcester cochila, solapada pelo calor, ele pega a bicicleta e vai até a rua Dorp.

Geralmente passa longe da rua Dorp, porque é onde se localiza a igreja católica. Mas hoje a rua está vazia, sem um som além do murmúrio da água na sarjeta. Ele pedala descontraído, fingindo não olhar.

A igreja não é tão grande quanto ele imaginava. É um prédio baixo e sem graça, com uma estatueta acima do pórtico: a Virgem Maria, de véu, segurando seu bebê.

Ele chega ao final da rua. Gostaria de voltar para dar mais uma olhada, mas tem medo de abusar da sorte, medo de que apareça um padre de batina preta e o mande parar.

Os meninos católicos caçoam dele e fazem comentários irônicos, os cristãos o perseguem, mas os judeus não o julgam. Os judeus fingem não notar. Os judeus também usam sapatos. De algum modo ele se sente à vontade com os judeus. Eles não são tão maus.

No entanto, é preciso ter cuidado com os judeus. Porque eles estão por toda parte, os judeus estão tomando conta do país. Ele escuta isso em todo lugar, mas principalmente entre seus tios, os dois irmãos solteiros de sua mãe, quando vêm visitá-los. Norman e Lance aparecem todo verão, como aves de arribação, embora raramente ao mesmo tempo. Dormem no sofá, acordam às onze da manhã, perambulam pela casa durante horas, seminus e desgrenhados. Ambos têm carros; às vezes ele os convence a levar a irmã e os meninos para um passeio à tarde, mas parece que preferem passar o tempo fumando, bebendo chá e conversando sobre os velhos tempos. Mais tarde jantam, depois jogam pôquer ou *rummy* até meia-noite com qualquer pessoa que consigam manter acordada.

Ele adora ouvir a mãe e os tios contarem pela milésima vez os fatos de sua infância na fazenda. A maior felicidade dele é escutar essas histórias, acompanhadas de brincadeiras e risos. Seus amigos em Worcester não pertencem a famílias com histórias desse tipo. É o que o diferencia: as duas fazendas em seu passado, a fazenda da mãe e a fazenda do pai, e as histórias dessas fazendas. Com as fazendas ele se enraíza no passado; com as fazendas ele ganha substância.

Existe ainda uma terceira fazenda: Skipperskloof, perto de Williston. Sua família não tem raízes lá, é uma fazenda que veio pelo casamento. Apesar disso, Skipperskloof também é importante. Todas as fazendas são importantes. Fazendas são lugares de liberdade, de vida.

Nas histórias que Norman, Lance e a mãe contam, aparecem alguns judeus — engraçados, inteligentes, mas também matreiros e impiedosos como chacais. Os judeus de Oudtshoorn vinham à fazenda todo ano para comprar plumas de avestruz do pai deles, seu avô. Convenceram-no a desistir da lã e trabalhar somente com avestruzes. Avestruzes o fariam rico, disseram.

Então um dia o mercado de plumas de avestruz despencou. Os judeus se recusaram a comprar mais plumas e o avô foi à falência. Todo mundo faliu naquela região, e os judeus tomaram suas fazendas. É assim que os judeus operam, diz Norman: nunca confie num judeu.

O pai objeta. Ele não pode criticar os judeus, afinal é empregado de um judeu. A Conservas Standard, onde ele trabalha como contador, pertence a Wolf Heller. Na verdade, foi Wolf Heller quem o trouxe da Cidade do Cabo para Worcester quando ele perdeu o emprego no serviço público. O futuro da família deles está ligado ao futuro da Conservas Standard, que, nos poucos anos desde que assumiu o comando, Wolf Heller transformou numa gigante do mundo dos alimentos enlatados. O pai diz que há perspectivas maravilhosas na Conservas Standard para alguém como ele, com diploma de advogado.

Por isso Wolf Heller está isento das restrições aos judeus. Wolf Heller trata bem os empregados. No Natal, chega a lhes comprar presentes, embora o Natal nada signifique para os judeus.

Não há crianças Heller na escola de Worcester. Se existem crianças Heller, presumivelmente elas são enviadas para a SACS na Cidade do Cabo, que é uma escola judaica em todos os sentidos, menos no nome. Tampouco existem famílias judias em Reunion Park. Os judeus de Worcester vivem na parte mais antiga, mais verde e sombreada da cidade. Embora haja meninos judeus na classe dele, eles nunca o convidam para suas casas. Ele só os vê na escola, se aproxima mais no horário do culto, quando judeus e católicos são isolados e submetidos à ira dos cristãos.

De vez em quando, porém, por motivos que não ficam claros, a dispensa que lhe dá liberdade durante os cultos é cancelada, e eles são convocados ao salão.

O salão está sempre lotado. Os meninos mais velhos ocupam

os bancos, enquanto os menores se amontoam no chão. Os judeus e católicos — talvez vinte ao todo — abrem caminho entre eles, procurando espaço. Mãos sub-reptícias agarram seus tornozelos, tentando fazê-los tropeçar.

O clérigo já se encontra no palco, um rapaz pálido de terno preto e gravata branca. Ele prega com voz aguda e cantada, prolongando as vogais e pronunciando pontuadamente cada letra de cada palavra. Quando termina a pregação, eles têm de se levantar para rezar. Qual é a atitude adequada para um católico durante uma oração cristã? Ele deve fechar os olhos e mover os lábios ou fingir que não está lá? Não consegue ver nenhum dos verdadeiros católicos; adota uma expressão vazia e deixa os olhos perderem o foco.

O clérigo se senta. Livros de salmos são distribuídos; é hora da cantoria. Uma das professoras se adianta para reger. *"Al die veld is vrolik, al die voëltjies sing"*, cantam os menores. Então os maiores se levantam: *"Uit die blou van onse hemel"*, entoam com suas vozes mais graves, em posição de sentido, olhando com firmeza para a frente. É o hino nacional, o hino nacional deles. Hesitantes, nervosos, os menores aderem. Inclinando-se sobre eles, acenando os braços como se estivesse agarrando penas, a professora tenta animá-los, dar-lhes coragem. *"Ons sal aatwoord op jou roepstem, ons sal offer wat jy vra"*, cantam: "Atenderemos ao teu chamado".

Finalmente termina. Os professores descem da plataforma, primeiro o diretor, depois o clérigo, depois os outros. Os meninos saem do salão enfileirados. Um murro lhe atinge um dos rins, um direto, curto e rápido, invisível. *"Jood!"*, uma voz sussurra. Então ele sai, está livre, pode respirar novamente o ar fresco.

Apesar das ameaças dos verdadeiros católicos, apesar da possibilidade iminente de que o padre visite seus pais e o desmascare, ele agradece à inspiração que o fez escolher Roma. É grato à Igreja que lhe dá abrigo; não se arrepende, não quer deixar de ser católico. Se ser cristão significa cantar hinos, escutar sermões e depois sair para atormentar os judeus, ele não tem vontade de ser cristão. Não tem culpa se os católicos de Worcester são católicos sem ser romanos, se não sabem nada sobre Horácio e seus companheiros defendendo a ponte no Tibre ("Tibre, pai Tibre, a quem os romanos oram"), sobre Leônidas e seus espartanos guardando o passo nas Termópilas, sobre Rolando em guarda no paço contra os sarracenos. Ele não consegue pensar em nada mais heroico do que proteger um caminho, nada mais nobre que dar a própria vida para salvar outras pessoas, que mais tarde chorarão sobre o seu cadáver. É isso que gostaria de ser: um herói. É isso que deveria significar o verdadeiro catolicismo romano.

É uma noite fresca de verão, depois do dia quente e longo. Ele está no jardim público, onde jogou críquete com Greenberg e Goldstein: Greenberg, que é bom nos estudos mas não no críquete; Goldstein, que tem grandes olhos castanhos, usa sandálias e é ousado. É tarde, passa bastante das sete e meia. A não ser pelos três, o jardim está deserto. Tiveram de desistir do jogo: está escuro demais para ver a bola. Então lutam como se fossem crianças novamente, rolam pela grama fazendo cócegas uns nos outros, riem e gritam. Ele se levanta, respira fundo. Uma onda de felicidade o envolve. Pensa: "Nunca fui tão feliz na vida. Gostaria de ficar com Greenberg e Goldstein para sempre".

Eles vão embora. É verdade. Ele gostaria de viver assim para sempre, pedalando pelas ruas largas e vazias de Worcester num entardecer de verão, quando todas as outras crianças foram recolhidas e só ele está fora de casa, como um rei.

5.

Ser católico é uma parte de sua vida restrita à escola. Preferir os russos aos americanos é um segredo tão sombrio que ele não pode revelar a ninguém. Gostar dos russos é um assunto grave. Pode levá-lo ao ostracismo. Pode mandá-lo para a cadeia. Numa caixa em seu armário, ele guarda o caderno de desenhos que fez no auge da paixão pelos russos, em 1947. Os desenhos, em lápis preto grosso, colorido com lápis de cera, mostram aviões russos abatendo aviões americanos no céu, navios russos afundando navios americanos. Apesar de já ter diminuído o fervor daquele ano, quando uma onda de inimizade pelos russos subitamente explodiu no rádio, e todo mundo teve de assumir posições, ele mantém sua lealdade secreta: lealdade aos russos, mas ainda mais lealdade a si mesmo, do jeito que ele era quando fez os desenhos.

Ninguém aqui em Worcester sabe que ele gosta dos russos. Na Cidade do Cabo, havia seu amigo Nicky, com quem brincava de guerra com soldadinhos de chumbo e um canhão de mola que disparava palitos de fósforo; mas quando descobriu que sua simpatia era perigosa, e o que ele poderia perder, primeiro fez Nicky jurar segredo e, depois, para garantir, disse-lhe que havia trocado de lado e que agora gostava dos americanos.

Em Worcester, só ele gosta dos russos. A lealdade à Estrela Vermelha é sua marca de distinção.

De onde ele tirou essa extravagância, que a si mesmo parece estranha? O nome de sua mãe é Vera: Vera, com a gélida inicial V, uma flecha mergulhando para baixo. Vera é um nome russo, ela lhe disse certa vez. Quando os russos e os americanos foram apresentados diante dele como antagonistas entre os quais precisava escolher ("Quem você prefere, Smuts ou Malan? Quem você prefere, o Super-Homem ou o Capitão Marvel? Quem você prefere, os russos ou os americanos?"), ele preferiu os russos da mesma forma que escolheu os romanos: porque gosta da letra *r*, principalmente do *R* maiúsculo, a letra mais forte de todas.

Escolheu os russos em 1947, quando todo mundo escolhia os americanos. Depois da decisão, atirou-se nos livros sobre eles. Seu pai tinha uma história da Segunda Guerra Mundial em três volumes. Ele adorava aqueles livros e mergulhou neles, mergulhou nas fotografias dos soldados russos de uniforme branco de esquiador, os soldados russos com submetralhadoras, protegendo-se nas ruínas de Stalingrado, os comandantes de tanques russos encarando o que vinha adiante com os binóculos. (O tanque russo T-34 era o melhor do mundo, melhor que o Sherman americano e melhor até que o Tiger alemão.) Viu e reviu uma pintura de um piloto russo, conduzindo seu bombardeiro sobre uma coluna de tanques alemães destruídos e em chamas. Ele adotou tudo o que era russo. Adotou o sério, mas paternal, marechal de campo Stálin, o maior e mais visionário estrategista da guerra; adotou o cão de caça russo *borzoi*, o mais ágil de todos os cães. Ele sabia tudo sobre a Rússia: a área em quilômetros quadrados, a produção de carvão e aço em toneladas, a extensão de todos os grandes rios, o Volga, o Dnieper, o Ienissei, o Ob.

Depois percebeu, pela desaprovação dos pais, pela surpresa dos amigos, pelo que eles diziam quando contavam sobre ele aos próprios pais: gostar dos russos não fazia parte do jogo, não era permitido.

Parece que sempre alguma coisa dá errado. Tudo o que ele quer, tudo de que gosta, mais cedo ou mais tarde tem de virar segredo. Ele começa a pensar em si mesmo como uma daquelas aranhas que vivem num buraco na terra, fechado com um alçapão. A aranha precisa ficar sempre recuando para o buraco e fechando o alçapão, se isolando do mundo, se escondendo.

Em Worcester, mantém o passado russo em segredo, esconde o caderno de desenhos condenável, com seus rastros de fumaça dos caças inimigos espatifando-se no mar, e os encouraçados deslizando com a proa sob as ondas. Ele troca o desenho por jogos imaginários de críquete. Usa uma raquete de tênis de praia e uma bola de tênis. O desafio é manter a bola no ar o maior tempo possível. Durante horas rodeia a mesa da sala de jantar batendo a bola no ar. Todos os vasos e enfeites foram removidos; toda vez que a bola bate no teto, desce uma fina nuvem de poeira vermelha.

Ele joga partidas inteiras, onze batedores de cada lado, cada um dando duas tacadas. Cada acerto vale por uma volta. Quando sua atenção vacila e ele erra a bola, um batedor sai e ele marca a pontuação numa tabela. As somas são enormes: quinhentas, seiscentas voltas. Uma vez a Inglaterra marcou mil voltas, o que nenhum time de verdade jamais fez. Às vezes a Inglaterra ganha, às vezes a África do Sul; mais raramente, Austrália ou Nova Zelândia.

A Rússia e os Estados Unidos não jogam críquete. Os americanos jogam beisebol; os russos parecem não jogar nada, talvez porque lá esteja sempre nevando.

Ele não sabe o que os russos fazem quando não estão em guerra.

Não conta aos amigos sobre os jogos de críquete privados, guarda-os para casa. Certa vez, nos primeiros meses em Worcester, um menino de sua classe foi entrando pela porta da frente e o encontrou deitado de costas embaixo de uma cadeira.

"O que está fazendo aí?", perguntou.

"Pensando", ele respondeu distraidamente. "Gosto de pensar."

Logo todos os colegas de classe ficaram sabendo: o garoto novo era estranho, não era normal. A partir desse erro, ele aprendeu a ser mais prudente. E parte de ser prudente implica sempre contar menos, em vez de mais.

Ele também joga críquete de verdade, se houver alguém disposto. Mas o críquete de verdade na praça vazia no meio de Reunion Park é lento demais para ele suportar: a bola sempre escapa ao rebatedor, escapa ao apanhador e desaparece. Ele detesta procurar bolas perdidas. Também detesta a posição de *fielding*, no chão pedregoso, que faz as mãos e os joelhos sangrarem toda vez que cai. Ele quer bater ou arremessar, só isso.

Adula o irmão, apesar de o irmão ter apenas seis anos, prometendo deixá-lo usar seus brinquedos, se ficar arremessando para ele no quintal. O irmão arremessa por algum tempo, depois fica aborrecido, cansado e se refugia dentro de casa. Ele tenta ensinar a mãe a arremessar, mas ela não consegue dominar o movimento. Enquanto ele se exaspera, ela se sacode, rindo da própria falta de jeito. Então ele permite que ela jogue a bola, em vez de arremessar. No fim, o espetáculo que pode ser visto facilmente da rua é vergonhoso demais: uma mãe jogando críquete com o filho.

Ele corta uma lata de apresuntado ao meio e prega a parte

inferior num braço de madeira de sessenta centímetros. Monta o braço num eixo que atravessa os lados de um caixote cheio de tijolos. O braço é impelido adiante por uma tira de borracha, puxado por uma corda que passa por um gancho no caixote. Põe uma bola na cuia de lata, afasta-se cerca de dez metros, puxa a corda até esticar a borracha, segura a corda debaixo do calcanhar, posiciona-se para dar a tacada e solta a corda. Às vezes a bola dispara para o céu, às vezes vem direto contra sua cabeça; mas de vez em quando voa a uma distância adequada, e ele consegue acertá-la. Fica satisfeito com isso: arremessou e rebateu sozinho. Ele triunfou, nada é impossível.

Certo dia, num clima de total intimidade, ele pede que Greenberg e Goldstein lhe contem suas lembranças mais antigas. Greenberg se recusa: não quer participar desse jogo. Goldstein conta uma história comprida e sem sentido sobre ter sido levado à praia, uma história que ele mal escuta, porque o objetivo do jogo é, obviamente, permitir que ele conte a sua primeira lembrança.

Está debruçado na janela do apartamento deles em Joanesburgo. Anoitece. Ao longe vem um carro em disparada pela rua. Um cachorro, pequeno e malhado, corre na frente dele. O carro atinge o cachorro: as rodas passam bem pela metade do animal. Com as pernas traseiras paralisadas, o cão se arrasta, ganindo de dor. Com certeza vai morrer; mas nesse ponto ele é afastado da janela.

É uma primeira lembrança magnífica, superando qualquer coisa que o pobre Goldstein possa inventar. Mas será verdade? Por que ele estava debruçado na janela olhando para a rua vazia? Realmente viu o carro atropelar o cachorro ou apenas escutou um cachorro ganindo e correu para a janela? É possível que tenha visto somente um cão arrastando os quadris e tenha inventado o carro, o motorista e todo o resto da história?

Há outra primeira lembrança, que ele acredita ser mais verdadeira, mas que jamais contaria, certamente não para Greenberg e Goldstein, que espalhariam pela escola e o transformariam em motivo de piada.

Está sentado ao lado da mãe num ônibus. Deve fazer frio, porque ele usa calça de lã vermelha e um boné de lã com aba. O motor do ônibus ronca; estão subindo a agreste e desolada passagem do Swartberg.

Em sua mão há uma embalagem de doces. Ele segura o papel pela fresta da janela. O papel tremula e se debate ao vento.

"Posso soltar?", pergunta à mãe.

Ela assente. Ele solta o papel.

A tira de papel sobe voando. Abaixo não há nada além do ameaçador abismo, rodeado por cumes frios. Virando-se para trás, ele ainda consegue vislumbrar o papel, que continua voando bravamente.

"O que vai acontecer com o papel?", pergunta para a mãe; mas ela não entende.

Essa é a outra primeira lembrança, a secreta. Pensa o tempo todo naquele pedaço de papel, sozinho na imensidão, que ele abandonou quando não devia. Um dia precisa voltar à passagem do Swartberg para encontrar e resgatar o papel. Esse é o dever dele: não pode morrer antes de fazer isso.

A mãe tem o maior desprezo por homens "com mãos inúteis", entre os quais ela inclui o pai dele, mas também os irmãos dela, principalmente o mais velho, Roland, que poderia ter mantido a fazenda se trabalhasse bastante para pagar as dívidas, mas não trabalhou. Dos vários tios pelo lado do pai (são seis de sangue e mais cinco por casamento), o que ela mais admira é Joubert Olivier, que instalou um gerador elétrico em Skipperskloof e aprendeu sozinho a ser dentista. (Numa das visitas do tio Joubert à fazenda, ele teve dor de dente. O tio o fez sentar numa cadeira embaixo de uma árvore e, sem anestesia, desgastou a cavidade e a obturou com látex. Ele nunca sofreu tanto na vida.)

Quando alguma coisa se quebra — pratos, bibelôs, brinquedos —, a mãe a conserta sozinha, com barbante ou cola. As coisas que ela amarra se soltam, pois não sabe dar nós. As coisas que cola se desprendem; ela culpa a cola.

As gavetas da cozinha estão cheias de pregos tortos, pedaços de barbante, bolas de papel-alumínio, selos velhos.

"Por que estamos guardando isso?", ele pergunta.

"Podemos precisar", ela retruca.

Quando está irritada, sua mãe censura toda a educação pelos livros. As crianças deveriam ser mandadas para escolas técnicas e depois começar a trabalhar, ela diz. Estudar é uma besteira. É melhor aprender a fazer armários, a trabalhar a madeira. Perdeu o encanto pela fazenda: agora que os agricultores subitamente ficaram ricos, deram para a preguiça e para a ostentação.

Porque o preço da lã disparou. Segundo o rádio, os japoneses estão pagando uma libra por libra das de melhor qualidade. Os criadores de ovelhas estão comprando carros novos e passando férias na praia.

"Você deve nos dar um pouco do seu dinheiro, já que está tão rico", ela diz ao tio Son numa das visitas a Voëlfontein. Sorri enquanto fala, fingindo que é uma piada, mas não tem graça. Tio Son fica sem jeito, murmura uma resposta que ele não entende.

A fazenda não deveria ter ficado só para o tio Son, a mãe lhe conta: era herança dos doze filhos e filhas, em partes iguais. Para evitar que fosse arrematada em leilão por algum estranho, todos concordaram em vender suas partes para Son; cada um saiu com promissórias de algumas libras. Hoje, por causa dos

40

japoneses, a fazenda vale milhares de libras. Son deveria dividir o dinheiro.

Ele se envergonha da mãe por causa da crueza com que ela fala de dinheiro.

"Você deve se tornar médico ou advogado", ela lhe diz. "Esses é que ganham dinheiro."

Mas, em outros momentos, ela diz que os advogados são todos larápios. Ele não pergunta como seu pai se enquadra nisso, o pai, um advogado que não ganhou dinheiro.

Os médicos não se interessam pelos pacientes, ela diz. Só sabem dar comprimidos. Os médicos africânderes são os piores, porque além de tudo são incompetentes.

A mãe diz tantas coisas diferentes em ocasiões diferentes que ele não sabe o que ela realmente pensa. Ele e o irmão discutem com a mãe, mostram as contradições. Se ela considerava os agricultores melhores que os advogados, então por que tinha se casado com um advogado? Se achava besteira estudar com os livros, por que se tornara professora? Quanto mais discutem, mais ela sorri. Sente tanto prazer, vendo a habilidade dos filhos com as palavras, que aceita todas as opiniões, mal se defendendo, querendo que eles ganhem.

Ele não compartilha esse prazer. Não vê graça nessas discussões. Gostaria que ela acreditasse em alguma coisa. Suas opiniões generalizadas, nascidas de estados de espírito passageiros, o exasperam.

Quanto a ele, provavelmente será professor. Essa será sua vida quando crescer. Parece um tipo de vida entediante, mas que mais poderia fazer? Durante muito tempo quis ser condutor de locomotiva. "O que vai ser quando crescer?", perguntavam as tias e os tios. "Maquinista!", ele afirmava, e todos assentiam, sorrindo. Agora ele entende que "maquinista" é o que devem dizer todos os meninos pequenos, assim como as meninas devem dizer "enfermeira". Agora ele não é mais pequeno, pertence ao mundo dos grandes; terá de abandonar a fantasia de conduzir um grande cavalo de ferro e ser realista. Ele vai bem na escola, não há mais nada em que se considere bom; portanto, continuará na escola, galgando a hierarquia. Um dia, talvez, chegue a ser um inspetor. Mas ele não quer trabalhar num escritório: como pode alguém trabalhar de manhã à noite com apenas duas semanas de férias por ano?

Que tipo de professor será? Não consegue se imaginar com nitidez. Vê uma figura de blazer e calça de flanela cinza (é o que todos os professores parecem usar) andando por um corredor com livros embaixo do braço. É somente uma impressão, que desaparece num instante. Não consegue ver o rosto.

Tem esperança de que, quando o dia chegar, não seja mandado para ensinar num lugar como Worcester. Mas talvez Worcester seja um purgatório por onde é preciso passar. Talvez Worcester seja o lugar aonde as pessoas são enviadas como teste.

Um dia mandam fazer uma redação: "O que eu faço durante as manhãs". A ideia era que escrevessem sobre as coisas que fazem antes de ir para a escola. Ele sabe o que se deve dizer: que ele arruma a própria cama, que lava a louça do café da manhã, prepara os próprios sanduíches para o almoço. Embora, na verdade, não faça nada disso — é a mãe quem faz por ele —, mente suficientemente bem para não ser descoberto. Mas se excede ao descrever como engraxa os sapatos. Nunca engraxou os sapatos na vida. Na redação, ele diz que se usa a escova para remover a poeira, depois usa um trapo para aplicar graxa no calçado. A srta. Oosthuizen põe um grande ponto de exclamação azul na margem, ao lado desse trecho. Ele fica mortificado, reza para que ela não o chame à frente da classe para ler o texto. Naquela tarde, observa cuidadosamente a mãe engraxar os sapatos dele, para que não volte a errar.

Deixa a mãe engraxar seus sapatos assim como a deixa fazer qualquer coisa que queira para ele. A única coisa que não lhe permite mais é entrar no banheiro quando está nu.

Ele sabe que é um mentiroso, sabe que é mau, mas se recusa a mudar. Não muda porque não quer. Sua diferença em relação aos outros meninos pode estar ligada à mãe e à família estranha, mas também está ligada a suas mentiras. Se ele parasse de mentir, teria de engraxar os sapatos, falar educadamente e fazer tudo o que os meninos normais fazem. Nesse caso, não seria mais ele mesmo. E se deixasse de ser ele mesmo, qual seria a razão de viver?

Ele é um mentiroso e também um coração de pedra: mentiroso para o mundo em geral, coração de pedra com sua mãe. Percebe que ela se entristece ao ver que ele se afasta cada vez mais dela. No entanto, ele enrijece o coração e não cede. A única desculpa é também ser impiedoso consigo mesmo. Ele mente, mas não para si próprio.

"Quando você vai morrer?", pergunta à mãe um dia, desafiador, surpreso com a própria ousadia.

"Eu não vou morrer", ela retruca. Fala em tom alegre, mas há certa falsidade nessa alegria.

"E se você tiver câncer?"

"Você só tem câncer se levar pancadas no peito. Eu não vou ter câncer. Vou viver para sempre. Não vou morrer."

Ele sabe por que ela está dizendo isso. Diz isso por ele e por seu irmão, para que não se preocupem. Parece tolice, mas ele é grato a ela por isso.

Não pode imaginar que a mãe morra. Ela é a coisa mais sólida em sua vida. É o rochedo que o sustenta. Sem ela, ele não seria nada.

A mãe protege cuidadosamente os seios de possíveis golpes. A primeira lembrança dele, anterior ao cachorro, anterior ao pedaço de papel, é a dos seios brancos da mãe. Suspeita que os tenha machucado quando era criança, dado socos, do contrário ela não os negaria a ele agora com tanta veemência, ela que não lhe nega nada.

O câncer é o grande medo da vida dela. Quanto a ele, aprendeu a levar a sério as dores, a tratar qualquer espasmo como sinal de apendicite. A ambulância conseguirá chegar ao hospital antes que seu apêndice estoure? Ele acordará da anestesia? Não gosta da ideia de ser cortado por um médico estranho. Por outro lado, seria bom ter uma cicatriz depois para mostrar aos outros.

Quando distribuem amendoins e passas no recreio da escola, ele sopra a fina casca vermelha do amendoim, que tem fama de se acumular no apêndice e causar infecção.

Ele se absorve em suas coleções. Coleciona selos. Coleciona soldadinhos de chumbo. Coleciona figurinhas — figurinhas dos jogadores de críquete australianos, dos jogadores de futebol ingleses, dos automóveis do mundo. Para conseguir as figurinhas, precisa comprar maços de cigarros feitos de *nougat* e açúcar cristalizado, com a ponta pintada de rosa. Os bolsos estão cheios de cigarros melados e retorcidos que ele esqueceu de comer.

Nos fins de semana, passa horas com seu jogo do Engenheiro Mecânico, para provar à mãe que também é bom com as mãos. Constrói um moinho com um conjunto de polias, cujas pás giram tão depressa que se pode sentir a brisa do outro lado do quarto.

Corre pelo quintal atirando a bola de críquete para o alto e agarrando-a sem quebrar o passo. Qual a verdadeira trajetória da bola: ela sobe reta e desce reta, como ele vê, ou sobe e desce em curvas, como enxergaria um observador parado? Quando fala sobre isso com a mãe, vê o desespero nos olhos dela: ela sabe que coisas assim são importantes para ele, e gostaria de entender por quê, mas não consegue. De sua parte, ele gostaria que ela se interessasse pelas coisas por si própria, e não porque interessam a ele.

Quando há alguma coisa prática a ser feita que ela não consegue fazer, como consertar uma torneira vazando, ela chama um homem de cor na rua, qualquer homem, qualquer passante. Por que, ele pergunta em desespero, ela tem tanta fé nas pessoas de cor? Porque elas estão acostumadas a trabalhar com as mãos, ela responde.

Parece bobagem acreditar nisso — que por não ter ido à escola alguém deve saber como consertar uma torneira ou um fogão, mas é tão diferente do que pensam as pessoas em geral, tão excêntrico que, apesar de tudo, ele acha adorável. Prefere que a mãe espere maravilhas das pessoas de cor a não esperar nada delas.

Ele está sempre tentando compreender a mãe. Os judeus são exploradores, ela diz; no entanto, prefere médicos judeus porque sabem o que fazem. As pessoas de cor são o sal da terra, ela diz, no entanto ela e suas irmãs estão sempre fofocando sobre falsos brancos com um passado negro secreto. Ele não compreende como ela consegue ter tantas opiniões contraditórias ao mesmo tempo. Mas pelo menos tem opiniões. Os irmãos dela também. Tio Norman acredita em Nostradamus e suas profecias sobre o fim do mundo; acredita em discos voadores que aterrissam durante a noite e levam pessoas embora. Ele não consegue imaginar o pai ou a família do pai falando sobre o fim do mundo. O único objetivo na vida deles é evitar polêmicas, não ofender ninguém, serem amáveis o tempo todo; comparados com a família da mãe, a família do pai é insossa e chata.

Ele é muito próximo da mãe, e ela é muito próxima dele. É por isso que, apesar de ele caçar e ter outras atividades masculinas quando vai à fazenda, a família de seu pai nunca sentiu grande afeição por ele. Talvez sua avó tenha sido rígida ao negar abrigo aos três durante a guerra, quando viviam com uma parcela do soldo de suboficial, pobres demais para comprar manteiga ou chá. No entanto, o instinto dela estava certo. Sua avó não ignora o sombrio segredo da avenida dos Choupos número 12, de que o primogênito é o mais importante da casa, depois o segundo filho, e o homem, o marido, o pai, é o último. Ou a mãe não se importa em esconder da família do pai essa transgressão da ordem natural, ou o pai anda se queixando em particular. Seja qual for o caso, sua avó não concorda e não esconde a sua reprovação.

Às vezes, quando se envolve numa discussão com o marido e quer marcar um ponto, a mãe se queixa amargamente do tratamento frio que recebe da família dele. No entanto, em geral — pelo bem do filho, porque sabe como a fazenda é importante na vida dele, porque não pode oferecer nada em troca —, ela tenta ser simpática com eles de um modo que ele acha tão repugnante como as suas piadas sobre dinheiro, piadas que não são piadas.

Ele gostaria que sua mãe fosse normal. Se ela fosse, ele poderia ser também.

É a mesma coisa com as duas irmãs dela. Cada uma tem um filho, que tratam com uma solicitude sufocante. O primo Juan, de Joanesburgo, é seu melhor amigo no mundo: eles trocam cartas, aguardam com expectativa as férias juntos na praia. Contudo, ele não gosta de ver Juan obedecer descaradamente a todas as ordens da mãe, mesmo quando ela não está por perto para conferir. Dos quatro meninos, ele é o único que não é totalmente dominado pela mãe. Libertou-se, pelo menos em parte: tem seus próprios amigos, que escolheu por si mesmo, sai de bicicleta sem dizer aonde vai ou quando voltará. Os primos e o irmão não têm amigos. Ele os vê como meninos pálidos,

46

tímidos, sempre em casa sob a vista de suas mães ferozes. O pai chama as três irmãs-mães de as três bruxas. *"Double, double, toil and trouble"*, diz, citando *Macbeth*. Deliciado, cheio de malícia, ele imita o pai.

Quando está especialmente aborrecida com a vida dela em Reunion Park, sua mãe lamenta não ter se casado com Bob Breech. Ele não leva a sério seus lamentos. Mas ao mesmo tempo não pode acreditar no que ouviu. Se ela tivesse se casado com Bob Breech, onde ele estaria? Quem ele seria? Seria o filho de Bob Breech? O filho de Bob Breech seria ele?

Existe apenas uma prova da existência do verdadeiro Bob Breech. Ele a encontra por acaso num dos álbuns da mãe: uma foto desfocada de dois rapazes com calças compridas brancas e paletós escuros, de pé na praia, cada um com o braço sobre o ombro do outro, os olhos apertados por causa do sol. Ele conhece um dos dois: o pai de Juan. Quem é o outro homem?, pergunta à mãe. Bob Breech, ela responde. E onde ele está agora? Morreu, ela diz.

Ele examina bem o rosto do falecido Bob Breech. Não se acha nada parecido.

Não pergunta mais. Mas, escutando as irmãs, juntando as peças, descobre que Bob Breech tinha vindo à África do Sul por questões de saúde; e depois de um ou dois anos voltou para a Inglaterra e lá morreu. Morreu de tuberculose, mas fica implícito que uma desilusão pode ter contribuído para o seu fim, uma desilusão causada por uma jovem professora desconfiada, de olhos e cabelos escuros, que conheceu em Plettenberg Bay e que não quis se casar com ele.

Ele adora folhear os álbuns de sua mãe. Por mais desfocada que esteja a fotografia, sempre consegue distinguir sua mãe no grupo: aquela em cujo olhar tímido, defensivo, ele reconhece a si mesmo. Nos álbuns, ele acompanha a vida dela nos anos 1920 e 1930: primeiro as fotos dos times de hóquei e tênis, depois as da viagem à Europa: Escócia, Noruega, Suíça, Alemanha; Edimburgo, os fiordes, os Alpes, Bingen sobre o Reno. Entre as recordações há um interessante lápis de Bingen, com um minúsculo buraco do lado por onde se enxerga um castelo encarapitado num penhasco.

Às vezes folheiam os álbuns juntos, ele e a mãe. Ela suspira e diz que gostaria de rever a Escócia, os campos floridos de roxo e azul. Ele pensa: minha mãe tinha uma vida antes de eu nascer e essa vida ainda vive nela. De certa forma, ele fica feliz por ela, já que ela não tem mais uma vida própria.

O mundo de sua mãe é bem diferente do mundo do álbum de fotografias do pai, no qual sul-africanos de uniforme cáqui posam diante das pirâmides do Egito ou das ruínas de cidades italianas. Mas ele passa menos tempo vendo as fotos do álbum do pai do que os fascinantes panfletos entremeados a elas, os panfletos atirados por aviões alemães sobre as tropas aliadas. Um deles ensina os soldados a ficar com febre (comendo sabão); outro mostra uma bela mulher sentada no colo de um judeu gordo e de nariz adunco, bebendo uma taça de champanhe. "Você sabe onde está sua esposa esta noite?", diz a legenda. Depois há uma águia de porcelana azul que o pai encontrou nas ruínas de uma casa em Nápoles e trouxe na mochila, a águia imperial que hoje fica numa prateleira da sala de visitas.

Ele tem enorme orgulho de o pai ter servido na guerra. Surpreende-se — e sente-se feliz — quando descobre que poucos pais de seus amigos combateram. Por que o pai não subiu além de suboficial, não tem certeza: deixa de lado o tema quando conta aos amigos as aventuras do pai. Mas adora a fotografia, tirada num estúdio no Cairo, de seu belo pai fazendo pontaria com um rifle, um olho fechado, os cabelos penteados com esmero, o quepe enfiado sob a ombreira do uniforme. Se ele tivesse voz na casa, a foto também estaria sobre a lareira.

Seus pais discordam quanto aos alemães. O pai gosta dos italianos (não estavam empenhados em lutar, ele diz: só queriam se render e voltar para casa), mas odeia os alemães. Conta a história de um alemão que levou um tiro quando estava sentado na privada. Ao contar, às vezes foi ele quem deu o tiro, outras foi um amigo; mas em nenhuma das versões demonstra a menor piedade, só se diverte com a trapalhada do alemão, tentando erguer as mãos e suspender a calça ao mesmo tempo.

A mãe sabe que não é uma boa ideia elogiar os alemães abertamente, mas, às vezes, quando ele e o pai se juntam contra ela, deixa a prudência de lado.

"Os alemães são o melhor povo do mundo", afirma. "Foi aquele Hitler terrível que lhes causou tanto sofrimento."

Mas o irmão dela, Norman, discorda:

"Hitler fez os alemães sentirem orgulho de si mesmos", diz.

A mãe e Norman viajaram juntos pela Europa nos anos 1930: não somente pela Noruega e as terras altas da Escócia, mas pela Alemanha, a Alemanha de Hitler. A família deles — os Brecher e os Du Biel — vem da Alemanha, ou pelo menos da Pomerânia, que hoje é na Polônia. É bom ser da Pomerânia? Ele não tem certeza.

"Os alemães não queriam lutar contra os sul-africanos", diz Norman. "Eles gostam dos sul-africanos. Se não fosse pelo Smuts, nunca teríamos entrado em guerra com a Alemanha. O Smuts foi um *skelm*, um bandido. Ele nos vendeu para os britânicos."

O pai e Norman não se gostam. Quando o pai quer aborrecer a mãe, em suas discussões tarde da noite na cozinha, provoca-a falando do irmão, que não se alistou, preferiu marchar com os *Ossewabrandwag*.

"É mentira!", ela refuta, nervosa. "Norman não estava com os *Ossewabrandwag*. Pergunte você mesmo, ele vai lhe dizer."

Quando ele pergunta à mãe o que é *Ossewabrandwag*, ela diz que é uma bobagem, pessoas que marchavam pelas ruas com tochas.

Os dedos da mão direita de Norman são amarelos de nicotina. Ele ocupa um quarto em uma pensão de Pretória onde mora há anos. Ganha a vida vendendo um panfleto que escreveu sobre jiu-jítsu e que anuncia nos classificados do *Pretoria News*. "Conheça a arte japonesa da autodefesa", diz o anúncio. "Em apenas seis lições." As pessoas lhe enviam cheques postais de dez xelins, e ele manda o panfleto: uma página única, dobrada em quatro, com desenhos dos vários golpes. Quando o jiu-jítsu não está dando muito dinheiro, ele trabalha com uma corretora de imóveis, vendendo terrenos sob comissão. Diariamente fica na cama até o meio-dia, bebendo chá, fumando e lendo contos dos periódicos *Argosy* ou *Lilliput*. À tarde joga tênis. Em 1938, doze anos antes, fora o campeão da categoria individual na Província Ocidental. Ainda ambiciona jogar em Wimbledon, na categoria de duplas, se encontrar um parceiro.

No final da visita, antes de voltar para Pretória, Norman o chama de canto e enfia uma nota marrom de dez xelins no bolso da camisa dele. "Para tomar sorvete", sussurra. As mesmas palavras todos os anos. Ele gosta de Norman não apenas pelo presente — dez xelins é um dinheirão —, mas por se lembrar, por nunca deixar de lembrar.

O pai prefere o outro irmão, Lance, o professor de Kingwilliamstown que se alistou. Também há o terceiro irmão, o mais velho, que perdeu a fazenda, mas ninguém fala nele a não ser a mãe. "Pobre Roland", ela murmura, balançando a cabeça. Roland se casou com uma mulher que chama a si mesma de Rosa Rakocka, filha de um conde polonês exilado, mas cujo verdadeiro nome, segundo Norman, é Sophie Pretorius. Norman e Lance odeiam Roland por causa da fazenda e o desprezam porque Sophie manda nele. Roland e Sophie têm uma pensão na Cidade do Cabo. Ele esteve lá uma vez, com a mãe. Sophie era no fim uma mulher loura que usava um robe de seda às quatro da tarde e fumava com piteira. Roland era um homem quieto, de rosto triste, com um nariz bulboso e vermelho por causa da radioterapia que o curara do câncer.

Ele gosta quando o pai, a mãe e Norman discutem política. Ele aprecia o fervor e a paixão, as coisas atrevidas que dizem. Se surpreende por concordar com o pai, que é quem ele menos quer que vença: os ingleses eram bons e os alemães maus, Smuts era bom e os nacionalistas maus.

O pai gosta do Partido Unido, gosta de críquete e de rúgbi, porém ele não gosta do pai. Não entende essa contradição, mas também não tem vontade de entendê-la. Mesmo antes de conhecer o pai, isto é, antes que ele voltasse da guerra, já tinha decidido que não iria gostar dele. Em certo sentido, portanto, a antipatia é abstrata: ele não quer ter um pai, ou pelo menos não quer um pai que more na mesma casa.

O que mais detesta no pai são seus hábitos. E os detesta tanto que só de pensar estremece de repulsa: o ruído forte ao assoar o nariz no banheiro de manhã, o odor quente de sabonete Lifebuoy que deixa para trás, junto com um círculo de espuma e barba cortada na pia. Sobretudo odeia o cheiro do pai. Por outro lado, a contragosto, gosta das roupas claras do pai, o lenço marrom que usa em vez de uma gravata nas manhãs de sábado, a figura elegante dele, seu modo ágil de andar, os cabelos com Brylcreem. Ele próprio usa Brylcreem e cultiva um topete.

Não gosta de ir ao barbeiro, detesta tanto que tenta cortar os próprios cabelos, com resultados desastrosos. Os barbeiros de Worcester parecem ter decidido em uníssono que os meninos devem usar cabelo curto. As sessões começam o mais brutal-mente possível, com o barbeador elétrico ceifando os cabelos atrás e dos lados, e continua com um *clap clap* impiedoso da tesoura até que reste apenas um montículo parecido com uma escova, e talvez um redemoinho na frente. Mesmo antes de co-meçar a sessão, ele se encolhe de vergonha; paga o xelim e corre de volta para casa, temendo a escola no dia seguinte, temendo o ritual de escárnio que todo menino de cabelos recém-cortados recebe. Existem os cortes de cabelo decentes e existem os cortes aos quais as pessoas se submetem em Worcester, carregados da vingança dos barbeiros; ele não sabe aonde se deve ir, o que se deve fazer ou dizer, quanto é preciso pagar para ter um corte de cabelo decente.

6.

Embora vá ao cinema todo sábado à tarde, os filmes não o fascinam mais como na Cidade do Cabo, onde tinha pesadelos de ser esmagado embaixo do elevador ou de cair de precipícios como os heróis dos seriados. Ele não entende por que Errol Flynn, que parece sempre o mesmo, esteja na pele de Robin Hood ou de Ali Babá, é considerado um grande ator. Está cansado de perseguições a cavalo, sempre iguais. Os Três Patetas começaram a parecer bobos. E é difícil acreditar no Tarzã, quando o homem que o interpreta sempre muda. O único filme que o impressiona é aquele em que Ingrid Bergman entra num vagão de trem infestado de varíola e morre. Ingrid Bergman é a atriz favorita de sua mãe. Seria a vida assim: a mãe poderia morrer a qualquer momento se não lesse um aviso na janela?

Também há o rádio. Ele já superou o *Cantinho das crianças*, mas é fiel aos seriados: *Super-Homem* às cinco, diariamente ("Para cima e para o alto!"), *Mandrake, o mágico*, às cinco e meia. Sua história preferida é *Gansos selvagens*, de Paul Gallico, que a rádio transmite repetidamente, a pedido dos ouvintes. É a história de um ganso selvagem que conduz os barcos das praias de Dunquerque de volta para Dover. Ele escuta com lágrimas nos olhos. Um dia ele quer ser tão fiel quanto aquele ganso.

Eles apresentam *A ilha do tesouro* no rádio, em versão dramatizada, um episódio de meia hora por semana. Ele tem um exemplar de *A ilha do tesouro*; mas o leu quando era jovem demais, e não entendeu o assunto do cego e da mancha preta, não conseguiu decifrar se Long John Silver era bom ou mau. Agora, depois de cada episódio no rádio, tem pesadelos centrados em Long John: o gancho com que ele mata pessoas, a atenção traiçoeira e melosa dele por Jim Hawkins. Queria que Squire Trelawney matasse Long John em vez de deixá-lo ir embora: tem certeza de que um dia ele voltará com seus amotinados para se vingar, assim como retorna em seus sonhos.

Os Robinson suíços são mais reconfortantes. Ele tem um belo exemplar do livro, com ilustrações coloridas. Gosta especialmente da imagem do navio no abrigo sob as árvores, o navio que a família construiu com ferramentas salvas do naufrágio, para levá-los de volta para casa com todos os animais, como a Arca de Noé. É um prazer, como entrar numa banheira quente, deixar para trás a ilha do tesouro e entrar no mundo da família Robinson. Na família suíça, não há irmãos malvados nem piratas assassinos; naquela família todos trabalham juntos e com alegria, sob a orientação de um pai sábio e forte (as imagens o mostram com um peito largo e uma comprida barba avermelhada), que desde o início sabe o que deve ser feito para salvá-los. A única coisa que o intriga é por que, já que estão tão adaptados e felizes na ilha, eles precisam ir embora.

Ele também possui outro livro, *Scott da Antártida*. O capitão Scott é um de seus heróis inquestionáveis: por isso lhe deram o livro. Tem fotografias, incluindo uma de Scott sentado e escrevendo na tenda em que depois morreria congelado. Costuma olhar as fotografias, mas não avança na leitura do livro: é enfadonho, não é uma história. Ele só gosta do trecho sobre Titus Oates, o homem que ficou enregelado e, ao ver que estava atrapalhando seus companheiros, fugiu no meio da noite para a neve e o gelo e morreu em silêncio, sem estardalhaço. Ele espera que um dia possa fazer como Titus Oates.

Uma vez por ano o Circo Boswell vem a Worcester. Todo mundo da classe vai; durante a semana anterior só se fala no circo e nada mais. Até as crianças de cor vão, com um estratagema: ficam perambulando horas ao redor da tenda, escutando a banda, espiando pelas brechas na lona.

Eles pretendem ir no sábado à tarde, quando o pai vai jogar críquete. A mãe faz disso uma escapada para os três. Mas na bilheteria ela se inteira, chocada, dos altos preços aos sábados: dois para crianças, cinco para adultos. Ela não trouxe dinheiro suficiente. Compra ingressos para ele e para o irmão. "Vão, eu espero aqui", diz. Ele fica indeciso, mas ela insiste.

Lá dentro, ele se sente péssimo, não aproveita nada; suspeita que o irmão se sinta do mesmo jeito. Quando aparecem na saída do espetáculo, ela continua lá. Dias depois, ele não consegue afastar a ideia: sua mãe esperando pacientemente no calor abrasante de dezembro, enquanto ele está sentado no interior da tenda, sendo entretido como um rei. O amor cego dela, devastador, autossacrificante por ele e pelo irmão, mas especialmente por ele, o perturba. Gostaria que ela não o amasse tanto. Ela o ama absolutamente; portanto, ele deve amá-la absolutamente: essa é a lógica que ela lhe impõe. Jamais será capaz de retribuir todo o amor que ela despeja sobre ele. A ideia de uma vida inteira subjugado por uma dívida de amor o enfurece a ponto de não querer beijá-la, de recusar-se a ser tocado por ela. Quando ela se afasta em silencioso sofrimento, ele deliberadamente enrijece o coração, recusando-se a ceder.

Às vezes, quando se sente amarga, ela faz longos discursos para si mesma, comparando sua vida no insípido conjunto habitacional com a vida que tivera antes de se casar, que ela imagina como uma contínua sucessão de festas e piqueniques, de visitas a fazendas nos fins de semana, de jogos de tênis, golfe e passeios com seus cães. Ela fala numa voz baixa e sussurrante, em que se destacam apenas as consoantes sibilantes: ele em seu quarto, e o irmão no dele, aguçam os ouvidos para escutar, como ela bem deve saber. Esse é outro motivo por que o pai dele a chama de bruxa: porque ela fala consigo mesma, conjurando feitiços.

A vida idílica em Victoria West é confirmada pelas fotografias nos álbuns: a mãe junto a outras mulheres usando vestidos longos e brancos, segurando raquetes de tênis em plena savana, a mãe abraçando um cachorro alsaciano.

"Esse era o seu cachorro?", ele pergunta.

"Esse é o Kim. Foi o melhor cachorro que já tive, o mais fiel."

"E o que aconteceu com ele?"

"Comeu carne envenenada que os fazendeiros deixavam para os chacais. Morreu nos meus braços."

Brotam lágrimas dos olhos dela.

Depois que o pai aparece nos álbuns, não há mais cães. Ele vê o casal em piqueniques com os amigos daquela época, ou seu pai com o bigodinho elegante e o olhar atrevido, posando encostado ao capô de um carro preto antiquado. Depois começam as fotos dele mesmo, dezenas delas, desde a imagem de um bebê gordo sem expressão, erguido para a câmera por uma mulher morena de olhar intenso.

Em todas as fotografias, mesmo naquelas com o bebê, a mãe lhe parece infantil. A idade dela é um mistério que o intriga incessantemente. Ela não lhe diz, o pai finge não saber, até os irmãos e irmãs dela parecem ter jurado segredo. Quando ela sai de casa, ele vasculha os papéis na última gaveta de sua penteadeira, procurando uma certidão de nascimento, mas sem sucesso. De um comentário que ela deixou escapar, ele sabe que é mais velha que seu pai, que nasceu em 1912; mas quantos anos mais velha? Ele decide que ela nasceu em 1910. Isso significa que tinha trinta anos quando ele nasceu, e agora tem quarenta.

"Você tem quarenta anos!", sugere-lhe, triunfante, um dia, examinando-a de perto em busca de sinais de que ele acertou. Ela dá um sorriso misterioso.

"Tenho vinte e oito", diz.

Eles fazem aniversário no mesmo dia. Ele nasceu para ela no dia do seu aniversário. Isso quer dizer, como ela lhe disse, e diz para todo mundo, que ele é um presente de Deus.

Ele não a chama de mamãe ou de mãe, mas de Dinny. O pai e o irmão também. De onde vem esse nome? Ao que parece, ninguém sabe; mas os irmãos e irmãs dela a chamam de Vera, então não deve vir da infância. Ele precisa cuidar para não chamá-la de Dinny na frente de estranhos, assim como presta atenção para não chamar os tios apenas de Norman e Ellen, em vez de tio Norman e tia Ellen. Mas dizer tio e tia como uma criança boa, obediente e normal não é nada perto das cerimônias da língua africânder. Os africânderes têm medo de dizer "você" para qualquer pessoa mais velha que eles mesmos. Ele caçoa da linguagem do pai: *Mammie moet 'n kombers oor Mammie se knieë trek anders word Mammie koud"* — "Mamãe precisa pôr um cobertor sobre os joelhos de mamãe, ou mamãe ficará resfriada". Ele se sente feliz por não ser africânder e não precisar falar desse jeito, como um escravo chicoteado.

A mãe decide que quer um cachorro. Os alsacianos são os melhores — mais inteligentes, mais fiéis —, mas eles não conseguem encontrar um alsaciano à venda. Então optam por um filhote meio dobermann, meio alguma outra coisa. Ele insiste em escolher o nome. Gostaria de chamá-lo Borzói, porque quer que seja um cão russo, mas como na verdade não é um borzói, batiza-o de Cossaco. Ninguém entende. As pessoas acham que o nome é *"kos-sak"*, que em africânder significa "saco de comida", e acham graça.

Cossaco se revela um cão confuso, indisciplinado, que vaga pelo bairro estragando jardins e caçando galinhas. Um dia o cachorro o segue até a escola. Nada o convence a voltar para casa: quando ele grita e atira pedras, o cão baixa as orelhas, põe o rabo entre as pernas e muda de rumo; mas assim que ele torna a montar na bicicleta, o animal volta a segui-lo, correndo. Afinal, ele tem de arrastá-lo para casa pela coleira, empurrando a bicicleta com a outra mão. Chega em casa furioso e se recusa a voltar para a escola, porque se atrasou.

Cossaco ainda não está totalmente crescido quando come o vidro moído que alguém colocou para ele. A mãe lhe administra clisteres, tentando fazer o vidro sair, mas não adianta. No terceiro dia, quando o cão está deitado, arfante, e nem sequer lambe a mão dela, ela manda o filho buscar na farmácia um novo remédio que alguém recomendou. Ele corre na ida e na volta, mas chega tarde demais. A mãe tem a expressão contraída e distante, nem mesmo pega o frasco da mão dele.

Ele ajuda a enterrar Cossaco, enrolado num cobertor, na argila no fundo do quintal. Sobre a cova, ergue uma cruz com o nome "Cossaco" pintado. Ele não quer ter outro cachorro, não se eles tiverem de morrer desse jeito.

Seu pai joga críquete no time de Worcester. Isso deveria ser mais um trunfo, mais um motivo de orgulho para ele. O pai é advogado, o que é quase tão bom quanto ser médico; foi soldado na guerra; costumava jogar rúgbi na liga da Cidade do Cabo; e joga críquete. Mas em todos os casos existe uma qualificação embaraçosa. É advogado, mas deixou a prática. Foi soldado, mas apenas um suboficial. Jogou rúgbi, mas só no segundo ou talvez mesmo terceiro time do Gardens, e os Gardens são uma piada, sempre tiram o último lugar no campeonato anual. E agora joga críquete, mas na segunda divisão de Worcester, que ninguém se dá o trabalho de assistir.

O pai é arremessador, e não batedor. Há alguma coisa errada em seu movimento ao girar que estraga o rebate; além disso, ele desvia o olhar quando faz arremessos rápidos. A ideia de tacada do pai parece se limitar a empurrar o taco para a frente e, caso a bola bata nele e voe, trotar tranquilamente uma única base.

O fato de seu pai não ser um bom batedor certamente se deve a ele ter nascido no planalto do Karoo, onde não existia críquete de verdade nem como aprender a jogá-lo. Arremessar é outra história. É um dom: um homem nasce arremessador, não aprende a ser.

O pai arremessa bolas lentas, com efeito. Às vezes acerta seis; às vezes o batedor, vendo a bola voar lentamente em sua direção, perde a cabeça, dá uma tacada apressada e perde o ponto. Esse parece ser o método do pai: paciência, esperteza.

O treinador do time de Worcester é Johnny Wardle, que joga pela Inglaterra no verão do hemisfério norte. É um grande trunfo para Worcester que Johnny Wardle tenha escolhido trabalhar ali. Diz-se que foi por interferência de Wolf Heller, e do dinheiro dele.

Ele fica junto do pai atrás da rede de treino, observando

Johnny Wardle arremessar para os batedores do time principal. Wardle, um homenzinho indescritível, com cabelos ralos e alourados, deveria ser um arremessador lento, mas quando corre e solta a bola, ele se surpreende como ela voa depressa. O batedor recebe a bola com facilidade, rebatendo-a delicadamente para a rede. Outro jogador arremessa, depois é novamente a vez de Wardle. Mais uma vez o batedor rebate delicadamente a bola. O batedor não está ganhando, mas tampouco está o atirador.

No fim da tarde, ele volta para casa desapontado. Havia esperado uma diferença maior entre o arremessador da Inglaterra e os batedores de Worcester. Pensava que iria testemunhar uma arte mais misteriosa, ver a bola fazer coisas estranhas no ar e fora do rumo, flutuar, mergulhar e girar, como devem ser os bons arremessos lentos, segundo ele lê nos livros de críquete. Não esperava um homenzinho falante, cuja única marca de distinção é arremessar bolas de efeito à mesma velocidade com que ele próprio atira suas bolas mais rápidas.

No críquete, ele quer mais do que Johnny Wardle tem a oferecer. Críquete deve ser como Horácio e os etruscos, ou Heitor e Aquiles. Se Heitor e Aquiles fossem apenas dois homens afastando-se reciprocamente com as espadas, não haveria sentido na história. Mas eles não são apenas dois homens: são heróis poderosos, seus nomes ressoam na lenda. Ele fica feliz quando, no final da temporada, Wardle é dispensado do time inglês.

Wardle arremessa com uma bola de couro, é claro. Ele não tem familiaridade com essas bolas: ele e os amigos jogam com o que chamam de bola de cortiça, feita de um material cinza e compacto, resistente às pedras que rasgam as costuras das bolas de couro. Parado atrás da rede observando Wardle, ele ouve pela primeira vez o estranho silvo de uma bola de couro quando se aproxima voando do batedor.

Surge a primeira oportunidade para ele jogar num campo de críquete verdadeiro. Organizam um jogo para a tarde de quarta-feira, entre dois times da escola. Críquete de verdade significa tacos de verdade, um *pitch* de verdade, não ter de brigar para dar uma tacada.

Chega a vez dele de rebater. Usando um protetor na perna esquerda, segurando o taco do pai, que é pesado demais, ele caminha até o centro. Fica surpreso com o tamanho do campo. É um lugar vasto e solitário: os espectadores estão tão distantes que é como se não existissem.

Ele assume a posição na faixa de terra aplainada coberta por um forro de lona verde e espera pela bola. Isso é críquete. Dizem que é um jogo, mas para ele parece mais real que a sua casa, até mais real que a escola. Nesse jogo não há fingimento, não há perdão nem segunda chance. Aqueles outros meninos, cujos nomes não sabe, estão todos contra ele. Todos têm apenas uma coisa em mente: estragar seu prazer. Não sentirão uma chispa de remorso quando ele for eliminado. No centro daquela enorme arena, ele está sob julgamento, um contra onze, sem ninguém para protegê-lo.

Os jogadores da área exterior se posicionam. Ele deve se concentrar, mas há alguma coisa irritante que não consegue tirar da cabeça: o paradoxo de Zeno. Antes que a flecha atinja o alvo, deve chegar à metade do percurso; antes de alcançar a metade do percurso deve chegar a um quarto dele; antes de percorrer um quarto... Ele tenta desesperadamente parar de pensar naquilo; mas o próprio fato de tentar não pensar o deixa ainda mais nervoso.

O arremessador corre. Ele escuta nitidamente o som das duas últimas passadas. Então há um espaço em que o único som que rompe o silêncio é o ruído assombroso da bola voando na direção dele. É isso que ele busca quando quer jogar críquete: ser testado mais e mais uma vez, até fracassar, por uma bola que voa para ele impessoalmente, indistintamente, sem piedade, procurando a brecha em sua defesa, e mais rápida do que ele espera, veloz demais para que ele desanuvie a cabeça, organize os pensamentos, decida direito o que fazer? E em meio a esse raciocínio, em meio a essa confusão, a bola chega.

Ele consegue correr duas bases, rebatendo num estado de descontrole e, mais tarde, de tristeza. Sai do jogo compreendendo ainda menos o modo descontraído de Johnny Wardle jogar, conversando e fazendo piadas o tempo todo. Seriam todos os fabulosos jogadores ingleses assim? Len Hutton, Alec Bedser, Denis Compton, Cyril Washbrook? Não pode acreditar nisso. Para ele, o críquete de verdade só pode ser jogado em silêncio, silêncio e apreensão, o coração batendo no peito, a boca seca.

Críquete não é um jogo. É a verdade da vida. Se é, como diz o livro, uma prova de caráter, então ele não vê como poderia passar por ela, e, no entanto, não sabe como evitá-la. No campo, o segredo, que em geral ele consegue disfarçar, é impiedosamente revelado e exposto. "Vamos ver do que você é feito", diz a bola enquanto assobia e rola pelo ar em direção a ele. Cego, confuso, ele joga o taco para a frente, cedo demais ou tarde demais. A bola passa pelo taco, passa pelas bases e encontra seu caminho. Ele é dispensado, falhou na prova, foi descoberto, não há nada a fazer além de esconder as lágrimas, cobrir o rosto, trotar de volta sob o aplauso educado, compadecido, dos outros meninos.

7.

Ele tem o emblema da British Small Arms na bicicleta, com os dois rifles cruzados e o dístico "Smiths-BSA". Comprou a bicicleta por cinco libras, de segunda mão, com o dinheiro que ganhou no oitavo aniversário. É a coisa mais sólida em sua vida. Quando outros meninos se gabam de suas Raleighs, ele retruca que tem uma Smiths. "Smiths? Nunca ouvi falar...", eles dizem.

Não há o que se compare à sensação de andar de bicicleta, inclinando-se nas curvas velozes. Com a Smiths, ele vai para a escola toda manhã, quase um quilômetro de Reunion Park até o cruzamento da ferrovia, mais um quilômetro e meio pela estrada tranquila ao longo dos trilhos. As manhãs de verão são as melhores. A água murmura nas valas junto à estrada, pombos arrulham nos eucaliptos; de vez em quando sente-se um sopro de ar quente, alertando sobre o vento que se erguerá mais tarde, levantando rajadas de fina poeira vermelha.

No inverno, ele precisa sair para a escola ainda no escuro. Com o farolete fazendo um halo a sua frente, pedala pela neblina, cortando a maciez aveludada, aspirando-a, expirando-a, escutando apenas o chiado suave dos pneus. Certas manhãs, o guidom de metal está tão frio que as mãos chegam a grudar nele.

Tenta chegar cedo à escola. Adora entrar sozinho na sala de aula, circular entre as carteiras vazias, subir no tablado da professora. Mas nunca é o primeiro a chegar: são os dois irmãos de De Doorns, cujo pai trabalha na ferrovia, e que vêm no trem das seis. Eles são pobres, tão pobres que não têm pulôveres, nem paletós ou sapatos. Há outros meninos igualmente pobres, sobretudo nas classes africânderes. Mesmo nas manhãs gélidas de inverno, eles vêm para a escola vestindo camisas de algodão fino e bermudas de sarja tão velhas que suas coxas finas mal podem se mover. As pernas bronzeadas mostram manchas brancas de frio; eles sopram as mãos e batem os pés; sempre têm ranho escorrendo do nariz.

Certa vez há um surto de sarna, e os irmãos de De Doorns têm as cabeças raspadas. Nos crânios nus, ele vê o traçado do fungo; a mãe o adverte para não se aproximar dos meninos.

Ele prefere shorts justos aos largos. As roupas que a mãe lhe compra são sempre largas demais. Ele gosta de ver as pernas esguias e acobreadas nos shorts justos. As que mais gosta são as pernas cor de mel dos meninos louros. Os meninos mais bonitos, ele se surpreende, estão nas classes africânderes, assim como os mais feios, os de pernas peludas, pomos de adão e pústulas no rosto. As crianças africânderes são quase como as de cor, ele percebe, rijas e despreocupadas, correm soltas, e então subitamente, em certa idade, se tornam más, a beleza delas desaparece.

Beleza e desejo: ele fica perturbado pelas sensações que as pernas daqueles meninos, nuas, perfeitas e inexpressivas, lhe causam. O que se pode fazer com pernas, além de devorá-las com os olhos? *Para que* serve o desejo?

As esculturas nuas na *Enciclopédia das crianças* o afetam da mesma maneira: Dafne perseguida por Apolo; Perséfone carregada por Hades. É uma questão de forma, a perfeição da forma. Ele tem uma ideia do corpo humano perfeito. Quando vê essa perfeição manifestada em mármore branco, algo se agita dentro dele; abre-se um abismo; ele quase despenca.

De todos os segredos que o diferenciam, afinal esse talvez seja o pior. Entre todos aqueles meninos, ele é o único em quem corre essa perversa corrente erótica; entre toda aquela inocência e normalidade, ele é o único que deseja.

Mas a linguagem dos meninos africânderes é inacreditavelmente suja. Eles dominam um leque de obscenidades muito maior que o seu, que tem a ver com *fok*, *piel* e *poes*, palavras cujo peso monossilábico o intimida. Como são escritas? Enquanto não puder escrevê-las não terá como domá-las em sua mente. Se escreve *fok* com *v*, o que a tornaria mais venerável, ou com *f*, que a transformaria numa palavra verdadeiramente selvagem, primeva, sem ancestralidade? O dicionário nada diz, as palavras não estão lá, nenhuma delas.

Depois há *gat*, *poep-hol* e palavras semelhantes, atiradas para lá e para cá em rompantes agressivos cuja força ele não compreende. Por que juntar a parte de trás do corpo com a da frente? O que as palavras com *gat*, tão fortes e guturais, têm a ver com sexo, com seu *s* suavemente convidativo e o misterioso *x*? Ele tranca a mente para as palavras da parte de trás, com repulsa, mas continua tentando desvendar o significado dos *effies* e dos *FLs*, coisas que nunca viu mas que, de algum modo, pertencem ao mundo dos meninos e meninas do ginásio.

Mas ele não é ignorante. Sabe como nascem os bebês. Eles saem da parte de trás da mãe, limpos e brancos. Assim lhe disse sua mãe, anos atrás, quando ele era pequeno. Ele acredita nela sem questionar: é motivo de orgulho que ela lhe tenha contado como nascem os bebês quando era ainda pequeno, quando ainda enganavam as outras crianças com mentiras. É um símbolo do esclarecimento dela, do esclarecimento da família dela. Seu primo Juan, que é um ano mais novo, também sabe a verdade. O pai, por outro lado, fica envergonhado e resmunga quando se fala de bebês e de onde eles vêm; mas isso só prova mais uma vez a obtusidade da família do pai.

Seus amigos defendem outra versão: a de que os bebês saem pelo outro buraco.

Ele sabe abstratamente sobre o outro buraco, onde entra o pênis e do qual sai a urina. Mas não faz sentido o bebê sair por esse buraco. Afinal, o bebê se forma no estômago, por isso faz sentido que ele saia pela parte de trás.

Portanto, ele argumenta a favor da parte de trás, enquanto seus amigos defendem o outro buraco, a *poes*. Tem a tranquila convicção de estar certo. Faz parte da relação de confiança entre a mãe e ele.

8.

Ele e a mãe estão atravessando uma faixa de terreno público perto da estação ferroviária. Ele está junto dela, mas afastado, não segura sua mão. Está, como sempre, vestido de cinza: pulôver cinza, short cinza, meias cinza. Na cabeça leva um boné azul-marinho com o emblema da Escola Primária para Meninos de Worcester: um pico de montanha rodeado de estrelas, e a legenda PER ASPERA AD ASTRA.

É apenas um menino andando ao lado da mãe: visto de fora, provavelmente parece normal. Mas ele vê a si mesmo como se fosse um besouro esvoaçando ao redor dela, adejando em círculos imprecisos com o nariz no chão e as pernas e os braços agitados. Na verdade, não consegue imaginar nada nele que esteja imóvel. Sua mente, em particular, dispara continuamente em todas as direções, com uma impaciência que lhe é própria.

Esse é o lugar onde uma vez por ano o circo arma suas tendas e jaulas, onde os leões cochilam na palha de odor forte.

Mas hoje é somente um terreno de argila vermelha dura como pedra, onde a relva não brota.

Há outras pessoas, outros transeuntes na manhã clara e quente de sábado. Entre elas, um menino da idade dele atravessa correndo o largo em diagonal. Assim que o vê, percebe que aquele menino será importante para ele, importante além de qualquer medida, não por ser quem é (talvez nunca mais o veja), mas por causa dos pensamentos que lhe passam pela cabeça, que irrompem dele como um enxame de abelhas.

Não há nada incomum no menino. Ele é negro, mas há outras pessoas de cor em todo lugar. Usa calças tão curtas que ficam esticadas em suas nádegas delineadas e deixam quase nuas as coxas marrons. Não usa sapatos; as solas de seus pés provavelmente são tão duras que mesmo que ele pisasse num espinho de *duwweltjie*, apenas se deteria, abaixaria e arrancaria o espinho.

Há centenas de meninos como ele, milhares, e também milhares de meninas de saias curtas mostrando as pernas esguias. Ele gostaria de ter pernas lindas como as deles. Com pernas assim, flutuaria pela terra como aquele menino, quase sem tocá-la.

O menino chega a uma dezena de passos deles. Está absorto em si mesmo, não olha para eles. Seu corpo é perfeito e imaculado, como se houvesse saído ontem da casca. Por que essas crianças, meninos e meninas que não são obrigados a ir à escola, livres para se afastar do olhar vigilante dos pais, que podem fazer o que bem entenderem com seus corpos — por que não se reúnem num banquete de deleite sexual? Seria porque são inocentes demais para conhecer os prazeres a sua disposição — pois apenas as almas escuras e culpadas conhecem esses segredos?

O questionamento sempre funciona desse jeito. No princípio pode vagar para cá e para lá; mas no final, infalivelmente, se concentra e aponta um dedo acusador para si mesmo. É sempre ele quem põe em movimento o trem do pensamento; sempre o pensamento que escapa de seu controle e volta a acusá-lo. Beleza é inocência; inocência é ignorância; ignorância é ignorância do prazer; prazer é culpa; ele é culpado. Aquele menino, com o corpo vigoroso e imaculado, é inocente, enquanto ele, governado por seus desejos sombrios, é culpado. Na verdade, através desse longo caminho, ele se deparou com a palavra "perversão", com sua emoção escura e complexa, começando com o enigmático p que pode significar qualquer coisa, depois transformando-se abruptamente no rancoroso r e no vingativo v. Não uma acusação, mas duas. As duas acusações se cruzam, e ele está no ponto de interseção, no alvo. Pois aquele que lhe impõe a acusação hoje é não apenas leve como um cervo e inocente, enquanto ele é escuro, pesado e culpado: ele também é negro, o que significa que não tem dinheiro, vive num buraco obscuro, passa fome; significa que se a mãe dele chamasse "Menino!" e acenasse, como ela faz muitas vezes, aquele menino teria de parar seu percurso, se aproximar e fazer o que ela lhe mandasse (carregar a cesta de compras, por exemplo), e depois de tudo, receber uma moeda nas mãos em concha e agradecer. E caso ele ficasse bravo com a mãe depois, ela simplesmente sorriria, dizendo: "Mas eles estão acostumados com isso!".

Então aquele menino, que irrefletidamente guardara a vida inteira o caminho da natureza e da inocência, que é pobre e, portanto, bom, como sempre são os pobres nos contos de fadas, que é esguio como uma enguia e rápido como uma lebre, e que o venceria com facilidade em qualquer concurso de agilidade com os pés ou de habilidade com as mãos — aquele menino, que é a censura viva dele, apesar disso está sujeito a ele de uma maneira que o envergonha tanto que ele se encolhe e não quer olhar mais para o outro, apesar de sua beleza.

Mas é impossível ignorá-lo. Pode-se ignorar os nativos, talvez, mas não se pode ignorar as pessoas de cor. Os nativos podem ser postos de lado porque são recém-chegados, invasores do norte, e não têm direito a estar ali. Os nativos que se veem em Worcester são, na maioria, homens vestidos em velhos casacos militares, fumando cachimbos curvos, que vivem em minúsculos barracos de chapa corrugada junto da estrada de ferro, homens que têm força e paciência lendárias. Foram trazidos para cá porque não bebem, como fazem os negros, porque aguentam trabalho duro sob o sol escaldante, enquanto os homens de cor, mais claros e frágeis, não suportariam. São homens sem mulheres, sem filhos, que vêm de lugar nenhum e podem desaparecer no nada.

Mas diante das pessoas de cor, não há esse recurso. As pessoas de cor foram geradas por brancos, por Jan van Riebeeck, nas hotentotes: isso fica claro, mesmo na linguagem velada do seu livro de história da escola. De modo amargo, é ainda pior que isso. Pois na região de Boland as pessoas chamadas "de cor" não são os tataranetos de Jan van Riebeeck ou de qualquer outro holandês. Ele é bastante hábil com fisionomias, tem essa habilidade desde que se entende por gente, para saber que neles não existe uma gota de sangue branco. São hotentotes, puros e incorruptos. Eles não apenas vieram com a terra; a terra é que veio com eles, é deles, como sempre foi.

9.

Uma das vantagens de Worcester, um dos motivos por que é melhor morar ali do que na Cidade do Cabo, segundo o pai, é a facilidade de fazer compras. O leite é entregue todas as manhãs antes de clarear o dia; basta pegar o telefone e, uma ou duas horas depois, o homem da Schochat estará na porta com a carne e outros itens. É muito simples.

O homem da Schochat, o entregador, é um menino nativo que fala apenas algumas palavras em africânder e nada em inglês. Usa uma camisa branca e limpa, gravata-borboleta, sapatos de duas cores e um boné de Bobby Locke. Chama-se Josias. Os pais dele censuram o menino por ser um dos nativos inúteis da nova geração, que gastam tudo o que ganham em roupas e não pensam no futuro.

Quando a mãe não está em casa, ele e o irmão recebem as compras das mãos de Josias, arrumando os pacotes na prateleira da cozinha e a carne na geladeira. Quando chega leite condensado, apropriam-se dele como butim. Furam a lata e se revezam sugando-a até secar. Quando a mãe chega, fingem que não veio leite condensado ou que Josias o roubou.

Não tem certeza se ela acredita na mentira. Mas não é uma falta que o faça se sentir especialmente culpado.

Os vizinhos do lado leste chamam-se Wynstra. Têm três filhos: o mais velho, de pernas tortas, chamado Gysbert, e os gêmeos Eben e Ezer, pequenos demais para irem à escola. Ele e o irmão caçoam de Gysbert Wynstra por causa do nome esquisito e do modo desengonçado como ele corre. Concluem que ele é idiota, deficiente mental, e lhe declaram guerra. Certa tarde, pegam meia dúzia de ovos que o menino da Schochat entregou, os atiram no telhado da casa dos Wynstra e se escondem. Os Wynstra não aparecem, mas quando o sol seca as gemas esmagadas, elas se transformam em feias manchas amarelas.

O prazer de atirar um ovo, tão menor e mais leve que uma bola de críquete, de vê-lo voar girando, escutar o ruído abafado do impacto, fica na memória dele. Mas seu prazer é tingido de culpa. Não consegue esquecer que estão brincando com comida. Com que direito usa ovos como brinquedos? O que diria o menino da Schochat se visse que estão jogando fora os ovos que ele trouxe de bicicleta desde a cidade? Ele tem a sensação de que o menino da Schochat, que na verdade não é um menino, e sim um homem adulto, não está tão preocupado com a própria imagem, usando o boné Bobby Locke e a gravata-borboleta, a ponto de se manter indiferente. Tem a sensação de que ele o repreenderia com veemência e não hesitaria em dizê-lo. "Como vocês podem fazer isso quando há crianças passando fome?", ele diria em mau africânder; e não haveria resposta. Talvez em algum outro lugar do mundo seja possível atirar ovos (na Inglaterra, por exemplo, ele sabe que jogam ovos nas pessoas que estão no cepo); mas neste país existem juízes que julgam com base no princípio da moralidade. Neste país não se pode ser insensível quando o assunto é comida.

Josias é o quarto nativo que ele conhece na vida. O primeiro, de quem se lembra vagamente, que usava um pijama azul o dia inteiro, foi o garoto que limpava as escadas do edifício em que moravam em Joanesburgo. A segunda foi Fiela, em Plettenberg Bay, que lavava as roupas deles. Fiela era muito negra e muito velha, desdentada, e fazia longos discursos sobre o passado num inglês bonito e fluente. Ela vinha de Santa Helena, contou, onde tinha sido escrava. O terceiro também foi em Plettenberg Bay. Houvera uma grande tempestade; um navio naufragara; o vento, que soprava havia dias e noites, começava a amainar. Ele, a mãe e o irmão estavam na praia, vendo os montes de detritos misturados com algas, quando um velho de barba grisalha e colarinho de pastor, carregando um guarda-chuva, aproximou-se deles e disse:

"O homem constrói grandes barcos de ferro, mas o mar é mais forte. O mar é mais forte que qualquer coisa que o homem possa construir."

Quando ficaram novamente a sós, a mãe disse:

"Vocês devem se lembrar do que ele falou. Ele é um velho sábio."

Pelo que possa se lembrar, foi a única vez que a escutou dizer a palavra "sábio"; na verdade, foi a única vez que ele escutou alguém usar essa palavra, fora dos livros. Mas não é apenas a palavra antiquada que o interessa. É possível respeitar os nativos — é isso que ela estava dizendo. É um grande alívio para ele escutar isso, ter essa confirmação.

Nas histórias que mais o marcaram, é o terceiro irmão, o mais humilde e desprezado, quem, depois que o primeiro e o segundo passam sem se importar, ajuda a velha a carregar o pesado fardo ou arranca o espinho da pata do leão. O terceiro irmão é bom, honesto e corajoso, enquanto o primeiro e o segundo são arrogantes, prepotentes, insensíveis. No final da história, o terceiro irmão é coroado príncipe, enquanto os dois outros caem em desgraça e são expulsos.

Existem os brancos, as pessoas de cor e os nativos; de todos eles, os nativos são os mais inferiores e mais desprezados. O paralelo é inevitável: os nativos são o terceiro irmão.

Na escola estudam repetidamente, entra ano, sai ano, sobre Jan van Riebeeck, Simon van der Stel, lorde Charles Somerset e Piet Retief. Depois de Piet Retief vêm as Guerras dos Kaffir, quando os kaffir invadiram as fronteiras da colônia e tiveram de ser rechaçados; mas as Guerras dos Kaffir são tantas e tão confusas, tão difíceis de distinguir, que não é preciso estudá-las para as provas.

Embora ele responda corretamente às perguntas sobre história nas provas, não sabe, de uma maneira que o satisfaça intimamente, por que Jan van Riebeeck e Simon van der Stel eram tão bons, enquanto lorde Charles Somerset era tão mau. Também não gosta, como deveria, dos líderes da Grande Marcha, exceto talvez de Piet Retief, que foi assassinado quando Dingaan o convenceu a deixar sua arma fora da aldeia. Andries Pretorius, Gerrit Maritz e os outros parecem os professores do colégio ou os africânderes no rádio: irados, insensíveis, cheios de ameaças e de conversa sobre Deus.

Eles não estudam a Guerra dos Bôeres na escola, pelo menos não nas turmas de língua inglesa. Há boatos de que a Guerra dos Bôeres é ensinada nas turmas africânderes, com o nome de *Tweede Vryheidsoorlog*, a Segunda Guerra de Libertação, mas não cai nas provas. Sendo um assunto delicado, a guerra não está oficialmente no currículo. Nem mesmo seus pais falam sobre a Guerra dos Bôeres, sobre quem estava certo e quem estava errado. Porém a mãe sempre conta uma história sobre essa guerra, que foi contada pela mãe dela. Quando os bôeres chegaram à fazenda deles, diz sua mãe, exigiram comida e dinheiro e queriam ser servidos. Quando os soldados britânicos chegaram, dormiram no estábulo, nada roubaram, e, antes de ir embora, agradeceram gentilmente aos anfitriões.

Os britânicos, com seus generais altivos e arrogantes, são os vilões da Guerra dos Bôeres. Também são estúpidos por usarem uniformes vermelhos que os tornavam alvos fáceis dos bôeres. Nas histórias da guerra, espera-se que as pessoas torçam para os bôeres, lutando pela liberdade contra o poder do Império Britânico. No entanto, ele prefere não apoiar os bôeres, não apenas por causa de suas longas barbas e roupas feias, mas porque se escondiam atrás de rochas e atiravam de emboscada. Prefere gostar dos britânicos, porque marcham para a morte sob os guinchos das gaitas de foles.

Em Worcester, os ingleses são minoria, e, em Reunion Park, uma reduzida minoria. Além dele e do irmão, que são ingleses apenas por um lado, há dois outros meninos ingleses de verdade: Rob Hart e um garoto pequeno de cabelos crespos chamado Billy Smith, cujo pai trabalha na ferrovia e que tem uma doença que faz a pele escamar (a mãe o proíbe de encostar em qualquer um dos meninos Smith).

Quando ele deixa escapar que Rob Hart é castigado pela srta. Oosthuizen, seus pais parecem já saber o motivo. A srta. Oosthuizen pertence ao clã Oosthuizen, que é nacionalista; o pai de Rob Hart, que é dono de uma loja de ferragens, foi conselheiro municipal pelo Partido Unido até as eleições de 1948.

Seus pais balançam a cabeça ao falar da srta. Oosthuizen. Consideram-na suscetível, instável; desaprovam seus cabelos pintados com hena. Na época de Smuts, o pai diz, fariam algo a respeito de uma professora que leva política para a escola. O pai também é do Partido Unido. Na verdade, o pai perdeu o emprego na Cidade do Cabo, o emprego com o título de que a mãe tanto se orgulhava — fiscal de aluguéis —, quando Malan venceu Smuts em 1948. Foi por causa de Malan que eles precisaram deixar a casa em Rosebank, da qual ele se lembra com tanta saudade — a casa com o grande jardim malcuidado e o observatório com teto em abóbada e dois porões —, e que ele precisou deixar a Escola Primária de Rosebank e os amigos de Rosebank, e vir para Worcester. Na Cidade do Cabo, o pai costumava sair de manhã para o trabalho vestindo um elegante terno jaquetão, carregando uma pasta de couro. Quando as outras crianças perguntavam o que seu pai fazia, ele podia responder: "Ele é fiscal de aluguéis", e elas caíam num silêncio respeitoso. Em Worcester, o trabalho do pai não tem nome. "Meu pai trabalha na Conservas Standard", precisa dizer. "Mas o que ele faz?" "Trabalha no escritório, cuida dos livros", tem de responder timidamente. Não faz ideia do que significa "cuidar dos livros".

A Conservas Standard produz pêssegos enlatados de Alberta, peras Bartlett enlatadas e abricós enlatados. A Conservas Standard enlata mais pêssegos que qualquer outra fábrica do país: é famosa apenas por isso.

Apesar da derrota de 1948 e da morte do general Smuts, o pai permanece leal ao Partido Unido: leal, mas desanimado. O advogado Strauss, novo líder do partido, não passa de uma pálida sombra de Smuts; com Strauss, o PU não tem esperanças de ganhar as próximas eleições. Além disso, os nacionalistas estão garantindo sua vitória mediante a redefinição dos limites das zonas eleitorais, favorecendo seus seguidores na *platteland*, o interior.

"Por que não fazem alguma coisa a respeito?", ele pergunta ao pai.

"Quem?", questiona o pai. "Quem consegue detê-los? Eles podem fazer o que bem entendem, agora que estão no poder."

Ele não entende para que servem as eleições se o partido vencedor pode mudar as regras. É como o batedor decidir quem pode e quem não pode atirar a bola.

O pai liga o rádio na hora das notícias, mas na verdade é apenas para escutar o resultado dos jogos, jogos de críquete no verão e de rúgbi no inverno.

Antigamente o noticiário vinha da Inglaterra, antes de os nacionalistas tomarem conta. Primeiro tocava "Deus salve o rei", depois vinham os seis "bips" de Greenwich, e então o locutor dizia: "Falando de Londres, estas são as notícias", e lia notícias do mundo inteiro. Agora tudo isso acabou. "Esta é a empresa de radiodifusão da África do Sul", diz o locutor, e mergulha num longo recital do que o dr. Malan disse no Parlamento.

O que mais detesta em Worcester, o que lhe dá mais vontade de fugir, é a raiva e o ressentimento que ele pressente se insinuar entre os meninos africânderes. Ele teme e despreza os meninos africânderes, fortes e descalços, em seus shorts justos, especialmente os mais velhos que, quando têm a menor oportunidade, levam você para um lugar sossegado no mato e o violam de formas que ele escutou serem insinuadas com malícia — eles *borsel* você, por exemplo, que, segundo ele pôde entender, significa baixar suas calças e esfregar graxa de sapato nas suas bolas (mas por que nas bolas? por que graxa de sapato?) e o mandam voltar para casa seminu e chorando pelas ruas.

Há uma lenda que todos os meninos africânderes parecem conhecer, divulgada pelos professores assistentes que visitam a escola, sobre a iniciação e o que lhe acontece durante a iniciação. Os meninos africânderes cochicham sobre isso do mesmo modo excitado como falam de serem espancados com a vara. O que ele consegue escutar deixa-o enojado: sair pela rua usando fralda de bebê, por exemplo, ou beber urina. Se é preciso passar por isso para se tornar um professor, ele se recusa a ser professor.

Há boatos de que o governo vai ordenar que todas as crianças com sobrenomes africânderes sejam transferidas para as turmas de língua africânder. Os pais dele conversam sobre isso em voz baixa; estão claramente preocupados. Quanto a ele, é invadido pelo pânico ao pensar em mudar-se para uma turma africânder. Diz aos pais que não vai obedecer, vai se recusar a frequentar a escola. Eles tentam acalmá-lo: "Nada disso vai acontecer. É só conversa. Vai demorar muito para fazerem alguma coisa", dizem. Ele não fica tranquilo.

Ele fica sabendo que caberá aos inspetores escolares remover os falsos meninos ingleses das turmas inglesas. Vive temendo o dia em que o inspetor chegará, percorrerá a lista com o dedo, lerá o nome dele e lhe dirá para arrumar os cadernos. Tem um plano para esse dia, cuidadosamente preparado. Ele arrumará os cadernos e sairá da classe sem protestar. Mas não irá para a turma africânder. Calmamente, para não chamar atenção, andará até o galpão das bicicletas, pegará a sua e correrá para casa sem que ninguém possa alcançá-lo. Trancará a porta da frente e dirá à mãe que não voltará para a escola e que, se ela o trair, ele irá se matar.

Tem uma imagem do dr. Malan gravada na mente. O rosto redondo do dr. Malan não tem compreensão ou piedade. Seu papo pulsa como o de um sapo. Tem os lábios franzidos.

Ele não esqueceu a primeira medida do dr. Malan em 1948: banir todas as revistas do Capitão Marvel e do Super-Homem, permitindo que apenas os quadrinhos com personagens animais, cuja intenção é manter as crianças como bebês, passassem pela alfândega.

Pensa nas canções africânderes que os obrigam a cantar na escola. Passou a odiá-las tanto que sente vontade de gritar e fazer ruídos de peidos enquanto cantam, especialmente no trecho

"Kam ons gaan blomme pluk", em que as crianças saltam pelos campos entre pássaros pipilantes e insetos alegres.

Certa manhã de sábado, ele e dois amigos saem de Worcester de bicicleta pela estrada de De Doorns. Em meia hora estão longe de qualquer presença humana. Deixam as bicicletas junto da estrada e entram pelos morros. Encontram uma caverna, acendem uma fogueira e comem os sanduíches que trouxeram. De repente aparece um menino africânder, grande e truculento, de short cáqui. *"Wie het julle toestemming gegee?"* — "Quem lhes deu permissão?"

Eles ficam paralisados. Uma caverna: precisam de permissão para estar lá? Tentam inventar mentiras, mas sem resultado. *"Julle sal hier moet bly totdat my pa kom"*, avisa o menino: "Vocês têm de esperar aqui até meu pai chegar". Ele fala em *lat*, em *strop*: uma vara, um chicote; vão receber uma lição.

Ele fica atordoado de medo. Ali, no meio do campo, onde não podem chamar alguém, vão levar uma surra. Não há para quem apelar. Pois o fato é que são culpados, principalmente ele. Foi ele quem garantiu aos outros, quando saltaram a cerca, de que não podia ser uma fazenda, era só campo. É ele o líder do bando, foi sua ideia desde o princípio, não há outro que ele possa culpar.

O fazendeiro chega com seu cão, um alsaciano desconfiado, de olhos amarelos. Repetem as perguntas, dessa vez em inglês, perguntas sem respostas. Com que direito estão ali? Por que não pediram permissão? Mais uma vez a defesa estúpida e patética precisa ser usada: não sabiam, pensaram que fosse só um campo. Ele jura para si mesmo que nunca mais cometerá o mesmo erro. Nunca mais será tão idiota a ponto de pular uma cerca e achar que pode se safar. *Imbecil!*, pensa. *Imbecil, imbecil, imbecil!*

Mas o fazendeiro não trouxe nem vara nem chicote. "Hoje

vocês tiveram sorte", diz. Eles estão parados no lugar, sem entender. "Vão embora."

Abalados, descem a encosta, tomando cuidado para não correr, ou o cachorro poderia persegui-los rosnando e babando, até o local na estrada onde haviam deixado as bicicletas. Não há o que possam dizer para justificar o que haviam feito. Os africânderes nem sequer agiram mal. Eles foram os perdedores.

10.

De manhã cedo, há crianças de cor caminhando depressa pela rodovia Nacional com seus estojos e cadernos, algumas levando até mochilas nas costas, a caminho da escola. Mas são crianças muito pequenas: quando tiverem a idade dele, dez ou onze anos, terão deixado a escola para trás e estarão no mundo, ganhando o pão de cada dia.

No aniversário, em vez de uma festa, ele ganha dez xelins para convidar os amigos para um programa. Convida os três mais chegados para o Globe Café; sentam-se a uma mesa com tampo de mármore e pedem banana split ou sundae com calda de chocolate quente. Ele se sente soberano, distribuindo prazeres daquele jeito; a ocasião seria um sucesso, se não fossem as crianças de cor, maltrapilhas, paradas junto à vitrine, olhando para eles.

Nos rostos daquelas crianças não vê sinal do ódio que, como está preparado para reconhecer, ele e seus amigos merecem por ter tanto dinheiro, enquanto elas não têm um centavo. Ao contrário, elas parecem crianças num circo, embevecidas, totalmente absorvidas, sem deixar nada escapar.

Se fosse outro garoto, pediria ao português de cabelos cheios de brilhantina, que é dono do Globe, para afugentá-las. É normal espantar crianças pedintes. Basta contorcer o rosto numa careta e abanar os braços, gritando: *"Voetsek, hotnot! Loop! Loop!"* e depois virar-se para quem estiver observando, conhecido ou estranho, e explicar: *"Hulle soek net iets om te steel. Hulle is almal skelms"* — "Elas só estão procurando alguma coisa para roubar. Todas são ladras". Mas se ele se levantasse e fosse até o português, o que diria? "Elas estão estragando meu aniversário, não é justo, me parte o coração vê-las"? Aconteça o que acontecer, sejam elas afugentadas ou não, é tarde demais, seu coração já está partido.

Ele vê os africânderes como pessoas que sentem ódio o tempo todo por terem o coração partido. E vê os ingleses como pessoas que não sentem ódio porque vivem atrás de muros e sabem proteger seus corações.

Essa é apenas uma de suas teorias sobre os ingleses e os africânderes. A pedra no sapato, infelizmente, é Trevelyan.

Trevelyan era um dos pensionistas que morava com eles na casa em Liesbeeck Road, em Rosebank, a casa com o grande carvalho no jardim da frente, onde ele foi feliz. Trevelyan tinha o melhor quarto, com janelas francesas dando para a varanda. Era jovem, alto, simpático, não falava uma palavra de africânder, era um inglês perfeito. De manhã, Trevelyan tomava café na cozinha e depois ia trabalhar; voltava à noite e jantava com eles. Limpava o próprio quarto, que estava sempre inacessível, trancado; mas lá não havia nada de interessante, a não ser um barbeador elétrico americano.

O pai, embora fosse mais velho que Trevelyan, fez amizade

com ele. Aos sábados, os dois escutavam o rádio juntos, quando C. K. Friedlander transmitia partidas de rúgbi de Newlands.

Então chegou Eddie. Eddie era um menino negro de sete anos de Ida's Valley, perto de Stellenbosch. Veio trabalhar para eles: o acordo foi feito entre a mãe de Eddie e tia Winnie, que morava em Stellenbosch. Em troca de lavar pratos, varrer e encerar, Eddie moraria com eles em Rosebank com direito às refeições, e, no dia primeiro de cada mês, enviariam à mãe dele um vale postal de duas libras e dez xelins.

Depois de dois meses vivendo e trabalhando em Rosebank, Eddie fugiu. Desapareceu durante a noite; só perceberam a ausência dele de manhã. Chamaram a polícia. Eddie foi encontrado perto dali, escondido no mato junto ao rio Liesbeeck. Não foi descoberto pela polícia, mas por Trevelyan, que o arrastou de volta, chorando e esperneando sem pudor, e trancou-o no velho observatório no quintal dos fundos.

Obviamente, Eddie seria mandado de volta para Ida's Valley. Agora que ele desistira de fingir que estava contente, fugiria em qualquer oportunidade. O aprendizado não tinha dado certo.

Mas antes que pudessem telefonar para tia Winnie em Stellenbosch, houve a questão do castigo pelo problema que Eddie tinha causado: ter de chamar a polícia, estragar a manhã de sábado. Trevelyan se ofereceu para aplicar a punição.

Ele espiou o observatório uma vez, enquanto acontecia o castigo. Trevelyan estava segurando Eddie pelos dois pulsos e o açoitava nas pernas nuas com uma tira de couro. O pai também estava lá, de pé, olhando. Eddie uivava e dançava; estava banhado em lágrimas e ranho. "*Asseblief, asseblief, my baas*", ele gritava, "*ek sal nie weer nie!*" — "Não faço mais isso!" Mas então os dois homens o viram espiando e mandaram ele sair.

No dia seguinte, a tia e o tio vieram de Stellenbosch em seu

DKW e levaram Eddie de volta para a mãe em Ida's Valley. Não houve despedidas.

Então Trevelyan, que era inglês, foi quem bateu em Eddie. Na verdade, Trevelyan, que tinha compleição robusta e estava um pouco gordo, ficou ainda mais robusto enquanto aplicava o chicote, e roncava a cada golpe, mergulhando numa fúria digna de qualquer africânder. Mas então, como Trevelyan se encaixa nessa teoria de que os ingleses são bons?

Ele ainda tem uma dívida com Eddie, que não contou a ninguém. Depois que comprou a bicicleta Smiths com o dinheiro do oitavo aniversário, e depois que descobriu que não sabia pedalar, foi Eddie quem o empurrou no parque de Rosebank, gritando ordens, até que, de repente, ele dominou a arte do equilíbrio.

Ele fez um círculo amplo naquela primeira vez, pedalando com força para vencer o solo arenoso, até voltar onde Eddie o esperava. Eddie estava excitado, dando saltos. "*Kan ek 'n kans kry?*", ele clamou. "Posso dar uma volta?" Ele entregou a bicicleta a Eddie, que não precisava ser empurrado: disparou rápido como o vento, levantando-se nos pedais, com seu velho paletó azul-marinho a flutuar, pedalando muito melhor do que ele.

Lembra-se de lutar com Eddie no gramado. Embora Eddie fosse apenas sete meses mais velho, e do mesmo tamanho, tinha uma força e uma decisão que sempre faziam dele o vitorioso. Vitorioso, mas cauteloso na vitória. Somente por um instante, quando prendeu o adversário de costas para o chão, indefeso, Eddie se permitiu um sorriso de triunfo; então rolou para o lado e ergueu-se pronto para o próximo *round*.

O odor do corpo de Eddie o impregna nesses embates, e a imagem de sua cabeça, o crânio alto e alongado e os cabelos curtos e ásperos também.

Eles têm a cabeça mais dura que a dos brancos, diz o pai.

Por isso são tão bons no boxe. Pelo mesmo motivo, nunca serão bons em rúgbi. No rúgbi, você tem de pensar rápido, não pode ser um cabeça-dura.

Em certo momento, quando os dois estão lutando, seus lábios e nariz encostam nos cabelos de Eddie. Ele aspira o cheiro, o gosto: o cheiro, o gosto de fumaça.

Todo fim de semana, Eddie tomava banho, de pé numa tina no lavatório dos empregados; lavava-se com um trapo ensaboado. Ele e o irmão arrastaram uma lata de lixo até a pequena janela e treparam para espiar. Eddie estava nu, a não ser pelo cinto de couro, que continuava ao redor da cintura. Vendo os dois rostos na janela, ele deu um sorriso largo e gritou: "Ei!", e dançou na tina, espirrando água, sem se cobrir.

Depois ele contou à mãe:

"Eddie não tira o cinto para tomar banho."

"Deixe-o fazer como quiser", disse a mãe.

Ele nunca tinha ido a Ida's Valley, de onde Eddie viera. Acha que é um lugar frio e úmido. Na casa da mãe de Eddie não há luz elétrica. O teto vaza, todo mundo está sempre tossindo. Quando você sai, tem de pular de pedra em pedra para evitar as poças. Que esperança tem Eddie agora que voltou em desgraça para Ida's Valley?

"O que você acha que Eddie está fazendo agora?", ele pergunta à mãe.

"Com certeza, está num reformatório."

"Por que num reformatório?"

"Pessoas como ele sempre acabam num reformatório, e depois na prisão."

Ele não entende a amargura da mãe contra Eddie. Ele não entende aqueles humores amargos dela, quando coisas, quase aleatoriamente, caem sob o chicote depreciativo de sua língua: os negros, os próprios irmãos e irmãs, os livros, a educação, o governo. Ele não se importa de verdade com o que ela pensa sobre Eddie, desde que não mude de ideia de um dia para outro. Quando ela ataca alguém daquele jeito, ele sente que o chão rui entre seus pés e despenca.

Pensa em Eddie vestindo o velho paletó, encolhido para se abrigar da chuva que cai em Ida's Valley, fumando bitucas com os meninos de cor mais velhos. Ele tem dez anos e Eddie, em Ida's Valley, tem dez. Durante algum tempo, Eddie terá onze e ele ainda dez; depois também terá onze. Ele sempre estará correndo atrás, empatando com Eddie por um tempo, depois ficando para trás. Quanto tempo isso vai durar? Escapará de Eddie algum dia? Se eles cruzassem na rua um dia, será que Eddie o reconheceria, apesar de beber e fumar *dagga*, apesar da cadeia e do endurecimento, e pararia, gritando *"Jou moer!"*?

Ele sabe que, nesse momento, na casa cheia de goteiras em Ida's Valley, encolhido debaixo de um cobertor malcheiroso, ainda vestindo o paletó, Eddie pensa nele. Nos olhos negros de Eddie há duas fendas amarelas. De uma coisa tem certeza: Eddie não terá pena dele.

11.

Fora do círculo de parentes, eles têm pouco contato social. Nas ocasiões em que aparecem estranhos em casa, ele e o irmão fogem como bichos, depois se esgueiram de volta para espreitar e escutar a conversa. Fizeram buracos no teto, de modo que podem subir no espaço do forro e espiar, de cima, a sala de estar. A mãe fica envergonhada pelos ruídos. "São só as crianças brincando", explica com um sorriso forçado.

Ele evita as conversas educadas, porque as fórmulas "Como vai você?", "Como está indo na escola?", o deixam perplexo. Sem saber as respostas certas, murmura e gagueja como um idiota. E, no fim, não se envergonha de sua selvageria, da impaciência com o ritmo dócil dos diálogos polidos.

"Por que você não pode ser normal?", a mãe pergunta.

"Odeio gente normal", ele retruca, nervoso.

"Odeio gente normal", seu irmão ecoa. O irmão tem sete anos. Mostra constantemente um sorriso tenso e nervoso; na escola, às vezes, vomita sem motivo algum e precisa ser levado para casa.

Em vez de amigos, eles têm uma família. As pessoas da família da mãe são as únicas no mundo que o aceitam mais ou menos como ele é. Aceitam-no rude, antissocial, excêntrico, não apenas porque se não o aceitassem não poderiam vir visitá--los, mas porque também foram criados rudes e selvagens. A família do pai, por outro lado, o reprova e reprova a criação que teve nas mãos da mãe. Na companhia deles, sente-se constrangido; assim que consegue escapar, começa a caçoar dos lugares--comuns da polidez social (*"En hoe gaan dit met jou mammie? En met jou broer? Dis goed, dis goed!"* "Como vai sua mãe? E seu irmão? Ótimo!"). Mas não há escapatória: sem participar dos rituais, não há como visitar a fazenda. Então, retorcendo--se de vergonha, desprezando a si mesmo por sua covardia, ele cede. *"Dit gaan goed"*, diz. *"Dit gaan goed met ons almal."* Estamos todos bem.

Ele sabe que o pai fica do lado da família, contra ele. Essa é uma de suas maneiras de se vingar da mulher. Ele tem calafrios ao pensar na vida que teria de enfrentar se o pai dirigisse a casa: uma vida de atitudes aborrecidas e estúpidas, de ser como todo mundo. A mãe é a única que o aparta de uma existência que não poderia suportar. Então, ao mesmo tempo que ele se irrita com ela por sua lentidão e simplicidade, apega-se a ela como sua única protetora. É o filho dela, e não do pai. Ele renega e detesta o pai. Não se esquece daquele dia, dois anos antes, em que pela única vez sua mãe deixara o pai atacá-lo, como um cão que se soltou da corrente ("Cheguei ao limite, não suporto mais!"), e os olhos de seu pai reluziam, azuis e irados, enquanto o sacudia e estapeava.

Ele tem de ir para a fazenda porque não existe lugar no mundo de que goste mais ou imagine gostar mais. Tudo o que é complicado no amor pela mãe é descomplicado no amor pela fazenda. Mas desde que pode se lembrar, esse amor teve um lado doloroso. Ele pode visitar a fazenda, mas nunca irá morar lá. A fazenda não é sua casa; ele nunca passará de um hóspede, um hóspede difícil. Até hoje, a cada dia a fazenda e ele percorrem caminhos diferentes, se separando, se distanciando cada vez mais. Um dia a fazenda estará perdida para sempre, totalmente; e ele já sofre por essa perda.

A fazenda era do avô, mas o avô tinha morrido, e ela passara para o tio Son, o irmão mais velho do pai. Son era o único com jeito para a fazenda; o resto dos irmãos e irmãs partiram ansiosamente para as cidades. No entanto, existe a sensação de que a fazenda onde cresceram ainda é deles. Assim, pelo menos uma vez por ano, e às vezes duas, o pai volta à fazenda e o leva junto.

A fazenda se chama Voëlfontein, a fonte dos pássaros; ele ama cada uma de suas pedras, cada arbusto, cada folha da relva, ama os pássaros que lhe deram o nome, pássaros que, ao entardecer, se reúnem aos milhares nas árvores em volta da fonte, chamando uns aos outros, murmurando, rufando as asas, acomodando-se para a noite. É inconcebível que outra pessoa possa amar tanto a fazenda quanto ele. Mas ele não pode falar sobre esse amor, não apenas porque pessoas normais não falam sobre essas coisas, mas porque confessá-lo seria uma traição a sua mãe. Seria uma traição não apenas porque ela também vem de uma fazenda, uma fazenda rival numa parte longínqua do mundo, da qual ela fala com amor e saudade próprios — mas à qual não pode voltar porque foi vendida para estranhos —, mas também porque ela não é realmente bem-vinda nesta fazenda, a verdadeira, Voëlfontein.

Por que isso acontece, ela nunca explicou — e no fundo ele é grato por isso —, mas aos poucos consegue juntar os pedaços da história. Durante um longo período no tempo da guerra, a mãe morou com os dois filhos num único quarto alugado na cidade de Prince Albert, sobrevivendo com as seis libras por mês que o pai enviava de seu soldo de cabo, mais duas libras do Fundo para Calamidades do Governo. Nessa época, eles não foram convidados uma única vez para a fazenda, apesar de a fazenda ficar a apenas duas horas de estrada. Ele sabe essa parte da história porque o pai, quando voltou da guerra, ficou enraivecido e envergonhado pelo modo como os haviam tratado.

De Prince Albert ele lembra só do zumbido dos mosquitos nas longas noites de calor, da mãe andando de um lado para outro de camisola, o suor brotando de sua pele, as pernas carnudas riscadas de varizes, tentando acalmar seu irmão ainda bebê, que chorava sem parar; e de dias de tédio terrível, passados atrás de janelas fechadas, protegendo-se do sol. Assim eles viviam, encalhados, pobres demais para se mudar, esperando o convite que não veio.

Os lábios de sua mãe ainda ficam tensos quando se fala na fazenda. Apesar disso, eles vão à fazenda no Natal, e ela também vai. A família ampliada inteira se reúne. Camas, colchões e colchonetes são arranjados em todos os quartos, e também na comprida varanda: certo Natal, ele contou vinte e seis. A tia e as duas empregadas passam o dia todo atarefadas na cozinha abafada, cozinhando, assando, produzindo uma refeição após outra, uma rodada de chá ou café com bolo após outra, enquanto os homens ficam sentados na varanda, olhando preguiçosamente para o reluzente Karoo, contando histórias sobre os velhos tempos.

Ele bebe avidamente a atmosfera, bebe a mistura alegre e descuidada de inglês e africânder, que é a língua comum quando se reúnem. Ele gosta dessa língua engraçada e dançante, com suas partículas que escorregam para um lugar e outro da frase. É mais leve e arejada que o africânder que estudam na escola, carregado de expressões supostamente originárias da *volksmond*, a boca do povo, mas que parecem vir apenas da Grande Jornada, expressões pesadas e sem sentido sobre carroças, gado e arreios.

Na primeira vez em que esteve na fazenda, enquanto o avô ainda vivia, todos os animais domésticos de seus livros de histórias ainda estavam lá: cavalos, mulas, vacas com seus bezerros, porcos, patos, um bando de galinhas com um galo que cacarejava ao amanhecer, cabras e bodes barbudos. Depois da morte do avô, o curral começou a encolher, até que sobraram apenas carneiros. Primeiro venderam os cavalos, depois os porcos foram transformados em banha (ele viu o tio atirar no último porco: a bala entrou atrás da orelha; o animal deu um grunhido, um grande peido e desabou, primeiro de joelhos, depois de lado, estremecendo). Depois foram-se as vacas, e os patos.

O motivo era o preço da lã. Os japoneses estavam pagando uma libra por libra de lã: era mais fácil comprar um trator do que cuidar de cavalos, mais fácil dirigir até a estrada de Fraserburg no novo Studebaker e comprar manteiga congelada e leite em pó do que ordenhar uma vaca e bater o creme. Só os carneiros interessavam, carneiros com velos de ouro.

O trabalho nas plantações também podia ser dispensado. A única lavoura que mantiveram na fazenda é a de alfafa, para o caso de o pasto acabar e precisarem alimentar os carneiros. Dos pomares, só resta um punhado de laranjeiras, que produzem ano após ano os frutos mais doces.

Quando, restaurados por um cochilo depois do almoço, as tias e os tios se reúnem na varanda para tomar chá e contar histórias, às vezes a conversa gira em torno dos velhos tempos na fazenda. Lembram-se do pai, o "fazendeiro cavalheiro" que mantinha uma carruagem com uma parelha, plantava milho nas terras abaixo da represa e depois ele mesmo colhia e moía. "É, bons tempos aqueles", eles dizem e suspiram.

Gostam de ser nostálgicos, mas nem um desejaria voltar ao passado. Ele, sim. Ele gostaria de que tudo fosse como antigamente.

Num canto da varanda, à sombra da buganvília, fica um cantil de lona. Quanto mais quente o dia, mais fresca a água — um milagre, como o milagre da carne que fica pendurada no escuro e não apodrece, como o milagre das abóboras que ficam no telhado sob o sol ofuscante e continuam frescas. Na fazenda, parece que as coisas não deterioram.

A água do cantil é magicamente fresca, mas ele não se serve mais do que um gole de cada vez. Orgulha-se de beber pouco. Isso o manterá vivo, imagina, se um dia se perder na savana. Ele quer ser uma criatura do deserto, aquele deserto, como um lagarto.

Logo além da casa da fazenda existe uma represa cercada de pedras, com quase quatro metros de lado, que é abastecida por uma bomba de vento e fornece água para a casa e a horta. Num dia quente, ele e o irmão põem na represa uma tina de ferro galvanizado, sobem nela balançando e remam de um lado para outro.

Ele tem medo de água; pensa naquela aventura como uma forma de superar o medo. O barco deles oscila no meio da represa. Raios de luz saem da água agitada; o único ruído é o zumbido das cigarras. Entre ele e a morte há apenas uma fina lâmina de metal. Apesar disso, sente-se seguro, tão seguro que poderia dormir. Isso é a fazenda: ali, nenhum mal pode acontecer.

Ele estivera num barco só uma vez, quando tinha quatro anos. Um homem (quem? — tenta se lembrar, mas não consegue) remou pela lagoa em Plettenberg Bay. Deveria ser um passeio agradável, mas o tempo todo ele ficou paralisado, de olhos fixos na margem distante. Só uma vez espiou por sobre a borda. Algas frondosas moviam-se languidamente lá no fundo. Era como ele temia, e até pior; sua cabeça girou. Somente aquelas frágeis tábuas, que rangiam a cada remada como se fossem rachar, o impediam de mergulhar para a morte. Agarrou-se mais forte e fechou os olhos, vencendo o pânico que o invadia.

Existem duas famílias de negros em Voëlfontein, cada qual com sua própria casa. E também, perto do muro da represa, fica a casa hoje destelhada em que viveu Outa Jaap. Outa Jaap estava na fazenda antes do avô; ele se lembra de Outa Jaap apenas como um homem muito velho com olhos cegos brancos feito leite, gengivas desdentadas e mãos ossudas, sentado num banco ao sol — levaram-no ao velho antes que ele morresse, talvez para uma bênção, não tem certeza. Embora Outa Jaap já tenha partido, seu nome ainda é citado com respeito. Mas quando ele pergunta o que havia de especial em Outa Jaap, as respostas que ouve são muito banais. Outa Jaap vinha do tempo anterior às cercas contra os chacais, contam-lhe, quando os pastores que guiavam os carneiros para pastar num dos campos distantes tinham de viver com eles e vigiá-los por várias semanas. Outa Jaap pertencia a uma geração desaparecida. Só isso.

Mas ele tem uma sensação do que está por trás dessas palavras. Outa Jaap fazia parte da fazenda; mesmo que o avô tenha sido seu comprador e proprietário legal, Outa Jaap veio com ela, dela sabia mais — os carneiros, a savana e o clima — do que um forasteiro jamais saberia. Por isso Outa Jaap precisava ser respeitado; por isso ninguém pensava em se livrar do filho de Outa Jaap, Ros, agora na meia-idade, embora não seja bom trabalhador, nada confiável e dado a fazer coisas erradas.

Está subentendido que Ros viverá e morrerá na fazenda e será sucedido por um de seus filhos. Freek, o outro assalariado, é mais jovem e enérgico que Ros, mais ágil de raciocínio e confiável. No entanto, não é da fazenda: está subentendido que não ficará obrigatoriamente.

Chegando à fazenda de Worcester, onde os negros parecem ter de suplicar por qualquer coisa (*"Asseblief my nooi! Asseblief my basie!"*), ele fica aliviado ao ver as relações corretas e formais entre seu tio e o *volk*. Toda manhã o tio confere com os dois homens as tarefas do dia. Não lhes dá ordens. Mas propõe as tarefas que devem ser feitas, uma a uma, como se distribuísse cartas sobre uma mesa; os homens também dão suas cartas. Entre elas há longas pausas, silêncios reflexivos em que nada acontece. Então, de repente, misteriosamente, tudo parece decidido: quem irá aonde, quem fará o quê. *"Nouja, dan sal ons maar loop, baas Sonnie"* — Já vamos! E Ros e Freek põem os chapéus e partem rapidamente.

Na cozinha, acontece a mesma coisa. Duas mulheres trabalham lá: a mulher de Ros, Tryn, e Lientjie, a filha dele de outro casamento. Elas chegam à hora do café da manhã e vão embora depois do almoço, a refeição principal do dia, que aqui chamam de jantar. Lientjie é tão tímida com estranhos que esconde o rosto e dá risadinhas quando falam com ela. Mas quando ele fica parado à porta da cozinha, ouve passar entre sua tia e as duas mulheres um fluxo de conversa baixinho que ele adora escutar: a tagarelice suave e reconfortante das mulheres, casos contados de ouvido em ouvido, até que não só a fazenda, mas toda a aldeia em Fraserburg Road e os lugarejos fora da aldeia são cobertos pelas histórias, e também todas as fazendas do distrito; uma suave teia branca de fofocas tecida sobre o passado e o presente, uma teia sendo tecida no mesmo instante em outras cozinhas, a cozinha dos Van Rensburg, a dos Albert, a dos Nigrini, as várias cozinhas dos Bote: quem vai se casar com quem, a sogra de quem vai ser operada e do quê, o filho de quem vai bem na escola, a filha de quem está naquele estado, quem visitou quem, quem usava o quê e quando.

Mas é com Ros e Freek que ele tem mais afinidade. Morre

de curiosidade sobre a vida deles. Usam camiseta e cuecas como os brancos? Há uma cama para cada pessoa? Dormem nus, com as roupas de trabalho, ou têm pijamas? Fazem refeições decentes, sentados à mesa, com garfo e faca?

Ele não tem respostas a essas perguntas, pois não é apropriado visitar suas casas. Seria indelicado, lhe dizem, porque Ros e Freek ficariam envergonhados.

Se não é embaraçoso que a mulher e a filha de Ros trabalhem na casa — ele queria perguntar — fazendo a comida, lavando a roupa, arrumando as camas, por que é embaraçoso visitá-los em sua casa?

Parece um bom argumento, mas contém uma falha, ele sabe. Porque a verdade é que é embaraçoso ter Tryn e Lientjie na casa. Ele não gosta quando passa por Lientjie no corredor, e ela tem de fingir que é invisível, e ele tem de fingir que ela não está ali. Não gosta de ver Tryn ajoelhada lavando suas roupas na tina. Não sabe como responder quando ela se dirige a ele na terceira pessoa, chamando-o de *die kleinbaas*, patrãozinho, como se ele não estivesse presente. Tudo é profundamente embaraçoso.

Com Ros e Freek é mais fácil. Mas mesmo com eles tem de falar frases de construção tortuosa, para evitar tratá-los por *jy* quando eles o tratam por *kleinbaas*. Ele não tem certeza se Freek conta como um homem ou um menino, se ele está sendo ridículo ao tratar Freek como um homem. Com os negros em geral, e com a gente do Karoo em particular, ele simplesmente não sabe quando deixam de ser crianças e se tornam homens e mulheres. Parece acontecer tão cedo e tão de repente: num dia eles estão brincando, no outro saem com os homens para trabalhar ou estão na cozinha, lavando pratos.

Freek é gentil e de fala suave. Tem uma bicicleta com pneus balão e um violão. No final da tarde, ele se senta na frente do quarto e toca o violão para si mesmo, com um sorriso remoto.

Nas tardes de sábado, ele pedala para o povoado em Fraserburg Road e fica lá até domingo à noite, voltando bem depois que escurece: a quilômetros de distância, eles enxergam a luzinha bruxuleante que é o farol da bicicleta. Parece-lhe heroico pedalar aquela distância enorme. Ele adoraria Freek como um herói, se fosse permitido.

Freek é contratado, pode receber o aviso e ser mandado embora. Mas vendo Freek sentado nos calcanhares, de cachimbo na boca, olhando para a savana, parece-lhe que Freek pertence àquele lugar com mais certeza do que os Coetzee — se não a Voëlfontein, ao Karoo. O Karoo é a terra de Freek, seu lar; os Coetzee, bebendo chá e fofocando na varanda, são como andorinhas, de época, hoje aqui, amanhã não mais, ou mesmo como pardais, barulhentos, ligeiros, efêmeros.

O melhor na fazenda, o melhor de tudo, é caçar. O tio possui apenas um rifle, um pesado Lee-Enfield .303 que dispara uma bala grande demais para qualquer caça (certa vez o pai acertou uma lebre com ele, e não sobrou nada além de farrapos sangrentos). Por isso, quando ele está na fazenda, pedem emprestada a um vizinho uma velha .22. Leva uma única bala, carregada diretamente no cano; às vezes ela nega fogo, e ele fica com um assobio no ouvido durante horas. Nunca consegue atingir nada com aquela arma, a não ser sapos na represa e *muisvoëls* no pomar. No entanto, nunca vive tão intensamente quanto nas manhãs em que sai com o pai e suas armas pelo leito seco do Boesmansrivier à procura de caça: gazelas, antílopes, lebres e, nas encostas nuas dos morros, o pássaro *korhaan*.

Todo mês de dezembro, ele e o pai vêm à fazenda para caçar. Pegam o trem — não o Trans-Karoo Express ou o Orange Express, para não falar no Trem Azul, que são todos caros demais e, de qualquer forma, não param em Fraserburg Road, mas o trem de passageiros comum, o que para em todas as estações, até nas mais obscuras, e, às vezes, tem de se arrastar para acostamentos e esperar que os expressos mais famosos passem como relâmpago. Ele adora esse trem vagaroso, adora dormir aninhado sob os lençóis brancos engomados e os cobertores azuis-marinhos que o camareiro traz, adora acordar à noite em alguma estação silenciosa no meio do nada, escutando o silvo da máquina em repouso, o retinir do martelo do maquinista testando as rodas. Então, de madrugada, quando chegam a Fraserburg Road, o tio Son os estará esperando, com seu sorriso largo e o velho chapéu de feltro manchado de graxa, dizendo: *"Jis-laaik, maar jy word darem groot, John!"* — Como você está crescendo! — e assobiando entre os dentes, e eles carregam as sacolas no Studebaker e iniciam o longo trajeto.

Ele aceita sem questionar o tipo de caça praticada em Voëlfontein. Aceita que foi uma boa caçada quando assustam uma única lebre ou escutam um casal de *korhaan* gargarejando na distância. É o suficiente para se contar uma história ao resto da família, que, quando eles voltarem com o sol alto no céu, estará sentada na varanda, tomando café. Na maioria das manhãs não há nada para se contar, absolutamente nada.

Não faz sentido sair para caçar nas horas de calor, quando os animais que eles querem matar dormitam na sombra. Mas no fim da tarde, às vezes, dão um giro pelas estradas rurais no Studebaker, com tio Son dirigindo, o pai ao lado dele, segurando o .303, e ele e Ros no banco de trás.

Normalmente, seria função de Ros saltar e abrir as porteiras para o carro, esperar que ele passe e fechá-las, uma depois da outra. Mas nessas caçadas é privilégio dele abrir as porteiras, enquanto Ros observa e aprova.

Estão caçando o legendário *paauw*. Mas como os *paauw* só são avistados uma ou duas vezes por ano — são tão raros, na verdade, que há uma multa de cinquenta libras para quem matá-

-los, se a pessoa for apanhada —, eles decidem caçar *korhaan*. Ros vai junto porque, sendo um boxímane ou quase isso, deve ter uma visão extremamente aguda.

E de fato é Ros, avisando com um tapa na capota do carro, quem primeiro vê o *korhaan*: pássaros marrons-acinzentados do tamanho de galinhas trotando entre os arbustos em grupos de dois ou três. O Studebaker para; seu pai pousa o .303 na janela e faz pontaria; o estampido ecoa várias vezes pela savana. Às vezes as aves, assustadas, levantam voo; mas geralmente apenas correm mais, soltando o gargarejo característico. O pai nunca acerta realmente um *korhaan*, por isso ele nunca viu de perto uma dessas aves.

O pai foi da artilharia durante a guerra: manipulava um canhão antiaéreo Bofors contra aviões alemães e italianos. Ele se pergunta se o pai teria derrubado algum avião: é certo que nunca falou sobre isso. Como acabou sendo artilheiro? Não tem dom para a coisa. Será que distribuíam tarefas aos soldados aleatoriamente?

O único tipo de caçada em que eles têm êxito é à noite, que, logo ele descobre, é algo vergonhoso e de que não se pode gabar. O método é simples. Depois do jantar, eles pegam o Studebaker, e tio Son dirige no escuro através dos campos de alfafa. A certa altura ele para e acende os faróis. A menos de trinta metros está uma gazela, com as orelhas espetadas na direção deles, os olhos ofuscados refletindo os faróis. "*Skiet!*", o tio sussurra. Seu pai atira, e o animal cai.

Eles dizem a si mesmos que é aceitável caçar dessa maneira porque os cervos são uma praga, comem a alfafa que é para os carneiros. Mas quando ele vê como a gazela é pequena, pouco maior que um cachorro, entende que o argumento é vazio. Caçam à noite porque não são suficientemente bons para acertar qualquer coisa de dia.

Por outro lado, a carne mergulhada no vinagre e depois assada (ele vê a tia abrir fendas na carne escura e recheá-la de cravos e alho) é ainda mais deliciosa que cordeiro, perfumada e macia, tão macia que derrete na boca. Tudo no Karoo* é delicioso: os pêssegos, as melancias, as abóboras, o carneiro, como se qualquer coisa que consiga encontrar sustento naquele solo árido seja, portanto, abençoada.

Nunca serão caçadores famosos. Mas ele adora o peso da arma na mão, o som dos pés pisando a areia cinzenta do rio, o silêncio que desce pesado como uma nuvem quando param, e a paisagem a rodeá-los, a amada paisagem ocre, cinza, bege e verde-oliva.

No último dia da temporada, conforme o ritual, ele pode atirar o que restou da caixa de balas .22 numa lata sobre um mourão de cerca. É uma ocasião difícil. A arma emprestada não é boa, e ele não é um bom atirador. Com a família observando da varanda, dispara os tiros apressadamente, errando mais que acertando.

Certa manhã em que ele está sozinho no leito do rio, caçando *muisvoëls*, a .22 emperra. Ele não encontra um meio de liberar a bala presa no cano. Leva a arma de volta para casa, mas tio Son e o pai tinham saído para o campo.

"Peça a Ros ou Freek", a mãe sugere.

Ele procura Freek no estábulo. Mas Freek não quer tocar na arma. O mesmo acontece com Ros, quando ele o encontra. Embora eles não o expliquem, parecem ter pavor de armas. Então ele tem de esperar que o tio volte e retire a bala com o canivete.

"Pedi para Ros e Freek", ele se queixa, "mas não quiseram ajudar."

---

* Região semidesértica da África do Sul. (N. E.)

O tio balança a cabeça.

"Você não deve pedir para eles tocarem em armas", ele explica. "Eles sabem que não devem."

Não devem. Por quê? Ninguém lhe diz. Mas ele fica pensando nas palavras "não devem". Escuta-as com mais frequência na fazenda do que em qualquer outro lugar, até mesmo que em Worcester. Estranhas palavras. "Você não deve tocar nisto." "Você não deve comer aquilo." Seria esse o preço, se ele desistisse da escola e pedisse para viver ali na fazenda: teria de parar de fazer perguntas, obedecer a todos os "não deve", fazer tudo o que lhe mandassem? Estaria preparado para submeter-se e pagar esse preço? Não há um modo de viver no Karoo — o único lugar do mundo onde ele deseja estar — do jeito que ele quer: sem pertencer a uma família?

A fazenda é imensa, tão imensa que, numa das caçadas, quando ele e o pai encontram uma cerca que cruza o leito do rio, e seu pai anuncia que eles atingiram o limite entre Voëlfontein e a próxima fazenda, ele fica decepcionado. Em sua imaginação, Voëlfontein é um reino isolado. Não há tempo suficiente numa só vida para conhecer Voëlfontein inteira, cada pedra e cada arbusto. Não pode haver tempo suficiente quando se ama um lugar de forma tão voraz.

Ele conhece Voëlfontein melhor no verão, quando se estende achatada sob a luz uniforme e cegante que cai do céu. Mas Voëlfontein também tem seus mistérios, que pertencem não à noite e à sombra, mas às tardes quentes, quando as miragens dançam no horizonte e o próprio ar canta em seus ouvidos. Então, quando todos estão cochilando, solapados pelo calor, ele pode sair de casa na ponta dos pés e subir na colina até o labirinto de currais cercados de pedra dos velhos tempos, quando milhares de carneiros eram trazidos das savanas para ser contados, tosados ou tratados. As paredes do curral têm sessenta centímetros de espessura e são mais altas que ele; foram feitas com pedras chatas cinza-azuladas, cada uma delas carregada até ali em carroças de burros. Ele tenta imaginar os rebanhos de carneiro, hoje todos mortos, que devem ter se abrigado do sol colados a essas paredes. Tenta enxergar como era Voëlfontein quando a casa grande, as outras edificações e os currais estavam sendo construídos: um local de trabalho paciente, como formigas, ano após ano. Hoje os chacais que atacavam os carneiros foram todos exterminados, a tiros ou com veneno, e os currais, inúteis, desmoronam lentamente.

Os muros dos currais se estendem por quilômetros subindo e descendo morros. Nada cresce ali: a terra foi pisoteada e morta para sempre, ele não sabe como: parece descolorida, amarelada, doentia. No interior dos muros, ele fica isolado de tudo, menos do céu. Ele foi avisado para não ir lá por causa do perigo de haver cobras, porque ninguém o escutaria se pedisse socorro. As cobras, lhe dizem, gostam de tardes quentes como aquela: saem de seus covis — najas cuspideiras, biútas, *skaapsteker* — para se refestelar ao sol, aquecendo seu sangue frio.

Ele ainda não viu uma cobra nos currais; assim mesmo, olha cuidadosamente onde pisa.

Freek encontra uma *skaapsteker*, muito venenosa, atrás da cozinha, onde as mulheres penduram a roupa para secar. Bate nela com um pau até matá-la e estende o corpo comprido e amarelo sobre um arbusto. Durante semanas as mulheres não passam por lá. As cobras se casam para toda a vida, Tryn diz; quando se mata o macho, a fêmea vem procurar vingança.

A primavera, setembro, é a melhor época para ir ao Karoo, embora as férias escolares durem só uma semana. Uma vez estavam na fazenda em setembro quando chegaram os tosquiadores. Aparecem de lugar nenhum, homens selvagens em bicicletas carregadas de sacos de dormir e panelas.

Ele descobre que os tosquiadores são pessoas especiais. Quando chegam à fazenda é sinal de sorte. Para que fiquem, escolhe-se um carneiro gordo e o abatem. Eles invadem o antigo estábulo, que transformam em acampamento. A fogueira queima até tarde da noite enquanto se banqueteiam.

Ele escuta uma longa conversa entre tio Son e o líder deles, um homem tão escuro e altivo que quase poderia ser um nativo, com barba pontuda e calça amarrada com uma corda. Falam do tempo, do estado do pasto no distrito de Prince Albert, no distrito de Beaufort, no de Fraserburg, falam dos pagamentos. O africânder falado pelos tosquiadores é tão denso, cheio de expressões desconhecidas, que ele mal consegue entender. De onde eles vêm? Existe uma região ainda mais para o interior que as terras de Voëlfontein, uma região ainda mais isolada do mundo?

Na manhã seguinte, uma hora antes de o sol nascer, ele acorda com o ruído de cascos quando as primeiras tropas de carneiros passam perto da casa a caminho dos currais, ao lado da casa de tosquia. A casa começa a despertar. Há movimento na cozinha e o cheiro de café. À primeira luz ele está lá fora, vestido, excitado demais para comer.

Ele recebe uma tarefa. Fica encarregado de um caneco de lata cheio de sementes de feijão. Cada vez que um tosquiador termina um carneiro, solta-o com um tapa na anca e atira a lã sobre a mesa de triagem, e o carneiro, rosado e nu, sangrando nos lugares em que a lâmina o feriu, trota nervoso para o segundo cercado — cada vez o tosquiador pode tirar um feijão do caneco, o que faz com um sinal de cabeça e um educado "*My basie!*".

Quando ele se cansa de segurar o caneco (os tosquiadores podem tirar os feijões sozinhos, são homens do campo e nunca ouviram falar em desonestidade), ele e o irmão ajudam a encher os fardos, pulando sobre a massa de lã grossa, quente e oleosa. Sua prima Agnes também está lá, veio de Skipperskloof. Ela e a irmã se juntam a eles, e os quatro caem uns sobre os outros, rindo e saltando como se estivessem numa enorme cama de plumas.

Agnes ocupa um lugar em sua vida que ele ainda não compreende. Viu-a pela primeira vez quando ele tinha sete anos. Convidados a Skipperskloof, chegaram num fim de tarde depois da longa jornada de trem. Nuvens cobriam o céu, o sol não aquecia. Sob a luz fria de inverno, a vasta savana era de um azul escuro e arroxeado, sem vestígios de verde. Até a casa da fazenda parecia inóspita: um austero retângulo branco com telhado de zinco íngreme. Não parecia em nada com Voëlfontein; ele não queria ficar ali.

Poucos meses mais velha que ele, Agnes foi designada sua companheira. Ela o levou para dar uma volta na savana. Foi descalça; nem mesmo possuía sapatos. Logo estavam no meio do nada e perderam a casa de vista. Começaram a conversar. Ela usava maria-chiquinha e tinha língua presa, o que lhe agradou. Ele perdeu a timidez. Ao falar, esqueceu qual língua estava usando: os pensamentos simplesmente se transformavam em palavras, palavras transparentes.

O que ele disse a Agnes naquela tarde, já não pode lembrar. Mas disse-lhe tudo, tudo mesmo, tudo o que sabia, tudo o que desejava. Ela ouviu tudo em silêncio. E enquanto ele falava, sabia que o dia era especial por causa dela.

O sol começou a cair, de um púrpura incendiado, mas gélido. As nuvens escureceram, o vento se fortaleceu e atravessava suas roupas. Agnes usava apenas um vestido fino de algodão; seus pés estavam azulados de frio.

"Onde vocês estavam? O que andaram fazendo?", perguntaram os adultos quando voltaram à casa. "*Niks nie*", Agnes respondeu. Nada.

Aqui em Voëlfontein, Agnes não tem permissão para caçar, mas pode passear com ele pelos campos ou apanhar rãs na grande represa. Estar com ela é diferente de estar com os colegas de escola. Tem algo a ver com a suavidade dela, sua disposição para escutar, mas também com as pernas morenas e esguias, os pés descalços, seu modo de dançar de pedra em pedra. Ele é inteligente, ele é um dos melhores da classe; ela também tem fama de inteligente. Eles passeiam por toda parte conversando sobre coisas que os adultos desaprovariam: se o universo teve um começo; o que existe atrás de Plutão, o planeta obscuro; se Deus existe, onde está?

Por que ele consegue falar assim com Agnes? Por ela ser uma menina? A tudo que ele propõe, ela parece responder sem reservas, suave e prontamente. Ela é sua prima-irmã; portanto, não podem se apaixonar e casar. De certo modo isso é um alívio: ele pode ser amigo dela, abrir o seu coração. Mas estaria apaixonado por ela de qualquer maneira? Seria isso o amor — aquela generosidade fácil, aquela sensação de ser finalmente compreendido, de não ter de fingir?

O dia inteiro e todo o dia seguinte, os tosquiadores trabalham, mal parando para comer, lançando desafios uns aos outros para mostrar quem é mais rápido. À noitinha no segundo dia, todo o trabalho está terminado, todos os carneiros da fazenda foram tosados. Tio Son traz uma sacola de lona cheia de dinheiro, notas e moedas, e cada tosquiador é pago de acordo com seu número de feijões. Então fazem outra fogueira, outro banquete. Na manhã seguinte, eles se foram, e a fazenda retorna a seu velho ritmo, vagaroso.

Os fardos de lã são tantos que não cabem no abrigo. Tio Son vai de um em um com um molde e uma almofada de tinta, pintando em cada um o nome dele, o nome da fazenda e a qualidade da lã. Dias depois chega um enorme caminhão (como ele conseguiu atravessar o leito arenoso do Boesmansrivier, onde até os carros atolam?), e os fardos são carregados e levados embora.

Isso acontece todo ano. Todo ano os tosquiadores chegam, todo ano aquela aventura e excitação. Nunca acabará; não há motivo para que acabe, enquanto existirem anos.

A palavra secreta e sagrada que o liga à fazenda é *pertencer*. Sozinho na savana, ele pode pronunciar alto: *Eu pertenço a este lugar*. O que ele realmente acredita, mas não pronuncia, e guarda para si mesmo por medo de que o encantamento acabe, é uma forma diferente da frase: *Eu pertenço à fazenda*.

Ele não diz a ninguém porque a palavra é facilmente mal interpretada, e transformada em seu inverso: *A fazenda pertence a mim*. A fazenda nunca pertencerá a ele, ele nunca passará de um visitante: isso ele aceita. A ideia de realmente viver em Voëlfontein, de chamar a casa grande de sua casa, de não precisar mais pedir permissão para fazer o que quiser, o deixa atordoado; ele a afasta. *Pertenço à fazenda*: é o máximo que ele pode ir, mesmo bem no fundo do seu coração. Mas, no fundo do coração, ele sabe o que a fazenda, a sua maneira, também sabe: que Voëlfontein não pertence a ninguém. A fazenda é maior que qualquer um deles. A fazenda existe da eternidade para a eternidade. Quando todos estiverem mortos, quando até a casa grande houver desmoronado como os currais nas colinas, a fazenda continuará ali.

Certa vez, em plena savana e distante da casa, ele se agacha e esfrega terra nas palmas das mãos, como se as lavasse. É um ritual. Ele está criando um ritual. Ainda não sabe o que significa aquele ritual, mas se alegra de não haver ninguém por perto para ver e contar aos outros.

Pertencer à fazenda é o destino secreto dele, um destino que lhe coube ao nascer e que ele abraça com alegria. Seu outro segredo é que, por mais que lute, ainda pertence à mãe. Ele não ignora que essas duas dependências se chocam. Também não ignora que na fazenda a influência da mãe sobre ele é mínima. Incapaz, como mulher, de caçar, incapaz até de caminhar pela savana, aqui ela está em desvantagem.

Ele tem duas mães. Nasceu duas vezes: de uma mulher e da fazenda. Duas mães e nenhum pai.

A menos de um quilômetro da fazenda, a estrada se divide; o caminho da esquerda vai para Merweville, o da direita para Fraserburg. Na forquilha, fica o cemitério, um terreno cercado e com um portão. A lápide de mármore do avô domina o cemitério; há mais uma dúzia de túmulos agrupados ao redor, menores e mais modestos, com lápides de ardósia, algumas delas com nomes e datas talhadas na pedra, outras sem palavra alguma.

O avô é o único Coetzee ali, o único que morreu desde que a fazenda pertence à família. Foi ali que ele terminou, o homem que começou como vendedor ambulante em Piketberg, depois abriu uma loja em Laingsburg e tornou-se prefeito da cidade, depois comprou o hotel na Fraserburg Road. Ele está enterrado, mas a fazenda ainda lhe pertence. Seus filhos correm sobre ela como anões, e seus netos, como anões de anões.

Do outro lado da estrada existe um segundo cemitério, sem cerca, onde algumas covas foram tão batidas pelo tempo que se reabsorveram na terra. Ali repousam os empregados e servidores da fazenda, remontando a Outa Jaap e muito antes. As poucas lápides que restam de pé não têm nomes ou datas. No entanto, ele sente ali mais reverência do que entre as gerações de Bote reunidas em torno do avô. Não tem nada a ver com espíritos. Ninguém no Karoo acredita em espíritos. Qualquer coisa que morra ali, morre firme e definitivamente: a carne é comida pelas formigas, os ossos são branqueados pelo sol, e é tudo. Mas, entre aqueles túmulos, ele anda com nervosismo. Da terra sai um silêncio profundo, tão profundo que quase parece um murmúrio.

Quando ele morrer, quer ser enterrado na fazenda. Se não permitirem, então quer ser cremado e ter as cinzas espalhadas ali.

Outro lugar ao qual faz uma peregrinação todos os anos é Bloemhof, onde ficava a primeira sede. Hoje nada resta além das fundações, que não têm interesse. Na frente dela costumava haver uma represa alimentada por uma nascente subterrânea; mas a fonte secou há muito tempo. Da horta e do pomar que existiram ali, não ficou vestígio. Mas ao lado da fonte, brotando da terra nua, ergue-se uma palmeira enorme e solitária. No caule da árvore, abelhas fizeram um ninho, as ferozes abelhas negras. O tronco é escurecido pela fumaça de fogueiras que as pessoas acenderam ao longo de anos para roubar o mel das abelhas; mas elas continuam lá, juntando o néctar quem sabe de onde naquela paisagem seca e cinzenta.

Ele gostaria que as abelhas soubessem que, quando ele aparece, vem de mãos limpas, não para roubá-las, mas para cumprimentá-las, prestar sua homenagem. Porém, no momento em que ele se aproxima da palmeira, elas começam a zumbir, irritadas; os zangões voam na direção dele, advertindo-o para se afastar. Certa vez teve de correr vergonhosamente pela savana com o enxame a persegui-lo, ziguezagueando e abanando os braços, agradecido por não haver ninguém ali para vê-lo.

Toda sexta-feira um carneiro é abatido para o pessoal da fazenda. Ele vai com Ros e tio Son escolher o animal que deve morrer. Então fica olhando de longe quando, no abatedouro atrás do abrigo, fora da vista da casa, Freek segura as pernas traseiras e, Ros, com seu pequeno canivete de aspecto inofensivo, lhe corta o pescoço, e depois os dois seguram firmemente o animal que esperneia, se debate e tosse enquanto o sangue vital jorra. Ele continua olhando quando Ros extrai o sangue ainda quente e pendura a carcaça na seringueira, parte-a ao meio e puxa as vísceras para uma bacia: o grande estômago azul cheio de capim, os intestinos (dos quais ele espreme os últimos excrementos que o carneiro não teve tempo de expelir), o coração, o fígado, os rins — tudo o que um carneiro tem por dentro e que ele também tem por dentro.

Ros usa o mesmo canivete para castrar cordeiros. Ele também observa esse acontecimento. Os jovens carneiros e suas mães são cercados e presos. Ros move-se no meio deles, agarra os cordeiros pela pata de trás, um por um, e os pressiona no chão enquanto eles soltam balidos de terror, um berro desesperado atrás do outro, e corta uma fenda no escroto. Ele abaixa a cabeça, prende os testículos nos dentes e os arranca. Parecem duas pequenas medusas, com os vasos sanguíneos azuis e vermelhos dependurados.

Ros também lhes corta o rabo, já que está ali, e os atira para o lado, deixando um toco sangrento.

Com suas pernas curtas, calça velha e larga, cortada abaixo dos joelhos, os sapatos feitos em casa e o chapéu de feltro surrado, Ros se move pelo cercado como um palhaço, escolhendo os cordeiros e tratando-os sem piedade. Ao fim da operação, os carneiros ficam sangrando e doloridos ao lado das mães, que nada fizeram para protegê-los. Ros fecha o canivete. Tarefa cumprida; ele mostra um sorrisinho apertado.

Não há como falar sobre o que ele acaba de assistir.

"Por que eles precisam cortar o rabo dos carneiros?", pergunta à mãe.

"Porque senão as varejeiras poriam ovos embaixo dos rabos", explica a mãe. Ambos estão fingindo; ambos sabem qual é o verdadeiro motivo.

Um dia, Ros deixa-o segurar seu canivete, mostra-lhe com que facilidade corta um fio de cabelo. O cabelo não verga, apenas se parte em dois a um simples toque da lâmina. Ros a afia diariamente, cuspindo na pedra de amolar e esfregando a lâmina sobre ela, de um lado para outro, suavemente. A lâmina já está tão gasta de tanto amolar, cortar e amolar de novo que sobrou apenas um fio. O mesmo acontece com o facão de Ros: já o usou tanto, já o afiou tanto, que sobraram apenas dois ou três centímetros de aço; a madeira do cabo é macia e escurecida por anos de suor.

"Você não deveria olhar isso", diz a mãe, depois de um abate na sexta-feira.

"Por quê?"

"Não deveria, só isso."

"Mas eu quero."

E ele vai olhar Ros esticar o couro e borrifá-lo de sal grosso.

Ele gosta de ver Ros, Freek e o tio trabalharem. Para aproveitar o preço alto da lã, Son quer criar mais carneiros na fazenda. Mas após anos de pouca chuva, a savana é um deserto, o capim e os arbustos estão rentes ao solo. Então ele decide refazer as cercas de toda a fazenda, dividindo-a em pastos menores para que os carneiros possam ser mudados de um para outro, e a savana tenha tempo de se recuperar. Ele, Ros e Freek saem todo dia, enfiando mourões na terra dura como pedra, estendendo léguas e léguas de arame farpado, esticando-o com um torniquete e pregando-o.

Tio Son sempre o trata com delicadeza, mas ele sabe que o tio não gosta dele de verdade. Como sabe? Pelo olhar inquieto de Son quando ele está por perto, o tom forçado da voz. Se Son realmente gostasse dele, seria livre e despachado com ele como é com Ros e Freek. Mas não, Son tem o cuidado de sempre falar inglês com ele, mesmo que ele responda em africânder. Tornou-se um ponto de honra entre os dois; e não sabem como se livrar da armadilha.

Ele diz para si mesmo que não é pessoal, esse desagrado, que é simplesmente por ele, o filho do irmão mais novo de Son, ser mais velho que o próprio filho de Son, que ainda é um bebê. Mas ele teme que o sentimento seja mais profundo, que Son não goste dele porque é um aliado da mãe, a intrusa, em vez de ser do pai; e também porque ele não é direto, franco, sincero.

Se ele pudesse escolher entre Son e seu próprio pai como pai, escolheria Son, mesmo que isso significasse ser irrecuperavelmente africânder e ter de passar anos no purgatório de um internato africânder, como todas as crianças de fazenda, antes de poder voltar à fazenda.

Talvez seja esse o motivo mais profundo pelo qual Son não goste dele: sente a reivindicação obscura que aquela criança lhe faz e a rejeita, como um homem que se livra de um bebê agarrado a sua perna.

Ele observa Son o tempo todo, admirando a habilidade com que faz tudo, desde medicar um animal doente até consertar uma bomba de vento. Ele fica especialmente fascinado pelo conhecimento do tio sobre os carneiros. Só de olhar para um carneiro, Son sabe não apenas a idade e quem são seus pais, não apenas que tipo de lã ele dará, mas qual será o sabor de cada parte daquele corpo. Ele sabe escolher um carneiro para abater conforme tenha as costelas ideais para grelhar ou o pernil perfeito para assar.

Ele mesmo gosta de carne. Aguarda com expectativa o sino do meio-dia que anuncia a vasta refeição: pratos de batatas assadas, arroz amarelo com passas, batatas-doces com molho caramelado, abóbora com açúcar mascavo e cubos de pão macio, feijões agridoces, salada de beterraba e, no centro, em lugar de honra, uma grande travessa de carneiro com molho para regar. Mas depois de ver Ros abatendo um carneiro, ele não gosta mais de pegar na carne crua. De volta a Worcester, prefere não entrar em açougues. Sente repulsa pela naturalidade com que o açougueiro joga um pedaço de carne sobre o balcão, o fatia, enrola em papel pardo e anota o preço. Quando escuta o uivo rascante da serra cortando os ossos, tem vontade de tapar os ouvidos. Não se importa de olhar para fígados, que têm uma vaga função no corpo, mas desvia o olhar dos corações na vitrine, e especialmente das bandejas de miúdos. Mesmo na fazenda, ele se recusa a comer miúdos, embora sejam considerados um prato requintado.

Ele não entende por que os carneiros aceitam seu destino, por que nunca se rebelam, em vez de seguir mansamente para a morte. Se os cervos sabem que não há nada pior no mundo do que cair nas mãos dos homens, e se batem para escapar até o último suspiro, por que os carneiros são tão estúpidos? São animais, afinal, têm os sentidos aguçados dos animais: por que não escutam os últimos berros da vítima atrás do abrigo, sentem o cheiro do seu sangue e percebem?

Às vezes, quando ele está no meio dos carneiros — quando eles foram reunidos para o banho de inseticida, quando estão cercados e não podem escapar —, pensa em sussurrar-lhes, avisá-los do que os espera. Mas então percebe naqueles olhos amarelos algo que o silencia: uma resignação, um conhecimento prévio não somente do que acontece aos carneiros nas mãos de Ros atrás do abrigo, mas do que os aguarda no final da longa e sedenta viagem de caminhão até a Cidade do Cabo. Eles sabem tudo, até o menor detalhe, e, no entanto, se submetem. Já calcularam o preço e estão dispostos a pagá-lo — o preço por estar na terra, o preço de se estar vivo.

12.

Em Worcester, o vento sopra continuamente, fino e frio no inverno, quente e seco no verão. Depois de uma hora ao ar livre, as pessoas têm uma poeira fina e vermelha nos cabelos, nos ouvidos, na língua.

Ele é saudável, cheio de vida e energia; todavia, parece sempre estar resfriado. Acorda de manhã com a garganta fechada, os olhos vermelhos, espirrando descontroladamente, sua temperatura sobe e desce.

"Estou doente", diz com voz rouca para a mãe. Ela pousa as costas da mão na testa dele.

"Então vai precisar ficar na cama", ela suspira.

Há mais um momento difícil de superar, o momento em que o pai pergunta: "Onde está o John?".

E a mãe responde:

"Está doente".

E o pai resmunga e diz:

"Fingindo de novo".

Nesse tempo ele fica deitado o mais quieto possível, até que o pai tenha partido e o irmão também, e então ele pode finalmente passar o dia todo lendo.

Lê em grande velocidade e com absorção total. Durante seus acessos doentios, a mãe tem de ir à biblioteca duas vezes por semana para retirar livros para ele: dois no cartão dela, outros dois no dele próprio. Evita a biblioteca, quando leva os livros para serem carimbados, porque a bibliotecária poderia fazer perguntas.

Sabe que, se quiser ser um grande homem, deverá ler livros sérios. Deveria ser como Abraham Lincoln ou James Watts, estudando à luz de vela enquanto todo mundo dorme, aprendendo sozinho latim, grego e astronomia. Ele não abandonou a ideia de ser um grande homem; promete a si mesmo que logo começará leituras mais sérias; mas por enquanto só quer ler histórias.

Lê todos os contos de mistério de Enid Blyton, todos os dos Hardy Boys, todos os de Biggles. Mas os livros de que mais gosta são as histórias da Legião Estrangeira francesa, de P. C. Wren.

"Quem é o maior escritor do mundo?", pergunta ao pai.

"Shakespeare", responde o pai.

"Por que não P. C. Wren?", ele indaga. O pai não leu P. C. Wren e, apesar de seu passado militar, não parece interessado. "P. C. Wren escreveu quarenta e seis livros. Quantos livros Shakespeare escreveu ao todo?", ele o desafia e começa a recitar os títulos. O pai diz "Ah!" de modo irritado, mas não sabe a resposta.

Se o pai gosta de Shakespeare, então Shakespeare deve ser ruim, ele conclui. No entanto, começa a ler Shakespeare, na edição amarelada com bordas gastas que o pai herdou e que deve valer muito porque é antiga. Quer descobrir por que as pessoas dizem que Shakespeare é incrível. Lê *Titus Andronicus* por causa do nome romano, depois *Coriolanus*, pulando os longos discursos, assim como salta as descrições da natureza nos livros da biblioteca.

Além de Shakespeare, o pai tem os poemas de Wordsworth e Keats. A mãe tem os poemas de Rupert Brooke. Esses livros de poesia ocupam lugar de honra na prateleira da sala, ao lado de Shakespeare, *O livro de San Michele*, num estojo de couro, e um livro de A. J. Cronin sobre um médico. Por duas vezes ele tenta ler *O livro de San Michele*, mas fica entediado. Nunca consegue descobrir quem é Axel Munthe, se o livro é verdadeiro ou ficção, se trata de uma moça ou de um lugar.

Um dia o pai entra em seu quarto com o livro de Wordsworth.

"Você deveria ler estes", diz, indicando os poemas que marcou a lápis.

Alguns dias depois volta, querendo discutir os poemas.

"A catarata trovejante me assombrou como uma paixão", o pai cita. "É uma poesia maravilhosa, não é?"

Ele resmunga, evita olhar o pai nos olhos, recusa-se a entrar no jogo. Em pouco tempo, o pai desiste.

Ele não se arrepende da grosseria. Não entende como a poesia se encaixa na vida do pai; desconfia de que seja fingimento. Quando a mãe diz que para escapar da zombaria de suas irmãs, ela pegava o livro e se esgueirava para longe, ele acredita. Mas não consegue imaginar o pai, lendo poesia quando menino, se hoje só lê jornais. Só consegue imaginar o pai naquela idade brincando, rindo e fumando atrás das moitas.

Ele observa o pai ler o jornal. Lê depressa, nervosamente, folheando as páginas como se procurasse alguma coisa que não está lá, estalando e agitando as folhas enquanto as vira. Quando termina, dobra o jornal numa tira estreita e parte para fazer as palavras cruzadas.

A mãe também venera Shakespeare. Acha que *Macbeth* é a

melhor peça de Shakespeare. *"If but the something could trammel up the consequences then it were"*, ela recita, fazendo uma pausa; *"and bring with his surcease success"*, continua, balançando a cabeça para manter o ritmo. *"All the perfumes of Arabia could not wash this little hand"*, ela conclui. *Macbeth* foi a peça que a mãe estudou na escola; o professor ficava de pé atrás dela e beliscava seu braço até que recitasse a fala inteira *"Kom nou, Vera!"*, ele diria. — "Vamos!" — beliscando-a, e ela recitava mais algumas palavras.

O que ele não consegue entender sobre a mãe é que, embora ela seja tão estúpida que não consegue ajudá-lo com as lições da quarta série, seu inglês é impecável, especialmente quando escreve. Ela usa as palavras no sentido correto, a gramática é perfeita. Sente-se à vontade com a língua, é algo que não se pode negar. Como conseguiu? O pai dela se chamava Piet Wehmeyer, um nome totalmente africânder. No álbum de fotografias, de camisa sem colarinho e chapéu de aba larga, ele parece um fazendeiro comum. No distrito de Uniondale, onde moravam, não havia ingleses; todos os vizinhos pareciam se chamar Zondagh. A mãe dela nasceu Marie du Biel, de pais alemães, sem uma gota de sangue inglês nas veias. Mas quando ela teve filhos, lhes deu nomes ingleses — Roland, Winifred, Ellen, Vera, Norman, Lancelot — e falava inglês com eles em casa. Onde teriam aprendido a língua, ela e Piet?

O inglês do pai é quase tão bom, mas seu sotaque tem mais vestígios de africânder, e ele diz *thutty* em vez de *thirty*. O pai está sempre consultando as páginas do *Dicionário de Bolso Oxford* por causa das palavras cruzadas. Ele parece, pelo menos longinquamente, conhecer cada palavra do dicionário, e também cada expressão. Pronuncia cuidadosamente as expressões menos claras, como se tentasse gravá-las na memória.

Ele mesmo não foi além de *Coriolanus* no livro de Shakespeare. Fora a página de esportes e os quadrinhos, o jornal o entedia. Quando não tem mais nada que ler, pega os livros verdes. "Traga um livro verde!", grita para a mãe do seu leito de doente. Os livros verdes são a *Enciclopédia das Crianças*, de Arthur Mee, que o acompanha nas viagens desde que ele pode se lembrar. Já os folheou centenas de vezes. Quando ainda era bebê, rasgou algumas páginas deles, rabiscou-as com lápis de cera, estragou as lombadas, de modo que hoje têm de ser manuseados com delicadeza.

Ele não lê de verdade os livros verdes: a prosa o deixa impaciente, é demasiado infantil, com exceção da segunda metade do volume dez, o índice, que é cheio de informações factuais. Mas ele se debruça sobre as imagens, especialmente as fotos de esculturas de mármore, homens e mulheres nus com farrapos de tecido envoltos na cintura. Garotas de mármore macias e longilíneas povoam seus sonhos eróticos.

O mais surpreendente em seus resfriados é como eles saram rapidamente ou parecem sarar. Às onze da manhã os espirros cessam, o peso na cabeça se desfaz, ele se sente bem. Está cansado do pijama suado, fedido, dos cobertores acres e do colchão amarrotado, os lenços de papel lambuzados por toda parte. Sai da cama, mas não se veste: isso seria abusar da sorte. Cauteloso para não ser visto fora de casa, pois um vizinho ou um passante poderia denunciá-lo, ele brinca com o jogo de Pequeno Mecânico, cola selos no álbum, enfia botões num fio ou trança cordões com restos de lã. Sua gaveta está cheia de cordões que ele trançou, sem utilidade alguma a não ser como cintos para o roupão que ele não possui. Quando a mãe entra no quarto, ele faz a cara mais desenxabida que consegue, precavendo-se dos comentários cáusticos dela.

Por todo lado suspeitam que ele seja uma fraude. Jamais consegue convencer a mãe de que está realmente doente; quan-

116

do ela cede a suas súplicas, o faz a contragosto, e somente porque não sabe lhe negar nada. Para seus colegas de classe ele é um "neném" e um "queridinho da mamãe".

Mas a verdade é que em muitas manhãs ele acorda lutando para respirar; acessos de espirros o convulsionam durante minutos intermináveis, até que fica arfando, choramingando e com vontade de morrer. Não há fingimento nesses seus resfriados.

A regra é que, quando alguém falta à aula, precisa levar uma justificativa. Ele conhece de cor o padrão da carta da mãe: "Por favor desculpe a ausência de John ontem. Ele teve um forte resfriado, e achei aconselhável mantê-lo na cama. Atenciosamente...". Ele entrega essas cartas — que a mãe escreve como se fossem mentiras e são lidas como mentiras — com o coração apertado.

No fim do ano, quando conta os dias que faltou, somam quase um a cada três. No entanto, é o primeiro da classe. A conclusão que tira disso é: o que acontece nas aulas não tem importância. Ele sempre consegue recuperar em casa. Se pudesse escolher, não iria à escola o ano inteiro, aparecendo apenas para fazer as provas.

Tudo o que os professores dizem já está escrito nos livros. Ele não os menospreza por isso, nem aos outros meninos. Ele não gosta quando, de vez em quando, a ignorância de um professor é exposta. Protegeria os professores se pudesse. Escuta atentamente cada palavra deles. Mas escuta menos para aprender do que para não ser apanhado divagando ("O que eu acabei de dizer? Repita o que acabei de dizer!"), para não ser chamado na frente da classe e passar humilhação.

Está convencido de que é diferente, especial. Mas ainda não sabe como é especial, por que está neste mundo. Suspeita de que não será um rei Artur ou um Alexandre, reverenciados enquanto vivos. Só depois de morto entenderão o que o mundo perdeu.

Está esperando para ser chamado. Quando vier o chamado, estará pronto. Responderá sem titubear, mesmo que isso signifique sua morte, como os homens da Brigada Ligeira.

O padrão que ele segue é o da VC, a *Victoria Cross*. Só os ingleses têm a condecoração VC. Os americanos não a têm, nem os russos, para a decepção dele. Os sul-africanos com certeza não têm.

Não lhe passa desapercebido que VC são as iniciais do nome da mãe.

A África do Sul é um país sem heróis. Wolraad Woltemade talvez contasse como herói se não tivesse um nome tão engraçado. Atirar-se ao mar tempestuoso várias vezes para salvar marinheiros naufragados é com certeza um ato de coragem; mas a coragem era do homem ou do cavalo? A ideia do cavalo branco de Wolraad Woltemade, avançando sem hesitar contra as ondas, lhe provoca um nó na garganta.

Vic Toweel luta contra Manuel Ortiz pelo título de campeão mundial peso-galo. A luta ocorre num sábado à noite; ele fica acordado até tarde com o pai para escutar os comentários no rádio. No último *round*, Toweel, sangrando e exausto, se atira contra o adversário. Ortiz vacila; a multidão enlouquece, o locutor grita com a voz rouca. Os juízes anunciam a decisão: o sul-africano Viccie Toweel é o novo campeão do mundo, ele e o pai gritam de entusiasmo e se abraçam. Ele não sabe como expressar sua felicidade. Impulsivamente, agarra os cabelos do pai e os puxa com toda a força. Seu pai recua e o olha de um jeito estranho.

Durante dias, os jornais estão cheios de fotos da luta. Viccie Toweel é um herói nacional. Quanto a ele, o entusiasmo logo se apaga. Continua feliz por Toweel ter vencido Ortiz, mas começa a se perguntar por quê. O que Toweel significa para ele? Por que não deveria ser livre para escolher entre Toweel e Ortiz no boxe, como pode escolher entre Hamiltons e Villagers no rúgbi? Ele é compelido a apoiar Toweel, aquele homenzinho feio, de ombros caídos, nariz grande, olhos pequenos e pretos, porque Toweel (apesar do nome engraçado) é um sul-africano? Os sul-africanos precisam apoiar outros sul-africanos mesmo sem conhecê-los?

O pai não ajuda muito. Nunca diz nada surpreendente. Sempre acredita que a África do Sul vai ganhar ou que a Província Ocidental vai ganhar, seja no rúgbi, no críquete ou em qualquer outra coisa. "Quem você acha que vai ganhar?", ele desafia o pai na véspera do jogo entre a Província Ocidental e o Transvaal. "Província Ocidental, de longe", o pai responde com precisão. Eles escutam a partida pelo rádio, e Transvaal vence. O pai não se abala.

"No ano que vem a Província Ocidental ganhará", diz. "Espere e verá."

Ele acha estúpido acreditar que a Província Ocidental vai ganhar só porque a pessoa é da Cidade do Cabo. É melhor acreditar que Transvaal ganhará e ter uma surpresa boa se eles não ganharem.

Na mão, ele guardou a sensação dos cabelos do pai, ásperos, grossos. A violência de seu gesto ainda o intriga e perturba. Nunca teve essa liberdade com o corpo do pai. Prefere que aquilo não aconteça mais.

13.

É tarde da noite. Todo mundo dorme. Ele está deitado na cama, pensando. Sobre a cama cai uma faixa amarelada das luzes da rua que queimam a noite toda em Reunion Park.

Ele se lembra do que aconteceu naquela manhã na assembleia, enquanto os cristãos cantavam seus hinos e os judeus e católicos eram deixados à vontade. Dois garotos mais velhos, católicos, o haviam encurralado num canto.

"Quando você vai fazer o catecismo?", indagaram.

"Não posso fazer catecismo, tenho de fazer uns serviços para minha mãe nas tardes de sexta", ele mentiu.

"Se você não fizer catecismo, não pode ser católico", disseram.

"Eu sou católico", ele insistiu, mentindo mais uma vez.

Se tudo desse errado, ele pensou, prevendo o pior, se o padre católico visitasse a mãe dele e perguntasse por que ele nunca vai ao catecismo, ou — outro pesadelo — se o diretor da escola avisasse que todos os meninos com nomes africânderes seriam transferidos para turmas africânderes — se o pesadelo se tornasse realidade, e ele não tivesse outro recurso além de começar a gritar com petulância, agitando-se e chorando, com o comportamento de um bebê, que ele sabe ainda ter em seu íntimo, enrolado como uma mola — se depois da tempestade ele tivesse que, num gesto final e desesperado, atirar-se sob a proteção da mãe, recusando-se a voltar à escola, suplicando-lhe que o salvasse — caso ele acabasse se desgraçando dessa forma, total e definitivamente, revelando o que só ele a seu modo e a mãe ao modo dela e talvez o pai a seu próprio modo irônico sabiam, ou seja, que ele ainda é um bebê e jamais crescerá — se todas as histórias que se construíram ao seu redor, construídas por ele mesmo, durante anos de comportamento normal, pelo menos em público, desmoronassem, e seu íntimo feio e escuro, de bebê chorão, aparecesse, permitindo que todos vissem e rissem dele, haveria alguma forma de continuar vivendo? Não se tornaria ele tão ruim quanto aquelas crianças deformadas, atarracadas, mongoloides, com voz áspera, e babando, a quem se poderia dar pílulas para dormir ou estrangular?

Todas as camas da casa são velhas e gastas, têm as molas frouxas e rangem ao menor movimento. Ele fica deitado o mais imóvel possível na nesga de luz que vem da janela, consciente do corpo encolhido de lado, os punhos fechados contra o peito. Nesse silêncio, tenta imaginar sua morte. Subtrai-se de tudo: da escola, da casa, da mãe; tenta imaginar os dias seguindo seu curso sem ele. Mas não consegue. Há sempre alguma coisa que ficou para trás, algo pequeno e escuro, como uma noz, como uma castanha que se deixou no fogo, seca, dura, incapaz de brotar, mas que continua *ali*. Consegue imaginar sua morte, mas não consegue se imaginar desaparecendo. Por mais que tente, não consegue aniquilar o último resíduo de si mesmo.

O que o mantém existindo? É o medo da tristeza de sua

mãe, uma tristeza tão grande que ele não suporta pensar nisso por mais que um segundo? (Ele a vê num quarto vazio, parada em silêncio, as mãos cobrindo os olhos; então ele fecha a cortina sobre ela, sobre a imagem.) Ou há alguma outra coisa nele que se recusa a morrer?

Lembra-se da outra vez em que esteve encurralado, quando os dois meninos africânderes prenderam as mãos dele nas costas e o fizeram andar atrás do muro de terra até a extremidade do campo de rúgbi. Ele lembra especialmente do menino maior, tão gordo que a banha transbordava de suas roupas apertadas — um daqueles idiotas ou quase, que podem quebrar seus dedos ou esmagar sua traqueia com a mesma facilidade com que torcem o pescoço de um passarinho, e sorriem placidamente enquanto o fazem. Ele sentiu medo, não há dúvida, o coração martelava. Mas quão verdadeiro era aquele medo? Enquanto tropeçava pelo campo com seus capturadores, não havia algo lá no fundo, alguma coisa bem-humorada, que dizia: "Não ligue, nada poderá tocá-lo, é apenas mais uma aventura"?

Nada poderá tocá-lo, não há nada de que você não seja capaz. Essas são as duas coisas sobre ele, duas coisas que na verdade são uma só, a coisa certa e ao mesmo tempo a coisa errada. Essa coisa que é duas coisas significa que ele não morrerá, haja o que houver; mas isso também não significa que ele não irá viver?

Ele é um bebê. A mãe o carrega com o rosto virado para a frente, segurando-o sob os braços. As pernas estão penduradas, a cabeça balança, ele está nu; mas a mãe o segura diante dela, avançando para o mundo. Ela não precisa ver aonde está indo, basta seguir. Enquanto ela caminha, diante dele tudo se transforma em pedra e se despedaça. Ele é apenas um bebê barrigudo e cabeçudo, mas tem esse poder.

Então ele dorme.

14.

Alguém telefona da Cidade do Cabo. Tia Annie levou um tombo na escada de seu apartamento em Rosebank. Foi levada para o hospital com a bacia quebrada; alguém precisa ir ajudá-la. É julho, pleno inverno. Sobre toda a região do Cabo Ocidental há uma manta de frio e chuva. Eles tomam o trem de manhã para a Cidade do Cabo, ele, a mãe e o irmão, depois um ônibus para a rua Kloof, até o Volkshospitaal. Tia Annie, pequena como um bebê, com sua camisola florida, está no pavilhão feminino. O pavilhão está cheio: velhas de rostos marcados e enrugados se agitam em suas camisolas, sussurrando umas para as outras; mulheres gordas e despenteadas, de rostos vagos, sentadas na beira das camas, os seios transbordando descuidadamente. Um alto-falante num canto toca a rádio Springbok. Três da tarde, o programa de pedidos dos ouvintes: "When Irish Eyes are Smiling", com Nelson Riddle e orquestra. Tia Annie agarra o braço da mãe dele num aperto frenético.

"Quero sair daqui, Vera", diz num murmúrio rouco. "Não gosto daqui."

A mãe afaga a mão dela, tentando acalmá-la. Na mesa de cabeceira, um copo de água para a dentadura e uma Bíblia.

A irmã do pavilhão lhes diz que a bacia dela foi consertada. Tia Annie terá de ficar mais um mês de cama enquanto o osso cola. "Ela não é mais jovem, leva tempo." Depois terá de usar bengala.

E a irmã acrescenta que, quando tia Annie chegou ali, estava com as unhas dos pés compridas e pretas, como garras de pássaro.

Seu irmão, entediado, começa a choramingar, dizendo que tem sede. A mãe para uma enfermeira e a convence a buscar um copo de água. Envergonhado, ele desvia o olhar.

São enviados para o escritório da assistente social, adiante no corredor.

"Vocês são parentes?", ela pergunta. "Podem lhe dar moradia?"

A mãe franze os lábios. Balança a cabeça.

"Por que não pode voltar para o apartamento dela?", ele pergunta à mãe, depois.

"Ela não pode subir escadas. Não pode fazer compras."

"Não quero que ela more com a gente."

"Ela não vai morar com a gente."

O horário de visitas terminou, é hora da despedida. Os olhos de tia Annie se enchem de lágrimas. Ela agarra o braço da mãe dele com tanta força que seus dedos precisam ser abertos.

"*Ek wil huistoe gaan, Vera*", ela sussurra. "Quero ir para casa."

"Só mais alguns dias, tia Annie, até você conseguir andar", diz a mãe com a voz mais doce.

Ele nunca havia visto aquele lado dela: um lado traiçoeiro.

Então é a vez dele. Tia Annie estende a mão. Tia Annie é sua tia-avó e madrinha. No álbum, há uma fotografia dela, segurando um bebê que dizem ser ele. Ela usa um vestido preto até os tornozelos e um chapéu preto antiquado; ao fundo, vê--se uma igreja. Como ela é sua madrinha, tia Annie tem uma relação especial com ele. Não parece perceber a repulsa que ele sente por ela, enrugada e feia no leito de hospital, a repulsa que sente por todo aquele pavilhão cheio de mulheres feias. Ele tenta não demonstrar a repulsa; seu coração queima de vergonha. Suporta a mão em seu braço, mas quer ir embora, sair daquele lugar e nunca voltar.

"Você é tão inteligente", diz tia Annie com a voz baixa e rouca que tem desde que ele se lembra dela. "Você já é um homem, e sua mãe conta com você. Você deve amá-la e dar apoio a ela e também a seu irmãozinho."

Apoio para a mãe? Que absurdo. Sua mãe é como uma rocha, uma coluna de pedra. Não é ele quem deve lhe dar apoio, mas ela quem deve apoiá-lo! Por que tia Annie está dizendo essas coisas, afinal? Está fingindo que vai morrer, quando só tem um osso quebrado.

Ele assente, tenta parecer sério, atencioso e obediente, mas secretamente só espera que ela o solte. Ela dá o sorriso significativo que deve ser um sinal do vínculo especial entre ela e o primogênito de Vera, um vínculo que ele não sente, não reconhece absolutamente. Os olhos dela são vazios, azuis-claros, lavados. Ela tem oitenta anos e está quase cega. Nem de óculos consegue ler a Bíblia direito, somente a segura no colo e murmura as palavras.

Ela solta a mão; ele balbucia alguma coisa e recua.

É a vez do irmão. Ele se submete a um beijo.

"Até logo, Vera querida", tia Annie resmunga. "*Mag die*

Here jou seën, jou en die kinders." "Que Deus a abençoe, você e as crianças."

São cinco da tarde e começa a escurecer. Na agitação desconhecida da cidade, eles pegam um trem para Rosebank. Vão passar a noite no apartamento de tia Annie: a ideia o enche de tristeza.

Tia Annie não tem geladeira. Sua despensa não tem nada além de algumas maçãs murchas, meio pão mofado, um pote de pasta de peixe em que a mãe dele não confia. Ela o manda à mercearia indiana; eles jantam pão com geleia e chá.

A privada está marrom de sujeira. Seu estômago embrulha quando ele pensa na velha com as unhas compridas e pretas sentada ali. Não quer usá-la.

"Por que temos de ficar aqui?", pergunta.

"Por que temos de ficar aqui?", seu irmão ecoa.

"Porque sim", a mãe diz, mal-humorada.

Tia Annie usa lâmpadas de quarenta watts para poupar energia. À luz amarela e pálida do quarto, a mãe começa a empacotar as roupas de tia Annie em caixas de papelão. Ele nunca havia entrado no quarto de tia Annie. Há fotos emolduradas na parede, de homens e mulheres de aspecto rígido e assustador: os Brecher, os Du Biel, os ancestrais dele.

"Por que ela não pode ir morar com tio Albert?"

"Porque Kitty não pode cuidar de dois velhos doentes."

"Não quero que ela more com a gente."

"Ela não vai morar com a gente."

"Então, onde ela vai morar?"

"Vamos achar um lar para ela."

"Como assim, um lar?"

"Um lar, um lar para pessoas idosas."

A única parte que ele gosta no apartamento de tia Annie é o depósito. Está atulhado até o teto de jornais velhos e caixas de papelão. Há prateleiras cheias de livros, todos iguais: um livro fino de capa vermelha, impresso em papel grosso usado para livros em africânder que parece mata-borrão com manchas de palha e cocô de mosca. O título na lombada é *Ewige Genesing*; na capa está o título completo: *Deur 'n gevaarlike krankheid tot ewige genesing* [Depois de uma doença perigosa, a cura eterna]. Foi escrito pelo bisavô dele, pai de tia Annie; ela dedicou quase a vida toda ao livro — ele escutou a história várias vezes —, primeiro traduziu o manuscrito do alemão para o africânder, depois gastou sua poupança a fim de pagar uma gráfica em Stellenbosch para imprimir centenas de exemplares, e uma encadernadora para montar alguns, depois os levou de uma livraria para outra da Cidade do Cabo. Quando estas não se convenceram a vender o livro, ela mesma o oferecia de porta em porta. As sobras estão nas prateleiras do depósito; as caixas contêm páginas não encadernadas.

Ele tentou ler *Ewige Genesing*, mas é aborrecido demais. Assim que Balthazar du Biel inicia a história de sua infância, ele a interrompe com longos relatos de luzes no céu e vozes que lhe falam do paraíso. Todo o livro parece tratar disso: trechos curtos sobre si mesmo, seguidos de longas repetições do que as vozes lhe disseram. Ele e o pai têm antigas piadas sobre tia Annie e o pai dela, Balthazar du Biel. Entoam o título do livro à maneira de um pregador, arrastando as vogais: *"Deur 'n gevaaaarlike krannnnkheid tot eeeewige geneeeeesing"*.

"O pai de tia Annie era louco?", ele pergunta à mãe.

"Sim, acho que era louco."

"Então, por que ela gastou todo o dinheiro dela para imprimir o livro?"

"Ela devia ter medo dele. Era um velho alemão terrível, muito cruel e autoritário. Todos os filhos tinham medo dele."

"Mas ele já não havia morrido?"

"Sim, mas ela, com certeza, tinha um senso de dever para com ele."

Ela não quer criticar tia Annie e seu senso de dever em relação ao velho louco.

A melhor coisa no depósito é a prensa de livros. É feita de ferro, pesada e sólida como uma roda de locomotiva. Ele convence o irmão a colocar os braços na prensa; então gira o grande parafuso até que os braços do irmão ficam presos, e ele não pode escapar. Depois trocam de lugar, e o irmão lhe faz o mesmo. Mais uma ou duas voltas, ele pensa, e os ossos serão esmagados. O que faz com que eles parem?

Nos primeiros meses que passaram em Worcester, foram convidados a uma das fazendas que fornecem frutas para a Conservas Standard. Enquanto os adultos tomavam chá, ele e o irmão passearam pela fazenda. Encontraram uma máquina de moer milho. Ele convenceu o irmão a pôr as mãos no funil onde se jogam os grãos: depois girou o botão. Por um instante, antes de parar, ele chegou a sentir os delicados ossos dos dedos do irmão sendo moídos pela engrenagem. O irmão ficou com a mão presa na máquina, branco de dor, com um olhar atônito e indagador no rosto.

Os donos da casa os levaram depressa para o hospital, onde um médico amputou o dedo médio da mão esquerda de seu irmão. Durante algum tempo, seu irmão ficou com a mão enfaixada numa tipoia; depois usou uma proteção de couro preto no toco de dedo. Tinha seis anos. Embora ninguém tenha fingido que o dedo cresceria novamente, ele não se queixava.

Ele nunca pediu desculpas ao irmão, tampouco o repreenderam pelo que fez. Mas a lembrança disso é um peso, a lembrança da suave resistência da carne e do osso, e então o esmagamento.

"Pelo menos você pode se orgulhar de ter alguém em sua

família que fez alguma coisa na vida, que deixou alguma coisa", diz a mãe.

"Você disse que ele era um velho terrível. Disse que ele era cruel."

"Sim, mas fez alguma coisa na vida."

Na fotografia no quarto de tia Annie, Balthazar du Biel tem olhos fixos e graves, a boca severa e contraída. Ao lado dele, a esposa parece cansada e sofredora. Balthazar du Biel a conheceu, a filha de outro missionário, quando veio para a África do Sul a fim de converter os pagãos. Depois, quando foi aos Estados Unidos para pregar o Evangelho, levou a mulher e os três filhos. Numa barcaça no Mississippi, alguém deu a sua filha Annie uma maçã, que ela mostrou ao pai. Ele aplicou-lhe uma surra por ter falado com um estranho. Esses são alguns fatos que ele sabe sobre Balthazar, além do que está contido no livrinho vermelho do qual existem muito mais exemplares no mundo do que o mundo deseja.

Os três filhos de Balthazar são Annie, Louisa — a mãe de sua mãe — e Albert, que aparece nas fotografias no quarto de tia Annie como um menino de ar assustado com roupa de marinheiro. Hoje Albert é o tio Albert, um velho encurvado com a pele branca e mole como um cogumelo, que treme o tempo todo e precisa ser amparado quando caminha. Tio Albert jamais ganhou um salário decente na vida. Passou o tempo escrevendo livros e contos; era a mulher dele quem saía para trabalhar.

Ele pergunta à mãe sobre os livros do tio Albert. Ela diz que leu um, muito tempo atrás, mas não se lembra.

"São muito antiquados, as pessoas não leem mais livros desse tipo."

Ele descobre na despensa dois livros de tio Albert, impressos no mesmo papel grosso que *Ewige Genesing*, mas encadernados em marrom, da mesma cor que os bancos das estações de trem. Um chama-se *Kain*, o outro, *Die Misdade van die vaders* [Os crimes dos pais].

"Posso levá-los?", ele pergunta à mãe.

"Acho que sim. Ninguém vai sentir falta deles", ela diz.

Ele tenta ler *Die Misdades van die vaders*, mas não passa da página dez, é chato demais.

"Você deve amar sua mãe e dar apoio a ela." Ele medita sobre as instruções de tia Annie. *Amor*: uma palavra que ele pronuncia com aversão. Mesmo a mãe aprendeu a não dizer *eu te amo* a ele, embora de vez em quando escape um suave *meu amor* quando ela lhe dá boa-noite.

Ele não vê sentido no amor. Quando homens e mulheres se beijam nos filmes, e suaves violinos tocam languidamente ao fundo, ele se encolhe na cadeira. Jura que nunca será assim: mole, sentimental.

Não permite que ninguém o beije, a não ser as irmãs do pai, a quem abre exceção porque é o hábito delas, e não entendem de outra forma. Os beijos são parte do preço que ele paga para frequentar a fazenda: um rápido roçar dos lábios nos delas, que, felizmente, estão sempre secos. A família da mãe não dá beijos. Tampouco viu o pai e a mãe se beijarem de verdade. Às vezes, quando há outras pessoas presentes e por algum motivo eles precisam fingir, o pai a beija no rosto. Ela oferece a face com relutância, nervosa, como se fosse uma obrigação; o beijo dele é leve, rápido, nervoso.

Ele viu o pênis do pai apenas uma vez. Foi em 1945, quando ele acabara de voltar da guerra, e toda a família se reuniu em Voëlfontein. O pai e dois dos irmãos foram caçar e o levaram junto. Era um dia quente; ao chegar à represa, resolveram nadar. Quando ele viu que iam nadar nus, tentou recuar, mas não o deixaram. Estavam alegres e cheios de piadas; queriam que ele também tirasse a roupa e nadasse, mas ele se recusou. Então, viu os três pênis, o do pai com maior nitidez, pálido. Ele se lembra claramente de como se sentiu mal por ter olhado.

Seus pais dormem em camas separadas. Nunca tiveram uma de casal. A única cama de casal que ele viu foi na fazenda, no quarto principal, onde dormiam o avô e a avó. Ele considera as camas de casal antiquadas, pertencentes à época em que as mulheres geravam um filho por ano, como ovelhas ou porcas. Alegra-se que seus pais tenham encerrado esse assunto antes que ele entendesse direito.

Está disposto a acreditar que há muito tempo, em Victoria West, antes de ele nascer, os pais se amavam, já que o amor parece ser um pré-requisito para o casamento. No álbum, há fotografias que parecem confirmar isso: os dois sentados juntos num piquenique, por exemplo. Mas tudo isso deve ter terminado há anos, e na opinião dele, eles estão melhor assim.

Quanto a ele, o que tem a ver a forte e exaltada emoção que sente pela mãe com os enlevos deliquescentes que ele vê na tela do cinema? A mãe o ama, ele não pode negar; mas o problema é exatamente esse, é isso que está errado, e não certo, na atitude dela em relação a ele. Seu amor se manifesta sobretudo na vigilância, na prontidão para salvá-lo se estiver em perigo. Se ele pudesse escolher (mas jamais o faria), poderia se descontrair sob os cuidados dela e pelo resto da vida ser sustentado pela mãe. Justo por ter tanta certeza do carinho dela, é que ele está sempre alerta, nunca se descontrai, nunca lhe dá uma oportunidade.

Ele anseia por se livrar da atenção vigilante da mãe. Talvez chegue uma época em que ele, para conquistar isso, tenha de se impor, rejeitá-la tão brutalmente que, chocada, ela precise recuar e soltá-lo. Mas basta pensar nesse momento, imaginar seu olhar surpreso, sentir aquela mágoa, para ele ser tomado pelo sentimento de culpa. Então fará qualquer coisa para atenuar o golpe: consolá-la, prometer-lhe que não irá embora.

Sentindo a mágoa da mãe, sentindo-a tão no íntimo como se ele fizesse parte dela, e ela parte dele, sabe que está numa armadilha e não pode escapar. De quem é a culpa? Ele a culpa, a acusa, mas se envergonha da própria ingratidão. *Amor*: isso é de fato o amor, essa jaula dentro da qual ele corre para todos os lados, como um pobre macaco desorientado. O que pode a inocente e ignorante tia Annie saber sobre o amor? Ele sabe mil vezes mais sobre o mundo do que ela, que escravizou a vida ao louco manuscrito do pai. O coração dele é velho, sombrio e duro, um coração de pedra. Esse é o seu segredo desprezível.

15.

A mãe ficou um ano na universidade antes de precisar ceder o lugar para os irmãos mais moços. O pai é um advogado formado; trabalha para a Conservas Standard só porque abrir um escritório exige mais dinheiro do que eles têm (é o que lhe diz a mãe). Embora ele acuse os pais por não o terem criado como uma criança normal, orgulha-se da formação deles.

Por falarem inglês em casa e por sempre ser o primeiro da classe em inglês, ele se considera inglês. Embora seu sobrenome seja africânder, embora o pai seja mais africânder que inglês, embora ele mesmo fale africânder sem sotaque inglês, jamais poderia passar por um africânder. Seu vocabulário de africânder é escasso e frágil; existe um denso mundo de gírias e expressões dominadas pelos verdadeiros meninos africânderes — do qual as obscenidades são apenas uma parte — a que ele não tem acesso.

Há ainda um jeito típico dos africânderes — uma arrogância, uma intransigência e, não menos, uma ameaça de força física (ele os imagina como rinocerontes, enormes, poderosos,

133

chocando-se uns com os outros quando se cruzam) — que ele não compartilha e que, na verdade, o intimida. Os africânderes de Worcester usam a língua como um porrete contra os inimigos. Na rua, é melhor evitar os grupos deles; mesmo sozinhos eles têm um ar truculento, ameaçador. Às vezes, quando sua classe faz fila no pátio de manhã, ele esquadrinha as fileiras de meninos africânderes, buscando algum que seja diferente, que tenha um toque de delicadeza; mas não encontra. É impensável que possa ser atirado entre eles: o esmagariam, matariam seu espírito.

No entanto, ele não se conforma em ceder a língua africânder a eles. Lembra a primeira visita a Voëlfontein, quando tinha quatro ou cinco anos e não sabia falar africânder. O irmão ainda era bebê e ficava dentro de casa, protegido do sol; não tinha ninguém para brincar além das crianças de cor. Com elas fazia barcos de casca de vagens que punham a flutuar nos canais de irrigação. Mas ele parecia uma criatura muda: tudo era dito em mímica; às vezes achava que fosse explodir com as coisas que não podia dizer. Mas um dia, subitamente, abriu a boca e descobriu que podia falar com facilidade e fluência, sem parar para pensar. Ainda se lembra de como irrompeu sobre sua mãe, dizendo "Veja, eu sei falar africânder!".

Quando fala africânder, todas as complicações da vida parecem desaparecer rapidamente. O africânder é como um invólucro espiritual que o acompanha por toda parte, em que ele pode entrar e tornar-se imediatamente outra pessoa, mais simples, alegre e suave.

Uma coisa que o decepciona nos ingleses, e que não poderia imitar, é o desprezo pela língua africânder. Quando eles levantam a sobrancelha e pronunciam errado palavras em africânder, como se *veld* — savana — pronunciada com *v* indicasse a fala de um cavalheiro, ele recua: estão errados, e, pior ainda, são ridículos. Da parte dele, não faz concessões, mesmo entre os ingleses: pronuncia como se deve as palavras em africânder, com todas as consoantes duras e as vogais difíceis.

Além dele, há vários meninos na classe com sobrenomes africânderes. Por outro lado, nas turmas africânderes não há meninos com sobrenome inglês. No segundo grau, ele sabe de um Smith africânder que bem poderia ser Smit; e é só. Uma pena, mas é compreensível: qual inglês desejaria se casar com uma mulher africânder e ter uma família africânder, se elas são grandes e gordas, com seios volumosos e pescoços de sapo ou então ossudas e disformes?

Ele agradece a Deus por sua mãe falar inglês. Mas continua desconfiado do pai, apesar de Shakespeare, de Wordsworth e das palavras cruzadas. Não entende por que o pai continua se esforçando para ser inglês ali em Worcester, onde seria mais fácil deslizar de volta para a situação de africânder. A infância em Prince Albert, sobre a qual escuta o pai brincar com os irmãos, não lhe parece diferente da vida dos africânderes em Worcester. Concentra-se da mesma forma em levar surras ou ficar nu, em realizar as funções corporais na frente de outros meninos, e na indiferença animal pela privacidade.

A ideia de ser transformado num menino africânder, de cabeça raspada e descalço, o faz tremer. É como ser mandado para a prisão, para uma vida sem privacidade. Ele não consegue viver sem privacidade. Se fosse africânder, teria de viver cada minuto de cada dia em companhia de outros. É uma perspectiva insuportável.

Ele se lembra dos três dias no acampamento dos escoteiros, lembra-se da sua tristeza, a vontade constantemente frustrada de se esgueirar de volta para a tenda e ler um livro sozinho.

Num sábado, o pai o manda comprar cigarros. Ele pode escolher entre pedalar até o centro da cidade, onde há lojas de verdade, com vitrines e caixas registradoras, ou ir até a lojinha africânder perto do cruzamento da ferrovia, que não passa de um quarto no fundo de uma casa, com um balcão pintado de marrom-escuro e quase nada nas prateleiras. Ele prefere a mais próxima.

É uma tarde quente. A loja tem tiras de carne-seca penduradas no teto e moscas por toda parte. Ele está prestes a dizer ao menino atrás do balcão — um africânder mais velho que ele — que quer vinte Springbok simples, quando uma mosca entra em sua boca. Ele a cospe, enojado. A mosca fica no balcão a sua frente, debatendo-se numa poça de saliva.

"*Sies!*", exclama um dos fregueses.

Ele quer protestar: "O que eu deveria fazer? Não posso cuspir? Preciso engolir a mosca? Sou apenas uma criança!". Mas explicações de nada valem entre aquela gente impiedosa. Ele enxuga com a mão o cuspe e, num silêncio recriminador, paga os cigarros.

Lembrando-se dos velhos tempos na fazenda, o pai e os tios mais uma vez tocam no assunto do pai deles. "*'n Ware ou jintlman!*", dizem: "um verdadeiro cavalheiro", repetindo a fórmula para ele, e riem: "*Dis wat hy op sy grafsteen sou gewens het*", um fazendeiro e cavalheiro — é o que ele gostaria que fosse gravado em sua lápide. Eles riem do fato de o pai ter continuado a usar botas de montaria quando todos os outros na fazenda usavam *velskoen*.

A mãe, escutando-os, funga com desdém.

"Não se esqueçam do medo que vocês tinham dele", diz. "Tinham medo de acender um cigarro na frente dele, mesmo quando já eram adultos."

Eles ficam intimidados, sem resposta: ela, claramente, tocou num nervo.

O avô, aquele com pretensões cavalheirescas, chegou a possuir não apenas a fazenda e a metade do hotel e da loja de ferragens em Fraserburg Road, como também uma casa em Merweville, com um mastro onde ele hasteava a Union Jack nos aniversários do rei.

"'*n Ware ou jintlman en 'n ware ou jingo!*", continuam os irmãos: "um verdadeiro jingo!". E riem de novo.

A mãe tem razão. Eles parecem crianças dizendo besteiras pelas costas dos pais. De qualquer forma, com que direito caçoam do próprio pai? Se não fosse por ele, não falariam inglês: seriam como seus vizinhos, os Bote e os Nigrini, estúpidos e pesados, sem assunto a não ser os carneiros e o tempo. Pelo menos, quando a família se reúne, há tagarelice, piadas e risos, numa mistura de línguas; quando os Nigrini ou os Bote vêm visitá-los, o ar fica sombrio, carregado, aborrecido. "*Ja-nee*", dizem os Bote, suspirando. "*Ja-nee*", dizem os Coetzee, e rezam para as visitas irem embora depressa.

E quanto a ele? Se o avô que venera foi um jingo, será ele também um jingo? Uma criança pode ser um jingo? Ele faz posição de sentido quando tocam *God Save the King* no cinema e a Union Jack tremula na tela. O som da gaita de foles lhe causa calafrios na espinha, e também algumas palavras como *stalwart* e *valorous* — persistente, valoroso. Deveria manter em segredo esse apego dele à Inglaterra?

Não entende por que tanta gente ao seu redor despreza a Inglaterra. A Inglaterra é Dunquerque e a Batalha da Inglaterra. É cumprir o dever e aceitar o destino de modo tranquilo e compenetrado. A Inglaterra é o menino da Batalha da Jutlândia, que ficou junto ao canhão enquanto o convés queimava sob seus pés. A Inglaterra é sir Lancelote do Lago, Ricardo Coração de

Leão, e Robin Hood com o possante arco e a roupa verde. Em comparação, o que têm os africânderes? Dirkie Uys, que cavalgou até seu cavalo morrer. Piet Retiet, que foi enganado por Dingaan. E depois os Voortrekkers, que se vingaram fuzilando milhares de zulus desarmados e se orgulham disso.

Existe um templo da Igreja anglicana em Worcester, e um clérigo grisalho sempre com um cachimbo; ele também é o chefe dos escoteiros e alguns meninos ingleses da classe — os verdadeiros, com nomes ingleses e que moram na parte antiga e arborizada de Worcester — o chamam de padre. Quando os ingleses falam assim, ele se cala. E há a língua inglesa, que ele domina com facilidade. Há a Inglaterra e tudo o que ela representa, e ele dedica-lhe sua lealdade. Porém, é necessário mais do que isso, certamente, para que alguém seja aceito como um verdadeiro inglês: há provas a enfrentar, e ele sabe que não passará em algumas delas.

16.

Alguma coisa foi combinada ao telefone, ele não sabe o que, mas o deixa inquieto. Não gosta do sorriso contente e dissimulado da mãe, o sorriso que significa que ela se intrometeu em seus negócios.

Faltam poucos dias para deixarem Worcester. São também os melhores dias do ano letivo, depois das provas e sem nada a fazer além de ajudar o professor a preencher o livro de notas.

O sr. Gouws lê a lista de notas; os meninos as somam, matéria por matéria, depois calculam as porcentagens depressa, cada um tentando ser o primeiro a levantar a mão. O jogo é descobrir a quem pertencem as notas. Geralmente, ele reconhece as próprias notas como uma sequência encabeçada por nove e dez em aritmética e encerrada por sete em história e geografia.

Ele não vai muito bem em história ou geografia porque detesta decorar. E tanto detesta que adia o estudo para as provas dessas matérias até o último minuto, até a noite da véspera ou mesmo a manhã da prova. Detesta a própria visão do livro de história, com a capa dura marrom-chocolate e as longas e tediosas listas das causas das coisas (as causas das Guerras Napoleônicas, as causas da Grande Marcha). Os autores são Taljaard e Schoeman. Ele imagina Taljaard magro e seco, Schoeman gordo, careca e de óculos; Taljaard e Schoeman sentam-se em lados opostos de uma mesa numa sala em Paarl, escrevendo páginas mal-humoradas e trocando-as entre si. Ele não consegue imaginar por que decidiram escrever aquele livro em inglês, a não ser para mortificar as crianças *Engelse* [inglesas] e lhes dar uma lição.

Geografia não é melhor — listas de cidades, listas de rios, listas de matérias-primas. Quando lhe mandam citar os produtos de um país, ele sempre termina a lista com peles e couros, e espera ter acertado. Não sabe a diferença entre uma pele e um couro; ninguém sabe.

Quanto ao resto das provas, não anseia por elas, mas quando chega a época, mergulha no assunto de bom grado. Ele é bom de provas; se não existissem provas para ir bem, ele não teria nada de muito especial. As provas lhe provocam uma excitação inebriada, trêmula, durante a qual escreve as respostas com rapidez e segurança. Não gosta desse estado em si, mas é reconfortante saber que existe e pode ser útil.

Às vezes, ao bater uma pedra na outra e inalar, ele consegue provocar aquele estado, aquele cheiro, aquele gosto: pólvora, ferro, calor, um latejar constante nas veias.

O segredo por trás do telefonema e do sorriso da mãe é revelado no recreio da manhã, quando o sr. Gouws lhe pede para esperar. Há uma certa falsidade no sr. Gouws, um jeito amistoso no qual ele não confia.

O sr. Gouws o convida para tomar chá em sua casa. Atônito, ele assente e decora o endereço.

Ele não quer ir. Não que desgoste do sr. Gouws. Se não

confia nele tanto quanto na sra. Sanderson, da quarta série, é apenas porque o sr. Gouws é homem, o primeiro professor homem que teve, e ele desconfia de uma coisa que transpira de todo homem: uma inquietação, uma grosseria mal disfarçada, um toque de prazer na crueldade. Ele não sabe como se comportar com o sr. Gouws ou com os homens em geral: se não deve oferecer resistência e buscar a aprovação deles ou manter uma barreira de rigidez. Com as mulheres é mais fácil, pois são mais gentis. Mas o sr. Gouws — ele não pode negar — não poderia ser mais razoável. Tem um bom domínio do inglês e não parece ter ressalvas contra os ingleses ou contra meninos de famílias africânderes que tentam ser ingleses. Durante uma das várias vezes que faltou na escola, o sr. Gouws ensinou a análise dos complementos do predicado. Ele teve dificuldade para alcançar a classe nos complementos do predicado. Se eles não fazem sentido, assim como as expressões idiomáticas, os outros meninos também devem sentir dificuldade. Mas os outros, ou a maioria deles, parecem ter adquirido um domínio fácil dos complementos do predicado. A conclusão é inevitável: o sr. Gouws sabe algo sobre a gramática inglesa que ele não sabe.

O sr. Gouws usa a vara tanto quanto qualquer outro professor. Mas seu castigo favorito, quando a classe faz barulho durante muito tempo, é mandar que todos pousem as canetas, fechem os cadernos, cruzem as mãos atrás da cabeça, fechem os olhos e fiquem absolutamente imóveis.

Fora os passos do sr. Gouws enquanto patrulha as fileiras, há um silêncio absoluto na sala. Dos eucaliptos que cercam o recreio chega o arrulho tranquilo dos pombos. É um castigo que ele suportaria para sempre com serenidade: os pombos, a respiração suave dos meninos a sua volta.

Disa Road, onde o sr. Gouws mora, também fica em Reunion Park, na nova ampliação ao norte do bairro, lugar que ele nunca explorou. Não apenas o sr. Gouws vive em Reunion Park e vai para a escola de bicicleta com pneus balão, como tem uma esposa, uma mulher simples e morena, e, o mais surpreendente, dois filhos pequenos. Ele descobre isso na sala de estar da Disa Road número 11, onde o esperam bolinhos e um bule de chá sobre a mesa, e, como imaginava, fica finalmente a sós com o sr. Gouws, precisando inventar uma conversa desesperada e falsa.

A coisa piora. O sr. Gouws — que trocou a gravata e o paletó por short e meias cáqui — tenta fingir que, agora que o ano escolar terminou, agora que ele vai embora de Worcester, os dois podem ser amigos. Na verdade, ele tenta sugerir que os dois foram amigos durante o ano todo: o professor e o aluno mais inteligente, o líder da classe.

Ele fica desconcertado e se retrai. O sr. Gouws lhe oferece o segundo bolinho, que ele recusa.

"Ora, vamos lá!", oferece o sr. Gouws, sorrindo, e põe o doce em seu prato. Ele só quer sair dali.

Queria deixar Worcester com tudo em ordem. Estava preparado para dar ao sr. Gouws um lugar na memória ao lado da sra. Sanderson: não junto com ela, mas próximo. Agora o sr. Gouws está estragando tudo. Ele gostaria que isso não acontecesse.

O segundo bolinho continua intocado no prato. Ele não quer mais fingir: fica mudo e emburrado. "Você precisa ir embora?", o sr. Gouws pergunta. Ele assente. O sr. Gouws levanta-se e o acompanha até o portão, que é idêntico ao da avenida dos Choupos número 12; as dobradiças rangem exatamente com a mesma nota aguda.

Pelo menos o sr. Gouws tem o bom senso de não obrigá-lo a dar um aperto de mão ou fazer alguma outra coisa idiota.

* * *

Eles vão embora de Worcester. O pai dele decidiu que, afinal, não há mais futuro na Conservas Standard, que, segundo ele, se encontra em decadência. Vai retomar a advocacia.

Fazem uma festa de despedida para ele no escritório, da qual o pai volta com um relógio novo. Pouco depois ele viaja sozinho para a Cidade do Cabo, deixando a mãe para organizar a mudança. Ela contrata um homem chamado Retief, e fecha negócio por quinze libras, para que leve não somente os móveis, mas também eles três na cabine do caminhão.

Os homens de Retief carregam o caminhão, e a mãe e o irmão sobem na cabina. Ele dá uma última corrida pela casa vazia, para se despedir. Atrás da porta da frente está o porta-guarda-chuva que normalmente contém dois tacos de golfe e uma bengala, agora vazio.

"Deixaram o porta-guarda-chuva!", ele grita.

"Venha!", grita a mãe. "Esqueça essa velharia."

"Não!", ele retruca, e não sai enquanto os homens não carregam o porta-guarda-chuva.

"*Dis net 'n ou stuk pyp*", resmunga Retief. "É só um pedaço de cano velho."

Então ele percebe que o que considerava um porta-guarda-chuva não passa de um pedaço de manilha de esgoto que a mãe tinha pintado de verde. É isso que eles estão levando para a Cidade do Cabo, junto com a almofada coberta de pelos onde Cossaco costumava dormir, a tela de arame do galinheiro, a máquina que lança bolas de críquete e a lasca de madeira com o código Morse. Esfalfando-se para subir o caminho do Bain's Kloof, o caminhão de Retief parece a arca de Noé, transportando para o futuro os paus e as pedras da antiga vida deles.

* * *

Eles pagavam doze libras por mês pela casa em Reunion Park. A que seu pai alugou em Plumstead custa vinte e cinco libras. Fica bem nos limites de Plumstead, de frente para um areal com moitas de vime onde, apenas uma semana depois de eles chegarem, foi encontrado um bebê morto num saco de papel. A meia hora de caminhada na outra direção fica a estação ferroviária de Plumstead. A casa em si é nova, como todas as de Evremonde Road, com janelas amplas e assoalho de parquete. As portas são empenadas, as fechaduras não trancam, há um monte de entulho no quintal dos fundos.

Ao lado mora um casal recém-chegado da Inglaterra. O homem está sempre lavando o carro; a mulher, de short vermelho e óculos escuros, passa o dia numa espreguiçadeira tomando sol nas pernas brancas e compridas.

A primeira tarefa é encontrar escola para ele e o irmão. A Cidade do Cabo não é igual a Worcester, onde todos os meninos vão à escola masculina e todas as meninas, à feminina. Na Cidade do Cabo existem muitas escolas para escolher, algumas boas, algumas não. Para entrar numa boa escola é preciso ter contatos, e eles têm poucos.

Mediante a influência de Lance, irmão da mãe, eles conseguem uma entrevista na Escola Secundária para Meninos Rondebosch. Vestido com esmero, de calça curta, gravata e o paletó azul-marinho com o emblema da Escola Primária de Worcester bordado no bolso, ele e a mãe sentam-se num banco perto da sala do diretor. Quando chega a vez deles, são encaminhados para o escritório forrado de lambris de madeira, cheio de fotografias de times de rúgbi e críquete. As perguntas do diretor são todas dirigidas à mãe: onde moram, o que faz o pai. Então chega o momento que ele esperava. Sua mãe tira da bolsa o boletim, comprovando que ele era o melhor da classe, o que deveria abrir-lhe todas as portas.

O diretor coloca os óculos de leitura.

"Então você era o primeiro da classe?", diz. "Bom, bom! Mas aqui não será tão fácil."

Ele esperava que lhe fizessem um teste: qual a data da batalha de Blood River, ou, melhor ainda, que o mandassem fazer cálculos aritméticos de cabeça. Mas foi só aquilo, a entrevista acabou.

"Não posso prometer nada", diz o diretor. "O nome dele ficará na lista de espera, devemos torcer por uma desistência."

Seu nome fica na lista de espera de três escolas, sem sucesso. Ser o primeiro em Worcester evidentemente não é o bastante para a Cidade do Cabo.

O último recurso é a escola católica, St. Josephs's. A St. Joseph's não tem lista de espera: aceita qualquer um disposto a pagar a mensalidade, que para os não católicos é de doze libras por trimestre.

O que estão percebendo, ele e a mãe, é que na Cidade do Cabo pessoas de classes diferentes frequentam escolas diferentes. A St. Joseph's atende a uma classe que, se não é a inferior, é a segunda de baixo para cima. O fracasso em não conseguir colocá-lo numa escola melhor deixa sua mãe amargurada, mas não o afeta. Ele não tem certeza de a que classe pertencem, onde se encaixam. Por enquanto se contenta apenas em ter passado. O medo de ir para uma escola africânder e ser condenado a uma vida africânder ficou para trás — isso é o que importa. Ele pode ficar tranquilo. Nem precisa continuar fingindo que é católico.

Os verdadeiros ingleses não vão a escolas como a St. Joseph's. Pelas ruas de Rondebosch, indo e voltando de sua escola, ele vê todos os dias os ingleses de verdade, admira os cabelos louros e lisos e a pele dourada, as roupas que nunca são grandes ou pequenas demais, sua segurança tranquila. Eles se provocam (uma palavra que conhece das histórias sobre escolas públicas que já leu) de modo delicado, sem a aspereza e a falta de jeito a que está habituado. Não tem pretensões de se juntar a eles, mas os observa com atenção e tenta aprender.

Os meninos do Colégio Diocesano, que são os mais ingleses de todos e nem mesmo se dignam a jogar rúgbi ou críquete contra a St. Joseph's, moram em áreas secretas, afastadas da linha férrea, das quais ele ouve falar mas nunca vê: Bishopscourt, Fernwood, Constantia. Eles têm irmãs que frequentam escolas como a Herschel e a St. Cyprian's, que eles vigiam e protegem discretamente. Em Worcester, raras vezes ele observou uma garota: seus amigos pareciam só ter irmãos, nunca irmãs. Agora ele vislumbra pela primeira vez as irmãs dos ingleses, louras tão douradas, tão lindas que ele não acredita que sejam deste mundo.

Para chegar à escola a tempo, às oito e meia, precisa sair de casa às sete e meia: meia hora andando até a estação, quinze minutos de trajeto de trem, cinco minutos a pé da estação até a escola, e dez minutos de folga — no caso de acontecer algum atraso. Mas como ele tem medo de se atrasar, sai de casa às sete e chega à escola às oito. Lá, na classe que o zelador acabou de destrancar, senta-se na carteira com a cabeça pousada nos braços e espera.

Tem pesadelos de ler errado o mostrador do relógio, perder o trem, errar o caminho. Nos pesadelos ele chora totalmente desesperado.

Os únicos meninos que chegam à escola antes dele são os irmãos De Freitas, cujo pai, um verdureiro, os deixa de madrugada com seu velho caminhão azul, a caminho do mercado de Salt River.

Os professores de St. Joseph's pertencem à ordem dos maristas. Para ele, esses frades de severos hábitos pretos e meias brancas são pessoas especiais. O ar misterioso deles o impressiona: o mistério de onde eles vêm, o mistério dos nomes que escolheram. Ele não gosta quando o irmão Agostinho, o treinador de críquete, vem para o treino de camisa branca, calça preta e botas de críquete como uma pessoa comum. Particularmente, não gosta quando irmão Agostinho, na sua vez de rebater, enfia um protetor embaixo da calça.

Ele não sabe o que fazem os irmãos quando não estão dando aulas. A ala do prédio onde eles dormem, comem e vivem sua vida privada é isolada; ele não tem vontade de entrar lá. Gosta de pensar que ali eles levam vidas austeras, levantam-se às quatro da manhã, passam horas rezando, comem frugalmente, alvejam as próprias meias. Quando se comportam mal, ele faz o possível para desculpá-los. Quando o irmão Alexis, por exemplo, que é gordo e com a barba por fazer, solta gases e dorme na aula de africânder, ele diz a si mesmo que o irmão Alexis é um homem inteligente que acha que ser professor não está à altura dele. Quando o irmão Jean-Pierre é transferido repentinamente de sua função no dormitório dos menores, e se ouve histórias de que fez certas coisas com os meninos pequenos, ele simplesmente apaga as histórias de sua cabeça. Acha inconcebível que os irmãos tenham desejos sexuais e não os refreiem.

Uma vez que poucos frades falam o inglês como língua materna, contrataram um leigo católico para as aulas de inglês. O sr. Whelan é irlandês: odeia os ingleses e mal esconde a aversão aos protestantes. Tampouco se esforça para pronunciar corretamente os nomes africânderes, dizendo-os com os lábios franzidos de nojo como se fossem palavrões.

147

A maior parte das aulas de inglês é dedicada a *Júlio César*, de Shakespeare. O método do sr. Whelan é dividir os papéis entre os alunos e mandá-los ler os diálogos. Também fazem exercícios do livro de gramática e, uma vez por semana, escrevem uma redação. Têm trinta minutos para redigir e entregar; como não acredita em levar trabalho para casa, o sr. Whelan usa os dez minutos que restam para dar notas às redações. Suas sessões de notas de dez minutos tornaram-se uma de suas *pièces de résistance*, a que os meninos assistem com sorrisos de admiração. Com um lápis azul no ar, o sr. Whelan examina rapidamente a pilha de redações, depois organiza os cadernos e os passa ao monitor. Há uma leva de aplausos discretos e irônicos.

O primeiro nome do sr. Whelan é Terence. Ele usa uma jaqueta marrom de motociclista e chapéu. Quando faz frio, fica de chapéu dentro da sala. Esfrega as mãos pálidas para se aquecer; tem o rosto exangue de um cadáver. O que está fazendo na África do Sul, por que não volta para a Irlanda, ninguém sabe. Ele parece desaprovar o país e tudo ali.

Ele compõe para o sr. Whelan redações sobre "O caráter de Marco Antônio" ou "O caráter de Brutus", sobre segurança no trânsito, sobre esporte, a natureza. A maioria das redações é exercício insosso e mecânico; mas de vez em quando ele sente um ímpeto de excitação ao escrever, e a caneta começa a voar sobre a página. Numa de suas redações, um patrulheiro rodoviário aguarda escondido no acostamento. O cavalo resfolega baixo, sua respiração se transforma em vapor no ar frio da noite. Um raio de luar atravessa o rosto do patrulheiro, como um corte; ele segura o revólver sob a aba do casaco para não umedecer a pólvora.

O patrulheiro não impressiona o sr. Whelan. Os olhos pálidos do sr. Whelan tremulam através da página, e o lápis desce: seis. Seis é a nota que quase sempre recebe nas redações; nunca acima de sete. Os meninos com nomes ingleses tiram sete e meio ou oito. Apesar do sobrenome engraçado, um menino chamado Theo Stavropoulos tira oito, porque se veste bem e tem aulas de locução. Theo também ganha sempre o papel de Marco Antônio, o que significa que pode ler "Amigos, romanos, compatriotas, prestai-me atenção", o discurso mais conhecido da peça.

Em Worcester, ele ia para a escola num estado de apreensão mas também de excitamento. É claro, a qualquer momento poderia ser desmascarado como mentiroso, com consequências terríveis. Mas a escola era fascinante: cada dia parecia trazer novas revelações sobre a crueldade, a dor e o ódio que jaziam sob a superfície das coisas. O que acontecia era errado, ele sabia, não deveriam permitir que acontecesse; além disso, ele era muito jovem, muito bebê e vulnerável, para ser exposto àquilo. Mas a paixão e a fúria daqueles dias em Worcester o dominavam; ele ficava chocado, porém ávido para ver mais, para ver tudo o que havia para ver.

Na Cidade do Cabo, ao contrário, ele sente que está desperdiçando tempo. A escola não é mais um lugar onde se ventilam as grandes paixões. É um pequeno mundo encolhido, uma prisão mais ou menos benigna em que ele tanto poderia tecer cestos como cumprir a rotina escolar. A Cidade do Cabo não o está deixando mais inteligente, e sim mais imbecil. Essa percepção lhe causa pânico. Quem quer que ele seja realmente, quem quer que seja o verdadeiro "eu" que deveria estar se erguendo das cinzas de sua infância, não está conseguindo nascer, está sendo mantido abafado e obtuso.

Ele tem essa sensação de quase desespero nas aulas do sr. Whelan. Existem muitos assuntos sobre os quais poderia escrever, mas o sr. Whelan jamais permitirá. Escrever para o sr. Whelan não é como abrir as asas; ao contrário, é como enrolar-

-se virando uma bola, tornando-se o mais reduzido e inofensivo possível.

Ele não tem vontade de escrever sobre esporte (*mens sana in corpore sano*) ou segurança de trânsito, coisas tão entediantes que ele precisa forçar as palavras a sair. Nem quer escrever sobre patrulheiros rodoviários: tem a sensação de que os raios de luar que cortam seus rostos e os nós dos dedos brancos apertando as pistolas, qualquer que seja a impressão momentânea que causam, não vêm dele, mas de algum outro lugar, e quando chegam já estão murchos. O que ele escreveria se pudesse, se o leitor não fosse o sr. Whelan, seria algo mais grave, algo que, uma vez que começasse a fluir de sua pena, se espalharia sem controle pela página, como tinta derramada. Como tinta derramada, como sombras correndo pela superfície da água imóvel, como o relâmpago estalando no céu.

Cabe também ao sr. Whelan a tarefa de manter ocupados os meninos não católicos da sexta série enquanto os católicos vão ao catecismo. O sr. Whelan deveria ler com eles o Evangelho de São Lucas ou os Atos dos Apóstolos. Mas em vez disso, escutam dele, insistentemente, histórias sobre Parnell e Roger Casement e a perfídia dos ingleses. Em certos dias ele chega à classe com o *Cape Times* do dia, fervendo de raiva com as novas afrontas dos russos nos países satélites.

"Eles criaram aulas de ateísmo nas escolas, nas quais as crianças são obrigadas a cuspir em Nosso Salvador!", ele troveja. "Dá para acreditar? E as pobres crianças que continuam fiéis a seu credo são mandadas para medonhos campos de prisioneiros na Sibéria. Essa é a realidade do comunismo, que tem o atrevimento de chamar a si mesmo de religião do homem."

Pelo sr. Whelan ouvem notícias da Rússia, pelo irmão Otto sobre a perseguição dos fiéis na China. O irmão Otto não é como o sr. Whelan: é tranquilo, enrubesce com facilidade, precisa ser incentivado para contar histórias. Mas suas histórias têm mais autoridade, porque ele realmente esteve na China.

"Sim, eu vi com os meus próprios olhos", diz num inglês titubeante. "As pessoas trancadas numa cela minúscula, tantas que não conseguiam mais respirar e morriam. Eu vi."

"Ching-Chong-Chinês" é como os meninos chamam o irmão Otto pelas costas. Para eles, o que o irmão Otto conta sobre a China ou o sr. Whelan sobre a Rússia não é mais real que Jan van Riebeeck ou a Grande Marcha. Na verdade, já que Jan van Riebeeck e a Marcha estão no currículo da sexta série e o comunismo não, o que acontece na China e na Rússia pode ser ignorado. A China e a Rússia são apenas pretextos para fazer o irmão Otto ou o sr. Whelan falarem.

Mas ele fica confuso. Sabe que as histórias de seus professores devem ser mentiras — os comunistas são bons, por que agiriam com tamanha crueldade? —, não tem como provar. Desagrada-lhe ter de ficar sentado escutando passivamente, mas é precavido demais para protestar ou fazer objeções. Ele próprio leu o *Cape Times* e sabe o que acontece com os simpatizantes do comunismo. Não deseja ser denunciado como um companheiro de viagem e cair no ostracismo.

Embora o sr. Whelan não se entusiasme com o ensino das Escrituras aos não católicos, não pode negligenciar totalmente os Evangelhos. "Ao que te ferir numa face, oferece-lhe também a outra", lê em Lucas. "O que Jesus quis dizer com isso? Que devemos nos recusar a nos defender? Que devemos ser maricas? É claro que não. Mas se um valentão se aproxima de você, louco para brigar, Jesus diz: 'Não se deixe provocar. Há formas melhores de resolver as diferenças do que dando socos'."

"'Ao que tem, se lhe dará e terá em abundância, mas ao que não tem será tirado até mesmo o que não tem.' O que Jesus quis dizer? Que a única forma de conquistar a salvação é dar tudo o que temos? Não. Se Jesus quisesse que andássemos vestidos de farrapos, teria dito isso. Jesus fala com parábolas. Ele nos diz que os que realmente creem serão recompensados com o paraíso, e os que não têm fé serão eternamente castigados no inferno."

Ele se pergunta se o sr. Whelan consulta os irmãos — especialmente o irmão Odilo, que é o tesoureiro e recebe as mensalidades escolares — antes de pregar essas doutrinas aos não católicos. O sr. Whelan, o professor leigo, claramente acredita que os não católicos são pagãos, condenados, enquanto os irmãos parecem ser bem tolerantes.

A resistência dele às aulas de Escrituras do sr. Whelan é profunda. Ele tem certeza de que o sr. Whelan não entende realmente o que as parábolas de Jesus querem dizer. Embora ele mesmo sempre tenha sido um ateu, acha que compreende Jesus melhor que o sr. Whelan. Ele não gosta particularmente de Jesus — Jesus se enfurece com muita facilidade —, mas está disposto a enfrentá-lo. Pelo menos Jesus não fingia ser Deus, e morreu antes que pudesse ser pai. É essa a força de Jesus; é assim que ele mantém seu poder.

Mas há um trecho no Evangelho de Lucas que ele não gosta de escutar. Quando chegam a ele, fica tenso e tapa os ouvidos. As mulheres vão ao sepulcro para untar o corpo de Jesus. Jesus não está lá. No lugar dele, elas encontram dois anjos. "Por que buscais entre os mortos aquele que vive?", dizem os anjos. "Ele não está aqui, pois ressurgiu." Ele sabe que, se destapasse os ouvidos e deixasse as palavras penetrá-lo, precisaria ficar em pé no banco, gritar e dançar triunfante. Precisaria fazer um papel de bobo para sempre.

Ele não acha que o sr. Whelan lhe queira mal. No entanto, a nota mais alta que consegue nos exames de inglês é sete. Com sete não poderá ser o primeiro em inglês: meninos mais favorecidos o superam de longe. Tampouco vai bem em história ou geografia, que o entediam mais do que nunca. São apenas as boas notas que consegue em matemática e latim que o aproximam do topo da lista, à frente de Oliver Matter, o menino suíço que era o mais inteligente da classe antes que ele chegasse.

Agora que, com Oliver, ele tem um adversário digno, seu antigo juramento de sempre levar para casa um boletim de primeiro lugar torna-se uma pesada questão de honra. Embora nada diga a sua mãe, ele está se preparando para o dia em que não poderá suportar, o dia em que terá de lhe dizer que ficou em segundo.

Oliver Matter é um garoto simpático, sorridente, com cara de lua, que não parece se importar em ser o segundo. Todos os dias, ele e Oliver disputam o concurso de respostas rápidas feito pelo irmão Gabriel; os meninos são enfileirados, e o frade percorre as filas fazendo perguntas que precisam ser respondidas em cinco segundos, e quem errar é mandado para o fim da fila. No final da rodada, sempre ele ou Oliver estão na frente.

Certo dia Oliver para de vir à escola. Depois de um mês sem explicação, o irmão Gabriel dá um aviso. Oliver está no hospital com leucemia, e todos devem orar por ele. Os meninos rezam de cabeça baixa. Como ele não acredita em Deus, não reza, apenas move os lábios. Pensa: todos devem estar achando que quero que Oliver morra, para ser o primeiro da classe.

Oliver nunca volta à escola. Morre no hospital. Os meninos católicos participam de uma missa especial pelo descanso de sua alma.

A ameaça recuou. Ele respira com mais facilidade; mas o antigo prazer de ser primeiro perde a graça.

17.

A vida na Cidade do Cabo é mais monótona que em Worcester. Nos fins de semana, principalmente, não há o que fazer além de ler o *Reader's Digest*, escutar o rádio ou ficar batendo uma bola de críquete. Ele não sai mais de bicicleta: não há nenhum lugar interessante para onde ir em Plumstead, que não passa de quilômetros de casas em todas as direções, e de qualquer modo está grande demais para a Smiths, que começa a parecer uma bicicleta de criança.

Pedalar pelas ruas, na verdade, começa a parecer uma idiotice. Outras coisas que antes o absorviam também perderam o encanto: construir maquetes com o Pequeno Mecânico, colecionar selos. Ele não compreende mais por que perdia tempo com isso. Passa horas no banheiro, examinando-se ao espelho, e não gosta do que vê. Para de sorrir e pratica uma careta.

A única paixão que não diminuiu é a que nutre pelo críquete. Não conhece ninguém tão apaixonado por críquete quanto ele mesmo. Joga críquete na escola, mas nunca é o bastante. A casa em Plumstead tem na frente uma varanda com piso de ardósia. Ali, ele joga sozinho: segura o taco com a mão esquerda, atira a bola contra a parede com a direita e a rebate, fingindo que está num campo de críquete. Horas a fio ele atira a bola na parede. Os vizinhos reclamam para sua mãe do ruído, mas ele não se incomoda.

Já devorou livros sobre o esporte, conhece de cor os diversos lances, sabe executá-los com os pés na posição correta. Porém, na verdade, ele passou a preferir o jogo solitário na varanda ao verdadeiro críquete. A perspectiva de dar tacadas num campo de verdade o excita, mas também o enche de medo. Teme especialmente os arremessadores velozes: teme ser atingido, teme a dor. Nas ocasiões em que joga críquete de verdade, precisa concentrar toda sua energia para não vacilar, não demonstrar que é covarde.

Quase nunca faz uma volta completa. Quando não é eliminado na primeira bola, às vezes fica rebatendo por meia hora sem marcar, o que irrita todo mundo, incluindo seus companheiros de time. Parece entrar num transe de passividade em que bastaria, quase bastaria, simplesmente devolver a bola. Revendo esses erros ele se consola com histórias sobre os jogos de teste nos quais uma figura solitária, geralmente um homem de Yorkshire, obstinado, estoico, de lábios cerrados, bate durante toda a volta, mantendo seu gol de pé enquanto todos os outros ao redor caem.

Iniciando as tacadas contra o juvenil de Pinelands, numa tarde de sexta-feira, ele se vê diante de um garoto alto e forte que, incentivado pelo time, lança a bola o mais rápido e furiosamente possível. A bola voa por toda parte, não acerta as metas, não acerta a ele, e escapa até do goleiro: ele mal consegue usar o taco.

No terceiro arremesso a bola quica na terra ao lado da base, ricocheteia e o atinge na têmpora. "Isto já é demais!", ele pensa. "Ele foi longe demais!" Está consciente dos jogadores externos que o olham com curiosidade. Ainda escuta o impacto da bola em seu osso: um estalido abafado, sem eco. Então a mente fica escura e ele cai.

Está deitado ao lado do campo. O rosto e os cabelos estão molhados. Ele procura o taco ao redor, mas não encontra.

"Fique deitado e descanse um pouco", diz irmão Agostinho. A voz dele é alegre. "Você levou uma pancada."

"Quero rebater", ele murmura, sentando-se. É a coisa certa a dizer, ele sabe: prova que não é covarde. Mas não pode rebater; perdeu a vez, outro já está rebatendo em seu lugar.

Esperava que dessem mais importância ao caso. Esperava uma revolta contra o arremesso perigoso. Mas o jogo continua, e seu time está se saindo bem.

"Você está bem? Dói?", pergunta um companheiro de equipe, que mal escuta a resposta. Ele se senta fora do campo e assiste ao resto da partida. Mais tarde, joga no campo externo. Gostaria de sentir dor de cabeça; gostaria de perder a visão, desmaiar ou alguma coisa dramática. Mas se sente bem. Toca a têmpora. Há um ponto dolorido. Ele espera que inche e fique azulado até amanhã, para provar que realmente foi atingido.

Como todos na escola, ele também precisa jogar rúgbi. Até um menino chamado Shepherd, que tem o braço esquerdo prejudicado pela pólio, precisa jogar. As posições em campo são distribuídas arbitrariamente. Jogam nas manhãs de sábado, e sempre chove nas manhãs de sábado. Sentindo-se frio, úmido e humilhado, ele se arrasta pelo campo, encharcado, sendo empurrado pelos maiores. Como joga na defesa, ninguém lhe passa a bola, o que ele agradece, pois tem medo de ser derrubado. E a bola, encerada com sebo de cavalo para proteger o couro, é escorregadia demais para segurar.

Poderia fingir que está doente aos sábados, não fosse pelo fato de que aí o time ficaria só com catorze jogadores. Não aparecer para o jogo de rúgbi é muito pior do que faltar às aulas.

O time Juvenil B perde todas as partidas. O Juvenil A também perde a maioria. Na verdade, quase todos os times da St Joseph's perdem a maioria das vezes. Ele não entende por que a escola ainda joga rúgbi. Os irmãos, que são austríacos ou irlandeses, certamente se interessam por rúgbi. Nas poucas vezes em que vêm assistir, parecem distantes, sem entender o que está acontecendo.

A mãe guarda um livro de capa preta chamado *O casamento ideal* na última gaveta. É sobre sexo; ele sabe de sua existência há anos. Um dia ele o subtrai da gaveta e leva para a escola. Provoca um frenesi entre os amigos; ele parece ser o único cujos pais têm um livro desses.

Embora seja decepcionante ler o livro — as ilustrações dos órgãos parecem diagramas de livros de ciência, e nem no capítulo sobre posições há algo excitante (inserir o órgão masculino na vagina soa como um enema) —, os outros meninos se debruçam sobre ele com avidez, suplicam para que o empreste.

Durante a aula de química, ele deixa o livro na carteira. Quando volta, o irmão Gabriel, que geralmente é muito alegre, tem uma expressão gélida e reprovadora. Ele tem certeza de que o irmão Gabriel abriu a escrivaninha dele e viu o livro; seu coração dispara enquanto ele espera o aviso e a vergonha que se seguirá. O aviso não vem; mas em cada comentário casual do irmão Gabriel, ouve uma referência velada ao mal que ele, um não católico, trouxe para a escola. Tudo foi estragado entre o irmão Gabriel e ele. Arrepende-se amargamente de ter trazido o livro; leva-o de volta para casa, devolve-o à gaveta e nunca mais o abre.

Durante algum tempo, ele e os colegas continuam a se reunir num canto do campo de esportes, no recreio, para conversar sobre sexo. Ele contribui para essas discussões com elementos esparsos que aprendeu no livro. Mas, evidentemente, essas coisas não são suficientemente interessantes: os meninos mais velhos começam a se isolar para ter conversas próprias, em que há repentinas diminuições de tom, cochichos, explosões de riso. No centro dessas conversas está Billy Owens, que tem catorze anos e uma irmã de dezesseis, conhece garotas, tem uma jaqueta de couro que usa nos bailes e, possivelmente, já teve relação sexual.

Ele faz amizade com Theo Stavropoulos. Correm boatos de que Theo é um *moffie*, uma bicha, mas ele não está pronto para acreditar nisso. Aprecia a aparência de Theo, a pele clara e corada, o corte de cabelo impecável e seu modo discreto de se vestir. Até o paletó do uniforme, com suas ridículas listras verticais, cai bem nele.

O pai de Theo tem uma fábrica. O que exatamente ela fabrica ninguém sabe, mas tem algo a ver com peixe. A família mora numa casa grande na parte mais rica de Rondebosch. Eles têm tanto dinheiro que os meninos poderiam frequentar o Colégio Diocesano, não fosse pelo fato de serem gregos. Porque são gregos e têm um nome estrangeiro, precisam ir à St Joseph's, que, agora ele percebe, é uma espécie de cesto que recebe meninos que não se encaixam em nenhum outro lugar.

Ele vê apenas uma vez o pai de Theo: um homem alto, vestido com elegância, de óculos escuros. Vê a mãe do amigo com mais frequência. Ela é baixa, magra e morena; fuma e dirige um Buick azul, que tem fama de ser o único carro na Cidade do Cabo — e talvez na África do Sul — com câmbio automático.

Também há uma irmã mais velha, tão linda, educada com tanto requinte, tão casadoura, que não lhe permitem se expor aos olhares dos amigos de Theo.

Os meninos Stavropoulos são trazidos à escola de manhã no Buick azul, às vezes dirigido pela mãe, mas geralmente por um chofer de uniforme preto e quepe. O Buick desliza majestosamente no pátio da escola, Theo e o irmão descem, o Buick sai deslizando. Ele não entende por que Theo aceita isso. Se estivesse em seu lugar, pediria para ser deixado a uma quadra da escola. Mas Theo aceita as piadas e ri sem se intimidar.

Um dia Theo o convida para ir a sua casa depois das aulas. Quando chegam lá, ele vê que os esperam para almoçar. Então sentam-se às três da tarde à mesa de jantar, com talheres de prata e guardanapos limpos e lhes servem filé com fritas; uma empregada de uniforme branco fica atrás da cadeira de Theo enquanto comem, aguardando ordens.

Ele faz o possível para esconder seu espanto. Sabe que algumas pessoas são servidas por empregados; mas não sabia que crianças também podiam ter empregados.

E um dia os pais e a irmã de Theo viajam para o exterior — há rumores de que a irmã vai se casar com um baronete inglês — e Theo e o irmão passam a ser internos. Ele imagina que Theo será esmagado pela experiência: pela inveja e a malícia dos outros internos, pela comida ruim, pelas afrontas de uma vida sem privacidade. Ele também imagina que Theo será submetido ao mesmo tipo de corte de cabelo dos outros. Mas, de alguma forma, Theo consegue manter o corte elegante; de alguma forma, apesar de seu nome, apesar da inaptidão para esportes, apesar de ser considerado um *moffie*, ele mantém o sorriso suave, nunca se queixa, nunca permite que o humilhem.

Theo senta-se debruçado sobre a carteira na frente dele, embaixo da imagem de Jesus abrindo o peito e mostrando um reluzente coração vermelho. Eles deveriam estar repassando a aula de história; na verdade, eles têm a sua frente um livrinho de gramática, com o qual Theo lhe ensina grego antigo. Grego antigo com pronúncia de grego moderno: ele adora essa excentricidade. *Aftós*, Theo sussurra; *evdhemonía*. *Evdhemonía*, ele repete sussurrando.

O irmão Gabriel aguça os ouvidos.

"O que está fazendo, Stavropoulos?", indaga.

"Estou ensinando grego a ele, irmão", Theo diz com sua maneira dócil e confiante.

"Vá se sentar em sua carteira."

Theo sorri e volta a seu lugar.

Os irmãos não gostam de Theo. A arrogância dele os incomoda; assim como os meninos, eles acham que Theo tem dinheiro demais. A injustiça disso o enraivece; ele gostaria de lutar por Theo.

18.

Para mantê-los até que o novo escritório de advocacia do pai comece a dar dinheiro, a mãe volta a dar aulas. Contrata uma empregada para o serviço doméstico, uma mulher magra quase sem dentes chamada Celia. Às vezes Celia traz a irmã para lhe fazer companhia. Ao chegar em casa certa tarde, ele encontra as duas sentadas na cozinha, tomando chá. A irmã mais moça, mais bonita que Celia, sorri para ele. Há algo em seu sorriso que o perturba; não sabe para onde olhar e se retira para o quarto. Escuta-as rir e sabe que estão rindo dele.

Alguma coisa está mudando. Ele parece estar o tempo todo envergonhado. Não sabe para onde dirigir os olhos, o que fazer com as mãos, como posicionar o corpo, que expressão assumir no rosto. Todo mundo o observa, o avalia, acha-o imperfeito. Ele se sente como um caranguejo retirado da casca, rosado, ferido e obsceno.

Antigamente, ele era cheio de ideias, ideias de lugares para ir, coisas para conversar, coisas para fazer. Estava sempre um passo à frente de todos: era o líder, os outros o seguiam. Agora a energia que sentia fluir de si desaparecera. Aos treze anos está se tornando ensimesmado, mordaz, sombrio. Não gosta dessa nova e feia personalidade, quer ser arrancado dela, porém não pode fazer isso sozinho.

Vão conhecer o novo escritório do pai. Fica em Goodwood, que pertence à série de subúrbios africânderes Goodwood--Parow-Bellville. As janelas são pintadas de verde-escuro; sobre o verde, em letras douradas, estão as palavras PROCURADOR — Z. COETZEE — ADVOGADO, em africânder e inglês. O interior é obscuro, com móveis pesados de estofo de crina de cavalo e forro de couro vermelho. Os livros de direito que viajaram com eles por toda a África do Sul desde a última vez que o pai advogou, em 1937, saíram das caixas e estão na estante. Aleatoriamente ele procura "Estupro". Os nativos às vezes inserem o órgão masculino entre as coxas da mulher sem penetração, diz uma nota de rodapé. A prática recai no direito consuetudinário, a lei costumeira. Não constitui estupro.

É esse tipo de coisa que fazem nos tribunais?, ele se pergunta. Discutir sobre onde estava o pênis?

O escritório do pai parece estar prosperando. Ele contrata não apenas uma datilógrafa, mas um estagiário chamado Eksteen. Delega a Eksteen os casos rotineiros de heranças e testamentos; dedica os próprios esforços ao excitante trabalho de *inocentar as pessoas* nos tribunais. Todo dia chega em casa com novas histórias de pessoas que livrou, e como elas lhe são gratas.

A mãe está menos interessada nas pessoas que ele libertou do que na crescente lista de devedores. Um nome em especial aparece várias vezes: Le Roux, o vendedor de carros. Ela o pressiona: ele é advogado, com certeza pode fazer Le Roux pagar. Le Roux acertará sua dívida sem falta, até o fim do mês, o pai retruca; ele prometeu. Mas no fim do mês, mais uma vez, Le Roux não paga.

Le Roux não paga, mas tampouco desaparece. Ao contrário, convida seu pai para beber, promete-lhe mais trabalho, pinta imagens cor-de-rosa do dinheiro que se pode ganhar retomando a posse de carros.

As discussões em casa tornam-se mais iradas, mas ao mesmo tempo mais disfarçadas. Ele pergunta à mãe o que está acontecendo. Ela diz com mágoa:

"Jack está emprestando dinheiro a Le Roux."

Ele não precisa escutar mais. Conhece o pai, sabe o que está acontecendo. O pai precisa de aprovação, fará qualquer coisa para que gostem dele. Nos círculos em que se move, há duas maneiras de ser apreciado: pagando bebida para as pessoas ou lhes emprestando dinheiro.

As crianças não devem entrar nos bares. Mas no bar do hotel de Fraserburg Road, ele e o irmão quase sempre sentavam a uma mesa de canto e beberam suco de laranja, vendo o pai pagar rodadas de conhaque com água para desconhecidos, tomando consciência desse outro lado dele. Por isso, conhece o humor cordial expansivo que o conhaque cria nele, o desprendimento, os grandes gestos extravagantes.

Avidamente, tristemente, ele escuta os monólogos de reclamação da mãe. Embora os artifícios do pai não o enganem mais, não confia que ela consiga resistir: já viu o pai a enrolar muitas vezes.

"Não lhe dê ouvidos", ele a adverte. "Ele mente para você o tempo todo."

O problema com Le Roux se agrava. Há longos telefonemas. Um novo nome começa a surgir: Bensusan. Bensusan é confiável, diz a mãe. Bensusan é judeu e não bebe. Bensusan vai salvar Jack, colocá-lo de volta nos trilhos.

Mas acontece que não há somente Le Roux. Há outros companheiros de bebida a quem o pai vem emprestando dinheiro. Ele não consegue acreditar, não compreende. De onde vem todo esse dinheiro, se o pai só possui um terno e um par de sapatos e precisa ir para o trabalho de trem? É possível ganhar tanto dinheiro tão depressa, libertando as pessoas?

Ele nunca viu Le Roux, mas pode imaginá-lo com facilidade. Le Roux deve ser um africânder rude de bigode louro; usa um terno azul e gravata preta; é ligeiramente gordo, sua muito e conta piadas sujas em voz alta.

Le Roux bebe com seu pai no bar em Goodwood. Quando o pai não está olhando, Le Roux pisca para os outros fregueses do bar. Le Roux escolheu seu pai como um imbecil. Ele arde de vergonha por o pai ser tão estúpido.

O dinheiro que o pai vem emprestando não é, afinal, realmente do pai. Por isso Bensusan se envolveu pessoalmente. Bensusan está atuando em nome da Ordem dos Advogados. A questão é séria: o dinheiro foi retirado do fundo de investimentos. "O que é fundo de investimentos?", ele pergunta à mãe. "É dinheiro de outras pessoas que ele investe num fundo."

"Por que as pessoas lhe dão dinheiro para investir?", ele diz. "Elas devem ser loucas."

A mãe balança a cabeça. Todos os advogados têm fundos de investimento, ela explica, só Deus sabe por quê.

"Jack parece uma criança quando se trata de dinheiro."

Bensusan e a Ordem dos Advogados entraram em cena porque algumas pessoas querem salvar seu pai, pessoas dos velhos tempos, quando ele era fiscal de aluguéis. Eles querem bem a seu pai, não querem que seja preso. Em nome dos velhos tempos, e porque ele tem mulher e filhos, fecham os olhos para certas coisas, fazem alguns acordos. Ele poderá reembolsá-las em cinco anos; uma vez feito isso o livro será fechado, o assunto esquecido.

A mãe procura aconselhamento jurídico. Gostaria que os próprios bens fossem separados dos do marido, antes que um novo desastre aconteça: a mesa de jantar, por exemplo; a cômoda com espelho; a mesinha de madeira de lei que tia Annie lhe deu. Gostaria de retificar o contrato de casamento deles, que torna cada um responsável pelas dívidas do outro. Mas descobre que os contratos de casamento são imutáveis. Se o pai falir, a mãe também falirá, ela e seus filhos.

Eksteen e a datilógrafa se demitem, e o escritório em Goodwood é fechado. Ele não sabe o que aconteceu com a janela verde com letras douradas. A mãe continua dando aulas. O pai começa a procurar emprego. Toda manhã, pontualmente às sete, ele parte para a cidade. Mas uma ou duas horas depois — é esse seu segredo —, quando todos saíram de casa, ele volta. Veste o pijama e volta para a cama com as palavras cruzadas do *Cape Times*, e uma garrafinha de conhaque. Depois, por volta das duas da tarde, antes que a mulher e os filhos voltem, ele se veste e vai para o clube.

O clube se chama Wynberg Club, mas na verdade é apenas uma parte do Wynberg Hotel. Ali, o pai passa a tarde bebendo e janta. Às vezes passa de meia-noite — o barulho o acorda, tem sono leve — quando um carro para diante da casa, a porta se abre, o pai entra e vai até o banheiro. Logo depois, sai do quarto de seus pais um rumor de sussurros esquentados. De manhã, ele vê manchas amarelas no chão do banheiro e no assento da privada, e um odor doce e enjoativo.

Ele escreve um aviso e coloca no banheiro: POR FAVOR, LEVANTE O ASSENTO. O aviso é ignorado. Urinar no assento da privada torna-se o ato definitivo de rebeldia do pai contra a mulher e os filhos, que viraram as costas para ele.

Ele descobre o segredo do pai num dia em que falta à escola, por estar doente ou fingindo. Da cama escuta o ruído da chave na porta da frente, escuta o pai se ajeitando no quarto ao lado. Depois, culpados e nervosos, eles se cruzam no corredor.

Antes de sair à tarde, o pai esvazia a caixa de correio e remove certas cartas, que esconde no fundo do guarda-roupa, embaixo do forro de papel. Quando, finalmente, a barragem arrebenta, são essas cartas escondidas — do tempo de Goodwood, cartas de cobrança, de advogados — o que mais irrita sua mãe.

"Se eu soubesse, poderia ter feito um plano", ela diz. "Agora nossas vidas estão arruinadas."

As dívidas se estendem por toda parte. Cobradores chegam a qualquer hora do dia e da noite, gente que ele não vê. Toda vez que alguém bate à porta da frente, o pai se tranca no quarto. A mãe cumprimenta os visitantes em voz baixa, os faz entrar na sala, fecha a porta. Depois ele a escuta murmurar com raiva para si mesma na cozinha.

Há uma conversa sobre os Alcoólicos Anônimos, de que o pai deveria ir lá para provar sua sinceridade. O pai promete mas não vai.

Dois oficiais de justiça vêm para fazer um inventário do conteúdo da casa. É uma manhã ensolarada de sábado. Ele se refugia no quarto e tenta ler, mas não adianta: os homens pedem para entrar no quarto, em todos os quartos. Ele vai para o quintal. Até lá eles o seguem, espiam ao redor e tomando notas num bloco.

Ele sente raiva o tempo todo. *Aquele homem*, é como se refere ao pai quando fala com a mãe, com ódio demais para lhe chamar por um nome: por que temos alguma coisa a ver com *aquele homem*? Por que você não deixa *aquele homem* ir para a prisão?

Ele tem vinte e cinco libras na caderneta de poupança dos

Correios. A mãe lhe jura que ninguém tirará suas vinte e cinco libras.

Então, há uma visita do sr. Golding. Embora o sr. Golding seja negro, de certa forma ocupa uma posição de poder sobre o pai. Fazem-se cuidadosos preparativos para a visita. O sr. Golding será recebido na sala de estar, como os outros cobradores, e lhe oferecerão chá na mesma louça. Por tratar o sr. Golding tão bem, se espera que ele não entre com um processo.

O sr. Golding chega. Usa terno jaquetão, não sorri. Toma o chá que sua mãe serve, mas não promete nada. Quer o dinheiro dele.

Depois que ele sai, há uma discussão sobre o que fazer com a xícara de chá. O costume, ao que parece, é que quando uma pessoa de cor bebe numa xícara, ela tem de ser quebrada. Ele fica surpreso que a família da mãe, que não acredita em nada, acredite nisso. No entanto, afinal, a mãe apenas lava a xícara com alvejante.

No último minuto, tia Girlie chega de Williston para socorrê-los, pela honra da família. Em troca de um empréstimo, ela impõe certas condições, sendo uma delas que Jack nunca mais exerça a advocacia.

O pai concorda com as condições, concorda em assinar um documento. Mas quando chega a hora, é preciso insistir muito para que saia da cama. Afinal, ele aparece de calça cinza, com a blusa do pijama e descalço. Assina sem dizer uma palavra e volta para a cama.

Mais tarde naquele dia, ele se veste e sai. Onde passa a noite, ninguém sabe; só volta no dia seguinte.

"De que adianta fazê-lo assinar?", ele se queixa à mãe. "Nunca pagou as outras dívidas, por que pagaria a Girlie?"

"Não importa, eu pagarei", ela responde.

"Como?"

"Vou trabalhar para ganhar o dinheiro."

Há alguma coisa no comportamento da mãe que ele não pode mais negar, algo extraordinário. A cada nova e amarga revelação, ela parece ficar mais forte, mais teimosa. É como se atraísse as calamidades com o único objetivo de mostrar ao mundo quanto pode suportar.

"Pagarei todas as dívidas dele", ela afirma. "Pagarei em prestações. Vou trabalhar."

Sua determinação de formiga o enraivece tanto que sente vontade de agredi-la. É evidente o que está por trás disso. Ela quer se sacrificar pelos filhos. Um sacrifício infinito: ele conhece bem essa mentalidade. Mas quando tiver se sacrificado totalmente, quando tiver vendido as próprias roupas e os próprios sapatos, e andar descalça com pés ensanguentados, como ele ficará? É uma ideia insuportável.

Chegam as férias de dezembro, e o pai continua desempregado. Os quatro ficam dentro de casa como ratos enjaulados, sem ter para onde ir. Evitam-se uns aos outros, se escondem em quartos separados. O irmão se absorve nas revistas de quadrinhos: a *Eagle*, a *Beano*. A preferida dele é a *Rover*, com as histórias de Alf Tupper, o campeão de corrida que trabalha numa fábrica em Manchester e vive de peixe com batatas. Ele tenta esquecer mergulhando em Alf Tupper, mas não pode deixar de aguçar os ouvidos a cada sussurro e rangido na casa.

Certa manhã, há um estranho silêncio. A mãe saiu, mas existe alguma coisa no ar, um odor, uma aura, um peso, e ele sabe que *aquele homem* continua lá. Com certeza não pode continuar dormindo. Seria possível que, maravilha das maravilhas, ele tenha cometido suicídio?

Se assim for, se ele houver se suicidado, não será melhor

fingir que não percebeu, para que os comprimidos para dormir ou seja lá o que for tenham tempo de agir? E como impedir que o irmão dê o alarme?

Na guerra que ele declarou ao pai, nunca teve certeza absoluta de ter o apoio do irmão. Desde que pode se lembrar, as pessoas notaram que, enquanto ele puxou mais à mãe, o irmão se parece mais com o pai. Há momentos em que ele desconfia de que o irmão tenha pena do pai; suspeita que o irmão, com seu rosto pálido e preocupado e o tique na pálpebra, seja um molengão.

De qualquer forma, se o pai realmente cometeu suicídio, seria melhor evitar o quarto dele, para que, se houver perguntas mais tarde, possa dizer: "Eu estava conversando com meu irmão", ou "Eu estava lendo no meu quarto". Mas ele não pode conter a curiosidade. Vai pé ante pé até a porta do quarto, abre-a e espia.

É uma manhã quente de verão. O ar está parado, tão parado que se pode escutar os pardais pipilando lá fora, suas asas abanando. As venezianas estão fechadas, as cortinas baixas. Há um cheiro de suor de homem. Na obscuridade ele enxerga o pai deitado na cama. Do fundo de sua garganta sai um ronco suave quando ele respira.

Ele se aproxima. Seus olhos estão se habituando à penumbra. O pai está com a calça do pijama e uma camiseta de algodão. Não se barbeou. Há um "V" avermelhado no pescoço dele onde o bronzeado dá lugar à brancura do peito. Ao lado da cama há um penico onde pontas de cigarro boiam na urina amarronzada. Ele nunca viu nada mais feio em toda a vida.

Não há sinal de comprimidos. O homem não está morrendo, simplesmente dorme. Então, ele não tem coragem de tomar os comprimidos, assim como não tem coragem de sair e procurar trabalho.

Desde o dia em que o pai voltou da Grande Guerra, eles brigaram, numa segunda guerra que o pai não tinha chance alguma de vencer porque jamais teria imaginado um inimigo tão impiedoso e tenaz. Durante sete anos aquela guerra se intensificou; hoje, finalmente, ele triunfou. Sente-se como o soldado russo no Portão de Brandemburgo, erguendo a bandeira vermelha sobre as ruínas de Berlim.

Mas ao mesmo tempo ele gostaria de não estar ali, testemunhando aquela vergonha. *Não é justo!*, ele tem vontade de gritar. *Sou apenas uma criança!* Gostaria que alguém, uma mulher, o tomasse nos braços e curasse suas feridas, o reconfortasse, lhe dissesse que fora apenas um pesadelo. Pensa no rosto da avó, macio e fresco, seco como seda, oferecendo-se para que ele o beije. Gostaria que a avó pudesse chegar e consertar tudo.

Uma bola de catarro se forma na garganta do pai. Ele tosse e vira-se de lado. Seus olhos se abrem, os olhos de um homem totalmente consciente, que sabe exatamente onde está. Os olhos o fixam, parado ali onde não deveria estar, espionando. Os olhos não emitem julgamento, mas tampouco bondade.

As mãos do homem descem preguiçosamente e arrumam a calça do pijama.

Ele quer que o homem diga alguma coisa, qualquer palavra comum, "Que horas são?", para facilitar as coisas. Mas o homem nada diz. Os olhos continuam a fitá-lo, pacificamente, distantes. Então se fecham, e ele adormece novamente.

Ele volta para o quarto e fecha a porta.

Às vezes, nos dias seguintes, a tristeza se dissipa. O céu, que costuma pairar fechado sobre sua cabeça, não perto o suficiente para que possa tocá-lo, mas tampouco muito distante, abre uma fresta, e, durante um instante, ele pode ver o mundo como realmente é. Vê a si mesmo de camisa branca com mangas enroladas, a calça curta que quase não serve mais: não uma criança, não o que um transeunte chamaria de criança, está crescido demais para isso, crescido demais para essa desculpa, mas ainda tão idiota e fechado em si mesmo quanto uma criança: infantil, tolo, ignorante, retardado. Nesses momentos ele também pode ver o pai e a mãe, de cima, sem raiva: não como dois pesos cinzentos e amorfos sentados em seus ombros, conspirando dia e noite a desgraça dele, mas como um homem e uma mulher vivendo suas próprias vidas cheias de problemas e de tédio. O céu se abre, e ele vê o mundo como é; depois, quando o céu se fecha, volta a ser ele mesmo vivendo a única história que admite, a sua própria história.

A mãe está junto da pia, no canto mais escuro da cozinha. Está de costas para ele, os braços salpicados de espuma, esfregando uma panela sem pressa. Ele anda em volta falando sobre alguma coisa, não sabe o quê, falando com sua veemência habitual, queixando-se.

A mãe interrompe a tarefa; seu olhar tremula sobre ele. É um olhar pensado, sem nenhum carinho. Pela primeira vez, ela não o vê. Aliás, ela o vê como sempre foi e como ela sempre soube que ele era quando não estava imersa em ilusão. Ela o vê, o avalia e não fica satisfeita. Perde a paciência.

É isso que ele teme nela, na pessoa que mais o conhece no mundo, que tem a enorme e injusta vantagem de saber tudo sobre seus primeiros anos de vida, os mais desprotegidos e íntimos, anos dos quais ele nada lembra, apesar dos esforços. É ela quem provavelmente também sabe, já que é inquisitiva e tem suas próprias fontes, dos segredos corriqueiros da vida escolar dele. Ele teme o julgamento da mãe. Teme os pensamentos frios que devem passar pela cabeça dela em momentos como este, quando não há paixão para lhes dar cor, nem motivo para que suas faculdades não sejam absolutamente claras; sobretudo, ele teme o momento, que ainda não chegou, em que ela irá proferir seu julgamento. Será como um relâmpago; ele não poderá suportar. Ele não quer saber. Tanto não quer saber que sente uma mão subir por dentro da própria cabeça e bloquear seus ouvidos, bloquear sua visão. Preferia ser cego e surdo a saber o que sua mãe pensa dele. Preferia viver como uma tartaruga dentro do casco.

Porque não é verdade, como ele gosta de pensar, que essa mulher foi trazida ao mundo com o único objetivo de amá-lo e protegê-lo e satisfazer as necessidades dele. Ao contrário, ela teve uma vida antes de ele existir, uma vida na qual não dava a ele a menor atenção. Depois, em certo momento da história, ela o pariu, ela decidiu amá-lo; talvez tenha decidido amá-lo antes mesmo de dar à luz; mas ela decidiu amá-lo e, portanto, pode decidir deixar de amá-lo.

"Espere até ter seus próprios filhos", ela diz num de seus dias amargos. "Então entenderá." O que ele entenderá? É um chavão que ela usa, um chavão que parece vir dos velhos tempos. Talvez seja o que cada geração diz à seguinte, como um aviso, uma ameaça. Mas ele não quer ouvir. "Espere até ter seus próprios filhos!" Que absurdo, que contradição! Como pode uma criança ter filhos? De qualquer modo, o que ele saberia se fosse pai, se fosse o próprio pai, é exatamente o que ele não quer saber. Não aceitará a visão de mundo que ela quer lhe impor: uma visão sóbria, decepcionada, desiludida.

19.

Tia Annie morreu. Apesar das promessas dos médicos, nunca voltou a andar depois do tombo, nem com bengala. De seu leito no Volkshospitaal foi transferida para um leito no lar para idosos em Stikland, no fim do mundo, onde ninguém tinha tempo para visitá-la e onde morreu só. Agora será enterrada no cemitério da Woltemade número 3.

Primeiro ele se recusa a ir. Já tem de ouvir orações suficientes na escola, diz, não quer ouvir mais. Ele exprime verbalmente o escárnio pelas lágrimas que serão derramadas. Dar a tia Annie um enterro decente é apenas uma forma para que os parentes se sintam bem. Ela deveria ser enterrada num buraco no jardim do lar de idosos. Seria mais econômico.

No fundo, ele não quer dizer aquilo. Mas se vê forçado a dizer coisas desse tipo para a mãe, ele precisa ver o rosto dela se contrair de tristeza e revolta. Quanto ainda terá de dizer antes que ela finalmente revide e lhe diga para se calar?

Ele não gosta de pensar na morte. Seria melhor se as pessoas velhas e doentes simplesmente parassem de existir e desaparecessem. Ele não gosta de corpos velhos e feios; a ideia de velhos tirando a roupa lhe causa arrepios. Espera que nenhum velho tenha entrado no banheiro de sua casa em Plumstead.

A própria morte é uma questão diferente. De alguma forma, ele está sempre presente após sua morte, flutuando acima do espetáculo, se divertindo com a dor dos que a provocaram e que, agora que é tarde demais, desejam que ele estivesse vivo.

No entanto, ele acaba indo ao enterro de tia Annie com a mãe. Vai porque ela lhe suplica, e ele gosta que lhe supliquem, gosta da sensação de poder que isso lhe dá; e também porque nunca foi a um funeral e quer ver a profundidade da cova, como o caixão é posto dentro dela.

De modo algum é um grande enterro. Estão presentes apenas cinco pessoas da família e um jovem clérigo da Igreja Reformista Holandesa, cheio de espinhas. Os cinco são tio Albert com a mulher e o filho, depois a mãe e ele. Faz anos que não vê o tio Albert. Está quase dobrado em dois sobre a bengala; escorrem lágrimas de seus olhos azuis-claros; as pontas do colarinho estão viradas para fora como se outra pessoa houvesse atado a gravata.

Chega o carro funerário. O agente e seu auxiliar usam roupas pretas formais, mais bem-vestidos que qualquer um deles (ele usa o uniforme da escola St Joseph's: não possui um terno). O clérigo diz em africânder uma oração pela irmã que partiu; então o caixão é retirado do carro em direção ao túmulo e o posicionam sobre alguns paus que cobrem a cova. Para a decepção dele, não o baixam para dentro da cova — isso deve esperar, ao que parece, pelos coveiros —, mas o agente funerário indica discretamente que eles podem atirar punhados de terra sobre o caixão.

Começa uma chuva fina. Acabou-se o assunto; eles podem ir, podem voltar a suas próprias vidas.

No caminho até o portão, atravessando hectares de túmulos antigos e novos, ele anda atrás da mãe e do primo dela, o filho de Albert, que conversam em voz baixa. Eles têm o mesmo jeito de andar, ele nota, o mesmo jeito de erguer as pernas e pousá-las pesadamente, esquerda, direita, como camponeses usando tamancos. Os Du Biel da Pomerânia: gente do campo, lentos e pesados demais para a cidade; deslocados.

Pensa na tia Annie, a quem largaram ali na chuva na abandonada Woltemade, pensa nas longas garras negras que a enfermeira lhe cortou no hospital, que ninguém mais cortará.

"Você sabe tanta coisa", tia Annie lhe disse um dia. Não era um elogio: embora seus lábios estivessem repuxados num sorriso, ela balançava a cabeça ao mesmo tempo. "Tão jovem e já sabe tanto. Como vai guardar tudo isso na cabeça?" E ela se inclinou e bateu no crânio dele com um dedo ossudo.

O menino é especial, tia Annie disse a sua mãe, e ela lhe contou depois. Mas especial em que sentido? Ninguém diz.

Chegam ao portão. Chove mais forte. Antes de pegar os dois trens, um até Salt River e o outro até Plumstead, terão de andar debaixo de chuva até a estação de Woltemade.

O carro funerário passa por eles. A mãe estende a mão para detê-lo e conversa com o agente funerário.

"Eles vão nos dar carona até a cidade", diz.

Então ele precisa subir no carro e sentar-se espremido entre a mãe e o agente, e passam lentamente pela Voortrekker Road. Ele a odeia por isso, e espera que ninguém da escola o veja.

"A senhora era professora, acredito", diz o agente. Ele fala com sotaque escocês. É um imigrante: o que pode saber sobre a África do Sul, sobre gente como tia Annie?

Ele nunca viu homem mais peludo. Pelos negros brotam do nariz e dos ouvidos, espetam-se em tufos pelos punhos engomados.

"Sim", responde a mãe. "Deu aulas durante quarenta anos."
"Então deve ter deixado coisas boas", diz o agente funerário. "Nobre profissão, a de ensinar."

"O que aconteceu com os livros de tia Annie?", ele pergunta à mãe depois, quando estão novamente a sós. Ele diz "livros", mas quer dizer o *Ewige Genesing* com seus vários exemplares.

A mãe não sabe ou não quer dizer. Do apartamento onde ela quebrou a bacia, para o hospital e para o lar de idosos em Stikland e para Woltemade número 3, ninguém lembrou dos livros, com exceção talvez da própria tia Annie, os livros que ninguém jamais lerá; e agora tia Annie está deitada sob a chuva esperando que alguém tenha tempo para enterrá-la. Cabe somente a ele pensar. Como guardará todos em sua cabeça, todos os livros, todas as pessoas, todas as histórias? E se ele não lembrar, quem o fará?

JUVENTUDE

Wer den Dichter will verstehen
muss in Dichters Lande gehen.

GOETHE

[*Quem ao poeta quer entender*
a terra do poeta deve percorrer.]

1.

Ele mora num apartamento de um cômodo perto da estação ferroviária de Mowbray, e paga onze guinéus de aluguel por mês. No último dia útil de cada mês, pega o trem para a cidade, até a Loop Street, onde A. & B. Levy, agentes imobiliários, mantêm uma placa dourada e um minúsculo escritório. Nas mãos de mr. B. Levy, o mais novo dos irmãos Levy, entrega o envelope com o aluguel. Mr. Levy despeja o dinheiro na mesa atulhada e conta. Grunhindo e suando, preenche um recibo: "*Voilà*, meu jovem!", diz, e entrega o papel com um floreio.

Ele se empenha para não atrasar o aluguel porque está no apartamento sob falsa qualificação. Quando assinou o contrato e pagou o depósito para A. & B. Levy, não declarou sua ocupação como "estudante", mas como "bibliotecário assistente", e deu a biblioteca da universidade como endereço de trabalho.

Não é totalmente mentira. De segunda a sexta-feira sua função é ocupar a sala de leitura durante o horário noturno. É um trabalho que as bibliotecárias, quase todas mulheres, preferem não fazer, porque o campus, na encosta da montanha, é muito isolado e solitário à noite. Até ele sente um frio na espinha cada vez que destranca a porta e vai tateando pelo corredor escuro feito breu até o interruptor central. Seria fácil para qualquer malfeitor esconder-se entre as estantes quando os funcionários saem às cinco horas, para depois pilhar os escritórios vazios e ficar de tocaia no escuro à espera dele, o assistente da noite, para pegar suas chaves.

Poucos estudantes fazem uso do horário noturno; poucos sequer sabem desse horário. Tem pouco a fazer. Os dez xelins que recebe por noite são dinheiro fácil.

Às vezes, imagina que uma linda garota de vestido branco entra na sala de leitura e ali fica, distraída, depois da hora de fechar; imagina-se mostrando a ela os mistérios da oficina de encadernação e da sala de catalogação, saindo com ela em seguida para a noite estrelada. Isso nunca acontece.

Trabalhar na biblioteca não é seu único emprego. Nas tardes de quarta-feira, faz monitoria para o primeiro ano do Departamento de Matemática (três libras por semana); às sextas conduz os estudantes de graduação de dramaturgia por uma seleção de comédias de Shakespeare (duas libras e dez), e nos fins de tarde está empregado num cursinho em Rondebosch para preparar pretendentes aos exames de admissão (três xelins por hora). Durante as férias, trabalha para a Municipalidade (Divisão de Moradia Pública) extraindo dados estatísticos de pesquisas domésticas. No final das contas, quando soma as quantias, está ganhando bem — bem o suficiente para pagar o aluguel e as mensalidades da universidade, manter corpo e alma funcionando, e até economizar um pouco. Pode ter só dezenove anos, mas está em pé sobre as próprias pernas, não depende de ninguém.

As necessidades do corpo ele trata como questão de mero senso comum. Todo domingo, cozinha ossos de tutano, feijões e salsão para preparar uma panela grande de sopa, suficiente para a semana. Às sextas-feiras, faz uma visita ao mercado Salt River para comprar uma caixa de maçãs, de goiabas ou da fruta da estação. Toda manhã, o leiteiro deixa meio litro de leite na soleira da porta. Quando sobra leite, ele pendura em cima da pia, dentro de uma meia de náilon velha, para fazer queijo. O que falta, compra na loja da esquina. É uma dieta que Rousseau aprovaria, ou Platão. Quanto a roupas, tem uma calça e um paletó bons para usar nas aulas. No mais, faz as roupas velhas durarem.

Está querendo provar uma coisa: que todo homem é uma ilha; que ninguém precisa dos pais.

Algumas noites, subindo a Main Road de capa de chuva, bermuda e sandálias, o cabelo grudado de chuva, brilhando ao farol dos carros que passam, tem uma sensação do quanto parece estranho. Não excêntrico (existe certa distinção em parecer excêntrico), apenas estranho. Range os dentes, incomodado, e anda mais depressa.

É magro, tem membros ágeis, mas ao mesmo tempo é mole. Gostaria de ser atraente, mas sabe que não é. Falta-lhe alguma coisa essencial, uma definição de traços. Algo do bebê ainda permanece nele. Quanto falta para deixar de ser bebê? O que vai curá-lo da bebezice, transformá-lo em homem?

O que vai curá-lo, se for para acontecer, será o amor. Pode não acreditar em Deus, mas acredita no amor e no poder do amor. A amada, a predestinada, de imediato enxergará, através do exterior estranho, até sem graça, que ele apresenta, aquele fogo que queima por dentro. Enquanto isso, a falta de graça e a estranheza fazem parte do purgatório que tem de atravessar para emergir, um dia, para a luz: a luz do amor, a luz da arte. Pois será um artista, isso está decidido há tempos. Se no momento tem de ser obscuro e ridículo, é porque faz parte do destino do artista sofrer a obscuridade e o ridículo até o dia em que se revela em seu verdadeiro poder, e os zombadores e os gozadores se calam. As sandálias que usa custam dois xelins e seis pence. São de borracha, feitas em algum lugar da África, Malauí talvez. Quando ficam molhadas, não aderem à sola dos pés. No inverno do Cabo, chove semanas seguidas. Ao andar pela Main Road na chuva, ele às vezes tem de voltar para recolher uma sandália que se soltou. Nesses momentos, pode ver os cidadãos da Cidade do Cabo rindo ao passar no conforto de seus carros. Riam!, pensa. Eu logo irei embora!

Tem um melhor amigo, Paul, que, como ele, estuda matemática. Paul é alto e moreno, está envolvido num caso amoroso com uma mulher mais velha, uma mulher chamada Elinor Laurier, pequena, loira e linda num estilo agitado, de pássaro. Paul reclama do humor imprevisível de Elinor, das exigências que ela faz. Mesmo assim, tem inveja de Paul. Se tivesse uma amante bonita, experiente nas coisas do mundo, que fumasse com piteira e falasse francês, logo estaria transformado, até transfigurado, tem certeza disso.

Elinor e sua irmã gêmea nasceram na Inglaterra; foram trazidas para a África do Sul aos quinze anos, depois da Guerra. A mãe delas, segundo Paul, segundo Elinor, costumava pôr as meninas uma contra a outra, dando amor e aplausos primeiro para uma, depois para outra, confundindo-as, conservando-as dependentes. Elinor, a mais forte das duas, manteve a sanidade, embora ainda chore dormindo e guarde um ursinho de pelúcia na gaveta. A irmã, porém, durante algum tempo ficou louca a ponto de ser internada. Ainda faz terapia, lutando contra o fantasma da velha morta.

Elinor leciona numa escola de línguas da cidade. Desde

que se envolveu com ela, Paul foi absorvido por seu grupo, um grupo de artistas e intelectuais que vivem no Gardens, usam suéteres pretos, jeans e sandálias de corda, bebem vinho tinto grosseiro e fumam Gauloises, citam Camus e García Lorca, ouvem jazz progressivo. Um deles toca guitarra espanhola e pode ser convencido a fazer uma imitação de *cante hondo*. Como não têm empregos regulares, ficam acordados a noite inteira e dormem até meio-dia. Detestam os Nacionalistas, mas não são políticos. Se tivessem dinheiro, dizem, deixavam a atrasada África do Sul e se mudavam definitivamente para Montmartre ou para as Ilhas Baleares.

Paul e Elinor o levam a uma de suas reuniões, realizada num bangalô da praia Clifton. A irmã de Elinor, a instável de quem apenas ouviu falar, faz parte do grupo. Segundo Paul, está tendo um caso com o dono do bangalô, um homem de cara vermelha que escreve para o *Cape Times*.

O nome da irmã é Jacqueline. É mais alta que Elinor, não tem a mesma finura de traços, mas é bonita mesmo assim. Cheia de energia nervosa, fuma um cigarro atrás do outro, gesticula quando fala. Ele se dá bem com ela. É menos cáustica do que Elinor, o que é um alívio. Pessoas cáusticas o deixam aflito. Ele desconfia que fazem comentários a seu respeito quando vira as costas.

Jacqueline sugere um passeio pela praia. De mãos dadas (como aconteceu isso?) ao luar, passeiam por toda a extensão da praia. Num espaço escondido entre as rochas, ela se volta para ele, projeta os lábios, oferece a boca.

Ele corresponde, mas inquieto. Até onde isso vai? Nunca antes fez amor com uma mulher mais velha. E se não estiver à altura?

Descobre que isso vai até o fim. Acompanha, sem resistir, faz o que pode, realiza o ato, até finge ficar arrebatado no final.

Na verdade, não se arrebata. Não só existe a questão da areia, que entra em tudo, também existe a insistente questão do motivo por que essa mulher, a quem nunca viu antes, está se entregando a ele. Dá para acreditar que no curso de uma conversa casual ela tenha detectado a chama secreta que arde dentro dele, a chama que o marca como artista? Ou será que é simplesmente uma ninfomaníaca, e era disso que Paul, com delicadeza, o alertara ao dizer que ela "fazia terapia"?

No sexo, até que é escolado. Se o homem não goza o ato amoroso, a mulher também não goza — essa, ele sabe, é uma das regras do sexo. Mas o que acontece depois, entre um homem e uma mulher que fracassaram no jogo? Será que têm de se lembrar do fracasso toda vez que se encontram de novo, e sentir vergonha?

É tarde, a noite está ficando fria. Vestem-se em silêncio e voltam para o bangalô, onde a festa começou a acabar. Jacqueline pega a bolsa e os sapatos. "Boa noite", diz ao dono da casa, dando-lhe um beijinho no rosto.

"Vai embora?", ele pergunta.

"Vou, sim. Vou dar uma carona para John."

O dono da casa não fica nada incomodado. "Divirtam-se então", diz. "Os dois."

Jacqueline é enfermeira. Ele nunca esteve com uma enfermeira, mas o que ouviu dizer é que, por trabalharem com doentes e moribundos, atendendo a suas necessidades corporais, as enfermeiras ficam cínicas quanto à moralidade. Os estudantes de medicina gostam dos plantões noturnos no hospital. Dizem que as enfermeiras têm fome de sexo. Trepam em qualquer lugar, a qualquer hora.

Jacqueline, porém, não é uma enfermeira comum. É uma enfermeira do Guy's, ela se apressa a informar, parteira treinada no hospital Guy's de Londres. No peito do uniforme de ombreiras vermelhas, usa uma pequena insígnia de bronze, um elmo e uma manopla com a divisa PER ARDUA. Não trabalha no Groote Schuur, o hospital público, e sim numa clínica particular, onde ganha mais.

Dois dias depois do encontro na praia Clifton ele vai até a moradia das enfermeiras. Jacqueline está esperando no saguão de entrada, vestida para sair, e saem imediatamente. De uma janela do andar de cima, rostos se debruçam para olhar; ele tem consciência de que as outras enfermeiras estão olhando para ele inquisidoramente. É jovem demais, evidentemente jovem demais para uma mulher de trinta anos; e com suas roupas desbotadas, sem carro, evidentemente tampouco é um bom partido.

Uma semana depois, Jacqueline deixou a moradia das enfermeiras e se mudou para o apartamento dele. Não se lembra de tê-la convidado: simplesmente não resistiu.

Nunca morou com ninguém antes, decerto nunca com uma mulher, uma amante. Mesmo em criança tinha um quarto só seu, com uma porta que trancava. O apartamento de Mowbray consiste apenas num cômodo comprido, com um corredor de entrada que dá para uma cozinha e um banheiro. Como vai sobreviver?

Tenta receber bem a súbita acompanhante, tenta abrir espaço para ela. Mas dias depois já começou a se incomodar com o acúmulo de caixas e malas, com as roupas espalhadas por toda parte, com a bagunça no banheiro. Detesta o ruído da motoneta, que indica a volta de Jacqueline do dia de trabalho. Embora ainda façam amor, há cada vez mais silêncio entre os dois, ele sentado à sua mesa, fingindo-se absorto nos livros, ela vagando pela casa, ignorada, suspirando, fumando um cigarro atrás do outro.

Ela suspira muito. É assim que sua neurose se expressa, se é que é disso que se trata, de neurose: no suspirar e sentir-se exausta, no chorar às vezes sem ruído. A energia, o riso e a ousadia do primeiro encontro murcharam até sumir. A alegria daquela noite, ao que parece, era apenas uma abertura nas nuvens da melancolia, efeito do álcool ou talvez mesmo uma cena que Jacqueline representava.

Dormem juntos numa cama feita para um. Na cama, Jacqueline fala sem parar dos homens que a usaram, dos terapeutas que tentaram dominar sua mente e transformá-la em marionete. Será que ele é um desses homens?, pensa. Será que está usando Jacqueline? E haverá algum outro homem com quem ela reclame dele? Adormece com ela ainda falando, acorda esgotado de manhã.

Jacqueline é, por qualquer padrão, uma mulher atraente, mais atraente, mais sofisticada, mais versada nas coisas do mundo do que ele merece. A verdade é que, não fosse a rivalidade entre as irmãs gêmeas, ela não estaria dormindo em sua cama. Ele é uma peça no jogo das duas, um jogo que vem de muito antes de sua entrada em cena — quanto a isso não tem ilusões. No entanto, ele é que foi favorecido, não deve reclamar da sorte. Ali está, dividindo um apartamento com uma mulher dez anos mais velha, uma mulher experiente que, durante seu estágio no hospital Guy's, dormiu (diz ela) com ingleses, franceses, italianos, até com um persa. Ainda que não possa afirmar que foi amado por si mesmo, teve ao menos a chance de ampliar sua educação no reino do erótico.

É o que ele espera. Mas depois de um turno de doze horas na clínica, seguido de um jantar de couve-flor com molho branco e uma noite de silêncio mal-humorado, Jacqueline não está disposta a ser generosa consigo mesma. Se chega a abraçá-lo, é de um jeito descuidado, porque, se não é pelo sexo que dois estranhos se aprisionam num espaço tão amontoado e sem conforto, que razão têm eles para estar ali?

A coisa chega ao cúmulo quando, um dia em que ele não está em casa, Jacqueline examina seu diário e lê o que escreveu sobre sua vida juntos. Quando ele volta, encontra-a embalando suas coisas.

"O que aconteceu?", pergunta.

Com os lábios apertados, ela aponta o diário aberto em cima da mesa.

Ele explode de raiva. "Você não vai me impedir de escrever!", proclama. É um *non sequitur*, e ele sabe disso.

Ela também está furiosa, mas de um jeito mais frio, mais profundo. "Se, *como diz*, você acha que eu sou uma carga tão insuportável", diz, "se estou acabando com a sua paz, com a sua privacidade, com a sua capacidade de escrever, fique sabendo que, de minha parte, detestei viver com você, detestei cada minuto, e mal posso esperar para me livrar."

O que ele devia ter dito é que não se devem ler os papéis particulares dos outros. Na verdade, devia era ter escondido o diário, não deixado onde pudesse ser encontrado. Mas agora é tarde demais, o estrago está feito.

Fica olhando Jacqueline arrumar suas coisas, ajuda a prender a mala no bagageiro da motoneta. "Vou ficar com a chave, *se me permite*, até pegar todas as minhas coisas", diz ela. E baixa o visor do capacete. "Adeus. Estou muito decepcionada com você, John. Você pode ser muito inteligente — isso eu não sei —, mas ainda tem muito o que crescer." Pisa com força no pedal da partida. O motor não quer pegar. Pisa mais uma vez, e mais uma. Um cheiro de gasolina se espalha no ar. O carburador está afogado; não há nada a fazer senão esperar que seque. "Entre", ele sugere. Com o rosto duro como pedra ela recusa. "Desculpe", diz ele. "Por tudo."

Entra, deixa-a na alameda. Cinco minutos depois, ouve o motor da motoneta pegar e se afastar, rugindo.

Está chateado? Claro que está chateado por Jacqueline ter lido o que leu. Mas a questão real é: que motivo tinha para escrever o que escreveu? Será que talvez escreveu para que ela lesse? Será que deixar seus verdadeiros pensamentos ali, onde ela podia acabar encontrando, era seu jeito de lhe dizer o que era covarde demais para lhe dizer na cara? Quais são seus verdadeiros pensamentos afinal? Há dias em que fica contente, sente-se até privilegiado por viver com uma bela mulher, ou pelo menos por não viver sozinho. Outros dias, sente de maneira diferente. A verdade será a felicidade, a infelicidade, ou uma média das duas?

A questão de resolver o que deve permitir que apareça em seu diário e o que deve ser para sempre escondido está no coração de toda a sua escrita. Se tem de se censurar para não expressar emoções ignóbeis — o incômodo de sentir o apartamento invadido, ou a vergonha dos próprios fracassos como amante —, como essas emoções jamais serão transfiguradas e transformadas em poesia? E, se a poesia não for o agente de sua transfiguração de ignóbil em nobre, por que se preocupar com poesia? Além disso, quem pode dizer se os sentimentos que registra no diário são seus verdadeiros sentimentos? Quem pode dizer que a cada momento que sua caneta se move ele seja verdadeiramente ele mesmo? Num determinado momento pode ser verdadeiramente ele mesmo, noutro pode simplesmente estar inventando as coisas. Como pode ter certeza? E por que haveria de *querer* saber ao certo?

As coisas raramente são o que parecem: isso é que devia ter dito a Jacqueline. Porém, que chance havia de ela entender? Como poderia acreditar que o que leu no diário dele não era a verdade, a verdade ignóbil, a respeito do que acontecia na cabeça de seu companheiro durante aquelas noites pesadas de silêncio e suspiros, mas, ao contrário, uma ficção, uma de muitas ficções possíveis, verdadeira apenas no sentido em que uma obra de arte é verdadeira — verdadeira consigo mesma, verdadeira em seus próprios objetivos imanentes — quando a leitura ignóbil combinava tão bem com as suspeitas dela de que o companheiro não a amava, nem ao menos gostava dela?

Jacqueline não vai acreditar nele, pela simples razão de que ele não acredita em si próprio. Ele não sabe em que acredita. Às vezes, acha que não acredita em nada. Mas, quando tudo está dito e feito, permanece o fato de que sua primeira tentativa de viver com uma mulher terminou em fracasso, em desonra. Tem de voltar a viver sozinho; e não será pequeno o seu alívio com isso. Porém, não pode viver sozinho para sempre. Ter uma amante faz parte da vida de um artista: mesmo que consiga evitar a armadilha do casamento, como jurou fazer, vai ter de achar um jeito de viver com mulheres. A arte não pode se nutrir apenas de privações, de desejo, de solidão. Tem de haver intimidade, paixão, amor.

Picasso, que é um grande artista, talvez o maior de todos, é um exemplo vivo. Picasso se apaixona por mulheres, uma após outra. Uma após outra se mudam para a casa dele, participam de sua vida, posam para ele. Por meio da paixão que se incendeia de novo a cada nova amante, as Doras e Pilares que o acaso traz à porta dele renascem em arte eterna. É assim que acontece. E com ele? Será que pode prometer que as mulheres de sua vida, não apenas Jacqueline, mas todas as inimagináveis mulheres que virão, terão destino semelhante? Gostaria de acreditar que sim, mas tem suas dúvidas. Se um dia será um grande artista, só o tempo dirá, mas uma coisa é certa, não é nenhum Picasso. Toda a sua sensibilidade é diferente da sensibilidade de Picasso. É mais calado, mais sombrio, mais do norte. Tampouco tem os olhos negros hipnóticos de Picasso. Se um dia tentar transfigurar uma mulher, não será tão cruelmente como Picasso a transfigura, dobrando e entortando seu corpo como metal numa fornalha acesa. De qualquer forma, escritores não são pintores: são mais pertinazes, mais sutis.

Será esse o destino de toda mulher que se envolve com artistas: ver o que tem de pior ou de melhor extraído e retrabalhado em obra de ficção? Pensa em Hélène, de *Guerra e paz*. Será que Hélène teve como ponto de partida uma das amantes de Tolstói? E será que ela algum dia imaginou que, muito depois de sua morte, homens que nunca pousaram os olhos nela desejariam seus belos ombros nus?

Será que tem de ser tudo tão cruel? Deve haver uma forma de coabitar em que um homem e uma mulher comam juntos, durmam juntos, vivam juntos, e mesmo assim continuem imersos em suas respectivas explorações interiores. Será por isso que o caso com Jacqueline estava fadado ao fracasso: porque, não sendo Jacqueline uma artista, não era capaz de apreciar a necessidade de solidão interior que tem o artista? Se Jacqueline fosse uma escultora, por exemplo, se um canto do apartamento tivesse sido reservado para ela talhar seu mármore enquanto em outro canto ele batalhava com palavras e rimas, será que o amor teria florescido entre eles? Será essa a moral da história dele e de Jacqueline: que o melhor é artistas terem casos só com artistas?

2.

O caso com Jacqueline fica no passado. Depois de semanas de intimidade sufocante ele tem de novo o quarto só para si. Empilha as caixas e malas de Jacqueline num canto e espera que sejam retiradas. Isso não ocorre. Em vez disso, uma noite, a própria Jacqueline aparece. Veio, disse, não para voltar a morar com ele ("É impossível conviver com você"), mas para fazer as pazes ("Não gosto de ressentimento, me deprime"), pazes que envolvem primeiro irem para a cama, depois, na cama, lhe passar um sermão sobre o que disse a respeito dela em seu diário. Ela fala e fala: não conseguem dormir antes das duas da manhã.

Ele acorda tarde, tarde demais para a aula das oito. Não é a primeira aula que perde desde que Jacqueline entrou em sua vida. Está se atrasando nos estudos e não vê como jamais vai se recuperar. Nos dois primeiros anos na universidade foi um dos astros da classe. Achava tudo fácil, estava sempre um passo adiante do professor. Mas ultimamente uma névoa parece ter descido sobre sua cabeça. A matemática que estão estudando ficou mais moderna e abstrata, e ele começou a patinar. Linha a linha ainda é capaz de acompanhar a exposição no quadro-negro, mas no mais das vezes a discussão mais ampla lhe escapa. Na classe, tem ataques de pânico que faz o melhor que pode para esconder.

Estranhamente, parece ser o único aflito. Nem os mais lerdos entre seus colegas têm mais dificuldades que o normal. Suas notas caem mês a mês, enquanto as deles continuam estáveis. Quanto aos astros, os verdadeiros astros, eles simplesmente o deixaram para trás, batalhando.

Nunca na vida teve de recorrer a seu esforço máximo. Menos que o máximo sempre foi o bastante. Agora está lutando pela vida. A menos que se atire inteiro no trabalho, vai afundar.

No entanto, dias inteiros se passam numa névoa de cinzenta exaustão. Ele se amaldiçoa por permitir ser sugado de volta para um caso que tanto lhe custa. Se ter uma amante envolve tudo isso, como Picasso e os outros se viram? Simplesmente não tem energia para correr de aula em aula, de emprego em emprego, depois, quando termina o dia, prestar atenção numa mulher que oscila entre a euforia e ataques da mais negra melancolia, durante os quais insiste em remexer ressentimentos de vida inteira.

Embora formalmente não more mais com ele, Jacqueline sente que tem a liberdade de chegar à sua porta a qualquer hora do dia e da noite. Às vezes, vem para acusá-lo de uma palavra ou outra que ele deixou escapar, cujo sentido velado só agora ficou claro para ela. Às vezes, está apenas se sentindo deprimida e quer alguém que a alegre. O pior são os dias seguintes à terapia: chega para repetir, insistentemente, o que aconteceu na sala do terapeuta, para examinar as implicações dos mínimos gestos dele. Suspira e chora, engole copos e copos de vinho, fica morta no meio do sexo.

"Você devia fazer terapia", diz ela, soprando a fumaça.

"Vou pensar no assunto", ele responde. Agora já aprendeu a não discordar.

Na verdade, nem sonha fazer terapia. O objetivo da terapia é deixar a pessoa feliz. Para que isso? Pessoas felizes não são interessantes. Melhor aceitar o peso da infelicidade e tentar transformá-lo em alguma coisa que valha a pena, em poesia, música ou pintura: é nisso que acredita.

Apesar disso, escuta Jacqueline o mais pacientemente possível. Ele é o homem, ela é a mulher; ele obteve dela o seu prazer, agora tem de pagar o preço: parece ser assim que as coisas funcionam.

A história dela, contada noite após noite em versões sobrepostas e conflitantes ao ouvido tonto de sono dele, é que alguém lhe roubou seu verdadeiro eu, um perseguidor que às vezes é sua mãe tirânica, às vezes o pai fugido, às vezes um ou outro amante sádico, às vezes um terapeuta mefistofélico. O que ele tem nos braços, diz, é apenas uma casca de seu verdadeiro eu; ela só vai recuperar a capacidade de amar quando tiver recuperado seu eu.

Ele escuta, mas não acredita. Se ela sente que o terapeuta tem intenções a respeito dela, por que não para de consultá-lo? Se a irmã a deprecia e humilha, por que não deixa de ver a irmã? Quanto a ele, desconfia que, se Jacqueline veio para tratá-lo mais como confidente do que como amante, é porque não é um amante bom o suficiente, nem ardente, nem apaixonado o suficiente. Desconfia que, se fosse um amante melhor, Jacqueline logo recuperaria o eu perdido e o desejo perdido.

Por que continua abrindo a porta quando ela bate? Será porque é isso que artistas têm de fazer — ficar acordados a noite inteira, se exaurirem, deixar suas vidas se enrolarem — ou será porque, apesar de tudo, se diverte com essa mulher escorregadia, inegavelmente bonita, que não tem vergonha de andar nua pelo apartamento diante dos olhos dele?

Por que ela é tão livre em sua presença? Será para provocá-lo (pois sente seus olhos em cima dela, tem certeza disso), ou será que toda enfermeira se comporta assim em particular, tirando a roupa, se coçando, falando diretamente sobre excrementos, contando as mesmas piadas grosseiras que os homens contam nos bares? Porém, se ela de fato se libertou de todas as suas inibições, por que ao fazer amor é tão distraída, tão ausente, tão decepcionante?

Não foi ideia dele começar esse caso, nem é sua ideia continuar com ele. Mas, agora que está no meio da coisa, não tem energia para escapar. Um fatalismo tomou conta dele. Se a vida com Jacqueline é uma espécie de doença, que a doença siga seu curso.

Ele e Paul são cavalheiros o bastante para não comparar observações sobre as amantes. Mesmo assim, desconfia que Jacqueline Laurier fala dele com a irmã e que a irmã conta coisas sobre Paul. É embaraçoso Paul saber o que acontece em sua vida íntima. Tem certeza de que, dos dois, Paul é quem tem maior capacidade de lidar com mulheres.

Uma noite, quando Jacqueline está trabalhando na clínica no turno da noite, ele vai até o apartamento de Paul. Encontra Paul se preparando para partir para a casa da mãe, em St. James, onde vai passar o fim de semana. Por que não vem também, Paul sugere, pelo menos passar o sábado?

Eles perdem o último trem por pouco. Se quiserem ir a St. James, vão ter de caminhar os dezenove quilômetros até lá. A noite está bonita. Por que não?

Paul leva a mochila e o violino. Está levando o violino, diz, porque é mais fácil praticar em St. James, onde os vizinhos não são tão próximos.

Paul estuda violino desde a infância, mas nunca chegou

muito longe com ele. Parece bastante contente de tocar as mesmas gigas e minuetos que tocava há dez anos. Suas ambições como músico são muito mais amplas. Em seu apartamento, tem um piano que a mãe comprou quando ele, aos quinze anos, começou a pedir lições de piano. As lições não foram um sucesso, era impaciente demais com o método do professor, lento, passo a passo. Apesar disso, estava determinado a vir a tocar um dia, ainda que mal, o *Opus 132*, de Beethoven, e, depois disso, a transcrição de Busoni para a *Chaconne em ré menor*, de Bach. Chegará a esses objetivos sem passar pelos desvios costumeiros de Czerny e Mozart. Em vez disso, vai praticar essas duas peças e apenas essas, incessantemente, primeiro aprendendo as notas, tocando muito, muito devagar, em seguida apertando o ritmo dia a dia, por quanto tempo for preciso. É o seu método próprio de aprender piano, inventado por ele mesmo. Contanto que siga seu horário sem vacilação, não vê por que não daria certo.

Infelizmente, o que ele está descobrindo é que, quando tenta passar do muito, muito lento, para o muito lento apenas, fica com os pulsos tensos e travados, as juntas dos dedos incham, e logo não consegue tocar nada. Então tem um ataque de raiva, martela as teclas com os punhos e sai de casa em desespero.

Já passa da meia-noite quando ele e Paul chegam apenas a Wynberg. O tráfego parou, a Main Road está vazia, a não ser por um varredor que empurra sua vassoura.

No rio Diep, passa por eles um leiteiro com a carroça puxada por cavalos. Param e ficam olhando enquanto ele freia os cavalos, sobe por uma entrada de jardim, deposita duas garrafas cheias, pega as vazias, entorna as moedas na mão, desce de volta para a carroça.

"Pode nos vender meio litro?", Paul pergunta, e lhe estende uma moeda de quatro pence. Sorrindo, o leiteiro fica olhando enquanto eles bebem. O leiteiro é jovem e bonito, explodindo de energia. Nem mesmo o grande cavalo branco com cascos peludos parece se importar de estar acordado no meio da noite.

Ele se deslumbra. Aquilo tudo de que nunca tinha ouvido falar, acontecendo enquanto as pessoas dormem: as ruas sendo varridas, o leite sendo entregue nas portas! Mas uma coisa o intriga. Por que o leite não é roubado? Por que não há ladrões que vão seguindo a trilha do leiteiro e surrupiam cada garrafa que ele entrega? Numa terra em que a propriedade é crime e qualquer coisa, tudo pode ser roubado, por que o leite fica isento? Pelo fato de que roubar leite é fácil demais? Será que existem regras de conduta até entre ladrões? Ou será que os ladrões têm pena dos leiteiros, que em sua maior parte são jovens, negros e fracos?

Gostaria de acreditar nessa última explicação. Gostaria de acreditar que, em relação aos negros, existe piedade suficiente, vontade suficiente de tratar com eles honrosamente, para compensar a crueldade das leis e a desgraça de sua condição. Mas sabe que não é assim. Entre o negro e o branco existe um abismo fixo. Mais profunda que a piedade, mais profunda que atos honrosos, mais profunda ainda que a boa vontade, existe dos dois lados uma consciência de que pessoas como Paul e ele, com seus pianos e seus violinos, estão nesta terra, na terra da África do Sul, com os mais frágeis pretextos. Mesmo esse jovem leiteiro, o qual um ano atrás devia ser apenas um rapaz que pastoreava gado no mais fundo do Transkei, deve saber. Na verdade, dos africanos em geral, até dos mulatos, ele sente emanar uma ternura curiosa, divertida: uma sensação de que deve ser um simplório, que precisa de proteção, se imagina que pode se dar bem à base de boa aparência e comportamento honrado quando o chão que pisa está banhado em sangue e o vasto abismo retrógrado da história vibra com gritos de raiva. Por que outra razão esse jovem, com os primeiros movimentos do vento do dia penteando a crina de seu cavalo, sorri tão suavemente enquanto olha os dois bebendo o leite que lhes deu?

Chegam à casa em St. James com o romper da aurora. Ele adormece imediatamente no sofá, e dorme até o meio-dia, quando a mãe de Paul o acorda e serve o café da manhã numa varanda ensolarada com vista para toda a vastidão da False Bay.

Entre Paul e a mãe há um fluxo de conversa em que ele se insere com facilidade. A mãe é fotógrafa, com estúdio próprio. É miúda e bem-vestida, com uma voz rouca de fumante e um ar inquieto. Quando terminam de comer, ela pede licença: tem de trabalhar, diz.

Ele e Paul descem para a praia, nadam, voltam, jogam xadrez. Depois, ele pega o trem de volta para casa. É seu primeiro vislumbre da vida doméstica de Paul e ele fica cheio de inveja. Por que não pode ter uma boa relação, normal, com sua própria mãe? Queria que sua mãe fosse como a de Paul, queria que tivesse uma vida própria, fora da estreiteza da família.

Foi para escapar à opressão da família que ele saiu de casa. Agora, raramente vê os pais. Embora vivam a uma curta distância a pé, não vai visitá-los. Nunca levou Paul para vê-los, nem nenhum outro amigo, para não falar de Jacqueline. Agora que tem seus próprios rendimentos, usa sua independência para excluir os pais de sua vida. A mãe fica incomodada com essa frieza, ele sabe, a frieza com que correspondeu a seu amor a vida inteira. Durante toda a vida dele ela quis afagá-lo; durante toda a vida ele vem resistindo. Mesmo quando ele insiste, ela não acredita que tenha dinheiro suficiente para viver. Sempre que o vê, tenta enfiar dinheiro no bolso dele, uma nota de uma libra, duas libras. "Uma coisinha", é como ela diz. Se tivesse chance, faria cortinas para o apartamento dele, lavaria suas roupas. Ele tem de endurecer o coração contra ela. Agora não é hora para baixar a guarda.

3.

Está lendo *The Letters of Ezra Pound* [As cartas de Ezra Pound]. Ezra Pound foi despedido de seu emprego no Wabash College, em Indiana, por ter uma mulher em seus cômodos. Enfurecido com essa estreiteza mental provinciana, Pound foi embora da América. Em Londres, conheceu a bela Dorothy Shakespear, casou-se com ela e foi morar na Itália. Depois da Segunda Guerra Mundial, foi acusado de ajudar e favorecer os fascistas. Para escapar à sentença de morte, declarou-se perturbado mental e foi trancado num manicômio.

Agora, em 1959, tendo sido libertado, Pound voltou à Itália, ainda trabalhando no projeto da sua vida, os *Cantos*. Todos os *Cantos* publicados até agora existem na biblioteca da Universidade da Cidade do Cabo, em edição da Faber, na qual a procissão de linhas em elegantes tipos negros é interrompida de vez em quando por grandes caracteres chineses, como toques de um gongo. Ele fica absorvido pelos *Cantos*; lê e relê os poemas (pulando, cheio de culpa, as partes maçantes sobre Van Buren e os Malatesta), usando como guia o livro de Hugh Kenner sobre Pound. T.S. Eliot magnanimamente chamou Pound de *il miglior fabbro*, o melhor artesão. Mesmo admirando muito a obra de Eliot, acha que Eliot tem razão.

Ezra Pound sofreu perseguições quase toda a vida: forçado ao exílio, depois preso, depois expulso de sua terra natal uma segunda vez. No entanto, apesar de rotulado de louco, Pound provou ser um grande poeta, talvez tão grande quanto Walt Whitman. Obedecendo ao seu *daimon*, Pound sacrificou a vida à arte. Assim como Eliot, se bem que o sofrimento de Eliot foi de natureza mais privada. Eliot e Pound viveram vidas de tristeza e, às vezes, de desonra. Há nisso uma lição para ele, que o atinge a cada página da poesia deles — da de Eliot, com quem teve um primeiro encontro arrebatador ainda na escola, e, agora, da de Pound. Como Pound e Eliot, tem de estar preparado para suportar tudo o que a vida lhe reserva, mesmo que isso signifique exílio, trabalho obscuro e opróbrio. E, se falhar no teste maior da arte, se no fim não tiver o dom abençoado, precisa estar preparado para suportar também isso: o incontestável veredicto da história, o destino de ser, apesar de todos os seus sofrimentos presentes e futuros, menor. Muitos são os chamados, poucos os eleitos. Para cada poeta maior, uma nuvem de poetas menores, como mosquitos zunindo em volta de um leão.

Só um de seus amigos tem a mesma paixão por Pound, Norbert. Norbert nasceu na Tchecoslováquia, veio para a África do Sul depois da Guerra, e fala inglês com um leve sotaque germânico. Está estudando engenharia, como o pai. Veste-se com elegante formalidade europeia e está procedendo à corte altamente respeitável de uma bela moça de boa família com quem vai passear uma vez por semana. Ele e Norbert encontram-se num salão de chá, na encosta da montanha, onde comentam os últimos poemas de um e de outro e leem em voz alta os trechos de Pound preferidos de cada um.

Parece-lhe interessante que Norbert, um futuro engenheiro, e ele, um futuro matemático, sejam discípulos de Ezra Pound, enquanto os outros poetas estudantes que conhece, os que estudam literatura e fazem a revista literária da universidade, são seguidores de Gerard Manley Hopkins. Na escola ele próprio passou por uma breve fase Hopkins, durante a qual atulhou de monossílabos fortes os seus versos e evitou palavras de origem romântica. Mas acabou perdendo o gosto por Hopkins, assim como está a ponto de perder o gosto por Shakespeare. Os versos de Hopkins são muito cheios de consoantes, os de Shakespeare, muito cheios de metáforas. Hopkins e Shakespeare valorizam demais palavras incomuns, sobretudo do inglês antigo: *maw* [papo], *reck* [preocupar-se], *pelf* [saque]. Ele não entende por que o verso tem sempre de subir para um tom declamatório, por que não pode se contentar em acompanhar as flexões de uma voz falando normalmente — na verdade, por que o verso tem de ser diferente da prosa.

Começou a preferir Pope a Shakespeare, e Swift a Pope. Apesar da cruel precisão de seu fraseado, que ele aprova, Pope lhe parece ainda muito à vontade entre anáguas e perucas, enquanto Swift é sempre um homem selvagem, um solitário.

Gosta de Chaucer também. A Idade Média é tediosa, obcecada pela castidade, assolada por clérigos; os poetas medievais são, em sua maioria, tímidos, estão sempre correndo aos padres latinos em busca de orientação. Mas Chaucer mantém uma boa distância irônica da autoridade deles. E, ao contrário de Shakespeare, não espuma por qualquer coisa, nem começa a vituperar.

Quanto a outros poetas ingleses, Pound o ensinou a farejar o sentimento fácil em que chafurdam os românticos e vitorianos, para não falar do descuido do versejar deles. Pound e Eliot tentam revitalizar a poesia anglo-americana trazendo de volta para ela a adstringência dos franceses. Ele está plenamente de acordo. Não entende como pôde um dia ficar tão fascinado por Keats a ponto de escrever sonetos keatsianos. Keats é como melancia, mole, doce e vermelhão, enquanto a poesia deve ser dura e clara como uma chama. Ler meia dúzia de páginas de Keats é como ceder à sedução.

Ele se sentiria mais seguro como discípulo de Pound se soubesse realmente ler francês. Mas todos os esforços para aprender sozinho não levaram a nada. Não tem nenhuma afinidade com a língua, com as palavras que começam ousadas e terminam num murmúrio. Então tem de confiar em Pound e Eliot quando dizem que Baudelaire e Nerval, Corbière e Laforgue apontam o caminho a seguir.

Seu plano, ao entrar na universidade, era qualificar-se como matemático, depois ir para o exterior e se dedicar à arte. O plano ia só até aí, só precisava ir até aí, e até agora dele não se afastara. Enquanto estiver aperfeiçoando sua capacidade poética no estrangeiro, ganhará a vida fazendo alguma coisa obscura e respeitável. Como os grandes artistas estão fadados a passar despercebidos durante algum tempo, imagina que cumprirá seus anos de provação como um funcionário que fica somando humildemente colunas de números numa sala dos fundos. Decerto não será um boêmio, o que quer dizer bêbado, parasita e vagabundo.

O que o atrai na matemática, além dos símbolos arcanos, são seus usos, sua pureza. Se houvesse um Departamento de Pensamento Puro na universidade, ele se matricularia em Pensamento Puro também; mas matemática pura parece ser o que a academia oferece de mais próximo ao reino das formas.

Infelizmente, seu plano de estudo enfrenta um obstáculo: o regulamento não permite que se estude apenas matemática pura, excluindo todo o resto. A maioria dos estudantes de sua classe faz uma mistura de matemática pura, matemática aplicada e física. Essa não é uma direção que ele se ache capaz de seguir. Embora em criança tivesse tido um interesse passageiro por foguetes e fissão nuclear, não tem nenhuma sensibilidade para o que é chamado de mundo real, não consegue entender por que as coisas na física são como são. Por que, por exemplo, uma bola que pula acaba parando de pular? Seus colegas não têm dificuldade com essa pergunta: porque o coeficiente de elasticidade é menor que 1, dizem. Mas por que tem de ser assim, ele pergunta? Por que o coeficiente não pode ser exatamente 1, ou mais que 1? Eles encolhem os ombros. Vivemos no mundo real, dizem: no mundo real o coeficiente de elasticidade é sempre menor que 1. Isso não soa como uma resposta para ele.

Como parece não ter nenhuma afinidade com o mundo real, evita as ciências, preenchendo as janelas vazias de seu currículo com cursos de inglês, de filosofia, de estudos clássicos. Gostaria de ser considerado um estudante de matemática que por acaso faz alguns cursos de arte; mas entre os estudantes de ciência ele é, para sua tristeza, visto como um estranho, um diletante que aparece para as aulas de matemática e depois desaparece, Deus sabe onde.

Como vai ser matemático, tem de passar a maior parte do tempo na matemática. Mas a matemática é fácil, enquanto o latim não é. Latim é sua matéria mais fraca. Nos anos de esforço na escola católica, impregnou-se da lógica da sintaxe latina; é capaz de escrever corretamente prosa ciceroniana, mesmo que arrastada; mas Virgílio e Horácio, com sua ordem randômica de palavras e vocabulário irritantemente variado, continuam a lhe escapar.

Cai num grupo de estudos em que a maioria dos outros alunos estuda também grego. Saber grego faz o latim ficar fácil para eles; tem de lutar para acompanhar, para não parecer bobo. Queria ter ido a uma escola que ensinasse grego.

Uma das atrações da matemática é que ela usa o alfabeto grego. Embora não conheça nenhuma palavra grega além de *hubris* [arrogância], *areté* [excelência] e *eleutheria* [liberdade], passa horas aperfeiçoando a caligrafia grega, apertando com mais força os traços descendentes para dar um efeito de tipo Bodoni.

A seus olhos, grego e matemática pura são as matérias mais nobres que se podem estudar na universidade. De longe, reverencia os que dão aulas em grego, cujos cursos não pode fazer: Anton Paap, papirologista; Maurice Pope, tradutor de Sófocles; Maurits Heemstra, comentarista de Heráclito. Ao lado de Douglas Sears, professor de matemática pura, eles habitam um reino sublime.

Apesar de todos os esforços, suas notas de latim nunca são altas. É história romana que o põe abaixo sempre. O professor encarregado de ensinar história romana é um jovem inglês pálido, infeliz, cujo real interesse é *Digenis Akritas*. Os estudantes de direito, que estudam latim por obrigação, sentem sua fraqueza e o atormentam. Chegam tarde e saem cedo; jogam aviões de papel; cochicham alto enquanto ele fala; quando ele faz uma de suas piadas frouxas, dão gargalhadas, batem os pés no chão e não param.

A verdade é que fica tão entediado quanto os estudantes de direito, e talvez o próprio professor, com as flutuações do preço do trigo durante o reino de Comodus. Sem fatos não existe história, e ele nunca teve boa cabeça para fatos: quando chegam os exames e é convidado a dizer o que pensa sobre o que causou o que no final do Império, fica olhando com aflição para a página vazia.

Leem Tácito em tradução: secos recitais dos crimes e excessos dos imperadores em que só a intrigante pressa de frase após frase aponta para a ironia. Se vai ser um poeta, devia receber lições de Catulo, poeta do amor, que estão traduzindo nos grupos de estudo; mas é Tácito, o historiador, cujo latim é tão difícil que ele não consegue acompanhar no original, que realmente o pega.

Seguindo a recomendação de Pound, leu Flaubert, primeiro *Madame Bovary*, depois *Salammbô*, o romance de Flaubert sobre a antiga Cartago. Ele se refreou severamente de ler Victor Hugo. Hugo é um saco de vento, diz Pound, enquanto Flaubert leva para a escrita de prosa a dura arte joalheira da poesia. De Flaubert saiu primeiro Henry James, depois Conrad e Ford Madox Ford.

Ele gosta de Flaubert. Emma Bovary particularmente, com seus olhos escuros, sua sensualidade agitada, sua prontidão para se entregar, ela o escraviza. Gostaria de ir para a cama com Emma, ouvir o famoso cinto assobiar feito uma cobra quando ela se despe. Mas será que Pound aprovaria? Ele não tem bem certeza se o desejo de conhecer Emma seria razão suficiente para admirar Flaubert. Em sua sensibilidade ainda há, ele desconfia, alguma coisa podre, algo keatsiano.

Claro que Emma Bovary é uma criatura de ficção, jamais vai cruzar com ela na rua. Mas Emma não foi criada do nada: teve origem nas experiências em carne e osso de seu autor, experiências que foram então submetidas à transfiguração da arte. Se Emma teve um original, ou diversos originais, conclui-se que uma mulher como Emma e a original de Emma devem existir no mundo real. E mesmo que não seja assim, mesmo que nenhuma mulher do mundo real seja tal qual Emma, deve haver muitas mulheres tão profundamente afetadas pela leitura de *Madame Bovary* a ponto de cair sob o encanto de Emma e se transformar em versões dela. Podem não ser a Emma real, mas, em certo sentido, se tornaram a sua encarnação viva.

Sua ambição é ler tudo o que vale a pena ler antes de ir para o exterior, de forma a não chegar à Europa como um matuto provinciano. Como guias de leitura, confia em Eliot e Pound. Com a autoridade deles, dispensa sem um olhar estante após estante de Scott, Dickens, Thackeray, Trollope, Meredith. Tampouco o que vem da Alemanha, da Itália, da Espanha ou da Escandinávia do século XIX merece atenção. A Rússia pode ter produzido alguns monstros interessantes, mas como artistas os russos não têm nada a nos ensinar. A civilização desde o século XVIII é uma questão anglo-francesa.

Por outro lado, existem bolsões de alta civilização em tempos mais remotos que ninguém pode se permitir negligenciar: não só em Atenas e Roma, mas também na Alemanha de Walther von der Vogelweide, na Provence de Arnaut Daniel, na Florença de Dante e Guido Cavalcanti, para não falar da China Tang, da Índia Mogul e da Espanha almorávida. Portanto, a menos que aprenda chinês, persa e árabe, ou pelo menos o suficiente dessas línguas para ler seus clássicos com uma cola, ele pode muito bem se considerar um bárbaro. Onde encontrará tempo?

Nos cursos de inglês, de início, não se deu bem. Seu orientador em literatura era um jovem galês chamado mr. Jones. Mr. Jones era novo na África do Sul; era seu primeiro emprego de verdade. Os estudantes de direito, matriculados só porque inglês, assim como latim, era matéria obrigatória, farejaram sua insegurança imediatamente: bocejavam na cara dele, faziam-se de burros, parodiavam seu jeito de falar, até ele ficar às vezes visivelmente desesperado.

Seu primeiro trabalho era escrever uma análise crítica de um poema de Andrew Marvell. Embora não muito seguro do que queria dizer exatamente uma análise crítica, fez o melhor que pôde. Mr. Jones lhe deu um gama. Gama não era a nota mais baixa da escala — havia o gama-menos, para não falar das variedades de delta —, mas não era bom. Muitos estudantes, inclusive os estudantes de direito, receberam betas; houve até um solitário alfa-menos. Por indiferentes que fossem à poesia, havia alguma coisa que esses seus colegas sabiam e ele não. Mas o que era? Como fazer para ficar bom em inglês?

Mr. Jones, mr. Bryant, miss Wilkinson: todos os seus professores eram jovens e, parecia-lhe, desamparados, sofrendo em desamparado silêncio a perseguição dos estudantes de direito, à espera de que se cansassem e abrandassem. De sua parte, sentia certa simpatia pela situação deles. O que queria de seus professores era autoridade, não revelações de vulnerabilidade.

Nos três anos desde que começou com mr. Jones, suas notas em inglês aos poucos foram subindo. Mas nunca chegou ao topo da classe, sempre, em certo sentido, se debatendo, inseguro quanto ao que devia ser o estudo da literatura. Comparado com a crítica literária, o lado filológico do estudo do inglês era um alívio. Pelo menos, com as conjugações verbais do inglês antigo ou as mudanças do médio inglês a pessoa sabe onde está pisando.

Agora, em seu quarto ano, está matriculado num curso de autores de prosa inglesa antigos, dado pelo professor Guy Howarth. É o único aluno. Howarth tem fama de ser seco, pedante, mas ele não se importa com isso. Não tem nada contra pedantes. Prefere-os aos exibidos.

Encontram-se uma vez por semana na sala de Howarth. Howarth lê sua aula em voz alta enquanto ele anota. Depois de algumas reuniões, Howarth simplesmente lhe empresta o texto da aula para levar para casa.

208

As aulas, datilografadas com fita apagada num papel rijo, amarelado, saem de um armário em que parece haver uma pasta para cada autor de língua inglesa, desde Austen até Yeats. É isso que se tem de fazer para ser professor de inglês: ler os autores do cânone e escrever uma palestra para cada um? Quantos anos da vida de uma pessoa isso consome? O que isso faz com o espírito?

Howarth, que é australiano, parece ter gostado dele, ele não entende por quê. De sua parte, embora não possa dizer que gosta de Howarth, sente um impulso protetor por sua falta de jeito, por sua ilusão de que os estudantes sul-africanos se importam minimamente com a sua opinião a respeito de Gascoigne ou Lyly ou mesmo Shakespeare.

No último dia do semestre, depois da última sessão juntos, Howarth faz um convite. "Venha à minha casa amanhã à noite para tomar um drinque."

Ele obedece, mas desanimado. Além da troca de opiniões sobre os prosadores elisabetanos, não tem nada a dizer para Howarth. Ademais, não gosta de beber. Mesmo vinho, depois do primeiro gole, parece-lhe amargo, amargo, pesado e desagradável. Não entende por que as pessoas fingem gostar.

Sentam-se na penumbra da sala de teto alto, na casa de Howarth, nos Gardens. Ele parece ser o único convidado. Howarth fala sobre a poesia australiana, sobre Kenneth Slessor e A. D. Hope. Mrs. Howarth entra rapidamente e torna a sair. Sente que ela não gosta dele, acha que é puritano, desprovido de *joie de vivre*, desprovido de agilidade verbal. Lilian Howarth é a segunda mulher de Howarth. Sem dúvida foi uma beldade em sua época, mas agora é simplesmente uma mulherzinha atarracada com pernas finas e pó de arroz demais no rosto. É também, segundo dizem, um bom-copo, dada a cenas embaraçosas quando bêbada.

Vem à tona que foi convidado com um objetivo. Os Howarth estão indo passar seis meses no exterior. Ele estaria disposto a ficar na casa e cuidar dela? Não precisaria pagar aluguel, nem contas, poucas responsabilidades.

Aceita imediatamente. Fica lisonjeado com o convite, mesmo que seja apenas porque ele parece desinteressante e confiável. Além disso, se deixar seu apartamento em Mowbray, vai poder economizar mais depressa para a passagem de navio para a Inglaterra. E a casa — uma construção enorme, espalhada na parte baixa da encosta da montanha, com corredores escuros e quartos mofados e sem uso — tem um encanto próprio.

Há uma condição. Durante o primeiro mês, terá de conviver com convidados dos Howarth, uma mulher da Nova Zelândia e sua filha de três anos de idade.

A mulher da Nova Zelândia acaba se revelando outra bêbada. Logo depois de se mudar, no meio de uma noite, ela entra em seu quarto e em sua cama. Abraça-o, cola o corpo contra ele, dá-lhe beijos molhados. Ele não sabe o que fazer. Não gosta dela, não a deseja, sente repulsa pelos lábios moles em busca de sua boca. Primeiro, um arrepio lhe percorre o corpo, depois pânico. "Não!", grita. "Saia daqui!" E se enrola como uma bola.

Incerta, ela sai da cama. "Filho da puta!", sibila, e vai embora.

Continuam a ocupar a grande casa até o final do mês, esquivando-se um do outro, ouvindo os estalidos das tábuas do assoalho, evitando cruzar o olhar quando seus caminhos se cruzam. Os dois bancaram os bobos, mas ela pelo menos foi uma boba temerária, o que é perdoável, enquanto ele foi um pudico, um pateta.

Nunca ficou bêbado na vida. Abomina a bebida. Sai cedo das festas para escapar da conversa trôpega, oca, das pessoas que beberam demais. Em sua opinião, motoristas bêbados deviam ter sentenças duplicadas em vez de reduzidas à metade. Mas na África do Sul todo excesso cometido sob a influência do álcool é visto com indulgência. Fazendeiros podem espancar seus trabalhadores até a morte com a condição de que estejam bêbados ao fazê-lo. Homens feios podem se impor a mulheres, mulheres feias podem abordar homens; se a pessoa resiste, não está topando o jogo.

Ele leu Henry Miller. Se uma mulher bêbada se enfiasse na cama com Henry Miller, a trepada e sem dúvida a bebida também continuariam a noite inteira. Se Henry Miller fosse apenas um sátiro, um monstro de apetite indiscriminado, podia ser ignorado. Mas Henry Miller é um artista, e suas histórias, por mais abusivas que sejam e, provavelmente, repletas de mentiras, são histórias da vida de um artista. Henry Miller escreve sobre a Paris dos anos 1930, uma cidade de artistas e de mulheres que amavam os artistas. Se as mulheres se jogavam em cima de Henry Miller, então, *mutatis mutandis*, deviam se jogar em cima de Ezra Pound, de Ford Madox Ford, de Ernest Hemingway e de todos os outros grandes artistas que viviam em Paris naqueles anos, para não falar de Pablo Picasso. O que *ele* vai fazer quando chegar a Paris ou Londres? Será que vai insistir em não jogar o jogo?

Ao lado de seu horror à bebida, tem horror à feiura física. Quando lê o *Testament* de Villon, só consegue pensar em como deve ser feia a *belle heaumière* [a bela esposa do fabricante de elmos], enrugada, sem banho e desbocada. Se o sujeito vai ser artista, tem de amar mulheres indiscriminadamente? Será que a vida de artista envolve dormir com qualquer uma e com todas, em nome da vida? Se o sujeito é enjoado com sexo, está rejeitando a vida?

Outra pergunta: o que fez Marie, da Nova Zelândia, achar que valia a pena ir para a cama com ele? Seria simplesmente porque ele estava ali, ou teria ela sabido através de Howarth que ele era um poeta, um futuro poeta? As mulheres adoram os artistas, porque eles têm uma chama interior, uma chama que consome e paradoxalmente renova todos a quem toca. Quando se enfiou na cama dele, Marie devia estar achando que ia ser lambida pela chama da arte e ia experimentar um êxtase além das palavras. Em vez disso, viu-se rejeitada por um menino em pânico. Com certeza, de uma maneira ou de outra, ela vai se vingar. Com certeza, em sua próxima carta, seus amigos Howarth receberão uma versão dos fatos em que ele vai parecer parvo.

Sabe que é moralmente desprezível condenar uma mulher por ser feia. Mas felizmente artistas não precisam ser pessoas moralmente admiráveis. Tudo o que interessa é que criem grande arte. Se a arte dele tiver de provir do lado mais desprezível dele mesmo, que seja. As flores crescem melhor na esterqueira, como Shakespeare nunca se cansa de dizer. Até Henry Miller, que se apresenta como um sujeito tão direto, pronto a fazer amor com qualquer mulher, não importa sua forma ou tamanho, deve ter um lado escuro que tem a prudência de esconder.

Pessoas normais acham difícil serem más. Pessoas normais, quando sentem a maldade se acender dentro delas, bebem, falam palavrões, cometem violência. A maldade é como uma febre para elas: querem arrancá-la do corpo, querem voltar a ser normais. Mas os artistas têm de viver com sua febre, seja qual for a natureza dela, boa ou má. A febre é que os faz artistas; a febre tem de ser mantida viva. Por isso é que os artistas nunca podem estar inteiramente presentes no mundo: um olho tem de estar sempre voltado para dentro. Quanto às mulheres que se juntam em torno de artistas, elas não merecem plena confiança. Pois, assim como o espírito do artista é ao mesmo tempo chama e febre, também a mulher que quer ser lambida por línguas de fogo fará ao mesmo tempo todo o possível para estancar a febre e puxar o artista para o chão comum. Portanto, é preciso resistir às mulheres, mesmo quando amadas. Não se pode permitir que cheguem tão perto da chama a ponto de resfriá-la.

4.

Num mundo perfeito, ele só iria para a cama com mulheres perfeitas, mulheres de perfeita feminilidade, embora um pouco sombrias em seu âmago, que reagissem ao eu dele mais sombrio. Mas não conhece nenhuma mulher assim. Jacqueline — se havia algo sombrio em seu âmago, não conseguiu perceber — sem nenhum aviso parou de visitá-lo, e ele teve o bom senso de não tentar descobrir por quê. De forma que tem de se virar agora com outras mulheres — na verdade, garotas que ainda não são mulheres e podem não ter nenhum âmago autêntico, ou um âmago de que se possa falar: garotas que só com relutância vão para a cama com um homem, porque foram convencidas a isso ou porque as amigas estão indo para a cama e elas não querem ficar para trás ou porque às vezes é o único jeito de conservar um namorado.

Ele engravida uma delas. Quando ela telefona para contar, fica perplexo, arrasado. Como pôde ter engravidado alguém? Em certo sentido, sabe exatamente como. Um acidente: pressa, confusão, uma atrapalhação que nunca aparece nos romances que lê. Ao mesmo tempo, porém, não consegue acreditar. No fundo, não se sente muito mais velho do que com oito anos de idade, dez no máximo. Como uma criança pode ser pai?

Talvez não seja verdade, diz a si mesmo. Talvez seja como um daqueles exames em que você tem certeza de que foi reprovado e, quando sai o resultado, você acabou não indo tão mal. Mas não é assim que funciona. Outro telefonema. Com um tom prático a garota conta que foi ao médico. Há uma pausa minúscula, longa o bastante para ele aceitar a abertura e falar. "Eu fico do seu lado", poderia dizer. "Deixe comigo", poderia dizer. Mas como pode dizer que vai estar ao lado dela quando o significado de *estar ao lado dela* na verdade o enche de horror, quando seu único impulso é largar o telefone e fugir?

A pausa termina. Ela tem o nome, continua dizendo, de alguém que vai cuidar do problema. Para tanto, marcou uma consulta para o dia seguinte. Estaria disposto a levá-la de carro até o local da consulta e depois de volta, uma vez que ela foi alertada de que depois não estará em condições de dirigir?

O nome dela é Sarah. As amigas a chamam de Sally, nome de que ele não gosta. Que o faz se lembrar do verso "Come down to the sally gardens" [Venha para os jardins *sally*]. O que vêm a ser *sally gardens*? Ela é de Joanesburgo, de um dos subúrbios onde as pessoas passam o domingo andando a cavalo pela propriedade e dizendo *"Jolly good!"* [Legal!] umas para as outras enquanto criados negros de luvas brancas servem bebidas. Uma infância andando a cavalo, caindo e se machucando, mas sem chorar, transformou Sarah numa pedra. "Sal é uma verdadeira rocha", pode ouvir a turma dela de Joanesburgo dizendo. Não é bonita — ossos sólidos demais, o rosto muito enjoativo para ser bonito —, mas é inteiramente saudável. E não finge. Agora que o desastre aconteceu, ela não se esconde no quarto fingindo que não há nada errado. Ao contrário, descobriu o que precisava descobrir — como fazer um aborto na Cidade do Cabo — e tomou as devidas providências. Na verdade, o deixou envergonhado.

No carrinho dela, vão para Woodstock e param na frente de uma fileira de casinhas idênticas, semi-isoladas. Ela desce e bate na porta de uma delas. Ele não vê quem abre, mas só pode ser a própria aborteira. Imagina as aborteiras como mulheres relaxadas de cabelo tingido e unhas não muito limpas. Dão para a garota um copo de gim puro, fazem com que se deite, então realizam alguma inominável manipulação lá dentro dela com um pedaço de arame, com algo que engancha e puxa. Sentado no carro, ele estremece. Quem haveria de pensar que numa casa comum como essa, com hortênsias no jardim e um anão de plástico, acontecem tais horrores!

Passa-se meia hora. Ele vai ficando cada vez mais nervoso. Será capaz de fazer o que é esperado dele?

Então Sarah sai, e a porta se fecha. Lentamente, com ar de concentração, ela caminha até o carro. Quando chega mais perto, ele vê que está pálida, suando. Ela não diz nada.

Leva-a para a grande casa dos Howarth e a instala no quarto com vista para a Table Bay e para o porto. Oferece-lhe chá, oferece-lhe sopa, mas ela não quer nada. Trouxe uma maleta; trouxe as próprias toalhas, os próprios lençóis. Pensou em tudo. Ele tem de meramente estar por perto, de prontidão para o caso de alguma coisa dar errado. Não é pedir muito.

Ela pede uma toalha quente. Ele põe a toalha no forno elétrico. Ao tirar, está cheirando queimado. Quando chega ao andar de cima, mal se pode dizer que esteja quente. Mas ela a coloca na barriga, fecha os olhos e parece ficar confortada com aquilo.

A cada poucas horas, toma os comprimidos que a mulher lhe deu, seguidos de água, copos e copos. No mais, fica deitada de olhos fechados, suportando a dor. Percebendo os melindres dele, escondeu de sua vista as provas do que está acontecendo dentro de seu corpo: os absorventes com sangue e o que mais possa haver.

"Como está?", ele pergunta.

"Bem", ela murmura.

O que fará se ela deixar de estar bem, ele nem imagina. Aborto é ilegal, mas até que ponto? Se chamasse um médico, o médico informaria à polícia?

Dorme num colchão ao lado da cama. Como enfermeiro, é um inútil, pior que inútil. O que está fazendo não pode de fato ser considerado enfermagem. É apenas uma penitência, uma estúpida e ineficaz penitência.

Na manhã do terceiro dia, ela aparece na porta do estúdio de baixo, pálida, instável nas pernas, mas inteiramente vestida. Está pronta para ir para casa, diz.

Ele a leva de volta para suas acomodações, com a mala e um saco de roupa suja que deve conter as toalhas com sangue e os lençóis. "Quer que eu fique um pouco?", pergunta. Ela balança a cabeça. "Eu vou ficar bem", diz. Ele a beija no rosto e vai a pé para casa.

Ela não fez nenhuma censura, não pediu nada; até pagou o aborto. Na verdade, deu-lhe uma aula sobre como se comportar. Quanto a ele, saiu da coisa ignominiosamente, não pode negar. Qualquer ajuda que possa ter lhe dado foi sem empenho e, pior, incompetente. Reza para que ela não conte nunca essa história para ninguém.

Seu pensamento vai sempre para o que foi destruído dentro dela — aquela bolsa de carne, aquela bonequinha gomosa. Vê a criaturinha indo embora pela descarga da privada na casa de Woodstock, aos trambolhões pelo labirinto de esgotos, atirada por fim nos baixios, piscando ao sol súbito, lutando contra as ondas que a levarão para a baía. Ele não queria que vivesse e agora não quer que morra. Porém, mesmo que corresse até a praia, encontrasse a criatura, a salvasse do mar, o que faria com ela? Iria levá-la para casa, mantê-la aquecida com algodão, tentaria fazê-la crescer? Como pode ele, que ainda é uma criança, criar uma criança?

Está fora do seu território. Mal saiu para o mundo e já tem uma morte anotada contra ele. Quantos outros homens que vê pelas ruas levam crianças mortas com eles como sapatinhos de bebê pendurados em volta do pescoço?

Preferia não ver Sarah de novo. Se puder ficar sozinho, talvez consiga se recuperar, voltar a ser o que era antes. Mas abandoná-la agora seria vergonhoso demais. Então, todo dia passa pelo quarto dela e fica sentado, segurando sua mão um tempo decente. Se não tem nada a dizer, é porque não tem coragem de perguntar o que está acontecendo com ela, dentro dela. Será como uma doença, imagina, da qual ela agora está se recuperando, ou será como uma amputação, da qual a pessoa nunca se recupera? Qual a diferença entre um aborto feito, um aborto espontâneo, e o que nos livros é chamado de *perder um filho*? Nos livros, a mulher que perde um filho se isola do mundo e fica de luto. Sarah ainda vai entrar num período de luto? E quanto a ele? Também tem de ficar de luto? Por quanto tempo, se é que se fica de luto? Será que o luto termina, e a pessoa volta a ser a mesma de antes do luto; ou fica-se de luto para sempre pela coisinha que flutua nas ondas diante de Woodstock, como o menino--camareiro de navio que caiu no mar e ninguém percebeu? *Ui, ui!*, chora o menino-camareiro, que não afunda e não se cala.

Para ganhar mais, pega uma segunda tarde de monitoria no Departamento de Matemática. Os alunos do primeiro ano que frequentam suas sessões podem trazer perguntas de matemática aplicada, assim como de matemática pura. Com o crédito de apenas um ano de matemática aplicada, está pouco à frente dos alunos que deve ajudar: toda semana tem de passar horas se preparando.

Por mais envolvido que esteja em suas questões pessoais, não pode deixar de notar que o país à sua volta está em torvelinho. As leis do passaporte a que africanos e só africanos estão sujeitos estão sendo ainda mais endurecidas, e irrompem protestos por toda parte. No Transvaal a polícia atira numa multidão, depois, à sua maneira louca, continua atirando nas costas de homens, mulheres e crianças em fuga. Do começo ao fim a história o deixa doente: as leis em si; a truculência da polícia; o governo defendendo estridentemente os assassinos e denunciando os mortos, e a imprensa, temerosa demais para se pôr a campo e dizer o que qualquer um com olhos na cara pode ver.

Depois da carnificina em Sharpeville, nada mais é como antes. Mesmo no pacífico Cabo há greves e passeatas. Sempre que acontece uma passeata aparecem policiais com armas rodeando as margens, esperando uma desculpa para atirar.

A coisa toda chega ao cúmulo uma tarde, quando está trabalhando na monitoria. A sala está quieta; ele caminha de carteira em carteira, verificando se os alunos estão conseguindo fazer os exercícios dados, tentando ajudar os que têm dificuldade. De repente, a porta se abre. Um dos professores seniores entra e bate na mesa. "Sua atenção, por favor!", brada. Há um timbre nervoso em sua voz; o rosto está congestionado. "Por favor, deixem as canetas e me deem um minuto de atenção! Neste momento está ocorrendo uma passeata dos trabalhadores no De Waal Drive. Por razões de segurança, pediram-me que avisasse que ninguém tem permissão de deixar o campus até segunda ordem. Repito: ninguém tem permissão para sair. É uma ordem da polícia. Alguma pergunta?"

Há uma pergunta ao menos, mas não é o momento certo de fazê-la: para onde está indo um país onde não é possível dar uma sessão de estudo de matemática em paz? Quanto à ordem da polícia, ele não acredita nem por um momento que a polícia esteja isolando o campus em defesa dos alunos. Estão isolando o campus para que os estudantes desse notório berço do esquerdismo não se juntem à passeata, só isso.

Não há como continuar com a aula de matemática. Em torno da sala corre um zunido de conversa; os estudantes já arrumam as malas e saem, loucos para ver o que está acontecendo.

Ele acompanha a multidão até o aterro acima do De Waal Drive. Todo o tráfego foi interrompido. Os manifestantes estão vindo pela Woolsack Road numa grossa fileira, dez, vinte à frente, depois viram para o norte pela rodovia. São homens, na maioria, com roupas rústicas — macacões, casacos de excedentes do exército, gorros de lã —, alguns levando bastões, todos andando depressa, em silêncio. Não dá para enxergar o fim da coluna. Se ele fosse da polícia, estaria com medo.

"São do PAC", diz um estudante *coloured* a seu lado. Os olhos dele brilham, tem um ar intenso. Terá razão? Como sabe? Será que há sinais que dê para reconhecer? O PAC não é igual ao ANC. É mais ameaçador. *África para os africanos!*, diz o PAC. *Joguem os brancos no mar!*

Milhares e milhares, a coluna de homens serpenteia encosta acima. Não parece um exército, mas é isso que é, um exército convocado de repente dos sertões de Cape Flats. Ao chegar à cidade, o que farão? Seja o que for, não há naquela terra policiais suficientes para detê-los, não há balas suficientes para matá-los.

Quando tinha doze anos, foi enfiado num ônibus cheio de escolares e levado até a Adderley Street, onde lhes deram bandeirinhas de papel laranja-branco-e-azul com ordens de sacudi-las quando o desfile de carros alegóricos passasse (Jan van Riebeeck e sua esposa em sóbrias roupas de cidadãos; Voortrekkers com mosquetes; o altivo Paul Kruger). Trezentos anos de história, trezentos anos de civilização cristã na ponta da África, diziam os políticos em seus discursos: demos graças ao Senhor. Agora, diante de seus olhos, o Senhor está retirando sua mão protetora. Na sombra da montanha, ele vê a história sendo reescrita.

No silêncio à sua volta, entre esses produtos arrumados, bem--vestidos, da Rondebosch High School para meninos e do Colégio Diocesano, esses jovens que meia hora atrás estavam ocupados calculando ângulos de vetor e sonhando com a carreira de engenheiro civil, ele consegue sentir o mesmo choque de desânimo. Esperavam assistir a um show, espiar uma procissão de jardineiros, não contemplar essa multidão sombria. A tarde para eles está arruinada; tudo o que querem agora é ir para casa, tomar uma coca e comer um sanduíche, esquecer o que aconteceu.

E ele? Não é diferente. *Os navios ainda estarão navegando amanhã?* — é seu único pensamento. *Tenho de ir embora antes que seja tarde demais!*

No dia seguinte, quando está tudo terminado e os manifestantes voltaram para casa, os jornais encontram meios de falar a respeito. *Dando vazão à raiva acumulada*, dizem. *Uma das muitas passeatas de protesto de todo o país no rastro de Sharpeville. Neutralizada*, dizem, *pelo bom senso da polícia (para variar) e pela cooperação dos líderes da passeata. O governo*, dizem, *deveria prestar atenção e entender.* Assim eles abrandam o evento, tornando-o menos do que foi. Ele não se deixa enganar. Um simples assobio, e dos barracos e barracas de Cape Flats o mesmo exército de homens se levantará, mais forte que antes, mais numeroso. E armados, com armas da China. Que esperança existe em se colocar contra eles quando não se acredita naquilo que se coloca?

Existe a questão da Força de Defesa. Quando saiu da escola, convocavam para o treinamento militar apenas um garoto branco em cada três. Teve sorte de não ser sorteado. Agora tudo está mudando. Há novas regras. A qualquer momento, pode encontrar uma convocação em sua caixa de correio. *Sua presença é requerida no Castle, às nove horas da manhã, em tal data. Traga apenas artigos de toalete.* Voortrekkerhoogte, em algum lugar do Transvaal, é o campo de treinamento de que mais ouviu falar. É para lá que mandam condenados do Cabo, para longe de casa, para domá-los. Numa semana, pode se encontrar atrás de arames farpados em Voortrekkerhoogte, dividindo uma barraca com truculentos africânderes, comendo carne em conserva direto da lata, ouvindo Johnnie Ray na rádio Springbok. Não aguentaria isso; cortaria os pulsos. Só resta um caminho: fugir. Mas como pode fugir sem levar seu diploma? Seria como partir numa longa jornada, a jornada de uma vida, sem roupa nenhuma, sem dinheiro, sem (a comparação vem, relutante) arma.

5.

É tarde, passa da meia-noite. No saco de dormir azul desbotado que trouxe da África do Sul, ele está deitado no sofá da quitinete de seu amigo Paul em Belsize Park. Do outro lado do quarto, na cama de verdade, Paul começou a roncar. Por uma fresta da cortina brilha o céu da noite, amarelo de sódio com laivos roxos. Embora tenha coberto os pés com uma almofada, eles continuam gelados. Não importa: está em Londres.

Existem dois, talvez três lugares no mundo onde a vida pode ser vivida com plena intensidade: Londres, Paris, talvez Viena. Paris vem primeiro: cidade do amor, cidade da arte. Mas, para viver em Paris, é preciso ter frequentado uma escola de classe alta que ensina francês. Quanto a Viena, Viena é para judeus que voltam para reclamar seus direitos de nascimento: positivismo lógico, música dodecafônica, psicanálise. Resta Londres, onde os sul-africanos não têm de portar documentos e onde as pessoas falam inglês. Londres pode ser árida, labiríntica e fria, mas por trás de suas paredes cerradas homens e mulheres estão em ação, escrevendo livros, pintando quadros, compondo música. Passa-se por eles todo dia nas ruas sem adivinhar seu segredo, por causa da famosa e admirável reserva britânica.

Para dividir a quitinete, que consiste num único quarto e num anexo com fogão a gás e pia de água fria (o banheiro e a privada do andar de cima servem a casa toda), paga a Paul duas libras por semana. Toda a economia que trouxe da África do Sul soma oitenta e quatro libras. Tem de encontrar um trabalho imediatamente.

Vai ao escritório do Conselho do Condado de Londres e põe seu nome numa lista de professores disponíveis, professores dispostos a preencher vagas de imediato. É mandado para uma entrevista numa escola secundária moderna em Barnet, no ponto final da linha norte do metrô. Seu diploma é de matemática e inglês. O diretor quer que dê aula de estudos sociais; além disso, que supervisione a piscina duas tardes por semana.

"Mas eu não sei nadar", objeta.

"Então vai ter de aprender, não é?", diz o diretor.

Sai do prédio da escola com um exemplar do livro didático de estudos sociais debaixo do braço. Tem o fim de semana para se preparar para a primeira aula. Ao chegar à estação, está se amaldiçoando por ter aceitado o emprego. Mas é covarde demais para voltar e dizer que mudou de ideia. Do correio de Belsize Park, manda de volta o livro, com um bilhete: "Imprevistos impossibilitam-me de assumir meus deveres. Por favor, aceite minhas sinceras desculpas".

Um anúncio no *Guardian* o leva a uma viagem a Rothamsted, uma estação agrícola fora de Londres, onde costumavam trabalhar Halsted e MacIntyre, autores de *The Design of Statistical Experiments* [O projeto de experimentos estatísticos], um de seus livros básicos na universidade. Depois de uma excursão pelos jardins e estufas da estação, a entrevista corre bem. O posto que pretende é o de Técnico Experimental Júnior. Descobre que as tarefas de um TEJ consistem em instalar grelhas para plantio experimental, registrar o brotamento sob diferentes regimentos, depois analisar os dados no computador da estação, tudo sob a direção de um funcionário sênior. O trabalho agrícola específico é feito por jardineiros supervisionados por funcionários agrícolas; ninguém espera que ele vá sujar as mãos.

Poucos dias depois, chega uma carta confirmando a oferta de emprego, com um salário de seiscentas libras por ano. Ele mal pode conter a alegria. Que conquista! Trabalhar em Rothamsted! As pessoas na África do Sul não vão acreditar!

Há uma condição. A carta termina assim: "As acomodações podem ser na aldeia ou no dormitório da propriedade do conselho". Ele escreve de volta: aceita a oferta, diz, mas prefere continuar morando em Londres. Irá de trem para Rothamsted.

Em resposta, recebe um telefonema do Departamento Pessoal. A viagem de trem é impraticável, dizem. A oferta não é para um trabalho de escritório com horários regulares. Certas manhãs, terá de começar o trabalho muito cedo; em outros momentos, terá de trabalhar até tarde, ou durante os fins de semana. Como todos os funcionários, terá, portanto, de residir próximo à estação. Poderia reconsiderar sua posição e comunicar sua decisão final?

O triunfo fica abalado. Para que vir da Cidade do Cabo para Londres se é para se alojar num dormitório a quilômetros da cidade, levantando ao raiar do dia para medir a altura de pés de feijão? Quer fazer parte de Rothamsted, quer achar um uso para a matemática em que trabalhou durante anos, mas quer também ir a recitais de poesia, encontrar escritores e pintores, ter casos amorosos. Como pode fazer as pessoas em Rothamsted — homens de paletó de tweed, fumando cachimbo, mulheres de cabelo oleoso e óculos de coruja — entenderem isso? Como pode pronunciar palavras como *amor* e *poesia* na frente deles? Porém, como pode recusar a oferta? Está muito perto de conseguir um emprego de verdade, e na Inglaterra. Só tem de dizer uma palavra — *sim* — e poderá escrever à sua mãe dando a notícia que ela está esperando, ou seja, que o filho ganha um bom salário fazendo uma coisa respeitável. Então ela, por sua vez, poderá telefonar para as irmãs do pai e anunciar: "John está trabalhando como cientista na Inglaterra". *Isso* poria um fim às críticas e caçoadas. Cientista: o que pode ser mais sólido que isso?

Solidez é uma coisa que sempre lhe fez falta. Solidez é seu calcanhar de aquiles. Inteligência tem o bastante (embora não tanto quanto sua mãe acha e ele próprio um dia achou); sólido, nunca foi. Rothamsted lhe daria se não solidez, imediatamente, pelo menos um título, um trabalho, uma concha. Técnico Experimental Júnior, depois, um dia, Técnico Experimental, e então Técnico Experimental Sênior: sem dúvida, por trás de um escudo tão eminentemente respeitável, em particular, em segredo, poderia continuar com o trabalho de transmutar experiência em arte, o trabalho para o qual foi trazido ao mundo.

Esse é o argumento em favor da estação agrícola. O argumento contra a estação agrícola é que não fica em Londres, cidade de romance.

Escreve para Rothamsted. Pensando melhor, diz, levando em consideração todas as condições, acha melhor recusar.

Os jornais estão cheios de anúncios para programadores de computador. Um diploma em ciência é recomendável, mas não indispensável. Já ouviu falar de programação de computador, mas não sabe muito bem do que se trata. Nunca viu um computador, a não ser em desenhos animados, onde os computadores parecem caixas que cospem rolos de papel. Não há computadores na África do Sul, pelo que saiba.

Responde a um anúncio da IBM, uma vez que a IBM é a maior e melhor, e vai para a entrevista usando o terno preto que comprou antes de sair da Cidade do Cabo. O entrevistador da IBM é um homem de seus trinta anos, que também usa terno preto, mas de corte melhor, mais ajustado.

A primeira coisa que o entrevistador quer saber é se ele deixou definitivamente a África do Sul.

Responde que sim.

Por quê?, pergunta o entrevistador.

"Porque o país está se encaminhando para uma revolução", responde.

Faz-se um silêncio. *Revolução*: não é a palavra certa, talvez, para as salas da IBM.

"E quando diria", pergunta o entrevistador, "que essa revolução vai ocorrer?"

Ele tem a resposta pronta. "Dentro de cinco anos." É isso que todo mundo diz desde Sharpeville. Sharpeville marcou o começo do fim do regime branco, o regime branco *cada vez mais desesperado*.

Depois da entrevista, faz um teste de QI. Sempre gostou de testes de QI, sempre se saiu bem neles. Geralmente é melhor em testes, exames orais e escritos do que na vida real.

Dias mais tarde, a IBM lhe oferece um posto de programador-*trainee*. Se se der bem no curso de treinamento, depois passar pelo período de experiência, virá a ser primeiro um programador propriamente dito, depois, um dia, programador sênior. Vai começar sua carreira no Departamento de Processamento de Dados da IBM na Newman Street, travessa da Oxford Street, no coração do West End. O horário é das nove às cinco. O salário inicial será de setecentas libras por ano.

Aceita os termos sem hesitar.

No mesmo dia, passa por uma placa de avisos no metrô de Londres, vê um anúncio de emprego. Apresentar formulários para a posição de *trainee* de chefe de estação, com salário de setecentas libras por ano. Educação mínima exigida: curso secundário. Idade mínima: vinte e um anos.

Será que em todos os empregos na Inglaterra pagam a mesma coisa, pensa ele? Se é assim, para que ter um diploma?

No curso de programação, vê-se em companhia de dois outros *trainees* — uma garota bastante atraente da Nova Zelândia e um rapaz londrino de rosto marcado —, além de mais ou menos uma dúzia de clientes da IBM, empresários. Por direito, devia ser o melhor da turma, ele e talvez a garota da Nova Zelândia, que também tem diploma de matemática; mas na verdade tem de se esforçar para entender o que está acontecendo e vai mal nos exercícios escritos. No final da primeira semana, fazem uma prova, e ele passa raspando. O instrutor não está contente com ele e não hesita em expressar sua insatisfação. Está no mundo dos negócios, e no mundo dos negócios, descobre, não é preciso ser polido.

Há na programação alguma coisa que o deixa aturdido mas que nem mesmo os empresários da classe parecem achar um problema. Em sua ingenuidade, havia imaginado que programar computadores seria uma espécie de tradição de lógica simbólica e teoria de conjuntos em códigos digitais. Em vez disso, a conversa é sobre inventários e *outflows*, sobre o Cliente A e o Cliente B. O que são inventários e *outflows*, e o que isso tem a ver com matemática? Podia ser um escriturário organizando cartões em séries; podia ser um *trainee* para chefe de estação.

No fim da terceira semana, faz um teste final, passa sem distinção e se forma na Newman Street, onde lhe é atribuída uma mesa numa sala com outros nove jovens programadores. Toda a mobília da sala é cinzenta. Na gaveta da mesa encontra papel, uma régua, lápis, um apontador e um caderninho de anotações com capa plástica preta. Na capa, em maiúsculas grandes, a palavra PENSE. Na mesa do supervisor, em seu cubículo junto ao escritório principal, há uma placa com PENSE escrito. PENSE é o lema da IBM. O que há de especial na IBM, acaba concluindo, é que a empresa está inexoravelmente comprometida com o pensamento. Os empregados devem pensar o tempo todo, e assim estar à altura do ideal do fundador da IBM, Thomas J. Watson. Os empregados que não pensam não fazem parte da IBM, que é a aristocrata do mundo das máquinas empresariais. Em seu quartel-general em White Plains, Nova York, a IBM tem laboratórios em que se realizam pesquisas em ciência da computação mais afiadas do que em todas as universidades do mundo juntas. Os cientistas de White Plains são mais bem pagos que professores universitários, e lhes é fornecido tudo aquilo de que possam concebivelmente precisar. Pensar é tudo o que têm de fazer em troca.

Embora o horário do escritório da Newman Street seja das nove às cinco, ele logo descobre que fazem cara feia quando os funcionários homens saem das instalações pontualmente às cinco. As funcionárias mulheres com famílias para cuidar podem sair às cinco sem censura; dos homens, espera-se que trabalhem pelo menos até as seis. Quando existe um trabalho especial, podem ter de trabalhar a noite inteira, com uma pausa para comer alguma coisa num pub. Como não gosta de pubs, simplesmente trabalha direto. Raras vezes chega em casa antes das dez da noite.

Está na Inglaterra, em Londres; tem um emprego, um emprego de verdade, melhor que meramente lecionar, pelo qual recebe um salário. Conseguiu escapar da África do Sul. Está indo tudo bem, atingiu seu primeiro objetivo, devia estar contente. Na verdade, com o passar das semanas, vai se sentindo mais e mais abatido. Tem ataques de pânico, que combate com dificuldade. No escritório, não há nada em que pousar os olhos além de superfícies metálicas planas. Debaixo do brilho sem sombras da luz de neon, sente que sua alma está sob ataque. O prédio, um bloco de concreto e vidro sem particularidades, parece emanar um gás, sem cheiro, sem cor, que consegue penetrar seu sangue e o amortece. A IBM, é capaz de jurar, o está matando, transformando-o num zumbi.

Mas não pode desistir. Escola Secundária Moderna de Barnet Hill, Rothamsted, IBM: não pode fracassar uma terceira vez. Fracassar seria muito parecido com seu pai. Através da cinzenta e insensível agência da IBM o mundo real o está testando. Tem de se endurecer para resistir.

6.

Seu refúgio da IBM é o cinema. No Everyman de Hampstead, seus olhos se abrem para filmes de todo o mundo, feitos por diretores cujos nomes são completamente novos para ele. Vai ver toda uma temporada de Antonioni. Num filme chamado *L'eclisse*, uma mulher vaga pelas ruas de uma cidade deserta e ensolarada. Ela é perturbada, angustiada. Por que é angustiada, ele não consegue definir bem; seu rosto nada revela.

A mulher é Monica Vitti. Com suas pernas perfeitas, lábios sensuais e ar abstrato, Monica Vitti o assombra; apaixona-se por ela. Tem sonhos em que ele, de todos os homens do mundo, é escolhido para ser seu conforto e alegria. Alguém bate na porta. Monica Vitti está diante dele, um dedo nos lábios em sinal de silêncio. Dá um passo e a envolve em seus braços. O tempo para de correr; ele e Monica Vitti são um só.

Mas será que é realmente o amante que Monica Vitti procura? Será melhor que os homens em seus filmes para aplacar a angústia dela? Não tem certeza. Mesmo que viesse a encontrar um quarto para os dois, um retiro secreto em algum bairro tranquilo, enevoado de Londres, desconfia que ainda assim, às três da manhã, ela vai sair da cama e sentar à mesa, à luz da única lâmpada, pensando, presa da angústia.

A angústia que pesa sobre Monica Vitti e outros personagens de Antonioni é de um tipo bastante desconhecido para ele. Na verdade, não é angústia, absolutamente, mas algo mais profundo: *Angst*. Queria ter um gostinho de *Angst*, mesmo que só para saber como é. Mas, por mais que tente, não consegue encontrar em seu coração nada que possa reconhecer como *Angst*. *Angst* parece ser uma coisa europeia, especificamente europeia; ainda tem de encontrar seu rumo até a Inglaterra, para não falar das colônias da Inglaterra.

Num artigo no *Observer*, a *Angst* do cinema europeu é explicada como fruto do medo da aniquilação nuclear; também como a incerteza posterior à morte de Deus. Ele não se convence. Não pode acreditar que o que faz Monica Vitti sair para as ruas de Palermo debaixo da furiosa bola vermelha do sol, quando podia ficar no frescor de um quarto de hotel com um homem a lhe fazer amor, seja a bomba de hidrogênio ou uma falha da parte de Deus, que não fala com ela. Seja qual for a verdadeira explicação, deve ser algo mais complicado que isso.

Angst atormenta também as pessoas em Ingmar Bergman. É a causa de sua irremediável solidão. A respeito da *Angst* de Bergman, porém, o *Observer* recomenda que não seja levada muito a sério. Ela cheira a pretensão, diz o *Observer*; é uma afetação não desligada dos longos invernos nórdicos, com noites de bebida excessiva, de ressaca.

Está começando a descobrir que mesmo jornais considerados liberais — o *Guardian*, o *Observer* — são hostis à vida da mente. Diante de algo profundo e sério, estão prontos a caçoar, a descartá-lo com uma piada. Só em pequenos enclaves como o

Terceiro Programa a nova arte é levada a sério — a poesia americana, a música eletrônica, o expressionismo abstrato. A Inglaterra moderna está se revelando um país perturbadoramente burguês e convencional, pouco diferente da Inglaterra de W. E. Henley e das marchas de *Pompa e circunstância* que Ezra Pound fulminava em 1912.

Então, o que está fazendo na Inglaterra? Terá sido um grande erro vir para cá? Será tarde demais para mudar? Será que Paris, a cidade dos artistas, seria mais receptiva, se ele conseguisse de alguma forma dominar o francês? E Estocolmo? Desconfia que espiritualmente iria se sentir em casa em Estocolmo. Mas e o sueco? E o que faria para ganhar a vida?

Na IBM tem de guardar para si as fantasias com Monica Vitti, e o restante de suas pretensões artísticas também. Por razões que ainda não estão claras para ele, foi adotado como companheiro por um colega programador chamado Bill Briggs. Bill Briggs é baixote e cheio de espinhas; tem uma namorada chamada Cynthia, com quem vai se casar; está tentando dar a entrada numa casa com terraço em Wimbledon. Enquanto os outros programadores falam com sotaques de escola primária impossíveis de localizar e começam o dia com as páginas de finanças do *Telegraph* para conferir os preços das ações, Bill Briggs tem um sotaque nitidamente londrino e guarda seu dinheiro na conta de uma sociedade imobiliária.

Apesar de sua origem social, não há razão para que Bill Briggs não possa ter sucesso na IBM. A IBM é uma companhia americana que não tem paciência com a hierarquia de classes inglesa. É essa a força da IBM: homens de todos os tipos podem chegar ao topo porque tudo o que interessa à IBM é lealdade, trabalho duro e concentrado. Bill Briggs trabalha duro e é inquestionavelmente leal à IBM. Além disso, Bill Briggs parece ter uma boa percepção dos objetivos maiores da IBM e do seu centro de processamento de dados da Newman Street, que é mais do que se pode dizer dele.

Os funcionários da IBM recebem talões de cupons para almoço. Com um cupom de três xelins e seis pence se pode fazer uma refeição bem decente. Sua preferência é pela brasserie Lyons, na Tottenham Court Road, onde se pode voltar ao bufê de saladas quantas vezes quiser. Mas o Schmidt da Charlotte Street é o local preferido pelos programadores da IBM. Então, com Bill Briggs vai ao Schmidt e come *wiener schnitzel* ou guisado de lebre. Para variar, vão às vezes ao Athena, na Goodge Street, comer mussaca. Depois do almoço, se não estiver chovendo, dão um breve passeio pelas ruas antes de voltar a suas mesas.

O âmbito dos assuntos que ele e Bill Briggs concordaram tacitamente em não abordar em suas conversas é tão amplo que ele se surpreende de sobrar ainda alguma coisa. Não falam de seus desejos ou aspirações maiores. Silenciam sobre sua vida pessoal e sua educação, sobre política, religião e artes. Futebol seria aceitável, não fosse o fato de ele não saber nada dos times ingleses. Então resta-lhes o tempo, as greves ferroviárias, os preços de moradia e a IBM: os planos da IBM para o futuro, os clientes da IBM e os planos desses clientes, quem disse o que na IBM.

Isso resulta em conversas desinteressantes, mas existe outro aspecto na coisa. Apenas dois meses atrás, era um provinciano ignorante desembarcando na garoa das docas de Southampton. Agora, ali está, no coração da cidade de Londres, sem nada que o diferencie de outros funcionários de escritório londrinos vestidos de terno preto, trocando opiniões sobre assuntos cotidianos com um londrino puro-sangue, manejando com sucesso toda a etiqueta da conversação. Logo, se seu progresso continuar e ele tiver cuidado com as vogais, ninguém olhará para ele uma segunda vez. Numa multidão, passará por londrino, talvez até mesmo, no devido tempo, por inglês.

Agora que tem um salário, pode alugar quarto próprio numa casa da Archway Road, no norte de Londres. O quarto fica no segundo andar, com vista para um reservatório de água. Tem aquecedor a gás e uma pequena alcova com um fogão a gás e prateleiras para comida e utensílios de cozinha. Num canto, há um relógio medidor: coloca-se um xelim e libera-se o fornecimento de um xelim de gás.

Seu regime não varia: maçãs, mingau de aveia, pão e queijo, e linguiças temperadas chamadas chipolatas, que frita no fogão. Prefere as chipolatas às linguiças de verdade porque não precisam ser refrigeradas. Nem soltam gordura quando fritam. Desconfia que haja bastante farinha de batata misturada à carne moída. Mas farinha de batata não faz mal à saúde.

Como sai cedo toda manhã e volta tarde para casa, raramente vê outros moradores. A rotina logo se estabelece. Passa os sábados em livrarias, galerias, museus, cinemas. Aos domingos, lê o *Observer* em seu quarto, depois vai ao cinema ou a um passeio no Heath.

As noites de sábado e domingo são o pior. É quando a solidão, que em geral consegue manter à distância, acaba se abatendo sobre ele, solidão impossível de distinguir do clima baixo, cinzento e úmido de Londres ou do frio duro de aço das calçadas. Chega a sentir o rosto ficando duro e estúpido de mudez; até a IBM e as conversas convencionais são melhores que esse silêncio.

Sua esperança é que, das multidões sem cara em meio às quais se locomove, se destaque uma mulher que corresponda ao seu olhar, que deslize sem palavras para o seu lado, que volte com ele (ainda sem palavras — qual poderia ser a primeira palavra dela? — é inimaginável) para sua quitinete, faça amor com ele, desapareça no escuro, reapareça na noite seguinte (ele estará sentado com seus livros, haverá uma batida na porta), mais uma vez o abrace, mais uma vez, ao soar a meia-noite, desapareça, e assim por diante, dessa maneira transformando sua vida e liberando uma torrente de versos reprimidos nos moldes dos *Sonetos de Orfeu*, de Rilke.

Chega uma carta da Universidade da Cidade do Cabo. Por força de seu Louvor nos exames, diz, foi-lhe atribuída uma bolsa de duzentas libras para estudos de pós-graduação.

A quantia é pequena, pequena demais, para permitir que se matricule numa universidade britânica. De qualquer forma, agora que encontrou emprego, não pode nem pensar em desistir dele. Para não recusar a bolsa, só lhe resta uma opção: matricular-se na Universidade da Cidade do Cabo como estudante de mestrado *in absentia*. Preenche o formulário. No espaço de "área de maior interesse" escreve, depois de pensar bem, "Literatura". Seria bom escrever "Matemática", mas a verdade é que não é inteligente a ponto de continuar com a matemática. A literatura pode não ser tão nobre quanto a matemática, mas pelo menos não há na literatura nada que o intimide. Quanto ao tema de sua pesquisa, brinca com a ideia de propor os *Cantos* de Ezra Pound, mas por fim fica com os romances de Ford Madox Ford. Para ler Ford, pelo menos não é preciso saber chinês.

Ford, nascido Hueffer, neto do pintor Ford Madox Brown, publicou seu primeiro livro em 1891, aos dezoito anos de idade. Daí em diante, até sua morte, em 1939, ganhou o pão exclusivamente com sua produção literária. Pound o considera o maior estilista de prosa de sua época, e censurava o público inglês por ignorá-lo. Ele próprio leu até agora cinco romances de Ford — *The Good Soldier* [O bom soldado] e os quatro livros que compõem o *Parade's End* [Fim da parada] —, e está convencido de que Pound tem razão. Fica deslumbrado com as complicadas e surpreendentes cronologias das tramas de Ford, pela astúcia com que uma nota, tocada casualmente e repetida sem arte, se revelará, capítulos depois, um tema maior. Comove-se também com o amor entre Christopher Tietjens e a muito mais nova Valentine Wannop, um amor que Tietjens se abstém de consumar, a despeito da disposição de Valentine, porque (diz Tietjens) um sujeito não sai por aí deflorando virgens. O etos de lacônica decência comum de Tietjens lhe parece inteiramente admirável, a quintessência do inglês.

Se Ford pôde escrever cinco obras-primas como essas, diz a si mesmo, decerto haverá outras obras maiores, ainda não reconhecidas, no extenso corpo de seus escritos apenas agora catalogados, obras maiores que ele pode ajudar a iluminar. Embarca de imediato na leitura da obra de Ford, passa sábados inteiros na sala de leitura do Museu Britânico, assim como duas noites por semana, quando a sala de leitura fica aberta até tarde. Embora as primeiras obras acabem sendo decepcionantes, ele insiste, desculpando Ford porque devia estar ainda aprendendo a arte.

Um sábado, conversa com a leitora da mesa ao lado e os dois tomam chá juntos na sala de chá do museu. O nome dela é Anna; é polonesa de origem e ainda tem um ligeiro sotaque. Trabalha como pesquisadora, conta; visitas à sala de leitura fazem parte de seu trabalho. Atualmente, está procurando material para uma biografia de John Speke, descobridor da nascente do Nilo. Ele, por sua vez, lhe fala de Ford, da colaboração de Ford com Joseph Conrad. Falam do tempo que Conrad passou na África, do começo de sua vida na Polônia e de sua aspiração posterior de se tornar um cavalheiro inglês.

Enquanto falam, imagina assim: será um sinal, ele, um estudante de F. M. Ford, encontrar na sala de leitura do Museu

Britânico uma conterrânea de Conrad? Será Anna a predestinada? Não é uma beldade, por certo: é mais velha que ele; tem o rosto ossudo, esquelético até; usa sapatos sem salto bem-comportados e uma saia cinzenta sem forma. Mas quem diz que ele merece algo melhor?

Está prestes a convidá-la para sair, talvez para um cinema; mas lhe falta coragem. E se, mesmo depois de se declarar, não houver uma faísca? Como vai se safar sem desonra?

Desconfia que existam outros frequentadores habituais da sala de leitura tão solitários quanto ele. Um indiano de rosto esburacado, por exemplo, que exala um cheiro de furúnculos e bandagens velhas. Toda vez que vai ao banheiro, o indiano parece ir atrás dele, parece estar prestes a falar, mas não consegue.

Por fim, um dia, quando estão na pia lado a lado, o homem fala. Ele seria do King's College?, pergunta o homem, duro. Não, ele responde, da Universidade da Cidade do Cabo. Gostaria de um chá, pergunta o homem?

Sentam-se juntos na sala de chá; o homem se lança num longo relato de sua pesquisa, que é sobre o perfil das plateias do teatro Globe. Embora não esteja particularmente interessado, ele faz o que pode para prestar atenção.

A *vida da mente*, pensa consigo: é a isso que nos dedicamos, eu e esses outros viandantes nas entranhas do Museu Britânico? Haverá um dia uma recompensa para nós? Nossa solidão irá embora, ou será a vida da mente a sua própria recompensa?

7.

São três horas de uma tarde de sábado. Está na sala de leitura desde a hora que abriu, lendo *Mr. Humpty Dumpty*, de Ford, um romance tão tedioso que ele precisou lutar para permanecer acordado.

Dentro de pouco tempo, a sala de leitura fechará por hoje, o resto do mundo fechará. Aos domingos, a sala de leitura não abre; entre agora e o próximo sábado, ler será questão de uma hora roubada aqui e ali em alguma noite. Deveria insistir até a hora de fechar, mesmo assolado por bocejos? Qual é o objetivo desse empreendimento afinal? De que adianta para um programador de computador, se é que a programação de computadores vai ser a sua vida, ter um título de mestre em literatura inglesa? E onde estão as obras-primas escondidas que ele ia revelar? *Mr. Humpty Dumpty* decerto não é uma delas. Fecha o livro, prepara-se para sair.

Lá fora, o dia já está se apagando. Segue pela Great Russell Street até a Tottenham Court Road, depois para o sul, em direção à Charing Cross. Na multidão das calçadas, a maioria é de jovens. Falando estritamente, é contemporâneo deles, mas não se sente assim. Sente-se de meia-idade, uma prematura meia-idade: um daqueles acadêmicos exangues, de testa alta, exaustos, cuja pele se esfolha ao menor toque. No fundo, ainda é uma criança, que ignora seu lugar no mundo, assustada, indecisa. O que está fazendo na cidade imensa, fria, onde apenas sobreviver significa segurar-se o tempo inteiro, tentando não cair?

As livrarias da Charing Cross Road ficam abertas até as seis. Até as seis, tem aonde ir. Depois disso, estará perdido entre os que buscam diversão na noite de sábado. Durante algum tempo, pode acompanhar o fluxo, fingindo que também está em busca de diversão, fingindo que tem um lugar aonde ir, alguém para encontrar; mas no final vai ter de desistir e pegar o trem de volta à estação Archway e à solidão de seu quarto.

Foyles, a livraria cujo nome é conhecido até na Cidade do Cabo, mostrou-se decepcionante. A história de que a Foyles tem em estoque todos os livros impressos é evidentemente uma mentira, e, mesmo que não fosse, os funcionários, a maioria mais jovem do que ele, não sabe onde encontrar as coisas. Prefere a Dillons, por mais desorganizadas que sejam as estantes da Dillons. Tenta passar lá uma vez por semana para ver o que há de novo.

Entre as revistas que encontra na Dillons está *The African Communist*. Ouviu falar de *The African Communist*, mas ainda não tinha visto a revista, uma vez que é proibida na África do Sul. Dos colaboradores, alguns, para surpresa dele, foram contemporâneos seus da Cidade do Cabo — colegas de escola do tipo que dormia o dia inteiro e ia a festas de noite, ficava bêbado, explorava os pais, era reprovado nos exames, levava cinco anos para tirar diplomas de três anos. Mesmo assim, estão escrevendo artigos que parecem cheios de autoridade sobre a economia do trabalho migrante ou os levantes da zona rural de Transkei. Onde, entre os bailes, a bebida e o deboche, encontraram tempo para aprender essas coisas?

O que realmente vai procurar na Dillons, porém, são as revistas de poesia. Há uma pilha descuidada delas no chão, atrás da porta de entrada: *Ambit, Agenda, Pawn*; folhetos mimeografados de lugares remotos como Keele; números avulsos, muito antigos, de revistas americanas. Compra uma revista de cada e leva a pilha para seu quarto, onde examina todas, tentando entender quem escreve o quê, onde ele se encaixaria se também tentasse publicar.

As revistas britânicas são dominadas por pequenos poemas desanimadoramente modestos sobre pensamentos e experiências do dia a dia, poemas que não fariam levantar nenhuma sobrancelha meio século atrás. O que aconteceu com a ambição dos poetas aqui na Grã-Bretanha? Ainda não assimilaram a notícia de que Edward Thomas e seu mundo desapareceram para sempre? Será que não aprenderam a lição de Pound e Eliot, para não falar de Baudelaire e Rimbaud, dos epigramatistas gregos, dos chineses?

Mas talvez esteja sendo apressado em julgar os britânicos. Talvez esteja lendo as revistas erradas; talvez haja outras publicações, mais corajosas, que não chegam à Dillons. Ou talvez haja um círculo de criadores tão pessimista a respeito do clima dominante que nem se dá o trabalho de mandar para livrarias como a Dillons as revistas em que publicam suas obras. *Botteghe Oscure*, por exemplo: onde se pode comprar *Botteghe Oscure*? Se existe um tal círculo iluminado, como poderá descobrir sobre eles um dia, como poderá chegar até eles?

Quanto à sua própria escrita, espera deixar, se acaso morrer amanhã, um punhado de poemas que, editado por algum abnegado acadêmico e publicado independentemente num belo panfletozinho em duodécimo, faria as pessoas sacudir a cabeça e murmurar baixinho: "Uma promessa dessas! Que desperdício!". É a sua esperança. A verdade, porém, é que os poemas que escreve estão ficando não apenas mais e mais curtos, mas também — não tem como evitar a sensação — menos substanciais. Parece não ter mais dentro de si a capacidade de produzir o tipo de poesia que escrevia com a idade de dezessete ou dezoito anos, poemas às vezes de várias páginas, desconexos, canhestros em algumas partes, mas mesmo assim ousados, cheios de novidades. Esses poemas, ou a maior parte deles, brotaram de um estado de angustiada paixão, assim como das torrentes de leituras que fazia. Agora, quatro anos depois, ainda está angustiado, mas sua angústia passou a ser habitual, até crônica, como uma dor de cabeça que não quer ir embora. Os poemas que escreve são pequenas peças atravessadas, *menores* em todos os sentidos. Seja qual for seu tema nominal, é ele próprio — preso, solitário, miserável — que está no centro; mesmo assim — não pode deixar de perceber —, falta a esses novos poemas energia ou até o desejo de explorar o impasse espiritual com seriedade.

Na verdade, está o tempo todo exausto. Sobre o tampo cinzento da mesa na grande sala da IBM, é tomado por rajadas de bocejos que luta para disfarçar; no Museu Britânico, as palavras lhe dançam diante dos olhos. Tudo o que quer é afundar a cabeça nos braços e dormir.

Mesmo assim, não pode aceitar o fato de que a vida que está levando ali em Londres não tem projeto nem sentido. Um século atrás, os poetas enlouqueciam com ópio ou álcool, de forma que da iminência da loucura pudessem emitir relatos de suas experiências visionárias. Por esses meios, tornavam-se videntes, profetas do futuro. Ópio e álcool não estão nos planos dele, tem medo do que possam fazer com sua saúde. Mas será que a exaustão e a melancolia não são capazes de fazer o mesmo estrago? Será que viver na iminência de um colapso psíquico não é tão bom quanto viver na iminência da loucura? Por que se esconder num sótão na Margem Esquerda pelo qual não se pagou o aluguel, ou vagar de café em café, barbudo, sem tomar banho, fedendo, esmolando bebidas dos amigos, constitui um sacrifício maior, uma extinção maior da personalidade do que vestir o terno preto e fazer um trabalho de escritório que destrói a alma, e se submeter ou à solidão mortal ou ao sexo sem desejo? Com certeza absinto e roupa esfarrapada estão fora de moda hoje em dia. E o que há de heroico, afinal, em enganar o proprietário para escapar do aluguel?

T.S. Eliot trabalhava num banco. Wallace Stevens e Franz Kafka trabalhavam em companhias de seguros. À sua própria maneira, Eliot, Stevens e Kafka não sofreram menos que Poe ou Rimbaud. Não há nenhuma desonra em preferir imitar Eliot, Stevens e Kafka. Sua escolha é vestir um terno preto, como eles vestiam, vesti-lo como um cilício, sem explorar ninguém, pagando a viagem. Na era romântica, os artistas ficavam loucos em escala extravagante. A loucura jorrava deles em resmas de versos delirantes ou grandes placas de tinta. Essa era terminou: a loucura dele, se for seu destino sofrer de loucura, será diferente — sossegada, discreta. Vai sentar-se num canto, rígido e curvado, como o magistrado da gravura de Dürer, esperando pacientemente passar sua temporada no inferno. E, quando tiver passado, estará tanto mais forte por ter resistido.

Essa é a história que conta para si mesmo em seus dias melhores. Nos outros dias, os maus dias, imagina se emoções monótonas como as suas jamais alimentarão grande poesia. O impulso musical dentro dele, um dia tão forte, já se apagou. Estará agora a ponto de perder o impulso poético? Será levado da poesia para a prosa? Será que, secretamente, é isto a prosa: a segunda escolha, o refúgio de espíritos criativos fracassados?

Dos poemas que escreveu no ano passado, o único de que gosta tem apenas cinco versos.

As mulheres dos pescadores de lagosta
já se acostumaram a acordar sozinhas agora,
há séculos seus maridos pescam ao raiar da aurora;
nem é o sono delas tão agitado quanto o meu.
Se você foi embora, vá de vez juntar-se ao pescador de lagosta
[português.

O *pescador de lagosta português*: sente uma calada satisfação em introduzir uma frase tão mundana num poema, mesmo que o poema em si, olhado mais de perto, faça cada vez menos sentido. Tem listas de palavras e frases reservadas, mundanas ou recônditas, esperando seus lugares. *Perfervid* [ardoroso], por exemplo: um dia instalará *perfervid* num epigrama cuja história secreta será esta: que foi criado como moldura para uma única palavra, como um broche pode ser moldura para uma única pedra preciosa. O poema dará a impressão de ser sobre amor ou desespero, porém terá brotado de uma única palavra de som adorável, de cujo sentido ele ainda não tem plena certeza.

Será que bastam epigramas para construir uma carreira em poesia? Como forma, não há nada de errado com o epigrama. Um mundo de sentimento pode ser comprimido numa única linha, como os gregos comprovam incessantemente. Mas seus epigramas nem sempre atingem a compressão grega. Muitas vezes lhes falta sentimento; muitíssimas vezes são apenas livrescos.

"A poesia não é uma liberação de emoção, mas um libertar-se da emoção", diz Eliot em palavras que ele copiou em seu diário. "A poesia não é uma expressão da personalidade, mas um libertar-se da personalidade." Depois, como uma amarga conclusão, Eliot acrescenta: "Mas só os que têm personalidade e emoções sabem o que significa querer se libertar dessas coisas". Tem horror de despejar mera emoção na página. Se ela começasse a vazar, não saberia detê-la. A prosa, felizmente, não exige emoções: isso se pode dizer a seu favor. A prosa é como um lençol de água, liso, tranquilo, sobre o qual se pode deslizar ao bel-prazer, fazendo desenhos na superfície.

Separa um fim de semana para sua primeira experiência com a prosa. A história que surge da experiência, se é disso que se trata, de uma história, não tem uma trama real. Tudo o que importa acontece na cabeça do narrador, um rapaz sem nome muito igual a ele mesmo que leva uma garota sem nome para uma praia deserta e fica olhando enquanto ela nada. Com base em alguma pequena ação dela, algum gesto inconsciente, de repente se convence de que ela lhe foi infiel; além disso, compreende que ela percebeu que ele sabe, e não se importa. Isso é tudo. É assim que termina o texto. A isso se resume.

Depois de escrever a história, não sabe o que fazer com ela. Não sente nenhuma urgência em mostrá-la a ninguém, a não ser, talvez, à original da garota sem nome. Mas perdeu contato com ela, e, de qualquer forma, ela não se reconheceria mesmo, não se não fosse informada.

A história se passa na África do Sul. Ele se inquieta por ver que ainda está escrevendo sobre a África do Sul. Preferiria deixar para trás seu eu sul-africano, como deixou para trás a própria África do Sul. A África do Sul foi um mau começo, uma desvantagem. Uma família rural sem distinção, má formação escolar, a língua africânder: desses componentes de sua desvantagem, conseguiu, mais ou menos, escapar. Está no grande mundo, ganhando a própria vida, e não está se dando tão mal, ou pelo menos não está fracassando, não obviamente. Não precisa relembrar a África do Sul. Se um vagalhão viesse do Atlântico amanhã e varresse da existência o extremo sul do continente africano, não derramaria uma única lágrima. Estaria entre os que se salvaram.

Embora a história que escreveu seja menor (disso não há dúvida), não é má. Mesmo assim, não vê sentido em tentar publicá-la. Os ingleses não vão entender. Para a praia da história, vão evocar a ideia britânica de praia, uns poucos seixos lambidos por umas ondinhas. Não verão um deslumbrante espaço de areia ao pé de penedos rochosos assolados por vagalhões, com gaivotas e cormorões gritando no céu enquanto lutam contra o vento.

Parece que há também outros aspectos em que a prosa não é como a poesia. Na poesia, a ação pode ocorrer em toda parte e em parte nenhuma: não importa se as esposas solitárias dos pescadores vivem em Kalk Bay, em Portugal ou no Maine. A prosa, por outro lado, parece exigir resmungonamente um cenário específico.

Ainda não conhece o suficiente da Inglaterra para colocar a Inglaterra em prosa. Não tem certeza nem de que seja capaz de fazer isso com as partes de Londres que conhece, a Londres das multidões marchando para o trabalho, do frio e da chuva, das quitinetes com janelas sem cortina e lâmpadas de quarenta watts. Se fosse tentar, o que sairia não seria nada diferente, desconfia, da Londres de qualquer outro escrevente solteirão. Pode ter sua própria visão de Londres, mas não há nada de único nessa visão. Se isso tem uma certa intensidade, é apenas porque é estreito, e é estreito porque ele ignora tudo o que existe fora disso. Não domina Londres. Se alguém domina alguém, é Londres que o domina.

8.

Será que a primeira aventura na prosa prenuncia uma mudança de rumo em sua vida? Estará a ponto de renunciar à poesia? Não tem certeza. Mas, se vai escrever prosa, talvez tenha de resolver logo o assunto e se tornar um jamesiano. Henry James mostra à pessoa como ascender acima da mera nacionalidade. De fato, nem sempre fica claro onde se passa uma história de James, em Londres, Paris ou Nova York, tão supremamente acima da mecânica da vida cotidiana James se coloca. As pessoas em James não têm de pagar aluguel; certamente não têm de se agarrar a empregos; tudo o que é exigido delas é que tenham conversas supersutis cujo efeito é trazer à tona minúsculas mudanças de poder, mudanças tão diminutas a ponto de ficarem invisíveis a todos, a não ser a um olho treinado. Quando um número suficiente dessas mudanças ocorreu, revela-se (*Voilà!*) que o equilíbrio do poder entre os personagens da história mudou repentina e irreversivelmente. E é isso: a história cumpriu sua tarefa e pode ser encerrada.

Propõem-se exercícios no estilo de James. Mas a maneira jamesiana se mostra menos fácil de dominar do que ele imaginava. Conseguir que os personagens que imaginou tenham conversas supersutis é como tentar fazer mamíferos voarem. Durante um momento ou dois, batendo as asas, sustentam-se no ar. Depois despencam.

A sensibilidade de Henry James é mais fina que a dele, não há nenhuma dúvida. Mas isso não explica inteiramente seu fracasso. James quer que a pessoa acredite que conversas, trocas de palavras, são tudo o que importa. Embora seja um credo que está disposto a aceitar, conclui que não consegue de fato acompanhá-lo, não em Londres, a cidade em cujas sombrias engrenagens está sendo esmagado, a cidade com a qual tem de aprender a escrever, senão para que está ali?

Houve um tempo, quando ainda era uma criança inocente, em que acreditou que a inteligência era a única coisa que importava, que, se fosse bastante inteligente, obteria tudo o que desejasse. Ir para a universidade o pôs em seu lugar. A universidade demonstrou que não era o mais inteligente, nem de longe. E agora se vê diante da vida real, onde não pode contar nem com os exames. Na vida real tudo o que sabe fazer bem, ao que parece, é ficar deprimido. Na depressão ele ainda é o melhor da classe. Parece não haver limite para a depressão que consegue atrair para si e suportar. Nem quando se arrasta pelas ruas frias dessa cidade estranha, indo para parte nenhuma, andando apenas para se cansar, para, ao voltar a seu quarto, poder ao menos dormir, não sente dentro de si a menor disposição de se deixar esmagar pelo peso da depressão. A depressão é o seu elemento. Na depressão sente-se em casa, como um peixe dentro da água. Se a depressão for abolida, não saberá o que fazer consigo.

Felicidade, diz a si mesmo, não ensina nada à pessoa. A depressão, por outro lado, nos fortalece para o futuro. A depressão é uma escola para a alma. Das águas da depressão o sujeito emerge na outra margem purificado, mais forte, pronto para assumir de novo os desafios de uma vida de arte.

A depressão, porém, não dá a sensação de um banho purificador. Ao contrário, parece uma poça de água suja. De cada novo ataque de depressão emerge não mais brilhante e forte, mas mais apagado e frouxo. Como ela funciona de fato, a força limpadora que se atribui à depressão? Será que ele não mergulhou tão fundo quanto é preciso? Terá de mergulhar além da depressão, até a melancolia e a loucura? Ainda não encontrou ninguém que possa chamar propriamente de louco, mas não se esqueceu de Jacqueline, que estava, como ela própria dizia, "na terapia" e com quem passou seis meses, intermitentemente, convivendo num apartamento de um quarto. Em nenhum momento Jacqueline brilhou com o fogo divino e animador da criatividade. Ao contrário, era obcecada consigo mesma, imprevisível, cansativa de se conviver. Será esse o tipo de pessoa a que ele precisa se rebaixar antes de conseguir ser um artista? E, seja como for, louco ou deprimido, como se pode escrever quando o cansaço é como uma mão enluvada agarrando o cérebro e apertando? Ou será que aquilo que gosta de chamar de cansaço é na verdade um teste, um teste disfarçado, um teste em que, além do mais, ele fracassa? Depois do cansaço, haverá outros testes por vir, tantos quantos os círculos do Inferno de Dante? Será o cansaço apenas o primeiro dos testes que os grandes mestres tiveram de enfrentar, Hölderlin e Blake, Pound e Eliot?

Queria que lhe fosse dado despertar para a vida e por um minuto apenas, por um segundo apenas, saber como é arder com o fogo sagrado da arte.

Sofrimento, loucura, sexo: três maneiras de invocar o fogo sagrado sobre si. Já visitou os reinos inferiores do sofrimento, esteve em contato com a loucura; o que sabe de sexo? Sexo e criatividade andam juntos, todo mundo diz isso, e ele não tem dúvidas a respeito. Porque são criadores, os artistas possuem o segredo do amor. O fogo que queima dentro do artista é visível para as mulheres, por meio de uma faculdade instintiva. As mulheres não têm fogo sagrado (há exceções: Safo, Emily Brontë). É na busca do fogo que não têm, o fogo do amor, que as mulheres procuram os artistas e se entregam a eles. É no fazer amor que os artistas e suas amantes experimentam brevemente, tormentosamente, a vida dos deuses. Desse exercício do amor o artista retorna enriquecido e fortalecido a seu trabalho, a mulher, para a sua vida transfigurada.

E então, ele? Se nenhuma mulher detectou ainda, por trás de sua insipidez, de sua rígida austeridade, faísca alguma do fogo sagrado; se nenhuma mulher parece se entregar a ele sem a mais severa apreensão; se o ato amoroso que conhece, tanto dele como da mulher, é ou ansioso ou insosso, ou as duas coisas, ansioso e insosso — será que isso quer dizer que ele não é um artista de fato ou quer dizer que ainda não sofreu o suficiente, não passou tempo suficiente num purgatório que inclui no receituário ataques de sexo sem paixão?

Com seu altivo desinteresse pelo mero viver, Henry James exerce forte atração sobre ele. No entanto, por mais que tente, não consegue sentir a mão fantasmagórica de James estendida para tocar sua fronte numa bênção. James pertence ao passado: na época em que ele nasceu, James já estava morto fazia vinte anos. James Joyce ainda estava vivo, embora por muito pouco tempo. Admira Joyce, pode até recitar de cor trechos do *Ulisses*. Mas Joyce está muito vinculado à Irlanda e às questões irlandesas para estar no panteão dele. Ezra Pound e T.S. Eliot, instáveis como possam ser, e envoltos em mitos, ainda vivem, um em

Rapallo, o outro aqui, em Londres. Mas, se vai abandonar a poesia (ou a poesia vai abandoná-lo), que exemplo Pound e Eliot podem ainda oferecer?

Das grandes figuras da era presente, resta apenas uma: D. H. Lawrence. Lawrence também morreu antes de ele nascer, mas isso pode ser descontado como acidente, uma vez que Lawrence morreu jovem. Leu Lawrence pela primeira vez como colegial, quando O amante de lady Chatterley era o mais notório dos livros proibidos. Em seu terceiro ano na universidade consumiu tudo de Lawrence, menos a obra de aprendiz. Lawrence estava sendo absorvido também por seus colegas. Com Lawrence estavam aprendendo a esmagar a quebradiça concha da convenção civilizada e deixar o âmago secreto de seu ser emergir. As garotas usavam vestidos esvoaçantes e dançavam na chuva, se entregavam aos homens que prometiam levá-las ao seu âmago escuro. Homens que não conseguiam levá-las até lá eram impacientemente descartados.

Ele próprio temeu vir a se tornar um devoto, um lawrenciano. As mulheres dos livros de Lawrence o deixavam inquieto; imaginava-as como insetos fêmeas sem piedade, aranhas ou louva-a-deus. Sob o olhar das sacerdotisas pálidas, vestidas de negro, de olhos intensos, na universidade, sentia-se como um apressado e nervoso inseto solteiro. Gostaria de ir para a cama com algumas delas, isso não podia negar — só levando uma mulher ao âmago escuro dela, afinal, podia o homem atingir seu próprio âmago escuro —, mas ficava muito apavorado. Seus êxtases seriam vulcânicos; seria fraco demais para sobreviver a eles.

Além disso, as mulheres que seguiam Lawrence tinham um código de castidade próprio. Caíam em longos períodos de congelamento durante os quais queriam apenas ficar sozinhas ou com suas irmãs, períodos em que a ideia de oferecer seu corpo era como uma violação. De seu gélido sono só eram despertadas pelo imperioso chamado do escuro eu masculino. Ele próprio não era nem escuro, nem imperioso, ou pelo menos sua escuridão e imperiosidade essenciais tinham ainda de aflorar. Então virou-se com outras garotas, garotas que ainda não haviam se tornado mulheres e podiam nunca se tornar mulheres, uma vez que não tinham âmago escuro de que se pudesse falar, garotas que no fundo do coração não queriam fazer aquilo, da mesma forma que no mais fundo do coração podia-se dizer que ele também não queria fazer aquilo.

Em suas últimas semanas na Cidade do Cabo, começara um caso com uma garota chamada Caroline, uma estudante de teatro com ambições de palco. Iam juntos ao teatro, passavam a noite inteira acordados discutindo os méritos de Anouilh contra Sartre, de Ionesco contra Beckett; dormiam juntos. Beckett era o favorito dele, mas não de Caroline; Beckett era sombrio demais, disse ela. A verdadeira razão, desconfiava, era que Beckett não escrevia papéis para mulheres. Por insistência dela, chegou a participar de uma peça, um drama em verso sobre Dom Quixote. Mas logo se viu num beco sem saída — a cabeça do velho espanhol era remota demais, não conseguia encontrar um rumo para chegar a ele — e desistiu.

Agora, meses depois, Caroline aparece em Londres e entra em contato com ele. Os dois se encontram no Hyde Park. Ela ainda tem um bronzeado de hemisfério sul, está cheia de vitalidade, animada por estar em Londres, animada também por encontrar com ele. Passeiam pelo parque. A primavera chegou, as noites estão ficando mais longas, há folhas nas árvores. Pegam o ônibus de volta a Kensington, onde ela mora.

Fica impressionado com ela, com sua energia e empenho. Poucas semanas em Londres, e já se localizou. Tem um emprego; seu currículo está nas mãos de todos os agentes teatrais, e tem um apartamento num bairro elegante, que divide com três garotas inglesas. Como encontrou as colegas de apartamento?, pergunta. São amigas de amigas, ela responde.

Retomam o relacionamento, mas é difícil desde o começo. O trabalho que ela achou é de garçonete num clube noturno no West End; seus horários são imprevisíveis. Ela prefere que se encontrem no apartamento dela, não que ele vá buscá-la no clube. Como as outras garotas não querem que estranhos tenham as chaves, ele tem de esperar do lado de fora, na rua. Então, no final do dia de trabalho, pega um trem de volta para a Archway Road, janta pão com linguiça em seu quarto, lê durante uma ou duas horas, ou escuta o rádio, depois pega o último ônibus para Kensington e começa a esperar. Às vezes, Caroline volta do clube logo à meia-noite, às vezes, às quatro da manhã. Passam seu tempo juntos, adormecem. Às sete horas o despertador toca: ele tem de sair do apartamento antes que as amigas acordem. Pega o ônibus de volta a Highgate, toma o café da manhã, veste o uniforme preto e parte para o escritório.

Isso logo se torna uma rotina, uma rotina que, quando ele consegue se distanciar um momento e refletir, o deixa atônito. Está tendo um caso em que as regras são impostas pela mulher, e apenas pela mulher. É isso que a paixão faz com um homem: rouba seu orgulho? Está apaixonado por Caroline? Não pensaria que sim. No tempo que passaram separados mal pensou nela. Por que então essa docilidade de sua parte, essa abjeção? Será que quer ficar infeliz? É isso que a infelicidade se tornou para ele: uma droga que não consegue dispensar?

O pior são as noites em que ela nem volta para casa. Ele fica andando pela calçada horas e horas, ou, quando chove, se encolhe na soleira da porta. Será que ela realmente trabalha até tarde, imagina, desesperançado, ou esse clube em Bayswater é uma grande mentira e neste exato momento ela está na cama com outro?

Quando a questiona diretamente, recebe apenas desculpas vagas. Foi uma noite louca no clube, ficamos abertos até de manhã, diz ela. Ou então não teve dinheiro para pegar um táxi. Ou teve de ir tomar um drinque com um cliente. No mundo do teatro, lembra ela como uma puta, contatos são muito importantes. Sem contatos uma carreira nunca decola.

Ainda fazem amor, mas não é como era antes. A cabeça de Caroline está em outra coisa. Pior que isso: com sua melancolia e mau humor ele está se tornando um peso para ela, pode sentir isso. Se tivesse um pouco de juízo, romperia com ela agora mesmo, desapareceria. Mas não faz isso. Caroline pode não ser a amada misteriosa, de olhos escuros, por quem ele veio à Europa, pode não ser nada mais que uma garota da Cidade do Cabo com uma origem tão sem graça quanto a dele, mas no momento é tudo o que ele tem.

9.

Na Inglaterra, as garotas não prestam atenção nele, talvez porque ainda reste em sua pessoa um ar de desaire colonial, talvez simplesmente porque suas roupas não estejam certas. Quando não está vestindo um dos ternos da IBM, tudo o que tem é uma calça de flanela cinzenta e um paletó esporte verde que trouxe da Cidade do Cabo. Os jovens que vê nos trens e nas ruas, ao contrário, usam calças pretas justas, sapatos de bico fino, paletós justos, de ombros quadrados, com muitos botões. Usam também o cabelo comprido, caindo em cima da testa e das orelhas, enquanto ele ainda tem a parte de trás e os lados curtos e o nítido repartido gravado na infância pelos barbeiros provincianos e aprovado pela IBM. No trem, os olhos das garotas deslizam por ele ou ficam vidrados de desdém.

Há algo não inteiramente justo em sua condição: ele protestaria se soubesse onde e com quem. Que tipo de empregos têm seus rivais que lhes permite se vestirem como bem entendem? E por que seria obrigado a seguir a moda afinal? Será que qualidades interiores não servem para nada?

A coisa mais inteligente seria comprar uma roupa igual à deles e usá-la nos fins de semana. Mas, quando se imagina vestido naquelas roupas, roupas que lhe parecem não apenas estranhas à sua personalidade como também mais latinas do que inglesas, sente sua resistência aumentar. Não pode fazer isso: seria entregar-se a uma fantasia, a uma representação.

Londres é cheia de garotas bonitas. Elas vêm de todo o mundo: como *au pairs*, como estudantes da língua, simplesmente como turistas. Usam o cabelo em forma de asas sobre as faces, sombra escura nos olhos; têm um ar de suave mistério. As mais bonitas são suecas altas, de pele cor de mel; mas as italianas, de olhos amendoados e miúdas, também têm seu encanto. O ato amoroso italiano, imagina, deve ser intenso e quente, bem diferente do sueco, que seria sorridente e langoroso. Mas será que um dia terá a chance de descobrir de fato? Se conseguisse juntar coragem para falar com uma dessas lindas estrangeiras, o que iria dizer? Seria mentira se se apresentasse como matemático e não apenas como programador de computadores? Será que as atenções de um matemático impressionariam uma garota da Europa, ou seria melhor dizer que, apesar do exterior sem graça, ele é poeta?

Leva um livro de poesia no bolso, às vezes Hölderlin, às vezes Rilke, às vezes Vallejo. No trem, tira ostensivamente do bolso o livro e se absorve nele. É um teste. Só uma garota excepcional apreciaria o que está lendo e reconheceria nele um espírito excepcional também. Mas nenhuma garota nos trens presta atenção nele. Isso parece ser uma das primeiras coisas que as garotas aprendem quando chegam à Inglaterra: não prestar atenção nos sinais dos homens.

O que chamamos de beleza é simplesmente uma primeira

intimação do terror, Rilke lhe diz. Nós nos prostramos diante da beleza para lhe agradecer por desdenhar nos destruir. Será que o destruiriam se ele se aventurasse perto demais, essas belas criaturas de outros mundos, esses anjos, ou o achariam insignificante demais para isso?

Numa revista de poesia — *Ambit* talvez, ou *Agenda* — descobre o anúncio de um workshop semanal realizado pela Sociedade de Poesia, voltado para jovens escritores inéditos. Aparece na hora e lugar anunciados, vestindo o terno preto. A mulher na porta o inspeciona desconfiada, pergunta sua idade. "Vinte e um", diz ele. É mentira: está com vinte e dois.

Sentados em poltronas de couro, seus colegas poetas o observam, acenam, distantes. Parecem se conhecer; ele é o único recém-chegado. São mais jovens que ele, adolescentes na verdade, com exceção de um homem de meia-idade, manco, que é alguma coisa na Sociedade de Poesia. Alternam-se na leitura de seus últimos poemas. O poema que ele próprio lê termina com as palavras "as furiosas ondas da minha incontinência". O homem manco considera infeliz sua escolha de palavras. Para qualquer pessoa que tenha trabalhado num hospital, diz, incontinência significa incontinência urinária ou coisa pior.

Aparece de novo na semana seguinte, e depois da sessão toma café com uma garota que leu um poema sobre a morte de uma amiga num acidente de carro, um bom poema à sua maneira, reservado, despretensioso. Quando não está escrevendo poesia, a garota informa, é estudante no King's College, em Londres; veste-se com apropriada severidade, saia escura e meias pretas. Combinam de se encontrar de novo.

Encontram-se em Leicester Square num sábado à tarde. Tinham meio combinado de ir a um cinema; mas como poetas têm um dever com a vida em sua totalidade, de forma que em vez disso se dirigem para o quarto dela na Gower Street, onde ela permite que lhe tire a roupa. Ele se maravilha com a forma do corpo dela nua, com a brancura de marfim de sua pele. Será que todas as inglesas são tão bonitas quando tiram a roupa?, pensa.

Nus, se deitam um nos braços do outro, mas não há calor entre eles; e fica claro que não haverá calor. Por fim, a garota se afasta, dobra os braços sobre os seios, empurra as mãos dele, balança a cabeça, muda.

Ele tenta convencê-la, induzi-la, seduzi-la; poderia até conseguir; mas falta-lhe espírito para tanto. Ela não é apenas uma mulher, afinal, com as intuições de uma mulher, mas também uma artista. O que ele tenta levá-la a fazer não é a coisa de verdade — ela deve perceber isso.

Em silêncio, se vestem. "Desculpe", diz ela. Ele encolhe os ombros. Não está zangado. Não põe a culpa nela. Ele próprio não é desprovido de intuição. O veredicto que ela fizesse dele seria o veredicto dele também.

Depois desse episódio, para de ir à Sociedade de Poesia. Nunca se sentiu bem-vindo ali, mesmo.

Não tem mais sorte com garotas inglesas. Há muitas garotas inglesas na IBM, secretárias e perfuradoras de cartões, e não faltam oportunidades de conversar com elas. Mas sente nelas uma certa resistência, como se não tivessem certeza de quem ele é, de quais poderiam ser suas intenções, do que está fazendo no país delas. Observa-as com outros homens. Outros homens flertam com elas de um jeito inglês, divertido e lisonjeiro. Elas reagem ao flerte, isso ele vê: abrem-se como flores. Mas flertar não é uma coisa que ele tenha aprendido a fazer. Não tem nem certeza se aprova o flerte. E, de qualquer jeito, não pode permitir que as garotas da IBM saibam que é poeta. Iriam rir entre si e espalhar a história pelo prédio inteiro.

Sua maior aspiração, maior do que uma namorada inglesa,

maior ainda do que uma sueca ou italiana, é ter uma garota francesa. Se tivesse um caso apaixonado com uma garota francesa, tem certeza de que melhoraria ao ser tocado pela graça da língua francesa, pela sutileza do pensamento francês. Mas por que uma garota francesa, mais do que uma garota inglesa, se dignaria falar com ele? E, de qualquer forma, ainda não viu nenhuma garota francesa em Londres. Os franceses têm a França, afinal, o país mais bonito do mundo. Por que haveriam de vir à fria Inglaterra para cuidar dos bebês nativos?

Os franceses são o povo mais civilizado do mundo. Todos os escritores que ele respeita são imersos em cultura francesa; a maioria considera a França o seu lar espiritual — a França e, até certo ponto, a Itália, embora os italianos pareçam passar por uma época dura. Desde a idade de quinze anos, quando mandou uma ordem postal de cinco libras e dez xelins para o Instituto Pelman e recebeu de volta um livro de gramática e um conjunto de folhas de exercícios para ser completado e devolvido ao Instituto para correção e notas, vem tentando aprender francês. No baú que trouxe da Cidade do Cabo, tem os quinhentos cartões em que escreveu um vocabulário básico de francês, uma palavra em cada cartão, para levar consigo e memorizar; em sua cabeça rola uma sucessão de locuções francesas — *je viens de*, acabo de; *il me faut*, eu preciso.

Mas seu esforço não o levou a lugar nenhum. Ele não tem sensibilidade para o francês. Ao ouvir discos em língua francesa, não consegue, a maior parte do tempo, dizer onde termina uma palavra e começa a seguinte. Embora possa ler textos simples em prosa, não consegue ouvir com seu ouvido interno o som que possam ter. A língua resiste a ele, o exclui; não consegue encontrar uma entrada.

Em teoria, devia achar fácil o francês. Sabe latim; só pelo prazer da coisa, às vezes lê em voz alta trechos de latim — não o latim da Idade do Ouro ou de Prata, mas o latim da Vulgata, com seu áspero desprezo pela ordem clássica das palavras. Pega o espanhol sem dificuldade. Lê César Vallejo numa edição bilíngue, lê Nicolás Guillén, lê Pablo Neruda. O espanhol é cheio de palavras de som bárbaro cujo sentido ele não consegue nem adivinhar mas não importa. Pelo menos, todas as letras são pronunciadas, até os dois *rr*.

A língua para a qual descobre que tem real sensibilidade, porém, é o alemão. Sintoniza emissoras de Colônia e, quando não são muito chatas, de Berlim Oriental também, e entende quase tudo; lê poesia alemã e acompanha bastante bem. Concorda com a maneira como cada sílaba em alemão recebe seu devido peso. Com o fantasma do africânder ainda no ouvido, sente-se em casa na sintaxe. Na verdade, tem prazer com o comprimento das frases alemãs, com o complexo empilhamento de verbos no final. Por vezes, lendo alemão, esquece que é uma língua estrangeira.

Lê Ingeborg Bachmann repetidamente; lê Bertolt Brecht, Hans Magnus Enzensberger. Existe no alemão uma sardônica corrente subjacente que o atrai, embora não tenha certeza de captar exatamente por que está ali — na verdade, pensa se não estará apenas imaginando isso. Podia perguntar, mas não conhece mais ninguém que leia poesia alemã, assim como não conhece ninguém que fale francês.

No entanto, nessa cidade imensa deve haver milhares de pessoas encharcadas de literatura alemã, milhares mais que leem poesia em russo, em húngaro, grego, italiano — que leem, traduzem, até escrevem: poetas exilados, homens de cabelo comprido e óculos de armação de chifre, mulheres com duros rostos estrangeiros e lábios cheios, apaixonados. Nas revistas que compra na Dillons, encontra provas suficientes de sua existência: traduções que devem ter sido obra deles. Mas como jamais os encontrará? O que eles fazem, esses seres especiais, quando não estão lendo, escrevendo e traduzindo? Será que, sem saber, senta-se no meio deles na plateia do Everyman, anda entre eles em Hampstead Heath?

Num impulso, vai atrás de um casal de aspecto promissor no Heath. O homem é alto e usa barba, a mulher tem cabelo loiro comprido penteado informalmente para trás. Tem certeza de que são russos. Mas, quando chega perto a ponto de ouvir, descobre que são ingleses; estão discutindo o preço da mobília na Heal.

Resta a Holanda. Tem, pelo menos, um conhecimento vivido do holandês, pelo menos tem essa vantagem. Entre todos os círculos de Londres, haverá também um círculo de poetas holandeses? Se houver, será que seu conhecimento da língua lhe daria entrada ali?

A poesia holandesa sempre lhe pareceu bem chata, mas o nome de Simon Vinkenoog sempre aparece nas revistas de poesia. Vinkenoog é o único poeta holandês que parece ter surgido no panorama internacional. Lê tudo o que existe de Vinkenoog no Museu Britânico, e não fica estimulado. Os escritos de Vinkenoog são roucos, crassos, desprovidos de qualquer dimensão de mistério. Se Vinkenoog é tudo o que a Holanda tem para oferecer, então a suspeita dele se confirma: que, de todas as nações, a holandesa é a mais embotada, a mais antipoética. Basta da herança cultural dos Países Baixos. Ele podia muito bem ser monolíngue.

De vez em quando, Caroline lhe telefona no trabalho e marcam um encontro. Uma vez juntos, porém, não esconde a impaciência com ele. Como pode ter vindo até Londres, diz ela, para passar os dias somando números numa máquina? Olhe em torno, diz: Londres é uma galeria de novidades, prazeres e divertimento. Por que ele não sai de si mesmo, não se diverte um pouco?

"Alguns de nós não foram feitos para a diversão", ele responde. Ela toma isso por uma de suas piadas, não tenta entender.

Caroline ainda não explicou onde consegue dinheiro para pagar o aluguel em Kensington e as roupas novas com que sempre costuma aparecer. O padrasto dela na África do Sul está no ramo de motores. Será que o ramo de motores é tão lucrativo a ponto de custear uma vida de prazeres para a enteada em Londres? O que Caroline faz no clube onde passa as horas da noite? Pendura casacos na rouparia e coleta gorjetas? Serve bandejas de bebida? Ou trabalhar num clube é um eufemismo para outra coisa?

Entre os contatos que fez no clube, ela informa, está Laurence Olivier. Laurence Olivier está interessado em sua carreira de atriz. Prometeu-lhe um papel numa peça ainda não especificada; também a convidou para ir à casa dele no campo.

Como deve entender essa informação? Um papel na peça soa como mentira; mas é Laurence Olivier que está mentindo para Caroline ou é Caroline que está mentindo para ele? Laurence Olivier deve ser agora um velho com dentadura. Será que Caroline sabe se proteger contra Laurence Olivier, se o homem que a convidou para ir à sua casa de campo for realmente Olivier? O que homens dessa idade fazem para ter prazer com garotas? É apropriado ter ciúmes de um homem que provavelmente não consegue mais ter uma ereção? Será que o ciúme, de qualquer forma, é uma emoção fora de moda em Londres em 1962?

É bem possível que Laurence Olivier, se for mesmo ele, lhe dê tratamento completo de casa de campo, inclusive um motorista que a pegue na estação e um mordomo que os sirva à mesa de jantar. Então, quando ela estiver meio tonta de clarete, ele a conduzirá para a cama e brincará com ela, e ela deixará acontecer, por boa educação, para agradecer pela noite e também em prol de sua carreira. Em seus tête-à-tête será que ela se dará o trabalho de mencionar que existe um rival em segundo plano, um escriturário que trabalha para uma companhia de máquinas de somar e mora num quarto na Archway Road, onde às vezes escreve versos?

Não entende por que Caroline não rompe com ele, o namorado escriturário. Arrastando-se para casa no escuro da madrugada depois de uma noite com ela, ele só pode rezar para ela não entrar mais em contato. E, de fato, passará às vezes uma semana sem notícias dela. Então, quando ele está começando a sentir que o caso ficou no passado, ela telefona e o ciclo recomeça.

Ele acredita em amor apaixonado e em seu poder transfigurador. Sua experiência, porém, é que relações eróticas devoram tempo, o exaurem, e aleijam seu trabalho. Será possível que não foi feito para amar mulheres, que, na verdade, é um homossexual? Se for homossexual, isso explica suas angústias do começo ao fim. No entanto, desde que completou dezesseis anos, vive fascinado pela beleza das mulheres, por seu ar de misteriosa intocabilidade. Quando estudante, vivia numa constante febre de amor, ora por uma garota, ora por outra, às vezes por duas ao mesmo tempo. Ler os poetas apenas intensificou essa febre. Através do cego êxtase do sexo, dizem os poetas, o sujeito é transportado para uma luz que não tem comparação, no coração do silêncio; torna-se um com as forças elementares do universo. Embora a luz sem comparação tenha lhe escapado até então, não duvida nem por um momento de que os poetas estejam certos.

Uma noite, permite-se ser pego na rua, por um homem. O homem é mais velho que ele — na verdade, de outra geração.

Vão de táxi até a Sloane Square, onde o homem mora — aparentemente sozinho — num apartamento cheio de almofadas com franjas e abajures de luz fraca.

Mal se falam. Permite que o homem o toque por cima da roupa; não oferece nada em troca. Se o homem tem um orgasmo, é muito discretamente. Depois, sai e volta para casa.

Isso é homossexualidade? Isso é tudo? Mesmo que haja mais, parece uma atividade insignificante comparada com o sexo com uma mulher: uma atividade rápida, distraída, desprovida de horror, mas também desprovida de fascínio. Parece não haver nada em jogo: nada a perder, mas nada a ganhar também. Um jogo para pessoas que têm medo das coisas para valer; um jogo de perdedores.

10.

O plano que tinha no fundo da cabeça ao vir para a Inglaterra, na medida em que tinha um plano, era encontrar trabalho e economizar dinheiro. Quando tivesse dinheiro suficiente, sairia do emprego e se dedicaria à escrita. Quando acabassem as economias, encontraria novo trabalho, e assim por diante.

Logo descobre como o plano é ingênuo. Seu salário na IBM, antes dos descontos, é de sessenta libras por mês, das quais pode economizar no máximo dez. Um ano de trabalho lhe valerá dois meses de liberdade; grande parte de seu tempo livre será devorado na busca de um novo emprego. O dinheiro da bolsa da África do Sul mal paga suas prestações acadêmicas.

Além disso, descobre, não tem a liberdade de trocar de emprego quando bem entende. Novas normas relativas aos estrangeiros na Inglaterra especificam que cada mudança de emprego tem de ser aprovada pelo Departamento do Interior. É proibido ser livre: se se demitir da IBM, tem de encontrar prontamente outro trabalho ou deixar o país.

Está com a IBM há tempo bastante agora para estar habituado com a rotina. Mesmo assim, ainda acha o dia de trabalho difícil de suportar. Embora ele e seus colegas programadores sejam continuamente solicitados, em reuniões, em memorandos, a lembrar que são a alma da profissão de processamento de dados, sente-se tão entediado quanto um escriturário de Dickens sentado num banquinho, copiando documentos embolorados.

As únicas interrupções no tédio do seu dia vêm às onze e às três e meia, quando a senhora do chá chega com o carrinho para depositar uma xícara de forte chá inglês diante de cada um deles ("Olhe aí, bem"). Só quando o movimento das cinco horas termina — as secretárias e as perfuradoras de cartão saem pontualmente, nada de horas extras para elas — e a noite avança é que ele pode sair da mesa, andar sem rumo, relaxar. A sala de máquinas no andar de baixo, dominada pelos imensos gabinetes de memória do 7090, está quase sempre vazia; pode rodar programas no pequeno computador 1401, até, furtivamente, jogar jogos nele.

Nesses momentos, acha o trabalho não apenas suportável, mas agradável. Não se importaria de passar a noite inteira no escritório, rodando programas desenvolvidos por ele mesmo, até ficar com sono, para depois escovar os dentes no toalete e abrir um saco de dormir embaixo da mesa. Seria melhor que pegar o último trem e marchar até a Archway Road, para seu quarto solitário. Mas esse comportamento irregular seria malvisto na IBM.

Faz amizade com uma das perfuradoras. O nome dela é Rhoda; tem as pernas um pouco grossas demais, mas a pele sedosa e olivácea é atraente. Ela leva a sério seu trabalho; às vezes, fica parado na porta olhando para ela, curvada sobre o teclado. Ela tem consciência de que ele está olhando, mas parece não se importar.

Não consegue nunca falar com Rhoda sobre nada que não

seja trabalho. O inglês dela, com seus tritongos e cortes guturais, não é fácil de acompanhar. É uma nativa, de um jeito que seus colegas programadores, com a educação de escola secundária, não são; a vida que ela leva fora das horas de trabalho é um livro fechado para ele.

Ao chegar ao país, havia se preparado para a famosa frieza de temperamento dos britânicos. Mas as garotas da IBM, descobre, não são assim, absolutamente. Têm uma sensualidade doméstica toda própria, uma sensualidade de animais criados juntos no mesmo covil enfumaçado, familiares dos hábitos uns dos outros. Embora não possam competir em glamour com as suecas e italianas, ele sente atração por essas garotas inglesas, por sua estabilidade e humor. Gostaria de conhecer melhor Rhoda. Mas como? Ela pertence a uma tribo estranha. As barreiras pelas quais teria de se esgueirar, para não falar das convenções da corte tribal, o deixam confuso e desalentado.

A eficiência de operação da Newman Street é medida pelo uso que faz do 7090. O 7090 é o coração do escritório, a razão de sua existência. Quando o 7090 não está rodando, seu tempo é chamado de tempo ocioso. Tempo ocioso é ineficiente, e ineficiência é pecado. O objetivo final do escritório é manter o 7090 funcionando dia e noite; os clientes mais valorizados são os que ocupam o 7090 por horas sem fim. Esses clientes são o feudo dos programadores seniores; ele não tem nada a ver com esses.

Um dia, porém, um dos clientes sérios tem dificuldades com seus cartões de dados, e ele é designado para ajudar. O cliente é um certo mr. Pomfret, um homenzinho de terno amassado e óculos. Ele vem a Londres toda quinta-feira, de algum lugar no norte da Inglaterra, trazendo caixas e caixas de cartões perfurados; tem um horário regular de seis horas reservado no 7090, a começar à meia-noite. Pelas fofocas do escritório fica sabendo que os cartões contêm dados de um túnel de vento para um novo bombardeiro britânico, o TSR-2, que está sendo desenvolvido pela RAF.

O problema de mr. Pomfret, e o problema dos colegas de mr. Pomfret lá no norte, é que os resultados das últimas duas semanas são anômalos. Não fazem sentido. Ou o teste de dados está com defeito ou há algo de errado com o projeto do avião. A tarefa dele é reler os cartões de mr. Pomfret com a máquina auxiliar, o 1401, fazendo checagens para determinar se algum deles foi perfurado errado.

Trabalha até depois da meia-noite. Passa pilha após pilha os cartões de mr. Pomfret pela leitora de cartões. Por fim, pode relatar que não há nada de errado com a perfuração. Os resultados são efetivamente anômalos; o problema é real.

O problema é real. Da maneira mais incidental, mais discreta, filiou-se ao projeto TSR-2, passou a fazer parte do esforço de defesa britânico; colaborou com os planos britânicos de bombardear Moscou. Foi para isso que veio à Inglaterra: para participar do mal, um mal que não traz nenhuma recompensa, nem mesmo imaginária? Onde está o romance em ficar a noite inteira acordado para que mr. Pomfret, o engenheiro aeronáutico, com seu ar brando e bem desamparado e sua mala cheia de cartões, possa pegar o primeiro trem para o norte e voltar ao laboratório a tempo de sua reunião de sexta-feira de manhã?

Menciona numa carta para sua mãe que esteve trabalhando nos dados do túnel de vento para o TSR-2, mas a mãe não tem a menor ideia do que seja TSR-2.

Os testes do túnel de vento terminam. Mr. Pomfret não vai mais a Londres. Procura nos jornais outras notícias do TSR-2, mas não encontra nada. O TSR-2 parece ter sumido no limbo.

Agora que é tarde demais, imagina o que aconteceria se, enquanto os cartões do TSR-2 estavam em suas mãos, tivesse, sub-repticiamente, adulterado os dados neles contidos. Será que todo o projeto do bombardeiro teria sido lançado em confusão, ou os engenheiros do norte teriam detectado a interferência? Por um lado, gostaria de fazer sua parte para evitar que a Rússia fosse bombardeada. Por outro lado, teria o direito moral de gozar a hospitalidade britânica e sabotar sua força aérea? E, de qualquer modo, como os russos saberiam que um obscuro simpatizante num escritório da IBM em Londres havia conquistado para eles um breve espaço para respirar no meio da Guerra Fria?

Não consegue ver o que os britânicos têm contra os russos. A Grã-Bretanha e a Rússia sempre estiveram do mesmo lado em todas as guerras que conhece, desde 1854. Os russos nunca ameaçaram invadir a Grã-Bretanha. Por que então os britânicos estavam fechando com os americanos, que se comportam de maneira ameaçadora na Europa e em todo o mundo? Não que os britânicos realmente gostem dos americanos. Os cartunistas de jornal estão sempre caçoando dos turistas americanos, com seus charutos, barriguinhas, camisas havaianas floridas e os punhados de dólares que exibem. Na opinião dele, a Grã-Bretanha devia seguir o exemplo dos franceses, sair da OTAN e deixar que os americanos e seus novos camaradas, os alemães ocidentais, resolvessem seus rancores com a Rússia.

Os jornais estão cheios de CDN, Campanha pelo Desarmamento Nuclear. As fotos que publicam de homens magros e garotas com cabelo de rato brandindo cartazes e gritando slogans não o predispõem a gostar da CDN. Por outro lado, Kruchev acaba de praticar um golpe de mestre tático: silos de mísseis em Cuba para contra-atacar os mísseis americanos voltados para a Rússia. Agora, Kennedy ameaça bombardear a Rússia se os mísseis russos não forem removidos de Cuba. É contra isso que a CDN está se manifestando: um ataque nuclear do qual as bases americanas na Grã-Bretanha participariam. Ele só pode concordar com sua plataforma.

Aviões de espionagem americanos tiram fotos de cargueiros russos atravessando o Atlântico, a caminho de Cuba. Os cargueiros levam mais mísseis, dizem os americanos. Nas fotos, os mísseis — formas vagas debaixo de lonas — estão circundados em branco. A seu ver, as formas poderiam também ser botes salva-vidas. Fica surpreso de os jornais não questionarem a história americana.

Despertem!, clama a CDN: *estamos perto da aniquilação nuclear.* Seria verdade, pensa? Será que tudo vai perecer, inclusive ele?

Vai a uma grande manifestação da CDN em Trafalgar Square, cuidando de ficar na beirada, como uma forma de indicar que é apenas um observador. É a primeira manifestação de massa a que jamais foi: sacudir de punhos e entoar de slogans, a excitação das paixões, em geral o repelem. Só ao amor e à arte, em sua opinião, vale a pena se entregar sem reserva.

A manifestação é o ápice de uma marcha de oitenta quilômetros dos manifestantes da CDN que começou uma semana antes diante de Aldermaston, a usina de armas atômicas britânica. Há dias o *Guardian* vem trazendo fotos dos manifestantes encharcados na estrada. Agora, em Trafalgar Square, os humores são sombrios. Ao ouvir os discursos, fica claro para ele que essas pessoas, ou algumas delas, realmente acreditam no que dizem. Acreditam que Londres vai ser bombardeada; acreditam que vão todos morrer.

Terão razão? Se tiverem, parece imensamente injusto: injusto com os russos, injusto com o povo de Londres, mas acima de tudo injusto com ele, acabar incinerado em consequência da belicosidade americana.

Pensa no jovem Nikolai Rostov no campo de batalha de Austerlitz, olhando como um coelho hipnotizado os granadeiros franceses o atacarem com suas ameaçadoras baionetas. *Como podem me matar*, protesta consigo mesmo — *eu, de quem todo mundo gosta tanto?*

Da frigideira para o fogo! Que ironia! Ter escapado dos africânderes, que querem forçá-lo a se juntar ao seu exército, e dos negros, que querem jogá-lo no mar, para se ver numa ilha que logo mais será transformada em cinzas! Que mundo é esse? Onde é possível se ver livre da fúria dos políticos? Só a Suécia parece estar acima da agitação. Será que devia jogar tudo para o alto e pegar o primeiro barco para Estocolmo? Será preciso falar sueco para entrar na Suécia? Será que a Suécia precisa de programadores de computador? Será que a Suécia sequer tem computadores?

A manifestação termina. Ele volta para seu quarto. Devia estar lendo A *taça de ouro* ou trabalhando em seus poemas, mas que sentido tem isso? Que sentido tem qualquer coisa?

Então, uns dias depois, a crise termina subitamente. Diante das ameaças de Kennedy, Kruchev capitula. Os cargueiros recebem ordens de voltar. Os mísseis que já estão em Cuba são desarmados. Os russos produzem um discurso padronizado para explicar sua ação, mas foram claramente humilhados. Desse episódio da história apenas os cubanos saem com crédito. Intrépidos, os cubanos juram que, com mísseis ou sem mísseis, vão defender sua revolução até a última gota de sangue. Ele admira os cubanos e Fidel Castro. Pelo menos, Fidel não é um covarde.

Na galeria Tate, conversa com uma garota que ele acredita ser turista. Ela é comum, usa óculos, solidamente plantada sobre os pés, o tipo de garota em que não está interessado mas talvez combine com ele. Seu nome é Astrid, diz ela. É da Áustria — de Klagenfurt, não Viena.

Astrid não é turista, revela, mas *au pair*. No dia seguinte, a leva ao cinema. Seus gostos são bastante diferentes, ele logo percebe. Mesmo assim, quando ela o convida para ir à casa onde trabalha, não diz não. Vê de relance seu quarto: no sótão, com cortinas de algodão listado de azul e colcha combinando, um ursinho de pelúcia apoiado no travesseiro.

No andar de baixo, toma chá com ela e com sua patroa, uma inglesa cujos olhos frios o avaliam e o consideram inadequado. Esta é uma casa europeia, dizem os olhos dela: não precisamos de um colono sem graça por aqui, ainda mais um bôer.

Não é um bom momento para ser sul-africano na Inglaterra. Numa grande demonstração de hipocrisia, a África do Sul declarou-se uma república e foi prontamente expulsa da Commonwealth britânica. A mensagem contida nessa expulsão era inconfundível. Os britânicos estavam fartos dos bôeres e da África do Sul conduzida por bôeres, uma colônia que sempre deu mais problemas do que lucros. Ficariam contentes se a África do Sul desaparecesse silenciosamente no horizonte. Por certo não querem sul-africanos brancos desamparados se amontoando em sua porta como órfãos em busca de pais. Não tem dúvidas de que essa inglesa cortês indiretamente informará Astrid de que ele não é desejável.

Por solidão, por pena talvez, dessa infeliz estrangeira sem graça, com seu inglês deficiente, convida Astrid para sair outra vez. Depois, sem nenhuma razão, convence-a a ir com ele para seu quarto. Ela ainda não tem dezoito anos, ainda tem aquele aspecto rechonchudo de bebê; ele nunca esteve com ninguém tão jovem — uma criança, de fato. A pele dela, quando despe suas roupas, é fria e úmida. Cometeu um erro, já sabe disso. Não sente nenhum desejo; quanto a Astrid, embora as mulheres e suas necessidades sejam geralmente um mistério para ele, tem certeza de que também não sente. Mas foram longe demais, os dois, para voltar atrás, então vão até o fim.

Nas semanas que se seguem, passam várias outras noites juntos. Mas o tempo é, como sempre, um problema. Astrid só pode sair depois que os filhos da patroa foram para a cama; resta-lhes no máximo uma hora apressada antes do último trem de volta a Kensington. Uma vez, ela tem a coragem de passar a noite toda. Ele finge estar contente de tê-la a seu lado, mas a verdade é que não está. Dorme melhor sozinho. Quando divide a cama com alguém, fica tenso e duro a noite inteira, acorda exausto.

11.

Anos atrás, quando ainda era uma criança numa família que tentava ao máximo ser normal, seus pais costumavam ir a bailes nos sábados à noite. Ele ficava olhando enquanto se preparavam; se ficasse acordado até bem tarde, podia depois interrogar a mãe. Mas o que realmente acontecia no salão de baile do hotel Masonic, na cidade de Worcester, ele nunca chegou a ver: que tipo de dança os pais dançavam, se fingiam se olhar nos olhos enquanto dançavam, se dançavam apenas um com o outro ou se, como nos filmes americanos, um estranho podia pôr a mão no ombro da mulher e tirá-la de seu par, de forma que o par teria de encontrar outro par para si ou ficar num canto, fumando um cigarro, de cara feia.

Achava difícil entender por que pessoas já casadas se davam o trabalho de se vestir e ir a um hotel para dançar quando podiam fazer isso na sala de casa, com a música do rádio. Mas, para sua mãe, os sábados à noite no hotel Masonic pareciam importantes, tão importantes quanto ter a liberdade de montar um cavalo ou, quando não havia cavalo, uma bicicleta. Dançar e andar a cavalo representavam a vida que ela havia tido antes de casar, antes, na versão dela da história de sua vida, de ter se tornado uma prisioneira ("Não vou ficar como uma prisioneira nesta casa!").

A inflexibilidade dela não a levou a lugar nenhum. Fosse quem fosse, a pessoa lá do escritório de seu pai que lhes dava carona para os bailes de sábado à noite mudou de casa ou parou de vir. O vestido azul lustroso com seu broche de prata, as luvas brancas, o chapeuzinho engraçado que ficava de lado na cabeça, tudo desapareceu em armários e gavetas, e acabou-se.

Quanto a ele, ficou contente de não haver mais bailes, embora não tenha dito nada. Não gostava que sua mãe saísse, não gostava do ar abstraído que baixava sobre ela no dia seguinte. De qualquer forma, não via nenhum sentido na dança em si. Evitava os filmes que prometiam ter dança, desconcertado com o ar pateta e sentimental na cara das pessoas.

"Dançar é bom exercício", a mãe insistia. "Ensina ritmo e balanço." Ele não se convencia. Se as pessoas precisavam de exercício, podiam fazer ginástica calistênica, levantar pesos ou correr em volta do quarteirão.

Nos anos que se passaram desde que deixou Worcester para trás, não mudou de ideia sobre a dança. Quando estudante universitário, como achava embaraçoso demais ir a festas e não saber dançar, matriculou-se num pacote de aulas numa escola de dança, pagou com dinheiro do próprio bolso: *quickstep*, valsa, tuíste, chá-chá-chá. Não funcionou: meses depois tinha esquecido tudo, num ato de esquecimento voluntário. Por que isso aconteceu, ele sabe perfeitamente bem. Nunca, nem por um momento, mesmo durante as aulas, estava de fato se entregando à dança. Embora os pés seguissem o padrão, internamente continuava rígido, resistente. E assim é até hoje: no nível mais profundo não consegue ver nenhuma razão por que as pessoas precisem dançar.

Dançar só faz sentido quando a dança é interpretada como outra coisa, outra coisa que a pessoa prefere não admitir. Essa *outra coisa* é a coisa real: a dança é apenas uma cobertura. Convidar uma garota para dançar representa convidá-la para ter uma relação; aceitar o convite representa concordar em ter uma relação; e dançar é a mímica e o presságio da relação. Tão óbvias são as correspondências que ele se surpreende de as pessoas se darem o trabalho de dançar afinal. Por que vestir-se, por que os movimentos rituais; por que essa grande farsa?

A música de dança antiquada com seus ritmos arrastados, a música do hotel Masonic, sempre o entediou. Quanto à crua música da América, que as pessoas de sua idade dançam, só lhe desperta uma fastidiosa repulsa.

Na África do Sul, as canções do rádio eram sempre americanas. Os jornais acompanhavam obsessivamente os trejeitos das estrelas do cinema americano, loucuras americanas como o bambolê eram passivamente imitadas. Por quê? Por que voltar os olhos para a América para tudo? Renegados pelos holandeses e agora pelos britânicos, será que os sul-africanos resolveram se transformar em falsos americanos, muito embora a maioria deles nunca na vida tenha posto os olhos sobre um americano de verdade?

Na Grã-Bretanha, esperava escapar da América — da música americana, das modas americanas. Mas, para seu desânimo, os britânicos não estão menos dispostos a macaquear a América. Os jornais populares trazem fotos de garotas gritando como loucas em concertos. Homens com cabelos até os ombros berram e gemem em falsos sotaques americanos e depois despedaçam suas guitarras. Nada disso o pega.

A salvação da Grã-Bretanha é o Terceiro Programa. Se há

uma coisa que espera depois de um dia na IBM, é voltar para casa, para o silêncio de seu quarto, ligar o rádio e ser visitado por música que nunca ouviu antes, ou palestras inteligentes, serenas. Noite após noite, sem falta e grátis, os portais se abrem ao seu toque.

O Terceiro Programa é irradiado apenas em ondas longas. Se o Terceiro Programa fosse em ondas curtas, poderia tê-lo sintonizado na Cidade do Cabo. Nesse caso, que necessidade teria havido de vir para Londres?

Na série *Poetas e Poesia* há uma palestra sobre um poeta russo chamado Joseph Brodsky. Acusado de ser um parasita social, Joseph Brodsky foi condenado a cinco anos de trabalhos forçados num campo na península do Arcanjo no norte gelado. Ele ainda está cumprindo a pena. Enquanto está ali sentado em seu quarto quente em Londres, tomando café, mascando a sobremesa de passas e nozes, um homem de sua idade, um poeta como ele, serra troncos o dia inteiro, cuida dos dedos congelados, remenda as botas com trapos, vive de cabeças de peixe e sopa de repolho.

"Escuro como o interior de uma agulha", Brodsky escreve num de seus poemas. Não consegue tirar o verso da cabeça. Se se concentrar, realmente se concentrar, noite após noite, se conseguir, por meio de pura atenção, que a graça da inspiração baixe sobre ele, talvez seja capaz de produzir algo desse nível. Porque tem isso dentro de si, tem certeza, sua imaginação é do mesmo tom da imaginação de Brodsky. Mas como enviar isso até Arcanjo depois?

Com base nos poemas que ouviu no rádio e em nada mais, conhece Brodsky, conhece plenamente. É disso que a poesia é capaz. Poesia é verdade. Mas, dele em Londres, Brodsky não pode saber nada. Como dizer ao homem congelado que está com ele, que está a seu lado, dia após dia?

Joseph Brodsky, Ingeborg Bachmann, Zbigniew Herbert: das solitárias jangadas que lançam aos escuros mares da Europa eles liberam suas palavras no ar, e pelas ondas do ar as palavras correm para o quarto dele, as palavras dos poetas de seu tempo, falando-lhe do que a poesia pode ser e, portanto, o que ele pode ser, enchendo-o de alegria por viver no mesmo planeta que eles. "Sinal captado em Londres — por favor, prossiga a transmissão": essa é a mensagem que lhes mandaria se pudesse.

Na África do Sul, ouviu uma ou duas composições de Schönberg e de Berg — *Verklärte Nacht* [Noite transfigurada], o concerto para violino. Agora, pela primeira vez ouve a música de Anton von Webern. Foi alertado contra Webern. Webern vai longe demais, foi o que leu: o que Webern escreve não é mais música, apenas sons ao acaso. Curvado sobre o rádio, escuta. Primeiro uma nota, depois outra, depois outra, frias como cristais de gelo, enfileiradas como estrelas no céu. Um minuto ou dois desse arrebatamento, e acabou-se.

Webern foi morto com um tiro em 1945, por um soldado americano. Um equívoco, foi o que se disse, um acidente de guerra. O cérebro que mapeou aqueles sons, aqueles silêncios, aquele som-e-silêncio, extinto para sempre.

Vai a uma exposição de expressionismo abstrato na galeria Tate. Durante quinze minutos fica parado diante de um Jackson Pollock, permitindo que aquilo o penetre, tentando parecer judicioso no caso de algum londrino cortês estar observando divertido esse ignorante provinciano. Não adianta nada. A pintura não lhe diz nada. Há nela alguma coisa que ele não capta.

Na sala seguinte, alto na parede, uma imensa pintura composta de nada mais que dois borrões pretos alongados sobre um campo branco. *Homenagem à República Espanhola 24*, de Robert Motherwell, diz a identificação. Ele fica paralisado. Ameaçadoras e misteriosas, as formas negras o dominam. Um som como a batida de um gongo emana dela e o deixa trêmulo, de joelhos fracos.

De onde vem essa força, essa forma amorfa que não tem nenhuma semelhança com a Espanha nem com nada, mas apesar disso agita um poço de escuro sentimento dentro dele? Não é bonito, mas fala como beleza, imperiosamente. Por que Motherwell tem esse poder e não Pollock, nem Van Gogh, nem Rembrandt? Será o mesmo poder que faz seu coração saltar à vista de uma mulher e não de outra? Será que *Homenagem à República Espanhola* corresponde a alguma forma interna de sua alma? E a mulher que estará em seu destino? Será que a sombra dela já está guardada em seu escuro interior? Quanto tempo mais até ela se revelar? Quando se revelar, estará preparado?

Qual é a resposta, não sabe dizer. Mas, se conseguir encontrá-la como a um igual, a ela, a Predestinada, o amor que farão será inimitável, disso tem certeza, um êxtase que beira a morte; e, quando voltar à vida depois, será um novo ser, transformado. Uma faísca de extinção, como dois polos opostos se tocando, como o acasalamento de gêmeos; em seguida o lento renascimento. Tem de estar pronto para isso. A prontidão é tudo.

No cinema Everyman, há uma mostra de Satyajit Ray. Assiste à trilogia de Apu em noites sucessivas, em estado de absorção arrebatada. Na mãe amarga, encurralada de Apu, no pai sedutor e fraco, reconhece, com uma pontada de culpa, seus próprios pais. Mas é sobretudo a música que o pega, complexas interações de entontecer entre a percussão e os instrumentos de cordas, longas árias na flauta, cuja escala ou modo — não sabe teoria musical a ponto de ter certeza das palavras — lhe toca o coração, lançando-o num estado de sensual melancolia, que perdura muito tempo depois que o filme terminou.

Até então, havia encontrado na música ocidental, em Bach principalmente, tudo aquilo de que precisava. Agora, encontra algo que não está em Bach, embora haja sugestões disso: uma alegre submissão da razão, da mente racional, à dança dos dedos. Caça pelas lojas de discos e numa delas encontra um LP de um citarista chamado Ustad Vilayat Khan, com seu irmão — mais novo, a julgar pela foto — na *veena* e um tocador de tabla não identificado. Não tem vitrola, mas consegue ouvir os primeiros dez minutos na loja. Está tudo lá: a suspensa exploração de sequências tonais, a emoção tremulante, os ímpetos extáticos. Não consegue acreditar na própria sorte. Um novo continente, e tudo por meros nove xelins! Leva o disco para seu quarto, guarda-o embalado entre folhas de papelão até o dia em que poderá ouvi-lo de novo.

Há um casal indiano morando no quarto de baixo. Têm um bebê que de vez em quando chora baixinho. Cumprimenta com a cabeça o homem quando se cruzam na escada. A mulher raramente sai.

Uma noite, batem na porta. É o indiano. Gostaria de jantar com eles?

Ele aceita, mas apreensivo. Não está acostumado a temperos fortes. Será que vai conseguir comer sem se atrapalhar e sem fazer papel de bobo?

Mas sente-se imediatamente à vontade. A família é do sul da Índia; são vegetarianos. Temperos fortes não são parte essencial da cozinha indiana, explica o dono da casa: foram introduzidos apenas para esconder o gosto da carne apodrecida. A comida do sul da Índia é bem suave ao paladar. E, de fato, é o que ele descobre. Aquilo que é colocado diante dele — sopa de coco temperada com cardamomo e cravos, uma omelete — é positivamente brando.

O dono da casa é engenheiro. Ele e a mulher estão na Inglaterra há vários anos. São felizes aqui, diz ele. As acomodações são as melhores que tiveram até agora. O quarto é espaçoso, a casa, calma e bem-arrumada. Claro que não gostam do clima inglês. Mas — ele dá de ombros — é preciso aceitar o ruim com o bom.

A esposa mal participa da conversa. Serve-os sem comer, depois se retira para o canto onde está o bebê em seu berço. O inglês dela não é bom, diz o marido.

Seu vizinho engenheiro admira a ciência e a tecnologia ocidentais, reclama que a Índia é retrógrada. Embora as loas às máquinas geralmente o importunem, nada diz para contradizer o homem. São as primeiras pessoas na Inglaterra a convidá-lo para sua casa. Mais que isso: são pessoas de cor, têm consciência de que ele é sul-africano, mesmo assim lhe estenderam a mão. Fica agradecido.

A questão é: o que fazer com essa gratidão? É inconcebível convidar o casal, marido, mulher e sem dúvida o bebê chorão, para subir ao seu quarto no último andar para comer sopa de pacote seguida se não de chipolatas, de macarrão com molho de queijo. Mas de que outra forma se retribui a hospitalidade?

Passa-se uma semana, e ele nada faz, depois uma segunda. Está cada vez mais envergonhado. Começa a ouvir atrás da porta de manhã, esperando o engenheiro ir para o trabalho antes de sair para o patamar.

Deve haver algum gesto a ser feito, um ato simples de retribuição, mas não consegue descobrir o quê, ou não quer descobrir, e está ficando tarde demais, afinal. Qual o problema dele? Por que torna as coisas mais comuns tão difíceis para si mesmo? Se a resposta é que essa é sua natureza, qual a vantagem de ter uma natureza dessas? Por que não mudar a natureza?

Mas será sua natureza? Ele duvida. Não dá a sensação de natureza, dá a sensação de uma doença, uma doença moral: mesquinharia, pobreza de espírito, nada diferente, em essência, de sua frieza com as mulheres. Pode-se fazer arte a partir de uma doença como essa? E, se se pode, o que isso revela sobre a arte?

Num quadro de avisos numa banca de revista de Hampstead, lê um anúncio: "Procura-se quarta pessoa para apartamento em Swiss Cottage. Quarto próprio, cozinha coletiva". Não gosta de dividir. Prefere viver sozinho. Mas, enquanto viver sozinho, nunca romperá seu isolamento. Telefona, marca uma hora.

O homem que lhe mostra o apartamento é alguns anos mais velho que ele. Tem barba, uma jaqueta Nehru azul com botões dourados na frente. Seu nome é Miklos, e é húngaro. O apartamento em si é limpo e arejado; o quarto que será seu é maior que o quarto que aluga agora, mais moderno também. "Fico com ele", diz para Miklos, sem hesitação. "Preciso deixar um depósito?"

Mas a coisa não é assim tão simples. "Deixe seu nome e telefone, e ponho na lista", diz Miklos.

Espera três dias. No quarto dia, telefona. Miklos não está, diz a garota que atende. O quarto? Ah, o quarto foi alugado, há dias.

A voz dela tem uma ligeira rouquidão estrangeira; sem dúvida é bonita, inteligente, sofisticada. Não pergunta se ela também é húngara. Mas, se tivesse conseguido o quarto, estaria agora dividindo o apartamento com ela. Quem é ela? Como é o seu nome? Seria ela seu amor predestinado e seu destino agora lhe escapou? Quem é o afortunado que ficou com o quarto e com o futuro que devia ser seu?

Teve a impressão, quando foi ao apartamento, de que Miklos lhe mostrava tudo com certa indiferença. Só pode pensar que Miklos procurava alguém que fosse contribuir para a economia da casa com algo mais que uma quarta parte do aluguel, alguém que oferecesse alegria, estilo ou romance também. Percebendo-o todo com um olhar, Miklos o achou desprovido de alegria, estilo e romance, e o rejeitou.

Devia ter tomado a iniciativa. "Não sou o que pareço ser", devia ter dito. "Posso parecer um escriturário, mas na verdade sou um poeta, ou um futuro poeta. Além disso, pagarei minha parte do aluguel pontualmente, o que é mais que a maioria dos poetas faria." Mas não falou, não argumentou, nem sequer abjetamente, em favor de si mesmo e de sua vocação; e agora é tarde demais.

Como um húngaro pode manter um apartamento na elegante Swiss Cottage, vestir-se na última moda, acordar tarde na manhã preguiçosa com a garota sem dúvida bonita, de voz rouca, a seu lado na cama, enquanto ele tem de se escravizar o dia inteiro na IBM e morar num quarto tristonho na Archway Road? Como as chaves que destrancam os prazeres de Londres foram parar nas mãos de Miklos? Onde essas pessoas encontram dinheiro para sustentar sua vida de facilidades?

Jamais gostou de pessoas que desobedecem às regras. Se as regras são ignoradas, a vida cessa de fazer sentido: pode-se também, como Ivan Karamazov, entregar os pontos e se retirar. Mas Londres parece estar cheia de gente que ignora as regras e se dá bem. Ele parece ser o único estúpido a ponto de jogar segundo as regras, ele e outros agastados escriturários de terno escuro e óculos que vê nos trens. O que então devia fazer? Devia seguir o exemplo de Ivan? Devia seguir o exemplo de Miklos? Siga quem seguir, parece-lhe, sairá perdendo. Pois não tem talento para mentir, enganar, ou driblar as regras, assim como não tem talento para o prazer ou para as roupas elegantes. Seu único talento é para a depressão, a torpe e honesta depressão. Se esta cidade não oferece nenhuma recompensa para a depressão, o que está fazendo aqui?

12.

Toda semana chega uma carta de sua mãe, um aerograma azul-claro endereçado em caprichadas letras de fôrma maiúsculas. É com exasperação que recebe essas provas do imutável amor dela. Será que a mãe não entende que, ao sair da Cidade do Cabo, ele rompeu com todos os laços do passado? Como pode fazê-la aceitar que o processo de se transformar numa pessoa diferente, o qual começou quando ele tinha quinze anos, continuará impiedosamente até toda a memória da família e do país que deixou para trás estar extinta? Quando ela entenderá que ficou tão distante dela que podia até ser um estranho?

Nas cartas, a mãe conta as notícias familiares, conta seus últimos trabalhos (ela muda de escola em escola, substituindo professores em licença de saúde). Termina as cartas esperando que ele esteja bem de saúde, que esteja cuidando de usar agasalho, que não tenha pegado a gripe que, ouviu dizer, está assolando a Europa. Quanto aos problemas sul-africanos, sobre esses não escreve, porque ele deixou claro que não está interessado.

Ele menciona que esqueceu as luvas num trem. Um erro. Prontamente chega um pacote por via aérea: um par de mitenes de pelo de carneiro. Os selos custam mais que as luvas.

Ela escreve as cartas nas noites de domingo e as põe no correio a tempo da coleta da segunda-feira de manhã. Ele pode facilmente imaginar a cena, no apartamento para o qual ela, o pai e o irmão se mudaram quando tiveram de vender a casa em Rondebosch. O jantar terminou. Ela tira a mesa, lava a louça, puxa o abajur para mais perto. "O que está fazendo agora?", pergunta o pai, que detesta as noites de domingo, quando terminou de ler o *Argus* do começo ao fim e não resta mais nada a fazer. "Tenho de escrever para John", ela responde, cerrando os lábios e calando o marido. *Querido John*, começa.

O que espera conseguir com as cartas, essa mulher obstinada, sem graça? Não consegue identificar que provas de sua fidelidade, por mais insistente, nunca o farão fraquejar e voltar? Não pode aceitar que ele não é normal? Devia concentrar o amor dela em seu irmão e esquecê-lo. Seu irmão é um ser mais simples e mais inocente. Seu irmão tem o coração terno. Que o irmão assuma o peso de amá-la; que o irmão escute de agora em diante que ele é o primogênito, o mais amado. Então ele, o recém-esquecido, estará livre para construir sua própria vida.

Ela escreve toda semana, mas ele não responde toda semana. Seria reciprocidade demais. Só de vez em quando responde, e suas cartas são breves, dizendo pouco a não ser que, pelo fato de terem sido escritas, ele ainda está forçosamente na terra dos vivos.

Essa é a pior parte. Essa é a armadilha que ela construiu, uma armadilha de que ele ainda não encontrou um jeito de escapar. Se cortasse todos os laços, se não escrevesse nunca, ela tiraria as piores conclusões, as piores possíveis; e a simples ideia da dor que a atravessaria nesse momento o faz desejar tapar olhos e ouvidos. Enquanto ela estiver viva, ele não ousa morrer. Enquanto ela estiver viva, portanto, a vida não pertence a ele. Não pode ser descuidado com a vida. Embora não tenha um particular amor por si mesmo, deve, por ela, cuidar de si mesmo, a ponto de se agasalhar, de comer bem, de tomar vitamina C. Quanto ao suicídio, isso não pode nem ser cogitado.

As notícias que tem da África do Sul vêm da BBC e do *Manchester Guardian*. Lê as reportagens do *Guardian* com apreensão. Um fazendeiro amarra um de seus trabalhadores a uma árvore e espanca-o até a morte. A polícia atira a esmo contra a multidão. Um prisioneiro é encontrado morto em sua cela, enforcado com uma tira de lençol, o rosto ferido e ensanguentado. Horror sobre horror, atrocidade sobre atrocidade, sem cessar.

Sabe a opinião de sua mãe. Ela acha que a África do Sul é incompreendida pelo mundo. Os negros na África do Sul vivem melhor do que em qualquer outro lugar da África. As greves e protestos são fomentados por agitadores comunistas. Quanto aos trabalhadores rurais, pagos na forma de refeições de milho e tendo de vestir os filhos com sacos de estopa contra o frio do inverno, a mãe concorda que isso é uma desgraça. Mas essas coisas acontecem apenas no Transvaal. São os africânderes do Transvaal, com seus rancores calados e corações duros, que fazem o mau nome do país.

A opinião que ele não hesita em comunicar a ela é que, em lugar de fazer discursos e discursos nas Nações Unidas, os russos deviam invadir a África do Sul sem demora. Deviam lançar tropas de paraquedistas sobre Pretória, prender Verwoerd e seus comparsas, alinhá-los contra a parede e fuzilá-los.

O que os russos deviam fazer depois de fuzilar Verwoerd, ele não diz, porque ainda não pensou. A justiça tem de ser feita, isso é tudo o que importa; o resto é política, e não está interessado em política. Pelo que se lembra, os africânderes sempre pisaram nas pessoas, porque, dizem eles, um dia foram pisados. Bem, que gire a roda, que se responda à força com força redobrada. Ele está contente de estar fora disso.

A África do Sul é como um albatroz em torno de seu pescoço. Quer que seja removido, não importa como, para que possa começar a respirar.

Não precisa comprar o *Manchester Guardian*. Existem outros jornais, mais fáceis: *The Times*, por exemplo, ou o *Daily Telegraph*. Mas dá para confiar que o *Manchester Guardian* não deixará passar nada da África do Sul que possa fazer sua alma encolher dentro dele. Lendo o *Manchester Guardian*, pode ao menos ter certeza de que sabe do pior.

Passou semanas sem entrar em contato com Astrid. Agora ela telefona. Seu período na Inglaterra terminou, está voltando para a Áustria. "Acho que não vou mais ver você", diz, "então telefonei para me despedir."

Ela tenta ser objetiva, mas dá para sentir as lágrimas em sua voz. Cheio de culpa, propõe um encontro. Tomam café juntos; ela volta com ele para o quarto e passa a noite ("nossa última noite", diz), agarrada a ele, chorando mansinho. Bem cedo na manhã seguinte (é um domingo), ouve-a sair da cama e ir na ponta dos pés até o banheiro lá de fora para se vestir. Quando volta, ele finge estar dormindo. Basta dar o menor sinal, sabe disso, e ela ficará. Se houver alguma coisa que ele prefira fazer primeiro, antes de prestar atenção nela, como ler o jornal, ela ficará sentada quietinha num canto, esperando. Parece que em Klagenfurt as garotas são educadas assim: não solicitar nada, esperar até que o homem esteja pronto, e então servi-lo.

Gostaria de ser mais gentil com Astrid, tão jovem, tão sozinha na cidade grande. Gostaria de enxugar suas lágrimas, fazê-la sorrir; gostaria de provar a ela que seu coração não é tão duro quanto parece, que é capaz de corresponder à sua disponibilidade com uma disponibilidade própria, uma disponibilidade para afagá-la e ouvir as histórias sobre a mãe e os irmãos dela em sua terra. Mas deve tomar cuidado. Calor demais, e ela pode cancelar a passagem, ficar em Londres, mudar-se para a casa dele. Dois derrotados se aninhando um nos braços do outro, se consolando: a perspectiva é humilhante demais. Podiam também se casar, ele e Astrid, e passar o resto da vida um cuidando do outro, como inválidos. Então, não dá nenhum sinal, fica de olhos cerrados até ouvir o ranger dos degraus e o clique da porta da rua.

É dezembro, e o tempo ficou implacável. Cai neve, a neve se transforma em lama, a lama congela: nas calçadas é preciso caminhar passo a passo como um alpinista. Um lençol de *fog* envolve a cidade, *fog* denso como poeira de carvão e enxofre. A eletricidade falha; trens param de correr; velhos morrem congelados em suas casas. O pior inverno do século, dizem os jornais.

Ele anda pesadamente pela Archway Road, escorregando e deslizando no gelo, segurando o cachecol sobre o rosto, tentando não respirar. Suas roupas estão cheirando a enxofre, tem um gosto ruim na boca, quando tosse expele catarro negro. Na África do Sul é verão. Se estivesse lá, podia ir à praia Strandfontein, correr quilômetros e quilômetros de areia branca debaixo de um vasto céu azul.

Durante a noite, estoura um cano em seu quarto. O chão fica alagado. Acorda cercado por um lençol de gelo.

É como as blitze de novo, dizem os jornais. Publicam histórias de cozinhas de sopa para os sem-teto, mantidas por mulheres, de equipes de reparos que trabalham durante a noite.

A crise está trazendo à tona o que há de melhor nos londrinos, dizem, que enfrentam a adversidade com força calada e uma piada sempre pronta.

Quanto a ele, pode se vestir como um londrino, ir para o trabalho como um londrino, sofrer com o frio como um londrino, mas não tem nenhuma piada pronta. Nem em um mês só de domingos os londrinos o tomarão por um londrino de verdade. Ao contrário, os londrinos o reconhecem de imediato como mais um daqueles estrangeiros que por tolas razões próprias escolhem viver num lugar que não é deles.

Quanto tempo terá de viver na Inglaterra até admitirem que ele se transformou no produto genuíno, que se tornou inglês? Será que basta conseguir um passaporte britânico, ou um nome estrangeiro que soa esquisito significa que estará sempre fora? E o que significa afinal "tornar-se inglês"? A Inglaterra abriga duas nações: terá de escolher entre elas, escolher entre ser inglês de classe média e ser inglês de classe operária. Parece já ter escolhido. Usa o uniforme da classe média, lê um jornal de classe média, imita a fala da classe média. Mas os meros sinais exteriores como esses não bastarão para lhe garantir admissão, nunca na vida. A admissão à classe média — admissão completa, não um bilhete temporário válido para certos momentos do dia em certos dias do ano — foi decidida, pelo que pode dizer, anos atrás, até gerações atrás, segundo regras que serão sempre impenetráveis para ele.

Quanto à classe operária, ele não tem nada a ver com sua recreação, mal pode entender sua fala, nunca percebeu o menor gesto de boas-vindas da parte dela. As garotas da IBM têm seus namorados da classe operária, só pensam em casamento, bebês e casa própria, reagem geladamente a aproximações. Ele pode viver na Inglaterra, mas por certo não a convite da classe operária inglesa.

Existem outros sul-africanos em Londres, milhares deles, se der crédito às informações. Existem canadenses também, australianos, neozelandeses, até americanos. Mas essas pessoas não são imigrantes, não estão ali para se estabelecer, para se tornarem inglesas. Vieram para se divertir, ou para estudar, ou para ganhar dinheiro antes de partir para um giro pela Europa. Quando se cansarem do Velho Mundo, voltarão para casa e retomarão sua vida real.

Há europeus em Londres também, não apenas estudantes da língua, mas refugiados do bloco oriental e, já há muito tempo, da Alemanha nazista. Mas sua situação é diferente da deles. Não é um refugiado; ou melhor, uma reivindicação de sua parte para ser refugiado não o levaria a parte alguma junto ao Departamento do Interior. Quem está oprimindo você?, o Departamento do Interior perguntará. De que está fugindo? Do tédio, ele responderá. Da hipocrisia. Da atrofia da vida moral. Da vergonha. Aonde o levarão esses pretextos?

E, então, Paddington. Ele caminha por Maida Vale ou pela Kilburn High Road às seis horas toda noite e vê, sob a fantasmagórica luz de sódio, multidões de indianos ocidentais marchando de volta para suas acomodações, amortecidos contra o frio. Vão de ombros curvados, as mãos enfiadas fundo nos bolsos, a pele tem um tom acinzentado, empoeirado. O que os atrai da Jamaica e de Trinidad para esta cidade sem coração, onde o frio verte das próprias pedras da rua, onde as horas do dia são gastas em trabalho enfadonho e as noites, enroladas diante de uma lareira a gás num quarto alugado com paredes descascadas e sofás afundados? Por certo não estão todos aqui para encontrar a fama como poetas.

As pessoas com quem trabalha são polidas demais para expressar suas opiniões sobre visitantes estrangeiros. Mesmo assim, a partir de alguns de seus silêncios conclui que não é querido no país delas, não querido positivamente. Quanto à questão dos indianos ocidentais, elas calam também. Mas dá para ler os sinais. *NIGGER GO HOME* [Vão embora, negros], dizem slogans pintados nas paredes. *NO COLOURED* [Não se aceitam pessoas de cor], dizem placas nas janelas de casas de cômodos. Mês a mês o governo aperta as leis de imigração. Os originários das Índias Ocidentais são detidos no porto em Liverpool, detidos até ficarem desesperados, depois são mandados de volta para o lugar de onde vieram. Se não o fazem sentir tão nuamente indesejado como eles, só pode ser por causa de sua coloração protetora: o terno Moss Brothers, a pele clara.

13.

"Depois de cuidadosa consideração, cheguei à conclusão..."
"Depois de muito meditar, cheguei à conclusão..."

Estava a serviço da IBM havia mais de um ano: inverno, primavera, verão, outono, outro inverno e agora o começo de outra primavera. Mesmo dentro do escritório da Newman Street, um edifício que parece uma caixa com janelas seladas, dá para sentir a suave mudança do ar. Não pode continuar assim. Não pode sacrificar mais nem um momento de sua vida ao princípio de que os seres humanos devem trabalhar em miséria por seu pão, um princípio a que parece filiar-se embora não faça ideia de onde o encontrou. Não pode ficar demonstrando para sempre à sua mãe na Cidade do Cabo que construiu uma vida sólida e que, portanto, ela pode parar de se preocupar. Geralmente, não sabe o que quer, não se preocupa em saber o que quer. Saber bem demais o que se quer demonstra, pensa, a morte da faísca criativa. Mas neste caso não pode se permitir continuar em sua habitual névoa de indecisão. Tem de deixar a IBM. Tem de sair, não importa quanto isso vá lhe custar em humilhação.

Ao longo do último ano a caligrafia dele foi se tornando, fora de seu controle, cada vez menor e mais secreta. Agora, sentado à sua mesa, escrevendo aquilo que será o anúncio de sua demissão, tenta conscientemente fazer as letras maiores, as curvas mais gordas e com aparência mais confiante.

"Depois de longa reflexão", escreve, por fim, "cheguei à conclusão de que meu futuro não se encontra na IBM. Em termos de meu contrato, portanto, desejo propor o aviso prévio de um mês."

Assina a carta, fecha o envelope, endereça ao dr. B. L. McIver, Gerente, Divisão de Programação, e a coloca discretamente na bandeja marcada INTERNO. Ninguém no escritório olha para ele. Volta a sentar.

Até as três da tarde, quando a correspondência é coletada de novo, tem tempo para repensar, tempo para retirar a carta da bandeja e rasgá-la. Uma vez entregue a carta, porém, os dados terão sido lançados. Amanhã a notícia terá se espalhado pelo prédio: um do pessoal do McIver, um dos programadores do segundo andar, o sul-africano, pediu demissão. Ninguém será visto falando com ele. Será mandado para Coventry. É assim na IBM. Nenhum sentimento falso. Será marcado como fraco, perdedor, impuro.

Às três horas a mulher vem pegar a correspondência. Ele se curva sobre seus papéis, o coração disparado.

Meia hora depois, é convocado ao escritório de McIver. McIver está gelado de fúria. "O que é isto?", diz, indicando a carta aberta sobre sua mesa.

"Resolvi pedir demissão."

"Por quê?"

Sabia que McIver ia reagir mal. Foi McIver quem o entrevistou para o emprego, quem o aceitou e aprovou, que engoliu a história de que ele era apenas um sujeito comum das colônias planejando uma carreira com computadores. McIver tem seus patrões, a quem terá de explicar seu erro.

McIver é um homem alto. Veste-se bem, fala com sotaque de Oxford. Não tem interesse na programação como ciência, nem como habilidade, nem como profissão, ou seja lá o que for. É simplesmente um gerente. É nisso que é bom: atribuir tarefas às pessoas, gerenciar o tempo delas, motivá-las, obter delas o valor que recebem.

"Por quê?", McIver diz de novo, impaciente.

"Não acho o trabalho na IBM muito satisfatório em nível humano. Não é gratificante."

"Continue."

"Esperava algo mais."

"O quê, por exemplo?"

"Esperava amizades."

"Acha a atmosfera pouco amigável?"

"Não, não é pouco amigável, absolutamente. As pessoas têm sido muito gentis. Mas ser amigável não é a mesma coisa que amizade."

Esperava que lhe fosse permitido dar a carta como sua última palavra. Mas essa esperança era ingênua. Devia ter entendido que iam receber aquilo como o primeiro tiro de uma guerra.

"Que mais? Se tem mais alguma coisa na cabeça, esta é sua chance de se manifestar."

"Nada mais."

"Nada mais. Sei. Sente falta de amizades. Não encontrou amigos."

"É, é isso. Não estou pondo a culpa em ninguém. A culpa, provavelmente, é minha mesmo."

"E por isso quer pedir demissão."

"Isso."

Agora que as palavras saíram, elas soam estúpidas, e são estúpidas. Foi levado a dizer coisas estúpidas. Mas devia ter esperado por isso. É assim que o farão pagar por rejeitá-los, por rejeitar o emprego que lhe deram, um emprego na IBM, a líder do mercado. Como um principiante no xadrez, empurrado para os cantos e diante de um xeque em dez lances, em oito lances, em sete lances. Uma aula de dominação. Bem, que façam isso. Eles que façam seus lances e o deixem jogar seus estúpidos, facilmente previsíveis, facilmente evitáveis lances até se cansarem do jogo e deixarem que vá embora.

Com um gesto brusco, McIver termina a entrevista. Por ora, o caso está encerrado. Ele está livre para voltar à sua mesa. Para variar, não há nem a obrigação de trabalhar até tarde. Pode sair do prédio às cinco horas, ter a noite para si.

Na manhã seguinte, por meio da secretária de McIver — McIver passa por ele, não responde seu cumprimento —, é orientado a se apresentar sem demora ao Escritório Central da IBM na City, no Departamento Pessoal.

O homem do Pessoal que atende seu caso evidentemente ouviu sua reclamação sobre as amizades que a IBM não foi capaz de prover. Há uma pasta aberta na mesa diante dele; ao prosseguir o interrogatório, ele vai marcando pontos. Há quanto tempo está infeliz no trabalho? Em algum estágio discutiu essa infelicidade com seu superior? Se não, por que não? Seus colegas na Newman Street foram definitivamente pouco amigáveis? Não? Poderia explicar melhor sua reclamação?

Quanto mais vezes são ditas as palavras *amigo, amizade, amigável,* mais estranhas elas soam. Pode imaginar o homem falando assim: se está procurando amigos, associe-se a um clube, vá jogar boliche, fazer voar aeromodelos, colecionar selos. Por que esperar que seu empregador, a IBM, International Business

Machines, fabricante de calculadoras eletrônicas e de computadores, providencie amigos para você?

E é claro que o homem tem razão. Que direito tem ele de reclamar, acima de tudo neste país, onde todo mundo é tão *cool* com todo mundo? Não é isso que admira nos ingleses: sua contenção emocional? Não é por isso que está escrevendo, nas horas livres, uma tese sobre a obra de Ford Madox Ford, um meio-alemão celebrador do laconismo inglês?

Confuso e titubeante, explica melhor sua reclamação. A explicação é tão obscura para o homem do Pessoal quanto a reclamação em si. *Equívoco*: essa é a palavra que o homem está caçando. *Funcionário vítima de um equívoco*: essa seria a formulação apropriada. Mas não sente vontade de ajudar. Eles que encontrem seu próprio jeito de arquivá-lo.

O que o homem está particularmente empenhado em descobrir é o que ele fará em seguida. Essa conversa sobre falta de amizade será apenas um subterfúgio para mudar da IBM para um dos concorrentes da IBM no campo das máquinas para empresas? Alguém lhe fez alguma promessa, tentou persuadi-lo?

Ele não poderia ser mais honesto em suas negativas. Não tem outro emprego à espera, nem com um rival, nem com ninguém. Não foi procurado. Está saindo da IBM simplesmente para sair da IBM. Quer ficar livre, só isso.

Quanto mais fala, mais tolo parece, mais deslocado no mundo dos negócios. Mas pelo menos não diz: "Estou deixando a IBM para me tornar um poeta". O segredo, afinal, continua dele.

Em meio a tudo isso, do nada, vem um telefonema de Caroline. Ela está de férias no litoral sul, em Bognor Regis, e meio perdida. Por que não pega um trem e passa o sábado com ela?

Ela o encontra na estação. Numa loja na Main Street, alugam bicicletas; logo estão pedalando pelas alamedas campestres vazias em meio a campos de trigo novo. Faz um calor temporão. Ele pinga de suor. Está com as roupas erradas para a ocasião: calça de flanela cinzenta, paletó. Caroline está com uma túnica curta cor de tomate e sandálias. O cabelo loiro cintila, as pernas longas rebrilham quando ela pedala; parece uma deusa.

O que está fazendo em Bognor Regis, ele pergunta? Estou na casa de uma tia, responde ela, uma tia inglesa há muito perdida. Ele não pergunta mais nada.

Param na beira da estrada, pulam uma cerca. Caroline trouxe sanduíches; encontram um lugar à sombra de um castanheiro e fazem um piquenique. Depois, ele sente que ela não se importaria se fizesse amor com ela. Mas está nervoso, ali, ao ar livre, onde a qualquer momento um fazendeiro ou mesmo um guarda pode surgir em cima deles e exigir que expliquem o que pensam que estão fazendo.

"Pedi demissão da IBM", diz.

"Que bom. O que vai fazer agora?"

"Não sei. Vou ficar ao léu um pouquinho, acho."

Ela espera para ouvir mais, espera ouvir seus planos. Mas ele não tem mais nada a oferecer, nenhum plano, nenhuma ideia. Como é simplório! Por que uma garota como Caroline se dá o trabalho de mantê-lo a reboque dela, uma garota que se aclimatou na Inglaterra, que fez de sua vida um sucesso, que o passou para trás em todos os sentidos? Só lhe ocorre uma explicação: que ela ainda o vê como ele era na Cidade do Cabo, quando ainda podia se apresentar como um futuro poeta, quando ainda não tinha se transformado no que é agora, no que a IBM fez dele: um eunuco, um ocioso, um rapaz preocupado correndo para pegar o ônibus das oito e dezessete para o escritório.

* * *

Em qualquer outro lugar da Inglaterra, o funcionário que pede demissão recebe despedidas — se não um relógio de ouro, pelo menos uma reunião durante a pausa para o chá, um discurso, uma salva de palmas e bons votos, sinceros ou insinceros. Está no país há tempo suficiente para saber disso. Mas não na IBM. A IBM não é a Grã-Bretanha. A IBM é a nova onda, o novo jeito. É por isso que a IBM vai renovar tudo na oposição britânica. A oposição ainda está presa a velhos costumes britânicos, frouxos, ineficientes. Portanto, não há despedida em seu último dia de trabalho. Ele esvazia sua mesa em silêncio, despede-se dos colegas programadores. "O que você vai fazer?", pergunta um deles, com cautela. Evidentemente, todos ouviram a história da amizade; isso os deixa rígidos e incomodados. "Ah, vamos ver o que aparece", ele responde.

É um sentimento interessante, acordar na manhã seguinte sem ter de ir para nenhum lugar. Um dia de sol: pega o trem para Leicester Square, faz uma excursão pelas livrarias da Charing Cross Road. Está com barba de um dia; resolveu deixar crescer a barba. Com uma barba talvez não pareça tão deslocado entre os rapazes elegantes e as garotas bonitas que saem das escolas de línguas e pegam o metrô. E que aconteça o que tiver de acontecer.

De agora em diante, decidiu, sempre vai se colocar no caminho do acaso. Os livros estão cheios de encontros casuais que levam ao romance — ao romance ou à tragédia. Está pronto para o romance, pronto até para a tragédia, pronto para qualquer coisa, de fato, contanto que seja consumido por isso e refeito. É por isso que está em Londres afinal: para se livrar do seu velho eu e se revelar em seu novo, verdadeiro, apaixonado eu; e agora não há impedimento à sua busca.

Os dias passam, e ele simplesmente vai aonde quer. Tecnicamente falando, sua posição é ilegal. Presa com um clipe em seu passaporte está a licença de trabalho que lhe permite residir na Grã-Bretanha. Agora que não tem trabalho, a licença perdeu a força. Mas se for discreto, talvez eles — as autoridades, a polícia, seja quem for o responsável — não tomem conhecimento dele.

Paira no horizonte o problema do dinheiro. Suas economias não vão durar indefinidamente. Não tem nada que valha a pena vender. Prudente, para de comprar livros; anda a pé, quando o tempo está bom, em vez de tomar trens; vive à base de pão, queijo e maçãs.

O acaso não o brinda com nenhuma de suas bênçãos. Mas o acaso é imprevisível, é preciso dar tempo ao tempo. Tudo o que pode fazer é esperar em prontidão o dia em que o acaso por fim lhe sorrir.

14.

Com liberdade para fazer o que quiser, logo lê até o fim o extenso corpus dos escritos de Ford. Está chegando a hora em que terá de expor seu parecer. O que dirá? Na ciência é permitido relatar resultados negativos, um fracasso na confirmação de uma hipótese. E nas artes? Se não tiver nada de novo a dizer sobre Ford, a atitude correta e honrosa seria confessar que cometera um erro, renunciar à bolsa, devolver o dinheiro; ou, em lugar de uma tese, seria permitido apresentar um relatório sobre o desapontamento que foi seu tema, sobre a decepção com seu herói?

De pasta na mão, passeia pelo Museu Britânico e se junta à multidão que caminha pela Great Russell Street: milhares de almas, nenhuma delas dando a menor importância ao que ele pensa sobre Ford Madox Ford ou sobre qualquer outra coisa. Ao chegar a Londres, costumava encarar ousadamente esses transeuntes, em busca da essência única de cada um deles. *Veja, estou olhando para você!*, era o que estava dizendo. Mas olhares ousados não o levaram a lugar algum numa cidade em que, logo descobriu, nem homens nem mulheres enfrentavam seu olhar, ao contrário, o evitavam friamente.

Cada recusa ao seu olhar parecia uma pequena facada. Insistentemente era notado, considerado inadequado, descartado. Logo começou a perder a coragem, a recuar antes mesmo da recusa. Com mulheres achava mais fácil olhar de maneira disfarçada, de relance. Aparentemente, era assim que se olhava em Londres. Mas no olhar de relance havia — não conseguia livrar-se da sensação — algo dissimulado, desonesto. Preferível não olhar de uma vez. Preferível não ter curiosidade pelos vizinhos, ser indiferente.

No período em que está aqui mudou bastante: não tem certeza se para melhor. Durante o inverno que acabou de passar, houve momentos em que pensou que ia morrer de frio, de depressão e de isolamento. Mas resistiu, de algum jeito. Ao chegar o inverno seguinte, a depressão e o frio terão menos força sobre ele. Estará para se transformar num londrino de verdade, duro como pedra. Transformar-se em pedra não era um de seus objetivos, mas talvez seja o que terá de aceitar.

No fim das contas, Londres está se mostrando uma grande disciplinadora. Suas ambições já são mais modestas do que eram antes, muito mais modestas. De início, decepcionou-se com os londrinos, com a pobreza de suas ambições. Agora está a caminho de juntar-se a eles. Cada dia na cidade o castiga, o disciplina; como um cachorro batido, está aprendendo.

Sem saber o que quer dizer sobre Ford, se é que quer dizer alguma coisa, fica na cama até mais tarde a cada manhã. Quando finalmente senta à mesa, não é capaz de se concentrar. O verão contribui para a confusão. A Londres que conhece é uma cidade do inverno onde a pessoa se arrasta pelo dia sem nada a esperar a não ser a noite, a hora de deitar, o esquecimento.

Nesses dias adoráveis de verão, que parecem feitos para o ócio e o prazer, a provação continua: não tem mais certeza é de que parte está sendo testada. Às vezes, parece que está sendo testado simplesmente para ser testado, para ver se consegue suportar o teste.

Não se arrepende de ter pedido demissão da IBM. Mas agora não tem absolutamente ninguém com quem falar, nem mesmo Bill Briggs. Passa dias e dias sem que nem sequer uma palavra lhe saia da boca. Começa a marcar os dias com um *s* em sua agenda: dia de silêncio.

Diante da estação de metrô, dá um encontrão, sem querer, num velhinho que vende jornais. "Desculpe!", diz. "Olhe por onde anda!", rosna o homem. "Desculpe!", repete.

Desculpe: a palavra parece sair pesada de sua boca, como uma pedra. Será que uma única palavra de categoria gramatical indeterminada conta como conversa? O que aconteceu entre ele e o velho terá sido um exemplo de contato humano, ou seria mais bem descrito como mera interação social, como o toque de antenas entre formigas? Para o velho certamente não foi nada. O dia inteiro o velho parado ali com sua pilha de jornais, resmungando, zangado consigo mesmo; está sempre esperando uma chance de ser desrespeitado por algum transeunte. Enquanto no caso dele a lembrança daquela simples palavra persistirá por semanas, talvez para o resto da vida. Dar um encontrão nas pessoas, dizer "Desculpe!", ser desrespeitado: um ardil, um jeito barato de forçar a conversa. Como enganar a solidão.

Está no vale da provação e não está se saindo bem. Mas não pode ser o único que está sendo testado. Deve haver gente que atravessou o vale e saiu do outro lado; deve haver gente que escapou inteiramente do teste. Ele também podia evitar o teste, se preferisse. Podia fugir correndo para a Cidade do Cabo, por exemplo, e nunca mais voltar. Mas é isso que quer fazer? Por certo não, não ainda.

E se ficar, porém, e fracassar no teste, fracassar desgraçadamente? E se, sozinho em seu quarto, começar a chorar e não conseguir parar? E se uma manhã descobrir que lhe falta coragem para se levantar, que acha mais fácil passar o dia na cama — esse dia e o próximo, e o próximo, em lençóis que ficam cada vez mais encardidos? O que acontece com gente assim, com gente que não consegue enfrentar o teste e surta?

Ele sabe a resposta. Essas pessoas são mandadas para algum lugar onde cuidem delas — algum hospital, asilo, instituição. Em seu caso, seria simplesmente mandado de volta para a África do Sul. Os ingleses já têm gente suficiente para cuidar, gente suficiente que não passa no teste. Por que haveriam de cuidar também de estrangeiros?

Fica parado diante de uma porta na Greek Street, Soho. *Jackie — Modelo*, diz a placa acima da campainha. Precisa de relação humana; o que pode ser mais humano que uma relação sexual? Artistas sempre frequentaram prostitutas, desde tempos imemoriais, e não há nada de errado nisso, ele sabe por suas leituras. Na verdade, artistas e prostitutas estão do mesmo lado da linha da batalha social. Mas *Jackie — Modelo*: uma modelo neste país é sempre uma prostituta, ou existem gradações no negócio de se vender, gradações sobre as quais ninguém lhe falou? Será que *modelo* na Greek Street significa alguma coisa muito especializada, para gostos especializados: uma mulher posando nua debaixo de uma luz, por exemplo, enquanto homens de capa de chuva ficam em torno, no escuro, olhando para ela de relance, de soslaio? Depois que tocar a campainha, haverá um jeito de perguntar, de descobrir, o que é o quê, antes de ser completamente sugado? E se a própria Jackie for velha, ou gorda, ou feia? E quanto à etiqueta? É assim que se visita alguém como

303

Jackie — sem se anunciar — ou o esperado é que se telefone antes e se marque uma hora? Quanto se paga? Existe uma tabela que todo homem em Londres conhece, todo homem menos ele? E se for imediatamente identificado como um caipira, um otário, e explorado?

Hesita, recua.

Na rua, passa um homem de terno escuro que parece reconhecê-lo, parece prestes a parar e falar. É um dos programadores seniores dos seus dias de IBM, alguém com quem não teve muito contato mas sempre considerou bem-disposto para com ele. O homem hesita, depois, com um aceno de cabeça tímido, passa depressa.

"Então é isso que está fazendo agora, levando uma vida de prazer?" — isso é o que o homem diria, sorrindo, gentil. O que ele poderia responder? Que não podemos estar sempre trabalhando, que a vida é curta, que temos de experimentar seus prazeres enquanto podemos? Que piada, e que escândalo também! Que a vida dura, trabalhosa de seus ancestrais, suando com suas roupas escuras no calor e na poeira do Karoo, termine assim: num jovem saracoteando por uma cidade estrangeira, desperdiçando suas economias na libertinagem, fingindo ser artista! Como pode traí-los tão descuidadamente e depois querer escapar de seus fantasmas vingadores? Não estava na natureza desses homens e mulheres alegrar-se e ter prazer, e não está na dele. É filho deles, predestinado desde o nascimento a ser melancólico e a sofrer. Como pode a poesia surgir, senão do sofrimento, como sangue a jorrar de uma pedra?

A África do Sul é uma ferida dentro dele. Quanto tempo mais até a ferida parar de sangrar? Quanto tempo mais terá de ranger os dentes e suportar antes de poder dizer: "Houve tempo em que eu vivia na África do Sul, agora vivo na Inglaterra"?

De vez em quando, por um instante, é-lhe dado ver a si

mesmo de fora: um menino-homem sussurrante, preocupado, tão sem graça e comum que ninguém desperdiça com ele um segundo olhar. Esses flashes de iluminação o perturbam; em vez de levá-los em conta, tenta enterrá-los na escuridão, esquecê-los. O eu que vê nesses momentos é apenas o que ele parece ser, ou o que ele é realmente? E se Oscar Wilde estiver certo e não houver verdade mais profunda do que a aparência? É possível ser sem graça e comum não apenas na superfície, mas no mais fundo do mais fundo, e assim mesmo ser artista? Será que T.S. Eliot, por exemplo, podia ser secretamente comum no fundo, e será que a afirmação de Eliot de que a personalidade do artista é irrelevante para a sua obra podia ser apenas um estratagema para esconder a própria falta de graça?

Talvez; mas não acredita nisso. Se tiver de escolher entre acreditar em Wilde e acreditar em Eliot, ele escolhe acreditar em Eliot. Se Eliot escolhe parecer comum, escolhe usar um terno e trabalhar num banco e chamar a si mesmo de J. Alfred Prufrock, isso deve ser como um disfarce, como uma peça da manha necessária ao artista da idade moderna.

Às vezes, como um alívio para a caminhada nas ruas da cidade, retira-se para Hampstead Heath. Lá, o ar é suave e quente, os caminhos são cheios de jovens mães empurrando carrinhos ou conversando umas com as outras enquanto os filhos correm. Tanta paz e contentamento! Costumava não ter paciência com poemas sobre flores desabrochando e leves aragens soprando. Agora, na terra onde esses poemas eram escritos, começa a entender como a alegria pode ser profunda com a volta do sol.

Cansado, numa tarde de domingo, dobra o paletó como um travesseiro, estica-se no gramado e cai num sono, ou meio-sono, em que a consciência não desaparece, mas continua a pairar. É um estado que jamais experimentou: parece sentir no sangue o giro constante da Terra. Os gritos distantes das crianças, os pássaros cantando, o zunir dos insetos, ganham força e se fundem numa ode de alegria. Seu coração incha. *Finalmente!*, pensa. Finalmente ele chegou, o momento de união extática com o Todo! Temendo que o momento se esvaia, tenta deter o estrépito de pensamento, tenta simplesmente ser um conduto para a grande força universal que não tem nome.

Em tempo de relógio, esse sinal dura não mais que segundos. Mas, quando se levanta e sacode o paletó, está recuperado, renovado. Viajou pela grande cidade escura para ser testado e transformado, e aqui, neste retalho de verde sob o suave sol de primavera, surpreendentemente, chegou a notícia de progresso. Se não foi absolutamente transfigurado, foi ao menos abençoado com um indício de que pertence a esta Terra.

15.

Tem de encontrar maneiras de economizar. A moradia é sua única despesa maior. Anuncia na seção de classificados do jornal local de Hampstead: "Cuidar de apartamento com acomodação, homem, profissional, responsável, período breve ou longo disponível". Para as duas pessoas que respondem ao anúncio, dá a IBM como endereço de trabalho e espera que não vão conferir. A impressão que tenta criar é de rígida respeitabilidade. A máscara funciona a ponto de ser contratado para cuidar de um apartamento em Swiss Cottage durante o mês de junho.

A surpresa é que não ficará sozinho no apartamento. O imóvel pertence a uma mulher divorciada com uma filha pequena. Enquanto ela está fora, na Grécia, a menina e a babá estarão sob seus cuidados. Os deveres são simples: cuidar da correspondência, pagar as contas, estar disponível em caso de emergências. Terá um quarto próprio e acesso à cozinha.

Em cena há também um ex-marido. O ex-marido deve aparecer aos domingos para levar a filha para passear. Como revela sua empregadora ou patroa, ele é "um tanto esquentado", e não se deve permitir "que faça nada". O que exatamente o marido haveria de querer fazer?, pergunta. Ficar com a filha para passar a noite, ela diz. Revistar o apartamento. Pegar coisas. Em hipótese alguma, seja qual for a história que inventar — ela lhe dirige um olhar significativo —, não deve permitir que leve coisa nenhuma.

Então ele começa a entender por que é necessário. A babá, que é de Malauí, não muito longe da África do Sul, é perfeitamente capaz de limpar o apartamento, fazer as compras, alimentar a menina, levá-la e buscá-la a pé no jardim de infância. Talvez seja capaz também de pagar as contas. Do que não é capaz é de enfrentar o homem que até recentemente era seu patrão e a quem ainda se refere como *o patrão*. O trabalho em que se engajou é, na verdade, de guarda, guarda do apartamento e de seu conteúdo contra o homem que até recentemente morava aqui.

No primeiro dia de junho, chama um táxi e se muda, com seu baú e sua mala, dos arredores desbotados da Archway Road para a discreta elegância de Hampstead.

O apartamento é amplo e arejado; o sol entra em jorros pelas janelas; há tapetes brancos macios, estantes cheias de livros de aparência promissora. Muito diferente do que tem visto até agora em Londres. Não acredita na sorte que teve.

Enquanto ele desfaz as malas, a menininha, seu novo encargo, fica parada na porta do quarto observando cada movimento dele. Nunca antes teve de cuidar de uma criança. Como, em certo sentido, é jovem, terá um vínculo natural com crianças? Devagar, suavemente, com seu sorriso mais simpático, fecha a porta. Depois de um momento, ela abre a porta de novo e continua a inspecioná-lo com gravidade. *Minha casa*, parece dizer. *O que você está fazendo na minha casa?*

O nome da menina é Fiona. Ela tem cinco anos de idade. Mais tarde, nesse mesmo dia, faz um esforço para se aproximar dela. Na sala, onde ela está brincando, ajoelha-se e acaricia um gato, um imenso e preguiçoso macho castrado. O gato tolera seus carinhos, como parece tolerar todas as atenções.

"O gatinho quer leite?", pergunta. "Vamos dar leite para o gatinho?"

A menina não se mexe, parece não ouvir o que ele diz.

Ele vai à geladeira, põe leite na tigela do gato, traz a tigela e coloca na frente do gato. O gato cheira o leite frio, mas não bebe.

A menina está enrolando um cordão em suas bonecas, enfiando todas numa sacola de lavanderia e tirando de novo. Se é uma brincadeira, é uma brincadeira cujo sentido ele não entende.

"Como se chamam suas bonecas?", pergunta.

Ela não responde.

"Como é o nome da bruxinha? É Bru?"

"Não é uma bruxinha", a menina diz.

Ele desiste. "Agora tenho de trabalhar", diz, e se retira.

Foi instruído a chamar a babá de Theodora. Theodora ainda tem de revelar o nome que usará para ele: certamente não o *patrão*. Ela ocupa um quarto no final do corredor, ao lado do quarto da menina. Ficou entendido que esses dois quartos e a lavanderia são seu território. A sala é território neutro.

Theodora tem, ele calcula, seus quarenta anos. Está a serviço dos Merrington desde a última estada deles em Malauí. O ex-marido esquentado é antropólogo; os Merrington estiveram na terra de Theodora numa expedição, registrando música tribal e coletando instrumentos. Theodora logo se tornou, nas palavras de mrs. Merrington, "não só uma ajudante na casa, mas uma amiga". Foi trazida a Londres por causa do forte laço que estabeleceu com a criança. Todo mês, ela envia para casa seu salário, que mantém seus próprios filhos alimentados, vestidos e na escola.

E agora, de repente, um estranho com metade da idade desse tesouro foi encarregado do território dela. Por seu comportamento, por seus silêncios, Theodora dá a entender que se ressente de sua presença.

Não a culpa por isso. A questão é a seguinte: existe alguma coisa mais que orgulho ferido por trás desse ressentimento? Ela deve saber que não é inglês. Não gosta da pessoa dele como sul-africano, como branco, como africânder? Deve saber como são os africânderes. Há africânderes — homens barrigudos, de nariz vermelho, que usam bermuda e chapéu, mulheres gorduchas com vestidos sem forma — por toda a África, na Rodésia, em Angola, no Quênia, decerto em Malauí. Dá para fazer alguma coisa para ela entender que não é um deles, que deixou a África do Sul, que está decidido a deixar a África do Sul para trás para sempre? *A África pertence a você, é sua, para fazer o que quiser*: se lhe dissesse isso, assim, do nada, ali na mesa da cozinha, será que ela mudaria de ideia a seu respeito?

A África é sua. O que lhe parecia perfeitamente natural enquanto ainda chamava o continente de sua terra, parece mais e mais ridículo da perspectiva da Europa: que um punhado de holandeses tenham atracado na praia de Woodstock e se declarado proprietários de uma terra estrangeira na qual nunca haviam posto os olhos antes; que seus descendentes hoje considerem essa terra como sua por direito de nascimento. Duplamente absurdo, uma vez que o primeiro grupo a desembarcar entendera errado as ordens, ou escolhera entender errado essas ordens. As ordens eram para fazer uma horta e cultivar espinafre e cebola para a frota das Índias Orientais. Dois acres, três acres, cinco acres, no máximo: só isso era preciso. Nunca houve intenção de roubar a melhor parte da África. Se tivessem apenas obedecido às ordens, ele não estaria aqui, nem Theodora. Theodora estaria alegremente pilando painço sob os céus de Malauí, e ele estaria — onde? Estaria sentado a uma mesa num escritório na chuvosa Rotterdam, somando números num caderno.

Theodora é uma mulher gorda, gorda em todos os detalhes, da cara bochechuda aos tornozelos inchados. Andando, oscila de um lado para outro, fungando com o esforço. Em casa, usa chinelos; quando leva a menina para a escola toda manhã, aperta os pés dentro do tênis, veste um casaco preto comprido e põe um gorro de tricô. Trabalha seis dias por semana. Aos domingos, vai à igreja, mas passa o resto do dia de descanso em casa. Nunca usa o telefone; parece não ter um círculo social. O que faz quando está sozinha, ele não consegue adivinhar. Não se aventura a entrar no quarto dela ou no da menina, mesmo quando elas não estão no apartamento: espera que em troca não venham remexer no seu quarto.

Entre os livros dos Merrington há um in-fólio de imagens pornográficas da China imperial. Homens com chapéus de formas esquisitas abrem a roupa e apontam pênis grosseiramente distendidos para a genitália de minúsculas mulheres que com toda a boa vontade abrem e levantam as pernas. As mulheres são pálidas e macias, como larvas; as perninhas fracas parecem apenas coladas ao abdome. As chinesas serão ainda assim, imagina, quando tiram a roupa, ou será que a reeducação e o trabalho nos campos lhes deram corpos adequados, pernas adequadas? Que chance existe de um dia ele descobrir isso?

Como conseguiu moradia grátis fingindo ser um profissional confiável, precisa sustentar a mentira de que tem um emprego. Levanta-se cedo, mais cedo que de costume, para tomar o café da manhã antes que Theodora e a menina comecem a se movimentar. Em seguida se fecha em seu quarto. Quando

Theodora volta, depois de levar a menina à escola, sai do apartamento, ostensivamente para ir trabalhar. De início, até veste o terno preto, mas logo relaxa essa parte do engano. Volta para casa às cinco horas, às vezes às quatro.

É uma sorte ser verão, não estar restrito ao Museu Britânico, às livrarias e cinemas, mas poder passear pelos parques públicos. Devia ser mais ou menos assim que seu pai vivia nos longos períodos em que ficava sem trabalho: vagando pela cidade com a roupa de escritório ou sentado em bares olhando os ponteiros do relógio, esperando uma hora decente para voltar para casa. Será que vai acabar se revelando filho do pai? Até onde vai, dentro dele, esse traço de fraqueza? Acabará se revelando um bêbado também? É preciso determinado temperamento para virar bêbado?

A bebida de seu pai era o conhaque. Experimentou conhaque uma vez, mas não se lembra de nada além de um gosto metálico, desagradável. Na Inglaterra, as pessoas bebem cerveja, de que ele não gosta por ser amarga. Já que não gosta de bebida, estará livre, vacinado contra o destino de bêbado? Haverá outras maneiras, ainda insuspeitadas, do pai se manifestar em sua vida?

O ex-marido não demora muito a aparecer. É domingo de manhã, ele cochila na cama grande, confortável, quando de repente se ouve a campainha e o raspar da chave. Salta da cama, xingando a si mesmo. "Olá, Fiona, Theodora!", soa uma voz. Ouvem-se ruídos, pés correndo. Depois, sem nem um toque, a porta do quarto se abre, e os dois estão a examiná-lo, o homem com a menina no colo. Ele mal conseguiu vestir a calça. "Ora, ora!", diz o homem, "o que temos aqui?"

É uma daquelas expressões que os ingleses usam — um policial inglês, por exemplo, ao pegar alguém num ato culposo.

Fiona, que podia explicar o que temos aqui, escolhe não falar nada. Em vez disso, pendurada nos braços do pai, olha para ele com indisfarçada frieza. É filha do pai: os mesmos olhos frios, a mesma fronte.

"Estou cuidando do apartamento na ausência de mrs. Merrington", ele diz.

"Ah, sei", diz o homem, "o sul-africano. Tinha esquecido. Deixe me apresentar. Richard Merrington. Eu era o senhor do castelo por aqui. O que está achando de tudo? Acostumando bem?"

"Estou, sim, estou bem."

"Ótimo."

Theodora aparece com o casaco e as botas da menina. O homem deixa a filha escorregar de seus braços. "E faça xixi também", diz a ela, "antes da gente ir para o carro."

Theodora e a menina saem. Os dois ficam sozinhos, ele e esse homem bonito, bem-vestido, em cuja cama estava dormindo.

"E quanto tempo planeja ficar?", pergunta o homem.

"Só até o fim do mês."

"Não, quero dizer quanto tempo neste país."

"Ah, definitivamente. Eu deixei a África do Sul."

"As coisas estão muito ruins lá, não é?"

"Estão, sim."

"Até para brancos?"

Como alguém responde a uma pergunta dessas? *A pessoa se retira, para não morrer de vergonha? A pessoa se retira para escapar do cataclismo iminente?* Por que palavras grandes soam tão deslocadas neste país?

"É", diz ele. "Pelo menos, eu acho que sim."

"Isso me faz lembrar", diz o homem. Atravessa a sala até a estante de discos, mexe neles, retira um, dois, três.

Foi exatamente disso que ele foi alertado, é exatamente

o que não deve permitir que aconteça. "Desculpe", diz, "mrs. Merrington me pediu especificamente..."

O homem endireita toda a sua altura e o encara. "Diana pediu especificamente o quê?"

"Que eu não deixasse sair nada do apartamento."

"Bobagem. Estes discos são meus, ela não precisa deles." Friamente, retoma a busca, retirando mais alguns discos. "Se não acredita, telefone para ela."

A criança entrou pisando forte no quarto, com botas pesadas. "Pronta para ir, está, minha querida?", diz o homem. "Até logo. Espero que corra tudo bem. Até logo, Theodora. Não se preocupe, voltamos antes da hora do banho." E, levando a filha e os discos, ele vai embora.

16.

Chega uma carta da mãe. Seu irmão comprou um carro, escreve ela, um MG todo batido. Em vez de estudar, seu irmão agora passa o tempo todo arrumando o carro, tentando fazê-lo andar de novo. Tem novos amigos também, que não apresenta a ela. Um deles parece chinês. Ficam todos sentados na garagem, fumando. Ela desconfia que os amigos trazem bebida. Está preocupada. O irmão está no mau caminho; como ela pode salvá-lo?

De sua parte, ele fica intrigado. Então seu irmão está finalmente começando a se libertar dos braços da mãe. Mas que estranho caminho escolheu: mecânica de automóveis! Será que o irmão realmente sabe consertar um carro? Onde aprendeu? Sempre se achou, dos dois, o melhor com as mãos, o mais dotado de senso mecânico. Estaria errado sobre isso o tempo todo? O que mais seu irmão tem escondido na manga?

Há mais notícias na carta. Sua prima Ilse e uma amiga chegarão brevemente à Inglaterra, a caminho de um acampamento na Suíça. Será que poderia mostrar-lhes um pouco de Londres? Ela fornece o endereço da hospedaria em Earls Court onde vão ficar.

Espanta-se de que, mesmo depois de tudo o que disse à mãe, ela ainda ache que ele quer ter contato com sul-africanos, e com a família de seu pai em particular. Não põe os olhos em Ilse desde que eram crianças. O que pode ter em comum com ela, uma garota que foi à escola no fim do mundo e não consegue pensar em nada melhor para fazer numa viagem de férias à Europa — férias sem dúvida pagas pelos pais — do que andar a pé pela *gemütliche* [aconchegante] Suíça, país que em toda a sua história não deu origem a nenhum grande artista.

Porém, agora que seu nome foi mencionado, não consegue tirar Ilse da cabeça. Lembra-se dela como uma menina comprida, rápida na corrida, com os longos cabelos loiros presos num rabo de cavalo. Agora deve estar com pelo menos dezoito anos. Em que será que se transformou? E se toda aquela vida ao ar livre fez dela, mesmo que por um brevíssimo momento, uma beldade? Porque já viu esse fenômeno muitas vezes entre crianças de fazenda: uma primavera de perfeição física antes de a grosseria e a aspereza começarem a transformá-las em cópias dos pais. Deveria realmente dizer não à chance de andar pelas ruas de Londres com uma alta caçadora ariana a seu lado?

Em sua fantasia, ele reconhece uma picada erótica. O que existe em suas primas, na mera ideia delas, que desperta seu desejo? Será simplesmente o fato de serem proibidas? É assim que opera o tabu: criando o desejo por meio da proibição? Ou a gênese de seu desejo é menos abstrata: lembranças de lutas, menina contra menino, corpo a corpo, guardadas desde a infância e liberadas agora numa onda de sensação sexual? Isso, talvez, e a promessa de facilidade, de tranquilidade: duas pessoas com uma história em comum, um país, uma família, uma intimidade consanguínea anterior à primeira palavra. Não são necessárias apresentações nem atrapalhações.

Deixa um recado no endereço de Earls Court. Uns dias depois, um telefonema: não de Ilse, mas da amiga, da acompanhante, falando mal o inglês, errando nos *is* e *are*. Tem más notícias: Ilse está doente, com gripe que virou pneumonia. Está numa clínica de Bayswater. Os planos de viagem estão suspensos até ela melhorar.

Vai visitar Ilse na clínica. Todas as esperanças caem por terra. Ela não é bonita, nem alta, apenas uma garota comum de cara redonda com cabelo de rato, que chia quando fala. Não a beija ao cumprimentar, temendo a contaminação.

A amiga também está no quarto. O nome dela é Marianne; é pequena e gordinha; usa calça de veludo cotelê, botas, e exsuda boa saúde. Por um momento falam inglês, por fim ele cede e muda para a língua da família, para africânder. Embora não fale africânder há anos, sente-se imediatamente relaxado, como se escorregasse para dentro de um banho quente.

Esperava poder mostrar seu conhecimento de Londres. Mas a Londres que Ilse e Marianne querem ver não é a Londres que ele conhece. Não sabe dizer nada sobre o Madame Tussaud, a Torre, St. Paul, não visitou nada disso. Não faz ideia de como chegar a Stratford-on-Avon. O que consegue informar a elas — quais os cinemas que passam filmes estrangeiros, quais as melhores livrarias para quê —, elas não têm interesse em saber.

Ilse está tomando antibiótico; precisará de dias para voltar ao normal. Enquanto isso, Marianne está perdida. Ele sugere um passeio pela margem do Tâmisa. De botas de esqui, com seu cabelo de corte prático, Marianne de Ficksburg fica deslocada entre as modernas garotas de Londres, mas não parece se importar. Tampouco se importa que as pessoas a ouçam falando africânder. Quanto a ele, preferiria que ela baixasse a voz. Falar africânder neste país, gostaria de lhe dizer, é como falar nazista, se existisse essa língua.

Errou na idade delas. Não são nada crianças: Ilse tem vinte anos, Marianne, vinte e um. Estão no último ano da Universidade do Estado Livre de Orange, ambas estudam serviço social. Ele não manifesta uma opinião, mas na sua cabeça serviço social — ajudar velhinhas com as compras — não é matéria que uma universidade de verdade devesse ensinar.

Marianne nunca ouviu falar de programação de computador e não tem curiosidade a respeito. Mas pergunta quando voltará, como diz ela, para casa, *tuis*.

Ele não sabe, responde. Talvez nunca. Não está preocupada com o rumo que a África do Sul está tomando?

Ela faz um movimento de cabeça. A África do Sul não está tão mal quanto pintam os jornais ingleses, diz. Negros e brancos se dariam bem se ninguém interferisse. De qualquer forma, não está interessada em política.

Convida-a para ver um filme no Everyman. É o *Bande à part* [Uma gangue diferente], de Godard, que ele já viu mas poderia ver muitas vezes mais, uma vez que é com Anna Karina, por quem está muito apaixonado agora, como estava por Monica Vitti um ano antes. Como não é um filme difícil, pelo menos não obviamente difícil, apenas uma história sobre uma gangue de criminosos incompetentes, amadores, não vê razão para que Marianne não goste.

Marianne não é de reclamar, mas durante todo o filme pode perceber que ela está agitada a seu lado. Quando dá uma olhada, ela está mexendo nas unhas, sem olhar para a tela. Gostou?, pergunta depois. Não consegui entender sobre o que era o filme, ela responde. Acontece que ela nunca tinha visto um filme com legendas.

Leva-a de volta para o apartamento dele, ou para o apartamento que é dele por enquanto, para tomar um café. São quase onze horas; Theodora já foi para a cama. Sentam-se de pernas cruzadas no grosso tapete da sala, com a porta fechada, falando baixinho. Ela não é prima dele, mas amiga da prima, está longe de casa, e um ar de ilegitimidade paira, excitante, em torno dela. Dá-lhe um beijo; ela parece não se importar de ser beijada. Face a face se estendem no tapete; ele começa a desabotoar, desamarrar, abrir o zíper dela. O último trem para o sul é às onze e meia. Ela com certeza vai perdê-lo.

Marianne é virgem. Descobre isso quando por fim a tem nua na grande cama de casal. Nunca foi para a cama com uma virgem antes, nunca sequer pensou na virgindade como um estado físico. Agora aprende a lição. Marianne sangra quando fazem amor e continua sangrando depois. Com risco de acordar a empregada, ela tem de ir ao banheiro se lavar. Enquanto está lá, ele acende a luz. Há sangue nos lençóis, sangue por todo o seu corpo. Os dois estavam — vem-lhe a visão desagradável — chafurdando em sangue, como porcos.

Ela volta com uma toalha de banho enrolada no corpo. "Tenho de ir embora", diz. "O último trem já partiu", ele responde. "Por que não passa a noite aqui?"

O sangramento não para. Marianne dorme com a toalha, que vai ficando cada vez mais molhada, enfiada entre as pernas. Ele fica acordado ao lado dela, aflito. Deveria chamar uma ambulância? Pode fazer isso sem acordar Theodora? Marianne não parece estar preocupada, mas pode estar só fingindo, por causa dele? E se for inocente demais ou confiante demais para avaliar o que está acontecendo?

Ele está convencido de que não vai dormir, mas dorme. É despertado por vozes e pelo som de água correndo. São cinco horas; os pássaros já cantam nas árvores. Tonto, ele se levanta e escuta na porta: a voz de Theodora, depois a de Marianne. O que dizem, não consegue ouvir, mas não devem estar falando bem dele.

Retira a roupa de cama. O sangue empapou até o colchão, deixando uma mancha enorme, irregular. Cheio de culpa, de raiva, vira o colchão. É só uma questão de tempo até descobrirem a mancha. Já terá ido embora então, terá de garantir isso.

Marianne volta do banheiro usando um robe que não é dela. Fica chocada com seu silêncio, com seu mau humor. "Você não me disse nada", diz. "Por que eu não falaria com ela? É uma senhora muito boa. Uma boa *aia*."

Ele pede um táxi por telefone, depois fica propositadamente esperando na porta enquanto ela se veste. Quando o táxi chega, ele recusa o abraço dela, põe uma nota de uma libra em sua mão. Ela olha para ele, perplexa. "Tenho dinheiro", diz. Ele dá de ombros, abre-lhe a porta do táxi.

Durante os dias restantes de sua permanência, evita Theodora. Sai cedo de manhã, volta tarde. Se há recados para ele, prefere ignorar. Quando foi para o apartamento, assumiu a responsabilidade de protegê-lo do marido e estar sempre disponível. Falhou em sua empresa uma vez, e está falhando de novo, mas não se importa. O sexo perturbador, as mulheres sussurrantes, os lençóis ensanguentados, o colchão manchado: gostaria de deixar toda essa história vergonhosa para trás, virar essa página.

Abafando a voz, telefona para a hospedaria em Earls Court e pede para falar com a prima. Ela foi embora, dizem, ela e a amiga. Desliga o telefone e relaxa. Estão seguramente longe, não terá de encará-las de novo.

Resta a questão do que fazer com o episódio, como encaixá-lo na história de vida que conta a si mesmo. Comportou-se de maneira desonrosa, não há dúvida quanto a isso, se comportou como um calhorda. A palavra pode parecer antiquada, mas é exata. Merece que o esbofeteiem, que cuspam nele. Na ausência de alguém para lhe aplicar os bofetões, não tem a menor dúvida de que vai atormentar a si mesmo. *Agenbyte of inwit* [Remorsos de consciência]. Que esse então seja seu contrato com os deuses: ele mesmo se castigará e em troca esperará que a história de seu comportamento calhorda não venha à tona.

Mas que importa se a história vier à tona? Ele pertence a dois mundos hermeticamente fechados um para o outro. No mundo da África do Sul, não é mais que um fantasma, uma espiral de fumaça depressa se esfumando, logo terá desaparecido para sempre. Quanto a Londres, é praticamente desconhecido aqui. Já começou a procurar novas acomodações. Quando encontrar um quarto, interromperá o contato com Theodora e com a família Merrington e desaparecerá no mar do anonimato.

Há mais coisas na história infeliz, porém, do que a mera vergonha. Veio a Londres para fazer o que é impossível na África do Sul: explorar as profundezas. Sem descer ao fundo, ninguém pode ser artista. Mas o que exatamente é esse fundo? Achara que caminhar pelas ruas geladas, o coração amortecido de solidão, era estar no fundo. Mas talvez o verdadeiro fundo seja diferente e venha de forma inesperada: numa chama de perversidade contra uma garota nas primeiras horas da manhã, por exemplo. Talvez a profundeza onde quer mergulhar tenha estado dentro dele o tempo todo, encerrada em seu peito: a profundeza da frieza, da insensibilidade, da calhordice. Dar rédea solta a seus pendores, a seus vícios, e depois atormentar a si mesmo, como faz agora, ajuda a qualificá-lo para ser um artista? Não consegue, neste momento, ver como.

Pelo menos o episódio está encerrado, definitivamente encerrado, legado ao passado, selado na memória. Mas isso não é verdade, não inteiramente. Chega uma carta com carimbo de Lucerna. Sem pensar duas vezes, abre e começa a ler. Está escrita em africânder. "Caro John, achei que devia informar você que estou bem. Marianne também está bem. De início, ela não entendeu por que você não telefonou, mas depois de algum tempo se animou, e estamos nos divertindo. Ela não quer escrever, mas achei que eu devia escrever mesmo assim, para dizer que espero que você não trate todas as garotas assim, nem em Londres. Marianne é uma pessoa especial, não merece esse tipo de tratamento. Devia pensar duas vezes sobre a vida que está levando. Sua prima, Ilse."

Nem em Londres. O que ela quer dizer? Que mesmo pelos padrões de Londres ele se comportou muito mal? O que Ilse e sua amiga, recém-saídas do Estado Livre de Orange, sabem sobre Londres e seus padrões? *Londres piora*, ele quer dizer. *Se você ficasse um pouco, em vez de fugir para os cincerros e as campinas, descobriria isso sozinha.* Mas não acredita de fato que a culpa seja de Londres. Leu Henry James. Sabe como é fácil ser mau, como basta relaxar para a maldade vir à tona.

Os momentos mais ferinos da carta estão no começo e no fim. *Caro John* não é jeito de se dirigir a um membro da família, é o jeito de se dirigir a um estranho. E *Sua prima, Ilse*: quem haveria de pensar que uma garota do campo fosse capaz de um tal ímpeto narrativo?

Durante dias e semanas, mesmo depois de ter amassado e jogado fora a carta da prima, continua assombrado por ela — não pelas palavras reais da página, que logo conseguiu apagar da cabeça, mas pela lembrança do momento em que, apesar de ter notado o selo suíço e a caligrafia arredondada e infantil, abriu o envelope e leu. Que tolo! O que estava esperando: loas de agradecimento?

Não gosta de más notícias. Acima de tudo não gosta de más notícias a respeito de si mesmo. *Já sou bastante duro comigo mesmo*, diz consigo; *não preciso da ajuda de ninguém.* É um truque sofista a que recorre uma vez ou outra quando quer fechar os ouvidos às críticas. Ele aprendeu sua utilidade quando Jacqueline, da perspectiva de uma mulher de trinta anos, lhe deu sua opinião sobre ele como amante. Agora, assim que um relacionamento começa a ficar sem gás, ele se retira. Abomina cenas, explosões de raiva, verdades íntimas ("Quer saber a verdade sobre você?"), e faz tudo o que pode para escapar disso. O que é a verdade afinal? Se ele é um mistério para si mesmo, como pode ser algo diferente de um mistério para os outros? Está pronto a oferecer um pacto às mulheres de sua vida: se o tratarem como um mistério, ele as tratará como um livro fechado. Nessa base, e só nessa base, é possível negociar.

Não é tolo. Como amante, sua folha não é nada notável, e ele sabe disso. Nunca provocou no coração de uma mulher o que se chamaria de paixão grandiosa. Na verdade, olhando para trás, não se lembra de ser objeto de uma paixão, de uma paixão verdadeira, de nenhum grau. Isso deve revelar algo a seu respeito. Quanto ao sexo em si, estritamente falando, o que ele provê, desconfia, é bastante escasso; e o que recebe de volta é escasso também. Se alguém tem a culpa, é ele mesmo. Pois, na medida em que lhe falta ânimo, em que se preserva, por que a mulher não haveria de se preservar também?

Sexo é a medida de todas as coisas? Se fracassa no sexo, fracassa em todo o teste da vida? As coisas seriam mais fáceis se isso não fosse verdade. Mas, quando olha em torno, não vê ninguém que não se apavore com o sexo, a não ser, talvez, alguns dinossauros, remanescentes da era vitoriana. Mesmo Henry James, na superfície tão respeitável, tão vitoriano, tem páginas em que sombriamente insinua que tudo, afinal, é sexo.

De todos os escritores que acompanha, Pound é aquele em quem mais confia. Em Pound a paixão é plena — a dor da falta, o fogo da consumação —, mas é paixão imperturbada, sem um lado escuro. Qual é a chave para a equanimidade de Pound?

Será que, como devoto dos deuses gregos em vez do deus judeu, ele é imune à culpa? Ou estará Pound tão embebido na grande poesia que seu físico está em harmonia com as emoções, uma harmonia que se comunica de imediato às mulheres e abre o coração delas para ele? Ou, ao contrário, o segredo de Pound é simplesmente uma certa vivacidade no conduzir a vida, uma vivacidade atribuível a uma criação americana, mais que aos deuses ou à poesia, bem recebida pelas mulheres como sinal de que o homem sabe o que quer e de modo firme, mas carinhoso, se encarregará de saber para onde ela e ele estão indo? É isso que as mulheres querem: ser cuidadas, ser conduzidas? É por isso que os dançarinos seguem o código que seguem, os homens conduzindo, as mulheres acompanhando?

Sua própria explicação para os fracassos no amor, agora velha e cada vez menos confiável, é que ainda tem de encontrar a mulher certa. A mulher certa enxergará, através da superfície opaca que ele apresenta ao mundo, as profundezas interiores; a mulher certa destravará as intensidades ocultas de paixão dentro dele. Até a chegada dessa mulher, até o dia destinado, ele está só passando o tempo. Por isso Marianne pode ser ignorada.

Uma questão ainda o atormenta e se recusa a ir embora. Será que a mulher que destravará as reservas de paixão dentro dele, se existir, libertará também o fluxo bloqueado da poesia; ou, ao contrário, depende dele próprio se transformar em poeta e assim provar-se digno do amor dela? Seria bom se a primeira hipótese fosse verdadeira, mas desconfia que não é. Assim como se apaixonou à distância por Ingeborg Bachmann de um jeito e por Anna Karina de outro, assim também, desconfia, a predestinada terá de conhecê-lo por suas obras, se apaixonar por sua arte antes de ser tola a ponto de se apaixonar por ele.

17.

Recebe do professor Guy Howarth, supervisor de sua tese na Cidade do Cabo, uma carta pedindo que cumpra algumas tarefas acadêmicas. Howarth está trabalhando numa biografia do dramaturgo do século XVII, John Webster: quer que ele faça cópias de certos poemas da coleção de manuscritos do Museu Britânico, os quais podem ter sido escritos por Webster na juventude, e, já que estará com a mão na massa, de qualquer poema manuscrito que encontrar com a assinatura "I. W." e que pareça ter sido escrito por Webster.

Embora os poemas que se vê lendo não sejam de nenhuma qualidade especial, fica lisonjeado com a missão, com a insinuação de que será capaz de reconhecer o autor d'*A duquesa de Malfi* apenas por seu estilo. Com Eliot aprendeu que o teste do crítico é sua habilidade de fazer discriminações finas. Com Pound aprendeu que o crítico tem de ser capaz de identificar a voz do mestre autêntico em meio ao blá-blá-blá da mera moda. Se não pode tocar piano, pode ao menos, quando liga o rádio, diferenciar Bach de Telemann, Haydn de Mozart, Beethoven de Spohr, Bruckner de Mahler; se não pode escrever, possui ao menos um ouvido que Eliot e Pound aprovariam.

A questão é a seguinte: Ford Madox Ford, com quem tem gastado tanto tempo, é um autêntico mestre? Pound promove Ford como único herdeiro de Henry James e Flaubert na Inglaterra. Mas Pound teria tanta certeza se tivesse lido toda a obra de Ford? Se Ford era um escritor tão bom, por que, misturado aos seus cinco bons romances, há tanto lixo?

Embora deva escrever sobre a ficção de Ford, acha os romances menores de Ford menos interessantes que seus livros sobre a França. Para Ford, não pode haver felicidade maior do que passar um dia ao lado de uma boa mulher numa casa ensolarada no sul da França, com uma oliveira nos fundos e um bom *vin de pays* no porão. A Provença, diz Ford, é o berço de tudo o que é gracioso, lírico e humano na civilização europeia; quanto às mulheres da Provença, com seu temperamento fogoso e beleza aquilina, diante delas se envergonham as mulheres do norte.

Deve-se dar crédito a Ford? Ele próprio jamais verá a Provença? As fogosas mulheres provençais prestarão atenção nele, com sua notável falta de fogo?

Ford diz que a civilização da Provença deve sua leveza e graça à dieta de peixe, azeite de oliva e alho. Em suas novas acomodações em Highgate, por deferência a Ford, compra palitos de peixe em vez de linguiça, frita-os em azeite de oliva em vez de fritá-los na manteiga, polvilha-os com sal de alho.

A tese que está escrevendo não terá nada de novo a dizer sobre Ford, isso já ficou claro. Porém, não quer abandoná-la. Desistir das coisas ao estilo de seu pai. Não vai ser como seu pai. Então começa a tarefa de reduzir centenas de páginas de anotações em caligrafia minúscula a uma trama de prosa fluente.

Nos dias em que, sentado na grande sala de leitura abobadada, encontra-se exausto ou entediado demais para continuar escrevendo, permite-se o luxo de mergulhar em livros sobre a África do Sul dos velhos tempos, livros que só se encontram em grandes bibliotecas, memórias de visitantes do Cabo como Dapper, Kolbe, Sparrman, Barrow e Burchell, publicados na Holanda, Alemanha ou Inglaterra há duzentos anos.

Dá-lhe uma sensação fantasmagórica estar sentado em Londres lendo sobre ruas — Waalstraat, Buitengracht, Buitencingel — pelas quais, de todas as pessoas à sua volta com a cabeça afundada em livros, só ele caminhou. Porém, mais que os relatos sobre a velha Cidade do Cabo, o cativam as histórias de expedições ao interior, passeios de reconhecimento em carro de boi pelo deserto do Grande Karoo, onde um viajante pode seguir durante dias sem pousar os olhos em vivalma. Zwartberg, Leeuwrivier, Dwyka: é sobre seu país, o país de seu coração, que está lendo.

Patriotismo: é isso que está começando a afligi-lo? Está descobrindo que é incapaz de viver sem um país? Tendo sacudido dos pés a poeira da feia nova África do Sul, deseja agora a África do Sul dos velhos tempos, quando o Éden ainda era possível? Esses ingleses à sua volta sentem o mesmo pulsar no coração quando há menção de Rydal Mount ou Baker Street num livro? Ele duvida. Este país, esta cidade, estão agora envoltos em séculos de palavras. Os ingleses não acham absolutamente estranho pisarem as pegadas de Chaucer ou Tom Jones.

A África do Sul é diferente. Não fosse por esse punhado de livros, não poderia ter certeza de não ter sonhado o Karoo de ontem. Por isso é que se debruça sobre Burchell em particular, sobre seus dois pesados volumes. Burchell pode não ter sido um mestre como Flaubert ou James, mas o que Burchell escreve aconteceu de fato. Bois de verdade conduziram a ele e a seus estojos de espécimes botânicos de parada em parada pelo Grande Karoo; estrelas de verdade cintilaram sobre a cabeça dele e a de seus homens enquanto dormiam. Fica tonto só de pensar nisso. Burchell e seus homens podem estar mortos, e suas carroças, transformadas em pó, mas viveram de verdade, suas viagens foram viagens reais. A prova é o livro que tem nas mãos, o livro chamado abreviadamente de *Burchell's Travels* [As viagens de Burchell], especificamente o exemplar depositado no Museu Britânico.

Se *Burchell's Travels* comprova a realidade das viagens de Burchell, por que outros livros não tornariam reais outras viagens, viagens que são ainda apenas hipotéticas? A lógica é, evidentemente, falsa. Mesmo assim, gostaria de fazer isso: escrever um livro tão convincente quanto o de Burchell e depositá-lo nesta biblioteca que define todas as bibliotecas. Se, para tornar esse livro convincente, for preciso haver uma lata de graxa balançando debaixo do leito da carroça enquanto ela se sacode pelas pedras do Karoo, ele fará a lata de graxa. Se for preciso haver cigarras chiando na árvore debaixo da qual param ao meio-dia, ele fará as cigarras. O ranger da lata de graxa, o chiado das cigarras — isso ele tem certeza de que é capaz de produzir. A parte difícil será dar ao todo a aura que penetrará nas estantes e assim na história do mundo: a aura da verdade.

Não é uma falsificação que está considerando. As pessoas tentaram esse caminho antes: fingiram achar, numa arca num sótão numa casa de campo, um diário, amarelecido pelo tempo, manchado de umidade, descrevendo uma expedição aos desertos da Tartária ou aos territórios do Grão-Mogol. Enganos desse tipo não o interessam. O desafio que enfrenta é puramente literário: escrever um livro cujo horizonte de conhecimento seja o da época de Burchell, os anos 1820, mas cuja reação ao mundo em torno seja viva de um jeito que Burchell, apesar de sua energia, inteligência, curiosidade e *sang-froid*, não podia ser porque era um inglês num país estranho, a mente meio ocupada com Pembrokeshire e as irmãs que havia deixado lá.

Terá de se escolar para escrever de dentro dos anos 1820. Antes de conseguir trazer isso para fora, terá de saber menos do que agora sabe; terá de esquecer coisas. Porém, antes que possa esquecer, terá de saber o que esquecer; antes de poder saber menos, terá de saber mais. Onde encontrará o que precisa saber? Não tem nenhuma formação como historiador, e o que procura não estará mesmo nos livros de história, uma vez que pertence à esfera do mundano, um mundano tão comum como o ar que se respira. Onde encontrará o conhecimento comum de um mundo passado, um conhecimento humilde demais para saber que é conhecimento?

18.

O que acontece em seguida acontece depressa. Na correspondência em cima da mesa da entrada aparece um envelope pardo marcado OHMS, endereçado a ele. Leva-o para o quarto e o abre com o coração pesado. Tem vinte e um dias, diz a carta, para renovar a licença de trabalho; no descumprimento disso, a permissão para residir no Reino Unido será retirada. Pode renovar a permissão apresentando-se, com passaporte e um formulário I-48, preenchido pelo empregador, no Departamento do Interior da Holloway Road, em qualquer dia da semana, no horário das nove ao meio-dia e meia e de uma e meia às quatro da tarde.

Então a IBM o traiu. A IBM comunicou ao Departamento do Interior que ele havia deixado o emprego.

O que fazer? Tem dinheiro suficiente para uma passagem de ida para a África do Sul. Mas é inconcebível aparecer na Cidade do Cabo como um cachorro com o rabo entre as pernas, derrotado. O que existe para ele na Cidade do Cabo afinal? Retomar a monitoria na universidade? Quanto tempo isso pode durar? Agora já está velho demais para bolsas de estudos, estaria competindo com estudantes mais jovens, com fichas melhores. O fato é que, se voltar para a África do Sul, nunca mais vai escapar. Vai ser como aquelas pessoas que se reúnem na praia de Clifton à noite para beber vinho e conversar sobre os velhos tempos em Ibiza.

Se quer ficar na Inglaterra, há dois caminhos que vê abertos para si. Pode cerrar os dentes e tentar dar aulas de novo; ou pode voltar à programação de computadores.

Há uma terceira opção, hipotética. Pode deixar seu atual endereço e se dissolver na massa. Pode ir colher lúpulo em Kent (não precisa de papéis para isso), trabalhar em construção. Pode dormir em albergues da juventude, em cocheiras. Mas sabe que não fará nada disso. É incompetente demais para levar uma vida fora da lei, comportado demais, medroso demais de ser pego.

As listas de empregos nos jornais estão cheias de propostas para programador de computador. Não há programadores que bastem para a Inglaterra. A maioria é para departamentos de folha de pagamento. Esses ele ignora, respondendo apenas às próprias companhias de computadores, as rivais, grandes e pequenas, da IBM. Dias depois, fez uma entrevista com a International Computers e, sem hesitar, aceitou a oferta deles. Está exultante. Empregado de novo, seguro, não vai ser mandado embora do país.

Mas há um porém. Embora o escritório central da International Computers seja em Londres, o trabalho para o qual o querem é fora, no campo, em Berkshire. Chegar até lá exige uma viagem a Waterloo, seguida de uma hora de trem, depois ônibus. Não será possível viver em Londres. É de novo a história de Rothamsted.

A International Computers se dispõe a adiantar aos novos

empregados o pagamento da entrada de uma casa adequadamente modesta. Em outras palavras, com uma assinatura pode se tornar proprietário (ele! proprietário!) e ao mesmo tempo comprometer-se com os pagamentos da hipoteca, que o ligarão a esse emprego pelos próximos dez ou quinze anos. Em quinze anos, será um velho. Uma única decisão precipitada, e terá renunciado à sua vida, renunciado a todas as chances de se tornar um artista. Com uma pequena casa própria numa fileira de casas de tijolo vermelho, será absorvido na classe média britânica, sem deixar traço. Todo o necessário para completar o quadro será uma esposa e um carro.

Arruma uma desculpa para não assinar o empréstimo da casa. Em vez disso, assina o arrendamento de um apartamento no andar superior de uma casa nos limites da cidade. O dono da casa é um ex-oficial do exército, agora corretor de imóveis, que gosta que se dirijam a ele como major Arkwright. Explica ao major Arkwright o que são computadores, o que é programação de computador, que carreira sólida isso oferece ("Haverá uma imensa expansão da indústria"). O major Arkwright o chama brincando de *boffin* [cientista] ("Nunca tivemos um *boffin* no apartamento de cima"), designação que ele aceita sem reclamar.

Trabalhar para a International Computers é bem diferente de trabalhar para a IBM. Para começar, pode se desfazer do terno preto. Tem uma sala própria, um cubículo numa barraca Quonset no jardim dos fundos da casa que a International Computers equipou como seu laboratório de computação. O Solar: é assim que chamam a velha construção espaçosa no fim de uma estradinha coberta de folhas, a três quilômetros de Bracknell. É de supor que tenha uma história, embora ninguém saiba qual.

Apesar do nome "Laboratório de Computação", não há nenhum computador no local. Para testar os programas que foi contratado para escrever, terá de viajar até a Universidade de

Cambridge, que possui um dos três computadores Atlas, os únicos três existentes, cada um ligeiramente diferente dos outros. O computador Atlas — lê num informativo colocado na sua frente na primeira manhã — é a resposta britânica à IBM. Assim que os engenheiros e programadores da International Computers puserem esses protótipos em funcionamento, o Atlas será o maior computador do mundo, ou pelo menos o maior a ser colocado no mercado (os militares americanos têm computadores próprios, de potência não revelada, e provavelmente os militares russos também). O Atlas será um golpe na indústria de computação inglesa, do qual a IBM levará anos para se recuperar. É isso que está em jogo. Foi para isso que a International Computers reuniu uma equipe de brilhantes programadores jovens, da qual ele agora faz parte, nesse retiro rural.

O que há de especial no Atlas, que faz dele um exemplo único entre os computadores do mundo, é que tem uma espécie de autoconsciência. A intervalos regulares — a cada dez segundos, ou até a cada segundo — interroga a si mesmo, perguntando-se que tarefas está desempenhando e se a eficiência de desempenho está otimizada. Se o desempenho não for eficiente, ele rearranja as tarefas e as realiza em ordem diferente, melhor, assim economizando tempo, que é dinheiro.

Será tarefa sua escrever a rotina para a máquina seguir no final de cada giro da fita magnética. Ela tem de perguntar a si mesma se deve ler mais uma rodada da fita? Ou se, ao contrário, deve parar e ler um cartão perfurado ou uma fita de papel? Deve escrever em outra fita magnética parte dos resultados acumulados, ou deve fazer uma sequência de computação? Perguntas a serem respondidas de acordo com o princípio predominante de eficiência. Terá todo o tempo de que precisar (mas de preferência apenas seis meses, uma vez que a International Computers está correndo contra o tempo) para reduzir perguntas e respostas a códigos legíveis para a máquina e testar para ver se estão otimizados. Todos os seus colegas programadores têm tarefas comparáveis e um prazo semelhante. Enquanto isso, os engenheiros da Universidade de Manchester trabalharão dia e noite para aperfeiçoar o hardware eletrônico. Se tudo correr de acordo com o plano, o Atlas entrará em produção em 1965. Uma corrida contra o tempo. Uma corrida contra os americanos. Isso é uma coisa que ele pode entender, uma coisa com a qual pode se comprometer com mais empenho do que se comprometeria com o objetivo da IBM de fazer mais e mais dinheiro. E a programação em si é interessante. Exige engenhosidade mental; exige, para ser bem-feita, um virtuosismo no comando da linguagem interna de dois níveis do Atlas. Ele chega ao trabalho de manhã ansioso pelas tarefas à sua espera. Para ficar alerta, toma xícaras e xícaras de café; o coração martela, o cérebro fumega; perde a noção do tempo, tem de ser chamado para almoçar. À noite, leva seu material para as acomodações na casa do major Arkwright e trabalha noite adentro.

Então era para isso que, sem meu conhecimento, eu estava me preparando!, pensa. Então é a isso que leva a matemática!

O outono se transforma em inverno; ele mal se dá conta. Não está mais lendo poesia. Em vez disso, lê livros sobre xadrez, acompanha os jogos *grandmaster*, resolve os problemas de xadrez do *Observer*. Dorme mal; às vezes, sonha com programação. É um desenvolvimento dentro dele mesmo que observa com distanciado interesse. Será que vai se tornar um daqueles cientistas cujo cérebro resolve problemas enquanto dormem?

Observa outra coisa também. Parou de desejar. A busca da bela e misteriosa estranha que libertará a paixão dentro dele já não o preocupa. Em parte, sem dúvida, porque Bracknell não oferece nada que se possa comparar ao desfile de garotas de Londres. Mas não pode deixar de perceber uma ligação entre o fim do desejo e o fim da poesia. Isso quer dizer que está crescendo? É isso que significa crescer: deixar para trás o desejo, a paixão, todas as intensidades da alma?

As pessoas entre as quais trabalha — homens, sem exceção — são mais interessantes do que as pessoas da IBM: mais vivas, e talvez mais inteligentes também, de um jeito que ele consegue entender, um jeito que é muito parecido com ser inteligente na escola. Almoçam juntos na cantina do Solar. Não há nada fora do comum na comida que lhes é servida: peixe e batata frita, salsicha com purê de batata, linguiça empanada, fritada de batata amassada com repolho, torta de ruibarbo com sorvete. Gosta da comida, repete quando pode, faz dela a principal refeição do dia. À noite, em casa (se isso é o que são agora seus cômodos na casa dos Arkwright), não se dá o trabalho de cozinhar, simplesmente come pão e queijo em cima do tabuleiro de xadrez.

Entre seus colegas há um indiano chamado Ganapathy. Ganapathy sempre chega tarde ao trabalho; alguns dias nem vem trabalhar. Quando vem, não parece estar trabalhando muito duro: fica sentado em seu cubículo, com os pés em cima da mesa, aparentemente sonhando. Para suas ausências, dá apenas a mais descuidada das desculpas ("Eu não estava bem"). Mesmo assim, não é repreendido. Ganapathy, fica-se sabendo, é uma aquisição particularmente valiosa para a International Computers. Estudou na América, tem um diploma americano em ciência da computação.

Ele e Ganapathy são os dois estrangeiros do grupo. Juntos, quando o tempo permite, dão passeios depois do almoço pelos jardins do Solar. Ganapathy menospreza a International Computers e todo o projeto Atlas. Voltar para a Inglaterra foi um erro de sua parte, diz. Os ingleses não sabem pensar grande. Devia ter ficado na América. Como é a vida na África do Sul? Haveria perspectivas para ele na África do Sul?

Ele dissuade Ganapathy de tentar a África do Sul. A África do Sul é muito atrasada, diz, não existem computadores lá. Não conta que forasteiros não são bem-vindos, a menos que sejam brancos.

O mau tempo se instala, dias e dias de chuva e ventos tempestuosos. Ganapathy para de vir trabalhar. Como ninguém mais pergunta por quê, ele se encarrega de investigar. Como ele, Ganapathy escapou da opção da compra da casa. Mora num apartamento no terceiro andar de um prédio administrado pela prefeitura. Durante um bom tempo, não há resposta às batidas na porta. Então, Ganapathy abre para ele. Está de roupão por cima do pijama e sandálias; lá de dentro vem uma rajada de calor úmido e um cheiro de coisa apodrecida. "Entre, entre!", diz Ganapathy. "Saia desse frio!"

Não há mobília na sala, a não ser um aparelho de televisão com uma poltrona na frente e dois aquecedores elétricos tórridos. Atrás da porta, uma pilha de sacos de lixo pretos. É deles que vem o cheiro. "Por que não leva os sacos para fora?", pergunta. Ganapathy é evasivo. Também não quer contar por que não tem ido trabalhar. Na verdade, parece não querer conversar sobre nada.

Imagina se Ganapathy não estaria com uma garota no quarto, uma garota do lugar, uma daquelas pequenas datilógrafas ou vendedoras atrevidas do conjunto habitacional que ele vê no ônibus. Ou talvez, na verdade, uma garota indiana. Talvez seja essa a explicação para as ausências de Ganapathy: há uma linda garota indiana morando com ele, e prefere ficar fazendo amor com ela, praticando tantra, protelando o orgasmo por horas e horas, a escrever códigos de máquina para o Atlas.

Quando faz menção de ir embora, porém, Ganapathy balança a cabeça. "Quer um pouco de água?", oferece.

Ganapathy lhe oferece água da torneira porque o chá e o

café acabaram. Está sem comida também. Não compra comida, a não ser bananas, porque, revela, não cozinha — não gosta de cozinhar, não sabe cozinhar. Os sacos de lixo contêm, na maioria, cascas de banana. É disso que vive: banana, chocolate e, quando tem, chá. Não é o jeito como gostaria de viver. Na Índia, morava em casa, e sua mãe e irmãs cuidavam dele. Na América, em Columbus, Ohio, morava no que chamam de dormitório, onde a comida aparecia na mesa a intervalos regulares. Se sentia fome entre as refeições, podia sair e comprar um hambúrguer. Havia um lugar de hambúrgueres aberto vinte e quatro horas do outro lado da rua do dormitório. Na América, as coisas estavam sempre abertas, ao contrário da Inglaterra. Não devia ter voltado para a Inglaterra, um país sem futuro onde nem o aquecimento funciona.

Pergunta a Ganapathy se está doente. Ganapathy afasta sua preocupação: usa roupão para se aquecer, só isso. Mas ele não se convence. Agora que sabe das bananas, olha Ganapathy com outros olhos. Ganapathy é miúdo como um pardal, sem um grama de carne em excesso. Tem o rosto encovado. Se não está doente, deve pelo menos estar com fome. Veja só: em Bracknell, no coração dos Condados do Interior, um homem está morrendo de fome porque é incompetente demais para se alimentar.

Convida Ganapathy para almoçar no dia seguinte, dando-lhe orientações precisas sobre como chegar à casa do major Arkwright. Depois sai, procura uma loja aberta no sábado à tarde e compra o que há para comprar: pão embalado em plástico, frios, ervilhas verdes congeladas. Ganapathy não chega. Como Ganapathy não tem telefone, não há nada que possa fazer senão levar a refeição para o apartamento de Ganapathy.

Absurdo, mas talvez seja isso que Ganapathy queira: que a comida lhe seja levada. Como ele, Ganapathy é um menino inteligente e mimado. Como ele, Ganapathy fugiu da mãe e da sufocante tranquilidade que ela oferece. Mas, no caso de Ganapathy, fugir parece ter esgotado todas as suas energias. Agora, está esperando ser resgatado. Quer que a mãe, ou alguém como ela, venha e o salve. Senão, simplesmente definhará e morrerá em seu apartamento cheio de lixo.

A International Computers devia ficar sabendo disso. Ganapathy está encarregado de um trabalho-chave, a lógica da rotina de programar tarefas. Se Ganapathy cair fora, todo o projeto Atlas atrasará. Mas como fazer a International Computers entender o que está afligindo Ganapathy? Como pode alguém na Inglaterra entender o que traz as pessoas dos cantos remotos da Terra para morrer numa ilha úmida e miserável que detestam e com a qual não têm nenhuma ligação?

No dia seguinte, Ganapathy está em sua mesa como sempre. Não dá nenhuma explicação por ter faltado ao compromisso. Na hora do almoço, na cantina, está bem-humorado, até excitado. Entrou numa rifa de um Morris Mini, diz. Comprou cem números — o que mais pode fazer com o grande salário que a International Computers lhe paga? Se ganhar, podem ir de carro até Cambridge juntos para fazer os testes do programa, em vez de pegar um trem. Ou podem ir passar o dia em Londres.

Há alguma coisa na história toda que ele não conseguiu entender, alguma coisa indiana? Será que Ganapathy pertence a uma casta para a qual é tabu comer à mesa de um ocidental? Se assim for, o que está fazendo com um prato de peixe e batatas na cantina do Solar? O convite para o almoço devia ter sido feito de maneira mais formal e confirmado por escrito? Não comparecendo, estaria Ganapathy graciosamente lhe poupando o embaraço de ver na porta de casa um hóspede que convidara num impulso mas na realidade não queria receber? Teria ele, de alguma forma, ao convidar Ganapathy, dado a impressão de que não era um convite real, substancial, que estava fazendo, mas apenas o gesto de um convite, e que a verdadeira gentileza da parte de Ganapathy consistia em aceitar o gesto sem dar ao anfitrião o trabalho de providenciar uma refeição? A refeição abstrata (frios com ervilhas congeladas cozidas com manteiga) que teriam comido juntos teria o mesmo valor, na transação entre ele e Ganapathy, que os frios e as ervilhas cozidas efetivamente oferecidos e consumidos? As coisas entre ele e Ganapathy estavam como antes, ou melhores do que antes, ou piores?

Ganapathy ouviu falar de Satyajit Ray, mas acha que não assistiu a nenhum de seus filmes. Só uma parcela minúscula do público indiano, diz, se interessa por filmes assim. Em geral, diz, os indianos preferem assistir a filmes americanos. Os filmes indianos ainda são muito primitivos.

Ganapathy é o primeiro indiano que conhece mais que casualmente, se é que isso pode ser chamado de conhecer — partidas de xadrez, conversas fazendo comparações, desfavoráveis para os ingleses, entre ingleses e americanos, mais a surpresa da visita ao apartamento de Ganapathy. A conversa sem dúvida melhoraria se Ganapathy fosse um intelectual em vez de ser apenas inteligente. Ele continua se assombrando com o fato de as pessoas poderem ser tão inteligentes quanto são na indústria da computação, e não terem nenhum outro interesse além do preço de carros e de casas. Achara que isso era apenas a notória hipocrisia da classe média britânica se manifestando, mas Ganapathy não é diferente.

Essa indiferença pelo mundo é consequência de um excesso de relacionamento com máquinas que dão a sensação de pensarem? Como ia se sentir se um dia deixasse a indústria da computação e voltasse para a sociedade civilizada? Depois de gastar suas melhores energias durante tanto tempo em jogos com máquinas, ainda seria capaz de manter uma conversação? Terá ganhado alguma coisa nos anos com computadores? Não terá ao menos aprendido a pensar logicamente? A lógica não terá então se transformado em sua segunda natureza?

Gostaria de acreditar que sim, mas não consegue. No fim das contas, não tem nenhum respeito por qualquer versão de pensamento que possa ser incorporada num circuito de computador. Quanto mais se envolve com computação, mais a acha parecida com xadrez: um estreito mundinho definido por regras inventadas, que engole meninos com um certo temperamento suscetível e os deixa meio loucos, como ele está meio louco, de forma que o tempo todo em que se iludem pensando jogarem o jogo, o jogo é que está jogando com eles.

É um mundo do qual pode escapar — não é tarde demais para isso. Por outro lado, pode fazer as pazes com esse mundo, como vê os homens à sua volta fazerem, um a um: contentando-se com o casamento, com uma casa e um carro, contentando-se com o que a vida tem de realista para oferecer, mergulhando as energias no trabalho. Fica mortificado de ver como o princípio de realidade funciona bem, como, levado pela solidão, o rapaz com espinhas se contenta com a menina de cabelo opaco e pernas pesadas, como todo mundo, por mais improvável que seja, acaba encontrando um par. É esse o seu problema, e é simples assim: que o tempo todo vem superestimando seu valor no mercado, se enganando ao acreditar que seu lugar é entre escultoras e atrizes, quando na verdade seu lugar é com a professora de jardim de infância no conjunto habitacional ou com a subgerente da loja de sapatos?

Casamento: quem haveria de imaginar que sentiria a pontada, mesmo que tênue, do casamento! Não vai se render, não ainda. Mas é uma opção com que brinca nas longas noites de inverno, comendo pão com linguiça na frente do aquecedor a gás do major Arkwright, ouvindo rádio, enquanto ao fundo a chuva tamborila na janela.

19.

Chove. Ele e Ganapathy estão sozinhos na cantina, jogando xadrez relâmpago com o tabuleiro de bolso de Ganapathy. Ganapathy está ganhando, como sempre.

"Você devia ir para a América", Ganapathy diz. "Está perdendo seu tempo aqui. Nós todos estamos perdendo nosso tempo."

Ele balança a cabeça. "Não é realista", responde.

Mais de uma vez pensou em procurar um emprego na América, mas resolveu que não. Uma decisão prudente, mas correta. Como programador, não tem nenhum dom especial. Seus colegas na equipe da Atlas podem não ter diplomas avançados, mas a cabeça deles é mais clara que a sua, a visão que têm dos problemas computacionais é mais rápida e aguda do que a dele jamais será. Numa discussão, ele mal consegue se defender; está sempre tendo de fingir que entende, quando não entende de fato, destrinchando depois sozinho as coisas. Por que as empresas da América haveriam de querer alguém como ele? A América não é a Inglaterra. A América é dura e impiedosa: se por algum milagre conseguisse descolar um emprego lá, logo seria descoberto. Além disso, leu Allen Ginsberg, leu William Burroughs. Sabe o que a América faz com artistas: deixa-os loucos, tranca-os, expulsa-os.

"Podia conseguir uma bolsa numa universidade", diz Ganapathy. "Eu consegui, você não teria problema."

Ele olha duro. Ganapathy é mesmo tão inocente? Há uma Guerra Fria em curso. A América e a Rússia competem pelos corações e mentes de indianos, iraquianos, nigerianos; as bolsas nas universidades estão entre as atrações que oferecem. Os corações e mentes dos brancos não são do interesse deles, certamente não os corações e mentes de uns poucos brancos deslocados na África.

"Vou pensar nisso", responde, e muda de assunto. Não tem nenhuma intenção de pensar nisso.

Numa fotografia da primeira página do *Guardian*, um soldado vietnamita com uniforme de estilo americano olha desamparado um mar de chamas. "Ataques suicidas semeiam o caos no Vietnã do Sul", diz a manchete. Um grupo de sapadores vietcongues abriu passagem na cerca de arame farpado em torno da base aérea americana em Pleiku, explodiu vinte e quatro aviões e incendiou o depósito de tanques de combustível. Perderam a vida na ação.

É Ganapathy quem lhe mostra o jornal, exultando; ele mesmo sente uma onda de vingança. Desde que chegou à Inglaterra, os jornais britânicos e a BBC trazem notícias sobre os feitos militares dos americanos matando vietcongues aos milhares enquanto os americanos escapam ilesos. Se alguma vez há alguma crítica à América, é sempre nos tons mais velados. Mal consegue ler as reportagens de guerra, a tal ponto o enojam. Agora, o vietcongue deu sua resposta inegável, heroica.

Ele e Ganapathy nunca discutiram o Vietnã. Como Ganapathy estudou na América, concluiu que Ganapathy ou apoia os americanos ou é indiferente à guerra como todo mundo na International Computers. Agora, de repente, em seu sorriso, no brilho dos olhos, vê a face oculta de Ganapathy. Apesar da admiração pela eficiência americana e de sua fome de hambúrgueres americanos, Ganapathy está do lado dos vietnamitas porque são seus irmãos asiáticos.

Isso é tudo. Isso encerra a coisa. Já não há menção da guerra entre eles. Mais que nunca, porém, imagina o que Ganapathy está fazendo na Inglaterra, nos Condados do Interior, trabalhando num projeto pelo qual não tem nenhum respeito. Não estaria melhor na Ásia, combatendo os americanos? Deveria ter uma conversa com ele, lhe dizer isso?

E quanto a ele? Se o destino de Ganapathy está na Ásia, onde está o seu? Os vietcongues ignorariam as origens dele e aceitariam seus serviços, se não como soldado ou homem-bomba, quem sabe como um humilde porteiro? Se não, que tal os amigos e aliados dos vietcongues, os chineses?

Escreve para a embaixada chinesa em Londres. Como desconfia que os chineses não precisam de computadores, não fala nada da programação de computadores. Está preparado para ensinar inglês na China, diz, como uma contribuição à luta mundial. Não importa quanto vai ganhar.

Envia a carta e fica esperando uma resposta. Enquanto isso, compra *Aprenda chinês sozinho* e começa a praticar os estranhos sons de dentes cerrados do mandarim.

Passam-se dias; nem uma palavra dos chineses. Será que o serviço secreto britânico interceptou sua carta e a destruiu? Interceptam e destroem todas as cartas para a embaixada? Se é assim, por que deixar os chineses terem uma embaixada em Londres? Ou, ao interceptar a carta, o serviço secreto a teria enviado para o Departamento do Interior com uma nota dizendo que o sul-africano que trabalha na International Computers em Bracknell revelou tendências comunistas? Vai perder o emprego e ser expulso da Inglaterra por razões políticas? Se isso acontecer, não vai contestar. O destino terá falado; está preparado para aceitar a palavra do destino.

Em suas viagens a Londres, ainda vai ao cinema, mas seu prazer fica mais e mais comprometido pela deterioração da visão. Tem de sentar na primeira fila para conseguir ler as legendas, e mesmo assim precisa apertar os olhos e forçar a vista.

Vai a uma ótica e sai de lá com óculos de aros pretos de chifre. No espelho, parece ainda mais o *boffin* cômico do major Arkwright. Por outro lado, ao olhar pela janela, fica deslumbrado por conseguir divisar as folhas individuais das árvores. As árvores sempre foram um borrão, pelo que se lembra. Será que deveria ter usado óculos a vida inteira? Isso explica por que era tão ruim no críquete, por que a bola sempre parecia vir do nada?

Acabamos ficando parecidos com nosso eu ideal, diz Baudelaire. O rosto com que nascemos é aos poucos dominado pelo rosto desejado, o rosto de nossos sonhos secretos. Esse rosto no espelho é o rosto de seus sonhos, esse rosto comprido, lúgubre, com uma boca mole, vulnerável, e os olhos inexpressivos agora escudados por óculos?

O primeiro filme a que assiste com os novos óculos é *O evangelho segundo Mateus*, de Pasolini. É uma experiência perturbadora. Depois de cinco anos de escola católica, pensou estar para sempre fora do alcance da mensagem cristã. Mas não está. O Jesus pálido e ossudo do filme, que recua ao toque dos outros,

344

que caminha descalço emitindo profecias e fulminações, é real de um jeito que nunca foi o Jesus com o coração sangrando. Ele estremece quando martelam pregos nas mãos de Jesus; quando descobrem que a tumba está vazia e o anjo anuncia às mulheres de luto: "Não procurem aqui, porque ele subiu", a Missa Luba explode e o povo simples da terra, os coxos e mutilados, os desprezados e rejeitados, vêm correndo ou mancando, o rosto iluminado de alegria, para participar da boa-nova, seu próprio coração parece que vai explodir; lágrimas de um júbilo que ele não entende lhe correm pelo rosto, lágrimas que tem de enxugar disfarçadamente antes de sair de novo para o mundo.

Na vitrine do sebo da Charing Cross Road, em outra expedição à cidade, vê um delicioso livrinho de capa roxa: *Watt*, de Samuel Beckett, publicado pela Olympia Press. A Olympia Press é notória: de um abrigo seguro em Paris, publica pornografia em inglês para assinantes da Inglaterra e da América. Mas publica também uma linha secundária dos escritos mais ousados da vanguarda — *Lolita*, de Vladimir Nabokov, por exemplo. É muito pouco provável que Samuel Beckett, autor de *Esperando Godot* e *Fim de jogo*, escreva pornografia. Que tipo de livro, então, é *Watt*?

Folheia o exemplar. A impressão é no mesmo corpo cheio e serifado dos *Poemas escolhidos* de Pound, um corpo que para ele evoca intimidade, solidez. Compra o livro e o leva para a casa do major Arkwright. Desde a primeira página, sabe que descobriu alguma coisa. Recostado na cama com a luz entrando pela janela, lê e lê.

Watt é bem diferente das peças de Beckett. Não há choque, nem conflito, apenas o fluxo de uma voz contando uma história, um fluxo continuamente interrompido por dúvidas e escrúpulos, o ritmo exatamente adequado ao ritmo de sua própria cabeça. *Watt* é também engraçado, tão engraçado que ele rola de rir. Quando chega ao fim, começa a ler de novo do começo.

Por que as pessoas não lhe disseram que Beckett escrevia romances? Como podia imaginar que queria escrever à maneira de Ford, quando Beckett estava ali o tempo todo? Em Ford, há sempre um elemento de peitilho engomado de que desgosta, o que, no entanto, hesitou em admitir, algo a ver com o valor que Ford coloca em saber onde, no West End, comprar as melhores luvas de dirigir ou em como distinguir um Médoc de um Beaune; enquanto Beckett não tem classe, ou está fora das classes, como ele próprio prefere estar.

O teste dos programas que escreveram tem de ser feito na máquina Atlas em Cambridge, durante a noite, quando os matemáticos que têm a precedência no uso estão dormindo. Então, a cada duas ou três semanas, pega o trem para Cambridge, levando uma mochila com seus papéis e rolos de fita perfurada, o pijama e a escova de dentes. Em Cambridge, reside no hotel Royal, com despesas pagas pela International Computers. Das seis da tarde às seis da manhã, trabalha no Atlas. De manhã cedinho, volta para o hotel, toma o café da manhã e se retira para a cama. À tarde, está livre para passear pela cidade, talvez ir ao cinema. Então, é hora de voltar para o Laboratório de Matemática, um imenso edifício parecido com um hangar, que abriga o Atlas, para a tarefa da noite.

É uma rotina que combina inteiramente com ele. Gosta das viagens de trem, do anonimato dos quartos de hotel, gosta dos imensos cafés da manhã ingleses com bacon, salsichas, ovos, torradas, geleia e café. Como não usa terno, pode se misturar com facilidade aos estudantes na rua, até parece ser um deles. E estar com a imensa máquina Atlas a noite toda, sozinho, a não ser pelo engenheiro de plantão, olhando o rolo de códigos de computador que *ele* escreveu correr pelo leitor de fita, observando os carretéis de fita magnética começarem a rodar e as luzes no console começarem a piscar ao *seu* comando, lhe dá uma sensação de poder que ele sabe ser infantil mas, sem ninguém olhando, pode gozar em segurança.

Às vezes, tem de ficar no Laboratório de Matemática de manhã para conferenciar com membros do Departamento de Matemática. Porque tudo o que é realmente novo no software do Atlas vem não da International Computers, mas de um punhado de matemáticos de Cambridge. De certo ponto de vista, ele é apenas um membro de uma equipe de programadores profissionais da indústria de computadores que o Departamento de Matemática de Cambridge contratou para implementar suas ideias, assim como do mesmo ponto de vista a International Computers é uma empresa de engenheiros contratada pela Universidade de Manchester para construir um computador de acordo com seu projeto. Desse ponto de vista, ele próprio é meramente um trabalhador especializado a soldo da universidade, não um colaborador com direito a falar em pé de igualdade com esses brilhantes jovens cientistas.

Pois eles são de fato brilhantes. Às vezes, balança a cabeça sem acreditar no que está acontecendo. Ali está ele, um graduado sem distinção de uma universidade de segunda classe das colônias, com permissão de chamar pelo primeiro nome doutores em matemática, homens que, quando falam, o deixam para trás, tonto. Problemas com os quais batalhou inutilmente durante semanas são resolvidos por eles num relâmpago. No mais das vezes, por trás do que ele julgou serem problemas, os matemáticos enxergam os *verdadeiros* problemas, que por consideração fingem que foi ele quem constatou.

Esses homens estão realmente tão perdidos nas altas questões da lógica computacional que não percebem como ele é estúpido; ou — por razões que não lhe são claras, uma vez que deve ser um nada para eles — estão graciosamente tomando cuidado para que ele não seja desprestigiado em sua empresa? É isso a civilização: um acordo não ventilado dizendo que ninguém, por mais insignificante que seja, deve ser desprestigiado? Pode acreditar nisso a respeito do Japão; será válido também para a Inglaterra? Seja qual for o caso, é realmente admirável!

Está em Cambridge, nas instalações de uma universidade antiga, na companhia dos grandes. Deram-lhe até uma chave do Laboratório de Matemática, a chave de uma porta lateral, para poder entrar e sair. O que mais pode esperar? Mas tem de tomar cuidado para não se deixar levar, para não inchar. Está aqui por sorte e nada mais. Nunca poderia ter estudado em Cambridge, nunca seria tão bom a ponto de ganhar uma bolsa de estudos. Tem de continuar a pensar em si próprio como um funcionário contratado: senão, tornar-se-á um impostor do mesmo jeito que Jude Fawley entre as torres sonhadoras de Oxford era um impostor. Um dia desses, logo, suas tarefas estarão terminadas, terá de devolver a chave, as visitas a Cambridge cessarão. Mas pelo menos vai gozá-las enquanto pode.

20.

Está em seu terceiro verão na Inglaterra. Depois do almoço, no gramado atrás do Solar, ele e os outros programadores começaram a jogar críquete com uma bola de tênis e um velho bastão encontrado no armário de vassouras. Não joga críquete desde que saiu da escola, quando resolveu renunciar ao jogo com o argumento de que os esportes de equipe estavam em desacordo com a vida de um poeta e intelectual. Agora descobre, para sua surpresa, o quanto ainda gosta do jogo. Não só gosta, mas é bom nele. Todas as jogadas que em criança batalhou tão ineficientemente para dominar voltam sem esforço, com uma facilidade e fluência que são novas porque seus braços estão mais fortes e porque não há razão para temer a bola macia. É melhor, muito melhor, como rebatedor e como lançador também, do que seus parceiros de jogo. Como, se pergunta, esses jovens ingleses passaram os dias de escola? Ele, um colonial, tem de ensiná-los a jogar seu próprio jogo?

Sua obsessão pelo xadrez está diminuindo, ele está começando a ler de novo. Embora a biblioteca de Bracknell seja minúscula e inadequada, os bibliotecários estão prontos a solicitar na rede do condado qualquer livro que ele queira. Está lendo a história da lógica, seguindo uma intuição de que a lógica é uma invenção humana, não parte de uma tessitura do ser, e, portanto (há muitos estágios intermediários, mas pode preenchê-los depois), que os computadores são simplesmente brinquedos inventados por meninos (liderados por Charles Babbage) para divertimento de outros meninos. Há muitas lógicas alternativas, está convencido disso (mas quantas?), cada uma delas tão boa quanto a lógica do *ou-ou*. A ameaça do brinquedo com que ganha a vida, a ameaça que faz dele mais que um brinquedo, é que ele gravará a fogo caminhos *ou-ou* no cérebro de seus usuários, atrelando-os irreversivelmente à sua lógica binária.

Debruça-se sobre Aristóteles, sobre Peter Ramus, sobre Rudolf Carnap. Não entende a maior parte do que lê, mas está acostumado a não entender. Tudo o que procura agora é o momento da história em que a lógica *ou-ou* é escolhida e a *e/ou* descartada.

Tem seus livros e seus projetos (a tese de Ford, agora perto de ficar pronta, o desmantelamento da lógica) para as noites vazias, o críquete para o meio-dia e, a cada duas semanas, a estada no hotel Royal com o luxo das noites solitárias com o Atlas, o computador mais formidável do mundo. Pode uma vida de solteiro, se tem de ser uma vida de solteiro, ser melhor que isso?

Há apenas uma sombra. Passou-se um ano desde que escreveu uma linha de poesia. O que aconteceu com ele? É verdade que a arte só vem da depressão? Tem de ficar deprimido de novo para poder escrever? Não existe também uma poesia de êxtase, até mesmo uma poesia do críquete da hora do almoço, como uma forma de êxtase? Importa onde a poesia encontra seu ímpeto, contanto que seja poesia?

Embora o Atlas não seja uma máquina construída para processar textos, ele usa as horas mortas da noite para fazê-la imprimir milhares de linhas no estilo de Pablo Neruda, usando como dicionário uma lista das palavras mais poderosas de *The Heights of Macchu Picchu* [No alto de Machu Picchu], na tradução de Nathaniel Tarn. Leva a grossa pilha de papéis para o hotel Royal e se debruça sobre ela. "A nostalgia dos bules de chá." "O ardor das venezianas." "Furiosos cavaleiros." Se no momento presente não consegue escrever poesia que venha do coração, se seu coração não se acha no estado certo para gerar poesia pessoal, pode ao menos encadear pseudopoemas compostos de frases geradas por uma máquina e, assim, fazendo os movimentos do escrever, reaprender a escrever? É honesto usar ajuda mecânica para escrever — honesto com os outros poetas, honesto com os mestres mortos? Os surrealistas escreviam palavras em tiras de papel, misturavam dentro de um chapéu e tiravam palavras ao acaso para formar versos. William Burroughs cortava páginas, misturava e juntava os pedaços. Está fazendo o mesmo tipo de coisa? Ou seus imensos recursos — qual outro poeta na Inglaterra, no mundo, tem uma máquina deste tamanho às suas ordens — transformam quantidade em qualidade? Porém, não se poderá afirmar que a invenção dos computadores modificou a natureza da arte, tornando irrelevante o autor e o estado do coração do autor? No Terceiro Programa ouviu música dos estúdios de Colônia, música montada com ruídos eletrônicos, estalidos, barulho de rua, trechos de velhas gravações e fragmentos de discurso. Não é tempo de a poesia se equiparar à música?

Manda uma seleção de seus poemas Neruda para um amigo na Cidade do Cabo, o qual a publica numa revista que edita. Um jornal local reproduz um dos poemas de computador com um comentário derrisório. Durante um ou dois dias, lá na Cidade do Cabo, ele é conhecido como o bárbaro que quer substituir Shakespeare por uma máquina.

Além dos computadores Atlas de Cambridge e Manchester, existe um terceiro Atlas. Está instalado no posto de pesquisa de armas atômicas do Ministério da Defesa nos arredores de Aldermaston, não longe de Bracknell. Uma vez testado em Cambridge e aprovado, o software que faz funcionar o Atlas pode ser instalado na máquina de Aldermaston. Para instalá-lo, são designados os programadores que o escreveram. Cada um recebe um longo questionário para responder sobre sua família, história pessoal, experiência profissional; cada um é visitado em casa por homens que se apresentam como policiais mas são, mais provavelmente, da Inteligência Militar.

Todos os programadores britânicos são liberados e recebem crachás com suas fotos para usar no pescoço durante as visitas. Depois de se apresentar na entrada de Aldermaston e ser escoltados até o prédio do computador, ficam mais ou menos livres para se locomover como quiserem.

Para Ganapathy e para ele, porém, não há liberação, uma vez que são estrangeiros, ou, como Ganapathy coloca, estrangeiros não americanos. No portão de entrada, os dois são entregues a guardas destinados a cuidar deles individualmente, que os conduzem a cada lugar, ficam vigiando seus movimentos a todo momento e se recusam a entabular conversa. Quando vão ao banheiro, os guardas ficam na porta da cabine; quando comem, os guardas ficam atrás deles. Têm permissão para falar com outros funcionários da International Computers, mas com ninguém mais.

Seu envolvimento com mr. Pomfret nos dias de IBM e seu papel no desenvolvimento do bombardeiro TSR-2 parecem tão triviais, até cômicos, que a consciência dele fica tranquila. Aldermaston são outros quinhentos. Passa ali um total de dez dias, ao longo de um período de semanas. Quando termina, as rotinas de escalonamento da fita estão funcionando tão bem quanto em Cambridge. Sua tarefa está cumprida. Sem dúvida, havia outras pessoas que podiam ter instalado as rotinas, mas não tão bem quanto ele, que as escreveu e as conhece de trás para a frente. Outras pessoas podiam ter feito o trabalho, mas outras pessoas não fizeram. Embora pudesse ter criado um caso para ser dispensado (podia, por exemplo, ter apontado a condição não natural de ser observado em todos os seus atos por um guarda sem expressão e o efeito disso em seu estado mental), mas não fez isso. Mr. Pomfret pode ter sido uma piada, mas ele não pode fingir que Aldermaston é uma piada.

Nunca esteve num lugar como Aldermaston. A atmosfera é bem diferente da de Cambridge. O cubículo em que trabalha, como todos os outros cubículos e tudo o que há dentro deles, é barato, funcional e feio. Toda a base, feita de prédios baixos de tijolos, separados uns dos outros, é feia com a feiura de um lugar que sabe que ninguém vai olhar para ele ou se dar o trabalho de olhar para ele; talvez com a feiura de um lugar que sabe que, quando a guerra vier, será varrido da face da Terra.

Sem dúvida há ali pessoas inteligentes, tão inteligentes quanto os matemáticos de Cambridge, ou quase. Sem dúvida algumas pessoas que vê de relance nos corredores, supervisores de operações, pesquisadores, técnicos de grau I, II e III, técnicos seniores, gente com quem não tem permissão de falar, eles próprios graduados em Cambridge. Ele escreveu as rotinas que está instalando, mas o planejamento por trás delas foi feito pelo pessoal de Cambridge, pessoas que não podiam deixar de saber que a máquina do Laboratório de Matemática tinha uma sinistra irmã em Aldermaston. As mãos das pessoas de Cambridge não são tão mais limpas do que suas próprias mãos. Mesmo assim, ao passar por estes portões, respirar este ar aqui, ele colaborou com a corrida armamentista, passou a ser cúmplice da Guerra Fria, e além do mais do lado errado.

Parece que os testes já não acontecem com uma boa antecedência hoje em dia, como aconteciam quando era aluno da escola, nem se anunciam como testes. Mas neste caso é difícil argumentar que não estava preparado. Desde o momento em que a palavra *Aldermaston* foi pronunciada, ele sabia que Aldermaston seria um teste e sabia que não ia passar, que não teria o necessário para passar. Ao trabalhar em Aldermaston, prestou-se ao mal e, de um certo ponto de vista, prestou-se mais culposamente do que os colegas ingleses, que, se se recusassem a participar, teriam posto suas carreiras num risco muito mais sério do que ele, que está em trânsito e alheio a essa disputa entre a Grã-Bretanha e a América de um lado e a Rússia de outro.

Experiência. Essa é a palavra em que gostaria de se apoiar para se justificar a si mesmo. O artista deve provar todas as experiências, da mais nobre à mais degradada. Assim como é destino do artista experimentar a suprema alegria criativa, ele deve estar preparado para assumir tudo o que é miserável, esquálido, ignominioso na vida. Foi em nome da experiência que suportou Londres — os dias mortos da IBM, o verão gelado de 1962, um caso amoroso humilhante após outro: estágios na vida do poeta, todos eles, testes para sua alma. Da mesma forma, Aldermaston — o cubículo horrendo onde trabalha, com os móveis de plástico e a vista para os fundos de uma fornalha, o homem armado às suas costas — pode ser visto simplesmente como experiência, como mais um estágio em sua jornada para as profundezas.

É uma justificativa que nem por um momento o convence. É um sofisma, apenas isso, um sofisma desprezível. E, se vai continuar alegando isso, então, assim como dormir com Astrid e seu ursinho de pelúcia era conhecer a esqualidez moral, assim também contar a si mesmo mentiras autojustificáveis é conhecer a esqualidez intelectual em primeira mão, então o sofisma só ficará ainda mais desprezível. Não há nada a dizer a respeito; nem, para ser impiedosamente honesto, há nada a dizer sobre o fato de não haver nada a dizer a respeito. Quanto à impiedosa honestidade, impiedosa honestidade não é um truque duro de aprender. Ao contrário, é a coisa mais fácil do mundo. Como um sapo venenoso não é venenoso para si mesmo, assim também se aprende a desenvolver uma pele grossa contra a própria honestidade. Morte à razão, morte ao discurso! Tudo o que importa é fazer o que é certo, seja pela razão certa ou pela razão errada ou por razão nenhuma.

Elaborar a coisa certa a fazer não é difícil. Ele não precisa pensar demais para saber qual é o certo a fazer. Podia, se escolhesse, fazer a coisa certa com uma precisão quase infalível. A questão que o leva a parar para pensar é se pode continuar sendo poeta ao fazer a coisa certa. Quando tenta imaginar que tipo de poesia brotará de fazer a coisa certa sempre e sempre e sempre, só vê um grande vazio. A coisa certa é chata. Então, está num impasse: preferia ser mau a ser chato, não tem nenhum respeito por uma pessoa que prefere ser má a ser chata, e também nenhum respeito pela inteligência de conseguir colocar direitinho seu dilema em palavras.

Apesar do críquete e dos livros, apesar dos sempre alegres pássaros saudando o amanhecer com gorjeios na amoreira debaixo da janela, os fins de semana continuam difíceis de suportar, sobretudo os domingos. Odeia acordar domingo de manhã. Há os rituais que ajudam a passar o domingo, principalmente sair e comprar o jornal, ler o jornal no sofá e resolver os problemas de xadrez. Mas o jornal não vai muito além das onze da manhã; e, de qualquer forma, ler os suplementos de domingo é, muito transparentemente, um jeito de matar o tempo.

Está matando o tempo, tentando matar o domingo, de forma que a segunda-feira chegue mais depressa, e com a segunda-feira o alívio do trabalho. Mas, num sentido mais amplo, trabalhar também é um jeito de matar o tempo. Tudo o que fez desde que desembarcou em Southampton foi matar o tempo enquanto espera seu destino chegar. O destino não viria até ele na África do Sul, dizia a si mesmo; viria (como uma noiva!) apenas em Londres ou Paris, ou talvez Viena, porque só nas grandes cidades da Europa reside o destino. Durante quase dois anos esperou e sofreu em Londres, e o destino se manteve distante. Agora, não tendo sido forte a ponto de suportar Londres, bateu em retirada para o campo, para um retiro estratégico. Não há garantia de que o destino faça visitas ao campo, mesmo que seja o campo inglês, e mesmo que seja a menos de uma hora de trem de Waterloo.

Claro que, em seu coração, sabe que o destino não o visitará a menos que o force a isso. Tem de sentar e escrever, é o único jeito. Mas não pode começar a escrever até ser o momento certo. E por mais escrupulosamente que se prepare, limpando a mesa, posicionando o abajur, riscando uma margem na lateral da página em branco, sentado de olhos fechados, esvaziando a mente em prontidão — apesar de tudo isso, as palavras não lhe vêm. Ou melhor, muitas palavras vêm, mas não as palavras certas, a frase que ele reconhecerá de imediato, por seu peso, estabilidade e equilíbrio, como a predestinada.

Detesta esses confrontos com a página em branco, detesta a ponto de começar a evitá-los. Não pode suportar o peso do desespero que baixa no fim de cada sessão infrutífera, o entendimento de que mais uma vez falhou. Melhor não se machucar assim, sempre e sempre. A pessoa pode ficar incapaz de responder ao chamado quando ele vier, pode ficar fraca demais, abjeta demais.

Tem plena consciência de que seu fracasso como escritor e seu fracasso como amante são tão intimamente paralelos que podem muito bem ser a mesma coisa. Ele é o homem, o poeta, o fazedor, o princípio ativo, e o homem não tem de esperar a aproximação da mulher. Ao contrário, é a mulher que tem de esperar pelo homem. A mulher é que dorme até ser despertada pelo beijo do príncipe; a mulher é o botão que desabrocha com as carícias dos raios de sol. A menos que se ponha voluntariamente em ação, nada acontecerá nem no amor, nem na arte. Mas ele não confia na vontade. Assim como não pode fazer o esforço voluntário de escrever mas tem de esperar pela ajuda de alguma força do exterior, uma força que costumava ser chamada de Musa, não pode simplesmente fazer o esforço voluntário de se aproximar de uma mulher sem alguma insinuação (de onde? — dela? de dentro dele? do alto?) de que ela é seu destino. Se se aproxima de uma mulher com qualquer outro espírito, o resultado é um envolvimento tão infeliz quanto o que teve com Astrid, um envolvimento de que estava tentando escapar quase desde o começo.

Existe outra maneira mais brutal de dizer a mesma coisa. Na verdade, há centenas de maneiras: podia passar o resto da vida a enumerá-las. Mas a maneira mais brutal é dizer que tem medo: medo de escrever, medo de mulher. Pode fazer caretas para os poemas que lê na *Ambit* e na *Agenda*, mas pelo menos estão lá, impressos, no mundo. Como pode saber se os homens que os escreveram não passaram anos se contorcendo, tão exigentes quanto ele, diante da página em branco? Contorceram-se, mas finalmente se dominaram e escreveram o melhor que puderam o que tinha de ser escrito, e enviaram, sofreram a humilhação da rejeição ou a humilhação igual de ver seus desabafos em letras frias, em toda a sua pobreza. Da mesma forma, esses homens devem ter encontrado uma desculpa, mesmo fraca, para falar com uma ou outra garota bonita no metrô e, se ela virou a cabeça ou fez uma observação desdenhosa a uma amiga em italiano, bem, devem ter encontrado um jeito de sofrer a recusa em silêncio e no dia seguinte devem ter tentado de novo com outra garota. É assim que se faz, é assim que o mundo funciona. E um dia eles, esses homens, esses poetas, esses amantes, teriam sorte: a garota, não importa o quão sublime a sua beleza, responderia, e, uma coisa leva a outra, suas vidas seriam transformadas, a vida de ambos, e acabou-se. O que mais é exigido além de um tipo de estúpida, insensível obstinação, como amante, como escritor, ao lado de uma disposição de fracassar e fracassar de novo?

O problema dele é que não está preparado para fracassar. Quer um A ou um alfa ou cem por cento em todas as tentativas, e um grande *Excelente!* na margem. Ridículo! Infantil! Ninguém precisa lhe dizer isso: pode ver por si próprio. Mesmo assim. Mesmo assim não pode agir. Não hoje. Talvez amanhã. Talvez amanhã tenha vontade, tenha coragem.

Se fosse uma pessoa mais cálida, sem dúvida acharia tudo mais fácil: a vida, o amor, a poesia. Mas não há calor em sua natureza. E não é o calor que leva a escrever poesia. Rimbaud não era cálido. Baudelaire não era cálido. Quente, sim, quando era preciso — quente na vida, quente no amor —, mas não cálido. Ele também é capaz de ser quente, não deixou de acreditar nisso. Mas no momento, no momento indefinido, ele é frio: frio, congelado.

E qual o desfecho dessa falta de calor, dessa falta de coração? O desfecho é que está sentado sozinho na tarde de domingo no quarto de cima de uma casa no fundo do campo de Berkshire, com corvos crocitando no campo e uma névoa cinzenta no céu, jogando xadrez sozinho, ficando velho, esperando a noite cair para, sem nenhuma culpa, fritar suas linguiças para comer com pão no jantar. Aos dezoito anos, podia ter sido um poeta. Agora não é um poeta, nem um escritor, nem um artista. É um programador de computador, um programador de computador de vinte e quatro anos num mundo em que não existem programadores de computador de trinta anos. Trinta e um é velho demais para ser programador; a pessoa se volta para alguma outra coisa — algum tipo de empresariado — ou se mata. Só porque é jovem, porque os neurônios em seu cérebro ainda estão disparando mais ou menos infalivelmente, é que tem um pé na indústria de computadores britânica, na sociedade britânica, na Grã-Bretanha em si. Ele e Ganapathy são dois lados da mesma moeda: Ganapathy morrendo de fome não porque está separado da Mãe Índia, mas porque não come direito, porque apesar de seu mestrado em ciência da computação não sabe nada sobre vitaminas, minerais e aminoácidos; e se trancou num fim de jogo debilitador, jogando consigo mesmo, a cada lance mais encurralado, mais derrotado. Um dia desses, os homens da ambulância terão de ir ao apartamento de Ganapathy e tirá-lo de lá numa maca com um cobertor em cima da cara. Depois de levar Ganapathy, podiam vir buscá-lo também.

VERÃO

Cadernos 1972-5

22 DE AGOSTO DE 1972

No *Sunday Times* de ontem, uma reportagem de Francistown, em Botswana. Em algum momento da semana passada, no meio da noite, um carro, modelo americano, branco, foi até uma casa numa área residencial. Homens com gorros balaclava saltaram, arrombaram aos chutes a porta de entrada e começaram a atirar. Quando cansaram de atirar, tocaram fogo à casa e foram embora. Das brasas, os vizinhos retiraram sete corpos calcinados: dois homens, três mulheres, duas crianças.

Os assassinos pareciam ser negros, mas um dos vizinhos ouviu que falavam africânder entre eles e estava convencido de que eram brancos pintados de preto. Os mortos eram sul-africanos, refugiados que tinham mudado para a casa poucas semanas antes.

Consultado, o ministro das Relações Exteriores sul-africano, por intermédio de um porta-voz, qualificou a reportagem de "sem comprovação". Serão realizadas investigações, diz ele, para determinar se os mortos eram de fato cidadãos sul-africanos. Quanto aos militares, uma fonte não identificada nega que a Força de Defesa sul-africana tenha qualquer coisa a ver com o assunto. Os assassinatos são provavelmente uma questão interna do Congresso Nacional Africano, sugere ele, que revela as "tensões existentes" entre facções.

Assim vão se sucedendo, semana após semana, essas histórias de países limítrofes, assassinatos seguidos de débeis negativas. Ele lê as reportagens e sente-se conspurcado. Então foi para isso que voltou? Porém, onde no mundo alguém pode se esconder sem se sentir conspurcado? Será que se sentiria mais limpo nas neves da Suécia, lendo à distância sobre seu povo e suas últimas travessuras?

Como escapar da sujeira: não uma questão nova. Uma velha questão corrosiva que não larga, que deixa sua feia ferida supurando.

"Pelo visto a Força de Defesa está de volta aos velhos hábitos", ele observa a seu pai. "Em Botswana desta vez." Mas o pai está desconfiado demais para morder a isca. Quando pega o jornal, toma o cuidado de ir direto para as páginas de esporte e pular a política; a política e os assassinatos.

Seu pai sente apenas desdém pelo continente ao norte. "Bufões" é a palavra que usa para desqualificar os líderes de Estados africanos: tiranos miúdos que mal conseguem soletrar o próprio nome, levados de um banquete a outro em seus Rolls-Royce, usando uniformes de forças imaginárias enfeitados com medalhas que outorgaram a si mesmos. África: um lugar de massas esfaimadas presididas por bufões homicidas.

"Invadiram uma casa em Francistown e mataram todo mundo", ele insiste mesmo assim. "Executaram. Inclusive as crianças. Olhe. Leia a reportagem. Está na primeira página."

O pai dá de ombros. Não consegue encontrar palavras que abarquem sua repulsa por matadores que executam mulheres e crianças indefesas, de um lado, e, de outro, por terroristas que fazem guerra a partir de refúgios fora das fronteiras. Ele resolve o problema mergulhando nos resultados do críquete. Como reação a um dilema moral, a atitude do pai é frágil; mas a resposta dele próprio (ataques de raiva e desespero) será melhor?

Houve tempo em que pensava que os homens que sonharam a versão sul-africana de ordem pública, que deram origem ao vasto sistema de reservas de trabalho, passaportes internos e cidades-satélite, tinham baseado sua visão em uma leitura tragicamente equivocada da história. Tinham interpretado mal a história porque, nascidos em fazendas ou em pequenas cidades no interior, e isolados dentro de uma língua que não era falada em nenhum outro lugar do mundo, eles não sabiam avaliar a escala de forças que desde 1945 vinha arrasando o velho mundo colonial. Mas era errado dizer que tinham interpretado mal a história. Porque eles não faziam nenhuma leitura da história. Ao contrário, viravam as costas para ela, descartando a história como uma massa de enganos concatenados por estrangeiros que sentiam desprezo pelos africânderes e que fechariam os olhos se eles fossem massacrados pelos negros, até a última mulher e criança. Sozinhos e sem amigos na ponta remota de um continente hostil, eles erigiram seu Estado-fortaleza e se retiraram para trás de suas muralhas: ali manteriam a chama da civilização cristã ocidental acesa até finalmente o mundo recuperar a razão.

Era assim que falavam, mais ou menos, os homens que lideravam o Partido Nacional e o Estado de segurança, e durante longo tempo ele achou que falavam com sinceridade. Mas não mais. Essa conversa de salvar a civilização, ele tende a pensar agora, nunca foi nada além de um blefe. Por trás de uma cortina de fumaça de patriotismo, eles estão neste mesmo instante calculando por quanto tempo conseguirão manter a coisa em movimento (as minas, as fábricas) antes de precisar fazer as malas, retalhar qualquer documento comprometedor e voar para Zurique, Mônaco ou San Diego, onde, sob a capa de companhias de holding com nomes como Algro Trading ou Handfast Securities, eles compraram anos atrás mansões e apartamentos como seguro para o dia do juízo (*"dies irae, dies illa"*).

Segundo esse seu novo, revisado modo de pensar, os homens que mandaram o esquadrão de chacina a Francistown não têm nenhuma visão errônea da história, muito menos uma visão trágica. Na verdade, é muito provável que, por baixo do pano, riam das pessoas tolas a ponto de ter qualquer tipo de visão. Quanto ao destino da civilização cristã na África, eles nunca deram a menor importância a isso. E esses — esses! — são os homens em cujas sórdidas garras ele vive!

A desenvolver: a reação do pai ao momento presente comparada à sua: as diferenças e as semelhanças (primordiais).

1º DE SETEMBRO DE 1972

A casa em que ele mora com o pai é dos anos 1920. As paredes, construídas em parte com tijolos cozidos, mas no geral de barro e palha, estão agora a tal ponto apodrecidas com a umidade que sobe da terra que começaram a esfarelar. Isolá-las da umidade é tarefa impossível; o melhor que se pode fazer é construir uma calçada de concreto impermeável em torno da casa toda e esperar que sequem aos poucos.

Em um guia de melhoramentos domésticos, ele aprende que para cada metro de concreto vai precisar de três sacos de areia, cinco sacos de pedra e um saco de cimento. Se construir a calçada em torno da casa com dez centímetros de profundidade, calcula, vai precisar de trinta sacos de areia, cinquenta sacos de pedras e dez sacos de cimento, o que exigirá seis viagens à loja de materiais de construção, seis cargas completas de um caminhão de uma tonelada.

A meio caminho do primeiro dia de trabalho, dá-se conta de que cometeu um erro calamitoso. Ou leu errado o guia ou em seus cálculos confundiu metros cúbicos com metros quadrados. Vai precisar de muito mais que dez sacos de cimento, mais areia e mais pedra para assentar 96 metros quadrados de concreto. Vai precisar de muito mais que seis viagens à loja de materiais; vai ter de desistir de muito mais que apenas alguns fins de semana de sua vida.

Semana após semana, usando uma pá e um carrinho de mão, ele mistura areia, pedra, cimento e água; laje após laje, despeja o concreto líquido e nivela. Sente dor nas costas, os braços e pulsos estão duros a ponto de mal conseguir levantar uma caneta. Acima de tudo, o trabalho entedia. Mas não está infeliz. O que ele se vê fazendo é o que as pessoas como ele deviam estar fazendo desde 1652, ou seja, seu próprio trabalho sujo. Na verdade, quando se esquece do tempo que está ocupando, o trabalho começa a assumir um prazer próprio. Pode existir uma laje bem assentada cujo bom assentamento é evidente para todo mundo. As lajes que está assentando durarão mais que sua ocupação da casa, poderão durar mais até que sua estada na terra; e nesse caso ele terá, em certo sentido, enganado a morte. Uma pessoa pode passar o resto da vida cimentando lajes e toda noite cair no mais profundo sono, cansada com a dor do esforço honesto.

Quantos dos esfarrapados trabalhadores que passam por ele na rua são autores secretos de trabalhos que vão durar mais do que eles: estradas, paredes, pilares? Imortalidade de certo tipo, uma imortalidade limitada, não é tão difícil de conseguir afinal.

Por que então ele insiste em fazer sinais no papel, na vaga esperança de que pessoas ainda não nascidas venham a se dar ao trabalho de decifrá-los?

A desenvolver: sua prontidão em mergulhar em projetos furados; a facilidade com que ele deixa o trabalho criativo em prol de atividades em que não precisa pensar.

16 DE ABRIL DE 1973

O mesmo *Sunday Times* que, em meio a revelações de tórridos casos amorosos entre professores e alunas em cidades do interior, entre fotos de starlets fazendo biquinho em biquínis exíguos, traz revelações de atrocidades cometidas pelas forças de segurança, informa que o ministro do Interior concedeu um visto a Breyten Breytenbach permitindo que ele volte à terra natal para visitar seus pais doentes. Qualificado de um visto de compaixão; válido para Breytenbach e sua mulher.

Breytenbach deixou o país anos atrás para viver em Paris e logo depois estragou tudo casando com uma mulher vietnamita, quer dizer, uma não branca, uma asiática. Ele não só se casou com ela, mas, se alguém puder acreditar nos poemas em que ela aparece, apaixonou-se loucamente por ela. Apesar disso, diz o *Sunday Times*, o ministro, em sua compaixão, permitirá ao casal uma visita de trinta dias durante a qual a pretensa sra. Breytenbach será tratada como pessoa branca, temporariamente branca, honorariamente branca.

Desde o momento em que chegam à África do Sul, Breyten e Yolande, ele rusticamente bonito, ela delicadamente bela, são perseguidos pela imprensa. Lentes zoom captam cada momento íntimo quando eles saem em piquenique com amigos ou remam em um riacho na montanha.

Os Breytenbach fazem uma aparição pública em uma conferência literária na Cidade do Cabo. O salão está lotado até o teto de gente que veio para se extasiar. Em seu discurso, Breyten chama os africânderes de povo bastardo. Porque são bastardos e têm vergonha de sua bastardia, diz, é que inventaram o esquema utópico de separação forçada das raças.

Seu discurso é saudado com uma imensa ovação. Logo depois, ele e Yolande voam de volta para Paris e os jornais de domingo retornam ao seu menu de ninfetas maliciosas, esposas infiéis e assassinatos de Estado.

A explorar: a inveja que sul-africanos brancos (homens) sentem de Breytenbach por sua liberdade de viajar pelo mundo e seu acesso ilimitado a uma bela e exótica companheira sexual.

2 DE SETEMBRO DE 1973

No cinema Empire, em Muizenberg, noite passada, um filme antigo de Kurosawa, *Viver*. Um burocrata chato descobre que está com câncer e tem apenas poucos meses para viver. Ele fica atordoado, não sabe o que fazer consigo mesmo, para onde correr.

Leva sua secretária, uma mulher borbulhante, mas vazia, para tomar chá. Quando ela tenta ir embora, ele a detém, agarrando seu braço. "Quero ser como você!", diz. "Mas não sei como!" Ela sente repulsa pela crueza de seu apelo.

Questão: como ele reagiria se seu pai agarrasse seu braço daquele jeito?

13 DE SETEMBRO DE 1973

De uma agência de empregos onde deixou seus dados ele recebe um chamado. Um cliente está procurando assessoria para questões de linguagem, paga por hora: está interessado? Questões de linguagem de que natureza, ele pergunta? A agência não sabe responder.

Ele telefona para o número fornecido, marca uma hora para ir a um endereço em Sea Point. O cliente é uma mulher na casa dos sessenta, uma viúva cujo marido partiu deste mundo deixando o grosso de suas consideráveis propriedades em um fundo controlado por seu irmão. Indignada, a viúva decidiu questionar o testamento. Mas todos os advogados que consultou a aconselharam a não tentar. O testamento, dizem, é inalterável. Mesmo assim, ela se recusa a desistir. Os advogados, está convencida, se equivocaram com as palavras do testamento. Portanto ela desistiu dos advogados e em vez disso solicita assessoria especializada na área linguística.

Com uma xícara de chá ao lado, ele examina o último testamento do falecido. O que diz é perfeitamente claro. Para a viúva ficam o apartamento em Sea Point e uma soma em dinheiro. O restante das propriedades vai para um fundo em benefício dos filhos dele de um casamento anterior.

"Temo que não possa ajudar a senhora", ele diz. "O texto não tem nenhuma ambiguidade. Só pode ser lido de um jeito."

"E isto aqui?", diz ela. Inclina-se sobre o ombro dele e enfia um dedo no texto. A mão dela é pequena, a pele manchada; no terceiro dedo um diamante num engaste extravagante. "Em que se diz *Não obstante o que foi dito acima.*"

"Diz que, se a senhora comprovar desamparo financeiro, poderá recorrer ao apoio do fundo."

"E esse *não obstante?*"

"Quer dizer que o que foi determinado nessa cláusula é uma exceção ao que foi determinado antes e tem precedência sobre isso."

"Mas significa também que o fundo não pode se opor à minha pretensão. O que quer dizer *obstar* senão isso?"

"Não é uma questão do que significa *obstar*. É uma questão de o que significa *não obstante o que foi dito acima*. É preciso tomar essa frase como um todo."

Ela solta um ronco impaciente. "Estou pagando os seus serviços como perito em inglês, não como advogado", diz ela. "O testamento está escrito em inglês, com palavras inglesas. O que as palavras significam? O que significa *não obstante*?"

Uma louca, ele pensa. *Como vou sair dessa?* Mas é claro que ela não é louca. Simplesmente está nas garras da raiva e da ambição: raiva contra o marido que escapou de suas mãos, ambiciosa do dinheiro dele.

"Pelo que eu entendo da cláusula", diz ela, "se eu recorrer, então ninguém, nem o meu cunhado, pode se opor. Porque é isso que quer dizer *não obstante*: ele não pode me obstar. Senão, qual o sentido de usar a palavra? Entende o que eu quero dizer?"

"Entendo o que quer dizer", ele respondeu.

Sai da casa com um cheque de dez rands no bolso. Quando entregar o relatório, seu relatório de perito, ao qual terá anexado uma cópia, reconhecida por um comissário juramentado, do diploma que faz dele um comentador perito no sentido das palavras inglesas, inclusive das palavras *não obstante*, receberá os restantes trinta rands de sua remuneração.

Ele não entrega relatório nenhum. Dispensa o dinheiro que lhe é devido. Quando a viúva telefona para perguntar o que aconteceu, ele desliga o aparelho suavemente.

Traços do personagem dele que emergem da história: (a) integridade (ele se recusa a ler o testamento do jeito que sua empregadora quer que leia); (b) ingenuidade (ele perde a oportunidade de ganhar algum dinheiro muito necessário).

31 DE MAIO DE 1975

A África do Sul não está formalmente em estado de guerra, mas poderia muito bem estar. À medida que aumenta a resistência, a vigência da lei vai sendo suspensa passo a passo. A polícia e as pessoas que controlam a polícia (do mesmo jeito que caçadores controlam matilhas de cães) estão agora mais ou menos à vontade. À guisa de notícias, o rádio e a televisão divulgam as mentiras oficiais. Mas sobre todo aquele lamentável e mortífero espetáculo paira um ranço no ar. Os velhos gritos das manifestações — *Apoiem a civilização branca e cristã! Respeitem os sacrifícios dos nossos antepassados!* — perderam toda força. Os jogadores de xadrez chegaram ao fim do jogo e todo mundo sabe disso.

Porém, à medida que o jogo aos poucos perde força, vidas humanas estão sendo devoradas — devoradas e cagadas. Assim como é destino de algumas gerações serem destruídas pela guerra, parece destino da geração atual ser esmagada pela política.

Se Jesus tivesse se rebaixado a fazer o jogo político, ele poderia ter se tornado um homem-chave na Judeia romana, um grande operador. Porque ele era indiferente à política, e deixou clara essa indiferença, é que foi liquidado. Mas ficar fora da política toda a vida e a própria morte também: esse foi o exemplo que ele estabeleceu para seus seguidores.

Estranho ele se pegar considerando Jesus como um guia. Mas onde poderia procurar guia melhor?

Cautela: evitar pôr ênfase demais no interesse dele por Jesus e transformar isto aqui numa narrativa sobre a busca do caminho verdadeiro.

2 DE JUNHO DE 1975

A casa do outro lado da rua tem novos proprietários, um casal mais ou menos da mesma idade que ele, com filhos novos e uma BMW. Ele não presta atenção a eles até que um dia batem na porta. "Olá, eu sou David Truscott, seu novo vizinho. Fiquei trancado para fora. Posso usar seu telefone?" E então, pensando melhor: "Não conheço você?".

De repente eles se dão conta. De fato já se conheciam. Em 1952, David Truscott e ele estiveram na mesma classe, nível 6, no St. Joseph's College. Poderiam ter avançado lado a lado ao longo de todo o ensino secundário, se David não tivesse repetido o nível 6 e ficado para trás. Não era difícil ver por que havia sido reprovado. No nível 6 entra álgebra e de álgebra David não entendia nada, sendo nada aqueles x, y, z que lá estavam para libertar a pessoa do tédio da aritmética. Em latim também, David nunca conseguiu pegar o jeito das coisas: do subjuntivo, por exemplo. Mesmo em idade tão tenra, parecia claro que David se daria melhor fora da escola, longe do latim e da álgebra, no mundo real, contando dinheiro num banco ou vendendo sapatos.

Mas embora apanhasse regularmente por não entender as coisas (surras que ele aceitava filosoficamente, embora de vez em quando seus óculos se turvassem de lágrimas), David Truscott insistiu nos estudos, sem dúvida com a retaguarda dos pais.

De um jeito ou de outro, ele batalhou no nível 6, depois no nível 7 e assim por diante, até o nível 10; e agora ali estava, vinte anos depois, alinhado, esperto, próspero e, no fim, tão preocupado com os negócios que, quando saíra para o escritório de manhã, esquecera a chave e — como sua esposa tinha levado as crianças a uma festa — não conseguia entrar em casa.

"Com o que você trabalha?", ele pergunta para David, mais que curioso.

"Marketing. Estou no grupo Woolworths. E você?"

"Ah, eu estou numa transição. Dava aulas numa universidade nos Estados Unidos, agora estou procurando um trabalho aqui."

"Bom, temos de nos encontrar. Venha tomar um drinque, trocar figurinhas. Tem filhos?"

"Sou filho. Quer dizer, moro com meu pai. Meu pai está ficando velho. Precisa de cuidados. Mas entre. O telefone é ali."

Então David Truscott, que não entendia x e y, é um próspero marketeiro ou marqueteiro, enquanto ele, que não teve nenhum problema para entender x e y e muitas outras coisas, é um intelectual desempregado. O que isso sugere das engrenagens do mundo? O que parece sugerir mais obviamente é que o caminho que passa pelo latim e pela álgebra não é o caminho do sucesso material. Mas pode sugerir mais: que entender as coisas é uma perda de tempo; que, se você quer ter sucesso no mundo, uma família feliz, uma bela casa e uma BMW, você deve não tentar entender as coisas, mas simplesmente somar os números ou apertar os botões, ou fazer qualquer outra coisa que torne os marqueteiros tão ricamente recompensados.

Nesse caso, David Truscott e ele não se reúnem para o prometido drinque, nem trocam as prometidas figurinhas. Se acontece de uma noite ele estar no jardim rastelando as folhas na hora em que David Truscott volta do trabalho, os dois trocam um aceno de mão ou de cabeça, cada um de um lado da rua, mas nada mais que isso. Ele vê a sra. Truscott um pouco mais frequentemente, uma criatura pálida e pequena permanentemente ralhando com as crianças para entrarem ou saírem do segundo carro; mas não foram apresentados e ele não tem ocasião de falar com ela. A rua Tokai é movimentada, perigosa para crianças. Não existe nenhuma boa razão para os Truscott atravessarem para o lado dele, ou ele atravessar para o deles.

3 DE JUNHO DE 1975

Do lugar onde ele e Truscott moram basta caminhar cerca de um quilômetro rumo ao sul para estar frente a frente com Pollsmoor. Pollsmoor — ninguém se dá ao trabalho de chamá-la de Prisão Pollsmoor — é um lugar de encarceramento circundado por altos muros, arame farpado e torres de vigia. Um dia ergueu-se isolada em uma vastidão arenosa de vegetação rasteira. Mas, ao longo dos anos, primeiro hesitantemente, depois com maior confiança, os incorporadores de subúrbios residenciais foram chegando mais perto, até que agora, cercada por nítidas fileiras de casas das quais honestos cidadãos emergem toda manhã para desempenhar seu papel na economia nacional, Pollsmoor é que se tornou uma anomalia na paisagem.

Claro que é uma ironia o *gulag* sul-africano destacar-se tão obscenamente no subúrbio branco, que o mesmo ar que ele e os Truscott respiram deva passar pelos pulmões de meliantes e criminosos. Mas para os bárbaros, como apontou Zbigniew Herbert, a ironia é como o sal: você tritura entre os dentes e goza um sabor momentâneo; mas quando o sabor se vai, os fatos brutos ainda estão diante de você. Então: o que fazer com o fato bruto de Pollsmoor quando a ironia acabar?

Continuação: *as vans do Serviço de Prisões que passam pela rua Tokai a caminho dos tribunais; flashes de rostos, dedos agarrados às janelas gradeadas; que histórias os Truscott contam a seus filhos para explicar aquelas mãos e rostos, alguns desafiantes, alguns desamparados.*

Julia

Dra. Frankl, a senhora teve a oportunidade de ler as páginas que enviei dos cadernos de John Coetzee para os anos de 1972 a 1975, anos em que a senhora esteve mais ou menos próxima dele. Só para introduzir seu depoimento, penso que a senhora talvez tenha alguma coisa a dizer sobre essas anotações. A senhora reconhece nelas o homem que conheceu? Reconhece o país e a época que ele descreve?

Sim, eu me lembro da África do Sul. Me lembro da rua Tokai, me lembro das vans cheias de prisioneiros a caminho de Pollsmoor. Me lembro muito bem.

Nelson Mandela, é claro, estava preso em Pollsmoor. A senhora ficou surpresa de Coetzee não mencionar Mandela como um vizinho próximo?

Mandela só foi transferido para Pollsmoor mais tarde. Em 1975 ele ainda estava na ilha Robben.

Claro, tinha me esquecido disso. E quais eram as relações de Coetzee com o pai? Ele e o pai moraram juntos durante algum tempo depois da morte da mãe. A senhora conheceu o pai dele?

Estive com ele várias vezes.

A senhora via o pai no filho?

Está perguntando se John era parecido com o pai? Fisicamente, não. O pai dele era menor e mais magro: um homem baixo e elegante, bonito à sua maneira, embora evidentemente não estivesse bem. Ele bebia escondido, fumava, e em termos gerais não se cuidava, enquanto John era um abstêmio bem radical.

E sob outros aspectos? Eles eram parecidos sob outros aspectos?

Os dois eram solitários. Socialmente inaptos. Reprimidos, no sentido mais amplo da palavra.

E como a senhora conheceu John Coetzee?

Já vamos falar disso. Mas primeiro, tem uma coisa que eu não entendi nas páginas dos diários dele que o senhor me mandou, as passagens em itálico: *a desenvolver* e tal. Quem escreveu aquilo? O senhor?

Não, foi o próprio Coetzee que escreveu. São lembretes para si mesmo, escritos em 1999 ou 2000, quando ele estava pensando em retrabalhar seus diários em um livro. Depois, ele desistiu da ideia.

Entendo. Como eu conheci John. Topei com ele num supermercado. Isso foi no verão de 1972, não muito depois de ele ter mudado para o Cabo. Ao que tudo indica eu passava muito tempo em supermercados naquela época, muito embora as nossas necessidades, quer dizer, minhas e da minha filha, fossem bastante simples. Eu ia fazer compras porque estava entediada, porque precisava sair de casa, mas principalmente porque o supermercado me deixava em paz e me dava prazer: arejado, branco, limpo, a *muzak*, o chiado suave das rodas dos carrinhos. E depois havia todas aquelas ofertas: este molho de espaguete contra aquele molho de espaguete, esta pasta de dentes contra aquela pasta de dentes, e assim por diante, sem fim. Eu achava aquilo tranquilizador. Fazia bem para a alma. Outras mulheres que eu conhecia jogavam tênis ou praticavam ioga. Eu fazia compras.

Era o auge do apartheid, os anos 1970, então não se viam muitos negros num supermercado, a não ser, é claro, os funcionários. Não se viam muitos homens também. Isso era parte do prazer. Eu não tinha de representar. Podia ser eu mesma.

Não se viam muitos homens, mas na filial da Pick n Pay da Tokai havia um que me chamava a atenção de vez em quando. Eu notei a presença dele, mas ele não notou a minha, estava absorto demais nas compras. Gostei daquilo. Na aparência, ele não era o que a maioria das pessoas chamaria de atraente. Era esquelético, tinha barba, usava óculos de armação de chifre e sandálias. Parecia deslocado, como um pássaro, um daqueles pássaros que não voam; ou um daqueles cientistas desligados que tivesse saído sem querer do laboratório. Havia nele também um ar de desânimo, um ar de fracasso. Desconfiei que não havia nenhuma mulher na vida dele e, no fim das contas, eu tinha razão. O que estava claro era que ele precisava de alguém para cuidar dele, alguma hippie veterana, com colar de contas, axilas peludas e sem maquiagem, que pudesse fazer as compras, cozinhar e fazer a limpeza para ele, talvez fornecer a maconha para ele também. Não cheguei perto a ponto de conferir os pés dele, mas podia apostar que estava com as unhas dos pés sem cortar.

Naquela época, eu sempre sabia quando um homem estava olhando para mim. Sentia uma pressão nos membros, nos seios, a pressão do olhar masculino, às vezes sutil, às vezes não tão sutil. O senhor não vai entender do que eu estou falando, mas qualquer mulher entende. Com aquele homem não havia nenhuma pressão perceptível. Nenhuma.

Então um dia a coisa mudou. Eu estava parada na frente da estante de papelaria. O Natal estava chegando e eu queria escolher papel de embrulho, sabe, papel com motivos alegres de Natal, velas, árvores, renas. Um rolo escorregou, por acaso, e quando abaixei para pegar derrubei outro rolo. Atrás de mim, ouvi uma voz de homem: "Deixe que eu pego". Claro que era o nosso homem, John Coetzee. Ele pegou os dois rolos, que eram bem compridos, de um metro talvez, e devolveu para mim, e quando fez isso, se intencionalmente ou não até hoje não sei dizer, apertou os rolos contra o meu seio. Durante um ou dois segundos, usando o comprimento dos rolos, pode-se dizer que ele cutucou meus seios.

Foi ofensivo, claro. Ao mesmo tempo, não era importante. Tentei não mostrar nenhuma reação: não baixei os olhos, não fiquei vermelha, com toda certeza não sorri. "Obrigada", eu disse com voz neutra, virei e continuei o que estava fazendo.

Mesmo assim, foi um ato deliberado, não dá para fingir que não foi. Se iria se diluir e se perder no meio de todos os outros momentos deliberados só o tempo poderia dizer. Mas não era fácil de ignorar, aquele toque íntimo, inesperado. De fato, quando me vi em casa cheguei a levantar meu sutiã para examinar o seio em questão. Não tinha marca nenhuma, claro. Só um seio, o seio inocente de uma mulher jovem.

Aí, uns dois dias depois, eu vinha voltando para casa quando vi, a pé, o Sr. Cutucão, carregando as sacolas de compras pela rua Tokai. Sem pensar duas vezes, parei e ofereci uma carona (o senhor é muito jovem para saber, mas naquela época a gente ainda oferecia caronas).

A Tokai dos anos 1970 era o que se podia chamar de um subúrbio ascendente. Embora os terrenos não fossem baratos, havia muitas construções em andamento. Mas a casa em que John morava era de uma época anterior. Era um dos chalés que abrigavam os lavradores quando Tokai ainda era agrícola. Tinham instalado eletricidade e água encanada, mas como casa era ainda bem básica. Deixei John no portão; ele não me convidou para entrar.

O tempo passou. Então, rodando um dia por acaso na frente da casa, que ficava na própria rua Tokai, uma rua importante, vi John de novo. Estava parado na carroceria de uma caminhonete, descarregando areia com uma pá num carrinho de mão. Estava de short; ele era pálido e não especialmente forte, mas parecia saber o que estava fazendo.

O esquisito naquela cena é que não era costume, naquela época, um homem branco fazer trabalho braçal, trabalho não especializado. Serviço de cafre, era como se chamava no geral, trabalho que se pagava para alguém fazer. Não era exatamente vergonhoso ser visto mexendo a areia com uma pá, mas era por certo constrangedor, entende?

O senhor me pede para dar uma ideia de como John era naquela época, mas não posso traçar um retrato sem o que havia em torno, senão algumas coisas o senhor não vai entender.

Entendo. Quer dizer, eu aceito isso.

Segui em frente, como eu disse, não diminuí a marcha, não acenei. A história toda podia ter terminado aí, a ligação toda, e o senhor não estaria aqui conversando comigo, provavelmente estaria em algum outro país ouvindo a conversa de alguma outra mulher. Mas o que aconteceu foi que pensei no assunto e voltei.

"Oi, o que está aprontando?", perguntei.

"Como pode ver: estou descarregando areia", ele disse.

"Mas para quê?"

"Reforma. Quer dar uma olhada?" E desceu da caminhonete.

"Agora não", eu disse. "Outro dia. É sua essa picape?"

"É."

"Então você não precisa ir a pé até as lojas. Pode ir de carro."

"Posso." E aí ele perguntou: "Você mora por aqui?".

"Mais adiante", respondi. "Depois da Constantiaberg. No mato."

Era uma piada, o tipo de piadinha que corria entre sul-africanos brancos naquela época. Porque é claro que não era verdade que eu morava no mato. As únicas pessoas que moravam no mato, na mata mesmo, eram os negros. O que era para ele entender era que eu morava em um daqueles empreendimentos novos recortados da vegetação ancestral da Península do Cabo.

"Bom, não quero incomodar", eu disse. "O que você está construindo?"

"Não estou construindo, só concretando", ele disse. "Não sei o suficiente para construir." O que tomei como uma piadinha dele para responder a minha. Porque ele não era nem rico, nem bonito, nem atraente — nada disso ele era —, então, se não fosse inteligente, não sobrava mais nada para ser. Mas é claro que tinha de ser inteligente. Ele até parecia inteligente, daquele jeito que os cientistas que passam a vida curvados em cima dos microscópios parecem inteligentes: uma espécie de inteligência estreita, míope que combina com óculos de aro de chifre.

O senhor tem de acreditar quando eu digo que nada — nada! — podia estar mais longe da minha cabeça do que flertar com aquele homem. Porque ele não tinha nenhuma presença sexual. Era como se tivesse sido borrifado da cabeça aos pés com um spray neutralizador, um spray assexuado. Com toda certeza ele era culpado de ter me cutucado o seio com um rolo de papel de Natal: eu não tinha esquecido disso, meu seio ainda guardava a lembrança. Mas o mais provável, eu disse para mim mesma naquele momento, era que não fosse nada além de um acidente desajeitado, uma atitude de *Schlemiel*.

Então, por que eu reconsiderei? Por que voltei? Não é uma pergunta fácil de responder. Se existe uma coisa chamada simpatizar com alguém, não tenho certeza de que eu tenha simpatizado com John, não durante um bom tempo. Não era fácil simpatizar com ele, toda a postura dele diante do mundo era muito fechada, muito defensiva. Acho que a mãe dele devia simpatizar com ele quando era pequeno, devia ter gostado dele, porque para isso é que serve mãe. Mas era difícil imaginar alguém mais fazendo isso.

O senhor não se importa que eu fale francamente, não é? Então, vou completar o quadro. Na época, eu estava com vinte e seis anos e só tinha tido relações carnais com dois homens. Dois. O primeiro, um garoto que eu conheci quando tinha quinze anos. Durante anos, até ele ser convocado para o exército, nós dois éramos grudados como gêmeos. Depois que ele foi embora, chorei durante algum tempo, me fechei, e aí encontrei um novo namorado. Com o novo namorado eu fiquei grudada como gêmea durante todos os anos de estudante; assim que a gente se formou, ele e eu casamos com a bênção de ambas as famílias. Nos dois casos era tudo ou nada. Minha natureza sempre foi assim: tudo ou nada. Então, aos vinte e seis anos, eu era, sob muitos aspectos, uma ingênua. Não fazia a menor ideia, por exemplo, de como fazer para seduzir um homem.

Não me entenda mal. Não que eu levasse uma vida protegida. Não era possível levar uma vida protegida nos círculos que eu e meu marido frequentávamos. Mais de uma vez, em coquetéis, algum homem, geralmente algum conhecido de negócios do meu marido, me levava para um canto, chegava perto e perguntava em voz baixa se eu não me sentia sozinha no subúrbio, com Mark longe durante tanto tempo, se eu não queria sair um dia na semana seguinte para almoçar. Claro que eu não aceitava o jogo, mas era assim, concluí, que começavam as relações extraconjugais. Um homem estranho convida você para almoçar e depois do almoço leva você até um chalé de praia que pertence a um amigo, do qual ele tem a chave por acaso, ou a um hotel na cidade, e aí se dá a parte sexual da transação. Então, no dia seguinte, o homem telefona para dizer o quanto gostou de ficar com você e se você não quer encontrar com ele de novo na terça-feira. E assim vai, de terça em terça, os almoços discretos, os episódios na cama, até o homem parar de telefonar ou você parar de atender os chamados dele; e o resumo disso tudo se chamava ter um caso.

No mundo dos negócios — daqui a pouco eu falo mais do meu marido e dos negócios dele — havia muita pressão sobre os homens — pelo menos naquela época havia uma pressão — para terem esposas apresentáveis e, consequentemente, sobre as esposas para serem apresentáveis; apresentáveis e tolerantes também, dentro de certos limites. Por isso que, mesmo meu marido ficando chateado quando contei para ele que os colegas estavam me cantando, ele e os colegas mantiveram relações cordiais. Nenhuma demonstração de ofensa, nenhuma briga de socos, nada de duelos ao amanhecer; só, de vez em quando, uns ataques de braveza e mau humor nos limites do lar.

A questão toda de quem estava dormindo com quem, naquele mundinho fechado, me parece agora, quando olho para trás, mais sombria do que qualquer um estava disposto a admitir, mais sombria, mais sinistra. Os homens ao mesmo tempo gostavam e não gostavam que as suas esposas fossem cobiçadas por outros homens. Eles se sentiam ameaçados, mas ficavam excitados ao mesmo tempo. E as mulheres, as esposas, ficavam excitadas também: eu teria de ser cega para não enxergar isso. Excitação para todo lado, um invólucro de excitação libidinosa. Do qual eu decididamente me esquivei. Nas festas que eu mencionei, eu era apresentável conforme o exigido, mas nunca fui tolerante.

A consequência foi que não fiz amigas entre as esposas, que então cochichavam e concluíam que eu era fria e arrogante. E além do mais, faziam de tudo para que esse veredicto chegasse até mim. Quanto a mim, eu gostaria de poder dizer que não dava a mínima, mas não seria verdade, eu era muito jovem e insegura.

Mark não queria que eu dormisse com outros homens. Ao mesmo tempo, queria que outros homens vissem com que tipo de mulher ele estava casado, e que ficassem com inveja dele. Acho que a mesma coisa vale para os amigos e colegas dele: queriam que as esposas dos outros homens caíssem na sua cantada, mas queriam que as próprias esposas continuassem castas — castas e sedutoras. Logicamente não fazia sentido. Como microssistema social era insustentável. Mas eram empresários, o que os franceses chamam de homens de negócios, astutos, espertos (em outro sentido da palavra *esperto*), homens que conheciam sistemas, quais sistemas eram sustentáveis, quais não eram. Por isso que eu digo que o sistema de lícito ilícito de que eles participavam era mais sombrio do que estavam dispostos a admitir.

385

Esse sistema só podia continuar funcionando, a meu ver, com considerável preço psíquico sobre eles, e só na medida em que eles se recusassem a admitir o que, em certo nível, eles deviam saber.

No começo do nosso casamento, meu e de Mark, quando tínhamos tanta segurança um do outro que achávamos que nada poderia nos abalar, fizemos um pacto de que não teríamos segredos um para o outro. De minha parte, esse pacto ainda valia na época de que estou falando. Eu não escondia nada de Mark. Não escondia nada porque não tinha nada para esconder. Mark, por outro lado, tinha transgredido uma vez. Tinha transgredido e confessado essa transgressão, tinha ficado abalado com as consequências. Depois dessa sacudida, ele concluiu, em particular, que era mais conveniente mentir do que contar a verdade.

A área em que Mark trabalhava era serviços financeiros. A empresa dele apontava oportunidades de investimento para os clientes e gerenciava seus investimentos. Os clientes eram na maioria sul-africanos ricos que tentavam tirar seu dinheiro do país antes que o país implodisse (palavra que eles usavam) ou explodisse (palavra que eu preferia). Por razões que nunca ficaram claras para mim — afinal, mesmo naquela época, existia uma coisa chamada telefone — o trabalho dele exigia que viajasse uma vez por semana para a filial em Durban, para o que ele chamava de consultoria. Somando as horas e os dias, ele passava tanto tempo em Durban quanto em casa.

Um dos colegas que Mark tinha de consultar no escritório de Durban era uma mulher chamada Yvette. Ela era mais velha que ele, africânder, divorciada. No começo, ele falava abertamente dela. Ela chegou a telefonar em casa, para falar de negócios, ele disse. De repente, toda menção a Yvette parou. "Algum problema com a Yvette?", eu perguntei para Mark. "Não", ele disse. "Acha que ela é bonita?" "Não muito."

Por causa dessa atitude evasiva eu adivinhei que estava acontecendo alguma coisa. Comecei a prestar atenção em pequenos detalhes: recados que inexplicavelmente não chegavam até ele, voos perdidos, coisas assim.

Um dia, quando ele voltou de uma dessas ausências prolongadas, eu me confrontei com ele cara a cara. "Não consegui falar com você no hotel ontem à noite", eu disse. "Você estava com a Yvette?"

"Estava", ele respondeu.

"Foi para a cama com ela?"

"Fui", ele respondeu (*desculpe, não posso mentir*).

"Por quê?", eu perguntei.

Ele deu de ombros.

"Por quê?" eu insisti.

"Porque sim", ele respondeu.

"Bom, vá tomar no cu", eu disse, virei as costas para ele e me tranquei no banheiro, onde eu não chorei — a ideia de chorar nem me passou pela cabeça —, mas, ao contrário, sufocando de desejo de vingança, espremi um tubo inteiro de pasta de dentes e um tubo inteiro de musse para cabelo dentro da pia, enchi tudo com água quente, mexi com uma escova de cabelo e mandei tudo embora pelo ralo.

Esse é o quadro geral. Depois desse episódio, quando essa confissão não encontrou a aceitação que ele estava esperando, ele passou a mentir. "Você ainda se encontra com a Yvette?", perguntei depois de mais uma das viagens dele.

"Tenho de encontrar a Yvette, não tenho escolha, nós trabalhamos juntos", ele respondeu.

"Mas você ainda se encontra com ela *daquele* jeito?"

"O que você chama de *aquele jeito* acabou", ele disse. "Só aconteceu uma vez."

"Uma ou duas", eu disse.

"Uma", ele repetiu, consolidando a mentira.

"Na verdade, foi uma bobagem", propus.

"Exatamente. Uma bobagem." — E com isso cessou a troca de palavras entre nós, palavras e tudo o mais, aquela noite.

Cada vez que Mark mentia, ele tomava o cuidado de me olhar diretamente nos olhos. *Encarar Julia*: devia ser o que ele pensava. Era por causa desse olhar direto dele que eu conseguia dizer — infalivelmente — que ele estava mentindo. O senhor não acredita como o Mark era ruim para mentir — como os homens em geral mentem mal. Que pena eu não ter nada sobre o que mentir, pensei. Podia mostrar para o Mark umas coisinhas, em termos de técnica.

Cronologicamente falando, Mark era mais velho que eu, mas não era assim que eu via as coisas. No meu entender, eu era a mais velha da nossa família, seguida pelo Mark, que tinha uns treze anos, seguido da nossa filha Christina, que ia fazer dois no próximo aniversário. No tocante a maturidade, meu marido, portanto, estava mais próximo da nossa filha do que de mim.

Quanto ao Sr. Cutucão, o Sr. Espeto, o homem que despejava areia da carroceria da caminhonete — para voltar a ele —, eu não fazia ideia da idade dele. Por mim, ele podia ser outro de treze anos. Ou podia ser, na verdade, *mirabile dictu*, um adulto. Eu ia ter de esperar para ver.

"Eu errei por um fator de seis", ele disse (ou talvez fosse dezesseis, eu não estava prestando muita atenção). "Em vez de uma tonelada de areia, seis (ou dezesseis) toneladas de areia. Em vez de uma tonelada e meia de brita, dez toneladas de brita. Eu devia estar maluco."

"Maluco", eu disse, para ganhar tempo enquanto pensava.

"Para fazer um erro desses."

"Eu erro nas contas o tempo todo. Ponho a vírgula do decimal no lugar errado."

"É, mas um fator de seis não é a mesma coisa que deslocar a vírgula decimal. A não ser que você seja um sumério. De qualquer forma, a resposta para a sua pergunta é que isto aqui vai demorar uma eternidade."

Qual pergunta?, eu me perguntei. E o que era o *isto aqui* que ia demorar uma eternidade?

"Tenho de ir agora", eu disse. "Tenho uma filha esperando para almoçar."

"Você tem filhos?"

"Tenho, uma filha. Por que não teria? Sou uma mulher adulta com um marido e uma filha que eu tenho de alimentar. Por que a surpresa? Por que mais eu precisaria passar tanto tempo no Pick n Pay?"

"Por causa da música?", ele sugeriu.

"E você? Tem família?"

"Tenho um pai que mora comigo. Ou eu moro com ele. Mas não tenho família no sentido convencional. Minha família já era."

"Esposa? Filhos?"

"Nem esposa, nem filhos. Voltei a ser um filho."

Elas sempre me interessaram, essas conversas entre seres humanos em que as palavras não têm nada a ver com o tráfego de pensamentos pela cabeça. Enquanto ele e eu conversávamos, por exemplo, minha lembrança lançou a imagem visual do estranho realmente repulsivo, com pelos pretos cerrados saindo das orelhas e do colarinho da camisa, que no último churrasco tinha, muito tranquilamente, posto a mão no meu traseiro enquanto eu me servia de salada: não me acariciou nem beliscou, simplesmente segurou a minha nádega com a mãozona. Se essa imagem estava dominando minha mente, o que poderia estar dominando a mente daquele outro homem ali, menos hirsuto? E que sorte a maioria das pessoas, mesmo gente que não era boa em mentir direto, ter competência suficiente ao menos para não revelar o que está acontecendo por dentro, nem pelo menor tremor de voz, nem pela dilatação da pupila!

"Bom, até logo", eu disse.

"Até logo", ele respondeu.

Voltei para casa, paguei a faxineira, dei almoço para a Chrissie e pus a menina para dormir a soneca da tarde. Depois, assei duas fôrmas de biscoitos de chocolate. Quando os biscoitos ainda estavam quentes, voltei até a casa da rua Tokai. Era um lindo dia sem vento. Seu homem (lembre-se, nessa altura eu ainda não sabia o nome dele) estava no quintal, fazendo alguma coisa com madeira, um martelo e pregos. Despido até a cintura; os ombros vermelhos onde tinham pegado sol.

"Oi", eu falei. "Você devia pôr uma camisa, este sol não vai te fazer bem. Olhe, trouxe uns biscoitos para você e seu pai. São melhores que aquilo que você compra no Pick n Pay."

Parecendo desconfiado, de fato parecendo bem irritado, ele pôs de lado as ferramentas e pegou o pacote. "Não posso convidar você para entrar, está muito bagunçado", ele disse. Evidentemente, eu não era bem-vinda.

"Não tem problema", falei. "Não posso mesmo ficar, tenho de voltar para a minha filha. Foi só um gesto de boa vizinhança. Será que você e seu pai gostariam de vir jantar em casa uma noite? Um jantar de bons vizinhos?"

Ele deu um sorriso, o primeiro sorriso que eu recebia dele. Não um sorriso atraente, boca muito presa. Ele tinha vergonha dos dentes, que não estavam em bom estado. "Obrigado", ele disse, "mas vou ter de falar com meu pai primeiro. Ele não é de dormir tarde."

"Diga para ele que não seria até tarde", eu falei. "Vocês podem comer e ir embora, não vou me ofender. Seríamos só nós três. Meu marido está viajando."

O senhor deve estar ficando preocupado, sr. Vincent. *No que eu fui me meter?*, o senhor deve estar se perguntando. *Como essa mulher pode fingir que se lembra perfeitamente de uma conversa tão mundana de três ou quatro décadas atrás? E quando ela vai falar do que interessa?* Então, falo com franqueza: eu invento as palavras, a conversa, enquanto falo. O que deve ser permitido, eu suponho, uma vez que estamos falando de um escritor. O que estou contando pode não ser ao pé da letra, mas é fiel ao espírito da coisa, isso eu garanto. Posso continuar?

[Silêncio.]

Eu rabisquei o número do meu telefone na caixa de biscoitos. "E vou contar meu nome também", falei, "no caso de você estar querendo saber. Meu nome é Julia."

"Julia. Como flui docemente a liquefação das roupas dela."

"É mesmo", eu disse. Liquefação. O que ele quis dizer com isso?

Ele veio, conforme o prometido, na noite seguinte, mas sem o pai. "Meu pai não está se sentindo bem", ele disse. "Tomou uma aspirina e foi para a cama."

Comemos na mesa da cozinha, nós dois, com Chrissie no meu colo. "Cumprimente o tio", eu disse para Chrissie. Mas Chrissie não quis nem saber do estranho. Uma criança percebe quando está para acontecer alguma coisa. Sente no ar.

Na verdade, Christina nunca gostou de John, nem nessa hora, nem depois. Em pequena ela era loira, de olhos azuis, como o pai, bem diferente de mim. Vou mostrar uma foto. Às vezes, eu sentia que como ela não tinha me puxado na aparência, nunca ia gostar de mim. Estranho. Eu era a que trabalhava e cuidava de tudo na casa, mas em comparação com Mark eu era a intrusa, a escura, a estranha.

391

O tio. Foi assim que eu chamei John na frente dela. Depois, eu me arrependi. É uma coisa meio sórdida fazer um amante passar por membro da família.

Enfim, nós jantamos, conversamos, mas o brilho, a excitação estava começando a desaparecer para mim, a me deixar chateada. A não ser pelo incidente com o papel de embrulho no supermercado, que eu podia ou não ter entendido errado, fui eu que fiz toda a aproximação, que fiz o convite. *Agora chega, basta*, eu disse para mim mesma. *Agora depende dele dar o próximo passo ou não dar o próximo passo*. Por assim dizer.

Na verdade, eu não levo jeito para sedutora. Eu não gostava nem da palavra, com suas insinuações de lingerie de rendinhas e perfume francês. Foi exatamente para não cair no papel de sedutora que eu não vesti nada especial para aquela ocasião. Usei a mesma blusa branca de algodão e calça verde de tergal (é, tergal) que eu tinha usado no supermercado de manhã. O que você vê é o que você leva.

Não ria. Tenho plena consciência do quanto eu estava me portando como um personagem de livro — como uma daquelas mulheres idealistas em Henry James, digamos, decididas, apesar do que lhes diz o instinto, a fazer a coisa moderna, difícil. Principalmente quando as minhas colegas, as esposas dos colegas de Mark na firma, procuravam orientação não em Henry James nem George Eliot, mas na *Vogue*, na *Marie Claire* ou na *Fair Lady*. Mas também, para que servem os livros senão para mudar a nossa vida? O senhor viria até Ontario para ouvir o que eu tenho a dizer, se não acreditasse que os livros são importantes?

Não, não viria.

Exatamente. E John também não se vestia exatamente com requinte. Uma boa calça, três camisas brancas simples, um par de sapatos: um verdadeiro filho da Depressão. Bem, vou continuar a minha história.

Para o jantar, eu tinha feito uma lasanha simples. Sopa de ervilha, lasanha, sorvete: era esse o menu, bem molinho para uma criança de dois anos. A lasanha ficou mais líquida do que deveria porque eu fiz com queijo *cottage* em vez de ricota. Eu poderia ter dado mais uma corrida ao supermercado para comprar ricota, mas por princípio não fui, assim como, por princípio, não tinha trocado de roupa.

Do que nós conversamos no jantar? Nada importante. Eu me concentrei em dar comida para Chrissie — não queria que ela se sentisse deixada de lado. E John não era de falar muito, como o senhor sabe.

Eu não sei. Nunca encontrei com ele pessoalmente.

Nunca esteve com ele pessoalmente? Para mim é uma surpresa ouvir isso.

Eu nunca procurei John Coetzee. Nunca me correspondi com ele. Achei que seria melhor eu não ter nenhum compromisso com ele. Me deixaria com mais liberdade para escrever o que eu quisesse.

Mas o senhor me procurou. Seu livro vai ser sobre ele, mas o senhor escolheu não conhecer John. Seu livro não vai ser sobre mim, mas o senhor pediu para me conhecer. Como explica isso?

Porque a senhora foi uma figura importante na vida dele. A senhora foi importante para ele.

Como o senhor sabe?

Só estou repetindo o que ele disse. Não para mim, mas para uma porção de gente.

Ele disse que eu fui uma figura importante na vida dele? Fico surpresa. Fico contente. Contente não de ele pensar isso — eu concordo, tive mesmo um impacto na vida dele — mas de ele ter dito isso para outras pessoas.

Deixe-me confessar uma coisa. Quando o senhor entrou em contato comigo, eu quase resolvi não falar com o senhor. Achei que seria algum intrometido, algum fofoqueiro acadêmico que tinha encontrado uma lista das mulheres de John, das conquistas dele, e agora estaria conferindo a lista, eliminando os nomes, querendo sujar o nome dele.

A senhora não tem os pesquisadores acadêmicos em muita alta estima.

Não, não tenho. Razão pela qual tentei deixar claro para o senhor que não fui uma das conquistas dele. Quando muito, ele foi uma das minhas. Mas me diga uma coisa — estou curiosa —, para quem ele disse que eu fui importante?

Para várias pessoas. Em cartas. Ele não diz seu nome, mas é fácil de identificar. Além disso, ele guardou uma fotografia sua. Que eu encontrei no meio dos papéis dele.

Uma fotografia! Posso ver? Está aí com o senhor?

Vou fazer uma cópia e mandar para a senhora.

Claro, claro. Eu fui importante para ele. Ele estava apaixonado por mim, do jeito dele. Mas existe um jeito importante de ser importante e um jeito sem importância, e eu tenho minhas dúvidas de que eu tenha sido importante num nível importante. Quer dizer, ele nunca escreveu a meu respeito. Nunca me pôs nos livros dele. O que para mim sugere que eu nunca cheguei a florescer inteiramente dentro dele, nunca ganhei vida mesmo.

[Silêncio.]

Não vai dizer nada? O senhor leu os livros dele. Onde, nos livros dele, dá para encontrar algum traço de mim?

Não sei responder a essa pergunta. Não conheço a senhora o suficiente para poder dizer. A senhora não se reconhece em nenhum personagem dele?

Não.

Talvez a senhora esteja nos livros dele de uma forma mais difusa, que não dá para identificar de imediato.

Talvez. Mas teriam de me convencer disso. Vamos continuar? Onde eu estava?

Jantar. Lasanha.

Isso. Lasanha. Conquistas. Servi uma lasanha para ele e depois completei minha conquista. Quer que eu seja mais explícita? Como ele já morreu, não vai fazer nenhuma diferença para ele uma indiscrição da minha parte. Nós usamos o leito conjugal. Se eu vou profanar meu casamento, pensei, melhor ir até o fim. E uma cama é mais confortável que o sofá ou o chão.

Quanto à experiência em si — quer dizer, a experiência de infidelidade, que foi o que a experiência foi para mim, em primeiro lugar —, foi mais estranha do que eu esperava e terminou antes de eu conseguir me acostumar com a estranheza. Mas foi excitante, sem dúvida que foi, do começo ao fim. Meu coração não parou de bater. Não foi uma coisa que eu vá esquecer, nunca. Mencionei Henry James. Há muitas traições em James, mas não me lembro de nada sobre a sensação de excitação, de consciência agudizada, durante o ato em si — com isso, quero dizer o ato da traição. James gostava de se apresentar como um grande traidor, mas eu me pergunto: será que ele teve alguma experiência da coisa em si, da infidelidade real, corporal?

Minhas primeiras impressões? Achei esse meu novo amante mais ossudo que meu marido, e mais leve. *Não come direito*, me lembro de ter pensado. Ele e o pai juntos naquele chalezinho miserável na rua Tokai, um viúvo e o filho celibatário, dois incompetentes, dois fracassados da vida, se alimentando com salsicha polonesa, biscoito e chá. Como ele não quis trazer o pai até mim, será que eu ia ter de começar a passar na casa deles com cestas de comida nutritiva?

A imagem que me ficou é dele debruçado em cima de mim, de olhos fechados, acariciando meu corpo, a testa franzida em concentração como se estivesse tentando me guardar na memória só pelo toque. A mão dele subia e descia, para a frente e para trás. Na época, eu estava bem orgulhosa do meu corpo. Corrida, ginástica, regime: se isso não tem nenhuma recompensa na hora que você tira a roupa para um homem, qual é a recompensa que se tem? Posso não ter sido uma beldade, mas pelo menos devo ter sido boa para o toque: gostosa e bem cuidada, um bom pedaço de carne feminina.

Se o senhor acha embaraçoso esse tipo de conversa é só dizer que eu paro de falar. A minha profissão envolve intimidade, então assuntos comuns não me incomodam contanto que não incomodem o senhor. Não? Sem problema? Quer que eu continue?

Essa foi a primeira vez que ficamos juntos. Interessante, uma experiência interessante, mas nenhum terremoto. Mas também eu não esperava mesmo que fosse ser nenhum terremoto, não com ele.

O que eu estava decidida a evitar era envolvimento emocional. Um casinho passageiro era uma coisa, um caso do coração, outra bem diferente.

De minha parte, eu estava bem segura. Não estava disposta a entregar meu coração a um homem sobre quem eu não sabia praticamente nada. Mas e ele? Será que ele era do tipo que fica pensando sobre o que aconteceu entre nós, transformando numa coisa maior do que foi de fato? Fique atenta, eu disse para mim mesma.

Os dias foram correndo, porém, e nem uma palavra dele. Cada vez que eu passava na frente da casa da rua Tokai, eu ia mais devagar e espiava, mas nunca via o John. Nem no supermercado. Só podia chegar a uma conclusão: ele estava me evitando. De certa forma, isso era um bom sinal; mas mesmo assim me deixava incomodada. Na verdade, me magoava. Escrevi uma carta para ele, uma carta antiquada, selei e joguei na caixa de correio. "Você está me evitando?", escrevi. "O que preciso fazer para garantir para você que quero que sejamos bons amigos, nada mais?" Nenhuma resposta.

O que eu não dizia na carta, e com certeza não iria dizer na próxima vez que me encontrasse com ele, era como eu tinha passado o fim de semana imediatamente depois da visita dele. Mark e eu pulamos um em cima do outro feito dois coelhos, fazendo sexo em cima da cama, no chão, no chuveiro, em todo lugar, até com a pobre inocente da Chrissie bem acordada, chorando no berço, choramingando por mim.

Mark tinha suas próprias ideias sobre as razões daquele meu estado inflamado. Ele achava que eu conseguia sentir o cheiro da namorada dele de Durban e queria provar para ele que a minha — como eu posso dizer? —, que a minha performance era muito melhor que a dela. Na segunda-feira, depois do fim de semana em questão, ele estava com viagem marcada para Durban, mas desistiu — cancelou o voo, telefonou para o escritório, disse que estava doente. E nós voltamos para a cama.

Ele não se cansava de mim. Estava definitivamente deslumbrado com a instituição do casamento burguês e as oportunidades que oferecia a um homem de estar no cio tanto dentro como fora de casa.

Quanto a mim, eu estava — e escolho as palavras deliberadamente —, eu estava insuportavelmente excitada de ter dois homens tão próximos um do outro. Para mim mesma, eu dizia, de um jeito bem chocado: *Você está se portando como uma prostituta! É isso que você é, na sua natureza?* Mas por baixo disso tudo eu estava bem orgulhosa de mim, do efeito que eu podia produzir. Nesse fim de semana, eu tive o primeiro vislumbre da possibilidade de crescimento sem fim no reino do erotismo. Até então eu tinha tido uma visão bem trivial da vida erótica: você chega à puberdade, passa um, dois ou três anos hesitando na beira da piscina, depois mergulha e fica chapinhando até encontrar um parceiro que a satisfaça, e acabou-se, acabou-se a procura. O que eu entendi naquele fim de semana foi que aos vinte e seis anos a minha vida erótica mal tinha começado.

Então, finalmente, recebi uma resposta à minha carta. Um telefonema de John. Primeiro, uma investigação cautelosa: se eu estava sozinha, se meu marido estava viajando. Depois, o convite: se eu gostaria de ir jantar, jantar cedo e se gostaria de levar minha filha.

Cheguei à casa dele com Chrissie no carrinho. John estava esperando na porta, usando um daqueles aventais azuis e brancos de açougueiro. "Venha aqui para os fundos", ele disse, "vamos fazer um *braai*."

Foi quando eu fiquei conhecendo o pai dele. O pai estava sentado curvado em cima do fogo como se estivesse com frio, quando na verdade a tarde estava bem quente. Um pouco enferrujado, ele se levantou para me cumprimentar. Parecia frágil, embora tivesse apenas sessenta e poucos anos, como logo fiquei sabendo. "Prazer em conhecê-la", ele disse, e me deu um lindo sorriso. Ele e eu nos demos bem desde o começo. "E essa é a Chrissie? Boa noite, minha menina! Veio visitar a gente, é?"

Ao contrário do filho, ele falava com um pesado sotaque africânder. Mas seu inglês era perfeitamente passável. Descobri que ele tinha sido criado em uma fazenda no Karoo, com uma porção de parentes. Todos eles aprenderam inglês com uma professora particular — não havia escola próxima —, uma tal de miss Jones ou miss Smith, que era da Terra Mãe.

No condomínio murado onde Mark e eu morávamos, cada residência vinha com uma churrasqueira construída no quintal. Ali na rua Tokai não havia essas comodidades, apenas uma fogueira com uns tijolos em volta. Parecia uma coisa inacreditavelmente burra fazer uma fogueira aberta quando ia haver uma criança presente, principalmente uma criança como Chrissie, que nem tinha firmeza para andar ainda. Eu fingi tocar a grelha de metal, fingi gritar de dor, sacudi a mão, chupei o dedo. "Quente!", eu disse para Chrissie. "Cuidado! Não encoste!"

Por que eu me lembro desse detalhe? Por causa da chupada. Porque eu percebi o olhar de John para mim e então, de propósito, prolonguei o momento. Eu tinha — desculpe por me gabar —, eu tinha uma linda boca nessa época, boa de beijar. Meu sobrenome era Kiš, que na África do Sul, onde ninguém conhecia os engraçados diacríticos, era escrito K-I-S. *Kiss-kiss*, as meninas na escola cochichavam quando queriam me provocar. *Kiss-kiss* e risos e um estalo molhado dos lábios. Eu não ligava a mínima. Nada de errado com ser boa de beijar, eu pensava. Fim da digressão. Tenho plena consciência de que o senhor quer ouvir falar é de John, não de mim, nem da minha época de escola.

Salsicha grelhada e batata assada: foi esse o menu que esses dois homens elaboraram tão criativamente. Para a salsicha, molho de tomate direto do vidro; para a batata, margarina. Deus sabe que entranhas foram usadas na fabricação da salsicha. Felizmente, eu tinha trazido para a menina uns potinhos de papinha Heinz.

Eu invoquei um apetite de dama e pus uma única salsicha no meu prato. Com Mark longe de casa tanto tempo, eu me vi comendo cada vez menos carne. Mas para aqueles dois homens era carne, batata e mais nada. Eles comiam do mesmo jeito, em silêncio, engolindo a comida como se ela fosse ser retirada a qualquer momento. Comedores solitários.

"Como está indo a concretagem?", perguntei.

"Mais um mês e termina, se Deus quiser", disse John.

"Está fazendo uma grande diferença para a casa", disse o pai dele. "Sem a menor dúvida. Muito menos úmido do que era antes. Mas é um trabalhão, não é, John?"

Eu reconheci aquele tom imediatamente, o tom de um pai louco para se gabar do filho. Meu coração bateu mais forte pelo pobre homem. Um filho de mais de trinta anos e nada que se pudesse dizer dele além de que sabia assentar concreto! Que difícil para o filho também, a pressão daquela ânsia do pai, a ânsia de se orgulhar! Se havia uma razão para eu me destacar na escola, era dar aos meus pais, que levavam vidas tão solitárias neste país estranho, uma razão para se orgulharem.

O inglês dele — do pai — era perfeitamente passável, como eu disse, mas ficava claro que não era a sua língua natal. Quando ele falava uma expressão idiomática, como *sem a menor dúvida*, por exemplo, era com um pequeno floreio, como se esperasse ser aplaudido.

Perguntei a ele o que fazia. (*Fazia*: palavra tão sem graça; mas ele entendeu o que eu queria dizer.) Ele me contou que era contador, que trabalhava no centro da cidade. "Deve ser uma chatice ir daqui até a cidade", eu disse. "Não seria melhor se o senhor morasse mais perto?"

Ele resmungou alguma resposta que eu não entendi. Baixou um silêncio. Evidentemente, eu tinha tocado um ponto nevrálgico. Mudei de assunto, mas não adiantou.

Eu não estava esperando muito daquela noite, mas o tédio da conversa, os longos silêncios e mais alguma coisa no ar também, discórdia ou mau humor entre os dois — isso tudo era mais do que eu estava disposta a engolir. A comida tinha sido horrível, o carvão estava virando cinza, eu estava com frio, o escuro tinha começado a baixar, Chrissie estava sendo atacada por mosquitos. Nada me obrigava a participar das tensões familiares de gente que eu mal conhecia, mesmo que em termos práticos um deles fosse, ou tivesse sido, meu amante. Então carreguei Chrissie e a pus de volta no carrinho.

"Não vá ainda", disse John. "Vou fazer café."

"Tenho de ir", eu disse. "Já passou da hora de Chrissie dormir."

No portão, ele tentou me beijar, mas eu não estava a fim.

A história que contei para mim mesma depois dessa noite, a história em que eu me fixei, foi que as infidelidades do meu marido tinham me provocado a tal ponto que eu peguei e pratiquei uma infidelidade também. Agora que estava evidente o erro que havia sido essa infidelidade, pelo menos na escolha do cúmplice, a infidelidade de meu marido aparecia sob uma nova luz, provavelmente como um erro também, e portanto não valia a pena se incomodar com ela.

Quanto aos fins de semana em que meu marido estava em casa, acho que nesta altura eu vou estender um véu de discrição. Já contei o bastante. Lembro que foi contra o pano de fundo desses fins de semana que as minhas relações com John durante a semana se desenrolaram. Se John ficou mais que intrigado ou mesmo apaixonado por mim, foi porque encontrou em mim uma mulher no pico da sua força feminina, vivendo uma vida sexual intensificada — uma vida que, na verdade, tinha pouco a ver com ele.

Sr. Vincent, eu tenho plena consciência de que o senhor quer ouvir falar de John, não de mim. Mas a única história relativa a John que eu posso contar, ou a única que estou disposta a contar, é esta, ou seja, a história da minha vida e do papel que ele teve nela, o que é bem diferente, outra questão inteiramente, da história da vida dele e do meu papel nela. Minha história, a história de mim mesma, começou muitos anos antes de John entrar em cena, e continuou durante anos depois que ele saiu. Na fase de que eu estou falando hoje, Mark e eu éramos, falando para valer, os protagonistas, John e a mulher de Durban faziam parte dos coadjuvantes. Então, o senhor tem de escolher. Vai aceitar o que tenho a oferecer? Devo continuar com meu recital ou devo parar aqui e agora?

Continue.

Tem certeza? Porque tem mais uma coisa que eu quero dizer. É o seguinte. O senhor vai cometer um erro grave se pensar consigo mesmo que a diferença entre as duas histórias, a história que o senhor queria ouvir e a história que está recebendo de mim, não passa de uma questão de perspectiva — que enquanto do meu ponto de vista a história de John pode ter sido apenas um episódio entre muitos da longa narrativa do meu casamento, por meio de uma virada rápida, de uma rápida manipulação de perspectiva, depois uma edição esperta, que o senhor consegue transformar isso numa história sobre John e uma das mulheres que passaram pela vida dele. Não é assim. Não é assim. Estou avisando com toda sinceridade: se o senhor começar a brincar com o seu texto, cortando palavras aqui e acrescentando palavras ali, a coisa toda vai virar cinzas em suas mãos. Eu *realmente* fui o personagem principal. John *realmente* foi um ator menor. Desculpe se parece que estou fazendo um sermão sobre a sua profissão, mas o senhor vai acabar me agradecendo. Entende?

Estou escutando o que a senhora diz. Não concordo necessariamente, mas estou escutando.

Bom, não diga que eu não avisei.

Como eu já disse, foi um grande momento para mim, uma segunda lua de mel, mais doce que a primeira e mais duradoura também. Por que mais o senhor acha que eu ia lembrar tão bem? *Realmente, eu estou chegando em mim!*, eu disse para mim mesma. *É isto que uma mulher pode ser; isto que uma mulher pode fazer!*

Estou chocando o senhor? Provavelmente não. O senhor é de uma geração que não se choca. Mas seria chocante para a minha mãe, o que eu estou revelando aqui, se ela estivesse viva para ouvir. Minha mãe nunca nem sonharia em falar com um estranho como eu estou falando agora.

De uma das viagens a Cingapura, Mark voltou com uma câmera de vídeo dos primeiros modelos. E ele armou a câmera

403

no quarto para filmar a gente fazendo amor. *Para registrar, ele disse. E para excitar.* Eu não liguei. Deixei ele gravar. Ele provavelmente ainda tem a fita; pode até ser que assista quando fica nostálgico dos velhos dias. Ou talvez esteja guardada numa caixa no sótão e será encontrada depois da morte dele. As coisas que a gente deixa para trás! Imagine só os netos dele, os olhos esbugalhados quando assistirem o vovô jovem rolando na cama com a esposa estrangeira.

Seu marido...

Mark e eu nos divorciamos em 1988. Ele casou de novo, logo em seguida. Não conheci a minha sucessora. Eles moram nas Bahamas, acho, ou talvez nas Bermudas.

Então vamos encerrar por aqui? O senhor já ouviu bastante e foi um longo dia.

Mas esse, sem dúvida, não é o fim da história.

Ao contrário, é, sim, o fim da história. Pelo menos da parte que interessa.

Mas a senhora e Coetzee continuaram a se ver. Trocaram cartas durante anos. Portanto, mesmo que a história termine aí, do seu ponto de vista — minhas desculpas, mesmo que esse seja o fim da parte da história que é importante para a senhora — há ainda uma longa trilha a seguir, um vínculo prolongado. Não pode me dar alguma ideia do fim dessa trilha?

Uma trilha breve, não longa. Vou contar para o senhor, mas não hoje. Tenho de cuidar de umas coisas. Volte a semana que vem. Marque uma data com a minha recepcionista.

Semana que vem eu já fui embora. Não podemos nos encontrar de novo amanhã?

Amanhã está fora de questão. Quinta-feira. Posso ter meia hora depois do meu último compromisso na quinta-feira.

Tudo bem, a coda. Por onde eu começo? Vou começar pelo pai de John. Uma manhã, não muito tempo depois daquele churrasco horrendo, eu estava passando pela rua Tokai de carro quando notei alguém sozinho num ponto de ônibus. Era o Coetzee pai. Eu estava com pressa, mas teria sido muito rude simplesmente passar, então parei e ofereci uma carona para ele.

Ele perguntou como ia a Chrissie. Eu disse que ela estava com saudade do pai, que passava muito tempo fora de casa. Perguntei de John e da concretagem. Ele me deu alguma resposta vaga.

Nenhum de nós dois estava com muita vontade de conversar, mas fiz um esforço. Se ele não se importava que eu perguntasse, perguntei, quanto tempo fazia que a mulher dele tinha morrido? Ele me contou. Da vida dele com ela, se tinha sido feliz ou não, se ele sentia saudade dela, ele não revelou nada.

"E John é seu único filho?", eu perguntei.

"Não, não, ele tem um irmão, um irmão mais novo." Ele parecia surpreso de eu não saber.

"Que curioso", eu disse, "porque John tem cara de ser filho único." Falei com um sentido crítico. Queria dizer que ele se preocupava consigo próprio, parecia não ter nenhuma tolerância com as pessoas a sua volta.

Ele não respondeu nada — não perguntou, por exemplo, que cara teria um filho único.

Perguntei de seu outro filho, onde morava. Na Inglaterra, respondeu o sr. C. Tinha ido embora da África do Sul anos antes e nunca voltara. "O senhor deve ter saudade dele", eu disse. Ele deu de ombros. Era a sua resposta característica: o dar de ombros sem palavras.

Quero dizer que de início achei que havia uma coisa insuportavelmente triste nesse homem. Sentado ao meu lado no carro, de terno escuro, com cheiro de desodorante barato, ele podia parecer a personificação da retidão rígida, mas se ele de repente caísse em prantos, eu não ia ficar nem um pouco surpresa. Solitário a não ser por aquele mosca-morta daquele filho mais velho, marchando toda manhã para o que parecia um trabalho autodestrutivo, voltando à noite para a casa silenciosa — eu senti muita pena dele.

"Bom, a gente sente falta", ele disse afinal, quando achei que não ia responder nada. Falou num sussurro, olhando direto para a frente.

Ele desceu em Wynberg, perto da estação de trem. "Obrigado pela carona, Julia", ele disse, "muita gentileza sua."

Era a primeira vez que ele usava de verdade o meu nome. Eu podia responder, *A gente se vê*. Podia ter respondido, *O senhor e o John têm de vir comer em casa*. Mas não disse nada, só acenei e fui embora.

Que mesquinha!, eu ralhei comigo mesma. *Que coração duro!* Por que eu era tão dura com ele, com os dois?

E, de fato, por que eu era, por que eu sou, tão crítica em relação ao John? Ele pelo menos estava cuidando do pai. Pelo menos, se alguma coisa acontecesse, o pai dele tinha um ombro para se apoiar. Era mais do que eu podia dizer de mim mesma. Meu pai — você não deve estar interessado, por que estaria?, mas deixe eu contar mesmo assim —, meu pai estava naquele momento numa clínica particular perto de Port Elizabeth. As roupas dele estavam trancadas, ele não tinha nada para vestir, dia e noite, além do pijama, roupão e chinelos. E estava entupido de tranquilizante até o nariz. Por quê? Simplesmente pela conveniência dos enfermeiros, para ele continuar tratável. Porque quando ele não tomava os comprimidos, ficava agitado e começava a gritar.

[Silêncio.]

John amava o pai, a senhora acha?

Meninos gostam das mães, não dos pais. Nunca ouviu falar de Freud? Meninos odeiam os pais, que eles querem suplantar no afeto das mães. Não, claro que John não amava o pai, ele não amava ninguém, ele não tinha constituição para amar. Mas ele sentia culpa pelo pai. Sentia culpa e portanto se comportava devidamente. Com certos lapsos.

Eu estava falando do meu pai. Meu pai nasceu em 1905, então, nessa época de que a gente está falando ele estava com quase setenta anos e a cabeça dele estava falhando. Tinha esquecido quem era, esquecido o inglês rudimentar que havia aprendido quando veio para a África do Sul. Com os enfermeiros ele às vezes falava alemão, às vezes húngaro, e ninguém entendia uma palavra. Ele tinha certeza de que estava em Madagascar, num campo de prisioneiros. Os nazistas tinham tomado Madagascar, ele achava, e transformado em uma *Strafkolonie* para judeus. Ele nem sempre lembrava quem eu era. Numa das minhas visitas, achou que eu era a irmã dele, Trudi, minha tia, que eu não conheci, mas que parecia um pouco comigo. Ele queria que eu fosse procurar o comandante da prisão e falasse em favor dele. *"Ich bin der Erstgeborene"*, ele ficava dizendo: eu sou o primogênito. Se *der Erstgeborene* não ia poder trabalhar (meu pai era joalheiro e lapidador de diamantes por profissão), como a família dele ia sobreviver?

Por isso é que eu estou aqui. Por isso é que eu sou terapeuta. Por causa do que eu vi naquela clínica. Para evitar que outras pessoas sejam tratadas como meu pai foi tratado lá.

O dinheiro que sustentava meu pai na clínica era dado pelo meu irmão, filho dele. Meu irmão era quem visitava meu pai religiosamente, toda semana, mesmo só sendo reconhecido por ele intermitentemente. No único sentido que interessa, meu irmão tinha assumido o encargo de cuidar dele. No único sentido que interessa, eu tinha abandonado meu pai. E eu era a favorita dele — eu, a sua amada Julischka, tão bonitinha, tão inteligente, tão afetuosa!

Sabe o que eu mais espero, acima de tudo? Espero que na outra vida a gente tenha uma chance, cada um de nós, de pedir nossas desculpas para as pessoas que nós maltratamos. Eu tenho muitas desculpas para pedir, acredite.

Basta de pais. Vamos voltar para a história de Julia e seus atos adúlteros, a história que o senhor veio de longe para ouvir.

Um dia, meu marido comunicou que ia a Hong Kong para se reunir com os sócios estrangeiros da empresa.

"Quanto tempo vai ficar lá?", eu perguntei.

"Uma semana", ele respondeu. "Talvez um ou dois dias mais se as discussões correrem bem."

Não pensei mais no assunto até que, um pouco antes de ele partir, recebi um telefonema da mulher de um dos colegas dele: se eu ia levar vestido de noite na viagem para Hong Kong. Respondi que eu não ia com ele. Ah, ela disse, achei que todas as esposas tinham sido convidadas.

Quando Mark voltou para casa, eu puxei o assunto. "A June acabou de telefonar", eu disse. "Ela falou que vai com Alistair para Hong Kong. Disse que todas as esposas foram convidadas."

"As esposas foram convidadas, mas a empresa não paga a viagem para elas", Mark falou. "Você realmente quer ir para

Hong Kong e ficar plantada num hotel com um bando de esposas da firma, reclamando do tempo? Hong Kong parece uma sauna nesta época do ano. E o que você vai fazer com a Chrissie? Quer levar a Chrissie junto também?"

"Não tenho a menor vontade de ir para Hong Kong e ficar plantada num hotel com uma criança chorando", eu disse. "Só quero saber como são as coisas. Para não ter de ser humilhada quando seus amigos telefonam."

"Bom, agora você já sabe como são as coisas", ele disse.

Ele estava errado. Eu não sabia. Mas podia adivinhar. Especificamente, eu podia adivinhar que a namorada de Durban ia estar em Hong Kong também. A partir daquele momento, eu passei a ser fria como gelo com o Mark. *Que isso seja um basta, seu desgraçado, para qualquer ideia que você possa ter de que as suas atividades extraconjugais me excitam!* Foi isso que eu pensei comigo.

"Isso tudo é por causa de Hong Kong?", ele me perguntou, quando finalmente caiu a ficha. "Se você quer ir para Hong Kong comigo, pelo amor de Deus, é só dizer em vez de ficar andando pela casa feito um tigre com indigestão."

"Dizer o quê?", eu falei. "Pedir *por favor*? Não, eu não quero ir com você para Hong Kong coisa nenhuma. Ia ser uma chatice, como você disse, plantada fofocando com as esposas enquanto os homens estão ocupados resolvendo o futuro do mundo. Vou ficar mais contente em casa, que é o meu lugar, cuidando da sua filha."

As coisas estavam nesse pé no dia em que Mark viajou.

Espere um pouco, eu estou confuso. Em que momento nós estamos? Quando foi essa viagem para Hong Kong?

Deve ter sido em algum momento de 1973, no começo de 1973, não sei a data exata.

Então a senhora e John Coetzee estavam se encontrando...

Não. Nós não estávamos nos encontrando. O senhor me perguntou no começo como eu conheci John e eu contei. Essa foi a cabeça da história. Agora estamos chegando à coda da história, ou seja, como a nossa relação se desenrolou e depois chegou ao fim.

Mas onde está o corpo da história?, o senhor quer saber. Não tem corpo. Não posso contar o corpo porque não houve corpo nenhum. É uma história sem corpo.

Voltando ao Mark, ao dia fatídico em que ele partiu para Hong Kong. Assim que ele saiu, eu pulei para o carro, fui até a rua Tokai e pus um recado debaixo da porta: "Apareça hoje à tarde, se quiser, por volta das duas".

Perto de duas horas, eu sentia a febre aumentando em mim. Minha filha também sentiu. Ficou inquieta, chorando, agarrada em mim, não queria dormir. Febre, mas que tipo de febre, eu me perguntava? Uma febre de loucura? Uma febre de raiva?

Eu esperei, mas John não apareceu, nem às duas, nem às três. Ele veio às cinco e meia, quando eu já tinha dormido no sofá com a Chrissie, quente e pegajosa, no meu ombro. A campainha da porta me acordou; quando abri a porta ainda estava tonta e confusa.

"Desculpe, não pude vir antes", ele disse, "é que eu dou aula à tarde."

Era tarde demais, claro. Chrissie estava acordada e ciumenta do jeito dela.

John voltou mais tarde, como combinamos, e passamos

a noite juntos. Na verdade, enquanto Mark estava em Hong Kong, John passou todas as noites na minha cama, ia embora ao amanhecer para não encontrar com a empregada. O sono que eu perdia eu compensava com uma soneca depois do almoço. Como ele fazia para compensar o sono perdido eu não tenho ideia. Quem sabe as alunas dele, as meninas portuguesas dele — o senhor sabe delas, dessas desgarradas do ex-império português? Não? Não me deixe esquecer de contar —, quem sabe as meninas dele tenham sofrido com esses excessos noturnos.

Meu alto verão com Mark tinha me dado um novo conceito de sexo: como numa competição, você faz o possível para submeter seu oponente ao seu desejo erótico. Apesar de todos os defeitos, Mark era mais que competente como adversário sexual, embora não tão sutil nem tão duro como eu. Quanto ao meu veredicto sobre John — e chegamos afinal, *afinal*, ao momento que o senhor estava esperando, sr. Biógrafo —, meu veredicto sobre John Coetzee, depois de sete noites de teste, foi que ele não era do meu time, não do jeito que eu era na época.

John tinha o que eu chamaria de uma sintonia sexual, para a qual ele mudava assim que tirava a roupa. Na sintonia sexual ele era capaz de desempenhar o papel masculino perfeitamente bem — adequado, competente, mas, para o meu gosto, muito impessoal. Eu nunca tinha a sensação de que ele estava *comigo*, comigo em toda a minha realidade. Ao contrário, era como se ele estivesse envolvido em alguma imagem erótica de mim dentro da cabeça dele; talvez mesmo com alguma imagem de Mulher com M maiúsculo.

Na época, eu fiquei apenas decepcionada. Agora eu iria mais longe. Acho que no jeito de ele fazer amor havia uma qualidade autista. Digo isso não como crítica, mas como diagnóstico, se o senhor quer saber. O tipo autista trata os outros como autômatos, autômatos misteriosos. Em troca, ele espera ser tratado como um autômato misterioso também. Então se você é autista, apaixonar-se significa transformar o outro no objeto inescrutável do seu desejo; e reciprocamente, ser amado significa ser tratado como o objeto inescrutável do desejo do outro. Dois autômatos inescrutáveis realizando uma transação inescrutável com o corpo do outro: era essa a sensação de estar na cama com John. Duas atividades independentes se desenrolando, a dele e a minha. Qual era a atividade dele eu não sei dizer, era impenetrável para mim. Mas para resumir: sexo com ele não tinha nenhuma vibração.

No meu trabalho não tive muita experiência com pacientes que eu qualificasse de clinicamente autistas. Mesmo assim, quanto à vida sexual deles, o que eu suspeito é que eles acham a masturbação mais satisfatória do que a coisa em si.

Como eu acho que já contei para o senhor, John foi apenas o terceiro homem que eu tive. Três homens e eu deixei eles todos para trás em termos sexuais. Uma história triste. Depois dessa história, eu perdi interesse em sul-africanos brancos, em homens sul-africanos brancos. Havia alguma característica que eles tinham em comum que eu achava difícil de identificar, mas que eu ligava àquele brilho evasivo que via nos olhos dos colegas do Mark quando eles falavam do futuro do país — como se houvesse alguma conspiração da qual eles todos fizessem parte para criar um futuro falsificado, um futuro *trompe-l'oeil*, onde antes parecia não haver futuro possível. Como o obturador de uma câmera que se abre um instante para revelar a falsidade do seu cerne.

Claro que eu também era sul-africana, branca, o quanto se pode ser branca. Nasci entre brancos, fui criada entre eles, vivi entre eles. Mas eu tinha um segundo eu com que podia contar: Julia Kiš, ou, ainda melhor, Kiš Julia, de Szombathely. Na medida em que eu não desertasse de Julia Kiš, na medida em que

Julia Kiš não me desertasse, eu podia ver coisas para as quais outros brancos eram cegos.

Por exemplo, os sul-africanos brancos daquela época gostavam de pensar em si mesmos como os judeus da África, ou pelo menos os israelitas da África: ardilosos, inescrupulosos, flexíveis, sempre rente ao chão, odiados e invejados pelas tribos que dominavam. Tudo falso. Tudo bobagem. Precisa ser judeu para conhecer um judeu, assim como é preciso ser mulher para conhecer um homem. Aquela gente não era forte, não era nem esperta, ou suficientemente esperta. E eles com certeza não eram judeus. Na verdade, eram crianças perdidas na floresta. É assim que eu penso neles agora: uma grande família de crianças cuidada por escravos.

John se mexia no sono, tanto que não me deixava dormir. Quando eu não aguentava mais, dava uma sacudida nele. "Você estava tendo um pesadelo", eu dizia. "Eu nunca sonho", ele resmungava em resposta e voltava a dormir imediatamente. Logo estava se mexendo e rolando de novo. Chegou a um ponto que eu estava querendo Mark de volta na minha cama. Pelo menos Mark dormia feito uma tora.

Basta disso. O senhor entendeu o quadro geral. Nenhum idílio sensual. Longe disso. O que mais? O que mais quer saber?

Me diga o seguinte: a senhora é judia e John não era; havia alguma tensão por causa disso?

Tensão? Por que haveria tensão? Tensão por parte de quem? Eu não tinha nenhum plano de casar com John, afinal. Não, John e eu nos dávamos perfeitamente bem a esse respeito. Era com gente do norte que ele não se dava bem, principalmente ingleses. Ele dizia que ficava tenso na presença de ingleses, com suas boas maneiras, sua reserva bem-educada. Ele preferia gente pronta a dar mais de si mesma; então, de vez em quando, ele juntava coragem para dar um pouco mais dele mesmo em troca.

Mais alguma pergunta antes de eu concluir?

Não.

Uma manhã (eu vou pular para a frente, gostaria de acabar com isto aqui), John apareceu na porta. "Não vou ficar", ele disse, "mas achei que você ia gostar disto." Ele estava com um livro na mão. Na capa: *Dusklands*, de J. M. Coetzee.

Eu fiquei completamente pasma. "Você escreveu isso?", perguntei. Eu sabia que ele escrevia, mas até aí, muita gente escreve; não fazia a menor ideia de que no caso dele era a sério.

"É para você. É um exemplar de prova. Recebi duas provas pelo correio hoje."

Folheei o livro. Alguém reclamando da esposa. Alguém viajando de carro de boi. "O que é?", perguntei. "É ficção?"

"Mais ou menos."

Mais ou menos. "Obrigada", eu disse. "Quero muito ler. Vai render muito dinheiro para você? Vai poder parar de lecionar?"

Ele achou aquilo muito engraçado. Estava alegre, por causa do livro. Não era sempre que eu via aquele lado dele.

"Eu não sabia que seu pai era historiador", falei na próxima vez que nos encontramos. Estava me referindo ao prefácio do livro dele, em que o autor, o escritor, aquele homem na minha frente, dizia que o pai, o homenzinho que saía toda manhã para o seu trabalho de contador na cidade, era também um historiador que vasculhava arquivos e descobria velhos documentos.

"Está falando do prefácio?", ele perguntou. "Ah, aquilo é tudo inventado."

"E o que seu pai acha disso?", perguntei. "De falarem coisas falsas sobre ele, de ser transformado em personagem de livro?"

John pareceu incomodado. O que ele não queria revelar, como eu descobri depois, era que o pai dele nem tinha visto o *Dusklands*.

"E Jacobus Coetzee?", perguntei. "Você inventou o seu respeitável Jacobus Coetzee também?"

"Não, existiu um Jacobus Coetzee de verdade", ele disse. "Pelo menos, existe um documento verdadeiro, de papel e tinta, que pretende ser uma transcrição de uma declaração oral feita por alguém que deu seu nome como Jacobus Coetzee. No pé desse documento há um X que o escrivão atesta que foi feito pela mão desse mesmo Coetzee, um X porque ele era analfabeto. Nesse sentido, eu não inventei o personagem."

"Para alguém iletrado, o seu Jacobus me parece bem literato. Por exemplo, vi que ele cita Nietzsche."

"Bom, eles eram sujeitos surpreendentes, esses homens da fronteira do século XVIII. Nunca se sabe o que eles podiam aprontar."

Não posso dizer que gosto de *Dusklands*. Sei que parece antiquado, mas prefiro livros com heróis e heroínas, personagens que eu possa admirar. Eu nunca escrevi histórias, nunca tive ambições para esse lado, mas desconfio que seja muito mais fácil construir personagens maus — personagens duvidosos, personagens desprezíveis — do que personagens bons. É a minha opinião, se é que vale para alguma coisa.

A senhora disse isso para Coetzee?

Se eu falei que achava que ele optava pelo mais fácil? Não. Eu fiquei simplesmente surpresa que esse amante intermitente meu, esse pedreiro amador e professor de meio período tivesse a capacidade de escrever um livro do tamanho de um livro e, além disso, de encontrar um editor para ele, mesmo que só em Johannesburgo. Fiquei surpresa, fiquei gratificada por ele, até um pouco orgulhosa. Glória refletida. No meu tempo de estudante eu tinha andado com uma porção de pretendentes a escritor, mas nenhum tinha realmente publicado um livro.

Não perguntei ainda: o que a senhora estudou? Psicologia?

Não, longe disso. Estudei literatura alemã. Como preparação para a minha vida de dona de casa e mãe eu li Novalis e Gottfried Benn. Me formei em literatura e depois disso, durante vinte anos, até Christine crescer e sair de casa, eu fiquei — como posso dizer? — intelectualmente adormecida. Depois voltei para a faculdade. Isso foi em Montreal. Comecei do nada com ciência básica, depois estudei medicina, fiz treinamento como terapeuta. Um longo caminho.

A relação com Coetzee teria sido diferente, a senhora acha, se tivesse estudado psicologia em vez de literatura?

Que pergunta curiosa! A resposta é não. Se eu tivesse estudado psicologia na África do Sul dos anos 1960 eu teria mergulhado nos processos neurológicos de ratos e polvos, e John não era nem rato nem polvo.

Que tipo de animal ele era?

Que perguntas estranhas o senhor faz! Ele não era nenhum tipo de animal e por uma razão muito específica: a capacidade mental dele e especificamente as suas faculdades de ideação eram superdesenvolvidas, à custa do seu ser animal. Ele era *Homo sapiens*, ou até mesmo *Homo sapiens sapiens*.

O que leva de volta a *Dusklands*. Como obra, eu não diria

que *Dusklands* seja desprovido de paixão, mas a paixão por trás dele é obscura. Eu leio esse livro como um livro sobre crueldade, uma exposição sobre a crueldade envolvida em várias formas de conquista. Mas qual é a verdadeira fonte dessa crueldade? Seu *locus*, me parece agora, se encontra dentro do próprio autor. A melhor interpretação que posso dar para o livro é que escrever aquilo foi um projeto de terapia autorrealizada. O que lança uma certa luz sobre o tempo que passamos juntos, nosso tempo conjunto.

Acho que não entendi bem. Pode falar mais?

O que o senhor não entendeu?

Está dizendo que ele exercia essa crueldade com a senhora?

Não, longe disso. John nunca se comportou comigo de modo que não fosse o mais gentil possível. Ele era o que se pode chamar de pessoa gentil, um cavalheiro. Em parte era esse o problema dele. O projeto de vida dele era ser gentil. Deixe-me começar de novo. O senhor deve lembrar quanta matança há em *Dusklands* — matança não só de seres humanos, mas de animais. Bom, mais ou menos na época em que o livro saiu, John me revelou que ia virar vegetariano. Não sei por quanto tempo ele persistiu nisso, mas eu interpretei essa mudança como parte de um projeto maior de reforma pessoal. Ele tinha decidido que ia impedir impulsos violentos e cruéis em todos os campos da vida — inclusive sua vida amorosa, pode-se dizer — e direcionar tudo para a escrita, que consequentemente iria se transformar em uma espécie de exercício catártico sem fim.

Quanto disso era visível para a senhora na época, e quanto a senhora deve a insights *posteriores como terapeuta?*

Eu via tudo — estava bem na superfície, não era preciso cavar — mas na época eu não tinha a linguagem para descrever isso. Além do mais, estava tendo um caso com ele. Não dá para ser analítico no meio de um caso amoroso.

Um caso amoroso. A senhora não usou essa expressão antes.

Então deixe eu me corrigir. Um envolvimento erótico. Porque, jovem e autocentrada como eu era na época, teria sido difícil para mim amar, amar de verdade, alguém tão radicalmente incompleto como John. Então: eu estava no meio de um envolvimento erótico com dois homens, num dos quais eu tinha feito um investimento profundo — tinha casado com ele, era pai da minha filha —, enquanto no outro eu não tinha feito investimento nenhum.

A razão de eu não ter feito nenhum investimento mais profundo em John tem muito a ver, eu desconfio, com esse projeto dele de se transformar no que eu descrevi, um homem gentil, o tipo de homem que não faria nenhum mal, nem mesmo a animais irracionais, nem mesmo a uma mulher. Eu devia ter sido mais clara com ele, eu penso agora: *Se por alguma razão você está se controlando,* eu devia ter dito, *pare, não é preciso!* Se eu tivesse dito isso a ele, se ele tivesse levado a sério, se ele tivesse se permitido ser um pouquinho mais impetuoso, um pouco mais imperioso, um pouco menos *cauteloso,* então ele talvez pudesse ter realmente me arrancado de um casamento que já era ruim para mim e que ficaria pior mais tarde. Ele podia ter realmente me salvado, ou salvado os melhores anos da minha vida para mim, que no fim das contas foram desperdiçados.

[Silêncio.]

Eu me perdi. Do que estávamos falando?

De Dusklands.

Isso, *Dusklands*. Um alerta. Esse livro foi realmente escrito antes que a gente se conhecesse. Confira a cronologia. Não se sinta tentado a ler como se fosse sobre nós.

Nem me passou pela cabeça.

Lembro de ter perguntado a John, depois de *Dusklands*, se ele tinha algum projeto novo no momento. A resposta dele foi vaga. "Tem sempre uma coisa ou outra em que eu estou trabalhando", ele disse. "Se eu ceder à sedução de não trabalhar, o que eu faria comigo mesmo? Que razão haveria para viver? Eu teria de me matar."

Aquilo me surpreendeu — a necessidade dele de escrever, eu digo. Eu não sabia praticamente nada dos hábitos dele, como passava o tempo, mas ele nunca me pareceu um trabalhador obsessivo.

"Está falando sério?", eu perguntei.

"Fico deprimido se não escrever", ele respondeu.

"Então para que essa reforma sem fim?", eu perguntei. "Você podia contratar alguém para fazer a reforma e dedicar a escrever o tempo que economizaria."

"Você não entende", ele disse. "Mesmo que eu tivesse dinheiro para contratar um pedreiro, coisa que não tenho, mesmo assim eu sentiria a necessidade de passar X horas cavando o jardim, carregando pedras ou misturando concreto." E partiu para mais um daqueles discursos dele sobre a necessidade de derrubar o tabu sobre trabalho braçal.

Eu me perguntei se não havia uma certa crítica a mim pairando no ar: que o trabalho pago da minha empregada negra me deixava livre para ter casos com homens estranhos, por exemplo. Mas deixei passar. "Bom", eu disse, "você sem dúvida não entende de economia. O primeiro princípio de economia é que se todos insistíssemos em fabricar nosso próprio fio e ordenhar nossas próprias vacas em vez de empregar outras pessoas para fazer isso por nós, ficaríamos para sempre empacados na Idade da Pedra. Por isso é que nós inventamos uma economia baseada na troca, que por sua vez possibilitou nossa longa história de progresso material. Você paga alguém para assentar o concreto e em troca você consegue tempo para escrever o livro que vai justificar a sua folga e dar sentido à sua vida. Pode até dar sentido à vida do operário que assenta o concreto para você. De forma que nós todos prosperamos."

"Você acredita mesmo nisso?", ele perguntou. "Que livros dão sentido às nossas vidas?"

"Acredito", eu respondi. "Um livro deve ser um machado para abrir o mar congelado dentro de nós. O que mais ele seria?"

"Um gesto de recusa diante da época. Uma aposta na imortalidade."

"Ninguém é imortal. Livros não são imortais. O globo todo em que pisamos vai ser sugado pelo sol e queimado até virar cinzas. E depois disso o próprio universo vai implodir e desaparecer num buraco negro. Nada vai sobreviver, nem eu, nem você, e com toda certeza nem a minoria interessada em livros sobre homens da fronteira imaginários da África do Sul do século XVIII.

"Eu não quis dizer imortal no sentido de existir fora do tempo. Quis dizer sobreviver além da própria morte física."

"Quer que as pessoas leiam seus livros depois que você morrer?"

"Me dá alguma consolação contar com essa perspectiva."

"Mesmo você não estando mais aqui para saber?"

"Mesmo eu não estando mais aqui para saber."

"Mas por que as pessoas do futuro deveriam se dar ao trabalho de ler o livro que você escreve se ele não disser nada a elas, se não ajudar as pessoas a encontrar um sentido para a vida delas?"

"Talvez elas ainda gostem de ler livros que são bem escritos."

"Isso é bobagem. É a mesma coisa que dizer que se eu fizer uma radiovitrola muito boa ela ainda vai estar sendo usada pelas pessoas no século xxv. Mas não vai. Porque uma radiovitrola, por mais bem-feita que seja, vai estar obsoleta. Não vai significar nada para as pessoas do século xxv."

"Talvez no século xxv ainda exista uma minoria com curiosidade para saber como soava uma radiovitrola do final do século xx."

"Colecionadores. Gente que tem hobby. É assim que você pretende passar a sua vida: sentado na sua mesa manufaturando um objeto que pode ou não ser preservado como curiosidade?"

Ele deu de ombros. "Tem alguma ideia melhor?"

O senhor acha que eu estou me exibindo. Eu percebo isso. Acha que eu invento diálogos para mostrar como eu sou esperta. Mas eram assim, às vezes, as conversas entre mim e John. Eram divertidas. Eu gostava; sentia falta delas depois, quando parei de encontrar com ele. Na verdade, as nossas conversas talvez fossem do que eu mais sentia falta. Ele foi o único homem que eu conheci que me deixava ganhar uma discussão honesta, que não berrava, nem armava confusão, nem saía bufando quando via que estava perdendo. E eu sempre ganhava dele, ou quase sempre.

A razão é simples. Não que ele não conseguisse argumentar; mas ele conduzia a vida dele seguindo princípios, enquanto eu sempre fui pragmática. Pragmatismo ganha de princípios; é assim que as coisas são. O universo se movimenta, o chão se transforma debaixo dos nossos pés; princípios estão sempre um passo atrás. Princípios são matéria de comédia. Comédia é o que se obtém quando princípios se chocam com a realidade. Eu sei que ele tinha fama de ser seco, mas John Coetzee na verdade era bem engraçado. Uma figura de comédia. Comédia seca. Coisa que de uma forma obscura ele sabia, até aceitava. Por isso é que eu ainda penso nele com afeto. Se entende o que quero dizer.

[Silêncio.]

Eu sempre fui boa para discutir. Na escola, todo mundo ficava nervoso comigo, até os professores. *Uma língua que é uma faca*, minha mãe dizia, meio censurando. *Uma moça não devia discutir desse jeito, uma moça devia aprender a ser mais delicada.* Mas outras vezes ela dizia: *Uma moça como você devia ser advogada.* Minha mãe tinha orgulho de mim, do meu espírito, da minha língua afiada. Ela era de uma geração em que uma filha ainda casava e saía da casa do pai direto para a casa do marido, ou do sogro.

Então: "Você tem uma ideia melhor", John perguntava, "uma ideia melhor de como usar a própria vida em vez de escrever livros?"

"Não. Mas tenho uma ideia que pode te dar uma sacudida e ajudar você a dar um rumo na sua vida."

"O quê?"

"Encontre uma boa mulher e case com ela."

Ele olhou para mim, estranhando. "Está me pedindo em casamento?", perguntou.

Eu ri. "Não", eu disse. "Já estou casada, muito obrigada. Encontre uma mulher que combine melhor com você, alguém que tire você de dentro de você mesmo."

Eu já sou casada, então casar com você seria bigamia: essa era a parte não dita. Porém, o que tinha de errado na bigamia, pensando bem, além de ser contra a lei? O que fez a bigamia ser crime enquanto o adultério era só um pecado, ou uma diversão? Eu já era uma adúltera; por que não poderia ser bígama também? Estávamos na África, afinal. Se nenhum homem africano era levado ao tribunal por ter duas mulheres, por que seria eu proibida de ter dois esposos, um público e um privado?

"Isto não é, enfaticamente não é, um pedido de casamento", repeti, "mas... só em teoria — se eu fosse livre, você casaria comigo?"

Era só uma pergunta, uma pergunta à toa. Ele, porém, sem dizer uma palavra, me pegou nos braços e me apertou tanto que eu não conseguia respirar. Foi a primeira atitude dele que eu possa lembrar que pareceu vir direto do coração. Claro que eu já tinha visto John estimulado por desejo animal — a gente não ficava na cama discutindo Aristóteles — mas nunca antes tinha visto John nas garras da emoção. *Então*, perguntei a mim mesma um tanto surpresa, *será que este mosca-morta tem sentimentos afinal?*

"O que foi?", perguntei, me soltando do abraço dele. "Tem alguma coisa que você quer me dizer?"

Ele ficou quieto. Estava chorando? Acendi o abajur ao lado da cama e olhei para ele. Nada de lágrimas, mas ele estava com uma cara de grande tristeza. "Se não me disser o que está acontecendo", falei, "não tenho como ajudar."

Depois, quando ele se controlou, nós conversamos para esclarecer o momento. "Para a mulher certa", eu disse, "você seria um marido de primeira. Responsável. Trabalhador. Inteligente.

Um bom partido, de fato. Bom de cama também", embora isso não fosse exatamente verdade. "Afetuoso", acrescentei, pensando melhor, embora isso também não fosse verdade. "E um artista além disso", ele disse. "Esqueceu de dizer isso." "E um artista além disso. Um artista com as palavras."

[Silêncio.]

Isso é tudo. Uma passagem difícil entre nós dois, que negociamos com habilidade. Meu primeiro indício de que ele nutria sentimentos mais profundos por mim.

Mais profundos que o quê?

Mais profundos que os sentimentos que qualquer homem podia nutrir pela esposa atraente do vizinho. Ou pelo boi ou burro do vizinho.

Está dizendo que ele estava apaixonado pela senhora?

Apaixonado... Apaixonado por mim ou pela ideia de mim? Não sei. O que eu sei é que ele tinha razões para ser grato a mim. Eu facilitei as coisas para ele. Existem homens que acham difícil cortejar uma mulher. Têm medo de expor seu desejo, de se expor a uma recusa. Por trás desse medo muitas vezes existe uma história de infância. Eu nunca forcei John a se expor. Eu é que fazia a corte. Eu é que fiz a sedução. Eu é que controlei os termos do caso. Fui eu até quem decidiu quando acabar. Então, o senhor me pergunta: Ele estava apaixonado?; e eu respondo: Ele estava agradecido.

[Silêncio.]

Eu sempre me perguntei, depois, o que teria acontecido se em vez de dispensar John eu tivesse correspondido à onda de sentimento dele com uma onda de sentimento minha. Se eu tivesse tido coragem de me divorciar do Mark na época, em vez de esperar mais treze ou catorze anos, e embarcado com o John. Eu teria aproveitado melhor a vida? Talvez. Talvez não. Mas aí eu não seria a ex-amante aqui conversando com o senhor. Eu seria a viúva de luto.

O problema era a Chrissie, a pedra no sapato. Chrissie era muito ligada ao pai e eu estava achando cada vez mais difícil lidar com ela. Não era mais um bebê — estava com quase dois anos — e embora o lento desenvolvimento dela para falar fosse preocupante (no fim, eu não precisava ter me preocupado, ela compensou depois com um jorro), ela estava ficando mais ágil a cada dia — mais ágil e destemida. Tinha aprendido a sair do berço; tive de contratar um marceneiro para colocar um portão no alto da escada para ela não rolar para baixo.

Lembro que uma noite Chrissie apareceu de repente ao lado da minha cama, esfregando os olhos, chorando, confusa. Eu tive a presença de espírito de carregar a menina de volta para o quarto antes de ela registrar que não era o papai ao meu lado na cama; mas e se eu não tivesse essa sorte da próxima vez?

Eu não tinha muita certeza do efeito subjacente que minha vida dupla podia estar tendo na menina. Por um lado, eu dizia para mim mesma que contanto que eu estivesse fisicamente satisfeita e em paz comigo mesma, os efeitos benéficos acabariam passando para ela também. Se isso lhe parece autojustificativa, quero lembrar que naquela época, nos anos 1970, a posição progressista, o jeito *bien-pensant* era que o sexo constituía uma força para o bem, sob qualquer aspecto, com qualquer parceiro. Por outro lado, claro que Chrissie estava intrigada com a alternância de papai e tio John em casa. O que ia acontecer quando ela começasse a falar? E se ela confundisse os dois e chamasse o pai de tio John? Seria um inferno.

Eu sempre tive a tendência de achar Sigmund Freud uma bobagem, a começar pelo complexo de Édipo e, depois, pela sua recusa em ver que as crianças sofriam rotineiros abusos sexuais, mesmo nas casas da clientela de classe média dele. Mesmo assim, concordo que as crianças, ainda muito novas, passam a maior parte do tempo tentando entender o seu lugar dentro da família. No caso de Chrissie, a família tinha sido até então uma coisa simples: ela própria, o Sol no centro do universo, mais mamãe e papai, seus planetas servidores. Eu tinha feito um certo esforço para deixar claro que Maria, que aparecia às oito da manhã e desaparecia ao meio-dia, não era parte da família. "A Maria tem de ir embora agora", eu dizia, na frente de Maria. "Diga ta-ta para a Maria. A Maria tem a filhinha dela para cuidar e dar comida." (Eu me referia à filhinha de Maria no singular, para não complicar as coisas. Sabia perfeitamente bem que Maria tinha sete filhos para alimentar e vestir, cinco dela e dois herdados de uma irmã que morreu de tuberculose.)

Quanto à família mais distante de Chrissie, a avó do meu lado tinha falecido antes de ela nascer e o avô estava internado numa clínica, como eu contei. Os pais de Mark viviam na zona rural do Cabo Oriental, numa fazenda cercada por uma cerca eletrificada de dois metros de altura. Nunca passavam uma noite fora de casa com medo de que a fazenda pudesse ser saqueada e o gado roubado, de forma que era como se estivessem numa prisão. A irmã mais velha do Mark morava a milhares de quilômetros de distância, em Seattle; meu irmão nunca visitava a Cidade do Cabo. Então Chrissie tinha uma versão de família que era a mais básica possível. A única complicação era o tio que à meia-noite se esgueirava pela porta dos fundos para a cama da mamãe. Onde esse tio se encaixava? Era alguém da família ou, ao contrário, um verme roendo o coração da família?

E Maria — o quanto Maria sabia? Eu não podia ter nenhuma certeza. Trabalho migrante era a norma na África do Sul naquela época, de forma que Maria devia estar bem familiarizada com o fenômeno do marido que dá adeus à mulher e aos filhos e parte para encontrar trabalho na cidade grande. Mas se ela concordava com esposas se divertindo na ausência do marido era uma outra questão. Embora Maria nunca tivesse visto de fato o meu visitante noturno, é muito pouco provável que ela não tenha percebido nada. Esse tipo de visitante sempre deixa muitos rastros.

Mas como assim? São seis horas da tarde mesmo? Eu não fazia ideia de que era tão tarde. Temos de parar. Pode voltar amanhã?

Sinto dizer, mas eu vou embora amanhã. Pego o avião para Toronto e de Toronto para Londres. Seria uma pena se...

Muito bem, vamos mais depressa. Não falta muita coisa. Eu falo rápido.

Uma noite, John chegou num estado de excitação que não era normal. Estava com um pequeno toca-fitas e pôs um cassete, um quinteto para cordas de Schubert. Não era o que se pudesse chamar de música sexy, nem eu estava muito no clima, mas ele queria fazer amor e, especificamente — perdoe se sou explícita —, queria que a gente coordenasse nossas atividades com a música, com o movimento lento.

Bom, o movimento lento em questão pode ser muito bonito, mas eu achava que estava longe de ser excitante. Some-se a isso que eu não conseguia esquecer a imagem da caixa do cassete: Franz Schubert parecendo não um deus da música, mas um funcionário público vienense arrasado e com gripe.

Não sei se lembra do movimento lento, mas tem uma longa ária de violino com a viola pulsando por baixo, e dava para sentir John tentando manter o mesmo ritmo. A coisa toda me parecia forçada, ridícula. De alguma forma o meu distanciamento passou para John. "Esvazie a mente!", ele sussurrou para mim. "Sinta através da música!"

Bom, não tem nada mais irritante do que dizerem o que você tem de sentir. Eu me afastei dele e esse pequeno experimento erótico desmoronou na hora.

Depois, ele tentou se explicar. Queria demonstrar alguma coisa sobre a história do sentimento, ele disse. Sentimentos tinham histórias naturais próprias. Eles surgiam no tempo, floresciam por um momento ou não conseguiam florescer, depois morriam ou murchavam. Os sentimentos dos tipos que floresceram na época de Schubert estavam mortos, em sua maioria. O único jeito que nos restava para reexperimentar esses sentimentos era por meio da música da época. Porque a música era o traçado, a inscrição do sentimento.

Tudo bem, eu disse, mas por que nós temos de trepar ouvindo a música?

Porque acontece que o movimento lento do quinteto é sobre trepar, ele respondeu. Se em vez de resistir eu tivesse deixado a música fluir em mim e me animar, eu teria experimentado vislumbres de alguma coisa bem rara: como era fazer amor na Áustria pós-Bonaparte.

"Como era para o homem pós-Bonaparte ou como era para a mulher pós-Bonaparte?", eu perguntei. "Para o sr. Schubert ou para a sra. Schubert?"

Isso o deixou realmente chateado. Ele não gostava que brincassem com suas teorias favoritas.

"Música não tem nada a ver com trepar", continuei. "É aí que você se perde na história. Música tem a ver com as preliminares. Tem a ver com a corte. Você canta para a donzela *antes* de ser recebido na cama dela, não enquanto está na cama com ela. Você canta para seduzir a moça, para ganhar seu coração. Se não está contente comigo na cama, talvez seja porque você não conquistou meu coração."

Eu devia ter parado por aí, mas não parei, fui em frente. "O erro que nós dois cometemos", eu disse, "foi que nós pulamos as preliminares. Não estou pondo a culpa em você, foi culpa minha tanto quanto sua, mas foi um erro mesmo assim. Sexo é melhor quando tem antes uma boa e longa corte. Mais satisfatório emocionalmente. Mais satisfatório eroticamente também. Se você está querendo melhorar sua vida sexual, não vai conseguir isso me fazendo trepar no ritmo da música."

Eu esperava que ele reagisse, que discutisse a questão do sexo musical, mas ele não mordeu a isca. Em vez disso, ficou com uma cara amarrada, derrotada e virou de costas para mim.

Sei que estou contradizendo o que eu disse antes, que ele era boa companhia, bom perdedor, mas dessa vez parecia que eu tinha realmente tocado um ponto frágil.

Então, lá estávamos. Eu tinha tomado a ofensiva, não podia voltar atrás. "Volte para casa e treine a sua corte", eu disse. "Vá. Vá embora. Leve o seu Schubert com você. Volte quando souber fazer melhor as coisas."

Foi cruel, mas ele mereceu, por não revidar.

"Certo — eu vou", ele disse, com uma voz amuada. "Tenho mesmo coisas para fazer." E começou a vestir a roupa.

Coisas para fazer! Eu peguei o objeto mais à mão, que por acaso era um pratinho de barro cozido bem bonito, marrom com a borda pintada de amarelo, parte de um conjunto de seis que o Mark tinha comprado na Suazilândia. Por um instante eu ainda consegui enxergar o lado cômico da coisa: a amante de madeixas escuras e seios nus exibindo seu temperamento centro-europeu xingando aos berros e atirando a louça. Aí, joguei o prato.

Bateu no pescoço dele e caiu no chão sem quebrar. Ele encolheu os ombros e virou um olhar perplexo para mim. Tenho certeza que nunca ninguém tinha atirado um prato nele. "Vá!", eu gritei, talvez tenha berrado mesmo, e gesticulei para ele. Chrissie acordou e começou a chorar.

Estranho dizer que não senti nenhum remorso depois. Ao contrário, fiquei animada, excitada, orgulhosa de mim mesma. *Direto do coração!*, eu disse para mim mesma. *Meu primeiro prato!*

[Silêncio.]

Houve outros?

[Silêncio.]

Foi assim, então, que acabou entre a senhora e ele?

Não exatamente. Houve uma coda. Vou contar a coda, e acabou-se.

Foi uma camisinha que provocou o fim mesmo, uma camisinha amarrada, cheia de esperma morto. O Mark que pescou de debaixo da cama. Eu fiquei pasma. Como eu podia ter esquecido aquilo? Era como se eu quisesse que fosse encontrada, quisesse gritar a minha infidelidade do alto dos telhados.

Mark e eu nunca usamos camisinha, portanto não adiantava mentir. "Quanto tempo faz que isso está acontecendo?", ele perguntou. "Desde dezembro", eu respondi. "Sua puta!", ele disse, "sua puta imunda, mentirosa! E eu confiei em você!"

Ele ia saindo do quarto furioso, mas então pensou melhor, voltou e... desculpe, mas vou colocar um véu sobre o que aconteceu depois, é vergonhoso demais para repetir, uma vergonha. Vou dizer simplesmente que me deixou surpresa, chocada e, acima de tudo, furiosa. "Por isso, Mark, eu nunca vou te perdoar", eu disse quando me recuperei. "Para tudo existe um limite, e você acaba de ultrapassar esse limite. Eu vou embora. E você cuida da Chrissie, para variar."

No momento em que eu pronunciei as palavras *eu vou embora, você cuida da Chrissie*, juro, eu estava falando só que ia sair e que ele podia cuidar da menina durante a tarde. Mas nos cinco passos que levava para chegar na porta, me bateu num relâmpago, que me deixou cega, que aquele podia ser na verdade o momento da libertação, o momento em que eu saía de um casamento frustrante e não voltava mais. As nuvens em cima da minha cabeça, as nuvens dentro da minha cabeça, subiram, evaporaram. *Não pense*, eu disse para mim mesma, *aja apenas!* Sem perder o passo eu virei, subi a escada, enfiei umas roupas de baixo numa sacola e corri para baixo de novo.

O Mark impediu minha passagem. "Onde você pensa que vai?", ele perguntou. "Vai encontrar com *ele*?"

"Vá para o inferno", eu disse. Tentei forçar a passagem, mas ele agarrou meu braço.

"Largue!", eu falei.

Sem grito, sem careta, só uma ordem simples, mas foi como se tivesse baixado do céu uma coroa e um manto real em cima de mim. Sem dizer nem uma palavra, ele me soltou. Quando saí com o carro, ele ainda estava parado na porta, perplexo.

Tão fácil!, eu exultei. *Tão fácil! Por que eu não fiz isso antes?*

O que me deixa intrigada sobre esse momento — que na verdade foi um dos momentos-chave da minha vida —, o que me deixou intrigada na hora e continua me intrigando até hoje é o seguinte: mesmo que alguma força dentro de mim — vamos dizer que o inconsciente, para facilitar as coisas, embora eu tenha minhas reservas com o inconsciente clássico — tivesse me impedido de checar embaixo da cama — tivesse me impedido exatamente para precipitar essa crise matrimonial —, por que diabos Maria tinha deixado aquela prova incriminadora lá — a Maria que definitivamente não fazia parte do meu inconsciente, cujo trabalho era limpar, arrumar, dar um fim nas coisas? Por que Maria tinha deliberadamente deixado escapar a camisinha? Será que ela endireitou o corpo quando viu aquilo e disse para si mesma: *Isto aqui já está indo longe demais! Ou eu defendo a santidade do leito nupcial ou viro cúmplice desse ultraje!*

Às vezes, eu penso em tomar um avião de volta para a África do Sul, a nova, tão esperada, democrática África do Sul, com o único propósito de procurar Maria, se ela ainda estiver viva, para me abrir com ela, pedir uma resposta para essa incômoda pergunta.

Bom, eu com certeza não estava fugindo para encontrar com o *ele* do ciúme raivoso do Mark, mas para onde exatamente estava indo? Porque eu não tinha amigos na Cidade do Cabo, nenhum que não fosse amigo de Mark em primeiro lugar e meu em segundo.

Havia um estabelecimento que eu tinha visto passando por Wynberg, uma mansão antiga e caindo aos pedaços com uma placa na porta: *Canterbury Hotel / Residencial / Pensão completa ou parcial / Aluguel mensal ou semanal.* Resolvi experimentar o Canterbury.

Sim, senhora, disse a mulher no balcão, por acaso temos um quarto vago, eu queria por uma semana ou por mais tempo? Uma semana, eu disse, para começar.

O quarto em questão — tenha paciência, isto não é irrelevante — ficava no térreo. Era espaçoso, uma suíte com um banheirinho bom, uma geladeira compacta e janelas francesas que davam para uma varanda sombreada, coberta por uma trepadeira. "Muito bom", eu disse. "Vou ficar."

"E a sua bagagem?", a mulher perguntou.

"Minha bagagem vem depois", eu disse, e ela entendeu. Tenho certeza de que eu não era a primeira esposa fugida que aparecia na porta do Canterbury. Tenho certeza de que eles contavam com um bom tráfego de esposas indignadas. E contavam também com uma boa vantagenzinha quando aquelas que tinham pagado a semana inteira passavam uma noite e depois, arrependidas, exaustas ou com saudade de casa, iam embora na manhã seguinte.

Bom, eu não estava arrependida e com toda certeza não tinha nenhuma saudade de casa. Me sentia bem-disposta a fazer do Canterbury a minha casa até o encargo de cuidar da criança levar o Mark a entrar com um processo para fazer as pazes.

Houve uma cantilena sobre segurança que eu mal acompanhei — chaves para as portas, chaves para os portões — mais as regras para estacionamento, regras para visitas, regras para isto, regras para aquilo. Eu não ia receber visitas, informei à mulher.

Nessa noite, jantei na lúgubre *salle à manger* do Canterbury e tive um primeiro vislumbre dos residentes meus colegas, que pareciam saídos diretamente de William Trevor ou Muriel Spark. Mas sem dúvida eu devia parecer a mesma coisa para eles: mais uma afogueada saída de um casamento amargado. Fui para a cama cedo e dormi bem.

Achei que eu ia gostar da recém-encontrada solidão. Fui de carro à cidade, fiz umas compras, vi uma exposição na National Gallery, almocei no Gardens. Mas na segunda noite, sozinha no meu quarto depois de um triste jantar de salada murcha e linguado cozido com molho bechamel, fui de repente tomada pela solidão e, pior que a solidão, pela autopiedade. Do telefone público do saguão liguei para John e, aos murmúrios (a recepcionista estava escutando), contei da minha situação.

"Quer que eu vá até aí?", ele perguntou. "Podemos ir à última sessão de cinema."

"Quero", eu disse. "Quero, quero, quero."

Repito com a maior ênfase possível que eu não fugi do meu marido e filha para ficar com John. Não era esse tipo de caso. Na verdade, nem chegava a ser um caso, mais uma amizade, uma amizade extraconjugal com um componente sexual cuja importância, pelo menos da minha parte, era mais simbólica do que substancial. Ir para a cama com John foi o meu jeito de conservar meu autorrespeito. Espero que o senhor entenda isso.

Mesmo assim, *mesmo assim*, minutos depois da chegada dele ao Canterbury, ele e eu estávamos na cama e — o que é mais — nossa relação foi, pela primeira vez, uma coisa que realmente merecia ser registrada. Eu até chorei quando terminamos. "Não sei por que estou chorando", solucei, "estou tão contente."

"É porque você não dormiu nada a noite passada", ele disse, pensando que precisava me consolar. "É porque você está exausta."

Fiquei olhando para ele. *Porque você está exausta*: ele realmente parecia acreditar nisso. Me deixou quase sem fôlego o quanto ele podia ser tapado, insensível. No entanto, no seu jeito atrapalhado, talvez ele tivesse razão. Porque o meu dia de liberdade tinha sido colorido por uma lembrança que ficava voltando, a lembrança daquele enfrentamento humilhante com o Mark, que fez com que eu me sentisse mais como uma criança espancada do que como uma esposa infiel. Não fosse por isso, eu provavelmente nem teria telefonado para John e portanto não teria ido para a cama com ele. Então, sim: eu estava perturbada e por que não? Meu mundo tinha virado de pernas para o ar.

Havia também uma outra fonte para a minha inquietação,

ainda mais dura de enfrentar: a vergonha por ter sido descoberta. Porque realmente, se você olhasse minha situação friamente, eu, com o meu sórdido casinho de revanche em Constantiaberg, não estava me portando nada melhor do que Mark, com sua sórdida ligaçãozinha em Durban.

O fato é que eu tinha chegado a algum tipo de limite moral. O ataque de euforia de sair de casa havia evaporado; meu senso de ultraje estava se esgotando; quanto à vida solitária, seu fascínio estava se apagando depressa. Porém, como eu podia reparar o dano senão voltando para Mark com o rabo entre as pernas, pedindo para fazer as pazes e retomando meus deveres como esposa e mãe castigada? E no meio de toda essa confusão de espírito, aquela relação sexual lancinante de doce! O que meu corpo estava tentando me dizer? Que quando baixamos nossas defesas abrem-se as portas do prazer? Que o leito nupcial é um mau lugar para cometer adultério, que hotéis são melhores? O que John sentia eu não fazia a menor ideia, ele nunca foi uma pessoa de se revelar; mas de minha parte eu sabia sem a menor dúvida que aquela meia hora que eu tinha passado iria perdurar como um marco em toda a minha vida erótica. E foi mesmo. Até hoje. Por que mais eu estaria ainda falando aqui a respeito?

[Silêncio.]

Estou contente de ter contado essa história ao senhor. Agora me sinto menos culpada sobre aquela história do Schubert.

[Silêncio.]

Então, eu adormeci nos braços de John. Quando acordei estava escuro e eu não fazia ideia de onde estava. *Chrissie*, eu pensei — *esqueci completamente de dar comida para Chrissie!*

Cheguei a estender a mão para acender a luz — no lugar errado — quando a coisa toda me voltou. Eu estava sozinha (nem sinal de John); eram seis da manhã.

Do saguão, telefonei para Mark. "Alô, sou eu", eu disse na voz mais neutra, mais pacífica. "Desculpe ligar tão cedo, mas como está a Chrissie?"

Por seu lado, o Mark não estava nem um pouco disposto a se reconciliar. "Onde você está?", ele perguntou.

"Estou ligando de Wynberg", eu disse. "Mudei para um hotel. Achei que a gente devia dar um tempo um do outro até as coisas esfriarem. Como está a Chrissie? O que você está pensando fazer esta semana? Tem de ir para Durban?"

"O que eu vou fazer não é da sua conta", ele disse. "Se você quer ficar longe, fique longe."

Mesmo pelo telefone dava para perceber que ele ainda estava com raiva. Quando Mark ficava bravo, ele explodia até para falar: *Não é da sua conta*, com um sopro de ar enfurecido no *c* que fez os meus olhos enrugarem. Lembranças de tudo o que eu desgostava nele voltaram numa onda. "Não seja bobo, Mark", eu disse, "você não sabe cuidar de criança."

"Nem você, sua vagabunda suja!", ele disse, e bateu o telefone.

Essa manhã, mais tarde, quando fui fazer compras, descobri que minha conta bancária estava bloqueada.

Fui até Constantiaberg. Minha chave girou na fechadura, mas a porta estava com outra tranca. Bati e bati. Nenhuma resposta. Nem sinal de Maria também. Dei a volta na casa. O carro do Mark não estava lá, as janelas estavam fechadas.

Telefonei para o escritório dele. "Ele está em nosso escritório de Durban", disse a telefonista.

"Aconteceu uma emergência na casa dele", eu disse. "Pode entrar em contato com Durban e deixar um recado? Peça para ele telefonar para a esposa dele assim que possível, no seguinte número. Diga que é urgente." E dei o número do hotel.

Durante horas eu esperei. Nada de telefonema.

Onde estava Chrissie? Isso era o que eu mais precisava saber. Parecia inacreditável que Mark pudesse ter levado a menina para Durban. Mas se não tivesse, o que tinha feito com ela?

Telefonei diretamente para Durban. Não, disse a secretária, Mark não estava em Durban, não era esperado lá naquela semana. Eu tinha tentado o escritório da Cidade do Cabo?

Quase louca, telefonei para John. "Meu marido pegou a menina e sumiu, desapareceu no nada", eu disse. "Eu não tenho dinheiro. Não sei o que fazer. Você tem alguma sugestão?"

Havia um casal mais velho no saguão, hóspedes, me ouvindo abertamente. Mas eu não me importava mais com quem pudesse saber dos meus problemas. Eu queria chorar, mas acho que dei risada. "Ele fugiu com a minha filha, e por quê?", perguntei. "É por isto?" — fiz um gesto indicando o local onde estava, o interior do Canterbury Hotel (Residencial) — "É por isto aqui que eu estou sendo castigada?". Aí, realmente eu comecei a chorar.

Como estava a quilômetros de distância, John não podia ver o meu gesto, portanto (me ocorreu depois) ele deve ter atribuído um sentido muito diferente às palavras *isto aqui*. Devia parecer que eu estava me referindo a meu caso com ele — que eu descartava nosso caso como indigno de tamanha confusão.

"Você quer ir à polícia?", ele perguntou.

"Não seja ridículo", falei. "Uma pessoa não pode fugir de seu marido e depois se voltar e acusar esse homem de roubar sua filha."

"Quer que eu vá aí buscar você?" Dava para ouvir a cautela na voz dele. E eu entendia. Eu também teria sido cautelosa no lugar dele, com uma mulher histérica na linha. Mas eu não queria cautela, eu queria minha filha de volta. "Não, eu não gostaria que me buscassem", reagi.

"Você pelo menos comeu alguma coisa?", ele perguntou.

"Não quero comer nada", respondi. "Chega desta conversa idiota. Desculpe, não sei por que eu liguei. Tchau." E desliguei o telefone.

Eu não queria comer nada, se bem que não ia achar ruim beber alguma coisa: um uísque puro, por exemplo, e em seguida um sono de morta, sem sonhos.

Eu tinha acabado de me arrastar para o meu quarto e cobrir a cabeça com o travesseiro quando bateram na janela francesa. Era John. Trocamos palavras, que não vou repetir. Para resumir, ele me levou para Tokai e me acomodou no quarto dele. Ele próprio dormiu no sofá da sala. Eu estava meio esperando que ele viesse me procurar durante a noite, mas ele não veio.

Despertei com uma conversa murmurada. O sol estava alto. Ouvi a porta da rua fechar. Um longo silêncio. Eu estava sozinha naquela casa estranha.

O banheiro era primitivo, a privada não estava limpa. Havia no ar um cheiro desagradável de suor masculino e toalhas molhadas. Aonde John tinha ido, quando ia voltar, eu não fazia ideia. Fiz café para mim e explorei um pouco. De cômodo em cômodo o teto era tão baixo que eu sentia que ia sufocar. Era só um chalé de fazenda, eu entendia isso, mas teria sido construído para anões?

Espiei no quarto do Coetzee mais velho. A luz tinha ficado acesa, uma única lâmpada fraca, sem lustre, no centro do teto. A cama estava desarrumada. Em cima da mesa de cabeceira, um jornal dobrado na página de palavras cruzadas. Na parede, uma pintura amadora de uma casa holandesa do Cabo, caiada, e uma fotografia emoldurada de uma mulher de aspecto severo. A janela, que era pequena e coberta com uma treliça de barras de ferro, dava para uma varandinha vazia, a não ser por duas cadeiras dobráveis de lona e uma fileira de vasos de samambaias murchas.

O quarto de John, onde eu tinha dormido, era maior e mais iluminado. Uma estante: dicionários, glossários, aprenda sozinho isto, aprenda sozinho aquilo. Beckett. Kafka. Em cima da mesa, uma confusão de papéis. Um arquivo. Procurei à toa pelas gavetas. Na gaveta de baixo, uma caixa de fotografias, que eu remexi. O que eu estava procurando? Eu não sabia. Alguma coisa que eu só reconheceria quando encontrasse. Mas não estava lá. A maior parte das fotografias era dos seus anos de escola: times esportivos, retratos da classe.

Ouvi barulho na frente da casa e saí. Um belo dia, o céu azul brilhante. John estava descarregando da caminhonete placas de ferro galvanizado para cobertura. "Desculpe se abandonei você", ele disse. "Eu precisava pegar isto aqui e não queria acordar você."

Puxei uma cadeira para um ponto ensolarado, fechei os olhos e me permiti uma pequena divagação. Eu não pretendia abandonar minha filha. Não pretendia sair do meu casamento. No entanto, e se eu saísse? Se eu esquecesse de Mark e de Chrissie, me instalasse naquela casinha feia, me transformasse no terceiro membro da família Coetzee, a adjunta, Branca de Neve e os dois anões, fazendo a comida, a limpeza, lavando a roupa, talvez até mesmo ajudando no reparo do telhado? Quanto tempo até minhas feridas fecharem? E depois, quanto tempo até o meu verdadeiro príncipe aparecer a cavalo, o príncipe dos meus sonhos, que ia me reconhecer pelo que eu era, me carregar para o seu cavalo branco e me levar embora para o pôr do sol?

Porque John Coetzee não era o meu príncipe. Finalmente, eu cheguei a uma conclusão. Se era essa a pergunta que o senhor tinha na cabeça ao vir para Kingston — *Será que essa é mais uma daquelas mulheres que tomaram John Coetzee por seu príncipe secreto?* —, então já tem sua resposta. John não era o meu príncipe. Não só isso: se o senhor está ouvindo com cuidado já deve ter entendido que era muito improvável que ele fosse um príncipe, um príncipe satisfatório, para qualquer donzela da terra.

Não concorda? Pensa diferente? Acha que o defeito é meu, não dele — o defeito, a deficiência? Bom, pense nos livros que ele escreveu. Qual é o tema sempre recorrente de livro para livro? É que a mulher não se apaixona pelo homem. O homem pode amar ou não amar a mulher; mas a mulher nunca ama o homem. O que o senhor acha que esse tema reflete? Meu palpite, meu palpite altamente bem informado, é que isso reflete a experiência de vida dele. As mulheres não se apaixonam por ele — não as mulheres com a cabeça no lugar. Elas inspecionam John, farejam, talvez até experimentem John. Depois seguem em frente.

Seguem em frente como eu segui. Eu podia ter ficado em Tokai, como eu disse, no papel de Branca de Neve. Como ideia não deixava de ter sua sedução. Mas acabei não ficando. John foi um amigo para mim durante um momento duro da minha vida, ele foi uma muleta em que eu me apoiei às vezes, mas nunca ia ser meu amante, nunca no sentido real da palavra. Para amor real você precisa de dois seres humanos completos, e os dois precisam se encaixar, se encaixar um no outro. Como Yin e Yang. Como um plugue elétrico e uma tomada elétrica. Como macho e fêmea. Ele e eu não encaixávamos.

Acredite, ao longo dos anos eu pensei muito sobre John, sobre o tipo dele. O que vou contar agora, ouça com a devida consideração, e espero que sem animosidade. Porque, como eu disse, John foi importante para mim. Ele me ensinou muito. Foi um amigo que continuou amigo mesmo depois que terminei com ele. Quando eu estava para baixo, podia sempre contar com ele para me dizer algo engraçado e me levantar o ânimo.

Ele me levou uma vez a inesperadas altitudes eróticas — uma vez só, que pena! Mas o fato é que John não era feito para o amor, não era constituído assim, não era constituído para se encaixar ou ser encaixado. Era como uma esfera. Como uma bola de vidro. Não havia como se conectar com ele. Essa é a minha conclusão, a minha conclusão madura.

Que pode não ser surpresa para o senhor. O senhor deve achar que isso é verdade para artistas em geral, artistas homens: que eles não são constituídos para o que eu estou chamando de amor; que eles não podem ou não querem se entregar inteiramente pela simples razão de que existe neles uma essência secreta que eles precisam preservar em função da sua arte. Estou certa? É nisso que o senhor acredita?

Se eu acredito que artistas não têm constituição para amar? Não. Não necessariamente. Eu tento manter a cabeça aberta a respeito.

Bom, não dá para manter a cabeça aberta indefinidamente, não se o senhor quer escrever o seu livro. Pense. Temos aqui um homem que, em suas relações humanas mais íntimas, não consegue conectar, ou só consegue conectar brevemente, intermitentemente. Porém, como ele ganhava a vida? Fazia relatórios escritos vivos, relatórios especializados sobre a experiência humana íntima. Porque é isso que são romances — não? — experiências íntimas. Romances como o contrário de poesia ou pintura. Isso não parece estranho?

[Silêncio.]

Eu fui muito franca, sr. Vincent. Por exemplo, a história do Schubert: eu nunca contei isso para ninguém antes do senhor.

Por que não? Porque achei que ia lançar uma luz muito ridícula sobre John. Quem, senão um pateta total, mandaria a mulher por quem deveria estar apaixonado tomar lições de sexo com um compositor morto, um *Bagatellenmeister* vienense? Quando um homem e uma mulher estão apaixonados, eles criam sua própria música, isso vem instintivamente, eles não precisam de lição nenhuma. Mas o que nosso amigo John faz? Ele arrasta uma terceira presença para o quarto. Franz Schubert se transforma no número um, no mestre do amor; John vira o número dois, o discípulo e executante do mestre; e eu viro a número três, o instrumento em que a música sexual será tocada. Isso — me parece — revela tudo o que o senhor precisa saber sobre John Coetzee. O homem que confundiu sua mulher com um violino. Que provavelmente fez a mesma coisa com todas as outras mulheres de sua vida: confundiu a mulher com um ou outro instrumento, violino, fagote, tímpano. Que era tão tapado, tão distante da realidade, que não conseguia distinguir entre tocar uma mulher e amar uma mulher. Um homem que amava por números. Não dá para saber se é para rir ou chorar!

Por isso é que ele nunca foi meu Príncipe Encantado. Por isso é que eu nunca deixei ele me levar no seu cavalo branco. Porque ele não era um príncipe, era um sapo. Porque ele não era humano, não no sentido pleno da palavra.

Eu disse que ia ser franca e mantive a minha promessa. Vou contar mais uma coisa franca, só mais uma, depois vou parar, e acabou-se.

É sobre a noite que eu tentei descrever para o senhor, a noite no Canterbury Hotel em que, depois de toda a nossa experimentação, nós dois finalmente chegamos à combinação química correta, a combinação certa. Como foi que nós conseguimos isso, o senhor pode perguntar — como eu pergunto também —, se John era um sapo e não um príncipe?

Vou dizer agora como eu vejo essa noite fundamental. Eu estava magoada e confusa, como eu disse, e fora de mim de preocupação. John viu ou adivinhou o que estava acontecendo dentro de mim e dessa vez abriu seu coração, o coração que ele normalmente mantinha encerrado em uma couraça. Com os corações abertos, o dele e o meu, nós nos juntamos. Para ele, essa primeira abertura do coração poderia e deveria marcar uma mudança de maré, o começo de uma nova vida para nós dois juntos. Porém, o que aconteceu? No meio da noite, John acordou e me viu dormindo na cama ao lado dele, sem dúvida com um ar de paz no rosto, até de plenitude, e plenitude é coisa que não se atinge neste mundo. Ele me viu — me viu como eu estava naquele momento —, se assustou, depressa travou de novo a couraça em cima do coração, com corrente e duplo cadeado, e fugiu na escuridão.

Acha que foi fácil para mim perdoar John por isso? Acha?

A senhora está sendo um pouco dura com ele, se me permite dizer.

Não, não estou. Só estou dizendo a verdade. Sem a verdade, por mais dura que seja, não pode haver cura. Isso é tudo. Aqui termina a minha contribuição para o seu livro. Olhe, são quase oito horas. Hora de o senhor ir embora. Tem de tomar um avião de manhã.

Só mais uma pergunta, uma pergunta breve.

Não, absolutamente, nenhuma pergunta mais. Já teve muito tempo. Fim. *Fin.* Vá.

Entrevista realizada em Kingston,
Ontário, maio de 2008

Margot

Deixe eu fazer uma atualização, sra. Jonker, sobre o que tenho feito desde que nos encontramos em dezembro passado. Depois que voltei da Inglaterra, transcrevi as fitas das nossas conversas. Pedi a um colega que era originário da África do Sul para conferir se eu tinha traduzido direito todas as palavras em africânder. Depois, fiz uma coisa bem radical que espero que a senhora aprove. Cortei as minhas interjeições, minhas interferências e perguntas e finalizei o texto para ser lido como uma narrativa ininterrupta falada na sua voz.

O que eu gostaria de fazer agora é ler o novo texto com a senhora e lhe dar a oportunidade de comentar. O que acha?

Tudo bem.

Mais uma coisa. Como a história que a senhora contou era bem longa, mais longa do que eu esperava, resolvi dramatizar aqui e ali, para variar um pouco, e deixei as diversas pessoas falarem com suas próprias vozes. A senhora vai entender o que eu quero dizer assim que a gente começar.

Tudo bem.

Então, vamos lá.

Antigamente, na época do Natal, havia grandes reuniões na fazenda da família. De toda parte os filhos e filhas de Gerrit e Lenie Coetzee convergiam para Voëlfontein, trazendo com eles esposas e filhos, mais e mais filhos a cada ano, para uma semana de risos, piadas, lembranças e, acima de tudo, comida. Para os homens era também um momento de caça: aves, antílopes.

Mas agora, nos anos 1970, esses encontros de família diminuíram tristemente. Gerrit Coetzee está morto há muito, Lenie arrasta os chinelos numa casa para idosos no Strand. Dos doze filhos e filhas, os primeiros já se juntaram às multidões de sombras; em momentos privados...

Multidões de sombras?

Grandiloquente demais? Eu mudo. Os primeiros tinham já deixado esta vida. Em momentos privados, os sobreviventes têm vislumbres de seu próprio fim e estremecem.

Não, não gosto disso.

Do estremecimento? Sem problema. Eu corto. Já deixaram esta vida. Entre os sobreviventes, as brincadeiras ficaram mais restritas, as lembranças mais tristes, a comida mais comedida. Quanto às caçadas, não existem mais: ossos velhos se cansam e, de qualquer forma, depois de anos e anos de seca, nada resta no *veld* que valha a pena caçar.

Da terceira geração, os filhos e filhas de filhos e filhas, a maioria está agora muito absorta em cuidar de seus próprios negócios, ou indiferente demais à família menos próxima. Este ano, apenas quatro dessa geração estão presentes: o primo Michiel, que herdou a fazenda; o primo John, da Cidade do Cabo; a irmã Carol; e ela própria, Margot. E dos quatro, desconfia ser ela a única a olhar o passado com qualquer coisa que pareça nostalgia.

Não entendo. Por que me chama de ela?

Dos quatro, desconfia ser ela — Margot — a única a olhar o passado com algo como nostalgia... A senhora viu como está confuso. Assim simplesmente não funciona. O *ela* que eu introduzi é como *eu*, mas não é *eu*. A senhora não gosta mesmo?

Acho confuso. Mas o senhor é quem sabe. Continue.

A presença de John na fazenda é fonte de inquietação. Depois de passar anos no estrangeiro — tantos anos que se concluiu que ele havia ido embora para sempre —, John de repente reapareceu entre eles debaixo de uma ou outra nuvem, de alguma desgraça. Uma história que corre é que ele ficou preso algum tempo nos Estados Unidos.

A família simplesmente não sabe como se comportar na presença dele. Nunca tiveram um criminoso — se é isso que ele é, um criminoso — em seu meio. Um falido, sim: o homem que casou com tia Marie, um arrogante que bebia pesadamente e que a família reprovou desde o começo, declarou falência para evitar pagar as dívidas e desde então não mexia nem um dedo para trabalhar, vadiando em casa, vivendo dos ganhos da mulher. Mas falência, mesmo deixando um gosto ruim na boca, não é crime; enquanto ir para a cadeia é ir para a cadeia.

A sensação dela é que os Coetzee deviam se esforçar mais para fazer a ovelha desgarrada se sentir bem-vinda. Há muito ela tem um fraco por John. Quando pequenos costumavam falar bem abertamente de se casar um com o outro quando crescessem. Achavam que era permitido — por que não seria? Não entendiam por que os adultos sorriam, sorriam e não diziam por quê.

Eu realmente contei isso?

Contou. Quer que eu corte? Eu gosto. É delicado.

Tudo bem, deixe. (Ri.) Continue.

Carol, a irmã dela, pensa bem diferente. Carol é casada com um alemão, um engenheiro, que há anos vem tentando tirar os dois da África do Sul para ir para os Estados Unidos. Carol deixou bem claro que ela não quer que apareça em seu dossiê americano que é parente de um homem que, seja ou não seja tecnicamente um criminoso, é malvisto pela lei, a lei deles. Mas a hostilidade de Carol por John é mais profunda que isso. Ela o acha afetado e arrogante. Do alto de sua educação *engelse* [inglesa], diz Carol, John esnoba os Coetzee, todos. Por que ele resolveu agraciá-los com sua presença na época do Natal, ela não consegue imaginar.

Ela, Margot, está incomodada com a atitude da irmã. Sua irmã, ela acredita, ficou mais e mais dura desde que casou e começou a pender para o círculo do marido, um círculo de expatriados alemães e suíços que chegou à África do Sul nos anos 1960 para fazer dinheiro rápido e está se preparando para abandonar o navio agora que o país está atravessando um período tempestuoso.

Não sei. Não sei se posso deixar o senhor dizer isso.

Bom, decida o que decidir, eu vou aceitar o que disser. Mas foi isso que a senhora me disse, palavra por palavra. E tenha em mente que é pouco provável que sua irmã venha a escolher um livro obscuro publicado por uma editora acadêmica da Inglaterra. Onde sua irmã está agora?

Ela e Klaus moram na Flórida, numa cidade chamada St. Petersburg. Eu nunca estive lá. Quanto a seu livro, algum amigo dela pode cruzar com ele e mandar para ela — nunca se sabe. Mas isso não é o principal. Quando falei com o senhor no ano passado, tinha a impressão de que ia simplesmente transcrever a nossa entrevista. Não fazia ideia de que ia reescrever tudo.

Isso não é totalmente justo. Eu não reescrevi de verdade, apenas reformulei como narrativa, dei uma forma diferente. Dar uma nova forma não afeta o conteúdo. Se a senhora acha que estou tomando liberdades com o conteúdo em si é outra questão. Acha que estou tomando liberdades demais?

Não sei. Alguma coisa soa errado, mas ainda não consigo identificar o que é. Só posso dizer que a sua versão não soa como o que eu contei. Mas vou calar a boca agora. Espero chegar até o fim e depois resolvo. Então, continue.

Certo.

Se Carol é dura demais, ela própria é sensível demais, ela mesma admite. Ela é aquela que chora quando os gatinhos re-

448

cém-nascidos têm de ser afogados, aquela que tapa o ouvido quando o carneiro que vai ser abatido berra de medo, berra e berra. Ela antes ficava chateada, quando era mais nova, de rirem por isso; mas agora, em seus trinta e poucos anos, não tem tanta certeza de que deva se envergonhar de ter o coração mole.

Carol diz não entender por que John está comparecendo à reunião familiar, mas para ela a razão é óbvia. Às sombras de sua juventude ele trouxe de volta o pai, que embora não tenha muito mais de sessenta anos parece um velho, parece estar nas últimas — trouxe-o de volta para que ele se renove e fortifique, ou, se não puder se renovar, para que possa ao menos fazer suas despedidas. No entender dela, trata-se de um ato de dever filial, um ato que ela aprova inteiramente.

Ela vai procurar John atrás do barracão onde ele está trabalhando em seu carro, ou fingindo trabalhar.

"Algum problema com o carro?", ela pergunta.

"Está esquentando demais", diz ele. "Tivemos de parar duas vezes em Du Toit's Kloof para deixar o motor esfriar."

"Você devia pedir para o Michiel dar uma olhada. Ele entende de carros."

"Michiel está ocupado com os convidados. Eu mesmo conserto."

Ela desconfia que Michiel iria adorar uma desculpa para escapar dos hóspedes, mas não insiste. Ela conhece muito bem a teimosia masculina, sabe que um homem prefere se debater infindavelmente com um problema em vez de passar pela humilhação de pedir ajuda a outro homem.

"É com isso que você roda na Cidade do Cabo?", ela pergunta. Por *isso*, ela quer dizer a caminhonete Datsun de uma tonelada, o tipo de veículo de transporte leve que ela associa a fazendeiros e mestres de obras. "Por que você precisa de uma caminhonete?"

"É útil", ele responde, seco, sem explicar qual uso pode ter.

Ela não pôde deixar de rir quando ele chegou à fazenda dirigindo essa mesma caminhonete, ele com sua barba, cabelo maltratado e óculos de coruja, o pai ao lado como uma múmia, duro e envergonhado. Ela queria ter tirado uma fotografia. Ela gostaria também de ter uma conversa tranquila com John sobre o cabelo dele. Mas o gelo ainda não se quebrou, conversas íntimas terão de esperar.

"Bom", diz ela, "me mandaram chamar você para o chá, chá e *melktert* que tia Joy preparou."

"Daqui a um minuto eu vou", ele diz.

Eles falam africânder entre si. O africânder dele é hesitante; ela desconfia que ele fala inglês melhor que africânder, embora ela raramente tenha necessidade de falar inglês, vivendo no campo, na *platteland*. Mas eles falam africânder um com o outro desde crianças; ela não vai embaraçá-lo se oferecendo para mudar.

Ela põe a culpa da deterioração do africânder dele na mudança que ele fez anos atrás, primeiro para a Cidade do Cabo, nas escolas "inglesas" e na universidade "inglesa", e no mundo estrangeiro, onde não se ouve nem uma palavra de africânder. *In 'n minuut*, diz ele: num minuto. É o tipo de solecismo que Carol pegaria na hora, e caçoaria dele. *"In 'n minuut sal meneer sy tee kom geniet"*, Carol diria: num minuto sua alteza virá e partilhará o chá. Ela tem de protegê-lo de Carol, ou ao menos pedir que Carol seja atenciosa com ele no espaço desses poucos dias.

À mesa, essa noite, ela toma o cuidado de sentar-se ao lado dele. O jantar é simplesmente uma mixórdia dos restos da refeição do meio-dia, a principal do dia: cordeiro frio, arroz requentado, feijões verdes com vinagre.

Ela observa que ele passa adiante o prato de carne sem se servir.

"Não vai comer o carneiro, John?", Carol pergunta da outra ponta da mesa, num tom de doce preocupação.

"Não, hoje não, obrigado", John responde. "*Ek het my vanmiddag dik gevreet*": comi como um porco esta tarde.

"Então você não é vegetariano. Não virou vegetariano quando estava no estrangeiro."

"Não estritamente vegetariano. *Dis nie 'n woord waarvan ek hou nie. As 'n mens verkies om nie so veel vleis te eet nie...*" Não é uma palavra de que ele goste. Se alguém prefere não comer tanta carne...

"*Ja?*", diz Carol. "*As 'n mens so verkies, dan...?*" Se é isso que você prefere, então... e daí?

Todo mundo agora está olhando para ele. Ele começa a ficar vermelho. É evidente que não faz a menor ideia de como reagir à curiosidade benigna do grupo. E se ele é mais pálido e mais magro do que um bom sul-africano deve ser, a explicação talvez seja não que ele se demorou demais nas neves da América do Norte, mas que, na verdade, passou muito tempo sem comer o bom carneiro do Karoo? *As 'n mens verkies...* — o que ele vai dizer em seguida?

Seu rubor aumentou desesperadamente. Um homem adulto, e fica vermelho como uma menina! Hora de interferir. Ela põe uma mão tranquilizadora no braço dele. "*Jy wil seker sê, John, ons het almal ons voorkeure*", nós todos temos nossas preferências.

"*Ons voorkeure*", ele diz; "*ons fiemies*". Nossas preferências; nossos tolos pequenos caprichos. Ele espeta um feijão verde e põe na boca.

É dezembro e em dezembro não escurece senão bem depois das nove horas. Mesmo a essa hora, tão imaculadamente limpo está o ar sobre o alto platô, que a lua e as estrelas brilham o suficiente para iluminar os passos de alguém. Então, depois do jantar ele e ela saem para dar um passeio, fazendo uma grande volta para evitar o aglomerado de cabanas que abrigam os camponeses da fazenda.

"Obrigado por me socorrer na mesa do jantar", ele diz.

"Você conhece a Carol", diz ela. "Sempre teve olho de lince. Olho de lince e língua afiada. Como está seu pai?"

"Deprimido. Como você já deve saber, ele e minha mãe não tiveram o mais feliz dos casamentos. Mesmo assim, depois da morte dela ele entrou em declínio — entristeceu, não sabe o que fazer da vida. Os homens da geração dele foram criados para ser mais ou menos dependentes. Se não têm uma mulher por perto para cozinhar e cuidar deles, simplesmente se apagam. Se eu não tivesse abrigado meu pai ele teria morrido de fome."

"Ele ainda trabalha?"

"Trabalha, ainda tem o emprego na loja de peças de motor, embora eu ache que estão insinuando que já está na hora de ele se aposentar. E o entusiasmo dele por esportes continua igual."

"Ele não é juiz de críquete?"

"Era, não é mais. A visão dele deteriorou demais."

"E você? Não joga críquete também?"

"Jogo. Na verdade, eu ainda jogo na liga de domingo. O nível é bem amador, o que é bom para mim. Engraçado: ele e eu, dois africânderes dedicados a um jogo inglês no qual não somos muito bons. Imagino o que isso diz de nós."

Dois africânderes. Será que ele realmente se considera um africânder? Ela não conhece muitos africânderes de verdade [*egte*] que o aceitariam como um membro da tribo. Nem mesmo o pai dele passaria pela prova. Para passar por africânder hoje em dia você precisa ao menos votar no Partido Nacional e ir à igreja aos domingos. Ela não consegue imaginar seu primo vestindo terno e gravata e indo à igreja. Nem o pai dele, para falar a verdade.

Chegaram à represa. A represa antes era cheia por uma bomba movida a catavento, mas durante os anos de *boom* Michiel havia instalado uma bomba a diesel e deixado enferrujar o velho catavento, porque era o que todo mundo estava fazendo. Agora que o preço do petróleo está nas alturas, Michiel talvez tenha de repensar. Pode ter de voltar ao vento de Deus, afinal.

"Lembra", ela disse, "quando a gente vinha aqui em criança..."

"Caçar girinos com a peneira", ele pega o fio da história, "e levar para casa num balde de água; no dia seguinte eles estavam mortos e a gente nunca entendia por quê."

"E gafanhotos. A gente pegava gafanhotos também."

Ao falar de gafanhotos, ela se arrependeu. Porque se lembrou do destino dos gafanhotos, ou de um deles. Da garrafa onde tinham prendido o bicho, John tirou o inseto e, diante dos olhos dela, foi puxando com firmeza uma longa perna traseira até ela se soltar do corpo, seca, sem sangue nem nada que se possa considerar como sangue entre gafanhotos. Depois, soltou-o e ficaram observando. Cada vez que ele tentava alçar voo, caía para um lado, as asas roçando a terra, a perna traseira sobrevivente balançando, inutilmente. *Mate ele!*, ela gritou para John. Mas ele não matou, simplesmente se afastou, parecendo enojado.

"Lembra que você uma vez", diz ela, "arrancou a perna de um gafanhoto e deixou para eu matar? Fiquei tão brava com você."

"Me lembro todo dia da minha vida", ele diz. "Todo dia eu peço perdão ao coitado. Eu era só uma criança, digo para ele, uma criança ignorante que não sabia o que estava fazendo. *Kaggen*, eu digo, me perdoe."

"*Kaggen?*"

"*Kaggen*. O nome do louva-a-deus, do deus louva-a-deus. Talvez não um louva-a-deus, mas o gafanhoto entende. No além não existe nenhum problema de língua. É como o Éden de novo."

O deus louva-a-deus. Ele a deixa confusa.

O vento da noite geme nas pás do catavento morto. Ela estremece. "Temos de voltar", ela diz.

"Daqui a um minuto. Você leu o livro de Eugène Marais sobre o ano que ele passou em Waterberg observando um bando de babuínos? Ele afirma que ao anoitecer, quando o bando parava de procurar comida e se acomodava para ver o sol se pôr, ele conseguia perceber nos olhos deles, ou pelo menos nos olhos dos babuínos mais velhos, inquietações de melancolia, o nascimento da primeira consciência da própria mortalidade deles.

"É nisso que o pôr do sol faz você pensar: na mortalidade?"

"Não. Mas não consigo esquecer a primeira conversa que nós dois tivemos, a primeira conversa significativa. Nós devíamos ter seis anos. Não me lembro exatamente as palavras, mas sei que eu estava abrindo meu coração para você, contando tudo a meu respeito, todas as minhas esperanças e desejos. E ao mesmo tempo pensava: *Então é isso que quer dizer estar apaixonado!* Porque — deixe eu confessar — eu estava apaixonado por você naquela época. E desde então, estar apaixonado por uma mulher significou ter liberdade para dizer tudo o que eu tenho no coração."

"Tudo que você tem no coração... O que isso tem a ver com Eugène Marais?"

"Simplesmente que eu entendo o que o velho babuíno macho estava pensando enquanto olhava o sol se pôr, o líder do bando, aquele de quem Marais era mais próximo. *Nunca mais*, ele pensava: *só uma vida e nunca mais. Nunca, nunca, nunca.* É isso que o Karoo faz comigo também. Me enche de melancolia. Me estraga para a vida inteira."

Ela ainda não entende o que os babuínos têm a ver com o

Karoo ou com os seus anos de infância, mas não vai insistir no assunto.

"Este lugar me dá um aperto no coração", ele diz. "Me apertou o coração quando eu era criança e nunca mais me acertei depois."

Ele está com o coração apertado. Ela nem desconfiava disso. Antigamente, ela pensa consigo mesma, sem que precisassem dizer, ela sabia o que se passava no coração dos outros. Era seu talento especial: *meegevoel*, sentir-conjunto. Mas não mais, ah, não mais! Ela cresceu; e ao crescer, endureceu, como uma mulher que nunca é tirada para dançar, que passa as noites de sábado esperando em vão num banco no salão da igreja, que no momento em que algum homem se lembra das boas maneiras e lhe estende a mão, perdeu todo o prazer e só quer voltar para casa. Que choque! Que revelação! Aquele primo dela guarda lembranças do quanto a amava em criança! Guardou-as esses anos todos!

[Geme.] Eu disse isso mesmo?

[Ri.] Disse, sim.

Que indiscreta! [Ri.] Não importa, continue.

"Não conte isso para Carol", ele — John, seu primo — diz. "Não conte para ela, com aquela língua satírica que ela tem, o que eu sinto pelo Karoo. Se contar, ela não vai me deixar em paz."

"Você e os babuínos", ela diz. "Você pode não acreditar, mas Carol também tem coração. Mas não, não vou contar para ela o seu segredo. Está esfriando. Vamos voltar?"

Eles circundam as acomodações dos camponeses mantendo uma distância decente. No escuro, as brasas dos fogões brilham em pontos de vermelho feroz.

"Quanto tempo você vai ficar?", ela pergunta. "Vai ficar aqui para o Ano-Novo?" *Nuwejaar*: para o *volk*, o povo, um dia vermelho na folhinha, bem mais importante que o Natal.

"Não, não posso ficar tanto. Tenho compromissos na Cidade do Cabo."

"Então, por que você não deixa o seu pai para trás e volta depois para buscar? Dar um tempo para ele relaxar e recobrar as forças. Ele não parece bem."

"Ele não ficaria. Meu pai tem uma natureza inquieta. Esteja onde estiver, ele sempre quer estar em outro lugar. Quanto mais velho fica, pior. É como uma coceira. Não consegue ficar quieto. Além disso, ele tem de voltar ao trabalho. Ele leva o trabalho muito a sério."

A fazenda está quieta. Eles deslizam pela porta dos fundos. "Boa noite", ela diz, "durma bem."

Em seu quarto, ela vai depressa para a cama. Gostaria de estar dormindo quando sua irmã e seu cunhado voltassem para dentro, ou ao menos ser capaz de fingir estar dormindo. Ela não gostaria de ser interrogada sobre o que aconteceu no passeio com John. Meia chance basta para Carol arrancar dela a história. *Eu estava apaixonado por você quando tinha seis anos; você estabeleceu o padrão de meu amor por outras mulheres.* Dizer uma coisa dessas! Realmente, que elogio! Mas e ela? O que acontecia no coração de seis anos dela enquanto toda essa paixão prematura ocupava o dele? Ela consentiu em se casar com ele, decerto, mas aceitou que estavam apaixonados? Se assim foi, ela não tem nenhuma lembrança disso. E agora — o que ela sente por ele agora? A declaração dele certamente fez seu coração se acender. Que figura estranha, esse primo dela! A estranheza dele não vem do lado Coetzee, disso ela tem certeza, ela é, afinal, metade

Coetzee também, então deve vir do lado da mãe dele, dos Meyer ou seja lá qual for o nome, os Meyer do Cabo Leste. Meyer ou Meier ou Meiring.

Então ela adormece.

"Ele é metido", diz Carol. "Se tem em alta conta. Não suporta se rebaixar a conversar com gente comum. Quando não está remexendo no carro, fica sentado num canto com um livro. E por que não corta o cabelo? Toda vez que bato os olhos nele, sinto vontade de enfiar uma tigela de pudim na cabeça dele e cortar fora aqueles horrendos cachos oleosos."

"O cabelo dele não é oleoso", ela protesta, "só comprido. Acho que ele lava com sabonete. Por isso é que cai para todo lado. E ele é tímido, não metido. Por isso é que fica isolado. Se você der uma chance, ele é uma pessoa interessante."

"Ele está flertando com você. Todo mundo percebe. E você está correspondendo. Você, prima dele! Devia ter vergonha. Por que ele não casou? É homossexual, você acha? Ele é *moffie?*"

Ela nunca sabe se Carol está falando sério ou simplesmente provocando. Mesmo quando estão na fazenda, Carol usa sempre calça branca moderna, blusas decotadas, sandália de salto alto, pulseiras pesadas. Ela compra roupas em Frankfurt, diz ela, nas viagens de negócios com o marido. Ela, sem dúvida, faz os outros todos parecerem desleixados, muito acomodados, muito "primos-do-campo". Ela e Klaus moram em Sandton, numa mansão de doze cômodos que é dos anglo-americanos, pela qual não pagam aluguel, com estábulos, cavalos de polo e um cavalariço, embora nenhum deles saiba cavalgar. Ainda não têm filhos; vão ter filhos, sim, Carol informa, quando estiverem devidamente instalados. Devidamente instalados significa instalados nos Estados Unidos.

No ambiente de Sandton em que ela e Klaus se movem,

Carol confidenciou uma vez, acontecem coisas muito avançadas. Ela não revelou o que poderiam ser essas coisas avançadas, e ela, Margot, não quis perguntar, mas parece ter alguma coisa a ver com sexo.

Não vou deixar você escrever isso. Não pode escrever sobre Carol.

É o que a senhora me contou.

É, sim, mas não pode escrever todas as palavras que eu digo e revelar para o mundo. Com isso eu não concordo. Carol não vai falar comigo nunca mais.

Tudo bem, eu corto ou abrando o tom, prometo. Só escute até o fim. Posso continuar?

Continue.

Carol rompeu completamente com suas raízes. Não guarda nenhuma semelhança com a *plattelandse meisie*, a garota do campo que era antes. Ela parece, por assim dizer, alemã, com a pele bronzeada, o cabelo loiro penteado na cabeleireira, a ênfase no delineador de olhos. Imponente, de busto grande e mal chegada aos trinta anos. Frau dra. Müller. Se frau dra. Müller resolvesse flertar à maneira de Sandton com seu primo John, quanto tempo levaria para John sucumbir? Amor significa abrir o coração para o ser amado, diz John. O que Carol diria disso? Sobre o amor Carol poderia ensinar ao primo umas coisinhas, disso ela tem certeza — pelo menos amor em sua versão mais avançada.

John não é *moffie*: ela conhece homens o suficiente para saber disso. Mas existe alguma coisa distante ou fria nele, alguma coisa que se não é assexuada, é pelo menos neutra, como uma criança nova é neutra em questões de sexo. Deve ter havido mulheres na vida dele, se não na África do Sul, nos Estados Unidos, embora ele não tenha dito nenhuma palavra sobre elas. Será que suas mulheres americanas conseguiam enxergar seu coração? Se ele faz disso uma prática, abrir o coração, então ele é excepcional: para os homens, na experiência dela, nada é mais difícil que isso.

Ela própria está casada há dez anos. Dez anos atrás ela disse adeus a Carnarvon, onde tinha um emprego de secretária num escritório de advocacia, e mudou para a fazenda do noivo a leste de Middlepos, na Roggeveld, onde, se tiver sorte, se Deus sorrir para ela, vai viver o resto de seus dias.

A fazenda é lar para os dois, lar e *Heim*, mas ela não pode ficar em casa tanto quanto gostaria. Não se ganha mais tanto dinheiro com a criação de ovelhas, não na árida Roggeveld assolada pela seca. Para acertar as finanças, ela teve de voltar a trabalhar, dessa vez como contadora, no único hotel de Calvinia. Quatro noites por semana, de segunda a quinta, ela passa no hotel; às sextas-feiras, o marido vai até o hotel para buscá-la e a deixa de novo em Calvinia ao amanhecer da segunda-feira seguinte.

Apesar dessa separação semanal — que lhe dá dor no coração, ela detesta o desolado quarto de hotel, às vezes não consegue conter as lágrimas, deita a cabeça nos braços e chora —, ela e Lukas têm o que ela chamaria de um casamento feliz. Mais que feliz: afortunado, abençoado. Um bom marido, um casamento feliz, mas sem filhos. Não por determinação, mas por destino: seu destino, sua culpa. Das duas irmãs, uma estéril, a outra *ainda não estabelecida*.

Um bom marido, mas fechado. Será que um coração reservado é uma doença dos homens em geral ou só dos homens sul-africanos? Os alemães — o marido de Carol, por exemplo — são melhores? Naquele momento, Klaus está sentado na varanda com o bando de parentes Coetzee que adquiriu pelo casamento, fumando um charuto (ele oferece generosamente seus charutos, mas seu *rookgoed* é estranho demais, desconhecido demais para os Coetzee), brindando-lhes, em seu ruidoso africânder de bebê do qual não tem a menor vergonha, com histórias do tempo em que ele e Carol foram esquiar em Zermatt. Será que Klaus, na privacidade de sua casa em Sandton, de vez em quando abre seu coração para Carol à sua maneira esquiva fácil, confiante, de europeu? Ela duvida. Ela duvida que Klaus tenha algum coração para mostrar. Ela viu poucas demonstrações de coração. Enquanto dos Coetzee o mínimo que se pode dizer é que têm corações, homens e mulheres. De fato, alguns deles, às vezes coração demais.

"Não, ele não é *moffie*", ela diz. "Converse com ele e você vai ver por si mesma."

"Gostaria de dar uma volta de carro hoje à tarde?", John oferece. "Podíamos fazer um grande giro pela fazenda, só você e eu."

"No quê?", ela pergunta. "Na sua Datsun?"

"É, na minha Datsun. Está consertada."

"Consertada de um jeito que não vai quebrar no meio do nada?"

Claro que é uma piada. Voëlfontein já é no meio do nada. Mas não é só uma piada. Ela não faz ideia do tamanho da fazenda, medido em quilômetros quadrados, mas sabe que não dá para ir a pé de um lado a outro num único dia, a não ser que você caminhe mesmo a sério.

"Não vai quebrar", ele diz. "Mas vou levar água de reserva só por precaução."

460

Voëlfontein fica na região de Koup, e no Koup não choveu nem uma gota nos últimos dois anos. O que pode ter inspirado vovô Coetzee a comprar terra aqui, onde todo fazendeiro batalha para manter vivo o gado?

"Que palavra é essa, *Koup*?", ela pergunta. "É inglês? O lugar que ninguém consegue domar [*cope*]?"

"É khoi", ele diz. "Hotentote. *Koup*: lugar seco. É um substantivo, não um verbo. Dá para saber pelo *p* final."

"Onde você aprendeu isso?"

"Nos livros. Nas gramáticas compostas pelos missionários antigamente. Não restam mais falantes das línguas khoi, não na África do Sul. As línguas estão, em termos práticos, mortas. Na África do Sul ainda tem um punhado de velhos que fala nama. É o saldo. O que resta."

"E xhosa? Você fala xhosa?"

Ele balança a cabeça. "Meu interesse é pelas coisas que nós perdemos, não pelas coisas que conservamos. Por que eu deveria falar xhosa? Milhões de pessoas já falam. Não precisam de mim."

"Pensei que as línguas existissem para a gente poder se comunicar com os outros", ela diz. "Para que falar hotentote se ninguém mais fala?"

Ele a brinda com o que ela está começando a achar que é o seu sorrisinho secreto, indicando que ele tem resposta para a pergunta dela, mas como ela vai ser burra demais para entender, ele não vai gastar seu fôlego revelando a ela. É sobretudo esse sorriso de Sr. Sabe Tudo que deixa Carol furiosa.

"Depois de ter aprendido hotentote nos seus velhos livros de gramática, com quem você pode falar?", ela repete.

"Quer que eu conte?", ele pergunta. O sorrisinho se transformou em alguma outra coisa, alguma coisa tensa e não muito boa.

"Quero, conte. Responda."

"Com os mortos. Dá para falar com os mortos. Que de outra forma" — ele hesita, como se as palavras pudessem ser demais para ela e mesmo para ele —, "que de outra forma são lançados no silêncio eterno."

Ela queria uma resposta e agora tem uma. Mais que suficiente para calar sua boca.

Eles rodam durante meia hora, para a fronteira mais ocidental da fazenda. Lá, para surpresa dela, ele abre a porteira, atravessa, fecha a porteira depois de passar e sem uma palavra roda por uma esburacada estrada de terra. Por volta de quatro e meia chegam à cidade de Merweville, onde ela não pisa há anos.

Diante do Apollo Café ele para o carro. "Gostaria de um café?", ele pergunta.

Entram no café com meia dúzia de crianças descalças seguindo ao lado deles, a mais nova quase um bebê. Mevrou, a proprietária, está com o rádio ligado, tocando canções pop em africânder. Eles se sentam, abanam as moscas. As crianças se juntam em torno da mesa, olhando com curiosidade indisfarçada. "*Middag, jongens*", John diz. "*Middag, meneer*", diz a mais velha.

Pedem café e recebem uma versão de café: pálido Nescafé com leite longa vida. Ela toma um gole do dela e afasta a xícara. Ele bebe, distraído.

Uma mãozinha se estende e fisga o cubo de açúcar do pires dela. "*Toe, loop!*", ela diz: fora daqui! A criança sorri alegremente para ela, desembrulha o açúcar e lambe.

Não é, de forma nenhuma, o primeiro indício que ela tem de como caíram as velhas barreiras entre brancos e negros. Os sinais são mais óbvios ali que em Calvinia. Merweville é uma cidade menor e em declínio, tamanho declínio que deve estar correndo o risco de sumir do mapa. Não deve restar mais que algumas centenas de pessoas. Metade das casas pelas quais passaram parece desocupada. O prédio com o letreiro *Volkskas* [Banco do Povo] escrito com seixos brancos cravados no estuque acima da porta abriga não um banco, mas uma oficina de solda. Embora o pior calor da tarde tenha passado, a única presença viva na rua principal se constitui de dois homens e uma mulher estendidos, ao lado de um cachorro esquelético, à sombra de um jacarandá florido.

Eu contei tudo isso? Não me lembro.

Posso ter acrescentado um ou outro detalhe para dar mais vida à cena. Não contei para a senhora, mas como Merweville aparece tanto na sua história, fui realmente visitar a cidade para conferir.

O senhor foi a Merweville? E o que achou da cidade?

Bem como a senhora descreveu. Mas não existe mais Apollo Café. Não existe mais nenhum café. Posso continuar?

John diz: "Você sabia que, entre outras realizações, nosso avô foi prefeito de Merweville?".

"Sabia, sabia, sim." O avô mútuo metia a colher em muitos assuntos. Era — ocorre a ela a expressão inglesa — um *go-getter* [um descolado] numa terra com poucos descolados, um homem com muita — outra palavra inglesa — *spunk* [energia, vigor], mais energia provavelmente do que todos os seus filhos juntos. Mas talvez esse seja o destino dos filhos de pais fortes: ficar com uma medida menos que completa de energia. Assim como os filhos, também as filhas: um pouco retraídas as mulheres Coetzee, dotadas de muito pouco do que venha a ser o equivalente feminino de energia.

463

Ela tem apenas tênues lembranças do avô deles, que morreu quando ela ainda era menina: um velho curvado, ranzinza, com a barba por fazer. Depois da refeição do meio-dia, ela se lembra, a casa inteira congelava-se em silêncio: vovô estava tirando sua soneca. Mesmo naquela idade ela ficava surpresa de ver como o medo do velho podia fazer as pessoas rastejarem como camundongos. No entanto, sem aquele velho, ela não estaria ali, nem John: não só aqui na terra, mas no Karoo, em Voëlfontein ou em Merweville. Se toda a vida dela, do berço ao túmulo, foi e ainda é determinada pelas subidas e descidas do mercado de lã e carne de carneiro, isso é obra de seu avô: um homem que começou como *smous*, vendedor ambulante de tecidos de algodão estampados, panelas e tigelas e remédios patenteados para o povo do interior, depois, quando tinha economizado dinheiro suficiente, comprou uma cota de um hotel, depois vendeu o hotel e comprou terra, estabeleceu-se logo como um cavalheiro criador de cavalos e de ovelhas.

"Você não perguntou o que estamos fazendo aqui em Merweville", diz John.

"Muito bem: o que estamos fazendo em Merweville?"

"Quero te mostrar uma coisa. Estou pensando em comprar uma casa aqui."

Ela mal consegue acreditar no que ouve. "Você quer comprar uma casa? Quer morar em Merweville? Em *Merweville*? Vai querer ser prefeito também?"

"Não, não morar aqui, só passar algum tempo aqui. Moro na Cidade do Cabo, venho aqui para os fins de semana e feriados. Não é impossível. Merweville fica a sete horas da Cidade do Cabo se você vem de carro sem paradas. Com mil rands dá para comprar uma casa — uma casa de quatro cômodos e meio *morgen** de terra com pessegueiros, abricoteiros e laranjeiras. O que mais se pode querer no mundo por uma pechincha dessas?"

"E seu pai? O que seu pai acha desse seu plano?"

"É melhor que um asilo de velhos."

"Não entendo. O que é melhor que um asilo de velhos?"

"Morar em Merweville. Meu pai pode ficar aqui, mudar para cá; eu fico instalado na Cidade do Cabo e venho regularmente para ver se ele está bem."

"E o que o seu pai vai fazer durante o tempo em que estiver sozinho? Sentar na varanda e ficar esperando passar um carro por dia? É por uma razão simples que você consegue comprar uma casa em Merweville a troco de nada, John: porque ninguém quer morar aqui. Não entendo você. Por que esse súbito entusiasmo por Merweville?"

"Fica no Karoo."

Die Karoo is vir skape geskape! O Karoo foi feito para carneiros! Ela tem de morder a língua para não falar a frase. *Ele está falando sério! Fala do Karoo como se fosse o paraíso!* E de repente, lembranças daquelas reuniões de Natal de antigamente voltam como uma onda, quando eram crianças vagando pelo *veld* livres como animais. "Onde você quer ser enterrada?", ele perguntou para ela um dia, e sussurrou, sem esperar resposta: "Eu quero ser enterrado aqui". "Para sempre?", ela perguntou, ela, ela em criança — "Quer ser enterrado para sempre?" "Só até eu voltar", ele replicara.

Até eu voltar. Ela lembra de tudo, lembra das palavras em si.

Em criança, consegue-se dispensar explicações. Ninguém exige que tudo faça sentido. Mas ela lembraria dessas palavras dele se não a tivessem intrigado na época e, lá no fundo, se ain-

---

* Medida de superfície sul-africana correspondente a quase dois ares (1 morgen = 200 m²). (N. T.)

da não a intrigassem esses anos todos? *Voltar*: será que seu primo realmente acreditava, realmente acredita, que a pessoa volta do túmulo? Quem ele pensa que é: Jesus? E o que ele pensa que é aquele lugar, aquele Karoo: a Terra Santa?

"Se você pensa em mudar para Merweville vai ter de cortar o cabelo primeiro", ela diz. "A boa gente dessa cidade não vai admitir que um maluco se instale em seu meio para corromper seus filhos e filhas."

Atrás do balcão, Mevrou emitiu sinais inconfundíveis de que queria fechar o local. Ele paga e continuam rodando. A caminho da cidade, ele diminui a velocidade diante de uma casa com uma placa de *TE KOOP* no portão: À venda. "Era essa a casa em que eu estava pensando", ele diz. "Mil rands mais a papelada. Dá para acreditar?"

A casa é um cubo anônimo com cobertura de chapa corrugada, uma varanda sombreada tomando toda a frente e uma íngreme escada de madeira que leva ao segundo andar. A pintura está num estado lamentável. Na frente da casa, num canteiro de pedras imundo, duas babosas lutam para se manter vivas. Será que ele realmente pretende enfiar o pai ali, naquela casa sem graça naquele povoado esgotado? Um velho, trêmulo, a comer direto das latas, dormindo em lençóis sujos?

"Gostaria de dar uma olhada?", ele diz. "A casa está trancada, mas podemos dar a volta por trás."

Ela estremece. "Outro dia", diz. "Hoje não estou com vontade."

De que ela está com vontade hoje, ela não sabe dizer. Mas seu humor deixa de ser importante uns vinte quilômetros além de Merweville, quando o motor começa a tossir e John franze a testa, desliga a chave e vai para o acostamento. Um cheiro de borracha queimada invade a cabine. "Está superaquecendo de novo", ele diz. "Não demora nada."

Pega na carroceria uma lata de gasolina cheia de água. Abre a tampa do radiador, liberando um jato de fumaça, e enche o radiador. "Isso deve bastar para a gente chegar em casa", diz ele. Tenta dar partida ao motor. O motor gira em seco e não pega.

Ela conhece os homens o suficiente para jamais questionar sua competência com máquinas. Não dá nenhum conselho, toma cuidado para não parecer impaciente, nem sequer suspirar. Durante uma hora, enquanto ele mexe com mangueiras, grampos e suja a roupa, tentando insistentemente fazer o motor pegar, ela mantém um estrito e benigno silêncio.

O sol começa a mergulhar no horizonte; ele continua a batalhar no que já é quase escuro.

"Tem uma lanterna?", ela pergunta. "Quem sabe eu possa segurar uma lanterna para você."

Mas não, ele não trouxe lanterna. Além disso, como não fuma, não tem nem fósforos. Não é um escoteiro, apenas um menino de cidade, um menino de cidade desprevenido.

"Vou andar até Merweville para pedir ajuda", ele diz afinal. "Ou podemos ir nós dois."

Ela está usando sandálias leves. Não vai tropeçar de sandália pelo *veld* durante vinte quilômetros no escuro.

"Na hora que você chegar a Merweville já vai ser meia-noite", ela diz. "Não conhece ninguém lá. Não tem nem mecânico. Como você vai fazer para convencer alguém a vir consertar sua caminhonete?"

"Então o que você sugere que a gente faça?"

"A gente espera aqui. Se tivermos sorte, passa alguém. Senão, Michiel vem procurar por nós de manhã."

"Michiel não sabe que íamos a Merweville. Eu não falei para ele."

Ele tenta dar partida uma última vez. Quando vira a chave há um clique surdo. A bateria arriou.

Ela desce e, a uma distância decente, esvazia a bexiga. Começou a soprar um ventinho. Está frio e vai ficar mais frio. Na caminhonete não há nada com que se cobrir, nem uma lona impermeável. Se vão passar a noite esperando, terá de ser encolhidos dentro da cabine. E então, quando voltarem à fazenda, os dois vão ter de se explicar.

Ela ainda não está arrasada; ainda se mantém suficientemente distanciada da situação deles para achar tudo sinistramente divertido. Mas isso logo vai mudar. Não têm nada para comer, nada para beber além da água da lata, com cheiro de gasolina. Frio e fome irão corroer seu frágil bom humor. A falta de sono também, em seu devido momento.

Ela fecha a janela. "Vamos simplesmente esquecer", diz ela, "que somos um homem e uma mulher e não sentir vergonha de nos mantermos quentes? Porque senão vamos congelar."

Nos trinta e tantos anos em que se conhecem, de vez em quando se beijaram do jeito que primos se beijam, quer dizer, no rosto. Se abraçaram também. Mas hoje uma intimidade de natureza bem diferente está em questão. De alguma forma, naquele banco duro, com o câmbio entre eles, vão ter de se deitar juntos, ou se amontoar para darem calor um ao outro. Se Deus for bom e eles conseguirem dormir, podem além do mais ter de sofrer a humilhação de roncar ou ouvir o ronco do outro. Que teste! Que provação!

"E amanhã", diz ela, permitindo-se um único momento ácido, "quando voltarmos à civilização, talvez você possa providenciar um conserto de verdade dessa caminhonete. Tem um bom mecânico em Leeuw Gamka. Michiel é cliente dele. É só uma sugestão de amiga."

"Sinto muito. A culpa é minha. Eu tento fazer sozinho quando na verdade devia deixar essas coisas em mãos mais competentes. É por causa do país em que vivemos."

"O país em que vivemos? Por que é culpa do país a sua caminhonete quebrar a toda hora?"

"Por causa da nossa longa história de mandar os outros fazerem nosso serviço para nós enquanto nós ficamos sentados na sombra, assistindo."

Então é por isso que estão ali no frio, no escuro, à espera de algum passante para resgatá-los. Para assumir uma posição, ou seja, que os brancos devem consertar seus próprios veículos. Que cômico.

"O mecânico em Leeuw Gamka é branco", ela diz. "Não estou sugerindo que você leve seu carro a um nativo." Ela gostaria de acrescentar: *Se você quer fazer seus próprios consertos, pelo amor de Deus, vá para um curso de manutenção de automóveis primeiro.* Mas ela morde a língua. "Qual outro tipo de trabalho você insiste em fazer", pergunta em vez disso, "além de consertar carros?" *Além de consertar carros e escrever poemas.*

"Faço jardinagem. Consertos na casa. No momento, estou refazendo o encanamento. Pode parecer engraçado para você, mas para mim não é piada. Estou tomando uma atitude. Estou tentando quebrar o tabu do trabalho braçal."

"Tabu?"

"É. Igual na Índia, onde é tabu gente de casta superior limpar — como podemos chamar? — detritos humanos, neste país também, se um branco toca numa picareta ou numa pá, ele se torna imediatamente impuro."

"Que bobagem você está falando! Simplesmente não é verdade! Isso é puro preconceito antibrancos!"

Ela lamenta a palavra assim que a pronuncia. Foi longe demais, encurralou-o. Agora vai ter de lidar com o ressentimento daquele homem, além do tédio e do frio.

"Mas entendo sua posição", ela prossegue, ajudando-o, uma vez que ele não parece capaz de safar-se sozinho. "Você tem razão, em certo sentido: nós ficamos muito acostumados a manter nossas mãos limpas, nossas mãos brancas. Devíamos estar mais prontos a sujar nossas mãos. Concordo inteiramente. Fim do assunto. Não está com sono ainda? Eu não estou. Tenho uma sugestão. Para passar o tempo, por que não contamos histórias?"

"Você conta uma história", ele diz, rígido. "Eu não sei muitas histórias."

"Me conte uma história dos Estados Unidos", ela diz. "Pode inventar, não precisa ser verdade. Qualquer história."

"Dada a existência de um Deus pessoal", ele diz, "com uma barba branca, quá-quá-quá-quá, fora do tempo, sem extensão, que do alto da apatia divina nos ama profundamente, quá-quá-quá-quá, com algumas exceções."

Ele para. Ela não tem a menor ideia do que ele está falando.

"Quá-quá-quá-quá", ele faz.

"Eu desisto", diz ela. Ele se cala. "Minha vez", diz ela. "Aqui vai a história da princesa e o grão de ervilha. Era uma vez uma princesa tão delicada que mesmo quando dorme em cima de uma pilha de dez colchões de plumas tem a certeza de sentir uma ervilha, uma daquelas ervilhinhas secas, duras, debaixo do último colchão. Ela vira e revira a noite inteira — *Quem pôs uma ervilha aí? Por quê?* — e a consequência é que não prega os olhos. Ela desce para o café da manhã parecendo cansada. Para seus pais, o rei e a rainha, ela reclama: 'Não consegui dormir, e tudo por culpa daquela maldita ervilha!'. O rei manda uma criada remover a ervilha. A mulher procura e procura e não consegue encontrar nada.

"'Não quero mais ouvir falar de ervilhas', diz o rei a sua filha. 'Não tem ervilha nenhuma. A ervilha está só na sua imaginação.'

"À noite, a princesa escala a sua montanha de colchões de plumas. Tenta dormir, mas não consegue, por causa da ervilha, a ervilha está ou sob o colchão embaixo de todos ou na sua imaginação, não importa onde, o efeito é o mesmo. Ao nascer do dia, ela está tão exausta que não consegue nem tomar o desjejum. 'Tudo culpa da ervilha!', lamenta.

"Exasperado, o rei manda um batalhão de criadas caçar a ervilha e quando elas voltam, dizendo que não há ervilha nenhuma, ele manda decapitar todas. 'Agora está satisfeita?', ele berra para a filha. 'Vai dormir agora?'"

Ela faz uma pausa para respirar. Não tem ideia do que vai acontecer em seguida nessa história de ninar, se a princesa vai conseguir adormecer ou não; mas estranhamente está convencida de que, quando abrir a boca, as palavras certas virão.

Mas não há necessidade de mais palavras. Ele está dormindo como uma criança, aquele espinhoso, opiniático, incompetente, ridículo primo dela adormeceu com a cabeça em seu ombro. Dormindo profundamente, sem nenhuma dúvida: dá para sentir ele se mexendo. Nenhuma ervilha debaixo dele.

E ela? Quem vai lhe contar histórias que a transportem para a terra do sono? Nunca se sentiu tão desperta. É assim que vai passar a noite: aborrecida, agitada, sustentando o peso de um homem adormecido?

Ele diz que existe um tabu sobre brancos fazerem trabalho braçal, mas e o tabu sobre primos do sexo oposto passarem a noite juntos? O que os Coetzee lá na fazenda vão dizer? Verdade, ela não sente por John nada que possa ser chamado de físico, nem o menor tremor de reação feminina. Será que isso é suficiente para absolvê-la? Por que não há nenhuma aura masculina nele? A culpa disso será dele?; ou, ao contrário, será dela, que absorveu tão absolutamente o tabu que não consegue pensar nele como homem? Se ele não tem mulher, será porque não sente nada por mulheres, e, portanto, as mulheres, ela inclusive, reagem não sentindo nada por ele? Seu primo será, se não um *moffie*, um eunuco?

O ar na cabine está ficando viciado. Com cuidado para não acordá-lo, ela abre uma fresta na janela. Qualquer presença em torno deles — mato, árvores, talvez até animais — ela sente na pele mais do que enxerga. De algum lugar vem o grilar de um grilo solitário. *Fique comigo esta noite*, ela sussurra para o grilo.

Mas talvez exista um tipo de mulher que sinta atração por um homem assim, a quem baste ouvir, sem contradizer, enquanto ele ventila suas opiniões e que depois tome essas opiniões como suas, mesmo as evidentemente tolas. Uma mulher indiferente à tolice masculina, indiferente mesmo ao sexo, simplesmente em busca de um homem para prender a si, para cuidar e proteger contra o mundo. Uma mulher que aguente o subtrabalho de cuidar da casa porque o que interessa não é as janelas fecharem e as fechaduras funcionarem, mas sim que seu homem tenha espaço para viver a ideia que faz de si mesmo. E que depois, na surdina, contrate uma pessoa, alguém que seja bom com as mãos, para arrumar a bagunça.

Para uma mulher assim, o casamento pode muito bem ser sem paixão, mas não precisa, por isso, ser sem filhos. Ela podia ter dado à luz toda uma prole. Então, à noite, podiam todos se sentar em torno da mesa, o dono e senhor à cabeceira, a esposa e colaboradora ao pé dele, os filhos saudáveis, bem-comportados de ambos os lados; e por sobre a sopa do jantar, o senhor pode discorrer a respeito da santidade do trabalho. *Que homem o meu parceiro!*, a mulher pode sussurrar para si mesma. *E que consciência desenvolvida ele tem!*

Por que ela é tão amarga em relação a John, e ainda mais amarga em relação a essa esposa que conjurou do nada para ele? A resposta simples: porque devido à vaidade e à falta de jeito dele, ela está desgarrada numa estrada de Merweville. Mas a noite é longa, há muito tempo para desenrolar uma hipótese mais generosa e inspecionar essa hipótese para ver se tem alguma virtude. A resposta mais generosa: ela sente amargura porque esperava muito de seu primo e ele falhou com ela.

O que esperava dele?

Que ele fosse redimir os homens Coetzee?

Por que ela desejava a redenção dos homens Coetzee?

Porque os homens Coetzee são muito *slapgat*.

Por que tinha depositado suas esperanças em John particularmente?

Porque dos homens Coetzee ele foi abençoado com as melhores oportunidades. Ele teve uma oportunidade e não fez bom uso dela.

Slapgat é uma palavra que ela e sua irmã usam com bastante facilidade, talvez porque tenha sido usada em torno delas com bastante facilidade quando eram crianças. Só depois que saiu de casa é que ela notou os olhares chocados que a palavra despertava e começou a usá-la com mais cautela. Um *slap gat*: um reto, um ânus, sobre o qual a pessoa tem menos que controle total. Portanto *slapgat*: frouxo, molenga.

Os tios dela acabaram *slapgat* porque os pais deles, avós dela, os criaram assim. Enquanto o pai deles trovejava e rugia e os fazia tremer nas calças, a mãe andava na ponta dos pés como um ratinho. O resultado foi que eles saíram para o mundo, não tinham fibra, não tinham espinha, não tinham fé em si mesmos, não tinham coragem. Os caminhos que escolheram para si mesmos eram, sem exceção, caminhos fáceis, caminhos da menor resistência. Hesitantes, experimentaram a maré, depois nadaram a favor dela.

O que fazia dos Coetzee tão camaradas e, portanto, não *gesellig*, tão boa companhia, era precisamente a sua preferência pelo caminho mais fácil possível; e a sua *geselligheid* era precisamente o que tornava as reuniões de Natal tão divertidas. Eles nunca discutiam, nunca batiam boca entre si, eram famosos pelo quanto se davam bem, todos eles. Foi a geração seguinte, a geração dela, que teve de pagar pela camaradagem deles, que saíam para o mundo esperando que o mundo fosse apenas outro lugar *slap*, *gesellige*, Voëlfontein em escala maior, e descobriram, vejam só, que não era!

Ela não tinha filhos. Não conseguia conceber. Mas se tivesse sido abençoada com filhos, tomaria como seu primeiro dever remover deles o sangue Coetzee. Como remover sangue *slap* das pessoas ela não sabe assim de cara, senão levando a pessoa ao hospital para que removam o sangue dela e substituam com o sangue de algum doador vigoroso; mas talvez um duro treino em autoafirmação, iniciado à idade mais tenra possível, resolvesse a questão. Porque se há uma coisa que ela sabe do mundo em que a criança do futuro terá de crescer, é que não haverá lugar para *slap*.

Mesmo Voëlfontein e o Karoo não são mais a Voëlfontein e o Karoo que costumavam ser. Olhe aquelas crianças no Apollo Café. Olhe o time de trabalho do primo Michiel, que com toda certeza não é o *plaasvolk* de antigamente. Na atitude das pessoas de cor em geral para com os brancos há uma dureza nova e inquietante. Os mais novos olham a gente com um olhar frio, se recusam a chamar a gente de *Baas* ou *Miesies*. Homens estranhos giram pela terra de um assentamento para outro, de *lokasie* em *lokasie*, e ninguém os denuncia à polícia como nos velhos tempos. A polícia acha cada vez mais difícil levantar informações em que possa confiar. As pessoas não querem mais ser vistas falando com a polícia; as fontes secaram. Para os fazendeiros, as convocações de missão de comando são cada vez mais frequentes e mais duradouras. Lukas reclama disso o tempo todo. Se é assim que as coisas estão na Roggeveld, com certeza devem estar assim no Koup.

Os negócios estão mudando de cara também. Para conseguir se dar bem nos negócios não basta mais ser amigo de todo mundo, fazer favores e receber favores em troca. Não, hoje em dia é preciso ser duro como aço e implacável também. Que chance têm homens *slapgat* de se manter de pé num mundo desses? Não é de admirar que seus tios Coetzee não estejam prosperando: gerentes de banco desperdiçando os anos em amortecidas cidades da *platteland*, funcionários públicos empacados na escada de promoções, fazendeiros avarentos, mesmo no caso do pai de John, um advogado em desgraça, sem banca.

Se ela tivesse filhos, não só faria o impossível para extirpar deles a herança Coetzee, ela pensaria seriamente em fazer o que Carol está fazendo: tirar os filhos do país, dar-lhes um novo começo nos Estados Unidos, na Austrália ou na Nova Zelândia, lugares em que se pode esperar um futuro decente. Mas como mulher sem filhos ela é poupada de tomar essa decisão. Tem outro papel preparado para si: dedicar-se inteiramente a seu marido e à fazenda; viver a melhor vida que o momento permitir, a melhor, mais justa e mais honesta.

A esterilidade que escancara a boca diante de Lukas e dela — não é uma nova fonte de dor, não, volta de quando em quando como uma dor de dentes, a ponto de agora ter começado a deixá-la chateada. Ela gostaria de se livrar disso e conseguir dormir um pouco. Como é que aquele primo dela, cujo corpo consegue ser ao mesmo tempo esquelético e mole, não sente o frio, enquanto ela, que está inegavelmente mais que uns poucos quilos acima de seu melhor peso, começou a tremer? Em noites frias, ela e o marido dormem apertados e quentes um junto ao outro. Por que o corpo de seu primo não consegue aquecê-la?

Não só não a aquece como parece sugar o calor do corpo dela. Será que ele é por natureza tão sem calor como é sem sexo?

Uma onda de raiva verdadeira passa por ela; e como se sentisse isso, aquele ser masculino a seu lado se mexe. "Desculpe", ele resmunga, e endireita o corpo.

"Desculpe o quê?"

"Eu não acompanhei."

Ela não faz ideia do que ele está falando e não vai perguntar. Ele solta o corpo e dentro de um momento está dormindo de novo.

Onde está Deus em tudo isso? Com Deus Pai ela acha mais difícil tratar. A fé que um dia teve n'Ele e em Sua providência, ela agora perdeu. Ateísmo: herança dos Coetzee ateus, sem dúvida nenhuma. Quando ela pensa em Deus, tudo o que consegue visualizar é uma figura barbuda com voz tonitruante e modos grandiloquentes que mora em uma mansão no alto do morro com hordas de criados correndo ansiosamente, fazendo as coisas para ele. Como boa Coetzee, ela prefere manter distância de gente assim. Os Coetzee olham com desconfiança gente que faz pose, fazem piadas *sotto voce* a respeito deles. Ela pode não ser tão boa nas piadas como o resto da família, mas acha mesmo Deus um tanto incômodo, um tanto chato.

Agora eu tenho de protestar. O senhor realmente está indo longe demais. Eu não disse nada nem de longe parecido com isso aí. Está pondo suas palavras na minha boca.

Desculpe, acho que me deixei levar. Eu conserto isso. Abrando o tom.

Piadas *sotto voce*. Mesmo assim, será que Deus em Sua infinita sabedoria tem planos para ela e Lukas? Para a Roggeveld? Para a África do Sul? As coisas que hoje parecem apenas caóticas, caóticas e sem sentido, se revelarão, em alguma data futura, parte de algum vasto e benigno projeto? Por exemplo: existirá uma explicação mais abrangente para o fato de uma mulher no auge de sua vida passar quatro noites por semana dormindo sozinha num deprimente quarto do Grand Hotel de Calvinia, mês após mês, talvez até ano após ano, sem nenhum fim à vista; ou para o fato de seu marido, um fazendeiro nato, ter de passar a maior parte do tempo transportando de caminhão o gado dos outros para os abatedouros de Paarl e Maitland — uma explicação mais abrangente do que o fato de que a fazenda iria à falência sem o rendimento oriundo desses trabalhos de acabar com a alma? E existe uma explicação mais abrangente para o fato de que a fazenda que os dois se escravizam para manter à tona irá, com o tempo, passar não aos cuidados de um filho de suas entranhas, mas a algum sobrinho ignorante de seu marido, se não for antes engolida pelo banco? Se no vasto e benigno projeto de Deus nunca houve a intenção de que nessa parte do mundo — a Roggeveld, o Karoo — houvesse agricultura, então qual é exatamente a intenção d'Ele? Será que é para a fazenda voltar às mãos do *volk* que passará, como nos tempos muito, muito antigos, a vagar de distrito em distrito com seus magros rebanhos em busca de pasto, pondo abaixo cercas, enquanto gente como ela e o marido expiram em algum canto esquecido, deserdados?

Inútil fazer esse tipo de pergunta aos Coetzee. *Die boer saai, God maai, maar waar skuil die papegaai?*, dizem os Coetzee, e riem. Palavras sem sentido. Uma família sem sentido, avoada, sem substância, palhaços. *'n Hand vol vere*: um punhado de penas. Mesmo o único membro pelo qual nutria alguma ligeira esperança, aquele ao lado dela que tinha despencado direto para a terra dos sonhos, acabou se mostrando peso-pena. Que fugiu para o grande mundo e agora volta se arrastando vergonhosamente para o mundo miúdo. Fugitivo fracassado, mecânico de automóvel fracassado também, por cujo fracasso ela está, no momento, tendo de sofrer. Filho fracassado. Sentado naquela tristonha e empoeirada velha casa em Merweville olhando a rua vazia, ensolarada, batendo um lápis nos dentes, tentando pensar versos. *O droë land, o barre kranse...* Ó terra crestada, ó penhascos estéreis... E depois? Alguma coisa sobre *weemoed* claro, melancolia.

Ela acorda quando os primeiros laivos de violeta e laranja começam a se estender no céu. No sono, ela de alguma forma girou o corpo e se esticou mais no banco, de forma que seu primo, ainda dormindo, está reclinado não em seu ombro, mas em seu quadril. Irritada ela se solta. Os olhos pastosos, os ossos rangendo, está com uma sede voraz. Abre a porta e sai.

O ar está frio e parado. Diante de seus olhos, espinheiros e tufos de mato, tocados pela primeira luz, emergem do nada. É como se ela estivesse presente ao primeiro dia da criação. *Meu Deus*, murmura; sente o impulso de se pôr de joelhos.

Há um ruído próximo. Ela se vê olhando diretamente nos olhos escuros de um antílope, um pequeno *steenbok* a menos de vinte passos, olhando diretamente para ela, alerta mas não temeroso, não ainda. *My kleintjie!*, diz ela, meu pequenino. Mais do que tudo ela quer abraçá-lo, despejar em sua testa aquele amor súbito; mas antes que consiga dar o primeiro passo, o pequenino se vira e corre embora com cascos trovejantes. Uns cem metros adiante ele para, vira-se, inspeciona-a de novo, depois trota a passo menos urgente pela planície e para dentro do leito seco de um rio.

"O que é aquilo?", vem a voz de seu primo. Ele acordou, finalmente; desce da caminhonete devagar, boceja, se espreguiça.

"Um *steenbok* pequeno", ela diz apenas. "O que nós vamos fazer agora?"

"Vou para Merweville", diz ele. "Você espera aqui. Devo estar de volta às dez horas, onze no máximo."

"Se passar um carro e me oferecer uma carona, vou pegar", diz ela. "Para qualquer lado, eu pego."

Ele está com péssima aparência, o cabelo despenteado e a barba espetada para todos os lados. *Graças a Deus não tenho de acordar com você na minha cama toda manhã*, ela pensa. *Isso não é homem. Um homem de verdade se comportaria melhor, sowaar!*

O sol está surgindo acima do horizonte; ela já consegue sentir seu calor na pele. O mundo pode ser o mundo de Deus, mas o Karoo pertence em primeiro lugar ao Sol. "É melhor você ir", diz ela. "Vai ser um dia quente." E fica olhando ele se afastar, a lata de gasolina vazia pendurada no ombro.

Uma aventura: talvez seja o melhor jeito de pensar na coisa. Ali naquele fim de mundo ela e John estão vivendo uma aventura. Durante anos e anos os Coetzee vão relembrar isso. *Lembra aquela vez que o carro de Margot e John quebrou naquela estrada desolada de Merweville?* Enquanto isso, enquanto ela espera sua aventura terminar, que divertimento tem? O manual de instruções desmantelado da Datsun; mais nada. Nenhum poema. Rotatividade de pneus. Manutenção da bateria. Dicas para economia de gasolina.

A caminhonete, voltada para o sol nascente, está ficando sufocante de quente. Ela se abriga na sombra do veículo.

Na crista da estrada, uma aparição: na névoa de calor emerge primeiro o torso de um homem, depois, aos poucos, um burro e uma carroça. No vento, ela consegue até escutar o clip-clop dos cascos do burro.

A figura fica mais nítida. É Hendrik de Voëlfontein, e atrás dele, sentado na carroça, está seu primo.

Risos e saudações. "Hendrik estava visitando a filha dele

em Merweville", John explica. "Vai nos dar uma carona de volta até a fazenda, quer dizer, se o burro consentir. Ele disse que podemos amarrar a Datsun na carroça e ele reboca."

Hendrik fica alarmado. "*Nee, meneer!*", diz ele.

"*Ek jok maar net*", diz o primo dela. É brincadeira.

Hendrik é um homem de meia-idade. Como resultado de uma operação de catarata malograda, perdeu a visão de um olho. Há algo de errado com os pulmões dele também, de forma que o menor esforço físico o deixa chiando. Como trabalhador, não é de grande utilidade na fazenda, mas o primo Michiel o mantém porque as coisas são assim por aqui.

Hendrik tem uma filha que mora com o marido e filhos nos arredores de Merweville. O marido tinha um emprego na cidade, mas parece que perdeu; a filha trabalha como doméstica. Hendrik deve ter saído da casa deles antes de clarear o dia. Em torno dele há um tênue aroma de vinho doce; quando ele desce da carroça, ela nota que cambaleia. Bêbado no meio da manhã: que vida!

O primo lê seus pensamentos. "Tem água aqui", ele diz, e ergue a lata de gasolina cheia. "Está limpa. Enchi numa bomba de catavento."

Então partem para a fazenda, John sentado ao lado de Hendrik, ela atrás, segurando um velho saco de juta em cima da cabeça para se proteger do sol. Passa um carro, numa nuvem de poeira, na direção de Merweville. Se o tivesse visto a tempo, ela o teria parado, pedido uma carona até Merweville e de lá telefonado a Michiel para vir buscá-la. Por outro lado, embora a estrada seja esburacada e a viagem desconfortável, ela gosta da ideia de chegar à fazenda no carro de burro de Hendrik, gosta cada vez mais: os Coetzee reunidos na varanda para o chá da tarde, Hendrik tirando o chapéu para eles, trazendo de volta o filho errante de John, sujo, queimado de sol, castigado. "*Ons was so bekommerd!"*, vão ralhar com o sem-vergonha. *"Waar was julle dan? Michiel wou selfs die polisie bel!"* Da parte dele, nada além de resmungos. *"Die arme Margie! En wat het die bakkie geword?"* Ficamos tão preocupados! Onde vocês estavam? Michiel estava a ponto de telefonar para a polícia! Coitada da Margie! E onde está a caminhonete?

A estrada tem trechos tão íngremes que eles precisam descer e andar. No restante, o burrico dá conta de sua tarefa, sem nada além de um toque do chicote no traseiro de vez em quando para lembrar quem é que manda. Que figura delgada, que cascos delicados, no entanto, quanta firmeza, que capacidade de resistência! Não é de admirar que Jesus tivesse carinho pelos burros.

Dentro dos limites da Voëlfontein, eles param em uma represa. Enquanto o burro bebe, ela conversa com Hendrik sobre a filha em Merweville, depois sobre a outra filha, a que trabalha na cozinha de um lar de idosos em Beaufort West. Discreta, não pergunta sobre a esposa mais recente de Hendrik, com quem ele se casou quando ela não passava de um criança e que fugiu assim que pôde com um homem da ferrovia em Leeuw Gamka.

Hendrik acha mais fácil conversar com ela do que com seu primo, ela percebe isso. Ela e ele têm uma mesma língua, enquanto o africânder que John fala é duro e erudito. Metade do que John fala provavelmente escapa a Hendrik. *O que você acha que é mais poético, Hendrik: o sol nascendo ou o sol se pondo? Um cabrito ou um carneiro?*

"Het Katryn dan nie vir padkos gesorg nie?", ela brinca com Hendrik: sua filha não mandou um almoço para nós?

Hendrik percorre os estágios do embaraço, desvia o olhar, arrasta os pés: *"Ja-nee, mies"*, ele chia. Um *plaashotnot* dos velhos tempos, um camponês hotentote.

Afinal, a filha de Hendrik tinha mesmo providenciado *pa-*

dkos. De um bolso do paletó, Hendrik retira, embrulhados em papel pardo, uma coxa de galinha e duas fatias de pão branco com manteiga, que a vergonha impede que divida com eles, mas impede igualmente que devore diante deles.

"*In Godsnaam eet, man!*", ela ordena. "*Ons is glad nie honger nie, ons is ook binnekort tuis*": nós não estamos com fome e logo logo vamos estar em casa. E ela arrasta John para dar uma volta na represa para que Hendrik, de costas para eles, possa engolir apressado sua refeição.

Ons is glad nie honger nie: mentira, claro. Ela está morta de fome. O mero cheiro da galinha fria a deixou com água na boca.

"Sente na frente, ao lado do cocheiro", John sugere. "Para a nossa volta triunfal." E ela senta. Ao se aproximarem dos Coetzee, reunidos na varanda exatamente como ela previra, ela toma o cuidado de exibir um sorriso e até acenar, numa paródia de realeza. A reação é uma salva de palmas em saudação. Ela desce: "*Dankie, Hendrik, eerlik dankie*", ela diz: obrigada, sinceramente. "*Mies*", Hendrik fala. Mais tarde, ela irá até a casa dele e lhe dará algum dinheiro: para Katryn, dirá, para comprar roupas para as crianças, embora ela saiba que o dinheiro irá para a bebida.

"*En toe?*", diz Carol, na frente de todo mundo. "*Sê vir ons: waar was julle?*" Onde você esteve?

Por um segundo faz-se silêncio, e naquele segundo ela se dá conta de que a pergunta, aparentemente apenas um convite para que ela saia com alguma resposta irreverente e divertida, tem um cerne de seriedade. Os Coetzee realmente querem saber onde ela e John estiveram; querem ter a garantia de que nada de realmente escandaloso ocorreu. Ela fica sem ar, a audácia daquilo. Aquela gente que a conheceu e amou a vida inteira chegar a pensar que ela fosse capaz de agir mal. "*Vra vir John*", ela responde, seca — pergunte ao John — e marcha para dentro da casa.

Quando ela volta meia hora depois, o clima ainda é desconfortável.

"Aonde foi o John?", ela pergunta.

John e Michiel, ela fica sabendo, saíram faz um momento na caminhonete de Michiel para buscar a Datsun. Vão rebocá-la até Leeuw Gamka para ser devidamente consertada pelo mecânico.

"Ficamos acordados até tarde essa noite", diz a tia Beth. "Esperando, esperando. Depois concluímos que você e John deviam ter ido até Beaufort e estavam passando a noite lá porque a rodovia Nacional é tão perigosa nesta época do ano. Mas vocês não telefonaram e isso nos preocupou. Hoje de manhã, Michiel telefonou para o hotel de Beaufort e disseram que não tinham visto vocês. Ele telefonou para Fraserbug também. Nem pensamos que vocês tivessem ido a Merweville. O que estavam fazendo em Merweville?"

Realmente, o que estavam fazendo em Merweville? Ela se volta para o pai de John. "John disse que o senhor e ele estão pensando em comprar uma propriedade em Merweville", ela diz. "É verdade, tio Jack?"

Cai um silêncio chocado.

"É verdade, tio Jack?", ela insiste. "É verdade que vocês vão mudar da Cidade do Cabo para Merweville?"

"Se você me pergunta desse jeito", diz Jack — o espírito brincalhão dos Coetzee desapareceu, ele é todo cautela —, "não, ninguém vai mudar mesmo para Merweville. John está pensando — não sei até que ponto é realista — em comprar uma daquelas casas abandonadas e reformar como casa de veraneio. Foi só até esse ponto que nós conversamos."

Uma casa de veraneio em Merweville! Quem já ouviu falar

de uma coisa dessas! Justo em Merweville, com seus vizinhos xeretas e o *deaken* [diácono] batendo na porta, infernizando as pessoas para irem à igreja! Como pode Jack, em seu tempo o mais animado e mais irreverente deles todos, estar planejando mudar para Merweville?

"Você devia procurar em Koegenaap primeiro, Jack", diz seu irmão Alan. "Ou em Pofadder. Em Pofadder o grande dia do ano é a visita do dentista de Upington que vai lá arrancar dentes. Chamam de *die Groot Trek*, a Grande Viagem."

Assim que a sua tranquilidade é ameaçada, os Coetzee começam a fazer piadas. Uma família recolhida a uma pequena *laager* cerrada para manter à distância o mundo e suas ameaças. Mas por quanto tempo as piadas continuarão operando sua mágica? Um dia desses, a grande maligna em pessoa estará batendo à porta, a Inexorável Ceifadeira, afiando a sua foice, chamando-os um a um. Aí, que poder terão as piadas?

"Pelo que diz John, o senhor vai mudar para Merweville enquanto ele permanece na Cidade do Cabo", ela insiste. "Tem certeza que vai conseguir se cuidar sozinho, tio Jack, sem carro?"

Uma pergunta séria. Os Coetzee não gostam de perguntas sérias. "*Margie word 'n bietjie* negativa", eles dirão entre eles: Margie está ficando um pouco negativa. *Seu filho está planejando despachar o senhor para o Karoo e abandonar o senhor*, ela está perguntando, *e se é isso que vem pela frente, por que o senhor não levanta a voz para protestar?*

"Não, não", Jack replica. "Não vai ser assim como você diz. Merweville vai ser só um lugar sossegado para relaxar. Se der certo. É só uma ideia, sabe, uma ideia do John. Não está nada definido."

"É um esquema para ele se livrar do pai", diz sua irmã Carol. "Ele quer enfiar o pai no meio do Karoo e lavar as mãos.

Depois vai sobrar para Michiel cuidar dele. Porque Michiel vai ser o mais próximo."

"Coitado do John!", ela replica. "Você sempre pensa o pior dele. E se ele estiver falando a verdade? Ele prometeu que vai visitar Merweville todo fim de semana, e passar com ele os feriados escolares também. Por que não dar a ele o benefício da dúvida?"

"Porque eu não acredito em nem uma palavra do que ele diz. O plano todo me parece suspeito. Ele nunca se deu bem com o pai."

"Ele cuida do pai na Cidade do Cabo."

"Ele mora com o pai, mas só porque não tem dinheiro. Tem trinta e tantos anos e nenhuma perspectiva. Ele fugiu da África do Sul para escapar do exército. Depois foi expulso dos Estados Unidos porque desrespeitou a lei. Agora não consegue encontrar trabalho direito porque é muito metido. Os dois vivem com o salário patético que o pai dele ganha no ferro-velho onde trabalha."

"Mas não é verdade!", ela protesta. Carol é mais nova que ela. Houve tempo em que Carol era a seguidora e ela, Margot, a líder. Agora é Carol que segue à frente, enquanto ela acompanha ansiosamente atrás. Como isso aconteceu? "John dá aula num colégio", ela diz. "Ele ganha seu próprio dinheiro."

"Não foi o que eu soube. O que eu soube é que ele prepara para o vestibular alunos que largaram a escola e recebe por hora. É trabalho de meio período, o tipo de trabalho que estudantes fazem para ganhar uns trocados. Pergunte diretamente a ele. Pergunte em que escola ele dá aula. Pergunte quanto ele ganha."

"Não é só salário alto que conta."

"Não é só questão de salário. É uma questão de falar a verdade. Ele que conte por que ele quer de verdade comprar essa casa em Merweville. Ele que conte quanto vai pagar pela casa, ele ou o pai. Ele que conte o que está planejando para o futuro." E então, quando ela não revela nada: "Ele não contou? Não contou o que está planejando?".

"Ele não está planejando nada. Ele é um Coetzee, os Coetzee não fazem planos, não têm ambições, eles só têm vagos desejos. Ele tem um vago desejo de morar no Karoo."

"A ambição dele é ser poeta, poeta em tempo integral. Já ouviu falar de uma coisa dessas? Esse esquema de Merweville não tem nada a ver com o bem-estar do pai. Ele quer um lugar no Karoo onde possa ir quando for conveniente para ele, quando puder ficar sentado com a mão no queixo, para contemplar o pôr do sol e escrever poemas."

John e seus poemas de novo! Ela não consegue evitar e rola de rir. John sentado na varanda daquela casinha feia inventando poemas! Com uma boina na cabeça, sem dúvida, e um copo de vinho ao lado. E as criancinhas de cor reunidas em torno dele, infernizando com perguntas. *Wat maak oom? — Nee, oom maak gedigte. Op sy ou ramkiekie maak oom gedigte. Die wêreld is ons woning nie...* O que o senhor está fazendo? — O senhor está fazendo poemas. Com seu velho banjo o senhor está fazendo poemas. Este mundo não é nossa morada...

"Vou perguntar para ele", ela diz, ainda rindo. "Vou pedir que me mostre seus poemas."

Ela pega John na manhã seguinte, quando ele está saindo para uma de suas caminhadas. "Vou com você", ela diz. "Me dê um minuto para calçar um sapato adequado."

Eles seguem o caminho que vai para leste, partindo da fazenda ao longo da margem do leito do rio coberto de mato, na direção da represa cuja parede se rompeu na enchente de 1943 e nunca foi consertada. Nas águas rasas da represa, um trio de gansos brancos flutua pacificamente. O ar ainda está fresco, não há névoa, dá para enxergar até as montanhas Nieuweveld.

"*God*", ela diz, "*dis darem mooi. Dit raak jou siel aan, nè, dié ou wêreld.*" Não é lindo? Toca a alma da gente, essa paisagem.

Eles estão entre uma minoria, uma minúscula minoria, os dois, de almas que se comovem com essas grandes, desoladas vastidões. Se houve alguma coisa que os manteve ligados ao longo dos anos, foi isso. Aquela paisagem, aquele *kontrei* — dominou o coração dela. Quando ela morrer e for enterrada, se dissolverá naquela terra tão naturalmente que será como se nunca tivesse tido uma vida humana.

"Carol disse que você ainda escreve poemas", ela fala. "É verdade? Você mostra para mim?"

"Sinto muito decepcionar Carol", ele responde, duro, "mas não escrevo um poema desde que era adolescente."

Ela morde a língua. Esqueceu-se: não se pede a um homem que mostre seus poemas, não na África do Sul, não sem garantir a ele previamente que está tudo bem, que ninguém vai caçoar dele. Que país, em que a poesia não é atividade varonil, mas um hobby para crianças e *oujongnooiens* [solteironas] — *oujongnooiens* de ambos os sexos! Como foi que Totius ou Louis Leipoldt conseguiram, ela não consegue imaginar. Não é de admirar que Carol escolha atacar o fato de John escrever poemas, Carol com seu faro para as fraquezas dos outros.

"Se você desistiu há tanto tempo, por que Carol acha que você ainda escreve?"

"Não faço ideia. Talvez ela tenha me visto corrigindo trabalhos dos alunos e tirou a conclusão errada."

Ela não acredita nele, mas não vai insistir mais. Se ele quer se esquivar dela, que se esquive. Se a poesia é uma parte da vida de que sente timidez ou vergonha de falar, que assim seja.

Ela não pensa que John seja *moffie*, mas continua intrigada por ele não ter mulher. Um homem sozinho, especialmente um homem Coetzee, parece-lhe um barco sem remo, sem leme, sem vela. E agora dois deles, dois homens Coetzee, vivendo como um casal! Quando Jack tinha a tremenda Vera a seu lado, ele trilhava um rumo mais ou menos direito; mas agora que ela se fora, ele parecia bem perdido. Quanto ao filho de Jack e Vera, ele bem que precisava de alguma orientação equilibrada. Mas qual mulher com algum senso iria querer se devotar ao infeliz John?

Carol estava convencida de que John não merecia confiança; e o restante da família Coetzee, apesar do bom coração, provavelmente concordava. O que deixa a ela, Margot, apartada do resto. O que mantém sua confiança em John perigosamente à tona é, estranhamente, o jeito como ele e o pai se comportam um com o outro: se não com afeição, o que talvez fosse dizer demais, ao menos com respeito.

Os dois costumavam ser os piores inimigos um do outro. A má vontade entre Jack e seu filho mais velho foi assunto de muito balançar de cabeças. Quando o filho desapareceu no estrangeiro, os pais vestiram a melhor cara que puderam. Ele tinha ido em busca de uma carreira científica, proclamava a mãe. Durante anos, ela sustentou a história de que John estava trabalhando como cientista na Inglaterra, mesmo quando ficou claro que ela não fazia ideia de para quem ele trabalhava ou de que tipo de trabalho fazia. *Sabem como é o John*, dizia o pai: *sempre muito independente. Independente*: o que queria dizer isso? Não sem razão, os Coetzee passaram a achar que queria dizer que ele havia renegado seu país, sua família, seus próprios pais.

Então Jack e Vera começaram a contar uma nova história: que John não estava na Inglaterra, afinal, mas nos Estados Unidos, em busca de qualificações ainda mais altas. O tempo passou; na ausência de notícias sólidas, o interesse em John e

488

seus feitos minguou. Ele e seu irmão mais novo eram apenas dois entre milhares de jovens brancos que tiveram de fugir para escapar ao serviço militar, deixando para trás uma família envergonhada. Ele havia quase desaparecido da memória coletiva quando o escândalo de sua expulsão dos Estados Unidos abateu-se sobre eles.

Que guerra terrível, disse seu pai: era tudo culpa de uma guerra na qual rapazes norte-americanos estavam sacrificando a própria vida em favor de asiáticos que pareciam não sentir nenhuma gratidão. Não era de admirar que os americanos comuns estivessem revoltados. Não era de admirar que fossem para as ruas. John tinha sido pego arbitrariamente num protesto de rua, continuava a história; o que acontecera em seguida fora apenas um terrível mal-entendido.

A desgraça do filho e as inverdades que ele tinha de contar como consequência é que tinham transformado Jack em um homem vacilante, prematuramente envelhecido? Como ela se atrevia a perguntar isso?

"Você deve estar contente de ver o Karoo de novo", ela disse a John. "Não está aliviado de ter resolvido não ficar nos Estados Unidos?"

"Não sei", ele responde. "Claro, no meio disso tudo" — ele não faz o gesto, mas ela sabe o que quer dizer: este céu, este espaço, o vasto silêncio a envolver os dois — "me sinto abençoado, um privilegiado. Mas em termos práticos, que futuro eu tenho neste país, onde nunca me encaixei? Talvez um começo do nada fosse melhor, afinal. Se libertar do que se ama e esperar as feridas cicatrizarem."

Uma resposta franca. Graças a Deus por isso.

"Tive uma conversa com seu pai ontem, John, enquanto você e Michiel não estavam lá. Sério mesmo, não acho que ele entenda inteiramente o que você está planejando. Estou falando de Merweville. Seu pai não é mais jovem e não está bem. Você não pode enfiar o velho numa cidade estranha e esperar que ele se defenda sozinho. E não pode esperar que o resto da família vá cuidar dele se as coisas derem errado. Só isso. Era o que eu queria dizer."

Ele não responde. Tem na mão um pedaço de arame farpado velho que pegou do chão. Balançando com petulância o arame para a esquerda e a direita, arrancando os topos da relva ondulante, ele desce a encosta da parede erodida da represa.

"Não fique assim!", ela grita, trotando atrás dele. "Fale comigo, pelo amor de Deus! Diga que eu estou errada! Diga que estou cometendo um erro!"

Ele para e dirige a ela um olhar de fria hostilidade. "Deixe eu te informar sobre a situação do meu pai", ele diz. "Meu pai não tem economias, nem um centavo, e não tem seguro nenhum. Tem apenas a pensão do Estado à espera dele: 43 rands por mês na última vez que conferi. Então, apesar da idade dele, apesar da saúde comprometida, ele tem de continuar trabalhando. Juntos, nós dois ganhamos por mês o que ganha um vendedor de carros por semana. Meu pai pode parar de trabalhar se mudar para um lugar onde a despesa de subsistência seja mais baixa que na cidade."

"Mas por que ele tem de se mudar? E por que para Merweville, para uma ruína decadente?"

"Meu pai e eu não podemos viver juntos indefinidamente, Margie. Isso nos deixa arrasados, a nós dois. Não é natural. Pais e filhos não devem repartir a mesma casa."

"Seu pai não me parece uma pessoa difícil de conviver."

"Talvez: mas eu sou uma pessoa difícil de conviver. Minha dificuldade consiste em não querer repartir espaço com outras pessoas."

"Então é isso que quer dizer essa história de Merweville: você quer viver sozinho?"

"É. É e não é. Eu quero poder ficar sozinho quando eu quiser."

Estão todos reunidos na varanda, todos os Coetzee, tomando o chá da manhã, conversando, olhando, preguiçosos, os três filhos pequenos de Michiel a jogar críquete no *werf* aberto.

No horizonte distante, materializa-se uma nuvem de poeira e fica suspensa no ar.

"Deve ser o Lukas", diz Michiel, que tem os olhos mais agudos. "Margie, é o Lukas!"

Lukas, fica-se sabendo, está na estrada desde o amanhecer. Está cansado, mas mesmo assim bem-humorado, cheio de energia. Mal tem tempo de cumprimentar sua esposa e a família dela e é fisgado para o jogo dos meninos. Ele pode não ser bom no críquete, mas adora estar com crianças e as crianças o adoram. Ele seria o melhor dos pais: ela sente o coração apertado por ele ter de ficar sem filhos.

John vai jogar também. Ele é melhor que Lukas no críquete, mais experiente, dá para ver na hora, mas as crianças não se entusiasmam com ele. Nem os cachorros, ela observou. Ao contrário de Lukas, ele não é um pai por natureza. Um *alleenloper*, como são certos animais: um solitário. Talvez seja melhor ele não ter casado.

O contrário de Lukas; e no entanto, há coisas que ela revela a John e que nunca revelaria a Lukas. Por quê? Por causa do tempo de infância que passaram juntos, o mais precioso dos tempos, quando abriam o coração um para o outro como ninguém consegue fazer mais tarde, nem mesmo para um marido, nem mesmo para um marido que ela adora mais do que todos os tesouros do mundo.

Melhor se afastar do que se ama — ele dissera durante a caminhada —, *libertar-se e esperar que as feridas cicatrizem*. Ela o entende perfeitamente. É isso que eles têm em comum acima de tudo: não apenas o amor por aquela fazenda, aquele *kontrei*, aquele Karoo, mas um entendimento que acompanha o amor, um entendimento de que o amor pode ser demais. Para ele e para ela foi permitido passar os verões da infância em um espaço sagrado. Essa glória não pode ser nunca recuperada; melhor não assombrar velhos lugares e depois ir embora deles lamentando o que desapareceu para sempre.

Evitar amar demais não é algo que faça sentido para Lukas. Para Lukas, o amor é simples, integral. Lukas se entrega a ela de todo o coração, e em troca ela se entrega a ele inteiramente: *Com este corpo eu te adoro*. Através do seu amor, seu marido faz emergir o que há de melhor nela: agora mesmo, sentada ali a tomar chá, olhando-o jogar, ela sente o corpo todo aquecer por ele. Com Lukas ela aprendeu o que pode ser o amor. Enquanto seu primo... Ela não consegue imaginar seu primo se entregando por inteiro a ninguém. Sempre um tanto contido, reservado. Não é preciso ser um cachorro para perceber isso.

Seria bom se Lukas pudesse tirar uma folga, se ela e ele pudessem passar uma ou duas noites ali em Voëlfontein. Mas não, amanhã é segunda-feira, eles têm de estar de volta a Middelpos ao anoitecer. Então, depois do almoço eles se despedem de tias e tios. Quando John aparece, ela o abraça apertado e sente o corpo dele tenso e resistente contra o seu. "*Totsiens*", ela diz: Até logo. "Vou te escrever uma carta e quero que você responda." "Até logo", ele diz. "Dirija com cuidado."

Ela começa a carta prometida na mesma noite, sentada de camisola e chinelos à mesa da cozinha, na cozinha que ela ganhou por casamento e veio a amar, com seu imenso fogão antigo e sua sempre fresca despensa sem janelas, cujas estantes ainda estão vergadas de frascos de geleia e conservas que ela armazenou no último outono.

Caro John, ela escreve, fiquei tão chateada com você quando o carro quebrou na estrada de Merweville — espero que não tenha ficado muito visível, espero que você me perdoe. Todo aquele mau humor agora desapareceu, sem deixar traço. Dizem que não se conhece direito uma pessoa até se passar uma noite com ela (ou ele). Estou contente de ter tido a oportunidade de passar uma noite com você. No sono nossas máscaras caem e somos vistos como realmente somos.

A Bíblia espera o dia em que o leão possa deitar ao lado do cordeiro, em que não precisemos mais estar em guarda porque não teremos mais razão para ter medo. (Pode ficar tranquilo, você não é o leão, nem eu o cordeiro.)

Quero mais uma vez falar da questão Merweville.

Nós todos envelhecemos um dia e o jeito como tratamos nossos pais com certeza é o jeito como seremos tratados também. Tudo o que vai, volta, como dizem. Tenho certeza de que é difícil para você viver com seu pai quando está acostumado a viver sozinho, mas Merweville não é a solução correta.

Você não está sozinho em suas dificuldades, John. Carol e eu enfrentamos o mesmo problema com nossa mãe. Quando Klaus e Carol forem para os Estados Unidos, a carga cairá inteiramente sobre mim e Lukas.

Sei que não tem fé, então não vou sugerir que reze por orientação. Eu também não tenho muita fé, mas rezar é uma coisa boa. Mesmo que não haja ninguém lá em cima para ouvir, ao menos se põem para fora as palavras, o que é melhor do que refrear as coisas.

Quisera ter mais tempo para conversarmos. Lembra-se como costumávamos conversar quando éramos crianças? É tão preciosa para mim a lembrança daqueles dias. Que triste quando chegar a nossa vez de morrer, que a nossa história, a história de nós dois, tenha de morrer também.

Nem sei dizer a ternura que sinto por você neste momento. Você sempre foi meu primo favorito, mas é mais do que isso. Tenho vontade de proteger você do mundo, mesmo você não precisando talvez de proteção (estou supondo). Difícil saber o que fazer com sentimentos assim. Acabou ficando uma relação tão antiquada, não é?, primos. Logo, todas as regras que tivemos de memorizar sobre quem pode casar com quem, primos-irmãos e primos em segundo grau, em terceiro, será apenas antropologia.

Mesmo assim, fico contente de não termos observado nossos votos de infância (lembra-se?) e casado um com o outro. Você provavelmente fica contente também. Teríamos sido um casal impossível.

John, você precisa de alguém em sua vida, alguém que cuide de você. Mesmo que você escolha alguém que não seja necessariamente o amor de sua vida, a vida de casado será melhor do que a vida que você leva agora, apenas seu pai e você. Não é bom dormir sozinho noite após noite. Desculpe por dizer isso, mas falo por amarga experiência.

Eu devia rasgar esta carta, tão embaraçosa, mas não vou. Digo a mim mesma que nos conhecemos há tanto tempo que você certamente me perdoará por invadir território que não devia invadir.

Lukas e eu somos felizes de todas as maneiras possíveis. Eu me ponho de joelhos todas as noites (por assim dizer) para agradecer que o caminho dele tenha cruzado com o meu. Queria que você tivesse a mesma coisa!

Como se tivesse sido chamado, Lukas entra na cozinha, curva-se sobre ela, aperta os lábios em sua cabeça, desliza as mãos por baixo da camisola, colhe os seus seios. *"My skat"*, ele diz: meu tesouro.

Não pode escrever isso. Não pode. Está inventando essas coisas.

Eu vou cortar. Aperta os lábios em sua cabeça. *"My skat"*, ele diz, "quando vem para a cama?" "Agora", ela fala, e pousa a caneta. "Agora."

Skat: um termo de ternura de que ela não gostava até ouvir na boca dele. Agora, quando ele sussurra a palavra, ela derrete. O tesouro daquele homem, no qual ele pode mergulhar sempre que quiser.

Deitam-se abraçados. A cama range, mas ela pouco se importa, estão em casa, podem fazer a cama ranger o quanto quiserem.

Outra vez!

Prometo, assim que eu terminar, entrego o texto à senhora, o texto inteiro, e deixo que corte tudo o que quiser.

"Era uma carta para John que você estava escrevendo?", pergunta Lukas.

"Era. Ele está tão infeliz."

"Talvez seja a natureza dele mesmo. Um tipo melancólico."

"Mas ele não era assim. Ele era uma alma tão alegre antigamente. Se ele ao menos encontrasse alguém capaz de fazer ele sair de dentro de si mesmo!"

Mas Lukas está dormindo. É a natureza dele, o seu tipo: ele dorme de imediato, como uma criança inocente.

Ela gostaria de acompanhá-lo, mas o sono demora para vir. É como se o fantasma do primo ainda pairasse, chamando-a de volta à cozinha escura para completar o que estava escrevendo para ele. *Tenha confiança em mim*, ela sussurra. *Prometo que vou voltar.*

Mas quando ela acorda é segunda-feira e não há tempo para escrever, não há tempo para intimidades, eles têm de partir imediatamente para Calvinia, ela para o hotel, Lukas para o pátio de transporte. No escritoriozinho sem janelas atrás da mesa da recepção ela trabalha com o registro atrasado de faturas; à noite, está exausta demais para continuar a carta que estava escrevendo, e de alguma forma perdeu o contato com aquele sentimento. *Estou pensando em você*, escreve ao pé da página. Nem isso é verdade, ela não pensou em John nem uma vez o dia inteiro, não teve tempo. *Muito amor*, ela escreve. *Margie*. Endereça o envelope e sela. Pronto. Está feito.

Muito amor, mas exatamente quanto? O suficiente para salvar John, numa pitada? O suficiente para tirá-lo de si mesmo, da melancolia do seu tipo? Ela duvida. E se ele não quiser ser tirado? Se o seu grande plano for passar fins de semana na varanda da casa em Merweville, escrevendo poemas ao sol, martelando o telhado corrugado, com seu pai tossindo no quarto dos fundos; ele pode precisar de toda a melancolia de que for capaz.

Esse é o seu primeiro momento de apreensão. O segundo momento vem quando ela está para enviar a carta, o envelope tremendo já na boca da caixa de correio. O que ela escreveu, o que seu primo estará fadado a ler se ela soltar a carta, é realmente o melhor que pode oferecer a ele? *Você precisa de alguém em sua vida*. Que tipo de ajuda é ouvir isso? *Muito amor*.

Mas então ela pensa: *Ele é um homem adulto, por que cabe a mim a salvação dele?*, e dá um empurrão final no envelope.

Tem de esperar dez dias por uma resposta, até a sexta-feira da semana seguinte.

Cara Margot,

Obrigado por sua carta, que estava à nossa espera quando voltamos de Voëlfontein, e muito obrigado pelo bom, embora impraticável, conselho referente a casamento.

Nossa volta de Voëlfontein na caminhonete foi sem incidentes. O amigo mecânico de Michiel fez um trabalho de primeira classe. Peço desculpas outra vez pela noite que fiz você passar ao relento. Você escreve sobre Merweville. Eu concordo, nossos planos não estavam devidamente pensados, e agora que estamos de volta à Cidade do Cabo, começam a parecer um tanto loucos. Uma coisa é comprar uma cabana de fim de semana no litoral, mas quem em seu juízo perfeito iria gostar de passar as férias de verão em uma cidade quente do Karoo?

Espero que esteja tudo bem na fazenda. Meu pai manda seu amor a você e a Lukas, assim como eu.

John.

Só isso? O frio formalismo da resposta a deixa chocada, traz um corado de fúria a suas faces.

"O que foi?", Lukas pergunta.

Ela dá de ombros. "Nada", diz, e passa a carta a ele. "Uma carta de John."

Ele lê a carta toda, depressa. "Então vão desistir dos planos de Merweville", diz. "Fico aliviado. Por que ficou tão zangada?"

"Nada", diz ela. "É só o tom."

Estão estacionados, os dois, em frente ao correio. É isso que fazem nas tardes de sexta-feira, é parte da rotina que criaram para eles: a última coisa, depois de terem feito as compras e antes de voltarem para a fazenda, eles pegam a correspondência e a examinam, sentados lado a lado na picape. Embora possa pegar a correspondência a qualquer dia da semana, ela não pega. Ela e Lukas o fazem juntos, como fazem juntos tudo o que podem.

No momento, Lukas está absorto numa carta do Land Bank, com um longo anexo, páginas de números, muito mais importante do que meros assuntos familiares. "Não se apresse, eu vou dar uma volta", ela diz. Desce e atravessa a rua.

O correio é recém-construído, atarracado e pesado, com tijolos de vidro em lugar de janelas e uma pesada grade de ferro sobre a porta. Ela não gosta do prédio. Parece, a seus olhos, uma delegacia. Ela se lembra com ternura do velho correio que foi demolido para dar lugar a este, o prédio que um dia foi a casa Truter.

Nem metade de sua vida se passou e ela já anseia pelo passado!

Nunca foi apenas uma questão de Merweville, de John e seu pai, de quem ia viver onde, na cidade ou no campo. *O que estamos fazendo aqui?*, essa era a pergunta não formulada o tempo todo. Ele sabia disso e ela sabia disso. Sua carta, por mais covarde, tinha ao menos insinuado a questão: *O que estamos fazendo nesta parte árida do mundo? Por que estamos passando nossas vidas em árduo trabalho se nunca foi para viver gente aqui, se todo o projeto de humanizar este lugar foi equivocado desde o início?*

Esta parte do mundo. A parte de que ela fala não é Merweville nem Calvinia, mas todo o Karoo, talvez o país inteiro. De quem foi a ideia de abrir estradas e ferrovias, construir cidades, trazer gente e depois prendê-las a este lugar, prendê-las com rebites no coração para elas não conseguirem ir embora? *Melhor me libertar e esperar que as feridas cicatrizem*, ele disse quando estavam andando pelo *veld*. Mas como cortar os rebites assim?

Passou há muito a hora de fechar. O correio está fechado, as lojas estão fechadas, a rua está deserta. Meyerowitz Joalheiro. Babes in the Wood — Vendas a crédito. Cosmos Café. Foschini Moda.

O Meyerowitz ("Diamantes são para sempre") está ali desde que ela se lembra. Babes in the Wood era antes a Jan Harmse Slagter. O Cosmos Café era a Leiteria Cosmos. Foschini Moda era antes Winterberg Algemene Handelaars. Toda essa mudança, todo esse movimento! *O droewige land!* Ó terra tristonha! Foschini Moda tem confiança a ponto de abrir uma filial em Calvinia. O que seu primo, o imigrante fracassado, o poeta da melancolia, pode pretender saber sobre o futuro desta terra que Foschini não sabe? Seu primo que acredita que até mesmo babuínos, quando espreitam no *veld*, são tomados por *weemoed*.

Lukas está convencido de que haverá uma acomodação política. John pode alegar que é liberal, mas Lukas é um liberal mais prático do que John jamais será, e mais corajoso também. Se escolherem, Lukas e ela, *boer* e *boervrou*, marido e mulher, podem ganhar a vida com sua fazenda. Podem ter de apertar o cinto em dois ou três furos, mas sobreviveriam. Se Lukas escolhe em vez disso dirigir caminhões para a Coop, se ela continua fazendo a contabilidade para o hotel, não é porque a fazenda seja um empreendimento condenado, mas porque ela e Lukas decidiram muito tempo atrás que iam acomodar seus funcionários devidamente e pagar a eles salários decentes, garantir que os filhos deles fossem à escola e sustentar esses mesmos trabalhadores depois, quando ficarem velhos e enfermos; e porque toda essa decência e apoio custa dinheiro, mais dinheiro do que a fazenda como fazenda pode render ou jamais renderá, no futuro previsível.

Uma fazenda não é um negócio: essa era a premissa sobre a qual ela e Lukas tinham concordado desde muito tempo atrás. A fazenda Middelpos é lar não apenas deles dois com os fantasmas de seus filhos não nascidos, mas também de treze outras almas. Para trazer dinheiro para manter toda essa pequena comunidade, Lukas tem de passar dias seguidos na estrada e ela passar sozinha suas noites em Calvinia. Isso é o que *ela* quer dizer quando diz que Lukas é um liberal: ele tem um coração generoso, um coração liberal; e inspirada por ele ela aprendeu a ter um coração liberal também.

E qual é o problema disso, como meio de vida? Essa é a pergunta que ela gostaria de fazer a seu primo inteligente, aquele que primeiro fugiu da África do Sul e agora fala de se libertar. Do que ele pretende se libertar? Do amor? Do dever? *Meu pai manda seu amor, assim como eu.* Que tipo de amor morno é esse? Não, ela e John podem ter o mesmo sangue, mas seja o que for que ele sente por ela, não é amor. Como também não ama o pai dele, não de verdade. Não ama nem a si mesmo. E qual a função, afinal, de se libertar de tudo e todos? O que ele vai fazer com sua liberdade? *O amor começa em casa* — não é assim o ditado inglês? Em vez de fugir sempre, ele devia encontrar uma mulher decente, olhar direto nos olhos dela e dizer: *Quer casar comigo? Quer casar comigo e receber meu pai idoso em nossa casa e cuidar dele lealmente até ele morrer? Se você for capaz de aceitar esse encargo, eu vou me empenhar em amar você e ser fiel a você, em encontrar um emprego adequado e trabalhar duro, trazer dinheiro para casa, ser mais alegre e parar de reclamar das droewige vlaktes, as planícies lamentosas.* Ela queria que ele estivesse ali naquele momento, na Kerkstraat, Calvinia, para ela poder *raas* com ele, entupir os ouvidos dele como dizem os ingleses: está a fim disso.

Um assobio. Ela se volta. É Lukas debruçado para fora da janela da picape. *Skattie, hoe mompel jy dan nou?*, ele grita, rindo. O que você está resmungando aí sozinha?

Nada mais de cartas entre ela e o primo. Pouco depois, ele e seus problemas deixaram de ter qualquer lugar em seus pensamentos. Surgiram preocupações mais urgentes. Chegaram os vistos que Klaus e Carol estavam esperando, os vistos para a Terra Prometida. Com ágil eficiência eles estão se preparando para a mudança. Um de seus primeiros passos é trazer de volta para a fazenda a mãe dela, que estava morando com eles e que Klaus chama de *Ma*, embora ele tenha uma mãe própria muito boa em Düsseldorf.

Eles rodam os 1600 quilômetros desde Johanesburgo em doze horas, se revezando à direção da BMW. Esse feito dá muita satisfação a Klaus. Ele e Carol completaram cursos de direção avançados e têm diplomas para mostrar; estão à espera de dirigir nos Estados Unidos, onde as estradas são muito melhores do que na África do Sul, embora, é claro, não tão boas como as *Autobahnen* alemãs.

Ma não está nada bem: ela, Margot, percebe isso assim que a ajudam a sair do banco de trás. Seu rosto está inchado, ela não respira com facilidade, reclama que as pernas estão doloridas. Carol explica que o problema, em última análise, é de coração: ela vem consultando um especialista em Johanesburgo e tem de tomar uma nova combinação de comprimidos três vezes por dia sem falta.

Klaus e Carol passam a noite na fazenda, depois partem para a cidade. "Assim que ela melhorar, você e Lukas têm de levar Ma para nos visitar nos Estados Unidos", diz Carol. "Nós ajudamos a pagar as passagens." Klaus a abraça e beija em ambas as faces ("É mais caloroso assim"). A Lukas ele dá um aperto de mão.

Lukas detesta o cunhado. Não existe a menor possibilidade de Lukas ir visitá-los nos Estados Unidos. Quanto a Klaus, ele nunca se constrangeu de externar seu veredicto sobre a África do Sul. "Belo país", diz ele, "belas paisagens, ricos recursos, mas muitos, muitos problemas. Como vocês vão resolver, eu não consigo enxergar. Na minha opinião, as coisas pioram em vez de melhorar. Mas é só a minha opinião."

Ela gostaria de acertar o olho dele, mas não faz isso.

Sua mãe não pode ficar sozinha na fazenda enquanto ela e Lukas não estão, isso está fora de questão. Então ela manda colocar uma segunda cama em seu quarto no hotel. É inconveniente, significa o fim de toda privacidade para ela, mas não há alternativa. Cobram pensão completa da mãe, embora, de fato, a mãe coma como um passarinho.

Estão na segunda semana desse novo regime quando um funcionário da limpeza do hotel encontra sua mãe caída num sofá no saguão vazio do hotel, inconsciente e com o rosto azulado. Ela é levada às pressas para o hospital distrital e ressuscitada. O médico de plantão balança a cabeça. O coração dela está muito fraco, diz ele, precisa de cuidados mais urgentes e mais especializados do que se pode obter em Calvinia; Upington é uma opção, lá existe um hospital decente, mas seria preferível que ela fosse para a Cidade do Cabo.

Uma hora depois, ela, Margot, fechou o escritório e está a caminho da Cidade do Cabo apertada na parte de trás da ambulância, segurando a mão da mãe. Com elas vai uma jovem enfermeira de cor chamada Aletta, de uniforme fresco, engomado e cujo ar alegre logo a põe à vontade.

Aletta, por sinal, nasceu não longe dali, em Wuppertal, na Cederberg, onde seus pais ainda vivem. Ela perdeu a conta de quantas vezes fez a viagem à Cidade do Cabo. Revela que na semana passada mesmo tiveram de levar às pressas um homem de Loeriesfontein para o Groote Schuur Hospital, com três dedos embalados numa caixa de gelo, dedos que ele perdeu num acidente com uma serra de fita.

"Sua mãe vai ficar bem", diz Aletta. "O Groote Schuur é disparado o melhor."

Em Clanwilliam, param para pôr gasolina. O motorista da ambulância, que é ainda mais novo que Aletta, trouxe uma garrafa térmica de café. Ele oferece uma xícara a ela, Margot, mas ela recusa. "Estou cortando o café", diz (é mentira), "não me deixa dormir."

Ela gostaria de oferecer a eles dois um café na lanchonete, gostaria de sentar com eles de um jeito amigo, normal, mas claro que não se podia fazer isso sem provocar uma confusão. *Que chegue logo o tempo, ó Senhor*, ela reza para si mesma, *em que toda essa besteira do* apartheid *esteja enterrada e esquecida*.

Retomam seus lugares na ambulância. Sua mãe está dormindo. Está com uma cor melhor, respirando mais tranquila com a máscara de oxigênio.

"Quero que vocês saibam o quanto eu agradeço o que você e Johannes estão fazendo por nós", ela diz para Aletta. Aletta retribui com um sorriso dos mais amigáveis, sem nem o menor traço de ironia. Ela espera que suas palavras sejam entendidas no sentido mais amplo, com todo o sentido que, por vergonha, ela não consegue expressar: *Quero que saibam o quanto sou grata pelo que você e seu colega estão fazendo por uma velha branca e sua filha, duas estranhas que nunca fizeram nada por você, ao contrário, participaram de sua humilhação nesta terra de seu nascimento, dia após dia após dia. Sou grata pela lição que você me ensina através dos seus atos, nos quais vejo apenas bondade humana, e acima de tudo por esse seu adorável sorriso.*

Chegam à Cidade do Cabo no pico da hora do *rush*. Embora o caso deles não seja, em termos estritos, um caso de emergência, Johannes mesmo assim liga a sirene enquanto costura tranquilamente pelo tráfego. No hospital, ela acompanha a mãe, que é levada de maca para a unidade de emergência. Quando volta para agradecer a Aletta e Johannes, eles tinham ido embora, tomado a longa estrada de volta ao norte do Cabo.

Quando eu voltar!, ela promete a si mesma, querendo dizer: *Quando eu voltar a Calvinia vou ser uma pessoa melhor, isso eu juro!* Ela pensa também: *Quem era o homem de Loeriesfontein que perdeu os três dedos? Será que só nós, brancos, somos levados às pressas para um hospital — só o melhor! — onde cirurgiões*

bem treinados costuram de volta nossos dedos ou nos dão um co-
ração novo, conforme o caso, e tudo isso sem custo? Que não seja
assim, ó Senhor, que não seja assim!

Quando vê sua mãe de novo, ela está em um quarto sozinha, acordada, numa cama branca e limpa, usando a camisola
que ela, Margot, teve o bom senso de trazer. Perdeu sua cor al-
terada, é capaz até de empurrar de lado a máscara e resmungar
umas palavras: "Que confusão!".

Ela leva aos lábios a mão da mãe, delicada, na realidade
bem infantil. "Bobagem", diz. "Agora, Ma tem de descansar. Eu
vou estar bem aqui se Ma precisar de mim."

Ela planeja passar a noite ao lado da cama da mãe, mas o
médico de plantão a convence do contrário. Sua mãe não corre
perigo; seu estado está sendo monitorado pelas enfermeiras; ela
tomará um comprimido para dormir e dormirá até de manhã.
Ela, Margot, é uma filha dedicada, já passou por muita coisa,
melhor se tiver uma boa noite de sono. Não tem onde ficar?

Ela tem um primo na Cidade do Cabo, replica, pode ficar
com ele.

O médico é mais velho que ela, com a barba por fazer, olhos
escuros, velados. Disseram-lhe o nome dele, mas ela não guardou. Pode ser judeu, mas pode ser muitas outras coisas também.
Ele tem cheiro de fumaça de cigarro; há um maço de cigarros
azul espiando para fora do bolso do peito. Ela acredita quando
ele diz que sua mãe não corre perigo? Acredita, sim; mas ela
sempre teve a tendência de confiar em médicos, de acreditar no
que dizem mesmo quando sabe que estão chutando; portanto,
ela desconfia da própria confiança.

"Tem certeza absoluta de que ela não corre perigo, doutor?", pergunta.

Ele assente com a cabeça, cansado. Positivamente, sim! O
que quer dizer *positivamente* em questões humanas? "Para po-

504

der cuidar de sua mãe, a senhora precisa cuidar de si mesma", ele diz.

Ela sente aflorarem as lágrimas, aflorar a autopiedade também. *Cuide de nós duas!*, ela quer pedir. Gostaria de cair nos braços desse estranho, de ser abraçada e confortada. "Obrigada, doutor", ela diz.

Lukas está na estrada em algum lugar do norte do Cabo, impossível de contatar. Ela telefona ao primo John de um telefone público. "Vou buscar você já", diz John. "Fique conosco quanto tempo quiser."

Faz anos que ela esteve na Cidade do Cabo pela última vez. Nunca esteve em Tokai, o subúrbio onde moram ele e o pai. A casa deles fica atrás de uma alta cerca de madeira, com forte cheiro de umidade e óleo de motor. A noite está escura, o caminho de entrada depois do portão não tem iluminação; ele pega no braço dela para conduzi-la. "Quero avisar que está tudo um pouco bagunçado", ele diz.

Na porta de entrada, o tio a espera. Ele a cumprimenta distraído; está agitado, de um jeito que ela reconhece nos Coetzee, falando depressa, passando os dedos pelo cabelo. "Ma está bem", ela garante a ele, "foi um incidente apenas." Mas ele prefere não ser tranquilizado, está a fim de drama.

John a leva para dar uma volta na propriedade. A casa é pequena, mal iluminada, abafada; tem cheiro de jornal molhado e bacon frito. Se estivesse no comando, ela removeria as cortinas lúgubres e substituiria por alguma coisa mais leve e colorida; mas é claro que nesse mundo masculino ela não está no comando.

Ele a leva para o quarto que será dela. Ela sente o coração apertar. O carpete está pintalgado com o que parecem manchas de óleo. Junto à parede há uma cama de solteiro, e ao lado dela uma escrivaninha com livros e papéis empilhados em confusão.

Ofuscante no teto, há o mesmo tipo de lâmpada de néon que havia no escritório do hotel antes de ela mandar retirar.

Tudo ali parece ter a mesma tonalidade: um marrom que numa direção beira ao amarelo sem graça e na outra a um cinza desbotado. Ela duvida muito que a casa tenha sido limpa, limpa de verdade, nos últimos anos.

Normalmente, aquele é o quarto dele, John explica. Ele trocou os lençóis da cama; vai esvaziar as gavetas para ela usar. Do outro lado do corredor, estão as instalações necessárias.

Ela explora as instalações necessárias. A banheira está encardida, a privada manchada, com cheiro de urina velha.

Desde que saiu de Calvinia ela não comeu nada além de uma barra de chocolate. Está morrendo de fome. John oferece o que ele chama de torrada francesa, pão branco molhado com ovo e frito, e ela come três fatias. Ele lhe dá também chá com leite, que por sinal está azedo (mas ela bebe mesmo assim).

O tio entra na cozinha, com a parte de cima do pijama em cima da calça. "Vim dizer boa-noite, Margie", diz ele. "Durma bem. Não deixe as pulgas te morderem." Ele não diz boa-noite ao filho. Perto do filho ele parece nitidamente hesitante. Será que estiveram brigando?

"Estou inquieta", ela diz para John. "Vamos dar uma volta a pé? Passei o dia inteiro apertada dentro de uma ambulância."

Ele a leva numa caminhada sem rumo pelas ruas bem iluminadas do suburbano Tokai. As casas pelas quais passam são maiores e melhores que a dele. "Isto aqui era terra arável não faz muito tempo", ele explica. "Depois foi subdividida e vendida em lotes. Nossa casa era um chalé de camponês. Por isso é tão mal construída. Tudo vaza: o telhado, as paredes. Eu passo todo meu tempo livre arrumando as coisas. Sou igual àquele menino com o dedo no dique."

"É, começo a perceber a atração de Merweville. Pelo menos em Merweville não chove. Mas por que não comprar uma casa melhor aqui no Cabo? Escreva um livro. Escreva um best-seller. Ganhe um monte de dinheiro."

É só uma piada, mas ele escolhe levar a sério. "Eu não saberia escrever um best-seller", diz. "Não conheço o suficiente das pessoas e de suas fantasias. De qualquer forma, não foi esse o meu destino."

"Qual destino?"

"O destino de ser um escritor rico e bem-sucedido."

"Então qual é o seu destino?"

"Exatamente o meu presente. Viver com um pai velho numa casa num subúrbio de branco e com telhado que pinga."

"Isso é bobagem, conversa *slap*. É o Coetzee falando em você. Você poderia mudar seu destino amanhã se pusesse isso na cabeça."

Os cachorros do bairro não recebem bem estranhos passeando pelas ruas à noite, a discutir. O coro de latidos fica clamoroso.

"Queria que você ouvisse o que está dizendo, John", ela mergulha de cabeça. "Quanta bobagem! Se você não tomar jeito vai acabar um homem azedo feito uma ameixa seca, que só quer ficar sossegado no seu canto. Vamos voltar. Eu tenho de levantar cedo."

Ela dorme mal no colchão duro, incômodo. Antes da primeira luz da manhã está de pé, fazendo café e torradas para os três. Às sete horas, estão a caminho do Groote Schuur Hospital, apertados na cabine da Datsun.

Ela deixa Jack e o filho na sala de espera, mas não consegue localizar a mãe. A mãe sofreu outro incidente durante a noite, informam no balcão da enfermagem, e está de volta à unidade de tratamento intensivo. Ela, Margot, deve voltar à sala de espera, onde um médico irá falar com ela.

Ela se junta a Jack e John. A sala de espera já está ficando cheia de gente. Uma mulher, uma estranha, está caída numa cadeira à frente deles. Na cabeça, cobrindo um olho, ela amarrou uma malha de lã endurecida de sangue. Está usando uma saia minúscula e sandálias de borracha; tem cheiro de lençóis mofados e vinho doce; está gemendo baixinho para si mesma.

Ela faz o que pode para não olhar, mas a mulher está louca por uma briga. "*Waarna loer jy?*", ela fuzila: O que está olhando? "*Jou moer!*"

Ela baixa os olhos, recolhe-se ao silêncio.

Sua mãe, se sobreviver, fará sessenta e oito anos no mês seguinte. Sessenta e oito anos irrepreensíveis, irrepreensíveis e contentes. Uma boa mulher no final das contas: boa mãe, boa esposa do tipo distraído, avoado. O tipo de mulher que os homens acham fácil de amar porque precisa tão claramente ser protegida. E agora jogada naquele inferno! *Jou moer!* — boca suja. Ela tem de tirar sua mãe dali o mais depressa possível, para um hospital particular, independentemente do custo.

Meu passarinho, era como o pai costumava chamá-la: *my tortelduifie*, minha pombinha. O tipo de pássaro que prefere não sair da gaiola. Ao crescer, Margot se sentira grande e desajeitada ao lado da mãe. *Será que alguém vai gostar de mim?*, ela perguntava a si mesma. *Será que alguém vai me chamar de pombinha?*

Alguém toca seu ombro. "Sra. Jonker?" Uma enfermeira jovem e animada. "Sua mãe está acordada, perguntando pela senhora."

"Venha", ela diz. Jack e John a acompanham.

A mãe está consciente, calma, tão calma que parece um pouco ausente. A máscara de oxigênio foi trocada por um tubo dentro do nariz. Seus olhos perderam a cor, viraram seixos cinzentos opacos. "Margie?", ela sussurra.

Ela aperta os lábios na testa da mãe. "Estou aqui, Ma", diz.

O médico entra, o mesmo médico de antes, com os óculos de aro escuro. *Kiristany*, diz o crachá em seu jaleco. De plantão ontem à tarde, ainda de plantão esta manhã.

A mãe dela teve um ataque cardíaco, fala o doutor Kiristany, mas agora está estável. Está muito fraca. O coração está sendo estimulado por eletricidade.

"Eu gostaria de levar minha mãe para um hospital particular", ela diz, "algum lugar mais sossegado que aqui."

Ele balança a cabeça. Impossível, diz. Ele não pode permitir. Talvez dentro de alguns dias, se ela reagir bem.

Ela recua. Jack inclina-se sobre a irmã, murmurando palavras que ela não consegue ouvir. Os olhos da mãe estão abertos, seus lábios se movem, ela parece estar respondendo. Dois velhos, dois inocentes, nascidos no tempo antigo, deslocados no lugar barulhento e raivoso em que este país se transformou.

"John?", ela diz. "Quer falar com Ma?"

Ele balança a cabeça. "Ela não vai me reconhecer", ele diz.

[Silêncio.]

E?

Acabou.

Acabou? Mas por que parar aí?

Parece um bom ponto. *Ela não vai me reconhecer*: uma boa frase.

[Silêncio.]

Bom, qual o seu veredicto?

Meu veredicto? Ainda não entendi: se é um livro sobre John, por que você está colocando tanta coisa a meu respeito? Quem vai querer ler sobre mim — sobre mim e Lukas, minha mãe, Carol e Klaus?

A senhora faz parte de seu primo. Ele faz parte da senhora. Isso, sem dúvida, está bem claro. O que eu pergunto é, pode ficar como está?

Como está não. Quero rever tudo outra vez, como o senhor prometeu.

Entrevistas realizadas em Somerset West, África do Sul, dezembro de 2007 e junho de 2008

Adriana

Sra. Nascimento, a senhora é de nacionalidade brasileira, mas passou muitos anos na África do Sul. Como foi que isso aconteceu?

Fomos de Angola para a África do Sul, meu marido, eu e nossas duas filhas. Em Angola, meu marido trabalhava num jornal e eu tinha um trabalho no Balé Nacional. Mas aí, em 1973, o governo decretou estado de emergência e fechou o jornal dele. Queriam que ele fosse convocado para o exército também — estavam convocando todos os homens com menos de quarenta e cinco anos, mesmo os que não eram cidadãos. Não podíamos voltar para o Brasil, ainda era muito perigoso, não víamos futuro para nós em Angola, então fomos embora, tomamos um navio para a África do Sul. Não fomos os primeiros a fazer isso, nem os últimos.

Por que a Cidade do Cabo?

Por que a Cidade do Cabo? Nenhuma razão especial, a não ser que tínhamos um parente aqui, um primo de meu marido, dono de uma loja de frutas e verduras. Quando chegamos ficamos com ele e a família, foi difícil para todos nós, nove pessoas em três cômodos, enquanto esperávamos nossos documentos de residência. Então meu marido conseguiu um trabalho como guarda de segurança e pudemos mudar para um apartamento nosso. Foi num lugar chamado Epping. Uns meses depois, pouco antes da desgraça que acabou com tudo, nós mudamos de novo, para Wynberg, mais perto da escola das crianças.

A que desgraça a senhora se refere?

Meu marido estava trabalhando no turno da noite, como vigia de um armazém perto do cais. Era o único guarda. Houve um assalto — uma gangue invadiu. Ele foi atacado, bateram nele com um machado. Talvez fosse um facão, mas é mais provável que tenha sido um machado. Um lado do rosto dele afundou. Ainda acho difícil falar disso. Um machado. Atacar um homem no rosto com um machado porque ele está trabalhando. Não consigo entender.

O que aconteceu com ele?

Ele teve danos cerebrais. Morreu. Levou um longo tempo, quase um ano, mas ele morreu. Foi terrível.

Sinto muito.

É. Durante algum tempo, a empresa onde ele trabalhava continuou pagando o salário. Depois, o dinheiro parou de entrar. Ele não era mais responsabilidade deles, disseram, era responsabilidade do Serviço Social. Serviço Social! O Serviço Social nunca nos deu um tostão. Minha filha mais velha teve de sair da escola. Arrumou um emprego de empacotadora de supermercado. Isso nos dava 120 rands por semana. Eu arrumei um trabalho também, mas não consegui encontrar nada referente a balé, não estavam interessados no meu tipo de dança, então tive de dar aula num estúdio de dança. Latino-americana. A América Latina era popular na África do Sul naquela época. Maria Regina ficou na escola. Ela ainda tinha o resto daquele ano e o ano seguinte até prestar o vestibular. Maria Regina, minha filha mais nova. Eu queria que ela tivesse um diploma, para não ficar igual à irmã, no supermercado, arrumando latas nas prateleiras para o resto da vida. Ela era a inteligente. Adorava livros.

Em Luanda, meu marido e eu tínhamos nos esforçado para falar um pouco de inglês na mesa do jantar, um pouco de francês também, só para as meninas lembrarem que Angola não era o mundo, mas elas não aprenderam de verdade. Na escola na Cidade do Cabo, inglês era a disciplina mais fraca de Maria Regina. Então, eu matriculei minha filha num curso de inglês extracurricular. A escola tinha cursos extra à tarde, para crianças como ela, recém-chegadas. Foi aí que eu comecei a ouvir falar de mr. Coetzee, o homem sobre quem o senhor está perguntando, que, por sinal, não era um dos professores regulares, não, de jeito nenhum, era contratado pela escola para dar esses cursos extracurriculares.

Esse mr. Coetzee me parece africânder, eu disse para Maria Regina. Será que sua escola não tem dinheiro para contratar um professor de inglês de verdade? Quero que você aprenda inglês bem, com um inglês nato.

Eu nunca simpatizei com africânderes. Conhecia uma porção deles em Angola, trabalhando nas minas ou como mercenários no exército. Eles tratavam os negros como lixo. Eu não gostava disso. Na África do Sul, meu marido aprendeu umas palavras de africânder — teve de aprender, na empresa de segurança eram todos africânderes — mas quanto a mim, eu não gostava nem de ouvir a língua. Graças a Deus a escola não fez as meninas aprenderem africânder, teria sido demais.

Mr. Coetzee não é africânder, me disse Maria Regina. Ele usa barba. Escreve poesia.

Africânderes também têm barba, eu disse, não precisa ter barba para escrever poesia. Quero ver pessoalmente esse mr. Coetzee, não gosto do que ele parece ser. Fale para ele vir aqui ao apartamento. Fale para ele vir tomar chá conosco e mostrar que é um professor de verdade. Que poesia é essa que ele escreve?

Maria Regina começou a ficar nervosa. Ela estava numa idade em que as crianças não gostam que a gente interfira com sua vida escolar. Mas eu disse para ela, se eu estou pagando um curso extracurricular vou interferir o quanto eu quiser. Que tipo de poesia esse homem escreve?

Não sei, ela disse. Ele faz a gente recitar poesia. Faz a gente aprender de cor.

O que ele faz vocês decorarem?, perguntei. Me diga.

Keats, ela falou.

O que é Keats?, perguntei (nunca tinha ouvido falar de Keats, não conhecia nenhum desses escritores ingleses antigos, a gente não estudava a obra deles quando eu fui à escola).

Um letárgico torpor domina meus sentidos, Maria Regina recitou, como se cicuta eu tivera tomado. Cicuta é veneno. Ataca o sistema nervoso.

É isso que esse mr. Coetzee faz vocês aprenderem?, perguntei.

Está no livro, ela disse. É um dos poemas que a gente tem de aprender para o exame.

Minhas filhas estavam sempre reclamando que eu era muito rigorosa com elas. Mas eu não cedia nunca. Só vigiando as duas como um gavião eu pòdia evitar que tivessem problemas naquele país estranho, onde elas não estavam em casa, num continente para onde a gente não devia ter ido nunca. Joana era mais fácil, Joana era a boa menina, a quietinha. Maria Regina era mais inquieta, mais pronta a me desafiar. Eu tinha de manter Maria Regina com rédea curta, Maria com sua poesia e seus sonhos românticos.

Havia a questão do convite, do jeito certo de redigir um convite para o professor da filha visitar a casa dos pais para tomar chá. Falei com o primo de Mario, mas ele não ajudou nada. Então, acabei tendo de pedir à recepcionista do estúdio de dança para escrever a carta para mim. "Caro mr. Coetzee", ela escreveu, "sou mãe de Maria Regina Nascimento, que está no seu curso de inglês. O senhor está convidado a tomar chá em nossa residência" — dei o endereço — "no dia tal às tantas horas. O transporte da escola será providenciado. RSVP. Adriana Teixeira Nascimento."

Transporte era Manuel, o filho mais velho do primo de Mario, que costumava levar Maria Regina de carona para casa à tarde com a perua dele, depois que acabava as entregas. Seria fácil para ele pegar o professor também.

Mario era seu marido.

Mario. Meu marido, que morreu.

Por favor, continue. Eu só queria ter certeza.

Mr. Coetzee foi a primeira pessoa que convidamos para vir ao nosso apartamento — a primeira que não era da família do

Mario. Ele era apenas um professor — nós conhecemos muitos professores em Luanda e, antes de Luanda, em São Paulo; eu não sentia nenhuma estima especial por eles — mas para Maria Regina e mesmo para Joana professores eram deuses e deusas e eu não via razão para desiludir as duas. Na noite da véspera da visita, as meninas fizeram um bolo, cobriram com glacê e até escreveram em cima (elas queriam escrever *Welcome Mr. Coetzee*, mas eu mandei escreverem "St. Bonaventure 1974"). Elas fizeram também bandejas de biscoitinhos que no Brasil nós chamamos de *brevidades*.

Maria Regina estava muito excitada. *Volte para casa cedo, por favor, por favor!*, ouvi ela insistindo com a irmã. *Diga para a supervisora que você está doente!* Mas Joana não estava preparada para isso. Não era tão fácil conseguir dispensa, ela disse, eles descontam do salário se a gente não completa o turno.

Então Manuel trouxe mr. Coetzee ao nosso apartamento e eu logo vi que ele não era nenhum deus. Estava com seus trinta e poucos anos, eu calculei, malvestido, com o cabelo mal cortado e barba, quando não devia usar barba porque tinha a barba rala. Ele também me pareceu imediatamente, não sei dizer por quê, um *célibataire*. Quer dizer não só solteiro, mas também não adequado ao casamento, como um homem que passou a vida no sacerdócio e perdeu a virilidade, ficou inapto para as mulheres. O comportamento dele também não era muito bom (estou falando das minhas primeiras impressões). Ele parecia pouco à vontade, louco para ir embora. Não tinha aprendido a esconder os sentimentos, o que é o primeiro passo para ter maneiras civilizadas.

"Quanto tempo faz que o senhor é professor, mr. Coetzee?", eu perguntei.

Ele se remexeu na cadeira, disse alguma coisa que eu não lembro mais sobre os Estados Unidos, sobre dar aula nos Estados Unidos. Então, depois de mais algumas perguntas, veio à tona o fato de que ele nunca tinha dado aula em escola antes daquela, e — o que é pior — nem tinha diploma de professor. Claro que eu fiquei surpresa. "Se o senhor não tem diploma, como pode ser professor da Maria Regina?", perguntei. "Não entendo."

A resposta, que mais uma vez custou muito a sair, foi que para disciplinas como música, balé e línguas estrangeiras, as escolas podiam contratar pessoas que não tinham qualificações, ou pelo menos que não tinham diplomas de licenciatura. Essas pessoas não qualificadas não recebiam o mesmo salário que professores de verdade, eram pagas pela escola com dinheiro recolhido com pais como eu.

"Mas o senhor não é inglês", eu disse. Dessa vez não era uma pergunta, era uma acusação. Ali estava ele, contratado para ensinar a língua inglesa, pago com o meu dinheiro e o dinheiro de Joana, só que não era professor e, além do mais, era um africânder, não inglês.

"Concordo que não sou de ascendência inglesa", ele disse. "Mas falo inglês desde muito cedo e fui aprovado nos exames da universidade em inglês, portanto, acredito que possa ensinar inglês. Não há nada de especial com o inglês. É só uma língua entre muitas outras."

Foi isso que ele disse. Que inglês era apenas uma língua entre muitas. "Minha filha não vai ser como um papagaio que mistura línguas, mr. Coetzee", eu falei. "Quero que ela fale inglês direito e com uma pronúncia inglesa adequada."

Felizmente para ele, foi nesse momento que Joana voltou para casa. Joana tinha já vinte anos na época, mas na presença de um homem ela ainda ficava tímida. Comparada com a irmã, ela não era uma beldade — olhe, esta foto é dela com o marido e os filhinhos deles, tirada algum tempo depois que a gente voltou para o Brasil, como o senhor pode ver, não é uma beldade, a beleza foi toda para a irmã — mas era uma boa moça e eu sempre soube que ela seria uma boa esposa.

Joana entrou na sala onde nós estávamos sentados, ainda com a capa de chuva no corpo (eu me lembro daquela capa comprida dela). "Minha irmã", Maria Regina falou, como se estivesse explicando quem era aquela nova pessoa, e não fazendo uma apresentação. Joana não disse nada, só pareceu intimidada, e quanto a mr. Coetzee, o professor, ele quase derrubou a mesinha de centro ao tentar levantar.

Por que Maria Regina está embasbacada com esse homem bobo? O que ela vê nele? Era uma pergunta que eu fazia a mim mesma. Não era nada difícil adivinhar o que um *célibataire* solitário podia ver na minha filha, que estava se transformando em uma autêntica beldade de olhos escuros, embora ainda fosse apenas uma criança, mas o que fazia Maria Regina decorar poemas para esse homem, coisa que ela nunca tinha feito para outros professores? Será que ele tinha sussurrado palavras que viraram a cabeça dela? Seria essa a explicação? Havia alguma coisa entre os dois que ela estava escondendo de mim?

Agora, se esse homem ficasse interessado em Joana, pensei comigo, seria outra história. Joana podia não ter cabeça para poesia, mas ao menos tinha os pés no chão.

"Este ano, Joana está trabalhando no Clicks", eu disse. "Para ganhar experiência. No ano que vem ela vai fazer um curso de gerência. Para ser gerente."

Mr. Coetzee fez que sim com a cabeça, distraído. Joana não disse nada.

"Tire o casaco, minha filha", eu disse, "e tome um chá." Normalmente nós não tomávamos chá, tomávamos café. Joana tinha trazido o chá no dia anterior para aquele nosso hóspede, chá Earl Grey se chamava, muito inglês, mas não muito gostoso, eu me perguntava o que íamos fazer com o resto do pacote.

"Mr. Coetzee é da escola", repeti para Joana, como se ela não soubesse. "Ele está nos contando que não é inglês, mas mesmo assim é professor de inglês."

"Não sou exatamente o professor de inglês", mr. Coetzee interrompeu, se dirigindo a Joana. "Sou o professor de inglês extracurricular. Isso quer dizer que fui contratado pela escola para ajudar alunos que estão com dificuldades no inglês. Tento fazer com que passem no vestibular. Então, sou uma espécie de treinador para o exame. O que seria uma descrição melhor do que eu faço, um nome melhor para mim."

"Temos de falar da escola?", disse Maria Regina. "É tão chato."

Mas o que nós estávamos falando não era nada chato. Doloroso, talvez, para mr. Coetzee, mas não chato. "Continue", eu disse a ele, ignorando Maria Regina.

"Não pretendo continuar como treinador para vestibular o resto da minha vida", ele disse. "É uma coisa que estou fazendo neste momento, uma coisa que por acaso estou qualificado a fazer, para ganhar a vida. Mas não é minha vocação. Não é o que fui chamado a fazer no mundo."

Chamado a fazer no mundo. Mais e mais estranho.

"Se quiser que eu explique minha filosofia de ensino, posso explicar", ele disse. "É bem breve, breve e simples."

"Continue", eu disse, "vamos ouvir sua breve filosofia."

"O que eu chamo de minha filosofia de ensino é, de fato, uma filosofia de aprendizado. É de Platão, modificada. Antes que o verdadeiro aprendizado possa ocorrer, eu acredito, tem de haver no coração do estudante um certo anseio pela verdade, um certo fogo. O verdadeiro estudante arde de desejo de aprender. No professor, ele reconhece, ou percebe, a pessoa que

519

chegou mais perto da verdade do que ele próprio. Tanto ele deseja a verdade incorporada no professor, que está preparado a queimar sua antiga identidade para obter a verdade. De sua parte, o professor identifica e encoraja o fogo do estudante e reage a ele queimando com uma luz mais intensa. Assim, os dois juntos atingem um âmbito superior. Por assim dizer."

Ele fez uma pausa, sorrindo. Agora que tinha falado, parecia mais tranquilo. *Que homem estranho e vaidoso!*, pensei. *Ela se queimar! Quanta bobagem ele fala! E coisas perigosas! De Platão! Ele está gozando da gente?* Mas Maria Regina, eu percebi, estava inclinada para a frente, devorando o rosto dele com os olhos. Maria Regina não achava que ele estava brincando. *Isso não está bom!*, eu disse comigo.

"Isso não me parece filosofia, mr. Coetzee", eu disse, "me parece alguma outra coisa, não vou dizer o quê, uma vez que o senhor é nosso convidado. Maria, sirva o bolo agora. Joana, vá ajudar; e tire essa capa. Minhas filhas fizeram um bolo ontem à noite, em homenagem à sua visita."

No momento em que as meninas saíram da sala, fui direto ao assunto, falando baixinho para elas não escutarem. "Maria ainda é uma criança, mr. Coetzee. Estou pagando para ela aprender inglês e conseguir um bom diploma. Não estou pagando para o senhor brincar com os sentimentos dela. Está entendendo?" As meninas voltaram, trazendo o bolo. "Está entendendo?", repeti.

"Nós aprendemos o que queremos mais profundamente aprender", ele replicou. "Maria quer aprender — não quer, Maria?"

Maria ficou vermelha e sentou.

"Maria quer aprender", ele repetiu, "e ela está progredindo bastante. Tem facilidade para línguas. Talvez possa ser escritora algum dia. Que bolo maravilhoso!"

"É bom quando uma moça sabe cozinhar", eu disse, "mas é ainda melhor quando ela sabe falar bem inglês e tira boas notas no exame de inglês."

"Boa elocução, boas notas", ele disse. "Entendo perfeitamente o que a senhora deseja."

Depois que ele foi embora, depois que as meninas foram para a cama, sentei e escrevi para ele uma carta no meu inglês ruim, não tinha como evitar, não era o tipo de carta que pudesse mostrar para a minha amiga no estúdio.

Respeitado Mr. Coetzee, escrevi, repito o que eu disse ao senhor durante sua visita. Foi empregado para ensinar inglês para minha filha, não para brincar com os sentimentos dela. Ela é uma criança, o senhor um adulto. Se deseja demonstrar seus sentimentos, demonstre fora da sala de aula. Atenciosamente, ATN.

Foi o que eu disse. Pode não ser do jeito que se fala em inglês, mas é como se fala em português — sua intérprete vai entender. *Demonstre seus sentimentos fora da sala de aula* — não era um convite para ele vir atrás de mim, era um alerta para ele não ir atrás da minha filha.

Fechei a carta num envelope e escrevi o nome dele, *Mr. Coetzee / Saint Bonaventure*, e na segunda-feira de manhã coloquei na mala de Maria Regina. "Entregue para mr. Coetzee", falei, "entregue na mão dele."

"O que é?", Maria Regina perguntou.

"É um bilhete de um pai para o professor da filha, não é para você ler. Agora vá, senão perde o ônibus."

Claro que cometi um erro, não devia ter dito *não é para você ler*. Maria Regina tinha passado da idade em que, quando a mãe dá uma ordem, a gente obedece. Tinha passado dessa idade, mas eu ainda não sabia. Eu estava vivendo no passado.

"Entregou o bilhete para mr. Coetzee?", perguntei quando ela voltou para casa.

"Entreguei", ela disse, e mais nada. Não pensei que precisava perguntar: *Você abriu em segredo e leu antes de entregar para ele?*

No dia seguinte, para minha surpresa, Maria Regina trouxe um bilhete desse professor dela, não uma resposta ao meu, mas um convite: se nós todas gostaríamos de ir a um piquenique com ele e o pai. De imediato, eu ia recusar. "Pense um pouco", eu disse para Maria Regina, "você quer mesmo que as suas amigas na escola fiquem com a impressão de que você é a queridinha do professor? Quer mesmo que elas cochichem pelas suas costas?" Mas isso não pesou nada para ela, ela *queria* ser a queridinha do professor. Ela insistiu e insistiu e eu aceitei; Joana ficou do lado dela, então, afinal, eu disse sim.

Houve uma grande excitação em casa, prepararam uma porção de coisas, e Joana trouxe coisas do supermercado, de forma que quando mr. Coetzee veio nos buscar no domingo de manhã tínhamos conosco um cesto cheio de bolos, biscoitos e doces, suficiente para alimentar um exército.

Ele não veio nos buscar de carro, ele não tinha carro, não, ele veio de picape, do tipo aberto atrás, que no Brasil nós chamamos de caminhonete. Então as meninas, com suas roupas bonitas, tiveram de sentar atrás junto com a lenha, enquanto eu sentava na frente com ele e o pai.

Foi a única vez que encontrei o pai dele. O pai dele já era bem velho e trôpego, suas mãos tremiam. Achei que ele podia estar tremendo porque se viu sentado ao lado de uma mulher estranha, mas depois percebi que as mãos dele tremiam o tempo todo. Quando ele foi apresentado para a gente, ele disse "como vai?" muito gentilmente, muito cortês, mas depois se calou. O tempo todo que rodamos ele não falou, nem comigo, nem com o filho. Um homem muito quieto, muito humilde, ou talvez só assustado com tudo.

Rodamos para as montanhas — tivemos de parar para as meninas vestirem os casacos, porque elas estavam ficando com frio —, até um parque, não me lembro o nome agora, onde havia pinheiros e locais onde as pessoas podiam fazer piqueniques, só brancos, claro — um lugar bonito, quase vazio porque era inverno. Assim que escolhemos o nosso lugar, mr. Coetzee se pôs a descarregar a caminhonete e acender uma fogueira. Eu achei que Maria Regina ia ajudar, mas ela desapareceu, disse que queria explorar. Não era um bom sinal. Porque se as relações fossem *comme il faut* entre eles, só de professor com aluna, ela não teria tido vergonha de ajudar. Mas foi Joana quem se prontificou, Joana era muito boa naquilo, muito prática e eficiente.

Então lá estava eu, deixada para trás com o pai dele como se nós dois fôssemos os velhos, os avós! Eu achei difícil conversar com ele, como eu disse, ele não conseguia entender meu inglês e era tímido também com uma mulher; ou talvez ele simplesmente não entendesse quem era eu.

E então, antes mesmo de o fogo ter pegado bem, apareceram nuvens, escureceu e começou a chover. "É só uma pancada, já vai passar", disse mr. Coetzee. "Por que vocês três não entram na caminhonete?" Então, as meninas e eu nos abrigamos na caminhonete e ele e o pai se encolheram debaixo de uma árvore, esperamos a chuva passar. Mas é claro que não passou, continuou chovendo e aos poucos as meninas perderam a animação. "Por que tinha de chover *justo* hoje?", Maria Regina choramingou como um bebê. "Porque é inverno", eu disse a ela: "porque é inverno e gente inteligente, gente que tem os pés no chão não sai para fazer piquenique no meio do inverno".

O fogo que mr. Coetzee e Joana tinham acendido apagou. Toda a madeira agora estava molhada, de forma que jamais conseguiríamos assar nossa carne. "Por que não oferece os biscoitos que você fez?", falei para Maria Regina. Porque eu nunca tinha visto nada mais triste do que aqueles dois holandeses, pai e filho, sentados juntos, lado a lado, debaixo de uma árvore, tentando fingir que não estavam molhados e com frio. Uma coisa triste e engraçada também. "Ofereça os biscoitos e pergunte o que nós vamos fazer agora. Pergunte para eles se não gostariam de nos levar para dar um mergulho na praia."

Eu disse isso para fazer Maria Regina sorrir, mas só consegui fazer com que ficasse mais irritada; então, no fim, foi Joana quem saiu na chuva, conversou com eles e voltou com o recado de que logo ia parar de chover, nós voltaríamos para a casa deles e eles fariam chá para nós. "Não", eu disse a Joana. "Volte lá e diga para mr. Coetzee que não, não podemos ir tomar chá, ele tem de nos levar de volta direto para o apartamento, amanhã é segunda-feira e Maria Regina tem lição de casa que ela nem começou a fazer."

Claro que foi um dia infeliz para mr. Coetzee. Ele esperava causar uma boa impressão em mim; talvez quisesse também exibir para o pai as três lindas damas brasileiras que eram amigas dele; e em vez disso tudo o que ele conseguiu foi uma caminhonete cheia de gente molhada rodando debaixo de chuva. Mas para mim foi bom para Maria Regina ver como era o herói dela na vida real, aquele poeta que não conseguia nem acender uma fogueira.

Então essa é a história da nossa expedição às montanhas com mr. Coetzee. Quando finalmente voltamos a Wynberg, eu disse a ele, na frente do pai, na frente das meninas, o que eu tinha esperado o dia inteiro para dizer. "Foi muita gentileza sua nos convidar para sair, mr. Coetzee, o senhor foi muito cavalheiro", eu disse, "mas talvez não seja uma boa ideia um professor favorecer uma das meninas da classe entre todas as outras só porque ela é bonita. Não estou ralhando com o senhor, só pedindo que pense nisso."

Usei essas palavras: *Só porque ela é bonita*. Maria Regina ficou furiosa comigo por falar assim, mas quanto a mim, não me importava, contanto que ele entendesse.

Mais tarde, essa noite, quando Maria Regina já estava pronta para ir para a cama, Joana veio ao meu quarto. "*Mamãe*, você precisa ser tão dura com a Maria?", ela perguntou. "Sinceramente, não tem nada de ruim acontecendo."

"Nada de ruim?", eu perguntei. "O que você sabe do mundo? O que você sabe de ruindade? O que você sabe do que os homens fazem?"

"Ele não é um homem mau, *mamãe*", ela disse. "Você com certeza enxerga isso."

"Ele é um homem fraco", eu disse. "Um homem fraco é pior do que um homem ruim. Um homem fraco não sabe onde parar. Um homem fraco é incapaz diante dos próprios impulsos, vai aonde eles mandarem."

"*Mamãe*, nós todos somos fracos", disse Joana.

"Não, você está errada, eu não sou fraca", eu disse. "Onde nós estaríamos, você, Maria Regina e eu, se eu me permitisse ser fraca? Agora vá deitar. E não conte nada disso para Maria Regina. Nem uma palavra. Ela não vai entender."

Eu esperava que isso encerrasse o assunto mr. Coetzee. Mas não, um ou dois dias depois, chegou uma carta dele, não via Maria Regina dessa vez, mas pelo correio, uma carta formal, datilografada, o envelope datilografado também. Nela, ele primeiro se desculpava pelo fracasso do piquenique. Ele queria falar comigo em particular, disse, mas não tinha tido chance. Poderia vir me ver? Poderia vir ao apartamento, ou eu preferia encontrar com ele em algum outro lugar, talvez almoçarmos juntos? A questão que pesava para ele não era Maria Regina, ele queria deixar claro. Maria era uma moça inteligente, com bom coração; era um privilégio ser professor dela; eu podia ficar tranquila que ele nunca, *nunca* trairia a confiança que eu tinha depositado nele. Inteligente e bonita, sim — ele esperava que eu não me importasse de ele dizer isso. Porque beleza, beleza de verdade, era mais profunda, era a alma a se revelar através da carne; e de onde Maria Regina podia ter herdado sua beleza senão de mim?

[Silêncio.]

E?

Só isso. Era esse o conteúdo. Se podíamos nos encontrar sozinhos.

Claro que eu me perguntei de onde ele havia tirado a ideia de que eu ia querer me encontrar com ele, ou mesmo receber uma carta dele. Porque eu nunca disse uma palavra de encorajamento para ele.

Então o que a senhora fez? Foi encontrar com ele?

O que eu fiz? Não fiz nada e esperei que me deixasse em paz. Eu era uma mulher de luto, embora meu marido não estivesse morto, eu não queria as atenções de outros homens, principalmente de um homem que era professor de minha filha.

Ainda tem essa carta?

Não tenho nenhuma carta dele. Não guardei. Quando fomos embora da África do Sul fiz uma limpeza no apartamento e joguei fora todas as cartas e contas velhas.

E a senhora não respondeu?

Não.

A senhora não respondeu e não permitiu que se desenvolvesse nenhuma outra — relação entre a senhora e Coetzee?

O que é isso? Que perguntas são essas? O senhor vem lá da Inglaterra para conversar comigo, me diz que está escrevendo a biografia de um homem que foi por acaso professor de inglês da minha filha muitos anos atrás e agora, de repente, sente que tem permissão de me interrogar sobre as minhas "relações"? Que tipo de biografia o senhor está escrevendo? É como fofocas de Hollywood, segredos dos ricos e famosos? Se eu me recusar a discutir minhas pretensas relações com esse homem, o senhor vai dizer que estou fazendo segredo? Não, eu não tive, para usar suas palavras, nenhuma *relação* com mr. Coetzee. E digo mais. Para mim não era natural ter sentimentos por um homem como aquele, um homem que era tão frouxo. É, frouxo.

Está sugerindo que ele era homossexual?

Não estou sugerindo nada. Mas havia uma qualidade que ele não tinha e que uma mulher procura num homem, uma qualidade de força, de masculinidade. Meu marido tinha essa qualidade. Sempre teve, mas o tempo que passou na prisão aqui no Brasil, sob o poder dos *militares*, fez aflorar com mais clareza, muito embora ele não tenha ficado muito tempo na prisão, só seis meses. Depois desses seis meses, ele dizia, nada que seres humanos fizessem para outros seres humanos seria surpresa para ele. Coetzee não tinha uma experiência dessas por trás dele para testar sua masculinidade e ensinar sobre a vida. Por isso eu digo que ele era frouxo. Ele não era um homem, ainda era um menino.

[Silêncio.]

Quanto a homossexual, não, não digo que ele fosse homossexual, mas era, como eu contei, *célibataire* — não sei a palavra para isso em inglês.

Um tipo solteirão? Sem sexo? Assexuado?

Não, não sem sexo. Solitário. Não feito para a vida conjugal. Não feito para a companhia de mulheres.

[Silêncio.]

A senhora mencionou que houve mais cartas.

É, como eu não respondi, ele escreveu de novo. Escreveu muitas vezes. Ele talvez pensasse que se escrevesse bastante palavras elas iam acabar me vencendo, como as ondas do mar gastam uma rocha. Eu enfiava as cartas dele na escrivaninha; algumas eu nem lia. Mas pensei comigo, *entre as muitas coisas que esse homem não tem, as muitas muitas coisas, uma é um tutor para lhe dar lições de amor.* Porque se você se apaixonou por uma mulher, você não senta e escreve para ela à máquina uma longa carta depois da outra, páginas e páginas, cada uma delas terminando com "Atenciosamente". Não, você escreve uma carta à mão, uma carta de amor propriamente dita e manda entregar para ela com um buquê de rosas vermelhas. Mas aí eu pensei, talvez seja assim que esses protestantes holandeses se comportam quando se apaixonam: prudentemente, com rodeios, sem fogo, sem graça. E sem dúvida seria assim que ele faria amor também, se algum dia tivesse a chance.

Guardei as cartas dele e não falei nada a respeito para as meninas. Foi um erro. Eu podia facilmente ter dito a Maria Regina, *Esse seu mr. Coetzee me escreveu um bilhete se desculpando pelo domingo. Ele falou que está contente com seu progresso no inglês.* Mas fiquei quieta, o que no fim das contas levou a muita confusão. Até hoje, eu penso, Maria Regina não esqueceu, nem perdoou.

O senhor entende essas coisas, mr. Vincent? É casado? Tem filhos?

Sou, casado, sim. Tenho um filho, um menino. Vai fazer quatro anos no mês que vem.

Meninos são diferentes. Não sei nada de meninos. Mas vou contar uma coisa, *entre nous*, que o senhor não vai repetir no seu livro. Eu adoro minhas filhas, mas amo Maria de um jeito diferente de Joana. Eu amo Maria, mas fui também muito crítica com ela quando cresceu. Com Joana eu nunca fui crítica. Joana era sempre muito simples, muito direta. Mas Maria é uma sedutora. Ela consegue — vocês usam essa expressão? — rodar um homem no dedinho. Se o senhor visse, ia entender o que eu digo.

O que aconteceu com ela?

Ela está no segundo casamento agora. Está morando nos Estados Unidos, em Chicago, com o marido americano. Ele é advogado num escritório de advocacia. Acho que ela é feliz com ele. Acho que ela fez as pazes com o mundo. Antes disso, Maria teve problemas pessoais de que não vou falar.

Tem uma fotografia dela que eu talvez possa usar no livro?

Não sei. Vou olhar. Vou ver. Mas está ficando tarde. Sua colega deve estar exausta. É, eu sei como é, ser intérprete. De fora, parece fácil, mas a verdade é que você tem de prestar atenção o tempo todo, não pode relaxar, o cérebro fica fatigado. Então paramos aqui. Desligue seu gravador.

Podemos conversar de novo amanhã?

Amanhã não é bom. Quarta-feira, sim. Não é uma história tão comprida, a minha história com mr. Coetzee. Desculpe se é uma decepção para o senhor. O senhor viajou tudo isso e agora descobre que não existiu nenhum grande caso amoroso com uma bailarina, só um breve entusiasmo, essa é a palavra que eu usaria, um breve entusiasmo unilateral que nunca deu em nada. Volte na quarta-feira à mesma hora. Eu ofereço um chá.

Da última vez, o senhor me perguntou de fotos. Procurei, mas como eu pensava, não tenho nenhuma daqueles anos na Cidade do Cabo. Mas deixe eu mostrar esta aqui. Foi tirada no aeroporto, no dia em que voltamos a São Paulo, por minha irmã, que foi nos encontrar. Está vendo, aqui estamos, as três. Esta é Maria Regina. A data é 1977, ela tinha dezoito anos, quase dezenove. Como pode ver, uma garota muito bonita com um lindo corpo. Esta é Joana e esta sou eu.

Elas são bem altas, suas filhas. O pai delas era alto?

Era, Mario era um homem alto. As meninas não são tão altas, só parecem altas porque estão ao meu lado.

Bom, obrigado por me mostrar. Posso levar e mandar fazer uma cópia?

Para o seu livro? Não, não posso permitir. Se quiser colocar Maria Regina no seu livro vai ter de falar com ela pessoalmente, eu não posso falar por ela.

Eu gostaria de colocar uma foto de vocês três juntas.

Não. Se quer fotos das meninas, tem de pedir para elas. Quanto a mim, não, resolvi que não. Vão entender errado. As pessoas vão achar que eu fui uma das mulheres da vida dele e nunca foi assim.

Porém a senhora foi importante para ele. Ele estava apaixonado pela senhora.

Isso é o que o senhor diz. Mas a verdade é que, se houve amor, não foi por mim, foi por alguma fantasia que ele sonhou na cabeça dele e batizou com meu nome. Acha que eu devia ficar lisonjeada de o senhor querer me colocar no seu livro como amante dele? Está errado. Para mim esse homem não era um escritor famoso, era só um professor, um professor que nem diploma tinha. Portanto, não. Nada de foto. O que mais? O que mais o senhor quer que eu diga?

Da última vez, a senhora estava me contando das cartas que ele escreveu. Sei que disse que nem sempre lia essas cartas; mesmo assim, será que por um acaso a senhora lembra mais coisas que ele dizia nelas?

Uma carta era sobre Franz Schubert — sabe, Schubert, o músico. Ele disse que ouvir Schubert tinha ensinado a ele os grandes segredos do amor: como podemos sublimar o amor do jeito que os químicos de antigamente sublimavam substâncias grosseiras. Me lembro da carta por causa da palavra *sublime* [sublimar]. Sublimar substâncias grosseiras: não fez sentido para mim. Procurei *sublime* no dicionário de inglês grande que comprei para as meninas. *To sublime*: aquecer alguma coisa e extrair sua essência. Temos a mesma palavra em português, "sublimar", embora não seja comum nessa acepção. Mas o que isso tudo queria dizer? Que ele ficava sentado de olhos fechados ouvindo a música de Schubert enquanto na cabeça aquecia o seu amor por mim, a sua *substância grosseira*, e transformava em alguma coisa superior, alguma coisa mais espiritual? Era uma bobagem, pior que bobagem. Isso não fez eu sentir amor por ele, ao contrário, me fez recuar.

Era com Schubert que ele tinha aprendido a sublimar amor, ele disse. Só depois que me conheceu foi que ele entendeu por que na música os movimentos são chamados de movimentos. *Movimento na imobilidade, imobilidade no movimento.* Essa foi outra frase que me confundiu a cabeça. O que ele queria dizer, e por que escrevia essas coisas para mim?

A senhora tem boa memória.

Tenho, não há nada errado com a minha memória. Meu corpo é outra história. Eu tenho artrite no quadril, por isso é que uso bengala. Maldição de bailarina, eu diria. E a dor — o senhor não acredita a dor que é! Mas me lembro muito bem da África do Sul. Me lembro do apartamento em que morávamos em Wynberg, onde mr. Coetzee foi tomar chá. Me lembro da montanha, a Table Mountain. O apartamento ficava bem no sopé da montanha, então não batia sol à tarde. Eu detestava Wynberg. Detestei todo o tempo que passei lá, primeiro quando meu marido estava no hospital e depois quando ele morreu. Era muito solitário para mim, nem sei dizer o quanto era solitário. Pior que Luanda, por causa da solidão. Se o seu mr. Coetzee me oferecesse amizade, eu não teria sido tão dura com ele, tão fria. Mas eu não estava interessada em amor, ainda estava muito próxima do meu marido, ainda triste por ele. E ele não passava de um rapaz, esse mr. Coetzee. Eu era uma mulher e ele era um rapaz. Ele era rapaz do mesmo jeito que um padre fica rapaz, até que de repente, um dia, vira velho. A sublimação do amor! Ele estava se oferecendo para me ensinar a amar, mas o que um rapaz como ele podia me ensinar, um rapaz que não sabia nada da vida? Eu podia ter ensinado a ele, talvez, mas não estava interessada nele. Só queria que ele não botasse as mãos em Maria Regina.

A senhora diz que se ele tivesse oferecido amizade teria sido diferente. Que tipo de amizade a senhora tinha em mente?

Que tipo de amizade? Vou dizer. Durante um longo tempo, depois que a desgraça se abateu sobre nós, a desgraça que eu contei ao senhor, eu tive de batalhar com a burocracia, primeiro pela indenização, depois pelos documentos de Joana — Joana nasceu antes de a gente se casar, então, legalmente, ela não era filha do meu marido, não era nem enteada, não vou aborrecer o senhor com os detalhes. Eu sei, em todos os países a burocracia é um labirinto, não estou dizendo que a África do Sul era a pior do mundo, mas eu passava dias inteiros esperando na fila para conseguir um carimbo — carimbo para isto, carimbo para aquilo — e sempre, *sempre* era o guichê errado, o departamento errado, o telefone errado.

Se nós fôssemos portuguesas teria sido diferente. Havia muitos portugueses indo para a África do Sul naquela época, de Moçambique e Angola, até da Madeira, havia organizações de ajuda aos portugueses. Mas nós éramos do Brasil e não havia regulamento para brasileiros, nenhum precedente, para os burocratas era como se a gente tivesse chegado de Marte ao país deles.

E havia o problema do meu marido. A senhora não pode assinar isso, seu marido tem de vir aqui e assinar, eles me diziam. Meu marido não pode assinar, está no hospital, eu dizia. Então leve isto para ele no hospital, faça ele assinar e traga de volta, me diziam. Meu marido não pode assinar nada, eu dizia, ele está no Stikland, já ouviu falar do hospital Stikland? Então ele que faça um X, diziam. Ele não pode fazer um X, às vezes não consegue nem respirar, eu dizia. Então a gente não pode fazer nada. Eles diziam: vá a tal e tal departamento e conte a sua história — talvez lá possam fazer alguma coisa pela senhora.

E todas essas petições e requerimentos eu tinha de fazer sozinha, sem ajuda, com o meu inglês ruim que aprendi na escola, nos livros. No Brasil teria sido fácil, no Brasil temos essas pessoas que chamamos de *despachantes*, facilitadores: eles têm contatos nos setores do governo, sabem como conduzir os documentos pelo labirinto, paga-se uma taxa e eles fazem todo o trabalho desagradável para a gente em dois minutos. Era disso que eu precisava na Cidade do Cabo: de um facilitador, alguém que facilitasse as coisas para mim. Mr. Coetzee podia ter se oferecido para ser meu facilitador. Facilitador para mim e protetor para minhas meninas. Então, por um minuto apenas, por um dia apenas, eu poderia ter me permitido ser fraca, ser uma mulher comum, fraca. Mas não, eu não ousava relaxar, senão o que seria de nós, de mim e de minhas filhas?

Às vezes, sabe, eu estava andando pelas ruas daquela cidade

feia, ventosa, de repartição em repartição, e ouvia um gritinho sair da minha garganta, *yi-yi-yi*, tão baixinho que ninguém perto escutava. Eu estava agoniada. Como um animal chamando em agonia.

Me deixe contar sobre o coitado do meu marido. Quando abriram o armazém de manhã, depois do ataque, e encontraram meu marido caído em cima do próprio sangue, tinham certeza de que ele estava morto. Queriam levar direto para o necrotério. Mas ele não estava morto. Ele era um homem forte, ele lutou e lutou contra a morte e conseguiu escapar da morte. No hospital da cidade, eu esqueci o nome, aquele famoso, fizeram uma operação atrás da outra no cérebro dele. Depois, mudaram meu marido para o hospital que eu falei, aquele chamado Stikland, que ficava fora da cidade, uma hora de trem. Domingo era o único dia que permitiam visitas no Stikland. Então todo domingo de manhã eu pegava o trem na Cidade do Cabo e depois o trem de volta à tarde. Isso é outra coisa de que eu me lembro como se fosse ontem: essas viagens de ida e volta.

Meu marido não apresentava melhora, nenhuma mudança. Semana após semana, eu chegava e ele estava deitado exatamente na mesma posição que antes, com os olhos fechados e os braços dos lados do corpo. Mantinham a cabeça dele raspada, então dava para ver as marcas da costura no couro cabeludo. Durante um longo tempo também, o rosto dele ficou coberto com uma máscara metálica no lugar em que tinham feito um enxerto de pele.

Nesse tempo todo no Stikland, meu marido nunca abriu os olhos, nunca me viu, nunca me ouviu. Ele estava vivo, estava respirando, mas num coma tão profundo que era como se estivesse morto. Formalmente, eu podia não ser viúva, mas de minha parte eu já estava de luto por ele, por ele e por todos nós, perdida e desamparada naquela terra cruel.

Pedi para levar meu marido para o apartamento em Wynberg, para eu poder cuidar dele eu mesma, mas não liberaram. Ainda não tinham desistido, disseram. Esperavam que os choques elétricos que aplicavam em seu cérebro fossem de repente *resolver o assunto* (usaram essas palavras).

Então mantiveram meu marido no Stikland, aqueles médicos, para resolver o assunto com ele. Além disso, não ligavam a mínima para ele, um estrangeiro, um homem de Marte que devia ter morrido e não morreu.

Eu prometi a mim mesma, quando eles desistiram dos choques elétricos, que ia trazer meu marido para casa. Para ele morrer direito, se fosse isso que ele quisesse. Porque mesmo inconsciente, eu sabia que no fundo ele sentia a humilhação do que estava acontecendo com ele. E se ele pudesse morrer direito, em paz, então nós seríamos liberadas também, eu e minhas filhas. Então daríamos uma cuspida para essa terra atroz da África do Sul e iríamos embora. Mas não deixaram que ele saísse, até o fim.

Então eu sentava ao lado da cama dele, domingo após domingo. *Nunca mais uma mulher vai olhar com amor esse rosto mutilado,* eu dizia para mim mesma, *então pelo menos eu vou, sem tremer.*

Na cama ao lado, eu me lembro (eram pelo menos doze camas apertadas num quarto onde deviam caber seis), havia um velho tão magro, tão cadavérico que os ossos do pulso e do nariz dele parecia que iam atravessar a pele. Embora não tivesse visitas, ele estava sempre acordado toda vez que eu ia lá. Ele rolava os olhos azuis úmidos para mim. *Me ajude, por favor,* ele parecia dizer, *me ajude a morrer!* Mas eu não podia ajudar.

Maria Regina, graças a Deus, nunca visitou esse lugar. Um hospital psiquiátrico não é lugar para crianças. No primeiro domingo, pedi para Joana me acompanhar para ajudar com os trens que eu não conhecia. Mesmo Joana voltou perturbada, não só por ver o pai, mas também pelas coisas que viu naquele hospital, coisas que moça nenhuma precisa ver.

Por que ele tem de ficar aqui?, perguntei ao médico, aquele que falou de resolver o assunto. Ele não é louco — por que tem de ficar no meio de gente maluca? Porque nós temos instalações para esse tipo de caso, disse o médico. Porque nós temos equipamento. Eu devia ter perguntado de que equipamento ele estava falando, mas estava perturbada demais. Depois eu descobri. Ele estava falando do equipamento de choque elétrico, equipamento usado para provocar convulsões no corpo do meu marido, na esperança de *resolver o assunto* e ele voltar à vida.

Se fosse obrigada a passar um domingo inteiro naquela ala lotada, juro que eu também teria ficado louca. Eu fazia umas pausas, andava pelo terreno do hospital. Tinha um banco que era o meu favorito, debaixo de uma árvore, num canto isolado. Um dia, cheguei no meu banco e encontrei uma mulher sentada nele com um bebê ao lado. Na maioria dos lugares — em jardins públicos, plataformas de estação e tudo —, os bancos estavam sempre marcados *Brancos* e *Não brancos*; mas aquele ali não estava. Eu disse para a mulher: *Que bebê bonito*, alguma coisa assim, querendo ser simpática. Ela fez uma cara de medo. *Dankie, mies*, ela sussurrou, que queria dizer *Obrigado, senhorita*, pegou o bebê e foi embora.

Eu não sou como eles, eu queria gritar. Mas claro que não gritei.

Eu queria que o tempo passasse e não queria que o tempo passasse. Queria ficar ao lado de Mario e queria estar longe, livre dele. No começo, eu levava um livro, na esperança de sentar ao lado dele e ler. Mas não conseguia ler naquele lugar, não conseguia me concentrar. Pensava comigo, *Eu devia começar a fazer tricô. Podia fazer colchas inteiras enquanto espero passar este tempo grosso, pesado.*

Quando eu era moça, no Brasil, nunca havia tempo para tudo o que eu queria fazer. Agora o tempo era meu pior inimigo, o tempo que não passava. Como eu queria que tudo aquilo terminasse, aquela vida, aquela morte, aquela morte em vida! Que erro fatal nós tomarmos o navio para a África do Sul!

Então. Essa é a história de Mario.

Ele morreu no hospital?

Morreu lá. Podia ter vivido mais, tinha constituição forte, era um touro. Quando eles viram que não resolviam o assunto, porém, pararam de cuidar dele. Talvez tenham parado de alimentar também, não sei dizer com certeza, ele parecia sempre igual, não parecia mais magro. Mas para falar a verdade eu não me importei, nós queríamos nos livrar, todos nós, ele, eu e os médicos também.

Ele foi enterrado num cemitério não longe do hospital, esqueci o nome do lugar. Então, o túmulo dele é na África. Eu nunca voltei, mas penso nele às vezes, lá sozinho.

Que horas são? De repente, estou tão cansada, tão triste. Fico sempre deprimida quando lembro daquela época.

Vamos parar?

Não, podemos continuar. Não tem muito mais para dizer. Vou falar das minhas aulas de dança, porque foi lá que ele me procurou, o seu mr. Coetzee. Então talvez o senhor possa responder uma pergunta para mim. E aí terminamos.

Eu não conseguia arrumar trabalho de verdade naquela época. Não havia abertura profissional para alguém como eu, que vinha do *balé folclórico*. Na África do Sul, as companhias só dançavam *O lago dos cisnes* e *Giselle*, para provar que eram europeias. Então arrumei o emprego que contei para o senhor, num estúdio de dança, ensinando dança latino-americana. A maioria dos meus alunos era o que eles chamavam de gente de cor. Durante o dia trabalhavam em lojas e escritórios, depois, à noite, iam ao estúdio aprender os passos latino-americanos mais modernos. Eu gostava deles. Eram gente boa, amiga, gentil. Tinham ilusões românticas sobre a América Latina, sobre o Brasil acima de tudo. Muitas palmeiras, muitas praias. No Brasil, eles pensavam, as pessoas como eles se sentiriam em casa. Eu não dizia nada para eles não se decepcionarem.

Todo mês havia uma nova leva, era esse o sistema do estúdio. Ninguém era recusado. Contanto que o aluno pagasse, eu ensinava. Um dia, quando entrei para conhecer uma classe nova, lá estava ele no meio dos alunos e o nome dele na lista: *Coetzee, John*.

Bom, nem sei dizer o quanto eu fiquei aborrecida. Se você é uma bailarina que dança em público, uma coisa é você ser perseguida por admiradores. Eu estava acostumada com isso. Mas aquilo era diferente. Eu não estava mais me apresentando, era só uma professora agora, tinha o direito de não ser incomodada.

Eu não falei "oi". Queria que ele entendesse logo que não era bem-vindo. O que ele estava pensando — que se dançasse na minha frente, o gelo do meu coração ia derreter? Que coisa maluca! E mais maluca ainda porque ele não tinha sensibilidade para dança, nenhuma aptidão. Vi isso desde o primeiro momento, pelo jeito de ele andar. Ele não estava à vontade com o próprio corpo. Ele se movimentava como se o corpo dele fosse um cavalo que estava montando, um cavalo que não gostava do cavaleiro e resistia. Só na África do Sul encontrei homens assim, duros, intratáveis, impossíveis de ensinar. Por que eles foram para a África, eu me perguntava — para a África, onde a dança nasceu? Teria sido melhor se ficassem na Holanda, sentados nos escritórios de contabilidade atrás dos diques, contando dinheiro com os dedos frios.

Eu dei minha aula como me pagavam para fazer, depois, quando a hora terminou, eu saí do prédio imediatamente pela porta dos fundos. Não queria falar com mr. Coetzee. Esperava que ele não voltasse.

Mas na noite seguinte, lá estava ele de novo, seguindo obstinadamente as instruções, dando passos para os quais não tinha nenhuma sensibilidade. Dava para ver que ele não era popular entre os alunos. Eles tentavam evitar dançar com ele de parceiro. Quanto a mim, a presença dele na sala tirava todo meu prazer. Eu tentava ignorar a presença dele, mas ele não queria ser ignorado, me observava, devorava a minha vida.

No final da aula, pedi que ele ficasse na sala. "Por favor, pare com isso", falei, assim que ficamos sozinhos. Ele olhou para mim sem protestar, mudo. Dava para sentir o cheiro do suor frio no corpo dele. Senti vontade de bater nele, de dar uma bofetada no rosto dele. "Pare com isso!", falei. "Pare de me seguir. Não quero ver você aqui outra vez. E pare de olhar para mim desse jeito. Pare de me forçar a humilhar você."

Eu podia dizer mais coisas, mas tive medo de perder o controle e começar a gritar.

Depois, falei com o homem que era dono do estúdio, o nome dele era Anderson. Tem um aluno na minha classe que está estragando a aula dos outros, eu disse — por favor, devolva o dinheiro dele e peça para não vir mais. Mas mr. Anderson não quis fazer isso. Se tem um aluno incomodando sua aula, você é que tem de dar um basta, ele disse. Esse homem não está fazendo nada de errado, falei, ele simplesmente é uma presença ruim. Você não pode expulsar um aluno só porque ele é uma presença ruim, mr. Anderson falou. Encontre outra solução.

Na noite seguinte, falei com ele de novo. Não havia nenhum lugar privado para ir, então falei com ele no corredor. "Isto aqui é o meu trabalho, você está perturbando meu trabalho", eu disse. "Vá embora daqui. Me deixe em paz."

Ele não respondeu, mas estendeu a mão e tocou meu rosto. Foi a primeira e única vez que ele tocou em mim. Eu fervi de raiva por dentro. Dei um tapa para afastar a mão dele. "Isto aqui não é nenhum jogo amoroso!", chiei. "Não vê que eu detesto você? Me deixe em paz e deixa minha filha em paz também, senão denuncio você para a escola!"

Era verdade: se ele não tivesse começado a encher a cabeça de minha filha com bobagens perigosas, eu nunca teria convidado aquele homem para o nosso apartamento, e aquela maldita perseguição nunca teria começado. O que fazia um homem adulto, afinal, em uma escola de moças, o Saint Bonaventure, que era para ser uma escola de freiras, só que não tinha freira nenhuma?

E era verdade mesmo que eu detestava aquele homem. Não tinha medo de dizer isso. Ele me forçou a sentir isso.

Mas quando pronunciei a palavra *detestava* ele olhou para mim, confuso, como se não pudesse acreditar no que ouvia — que uma mulher a quem ele estava se oferecendo pudesse realmente rejeitar assim a oferta dele. Ele não sabia o que fazer, assim como não sabia o que fazer consigo mesmo na pista de dança.

Não senti nenhum prazer em ver aquela perplexidade, aquele desamparo. Era como se ele estivesse dançando nu na minha frente, aquele homem que não sabia dançar. Eu queria gritar com ele. Queria bater nele. Queria chorar.

[Silêncio.]

Não era essa a história que o senhor queria ouvir, não é? Queria ouvir outra história para o seu livro. Queria ouvir sobre o romance entre o seu herói e a linda bailarina estrangeira. Bom, estou lhe dando a verdade, não romance. Talvez verdade demais. Talvez tanta verdade que não haja espaço para isso em seu livro. Não sei. Não me interessa.

Continue. O que vem à tona com sua história não é um retrato muito digno de Coetzee, não posso negar, mas não vou mudar nada, prometo.

Não digno, o senhor diz. Bom, talvez seja isso que a gente arrisca quando se apaixona. A gente se arrisca a perder a dignidade.

[Silêncio.]

De qualquer forma, voltando a mr. Anderson. Tire esse homem da minha classe, senão eu peço demissão, eu falei. Vou ver o que posso fazer, disse mr. Anderson. Todo mundo tem de lidar com alunos difíceis, você não é a única. Ele não é difícil, falei, ele é louco.

Ele era louco? Não sei. Mas com toda certeza tinha uma *idée fixe* a meu respeito.

No dia seguinte, fui até a escola da minha filha, como tinha avisado a ele que iria, e pedi para falar com a diretora. A diretora estava ocupada, me disseram. Eu espero, eu falei. Esperei uma hora na secretaria. Nem uma palavra amiga. Nem *Aceita uma xícara de chá, mrs. Nascimento?* Depois, afinal, quando ficou claro que eu não iria embora, eles cederam e me deixaram ver a diretora.

"Vim aqui falar com a senhora sobre as aulas de inglês da minha filha", eu disse. "Gostaria que minha filha continuasse com as aulas, mas queria que ela tivesse um professor de inglês com qualificação adequada. Se precisar pagar mais caro, eu pago."

A diretora pegou uma pasta num arquivo. "Segundo mr. Coetzee, Maria Regina está fazendo grandes progressos com o inglês", ela disse. "Outros professores confirmam isso. Então qual é o problema exatamente?"

"Não posso contar à senhora qual é o problema", eu disse. "Só quero é que ela tenha outro professor."

Essa diretora não era nenhuma boba. Quando eu disse que não podia contar qual era o problema, ela entendeu na hora qual era o problema. "Mrs. Nascimento", ela disse, "se estou entendendo bem, a senhora está fazendo uma queixa muito séria. Mas não posso tomar nenhuma atitude para atender sua queixa, a menos que a senhora esteja disposta a ser mais específica. Está reclamando da atitude de mr. Coetzee com sua filha? Está me dizendo que há alguma coisa inconveniente no comportamento dele?"

Ela não era nenhuma boba, mas eu também não sou boba. *Inconveniente*: o que isso quer dizer? Será que eu queria fazer uma acusação contra mr. Coetzee, assinar meu nome e depois me ver numa corte, interrogada por um juiz? Não. "Não estou fazendo nenhuma reclamação contra mr. Coetzee", eu disse, "só estou pedindo à senhora, havendo uma professora de inglês de verdade, se Maria Regina poderia ter aulas com ela."

A diretora não gostou. Balançou a cabeça. "Isso não é possível", disse. "Mr. Coetzee é o único professor, a única pessoa no nosso quadro de funcionários que dá aulas extracurriculares de inglês. Não existe nenhuma outra classe para a qual Maria Regina possa mudar. Não temos esse luxo, mrs. Nascimento, de oferecer a nossas alunas uma gama de professores para escolher. E além disso, com todo respeito, posso pedir à senhora que reflita, a senhora está em condições de julgar o ensino de mr. Coetzee, se é apenas o padrão do ensino dele que estamos discutindo?"

Sei que o senhor é inglês, mr. Vincent, então não tome isso como coisa pessoal, mas existe um certo jeito inglês que me deixa furiosa, que enfurece muita gente, no qual o insulto vem encoberto por palavras bonitas, como açúcar numa pílula. *Dago* [gringa]: acha que eu não conheço essa palavra, mr. Vincent? *Sua dago portugoose!** — ela estava dizendo — *Como ousa vir aqui criticar minha escola! Volte para as favelas de onde saiu!*

"Sou eu a mãe de Maria Regina", falei, "e só eu posso dizer o que é ou não é bom para a minha filha. Não vim criar problemas para a senhora, para mr. Coetzee ou para qualquer pessoa, mas estou lhe dizendo que Maria Regina não vai continuar nas aulas desse homem. É a minha palavra final. Pago para minha filha frequentar uma boa escola, uma escola para moças, não quero que ela esteja numa classe em que o professor não é um professor de verdade, ele não tem qualificação, nem inglês é, ele é um bôer."

Talvez eu não devesse ter usado essa palavra, era igual a *dago*, mas eu estava zangada, tinha sido provocada. *Bôer*: naquele escritoriozinho dela foi como uma bomba. Uma palavra bomba. Mas não tão ruim como *louco*. Se eu tivesse chamado de louco o professor de Maria Regina, com seus poemas incompreensíveis e seu desejo de fazer os alunos queimarem numa luz mais intensa, então a sala teria realmente explodido.

---

* *Dago*, gíria, termo utilizado para se referir ofensivamente a imigrantes de origem espanhola, portuguesa e latinos em geral. *Portugoose*, literalmente, portu*ganso*, seria o singular de *portugeese* [portu*gansos*], sonoridade quase idêntica ao patronímico *portuguese*. (N. E.)

O rosto da mulher ficou rígido. "Compete a mim e ao conselho da escola, mrs. Nascimento", ela disse, "resolver quem está ou não qualificado a ensinar aqui. No meu entender e no entender do conselho, mr. Coetzee, que tem um diploma universitário em inglês, está devidamente qualificado para o trabalho que faz. Pode tirar sua filha da classe dele, se quiser, de fato pode tirar sua filha da escola, está em seu direito. Mas não se esqueça que será sua filha que irá sofrer as consequências."

"Vou tirar minha filha da classe desse homem, não vou tirar minha filha da escola", respondi. "Quero que ela tenha uma boa educação. Vou procurar sozinha um professor de inglês para ela. Obrigada por me receber. A senhora acha que eu não passo de uma pobre refugiada que não entende de nada. Está errada. Se eu contasse a história toda da nossa família, a senhora veria como está errada. Até logo."

Refugiada. Ficavam me chamando de refugiada naquele país deles, quando tudo o que eu queria era escapar de lá.

No dia seguinte, quando Maria Regina voltou da escola, despencou uma verdadeira tempestade em cima da minha cabeça. "Como você pôde fazer isso, *mãe*?", ela gritou para mim. "Como pôde fazer isso pelas minhas costas? Por que você sempre se intromete na minha vida?"

Fazia semanas e meses, desde que mr. Coetzee tinha feito sua aparição, que as relações entre mim e Maria Regina andavam tensas. Mas nunca antes minha filha havia usado essas palavras comigo. Tentei acalmar a menina. Nós não éramos como outras famílias, eu disse. Outras meninas não estão com o pai no hospital e a mãe tendo de se humilhar para ganhar uns tostões para que uma filha que não mexe um dedo na casa, nem agradece nada, possa ter aulas extra disto e aulas extra daquilo.

Não era verdade, claro. Eu não podia querer filhas melhores do que Joana e Maria Regina, meninas sérias, trabalhadoras.

Mas às vezes é preciso ser um pouco áspera, mesmo com quem a gente ama.

Maria Regina não escutou nada do que eu disse, estava tão furiosa. "Odeio você!", ela gritou. "Pensa que eu não sei por que está fazendo isso? É porque está com ciúme, porque não quer que eu veja mr. Coetzee, porque quer ficar com ele para você!"

"*Eu* com ciúmes de *você*? Que bobagem! Por que eu haveria de querer esse homem para mim, esse homem que nem é homem de verdade? É, estou dizendo que ele não é homem de verdade! O que você sabe de homens, você, uma criança? Por que acha que esse homem quer estar no meio de mocinhas? Acha que isso é normal? Por que você acha que ele estimula suas divagações, suas fantasias? Não deviam deixar homens assim chegar nem perto de uma escola. E você... você devia ser grata por eu estar salvando você. Mas em vez disso, você grita comigo e me acusa, eu, sua mãe!"

Vi os lábios dela se mexendo sem som, como se não houvesse palavras suficientemente amargas para o que tinha no coração. Então ela se virou e saiu correndo da sala. Um momento depois voltou, sacudindo as cartas que esse homem, esse professor dela, tinha mandado para mim, que eu tinha guardado na escrivaninha por nenhuma razão especial, porque com certeza não dava nenhum valor para aquilo. "Ele escreve cartas de amor para você!", ela gritou. "E você responde com cartas de amor para ele! É nojento! Se ele não é normal, por que você escreve cartas de amor para ele?"

Claro que o que ela estava dizendo não era verdade. Eu não escrevi cartas de amor para ele, nem uma. Mas como eu podia fazer minha pobre filha acreditar naquilo? "Como você se atreve?", perguntei. "Como você se atreve a fuçar nas minhas coisas?"

546

Como eu queria, naquele momento, ter queimado aquelas cartas dele, cartas que eu nunca pedi!

Maria Regina estava chorando. "Queria não ter ouvido você", ela soluçava. "Queria não ter convidado ele para vir aqui. Você estraga tudo."

"Minha filha querida!", eu disse e abracei Maria Regina. "Eu nunca escrevi carta nenhuma para mr. Coetzee, você tem de acreditar. Ele escreveu, sim, cartas para mim, não sei por quê, mas eu nunca respondi. Não estou interessada nele desse jeito, nem um pouco. Ele não serve para você. É um homem adulto e você ainda é uma criança. Vou arrumar outro professor para você. Vou arrumar um professor particular que venha aqui no apartamento e ajude você. Vamos dar um jeito. Um professor não é caro. Vamos arrumar alguém que seja qualificado e saiba preparar você para o vestibular. Então podemos esquecer toda essa história infeliz."

Então, a história é essa, a história toda, das cartas e dos problemas que as cartas dele me provocaram.

Não recebeu mais cartas?

Recebi mais uma, mas não abri. Escrevi no envelope DE-VOLVER AO REMETENTE e deixei no saguão para o carteiro levar. "Está vendo?", falei para Maria Regina. "Está vendo o que eu acho das cartas dele?"

E as aulas de dança?

Ele parou de ir. Mr. Anderson falou com ele e ele parou de ir. Talvez tenha até devolvido o dinheiro dele, não sei.

Encontrou outro professor para Maria Regina?

Encontrei, sim, uma professora, uma senhora, professora aposentada. Custou dinheiro, mas o que importa o dinheiro quando o futuro de um filho está em jogo?

Acabou assim, então, o seu contato com John Coetzee?

Foi. Exatamente assim.

Nunca mais esteve com ele, nunca ouviu falar dele?

Nunca mais estive com ele. E cuidei para Maria Regina nunca encontrar com ele. Ele podia estar cheio de bobagens românticas, mas era holandês demais para arriscar. Quando ele se deu conta de que eu estava falando sério, não fazendo algum jogo amoroso, ele desistiu. Nos deixou em paz. A grande paixão dele acabou não sendo assim tão grande. Ou talvez ele tenha encontrado alguma outra pessoa por quem se apaixonar.

Talvez. Talvez não. Talvez ele tenha mantido a senhora viva no coração. Ou a ideia da senhora.

Por que diz isso?

[Silêncio.]

Bom, talvez. O senhor é que estudou a vida dele, deve saber mais. Para algumas pessoas, não importa por quem estão apaixonados, contanto que estejam apaixonados. Talvez ele fosse assim.

[Silêncio.]

Em retrospecto, como a senhora vê todo o episódio? Ainda sente raiva dele?

Raiva? Não. Eu entendo que um jovem solitário e excêntrico como mr. Coetzee, que passava os dias lendo velhos filósofos e fazendo poemas, possa ter se apaixonado por Maria Regina, que era uma beleza de verdade e iria partir muitos corações. Não é tão fácil entender o que Maria Regina viu nele; mas ela era jovem e impressionável, e ele elogiava, fazia ela pensar que era diferente das outras meninas e que tinha um grande futuro.

Então, quando ela trouxe mr. Coetzee em casa e ele me viu, entendo que ele possa ter mudado de ideia e resolvido fazer de mim o seu verdadeiro amor. Não estou dizendo que eu fosse uma grande beleza, e é claro que eu não era mais jovem, mas Maria Regina e eu temos o mesmo tipo: a mesma ossatura, o mesmo cabelo, os mesmos olhos escuros. E é mais prático — não é? — amar uma mulher do que amar uma menina. Mais prático, menos perigoso.

O que ele queria de mim, de uma mulher que não reagia a ele e não lhe dava nenhum encorajamento? Ele esperava ir para a cama comigo? Que prazer pode haver para um homem em dormir com uma mulher que não quer esse homem? Porque, sinceramente, eu não queria esse homem, por quem não tinha a menor fagulha de sentimento. E como seria se eu tivesse me interessado pelo professor da minha filha? Conseguiria manter isso em segredo? Com certeza não de Maria Regina. Teria sido uma vergonha para mim diante de minhas filhas. Mas quando eu estivesse sozinha com ele, estaria pensando: *Não é a mim que ele deseja, é Maria Regina, que é jovem e bonita, mas proibida a ele.*

Mas talvez o que ele quisesse fosse ficar com nós duas, Maria Regina e eu, mãe e filha — talvez essa fosse a fantasia dele, não sei dizer, não posso enxergar dentro da cabeça dele.

Me lembro, do tempo em que eu era estudante, que o existencialismo estava na moda, nós todos tínhamos de ser existencialistas. Mas para ser aceito como existencialista, você tinha primeiro de provar que era um libertino, um extremista. *Não respeitar nenhum limite! Ser livre!* — isso era o que nos diziam. Mas como posso ser livre, eu me perguntava, se estou obedecendo à ordem de ser livre dada por alguém?

Coetzee era assim, eu acho. Ele tinha resolvido ser existencialista, romântico, libertino. O problema era que isso não vinha de dentro dele e portanto ele não sabia como. Liberdade, sensualidade, amor erótico — tudo isso era apenas uma ideia na cabeça dele, não um impulso enraizado em seu corpo. Ele não tinha dom para isso. Não era um ser sensual. E de qualquer forma, desconfio que secretamente ele gostava quando uma mulher era fria e distante.

A senhora diz que resolveu não ler a última carta dele. Lamenta-se por essa decisão?

Por quê? Por que deveria lamentar?

Porque Coetzee era um escritor que sabia usar as palavras. E se a carta que a senhora não leu contivesse palavras que comovessem a senhora ou até mesmo mudassem os seus sentimentos por ele?

Mr. Vincent, a seus olhos, John Coetzee é um grande escritor e um herói, eu admito isso, senão por que o senhor estaria aqui, por que mais estaria escrevendo esse livro? Para mim, por outro lado — desculpe dizer isso, mas ele está morto, então não vou magoar os sentimentos dele —, para mim ele não é nada. Ele não é nada, não foi nada, só uma irritação, um estorvo. Ele não era nada e as palavras dele não eram nada. Estou vendo que está chateado comigo porque estou fazendo ele parecer um bobo. Mas para mim ele realmente foi um bobo.

Quanto às cartas dele, escrever cartas para uma mulher não prova que você ama essa mulher. Esse homem não estava apaixonado por mim, ele estava apaixonado por alguma ideia de mim, por alguma fantasia de uma amante latina que ele inventou na cabeça dele. Eu queria que, em vez de mim, ele tivesse encontrado alguma outra escritora, alguma outra fantasista por quem se apaixonar. Então os dois poderiam ter sido felizes, fazendo amor o dia inteiro com as ideias um do outro.

O senhor acha que eu sou cruel de falar assim, mas não sou, sou apenas uma pessoa prática. Quando o professor de língua de minha filha, um estranho total, me manda cartas cheias de suas ideias sobre isto e ideias sobre aquilo, sobre música, química e filosofia, anjos, deuses e não sei mais o quê, página após página, e poemas também, eu não leio isso tudo e memorizo para futuras gerações, tudo o que eu quero saber é uma coisa simples e prática que é: *O que está acontecendo entre esse homem e a minha filha que não passa de uma criança?* Porque — desculpe eu dizer isso — por baixo de todas as belas palavras o que um homem quer de uma mulher é geralmente muito básico e muito simples.

A senhora disse que havia poemas também?

Eu não entendia os poemas. Maria Regina era que gostava de poesia.

Não se lembra nada deles?

Eram muito modernistas, muito intelectuais, muito obscuros. Por isso é que eu digo que foi tudo um grande erro. Ele achou que eu era o tipo de mulher com quem você fica deitado na cama no escuro, discutindo poesia; mas eu não era assim. Eu era uma esposa e mãe, a esposa de um homem trancado num hospital que era como se fosse uma prisão ou um cemitério, e mãe de duas meninas que eu tinha, de alguma forma, de manter em segurança em um mundo em que, quando as pessoas querem roubar seu dinheiro, elas usam um machado. Eu não tinha tempo de sentir pena por aquele jovem ignorante que estava se jogando aos meus pés, se humilhando na minha frente. E francamente, se eu quisesse um homem, não seria um homem como ele.

Porque posso garantir uma coisa — estou atrasando o senhor, me desculpe —, eu posso garantir ao senhor, eu não era insensível, longe disso. O senhor não pode ir embora com uma falsa impressão a meu respeito. Eu não estava morta para o mundo. De manhã, quando Joana estava trabalhando e Maria Regina na escola e os raios de sol brilhavam naquele nosso apartamentinho, que era sempre tão escuro e triste, eu às vezes parava no sol diante da janela aberta, ouvindo os passarinhos, sentindo o calor no rosto e no peito; e em momentos assim eu sentia vontade de ser mulher outra vez. Eu não estava velha demais, estava apenas esperando. Então. Basta. Obrigada por escutar.

A senhora disse da última vez que queria me fazer uma pergunta.

É, eu esqueci, quero fazer uma pergunta. É a seguinte. Eu nem sempre erro sobre as pessoas, então me diga, eu estou errada sobre John Coetzee? Porque para mim, francamente, ele não era ninguém. Ele não era um homem de substância. Talvez ele pudesse escrever bem, talvez tivesse certo talento com as palavras, eu não sei, nunca li os livros dele, nunca tive curiosidade de ler. Sei que depois ele ficou muito famoso; mas ele é mesmo um grande escritor? Porque no meu entender, talento com as palavras não basta se você quer ser um grande escritor. Você tem de ser também um grande homem. E ele não era um grande homem. Ele era um pequeno homem, um pequeno homem sem importância. Não posso lhe dar uma lista de razões A-B-C-D de por que eu digo isso, mas essa foi a minha impressão desde o começo, desde o momento em que pus os olhos nele, e nada do que aconteceu depois mudou isso. Então recorro ao senhor. O senhor estudou a obra dele profundamente, está escrevendo um livro sobre ele. Me diga: qual a sua avaliação dele? Eu estava errada?

Minha avaliação dele como escritor ou minha avaliação dele como ser humano?

Como ser humano.

Não sei dizer. Eu relutaria em passar um julgamento sobre alguém que nunca encontrei cara a cara. Homem ou mulher. Mas eu acho que, no momento em que conheceu a senhora, Coetzee estava solitário, anormalmente solitário. Talvez isso explique certas — como dizer? — certas extravagâncias de comportamento.

Como sabe disso?

Pelos registros que ele deixou. Juntando dois e dois. Ele estava um tanto solitário e um tanto desesperado.

É, mas nós todos somos um pouco desesperados, isso é a vida. Se a pessoa é forte, vence o desespero. Por isso é que eu pergunto: como pode alguém ser um grande escritor se é apenas um homem comum? Sem dúvida é preciso ter uma certa chama interna que nos diferencie das pessoas que andam na rua. Talvez nos livros dele, quando se lê, dê para ver essa chama. Mas para mim, nas vezes em que estive com ele nunca senti fogo nenhum. Ao contrário, ele me pareceu — como posso exprimir isso? — morno.

Concordo com a senhora até certo ponto. Fogo não é a primeira palavra que vem à mente quando se pensa nos escritos dele. Mas ele tinha outras virtudes, outras forças. Por exemplo, eu diria que ele era firme. Que tinha um olhar firme. Ele não se deixava enganar facilmente pelas aparências.

Para um homem que não se deixava enganar pelas aparências, ele se apaixonava com bastante facilidade, não acha?

[Risos.]

Mas talvez, quando ele se apaixonava, ele não se enganasse. Talvez ele visse coisas que outras pessoas não viam.

Numa mulher?

É, numa mulher.

[Silêncio.]

O senhor me diz que ele estava apaixonado por mim, mesmo depois de eu mandar que fosse embora, mesmo depois de eu ter esquecido que ele existia. É isso que o senhor julga firmeza? Porque para mim isso parece apenas burrice.

Eu acho que ele era dogged [obstinado]. *Uma palavra muito inglesa. Não sei se existe um equivalente em português. Como um buldogue que agarra com os dentes e não solta mais.*

Se o senhor está dizendo, eu tenho de acreditar. Mas ser como um cachorro — isso é admirável, em inglês?

[Risos.]

Sabe, na minha profissão, em vez de só ouvir o que as pessoas dizem, a gente prefere observar como elas se mexem, o jeito de elas se portarem. É o nosso jeito de chegar à verdade, e não é um jeito ruim. O seu mr. Coetzee pode ter tido um talento com as palavras mas, como eu contei, não conseguia dançar. Ele não conseguia dançar — essa é uma das frases que eu me lembro da África do Sul, Maria Regina me ensinou — *ele não conseguia dançar para salvar a própria vida.*

[Risos.]

Mas falando sério, sra. Nascimento, muitos grandes homens não dançavam bem. Se é preciso dançar bem para ser um grande homem, então Gandhi não era um grande homem, Tolstói não era um grande homem.

Não, o senhor não está ouvindo o que eu digo. Estou falando muito sério. Conhece a palavra *desencarnado*? Esse homem era desencarnado. Ele estava divorciado do próprio corpo. Para ele, o corpo era como um daqueles títeres de madeira que se mexem com cordinhas. Você puxa uma cordinha e o braço esquerdo mexe, puxa outra corda e a perna direita mexe. E o verdadeiro eu fica sentado no alto, onde não pode ser visto, como um mestre titereiro puxando as cordinhas.

Agora esse homem vem a mim, à professora de dança. *Me mostre como se dança!*, ele implora. Então eu mostro, mostro como se movimentar na dança. *Então*, digo a ele — *mexa o pé assim e depois assim.* Ele escuta e diz para si mesmo: *Ahá, ela está dizendo para puxar a cordinha vermelha e depois a cordinha azul! — Vire o ombro assim*, eu digo a ele, e ele diz para si mesmo: *Ahá, ela está dizendo para puxar a cordinha verde!*

Mas não é assim que se dança! Não é assim que se dança! Dança é encarnação. Na dança não é o mestre titereiro na cabeça que comanda e o corpo acompanha, é o corpo sozinho que comanda, o corpo com sua alma, o corpo-alma. Porque o corpo sabe! Sabe! Quando o corpo sente o ritmo por dentro, ele não precisa pensar. É assim que nós somos se somos humanos. Por isso é que títeres de madeira não podem dançar. A madeira não tem alma. A madeira não sente o ritmo.

Então eu pergunto: como pode esse seu homem ser um grande homem se ele não é humano? É uma pergunta séria, não é mais uma piada. Por que o senhor acha que eu, como mulher, não consegui reagir a ele? Por que acha que fiz tudo o que pude para manter minha filha longe dele enquanto ela ainda era jovem, sem nenhuma experiência pela qual se orientar? Porque de um homem desses não pode vir nenhum bem. Amor: como se pode ser um grande escritor quando não se sabe nada de amor? Acha que eu posso ser uma mulher e não saber nos meus ossos que tipo de amante um homem será? Vou dizer uma coisa, eu tremo de frio quando penso, sabe, na intimidade com um homem daqueles. Não sei se ele se casou, mas se casou eu estremeço pela mulher que casou com ele.

É, está ficando tarde, foi uma longa tarde, minha colega e eu temos de ir embora. Obrigado, sra. Nascimento, pelo tempo que a senhora tão generosamente dedicou a nós. Foi muito gentil de sua parte. A sra. Gross vai transcrever nossa conversa e retocar a tradução, depois disso eu mando o texto para a senhora ver se tem alguma coisa que gostaria de mudar, acrescentar ou cortar.

Entendo. Claro que o senhor me oferece mudar a história, posso acrescentar ou cortar. Mas quanto eu posso mudar? Posso mudar o rótulo que tenho no pescoço que diz que eu fui uma das mulheres de Coetzee? O senhor me deixa tirar esse rótulo? Me deixa rasgar esse rótulo? Acho que não. Porque isso destruiria seu livro e o senhor não iria permitir isso.

Mas eu serei paciente. Vou esperar para ver o que me manda. Talvez — quem sabe? — o senhor leve a sério o que eu contei. Além disso — vou confessar —, estou curiosa para ver o que as outras mulheres na vida desse homem contaram para o senhor, as outras mulheres com rótulos no pescoço — se elas também acharam que esse amante delas era feito de madeira. Porque, sabe, é assim que eu acho que devia se chamar o seu livro: *O homem de madeira.*

[Risos.]

Mas me diga uma coisa, a sério de novo, esse homem que não sabia nada de mulheres alguma vez escreveu sobre mulheres, ou só escreveu sobre homens obstinados como ele próprio? Pergunto porque, como eu disse, não li nada dele.

Ele escreveu sobre homens e escreveu sobre mulheres também. Por exemplo — isso pode interessar a senhora —, há um li-

vro chamado Foe *em que a heroína passa um ano como náufraga numa ilha na costa do Brasil. Na versão final ela é inglesa, mas na primeira ele fez dela uma* brasileira.

E que tipo de mulher era essa *brasileira* dele?

Como posso dizer? Tem muitas qualidades boas. É bonita, é talentosa, tem uma vontade de ferro. Ela vasculha o mundo inteiro atrás da filha jovem que desapareceu. Esse é o corpo do romance: a busca dessa mulher para recuperar sua filha, o que elimina todas as outras preocupações. A mim parece uma heroína admirável. Se eu fosse o original de um personagem assim, ficaria orgulhoso.

Vou ler esse livro e ver por mim mesma. Como é o título?

Foe, escreve-se *F-O-E. Foi traduzido para o português, mas a tradução provavelmente está esgotada agora. Posso mandar para a senhora um exemplar em inglês, se quiser.*

Mande, mande sim. Faz muito tempo que não leio um livro em inglês, mas estou interessada em ver o que esse homem de madeira fez de mim.

[Risos.]

Entrevista realizada em São Paulo, Brasil,
em dezembro de 2007

Martin

Em um de seus últimos cadernos, Coetzee faz um relato de seu primeiro encontro com o senhor, num dia de 1972 em que os senhores iam ambos ser entrevistados para uma posição na universidade da Cidade do Cabo. O relato tem só algumas páginas — vou ler para o senhor se quiser. Desconfio que estava destinado a fazer parte da terceira memória, aquela que nunca veio à luz. Como o senhor vai ouvir, ele acompanha a mesma convenção de Infância e Juventude, livros em que o sujeito é chamado de "ele" e não de "eu".

O que ele escreve é o seguinte.

"Ele corta o cabelo para a entrevista. Aparou a barba. Vestiu paletó e gravata. Não é ainda um senhor sóbrio, mas pelo menos não parece mais o Selvagem de Bornéu.

"Na sala de espera há dois candidatos ao trabalho. Estão parados lado a lado diante da janela que dá para o jardim, con-

versando baixinho. Parecem se conhecer, ou pelo menos terem estabelecido uma relação."

O senhor não se lembra quem era essa terceira pessoa, lembra?

Era da Universidade de Stellenbosch, mas não me lembro o nome dele.

Ele prossegue: "Esse é o jeito britânico: atirar os concorrentes na arena e observar para ver o que acontece. Ele vai ter de se acostumar de novo com o jeito britânico de fazer as coisas, em toda a sua brutalidade. Um navio apertado, a Grã-Bretanha, lotado até as amuradas. Cão devora cão. Cães rosnando e avançando uns nos outros, cada um guardando seu pequeno território. O jeito norte-americano, em comparação, decoroso, gentil até. Mas também, há mais espaço nos Estados Unidos, mais espaço para urbanidade.

"O Cabo pode não ser a Grã-Bretanha, pode estar se afastando da Grã-Bretanha todos os dias, porém, o que sobrou do jeito britânico o Cabo mantém apertado ao peito. Sem essa conexão salvadora, o que seria o Cabo? Um campo de pouso menor a caminho de lugar nenhum; um local de selvagem inatividade.

"Num papel oficial preso na porta, ele é o Número Dois a se apresentar ao conselho. O Número Um, quando convocado, levanta-se calmamente, bate o cachimbo, guarda-o no que deve ser uma capa de cachimbo e passa pela porta. Vinte minutos depois, reaparece, o rosto inescrutável.

"É a vez dele. Ele entra e indicam uma cadeira ao pé de uma longa mesa. Numa extremidade estão seus inquisidores, em número de cinco, todos homens. Como as janelas estão abertas, como a sala fica acima de uma rua por onde os carros passam continuamente, ele tem de fazer um esforço para ouvi-los, e levanta a própria voz para se fazer ouvir.

"Algumas manobras polidas, depois o primeiro ataque: se contratado, quais autores mais gostaria de ensinar?

"'Posso ensinar muita coisa no programa', ele responde. 'Não sou um especialista. Considero-me um generalista'."

"Como resposta é ao menos defensável. Um pequeno departamento em uma universidade pequena poderia ficar contente de recrutar um faz-tudo. Mas pelo silêncio que se segue ele conclui que não respondeu bem. Tomou a pergunta literalmente demais. Essa sempre foi uma de suas falhas: tomar as perguntas literalmente demais, responder com muita brevidade. Aquelas pessoas não querem respostas breves. Querem alguma coisa mais tranquila, mais expansiva, alguma coisa que lhes permita concluir que tipo de sujeito têm diante deles, que tipo de colega júnior ele será, se ele se encaixaria numa universidade de província que, em tempos difíceis, está dando tudo para manter o padrão, para manter acesa a chama de civilização.

"Nos Estados Unidos, onde levam a sério a caça a empregos, as pessoas como ele, pessoas que não sabem ler as intenções por trás de uma pergunta, não conseguem falar em parágrafos redondos, não se colocam com convicção — em resumo, pessoas deficientes em habilidades pessoais —, frequentam sessões de treinamento onde aprendem a olhar o interrogador nos olhos, sorrir, responder a perguntas plenamente e com toda aparência de sinceridade. Autoapresentação: é assim que chamam nos Estados Unidos, sem ironia.

"Que autores preferiria ensinar? Em que pesquisa está envolvido atualmente? Sente-se com competência para oferecer orientação em Inglês Medieval? Suas respostas soam mais e mais ocas. A verdade é que ele não quer realmente o emprego. Ele não quer porque no fundo sabe que não foi feito para ser professor. Falta-lhe o temperamento. Falta-lhe o empenho.

"Ele sai da entrevista num estado de negro desânimo. Quer

sair daquele lugar imediatamente, sem demora. Mas não, primeiro há formulários para preencher, despesas de transporte a receber.

"'Como foi?'

"Quem pergunta é o candidato que foi entrevistado antes, o fumante de cachimbo." Quer dizer, o senhor, se não me engano.

Eu, sim. Mas parei de fumar cachimbo.

"Ele dá de ombros. 'Quem sabe?', diz. 'Não tão bem'.

"'Vamos tomar um chá?'

"Ele fica pasmo. Os dois não têm de ser rivais? É permitido rivais confraternizarem?

"É o fim da tarde, o campus está deserto. Os dois se encaminham à União Estudantil em busca de uma xícara de chá. A União está fechada. MJ" — é assim que ele chama o senhor — "tira o cachimbo. 'Ah, bom', diz. 'Você fuma?'

"Que surpreendente: ele está começando a gostar desse MJ, com sua maneira fácil, direta! Sua melancolia está se dissipando depressa. Ele gosta de MJ e, a menos que seja tudo apenas um exercício de autoapresentação, MJ parece inclinado a gostar dele também. E esse mútuo gostar-se cresceu num relâmpago!

"Mas ele deve se surpreender? Por que eles dois (ou eles três, se a sombra do terceiro for incluída) foram escolhidos para ser entrevistados para um posto de literatura inglesa senão porque são o mesmo tipo de pessoa, com a mesma formação anterior (formação: não uma palavra inglesa costumeira, ele tem de se lembrar disso); e porque ambos, afinal e muito obviamente, são sul-africanos, sul-africanos brancos?"

É aí que termina o fragmento. Não está datado, mas tenho quase certeza que ele escreveu isso em 1999 ou 2000. Então... umas perguntas relativas a isto aqui. Primeira pergunta: o senhor foi o candidato aprovado, o que ganhou a posição de professor, enquan-

to Coetzee não foi escolhido. Por que acha que ele não foi escolhido? E o senhor percebeu qualquer ressentimento da parte dele?

Absolutamente nenhum. Eu era de dentro do sistema — do sistema universitário colonial conforme funcionava naquela época —, enquanto ele era de fora, na medida em que tinha ido aos Estados Unidos para sua graduação universitária. Dada a natureza de todos os sistemas, ou seja, reproduzir a si mesmos, eu sempre teria uma vantagem sobre ele. Ele entendeu isso, na teoria e na prática. Ele certamente não pôs a culpa em mim.

Muito bem. Outra pergunta: ele sugere que encontrou no senhor um novo amigo e faz uma lista dos traços que o senhor e ele têm em comum. Mas quando chega à sua naturalidade sul-africana e branca ele para e não escreve mais nada. O senhor faz ideia de por que ele parou justamente aí?

Por que ele teve de levantar o assunto da identidade sul-africana branca e depois abandoná-lo? Posso aventar duas explicações. Uma é que pode ter parecido um tópico complicado demais para ser explorado numa memória ou diário — complexo demais ou muito revelador. A outra é mais simples: que a história das minhas aventuras na academia estavam ficando chatas demais para continuar.

E qual dessas explicações o senhor prefere?

Provavelmente a primeira, com um toque da segunda. John saiu da África do Sul nos anos 1960, voltou nos anos 1970, durante décadas ficou entre a África do Sul e os Estados Unidos, depois finalmente levantou acampamento, foi para a Austrália e morreu lá. Eu deixei a África do Sul nos anos 1970 e nunca mais voltei. Em termos gerais, ele e eu tínhamos uma mesma perspectiva em relação à África do Sul, especificamente que a continuidade de nossa presença era ilegítima. Podíamos ter um direito abstrato de estar lá, um direito de nascimento, mas a base desse direito era fraudulenta. Nossa existência tinha por base um crime, especificamente a conquista colonial, perpetuado pelo *apartheid*. Seja qual for o oposto de *nativo* ou *enraizado*, era assim que nós nos sentíamos. Nos víamos como hóspedes, residentes temporários, e até esse ponto sem um lar, sem uma terra natal. Não acho que eu esteja mistificando John. Era uma coisa sobre a qual ele e eu conversávamos bastante. Tenho certeza de que não estou mistificando a mim mesmo.

Está dizendo que o senhor e eles se comiseravam juntos?

Comiserar é a palavra errada. Tínhamos atividades demais para ver nosso destino como miserável. Tínhamos nossa juventude — eu ainda estava com meus vinte e poucos anos na época, ele era um pouco mais velho — tínhamos uma formação que não era ruim, tínhamos até nossos modestos recursos. Se tivéssemos fugido e nos estabelecido em algum outro lugar no mundo — no mundo civilizado, no Primeiro Mundo — podíamos ter prosperado, florescido. (Sobre o Terceiro Mundo eu não teria tanta certeza. Não éramos Robinson Crusoé, nenhum de nós dois.)

Portanto não, não vejo o nosso destino como trágico, e tenho certeza de que ele não via assim também. Podia ser cômico, isso sim. Os ancestrais dele à sua maneira e os meus ancestrais à maneira deles tinham batalhado, geração após geração, para abrir um pedaço da África selvagem para os seus descendentes, e qual era o fruto de seus esforços? O coração desses descendentes cheios de dúvidas sobre o direito à terra; uma inquietação de que ela pertencia não a eles, mas, inalienavelmente, aos donos originais.

Acha que se ele tivesse continuado com as memórias, se ele não tivesse abandonado o projeto, era isso que ele teria dito?

Mais ou menos. Deixe-me detalhar mais a nossa posição quanto à África do Sul. Nós dois cultivávamos uma certa transitoriedade de nossos sentimentos pelo país, ele talvez mais do que eu. Relutávamos em investir muito profundamente no país, uma vez que mais cedo ou mais tarde nossos laços com ele teriam de ser cortados, nosso investimento nele anulado.

E?

Só isso. Tínhamos um certo estilo de opinião em comum, um estilo que eu atribuo a nossas origens, coloniais e sul-africanas. Daí o traço comum em nossos perfis.

No caso dele, o senhor diria que o hábito que descreveu, de tratar os sentimentos como transitórios, de não se comprometer emocionalmente, estendia-se além das relações com a terra de nascimento dele para as suas relações pessoais também?

Eu não saberia. O senhor é o biógrafo. Se acha que vale a pena seguir essa linha de pensamento, siga.

Podemos falar agora dele como professor? Ele escreve que não era moldado para professor. O senhor concorda?

Eu diria que a pessoa ensina melhor as coisas que conhece melhor e que sente com maior intensidade. John sabia razoavelmente bastante sobre uma variedade de coisas, mas não sabia muito sobre nada em particular. Eu contaria isso como um ponto contra ele. Em segundo lugar, embora houvesse escritores que eram profundamente importantes para ele — os romancistas russos do século xix, por exemplo —, a real profundidade de seu envolvimento não aparecia em seu ensino, não de um jeito evidente. Alguma coisa era sempre reprimida. Por quê? Não sei. Tudo que posso sugerir é que uma espécie de reserva que parecia cravada nele, parte de seu caráter, estendia-se também ao seu ensino.

O senhor sente então que ele passou a vida ativa, ou a maior parte dela, numa profissão para a qual não tinha talento?

Isso é um pouco radical demais. John era um acadêmico perfeitamente adequado. Um acadêmico perfeitamente adequado, mas não um professor notável. Talvez se ele tivesse ensinado sânscrito fosse diferente, sânscrito ou qualquer outra disciplina em que a convenção permita que você seja um pouco seco e reservado.

Ele me contou uma vez que tinha errado a sua vocação, que ele devia ter sido bibliotecário. Entendo o sentido disso.

Não consegui ter em mãos descrições de cursos dos anos 1970 — a Universidade da Cidade do Cabo parece não arquivar esse tipo de material —, mas entre os papéis de Coetzee encontrei o anúncio de um curso que o senhor e ele deram juntos em 1976, para alunos de outras universidades. Lembra-se desse curso?

Lembro, sim. Foi um curso de poesia. Eu estava trabalhando com Hugh McDiarmid na época, então aproveitei a ocasião para fazer uma leitura mais atenta de McDiarmid. John fazia os alunos lerem Pablo Neruda em tradução. Eu nunca li Neruda, então assistia as aulas dele.

Uma escolha estranha, não acha, para alguém como ele: Neruda?

Não, nem um pouco. John tinha gosto por poesia luxuriante, expansiva: Neruda, Whitman, Stevens. O senhor deve se lembrar que ele era, à sua maneira, um filho dos anos 1960.

À sua maneira — o que o senhor quer dizer com isso?

Quero dizer dentro dos limites de uma certa retidão, de uma certa racionalidade. Sem ser ele próprio dionisíaco, ele em princípio aprovava o dionisismo. Aprovava em princípio deixar-se levar, embora eu não lembre que ele se deixasse levar — ele provavelmente não saberia como. Ele tinha uma necessidade de acreditar nos recursos do inconsciente, na força criativa dos processos inconscientes. Daí sua tendência para os poetas mais oraculares.

O senhor deve ter notado como é raro ele discutir as fontes de sua própria criatividade. Em parte, isso vinha da natureza reservada de que falei. Mas em parte sugere também uma relutância em examinar as fontes da inspiração dele, como se ter muita consciência de si mesmo pudesse atrapalhar seus passos.

O curso foi um sucesso — o curso que o senhor e ele deram juntos?

Eu com certeza aprendi com ele — aprendi sobre a história do surrealismo na América Latina, por exemplo. Como eu disse, John sabia pouco sobre uma porção de coisas. Quanto ao que nossos alunos absorveram, eu não sei dizer. Alunos, na minha experiência, logo percebem se o que você está ensinando é importante para você. Se é, eles estão dispostos a permitir que seja importante para eles também. Mas se eles concluem, acertada ou erroneamente, que não importa, então, feche o pano, melhor ir para casa.

E Neruda era importante para ele?

Não, não estou dizendo isso. Neruda podia significar muito para ele. Neruda podia até ter sido um modelo — um modelo inatingível — de como um poeta reage criativamente à injustiça e à repressão. Mas — e isso é o que quero dizer — se você trata a sua ligação com o poeta como um segredo pessoal a ser guardado fechado, e se além disso o comportamento da classe é um tanto rígido e formal, você nunca vai conseguir admiradores.

Está dizendo que ele nunca conseguiu admiradores?

Não que eu saiba. Talvez ele tenha melhorado seu desempenho em anos posteriores. Eu simplesmente não sei.

Na época em que os senhores se conheceram, em 1972, ele tinha um emprego bem precário, dando aulas numa escola secundária. Foi só algum tempo depois que ele efetivamente recebeu a oferta de uma posição na Universidade. Mesmo assim, durante quase toda a vida ativa dele, dos vinte e poucos anos até os sessenta e poucos, ele foi empregado como professor de um tipo ou de outro. Retomo a minha pergunta anterior: não parece estranho ao senhor que um homem sem talento para ensinar tenha feito do ensino a sua carreira?

Sim e não. As fileiras da profissão de professor são, como o senhor deve saber, cheias de refugiados e desajustados.

E qual dos dois ele era: refugiado ou desajustado?

Ele era um desajustado. Era também uma alma cautelosa. Ele gostava da segurança de um cheque de salário mensal.

O senhor parece crítico.

Só estou apontando o óbvio. Se ele não tivesse perdido tanto tempo na vida corrigindo a gramática dos alunos e comparecendo a reuniões aborrecidas, podia ter escrito mais, talvez até escrito melhor. Mas ele não era criança. Sabia o que estava fazendo. Acomodou-se à norma social e viveu as consequências.

Por outro lado, ser professor permitia que ele tivesse contato com uma geração mais jovem. Que talvez ele não pudesse ter se houvesse se retirado do mundo e se dedicado totalmente a escrever.

Verdade.

Que o senhor saiba, ele teve alguma amizade especial entre os estudantes?

Agora o senhor parece estar sendo indiscreto. O que quer dizer por amizade especial? Quer dizer se ele ultrapassou os limites? Mesmo que eu soubesse, e eu não sei, não comentaria isso.

No entanto, o tema do homem mais velho e da mulher mais nova sempre reaparece na obra de ficção dele.

Eu seria muito, muito ingênuo se concluísse que porque o tema está presente em sua obra tem de estar presente em sua vida.

Em sua vida íntima, então.

Sua vida íntima. Quem pode dizer o que acontece na vida íntima dos outros?

Existe algum aspecto dele que o senhor gostaria de abordar? Alguma história que valha a pena contar?

Histórias? Acho que não. John e eu éramos colegas. Éramos amigos. Nos dávamos bem um com o outro. Mas não posso dizer que eu conhecesse John intimamente. Por que me pergunta se tenho histórias?

Porque numa biografia é preciso chegar a um equilíbrio entre narrativa e opinião. Opiniões não me faltam — as pessoas estão mais que dispostas a me contar o que pensam ou pensavam de Coetzee —, mas é preciso mais do que isso para dar vida à história de uma vida.

Desculpe, não posso ajudar. Talvez suas outras fontes sejam mais fecundas. Com quem mais o senhor vai falar?

Tenho cinco nomes na minha lista, incluindo o seu.

Só cinco? Não acha meio arriscado? Quem são os cinco afortunados? Como o senhor nos escolheu?

Vou lhe dar os nomes. Daqui vou viajar para a África do Sul — será minha segunda viagem — para falar com a prima de Coetzee, Margot, de quem ele foi próximo. Depois para o Brasil, encontrar com uma mulher chamada Adriana Nascimento, que morou na Cidade do Cabo durante alguns anos na década de 1970. E depois — a data ainda não está marcada — vou ao Canadá ver alguém chamado Julia Frankl, que nos anos 1970 usava o nome de Julia Smith. E vou ver também Sophie Denoël em Paris.

Conheci Sophie, mas não as outras. Como o senhor chegou a esses nomes?

Basicamente, deixei que o próprio Coetzee escolhesse. Eu segui as pistas que ele deixou em seus cadernos — pistas sobre quem foi importante para ele na época, nos anos 1970.

Parece um jeito peculiar de escolher fontes biográficas, se não se importa que eu diga.

Talvez. Há outros nomes que eu gostaria de acrescentar, pessoas que o conheciam bem, mas já estão mortas. O senhor diz que é um jeito peculiar de fazer uma biografia. Talvez. Mas não estou interessado em formular um juízo final sobre Coetzee. Não é esse tipo de livro que estou escrevendo. Juízos definitivos eu deixo à história. O que estou fazendo é contar a história de um estágio da vida dele, ou se não se pode chegar a uma história única, então diversas histórias de diferentes perspectivas.

E as fontes que o senhor selecionou não tinham contas a ajustar, não tinham suas próprias ambições de pronunciar um juízo final sobre Coetzee?

[Silêncio.]

Permita que eu pergunte: tirando Sophie, e deixando de lado a prima, alguma das mulheres que o senhor menciona esteve envolvida emocionalmente com Coetzee?

Estiveram, sim. As duas. De maneiras diferentes. Que ainda tenho de investigar.

O senhor não devia parar para pensar nisso? Com a sua lista limitada de fontes não vai obter inevitavelmente um relato ou um conjunto de relatos que tendem para o pessoal e o íntimo às custas do real valor do sujeito enquanto escritor? Pior ainda: não corre o risco de deixar que seu livro não seja mais do que — desculpe por colocar assim — nada mais do que um acerto de contas, um acerto de contas pessoal?

Por quê? Porque as minhas informantes são mulheres?

Porque não está na natureza dos casos amorosos os amantes verem um ao outro com clareza e integridade.

[Silêncio.]

Repito, a mim parece estranho elaborar a biografia de um escritor ignorando seus escritos. Mas talvez eu esteja errado. Talvez eu seja antiquado. Talvez a biografia literária tenha se transformado nisso. Tenho de ir. Uma última coisa: se está planejando citar minhas palavras, pode me garantir que vou ter a oportunidade de conferir o texto primeiro?

Claro.

Entrevista realizada em Sheffield, Inglaterra,
em setembro de 2007

Sophie

Madame Denoël, me conte como a senhora veio a conhecer John Coetzee.

Durante anos ele e eu fomos colegas na Universidade da Cidade do Cabo. Ele estava no departamento de inglês, eu no de francês. Nós demos juntos um curso sobre literatura africana. Isso foi em 1976. Ele deu aula sobre os escritores anglófonos, eu sobre os francófonos. Foi assim que começou nossa amizade.

E como foi que a senhora foi parar na Cidade do Cabo?

Meu marido foi mandado para lá para gerenciar a Alliance Française. Antes disso, tínhamos morado em Madagascar. Durante nossa estada na Cidade do Cabo, nosso casamento acabou. Meu marido voltou à França, eu fiquei. Assumi um posto na universidade, um posto de professora-assistente, ensinando língua francesa.

E além disso, deu o curso conjunto que mencionou, o curso de literatura africana.

É. Pode parecer estranho, dois brancos dando um curso sobre literatura negra africana, mas era assim naquela época. Se nós dois não déssemos, ninguém daria.

Porque os negros eram excluídos da universidade?

Não, não, naquela época o sistema tinha começado a se abrir. Havia estudantes negros, embora não muitos; alguns professores negros também. Mas muito poucos especialistas em África, na grande África. Essa foi uma das coisas surpreendentes que descobri sobre a África do Sul: como o país era insular. Voltei para uma visita no ano passado e continuava a mesma coisa: pequeno ou nenhum interesse pelo resto da África. A África era o continente negro ao norte, que era melhor deixar inexplorado.

E a senhora? De onde veio seu interesse pela África?

Da minha formação. Da França. Lembre-se, a França foi, um dia, um poder colonial importante. Mesmo depois que terminou oficialmente a era colonial, a França dispunha de outros meios para manter sua influência — meios econômicos, meios culturais. *La francophonie* era um nome novo inventado para o velho império. Escritores da *francophonie* eram apoiados, festejados, estudados. Para meu exame de *agrégation* trabalhei a obra de Aimé Césaire.

E o curso que a senhora deu em colaboração com Coetzee — foi um sucesso, a senhora diria?

Foi, acredito que sim. Foi um curso introdutório, nada mais, porém os alunos acharam, como vocês dizem em inglês, que foi um *eye-opener* [que lhes abriu os olhos].

Alunos brancos?

Alunos brancos, mais uns poucos negros. Nós não atraímos os estudantes negros mais radicais. Nosso viés teria sido muito acadêmico para eles, não suficientemente *engagé*. Achamos que era suficiente oferecer aos alunos um relance das riquezas do resto da África.

E a senhora e Coetzee tinham a mesma visão dessa abordagem?

Acredito que tínhamos, sim.

A senhora era especialista em literatura africana, ele não. A formação dele era na literatura da metrópole. Como ele acabou ensinando literatura africana?

É verdade, ele não tinha nenhuma formação prática nesse campo. Mas tinha um bom conhecimento geral da África, ainda que apenas livresco, não conhecimento prático, ele não havia viajado pela África, mas conhecer por livros não é inútil — certo? Ele conhecia a literatura antropológica melhor do que eu, inclusive o material francófono. Ele tinha uma percepção da história, da política. Tinha lido as figuras importantes que escreviam em inglês e francês (claro que naquela época o corpo da literatura africana não era grande — as coisas são diferentes agora). Havia lapsos no conhecimento dele — o Magrebe, o Egito, e assim por diante. E ele não conhecia a diáspora, principalmente a caribenha, que eu conhecia.

O que a senhora achava dele como professor?

Ele era bom. Não espetacular, mas competente. Sempre bem preparado.

Ele se dava bem com os alunos?

Isso eu não sei dizer. Talvez se o senhor localizar algum dos antigos alunos dele eles possam ajudar.

E a senhora? Comparada a ele, a senhora se dava bem com os alunos?

[Ri.] O que o senhor quer que eu diga? Acho que sim, eu era a mais popular, a mais entusiasmada. Eu era jovem, lembre-se, e para mim era um prazer estar falando de livros para variar, depois de todas as aulas de língua. Formávamos um bom par, eu acho, ele mais sério, mais reservado, eu mais aberta, mais solta.

Ele era consideravelmente mais velho que a senhora.

Dez anos. Ele era dez anos mais velho que eu.

[Silêncio.]

Alguma coisa que a senhora gostaria de acrescentar? Outros aspectos dele que gostaria de comentar?

Nós tivemos um relacionamento. Acredito que o senhor saiba disso. Não durou.

Por que não?

Era insustentável.

Gostaria de falar mais?

Se eu gostaria de falar mais para o seu livro? Não antes que o senhor me diga que tipo de livro será. É um livro de fofocas ou um livro sério? O senhor tem autorização para isso? Quem mais vai falar além de mim?

É preciso autorização para escrever um livro? Se precisar de autorização, a quem eu vou pedir? Aos executores do testamento de Coetzee? Claro que não. Mas posso garantir à senhora que estou escrevendo um livro sério, uma biografia com intenções sérias. Vou me concentrar nos anos da volta de Coetzee para a África do Sul, em 1971-2, até o primeiro reconhecimento público em 1977. Me parece um período importante da vida dele, importante porém negligenciado, um período em que ele ainda estava procurando sua posição como escritor.

Quanto às pessoas que escolhi entrevistar, vou colocar francamente a situação para a senhora. Fiz duas viagens à África do Sul, uma no ano passado, uma no ano anterior. Não foram viagens tão frutíferas quanto eu esperava. Das pessoas que melhor conheceram Coetzee, muitas tinham morrido. Na verdade, toda a geração a que ele pertencia estava morrendo. E a memória dos sobreviventes nem sempre merecia confiança. Em um ou dois casos, pessoas que diziam ter conhecido bem Coetzee acabavam, depois de pensar um pouco, estar falando do Coetzee errado (*como a senhora sabe, o nome Coetzee não é incomum*). *O resultado é que a biografia repousará em entrevistas com um punhado de amigos e colegas, inclusive, espero, a senhora. Isso basta para tranquilizar a senhora?*

Não. E os diários dele? E as cartas? E os cadernos dele? Por que confiar tanto nas entrevistas?

Madame Denoël, examinei as cartas e os diários a que tive acesso. Não dá para confiar no que Coetzee escreve, não como registro factual — não porque ele fosse mentiroso, mas porque ele era um ficcionista. Nas cartas, ele inventa uma ficção de si mesmo para seus correspondentes; nos diários ele faz a mesma coisa para os próprios olhos, ou talvez para a posteridade. Como documentos, têm seu valor, claro; mas se quiser saber a verdade, toda a verdade, então certamente é preciso colocar ao lado deles o testemunho de pessoas que conheceram Coetzee em carne e osso, que participaram de sua vida.

Sei; mas e se formos todos ficcionistas, como o senhor chama Coetzee? E se nós inventarmos continuamente histórias sobre nossas vidas? Por que o que eu disser sobre Coetzee haveria de merecer mais crédito do que aquilo que ele diz sobre si próprio?

Claro que nós somos todos mais ou menos ficcionistas. Não nego. Mas o que a senhora preferiria: uma gama de relatos independentes de perspectivas independentes, a partir das quais a senhora pode então tentar sintetizar um todo; ou a autoprojeção compacta, unitária, compreendida na obra dele? Eu sei qual eu prefiro.

É, isso eu entendo. Mas resta a outra questão que levantei, a questão da discrição. Não sou dessas que acredita que uma vez morta a pessoa, caiam todas as reservas. O que existiu entre mim e John Coetzee eu não estou necessariamente preparada para revelar ao mundo.

Eu aceito isso. Discrição é privilégio seu, direito seu. No entanto, peço que pense um pouco e reflita. Um grande escritor é propriedade do mundo. A senhora conheceu John Coetzee de perto. Um dia desses, a senhora não estará mais entre nós. Acha bom que suas lembranças morram com a senhora?

Um grande escritor? Como John ia rir se pudesse ouvir o senhor! A época do grande escritor acabou faz tempo, ele diria.

A época do grande escritor como oráculo, sim, eu concordo, essa época passou. Mas a senhora não concordaria que um escritor bem conhecido — vamos chamá-lo assim —, uma figura bem conhecida em nossa vida cultural coletiva, é, até certo ponto, propriedade pública?

Sobre esse assunto a minha opinião é irrelevante. O que é relevante é o que ele próprio acreditava. E sobre isso a resposta é clara. Ele acreditava que nossas histórias de vida são nossas para construir como quisermos, dentro ou mesmo contra os limites impostos pelo mundo real — como o senhor mesmo admitiu faz um momento. Por isso é que eu usei especificamente o termo *autorização*. Não era a autorização da família dele ou dos seus testamenteiros que eu tinha em mente, era a autorização dele próprio. Se o senhor não foi autorizado por ele a expor o lado privado da vida dele, então eu com certeza não vou ajudar o senhor.

Coetzee não pode ter me autorizado pela simples razão de que ele e eu nunca tivemos nenhum contato. Mas a esse respeito, vamos concordar em discordar e seguir em frente. Retomo o curso que a senhora mencionou, o curso de literatura africana que a senhora e ele deram juntos. Uma observação sua me deixa intrigado. A senhora disse que a senhora e ele não atraíam os alunos africanos mais radicais. Por que acha que era assim?

Porque nós mesmos não éramos radicais, não para os padrões deles. Claro que nós dois fomos afetados por 1968. Em 1968, eu ainda era estudante na Sorbonne, participei das manifestações, dos dias de maio. John estava nos Estados Unidos na época e entrou em choque com as autoridades americanas, não me lembro de todos os detalhes, mas sei que veio a ser uma virada na vida dele. Mas quero deixar bem claro que não éramos marxistas, nenhum de nós dois, e certamente não maoístas. Eu estava provavelmente mais à esquerda do que ele, mas eu podia me permitir isso porque era escudada por meu status no enclave diplomático francês. Se eu tivesse tido problemas com a polícia de segurança sul-africana, provavelmente seria posta discretamente em um avião para Paris e isso encerrava o assunto. Eu não teria terminado numa cela de prisão.

Enquanto Coetzee...

Coetzee também não terminaria numa cela de prisão. Ele não era um militante. A política dele era idealista demais, utópica demais para isso. Na verdade, ele não era nada político. Ele desdenhava a política. Não gostava de escritores políticos, escritores que desposavam um programa político.

No entanto, ele publicou comentários bastante esquerdistas nos anos 1970. Estou pensando em seu ensaio sobre Alex La Guma, por exemplo. Ele era favorável a La Guma e La Guma era comunista.

La Guma era um caso especial. Ele era favorável a La Guma porque La Guma era da Cidade do Cabo, não porque era comunista.

A senhora diz que ele não era político. Está dizendo que ele era apolítico? Porque algumas pessoas diriam que o apolítico é apenas uma variedade do político.

Não, não apolítico, eu diria antes que ele era antipolítico. Ele achava que a política fazia aparecer o pior das pessoas. Fazia aparecer o pior nas pessoas e também trazia à tona os piores tipos da sociedade. Ele preferia não ter nada a ver com política.

Ele pregava essa política antipolítica em classe?

Claro que não. Ele era muito escrupuloso em não pregar nada. As convicções políticas dele você só descobria quando conhecia John melhor.

A senhora diz que a política dele era utópica. Está insinuando que era pouco realista?

Ele esperava que um dia a política e o Estado minguassem. Eu chamaria isso de utópico. Por outro lado, ele não investia muito de si nesses desejos utópicos. Era calvinista demais para isso.

Por favor, explique.

O senhor quer que eu diga o que havia por trás da política de Coetzee? Pode captar isso melhor nos livros dele. Mas vou tentar de qualquer forma.

Aos olhos de Coetzee, nós, seres humanos, nunca abandonaremos a política porque a política é muito conveniente e muito atraente como palco onde expressar nossas emoções mais baixas. Por emoções baixas quero dizer ódio, rancor, desprezo, ciúme, sede de sangue e assim por diante. Em outras palavras, a política conforme conhecemos é um sintoma de nosso estado decaído e expressa esse estado decaído.

Mesmo a política da libertação?

Se o senhor se refere à política da luta de libertação sul--africana, a resposta é sim. Se libertação significava libertação nacional, a libertação da nação negra da África do Sul, John não tinha nenhum interesse nela.

Ele, então, era hostil à luta de libertação?

Se ele era hostil? Não, ele não era hostil. Hostil, favorável — como biógrafo o senhor devia, acima de tudo, tomar cuidado para não colocar as pessoas em caixinhas com rótulos.

Eu espero não estar pondo Coetzee numa caixa.

Bom, é isso o que está me parecendo. Não, ele não era hostil à luta pela libertação. Se a pessoa é fatalista, como ele tendia a ser, não faz sentido ser hostil ao rumo que toma essa história, por mais que se deplore esse rumo. Para o fatalista, a história é destino.

Muito bem, então ele deplorava a luta de libertação? Deplorava a forma que a luta de libertação assumiu?

Ele aceitava que a luta pela libertação era justa. A luta era justa, mas a nova África do Sul para a qual ela se encaminhava não era suficientemente utópica para ele.

O que teria sido suficientemente utópico para ele?

Fechar as minas. Pôr abaixo os vinhedos. Desmantelar as Forças Armadas. Abolir o automóvel. O vegetarianismo universal. A poesia nas ruas. Esse tipo de coisa.

Em outras palavras, vale a pena lutar por poesia, por carros puxados a cavalo e pelo vegetarianismo, mas não pelo fim do apartheid?

Não vale a pena lutar por nada. O senhor me empurra para o papel de defender a posição dele, uma posição que por sinal não é a minha. Não vale a pena lutar por nada porque lutar só prolonga o ciclo de agressão e retaliação. Só estou repetindo o que Coetzee diz em alto e bom som em seus escritos, que o senhor diz ter lido.

Ele sentia-se à vontade com os alunos negros — com negros em geral?

Será que ele se sentia à vontade com alguém? Ele não era uma pessoa à vontade (pode-se dizer isso em inglês?). Ele não relaxava nunca. Vi isso com meus próprios olhos. Então: ele sentia-se à vontade com negros? Não. Ele não se sentia à vontade entre pessoas que estavam à vontade. O à vontade dos outros deixava John pouco à vontade. O que fazia com que fosse — na minha opinião — na direção errada.

O que quer dizer?

Ele via a África através de uma névoa romântica. Ele pensava que os africanos eram encarnados, de um jeito há muito perdido na Europa. O que eu quero dizer? Explico. Na África, ele dizia sempre, corpo e alma eram indistinguíveis, o corpo era a alma. Ele tinha toda uma filosofia do corpo, de música e dança, que eu não consigo reproduzir, mas que me parecia, mesmo na época — como posso dizer? —, inútil. Politicamente inútil.

Por favor, continue.

A filosofia dele atribuía aos africanos o papel de guardiães do ser mais verdadeiro, mais profundo, mais primitivo da humanidade. Ele e eu discutíamos energicamente sobre isso. A posição dele, eu dizia, era no fim o antiquado primitivismo romântico. No contexto dos anos 1970, da luta pela liberação e do Estado de *apartheid*, era inútil ver os africanos desse jeito. E de qualquer forma, era um papel que eles não estavam mais preparados a ocupar.

Era por essa razão que os alunos negros evitavam o curso dele, o curso conjunto de vocês sobre literatura africana?

Esse ponto de vista ele não propagava abertamente. Ele era sempre muito cuidadoso a esse respeito, muito correto. Mas se a pessoa ouvia com cuidado, isso podia transparecer.

Havia uma outra circunstância, uma outra tendência do pensamento dele, que eu tenho de mencionar. Como muitos brancos, ele via o Cabo, o Cabo Ocidental e talvez o Cabo Norte também, como uma parte separada do resto da África do Sul. O Cabo era um país em si, com sua própria geografia, sua própria história, suas próprias línguas e cultura. Nesse Cabo mítico, assombrado por fantasmas que chamávamos de Hottentots, as pessoas de cor estavam enraizadas, e em menor medida os africânderes também, mas os africanos negros eram alienígenas, que tinham chegado depois, forasteiros, assim como os ingleses.

Por que menciono isso? Porque sugere como ele conseguia justificar a atitude abstrata, bastante antropológica, que ele assumia em relação à África do Sul negra. Ele não tinha nenhum *feeling* para os sul-africanos negros. Essa era a minha conclusão particular. Eles podiam ser seus concidadãos, mas não eram seus compatriotas. A história — ou destino, que para ele era a mesma coisa — podia lançá-los no papel de herdeiros da terra, mas no fundo da mente eles continuavam a ser *eles* e não *nós*.

Se os africanos eram eles, *quem era* nós? *Os africânderes?*

Não. *Nós* era principalmente a gente de cor. É um termo que eu só uso com relutância, para abreviar. Ele — Coetzee — evitava esse termo o quanto podia. Eu mencionei o utopismo dele. Evitar esse termo era outro aspecto desse utopismo. Ele ansiava por um dia em que todo mundo na África do Sul não se chamasse de nada, nem de africano, nem de europeu, nem de branco, nem de negro, nem de nada, em que as histórias familiares estivessem tão emaranhadas e misturadas que as pessoas fossem etnicamente indistinguíveis, ou seja — pronuncio de novo essa palavra maldita —, de cor. Ele chamava isso de futuro brasileiro. Ele aprovava o Brasil e os brasileiros. Claro que nunca tinha estado no Brasil.

Mas tinha amigos brasileiros.

Ele conheceu alguns refugiados brasileiros na África do Sul.

[Silêncio.]

A senhora mencionou um futuro misturado. Estamos falando aqui de mistura biológica? Estamos falando de casamento inter-racial?

Não me pergunte. Eu estou só fazendo um relato.

Então por que, em vez de contribuir para o futuro tendo filhos de cor — legítimos ou ilegítimos — por que ele estava tendo uma ligação com uma jovem colega branca da França?

[Ri.] Não me pergunte.

Sobre o que a senhora e ele conversavam?

Sobre nosso ensino. Sobre colegas e alunos. Em outras palavras, conversas profissionais. Falávamos também de nós mesmos.

Continue.

Quer que eu lhe diga se discutíamos os escritos dele? A resposta é não. Ele nunca me falava sobre o que estava escrevendo e eu não pressionava.

Isso foi por volta da época em que ele estava escrevendo In the Heart of the Country.

Ele estava terminando *In the Heart of the Country*.

A senhora sabia que In the Heart of the Country *ia ser sobre loucura, parricídio etc.?*

Eu não fazia a menor ideia.

A senhora leu o livro antes de ser publicado?

Li.

O que achou dele?

[Ri.] Preciso pisar com cuidado. Acho que o senhor não está pedindo o meu juízo crítico ponderado; acho que quer saber como eu reagi. Francamente, primeiro eu fiquei nervosa. Nervosa de poder me identificar no livro sob algum aspecto embaraçoso.

Por que pensou que isso podia acontecer?

Porque — assim me pareceu na época, agora me dou conta do quanto era ingênuo — acreditei que era impossível estar envolvido de perto com outra pessoa e deixá-la excluída de seu universo imaginativo.

E a senhora se identificou no livro?

Não.

Ficou aborrecida?

Como assim — se eu fiquei aborrecida de não estar no livro?

Ficou aborrecida de ser excluída do universo imaginativo dele?

Não. Eu estava estudando. Minha exclusão foi parte da minha formação. Vamos parar por aqui? Acho que já forneci o suficiente ao senhor.

Bom, sem dúvida fico muito grato à senhora. Mas madame Denoël, me deixe fazer mais um apelo. Coetzee nunca foi um escritor popular. Com isso não quero dizer simplesmente que os livros dele não vendiam bem. Quero dizer também que o público nunca o aceitou em seu coração coletivo. A imagem que havia dele no âmbito público era de um intelectual frio e arrogante, uma imagem que ele não fazia nada para dissipar. Na verdade, pode-se dizer até que ele estimulava isso.
Agora, não acredito que essa imagem lhe fizesse justiça. As conversas que tive com pessoas que o conheceram bem revelam uma pessoa muito diferente — uma pessoa não necessariamente mais cálida, mas alguém mais inseguro de si, mais confuso, mais humano, se posso usar essa palavra.
Eu me pergunto se a senhora estaria disposta a comentar esse lado humano dele. Dou muito valor ao que a senhora falou sobre a visão política dele, mas existem histórias de natureza mais pessoal que a senhora estaria disposta a revelar, histórias que poderiam lançar uma luz mais clara sobre o caráter dele?

O senhor fala de histórias que possam mostrar Coetzee sob uma luz mais atraente, mais enternecedora, histórias de bondade com animais — por exemplo, animais e mulheres? Não, histórias assim eu vou guardar para as minhas memórias.

[Risos.]

Tudo bem, vou contar uma história. Pode não parecer assim tão pessoal, pode de novo parecer política, mas o senhor deve lembrar, naquela época a política penetrava em tudo.

Um jornalista do *Libération*, o jornal francês, foi a trabalho para a África do Sul e perguntou se eu podia marcar uma entrevista com John. Eu fui falar com ele e convenci John a aceitar: disse para ele que o *Libération* era um bom jornal. Disse que os jornalistas franceses não eram como os jornalistas sul-africanos, que nunca iriam para uma entrevista despreparados.

Fizemos a entrevista no meu escritório no campus. Eu achei que devia ajudar, no caso de haver problemas de língua, o francês de John não era bom.

Bom, logo ficou claro que o jornalista não estava interessado em John, mas no que John pensava de Breytren Breytenbach, que na época estava tendo problemas com as autoridades sul-africanas. Isso porque na França havia um vivo interesse em Breytenbach — ele era uma figura romântica, tinha vivido muitos anos na França, tinha ligações no mundo intelectual francês.

A resposta de John foi que ele não podia ajudar: tinha lido Breytenbach, mas nada mais, não conhecia Breytenbach pessoalmente, nunca tinha sido apresentado a ele. O que era tudo verdade.

Mas o jornalista, que estava acostumado à vida literária na França, onde tudo é tão mais incestuoso, não queria acreditar nele. Por que um escritor iria recusar fazer comentários sobre outro escritor da mesma pequena tribo, a tribo africânder, a menos que houvesse alguma questão pessoal entre eles, ou alguma animosidade política?

Então ele ficou insistindo com John e John tentou explicar como era difícil para um estrangeiro, um forasteiro avaliar a posição de Breytenbach como poeta, uma vez que a poesia dele era tão profundamente enraizada na *volksmond*, a língua do povo.

"Está se referindo aos poemas dele em dialeto?", perguntou o jornalista. E então, quando John não respondeu, ele observou, muito ofensivamente: "O senhor sem dúvida concordaria que não é possível escrever boa poesia em dialeto".

Essa observação realmente enfureceu John. Mas como o seu jeito de ficar zangado era, em vez de gritar e fazer uma cena, e recolher-se ao silêncio, o homem do *Libération* ficou simplesmente desconcertado. Não fazia ideia do que havia provocado.

Depois, quando John foi embora, tentei explicar que os africânderes ficavam muito sensíveis quando sua língua era insultada, que o próprio Breytenbach provavelmente teria reagido da mesma maneira. Mas o jornalista apenas deu de ombros. Não fazia sentido, ele disse, escrever em dialeto quando o sujeito tinha à sua disposição uma língua do mundo (na verdade, ele não disse dialeto, mas dialeto obscuro, e não disse língua do mundo, disse língua de verdade, *une vraie langue*). Nesse momento, comecei a entender que ele estava colocando Breytenbach e John na mesma categoria, como escritores em vernáculo ou dialeto.

Bom, claro que John não escrevia em africânder, absolutamente, ele escrevia em inglês, muito bom inglês, e tinha escrito em inglês a vida inteira. Mesmo assim, ele reagiu do jeito espinhoso que eu descrevi àquilo que tomou como um insulto à dignidade dos africânderes.

Ele fazia traduções do africânder, não fazia? Quer dizer, ele traduzia escritores africânderes.

Traduzia, sim. Ele sabia bem o africânder, eu diria, embora do mesmo jeito que sabia francês, ou seja, melhor na página do que falado. Eu não era um juiz capacitado para julgar o africânder dele, claro, mas era essa a impressão que eu tinha.

Então, o que temos é o caso de um homem que falava a língua só imperfeitamente, que ficava fora da religião nacional, ou pelo menos da religião estatal, cuja postura era cosmopolita, cuja política era — como diremos? — dissidente, mas que estava preparado para abraçar a identidade africânder. Por que acha que era assim?

Minha opinião é que sob o olhar da história ele sentia que não havia como se separar dos africânderes mantendo o autor-respeito, mesmo que isso significasse estar associado a tudo aquilo por que os africânderes eram responsáveis politicamente.

Não havia nada que o levasse mais positivamente a abraçar a identidade africânder — nada num nível mais pessoal, por exemplo?

Talvez houvesse, não sei dizer. Eu não conheci a família dele. Talvez eles pudessem dar uma pista. Mas John era por natureza muito cauteloso, como uma tartaruga. Quando pressentia perigo, ele se recolhia ao seu casco. Ele havia sido repelido pelos africânderes muitas vezes, repelido e humilhado — basta ler o livro de memórias da infância dele para perceber isso. Ele não ia correr o risco de ser rejeitado outra vez.

Então ele preferiu continuar forasteiro.

Acho que ele era mais feliz no papel de forasteiro. Ele não era de se filiar a grupos. Não era jogador de times.

A senhora diz que nunca foi apresentada à família dele. Não acha isso estranho?

Não, nem um pouco. A mãe dele tinha morrido quando nos conhecemos, o pai dele não estava bem. O irmão tinha deixado o país, ele tinha uma relação tensa com o resto da família. Quanto a mim, eu era uma mulher casada, então nosso relacionamento, de nossa parte, tinha de ser clandestino.

Mas ele e eu conversávamos, claro, sobre nossas famílias, nossas origens. O que distinguia a família dele, eu diria, é que eles eram culturalmente africânderes, não politicamente africânderes. O que quero dizer com isso? Pense um pouco na Europa do século XIX. Por todo o continente você vê identidades étnicas ou culturais se transformando em identidades políticas. O processo começa na Grécia e se espalha rapidamente pelos Bálcãs e Europa Central. Não demorou para essa onda atingir as colônias. Na colônia do Cabo, os estrangeiros ali nascidos que falavam holandês começaram a se reinventar como nação separada, a nação africânder, e a agitar por uma independência nacional.

Bom, de uma forma ou de outra, essa onda de entusiasmo nacionalista romântico passou ao largo da família de John. Ou então eles resolveram não embarcar nela.

Eles mantiveram distância por causa da política associada ao entusiasmo nacionalista — quer dizer, a política anti-imperialista, anti-inglesa?

Isso. Primeiro, eles foram perturbados pelo estímulo à hostilidade a tudo que era inglês, pela mística do *Blut und Boden*; depois, porém, eles recuaram da bagagem ideológica que os nacionalistas emprestaram da direita radical da Europa: o racismo científico, por exemplo, e o policiamento que vem com ele; o policiamento da cultura, a militarização da juventude, a religião de Estado, e por aí vai.

Então, no fim das contas, a senhora considera Coetzee um conservador, um antirradical.

Culturalmente conservador, sim, como muitos modernistas eram culturalmente conservadores — falo dos escritores modernistas da Europa que eram os modelos dele. Ele estava profundamente ligado à África do Sul de sua juventude, à África do Sul que em 1976 estava começando a parecer uma terra do nunca. Para uma prova disso basta ver o livro que eu mencionei, *Infância*, onde você encontra uma nostalgia palpável das velhas relações feudais entre brancos e pessoas de cor. Para gente como ele, o Partido Nacional, com sua política de *apartheid*, representava não o conservadorismo rural, mas, ao contrário, uma engenharia social modernosa. Ele era todo a favor das velhas e complexas texturas sociais feudais que tanto ofendiam as mentes organizadas dos *dirigistas* do *apartheid*.

A senhora alguma vez se viu em oposição a ele em questões políticas?

É uma pergunta difícil. Afinal, onde termina a personalidade e começa a política? Em nível pessoal, eu considerava John um tanto fatalista demais e, portanto, muito passivo. Será que a desconfiança com o ativismo político se expressa na passividade dele na condução da própria vida, ou o fatalismo inato se expressa na desconfiança com a ação política? Não sei dizer. Mas, sim, em nível pessoal, havia uma certa tensão entre nós. Eu queria que a nossa relação crescesse e se desenvolvesse, enquanto ele queria que ela continuasse a mesma, sem mudanças. Foi isso que, no fim, levou ao rompimento. Porque entre um homem e uma mulher não há como ficar parado, no meu entender. Ou se vai para cima ou se vai para baixo.

Quando ocorreu o rompimento?

Em 1980. Eu fui embora da Cidade do Cabo e voltei para a França.

A senhora e ele não tiveram mais contato?

Durante algum tempo ele me escreveu. Mandou seus livros quando eram lançados. Depois, as cartas não chegaram mais. Eu concluí que ele devia ter encontrado outra pessoa.

E quando a senhora olha para essa relação, como a senhora a vê?

Como eu vejo nosso relacionamento? John era um típico francófilo, do tipo que acredita que conseguir uma amante francesa é a felicidade suprema. Da amante francesa ele esperaria que recitasse Ronsard e tocasse Couperin ao cravo, ao mesmo tempo que induzisse o amante nos mistérios amorosos do estilo francês. Claro que estou exagerando.

Eu era a amante francesa de sua fantasia? Duvido muito. Olhando para trás, vejo nosso relacionamento como essencialmente cômico. Cômico-sentimental. Baseado numa premissa cômica. Porém com um outro elemento que eu não posso minimizar, ou seja, que ele me ajudou a escapar de um mau casamento e por isso sou grata até hoje.

Cômico-sentimental... A senhora faz isso parecer leve. Coetzee não deixou uma marca mais profunda na senhora e a senhora nele?

Quanto à marca que eu possa ter deixado nele, não estou em posição de julgar. Mas no geral eu diria que a menos que se tenha uma presença forte não se deixa marca profunda; e John não tinha uma presença forte. Não quero parecer petulante. Sei que ele tem muitos admiradores; ele não ganhou o prêmio Nobel por nada; e é claro que o senhor não estaria aqui hoje, fazendo essa pesquisa, se não achasse que ele é um escritor importante. Mas — para falar a sério por um momento — durante todo o tempo que estive com ele nunca tive a sensação de estar com uma pessoa excepcional, com um ser humano verdadeiramente excepcional. É uma coisa cruel de dizer, eu sei, mas infelizmente é verdade. Não experimentei, vindo dele, nenhum relâmpago de luz que de repente iluminasse o mundo. Ou, se havia *flashes*, eu era cega a eles.

Achava John inteligente, achava que era culto, tinha admiração por ele sob vários aspectos. Como escritor, ele sabia o que estava fazendo, tinha um certo estilo, e estilo é o começo da distinção. Mas ele não tinha nenhuma sensibilidade especial que eu pudesse detectar, nenhum *insight* original sobre a condição humana. Ele era apenas um homem, um homem do seu tempo, talentoso, talvez até dotado, mas, francamente, nenhum gigante. Desculpe decepcionar o senhor. De outras pessoas que conheceram John tenho certeza que vai obter um quadro diferente.

Voltando aos escritos dele: objetivamente, como crítica, qual a sua avaliação dos livros dele?

Gostei mais de seus primeiros trabalhos. Num livro como *No coração do país* existe uma certa ousadia, uma certa aspereza, que ainda consigo admirar. Em *Foe* também, que não é tão antigo. Mas depois disso ele ficou mais respeitável e, a meu ver, mais manso. Depois de *Desonra*, perdi o interesse. Não li os livros posteriores.

No geral, eu diria que falta ambição ao seu trabalho. O controle dos elementos da ficção são muito estritos. Você não sente que está na presença de um escritor que deforma sua mídia a fim de dizer o que nunca foi dito, o que, para mim, é a marca da grande literatura. Muito impassível, muito organizado, eu diria. Muito fácil. Muito desprovido de paixão, de paixão criativa. Isso é tudo.

Entrevista realizada em Paris
em janeiro de 2008

Cadernos: fragmentos sem data

Fragmento sem data

É uma tarde de sábado no inverno, um momento ritual para o jogo de rúgbi. Com o pai, ele pega um trem para Newlands a tempo da preliminar das 14h15. Depois da preliminar, haverá a partida principal às 16h00. Depois da partida principal, pegarão outro trem de volta para casa.

Ele vai com o pai a Newlands porque o esporte — rúgbi no inverno, críquete no verão — é o vínculo mais forte que sobrevive entre eles, e porque foi de cortar o coração, no primeiro sábado depois que voltou ao país, ver o pai vestir o casaco e, sem dizer uma palavra, partir para Newlands como uma criança solitária.

O pai dele não tem amigos. Nem ele, embora por razões diferentes. Ele tinha amigos quando era mais jovem, mas esses velhos amigos estão agora dispersos por todo o mundo e ele parece ter perdido o jeito, ou talvez a vontade, de fazer novos amigos. Então o que lhe resta é seu pai, assim como ao pai o que resta é ele. Como vivem juntos, no sábado eles buscam juntos o prazer. Essa é a lei da família.

Ele ficou surpreso, quando voltou, ao descobrir que o pai não conhecia ninguém. Ele sempre achara que seu pai era um homem social. Mas ou ele estava errado sobre isso ou seu pai tinha mudado. Ou talvez fosse apenas uma das coisas que acontecem com homens ao envelhecer: eles se retiram para dentro de si mesmos. Aos sábados, as arquibancadas de Newlands ficam cheias deles, homens solitários com suas capas de chuva de gabardine no crepúsculo de suas vidas, reservados, como se sua solidão fosse uma doença vergonhosa.

Ele e o pai sentam-se lado a lado na ala norte, assistindo à preliminar. Paira sobre os acontecimentos do dia um ar de melancolia. É a última temporada em que o estádio será usado para rúgbi de clubes. Com a chegada tardia da televisão ao país, o interesse em rúgbi de clubes minguou. Os homens que costumavam passar as tardes de sábado em Newlands agora preferem ficar em casa e assistir aos jogos da semana. Dos milhares de lugares da ala norte, não mais que uma dúzia está ocupada. A ala da estação está inteiramente vazia. Na ala sul ainda há um bloco de obstinados espectadores de cor que vêm dar vivas ao UCT e ao Villagers e vaiar o Stellenbosch e o Van der Stel. Só a tribuna principal tem um número respeitável de espectadores, talvez mil.

Há um quarto de século, quando ele era criança, era diferente. Num grande dia de competição de clubes — no dia em que os Hamiltons jogavam com os Villagers, digamos, ou o UCT jogava com o Stellenbosch — era uma guerra encontrar lugar de pé. Uma hora depois do apito final, as peruas do *Argus* estavam percorrendo as ruas, entregando pilhas da Edição de Esportes para os jornaleiros das esquinas, com relatos de testemunhas oculares de todos os jogos da primeira divisão, mesmo os jogos

598

realizados nas distantes Stellenbosch e Somerset West, ao lado do placar das ligas menores, 2A e 2B, 3A e 3B.

Essa época acabou. O rúgbi de clubes está mal das pernas. Dá para sentir isso hoje, não apenas nas arquibancadas, mas no próprio campo. Deprimidos pelo esmagador espaço do estádio vazio, os jogadores parecem apenas cumprir os passos. Um ritual está morrendo diante dos olhos deles, um autêntico ritual pequeno-burguês sul-africano. Seus últimos devotos estão aqui reunidos hoje: velhos tristes como seu pai; filhos dedicados e sem graça como ele.

Começa a cair uma chuva fina. Ele abre o guarda-chuva sobre os dois. No campo, trinta e dois rapazes desanimados cambaleiam, disputando a bola molhada.

A preliminar é entre o Union, de azul-celeste, e o Gardens, de marrom e preto. O Union e o Gardens estão nos últimos lugares da tabela da primeira divisão e correm o risco de rebaixamento. Não costumava ser assim. Houve tempo em que o Gardens era uma força no rúgbi da Western Province. Em casa há uma fotografia emoldurada do terceiro time do Gardens, em 1938, com seu pai sentado na primeira fila, a camiseta listrada recém-lavada, o emblema do Gardens e o colarinho erguido elegantemente em torno das orelhas. Não fossem alguns acontecimentos imprevistos, a Segunda Guerra Mundial em particular, seu pai poderia até — quem sabe? — ter chegado ao segundo time.

Se velhas lealdades valessem, seu pai ia torcer para o Gardens contra o Union. Mas a verdade é que seu pai não se importa com quem vença, Gardens ou Union ou o são Jorge da lua. Na verdade, ele acha difícil identificar o que interessa a seu pai, no rúgbi ou em qualquer outra coisa. Se ele conseguisse resolver o mistério de o que no mundo seu pai deseja, talvez pudesse ser um filho melhor.

Toda a família de seu pai é assim — sem qualquer paixão que ele possa apontar. Eles parecem não se importar nem com dinheiro. Tudo o que querem é se dar bem com todo mundo e dar umas risadas no processo. No departamento risadas, ele é a última companhia de que seu pai precisa. Em risadas, ele é o último da classe. Um sujeito melancólico: deve ser assim que o mundo o vê, se é que já o tenha visto alguma vez. Um sujeito melancólico; um desmancha-prazeres; um chato de galochas.

E depois há a questão da música de seu pai. Quando Mussolini capitulou em 1944 e os alemães foram expulsos para o norte, as tropas aliadas que ocuparam a Itália, inclusive os sul-africanos, puderam relaxar brevemente e se divertir. Entre as recreações preparadas para os soldados houve apresentações grátis nos grandes teatros de ópera. Jovens dos Estados Unidos, da Grã-Bretanha e dos domínios britânicos remotos do além-mar, inteiramente ignorantes da ópera italiana, foram mergulhados na dramaticidade da *Tosca*, do *Barbeiro de Sevilha* ou de *Lucia di Lammermoor*. Só um punhado deles aderiu, mas seu pai estava nesse punhado. Criado com as baladas sentimentais inglesas e irlandesas, ele ficou arrebatado pelo luxo daquela nova música e assombrado com o espetáculo. Dia após dia, voltava para ver mais.

Então, quando o cabo Coetzee voltou à África do Sul ao final das hostilidades, foi com uma recém-descoberta paixão pela ópera. Ele cantava "La donna è mobile" no banho. *Figaro cá, Figaro lá*, ele cantava, *Figaro, Figaro, Fííígaro!* Ele saiu e comprou uma vitrola, a primeira da família; e tocava sem parar um disco de 78 rotações de Caruso cantando "sua mãozinha está gelada". Quando foram inventados os discos long-playing, ele comprou uma vitrola nova e melhor, e um álbum de Renata Tebaldi cantando as árias adoradas.

Assim, em seus anos de adolescente, havia duas escolas de música vocal em guerra uma com a outra dentro da casa: a italiana de seu pai, manifestada por Tebaldi e Tito Gobbi a plenos pulmões; e a germânica, a dele, baseada em Bach. Durante toda a tarde de domingo a casa era inundada pelos corais da missa em si menor; depois, à noite, quando Bach era por fim silenciado, seu pai servia-se de um copo de conhaque, punha Renata Tebaldi e sentava-se para ouvir melodias de verdade, canto de verdade.

Por sua sensualidade e decadência — era assim, aos dezesseis anos, que ele a via —, decidira que ia para sempre detestar e desprezar a ópera italiana. Que ele a pudesse desprezar simplesmente porque seu pai a adorava, que ele tivesse resolvido odiar e desprezar qualquer coisa no mundo de que seu pai gostasse, era uma possibilidade que ele não admitia.

Um dia, quando não havia ninguém perto, ele tirou o disco da Tebaldi da capa e com uma gilete fez um risco profundo na superfície.

Na noite de domingo, o pai pôs o disco. A cada giro a agulha pulava. "Quem fez isto aqui?", ele perguntou. Mas aparentemente ninguém tinha feito aquilo. Acontecera simplesmente.

Isso acabou com Tebaldi; agora Bach reinava incontestável.

Durante os últimos vinte anos, por esse ato perverso e mesquinho ele sentiu o mais amargo remorso, um remorso que não cedeu com a passagem do tempo; ao contrário, ficou mais agudo. Uma das primeiras coisas que fez ao voltar ao país foi revirar as lojas de discos em busca de uma gravação da Tebaldi. Embora não tenha conseguido encontrar, achou uma compilação em que ela cantava algumas daquelas mesmas árias. Levou o disco para casa e tocou de começo a fim, esperando atrair seu pai para fora do quarto como um caçador atrai um pássaro com seus apitos. Mas o pai não demonstrou nenhum interesse.

"Não reconhece a voz?", ele perguntou.

O pai balançou a cabeça.

"É Renata Tebaldi. Não lembra que o senhor gostava da Tebaldi antigamente?"

Ele se recusou a aceitar a derrota. Continuou esperando que um dia, quando ele não estivesse em casa, o pai colocasse o disco novo, incólume, na vitrola, servisse um copo de conhaque, sentasse em sua poltrona e se permitisse ser transportado para Roma, Milão, ou onde quer que fosse que, quando jovem, seus ouvidos tivessem se aberto à sensual beleza da voz humana. Ele queria que o peito do pai se enchesse daquela velha alegria; mesmo que só por uma hora, queria que ele revivesse aquela juventude perdida, esquecesse sua existência presente, esmagada e humilhada. Acima de tudo, queria que o pai o perdoasse. *Perdoe-me!*, ele queria gritar para o pai. *Perdoar? Nossa, perdoar o quê?*, ele queria ouvir o pai responder. Diante do que, se conseguisse juntar coragem, ele faria, afinal, uma confissão completa: *Perdoe-me por eu ter, deliberadamente e com maliciosa premeditação, riscado o seu disco da Tebaldi. E por mais, além disso, por tanto mais que levaria o dia inteiro para dizer. Por incontáveis atos de maldade. Pela maldade de coração onde se originaram esses atos. Em resumo, por tudo o que eu fiz desde o dia em que nasci e por ter com tanto sucesso transformado sua vida numa desgraça.*

Mas não, não havia nenhum indício, nem o mais mínimo, de que durante as ausências dele de casa Tebaldi tivesse sido libertada para cantar. Tebaldi havia, aparentemente, perdido seus encantos; ou então o pai estava fazendo um jogo terrível com ele. Assim como acontecera com seu pai em 1944, com o tempo o coração dele também começou a vibrar com Mimi. Assim como o grande arco ascendente da voz dela devia ter atraído a alma de seu pai, agora atraía também a dele, levando-o a juntar-se a ela em seu voo apaixonado, lá no alto.

O que houve de errado com ele esses anos todos? Por que não ouvira Verdi, Puccini? Tinha estado surdo? Ou a verdade é pior do que isso: será que ele, mesmo em rapaz, ouviu e reconheceu perfeitamente bem o apelo de Tebaldi e então, com uma afetação de lábios apertados ("não vou ceder!"), se recusou a dar atenção? *Abaixo Tebaldi, abaixo a Itália, abaixo a carne!* E se seu pai tinha de ir abaixo com a destruição geral, que fosse!

Do que acontece dentro de seu pai ele não faz a menor ideia. Seu pai não fala de si mesmo, não mantém um diário nem escreve cartas. Apenas uma vez, por acidente, a porta se abriu numa fresta. No suplemento Modo de Vida do *Argus* de fim de semana ele encontrou um teste de Sim-Não que seu pai havia preenchido e deixado por ali, um teste chamado "Seu Índice de Satisfação Pessoal". Diante da terceira pergunta — "Conheceu muitos membros do sexo oposto?" —, seu pai havia marcado o quadradinho de Não. "As relações com o sexo oposto foram uma fonte de satisfação para você?", dizia a quarta. Não, foi a resposta outra vez.

De vinte possibilidades, seu pai fez seis pontos. Um resultado de quinze ou mais, dizia o criador do Índice, um tal de dr. Ray Schwarz, Ph.D., autor de *Como ter sucesso na vida e no amor*, um guia para o desenvolvimento pessoal que era best-seller, indica que a pessoa viveu uma vida realizada. Um resultado de menos de dez, por outro lado, sugeria que ele ou ela precisava cultivar uma atitude mais positiva, para cujo fim filiar-se a um clube social ou tomar lições de dança de salão poderiam ser um primeiro passo.

Tema para desenvolver: seu pai e por que vive com ele. A reação das mulheres na vida dele (perplexidade).

Fragmento sem data

Pelas ondas do rádio vêm denúncias dos terroristas comunistas, e de seus camaradas incautos do Conselho Mundial das Igrejas. Os termos das denúncias podem mudar de dia para dia, mas o tom intimidatório não. É um tom conhecido por ele dos tempos de escola em Worcester, onde, uma vez por semana, todas as crianças, das mais novas às mais velhas, eram reunidas no saguão da escola para passar por lavagem cerebral. Tão conhecida é a voz que ao primeiro sopro um nojo visceral sobe dentro dele e ele pula para o botão de desligar.

Ele é produto de uma infância danificada, que ele há muito equacionou; o que o surpreende é que o pior dano se deu não na reclusão do lar, mas fora dali, na escola.

Ele andou lendo aqui e ali sobre teoria educacional, e nos escritos da escola calvinista holandesa começa a identificar o que há por baixo da forma de ensino que lhe foi administrada. O propósito da educação, dizem Abraham Kuyper e seus discípulos, é formar a criança como congregado, como cidadão, como futuro pai. É a palavra *formar* que o detém. Durante seus anos de escola em Worcester, seus professores, eles próprios formados por seguidores de Kuyper, trabalharam o tempo todo para formar a ele e aos outros meninos sob seus cuidados — dar-lhes forma como um artesão dá forma a um pote de barro —, enquanto ele, usando os meios reles, patéticos, desarticulados, que tinha a seu alcance, resistira a eles, resistira a eles como resiste a eles agora.

Mas por que havia resistido tão obstinadamente? De onde vinha aquela resistência dele, aquela recusa em aceitar que o fim último da educação devia ser formá-lo segundo alguma imagem predeterminada, que se assim não fosse não teria nenhuma forma, mas sim chafurdaria num estado de natureza, pagão, selvagem? Só pode haver uma resposta: o cerne de sua resistência, sua contrateoria ao kuyperismo, devia vir de sua mãe. De uma forma ou de outra, fosse por sua própria criação como filha da filha de um missionário evangélico, ou, mais provavelmente, pelo único ano que passou na universidade, um ano do qual ela emergiu com nada mais que um diploma permitindo que desse aulas em escolas primárias, ela devia ter captado um ideal alternativo de educador e da tarefa do educador, e então, de alguma forma, impresso esse ideal em seus filhos. A tarefa do educador, segundo sua mãe, devia ser identificar e alimentar os talentos naturais da criança, os talentos com que a criança nasceu e que tornam cada criança única. Se a criança fosse uma planta, o educador devia alimentar as raízes da planta e observar seu crescimento, em vez de — como pregavam os kuyperianos — podar seus ramos e dar-lhes forma.

Mas que base tem ele para pensar que ao criar a ele — a ele e a seu irmão — sua mãe seguia alguma teoria? Por que a verdade não podia ser que sua mãe havia deixado que os dois crescessem chafurdando na selvageria, simplesmente porque ela própria havia crescido na selvageria — ela e seus irmãos e irmãs na fazenda no Cabo Leste onde haviam nascido? A resposta é dada por nomes que ele pesca nos recessos da memória: Montessori; Rudolf Steiner. Nomes que não significavam nada quando ele os ouvia em criança. Mas agora, nas suas leituras sobre educação, ele cruza com eles de novo. Montessori, o método Montessori: então por isso é que ele ganhava blocos para brincar, blocos de madeira que de início ele jogava para cá e para lá no quarto, achando que era para isso que serviam, que depois passara a empilhar um sobre o outro até a torre (sempre uma torre!) desmoronar e ele uivar de frustração.

Blocos para construir castelos e massinha para fazer animais (massinha que, de início, ele tentara mastigar); e depois, antes que ele estivesse pronto para isso, um conjunto Meccano de peças metálicas planas, barras, parafusos, polias e cavilhas.

Meu pequeno arquiteto; meu pequeno engenheiro. Sua mãe partiu do mundo antes que ficasse incontrovertivelmente claro que ele não iria ser nenhuma dessas duas coisas e, portanto, que os blocos e o conjunto Meccano não tinham feito a sua mágica, talvez nem a massinha (*Meu pequeno escultor*). Será que sua mãe pensava: *Terá sido um grande erro, o método Montessori?*. Será que ela, em momentos mais sombrios, pensava consigo mesma: *Eu devia ter deixado que aqueles calvinistas formassem meu filho, nunca devia ter dado força à sua resistência?*

Se tivessem conseguido formá-lo, aqueles professores de Worcester, ele teria muito provavelmente se tornado um deles, patrulhando fileiras de crianças silenciosas com uma régua na mão, batendo nas carteiras ao passar para lembrá-las quem estava no comando. E no fim do dia ele teria uma família kuyperiana para a qual voltar, uma esposa bem formada e obediente, crianças obedientes — uma família e um lar dentro de uma comunidade dentro de uma terra natal. Em vez disso ele tinha... o quê? Um pai para cuidar, um pai não muito bom em cuidar de si mesmo, que fumava um pouco em segredo, bebia um pouco em segredo, com uma visão da vida doméstica conjunta deles dois sem dúvida diferente da dele: a visão, por exemplo, que coubera a ele, o pai sem sorte, cuidar do filho adulto, uma vez que o filho não era muito bom em cuidar de si mesmo, como ficava bem evidente por sua história recente.

A desenvolver: sua própria teoria educacional, cultivada em casa, suas raízes em (a) Platão e (b) Freud, seus elementos (a) disciplinarismo (o aluno aspirar ser igual ao professor) e (b) idealismo ético (o professor se esforçar para ser digno do aluno), seus perigos (a) vaidade (o professor gozar a veneração do aluno) e (b) sexo (relação corporal como atalho para o conhecimento).

Sua comprovada incompetência em assuntos do coração; transferência (de estilo freudiano) em classe e seus repetidos fracassos em lidar com ela.

Fragmento sem data

Seu pai trabalha como contador em uma empresa que importa e vende peças para carros japoneses. Como a maior parte dessas peças não é fabricada no Japão, mas em Taiwan, na Coreia do Sul, ou mesmo na Tailândia, não podem ser chamadas de peças originais. Por outro lado, como não vêm em embalagens de manufatura falsificadas, mas anunciam (em letras pequenas) seu país de origem, não são peças piratas também.

Os donos da empresa são dois irmãos, agora no fim da meia-idade, que falam inglês com sotaque da Europa oriental e fingem ser inermes de africânder embora tenham de fato nascido em Port Elizabeth e entendam o africânder das ruas perfeitamente bem. Eles empregam cinco pessoas: três balconistas, um contador e uma assistente de contador. O contador e sua assistente têm um cubículo de madeira e vidro, próprio para isolá-los da atividade em torno. Quanto aos balconistas, passam a maior parte do tempo indo e voltando entre o balcão e as prateleiras de peças de automóvel que se estendem até os recessos escuros da loja. O balconista chefe, Cedric, está com eles desde o começo. Por mais obscura que seja a peça — uma capa de ventoinha para triciclo Suzuki de 1968, uma escova de pino mestre para caminhão Impact de cinco toneladas —, Cedric saberá infalivelmente onde encontrar.

Uma vez por ano, a firma passa por um balanço, durante o qual cada peça comprada ou vendida, até a última porca e parafuso, é inventariada. É um trabalho e tanto: a maior parte dos comerciantes fecharia as portas enquanto durasse. Mas a Acme Auto Peças chegou aonde chegou, dizem os irmãos, ficando aberta das oito da manhã às cinco da tarde cinco dias por semana, e das oito da manhã à uma da tarde aos sábados, chova ou faça sol, cinquenta e duas semanas por ano, com exceção do Natal e do Ano-Novo. Portanto, o balanço tem de ser feito fora do horário de funcionamento.

Como contador, seu pai está no centro das operações. Durante o período de balanço, ele sacrifica a hora do almoço e trabalha até tarde da noite. Trabalha sozinho, sem ajuda: trabalhar horas extras e, portanto, pegar o trem tarde para casa, é uma coisa que nem a sra. Noerdien, assistente de seu pai, nem mesmo os balconistas estão dispostos a fazer. Andar de trem depois que escureceu ficou muito perigoso, dizem: muita gente que viaja para trabalhar está sendo atacada e roubada. Então, na hora de fechar são só os irmãos, em seu escritório, e seu pai, no cubículo, que ficam para trás, debruçados sobre documentos e livros-caixa.

"Se a sra. Noerdien ficasse ao menos uma hora extra por dia", diz seu pai, "nós terminávamos num minuto. Eu podia ir lendo os valores e ela conferindo. Fazer sozinho é impossível."

O pai dele não é contador habilitado; mas durante os anos que passou praticando advocacia, aprendeu ao menos os rudimentos. É contador dos irmãos há doze anos, desde que desistiu de advogar. Os irmãos, deve-se presumir — a Cidade do Cabo não é uma cidade grande —, têm consciência de seu passado variegado na carreira jurídica. Têm consciência disso e portanto — deve-se presumir — ficam de olho nele, para o caso, mesmo tão perto da aposentadoria, de ele pensar em tentar enganá-los.

"Se o senhor puder trazer os livros-caixa para casa", ele sugere ao pai, "eu poderia dar uma força na conferência."

O pai balança a cabeça e ele adivinha por quê. Quando seu

pai se refere aos livros, ele o faz em voz baixa, como se fossem livros sagrados, como se mantê-los em dia fosse uma função sacerdotal. Manter livros-caixa, a atitude dele parece sugerir, é mais do que aplicar matemática elementar a colunas de números.

"Acho que não posso trazer os livros para casa", seu pai diz. "Não no trem. Os irmãos não iam permitir."

Ele pode entender isso. O que seria da Acme se seu pai fosse assaltado e os livros sagrados roubados?

"Então vou à cidade no fim do dia, na hora de fechar e substituir a sra. Noerdien. Nós dois podemos trabalhar juntos das cinco até as oito, digamos."

O pai se cala.

"Eu só ajudo a conferir", ele diz. "Se aparecer alguma coisa confidencial, prometo que não olho."

Na hora que ele chega para sua primeira tarefa, a sra. Noerdien e os balconistas já foram para casa. Ele é apresentado aos irmãos. "Meu filho John", diz seu pai, "que se ofereceu para me ajudar a conferir."

Ele aperta a mão deles: sr. Rodney Silverman, sr. Barrett Silverman.

"Não sei se podemos acrescentar você na folha de pagamento, John", diz o sr. Rodney. Vira-se para o irmão. "O que você acha que é mais caro, Barrett, um ph.D. ou um CA? Talvez a gente precise fazer um empréstimo."

Todos riem da piada. Depois, oferecem-lhe um valor. É exatamente o mesmo valor que ganhava como estudante, dezesseis anos atrás, para copiar dados familiares para cartões no censo municipal.

Ele se instala com o pai no cubículo de vidro dos contadores. A tarefa que têm pela frente é simples. Têm que examinar pasta após pasta de faturas, confirmar que os valores foram transcritos corretamente para os livros e para o registro bancário, marcando um a um com lápis vermelho, conferir a soma ao pé da página.

Eles se põem a trabalhar e fazem um bom progresso. A cada mil entradas, encontram um erro, insignificantes cinco centavos a mais ou a menos. No mais, os livros estão em ordem exemplar. Assim como clérigos sem batina revelam-se os melhores leitores de provas, também advogados sem banca revelam-se bons contadores — advogados sem banca ajudados, se preciso for, por seus filhos com elevada educação e sem emprego.

No dia seguinte, a caminho da Acme, ele é colhido por uma pancada de chuva. Chega encharcado. O vidro do cubículo está embaçado; ele entra sem bater. Seu pai está curvado sobre a escrivaninha. Há uma segunda presença no cubículo, uma mulher, jovem, olhos de gazela, curvada suavemente, no momento de vestir a capa.

Ele para no meio do passo, fascinado.

O pai levanta-se da cadeira. "Sra. Noerdien, este é meu filho John."

A sra. Noerdien evita o olhar dele, não estende a mão. "Estou indo agora", ela diz em voz baixa, dirigindo-se não a ele, mas ao pai.

Uma hora depois, os irmãos também vão embora. O pai põe a chaleira para ferver e faz café. Página por página, coluna por coluna, eles tocam o trabalho, até as dez da noite, até seu pai estar piscando de cansaço.

A chuva parou. Pela rua Riebeeck deserta eles vão até a estação: dois homens, fisicamente mais ou menos aptos, estão mais seguros à noite do que um homem sozinho, muito mais seguros do que uma mulher sozinha.

"Há quanto tempo a sra. Noerdien trabalha com vocês?", ele pergunta.

"Ela entrou em fevereiro."

Ele espera mais. Não há mais. Há muitas coisas que pode perguntar. Por exemplo: como é que a sra. Noerdien, que usa um lenço na cabeça e deve ser muçulmana, acabou trabalhando para uma empresa judia, empresa onde não há nenhum parente homem para ficar de olho e protegê-la?

"Ela é boa no que faz? É eficiente?"

"Muito boa. Muito meticulosa."

De novo, ele espera mais. De novo, é só isso.

A pergunta que ele não consegue fazer: que efeito tem sobre o coração de um velho solitário como o senhor ficar sentado, dia após dia, num cubículo não maior que muitas celas de prisão, lado a lado com uma mulher que não só é boa em seu trabalho e tão meticulosa quanto a sra. Noerdien, mas também tão feminina?

Porque essa é a impressão mais forte que leva de seu breve encontro com a sra. Noerdien. Ele acha que é feminina porque não tem outra palavra melhor: o feminino, uma rarefação da fêmea, a ponto de se tornar espírito. Casado com uma tal mulher, o que seria necessário para um homem atravessar todos os dias o espaço entre os picos exaltados do feminino para o corpo terreno da fêmea? Ir para a cama com um ser daqueles, abraçá-la, sentir seu cheiro, seu gosto — que efeito teria isso sobre a alma? E estar ao lado dela o dia inteiro, cônscio de seu menor movimento: será que a triste resposta de seu pai ao teste de estilo de vida do dr. Schwarz — "As relações com o sexo oposto têm sido fonte de satisfação para você?" — "Não" — tem alguma coisa a ver com estar cara a cara, no inverno da vida, com uma beleza que ele nunca conheceu antes e nunca poderá esperar possuir?

Questão: Por que perguntar se seu pai está apaixonado pela sra. Noerdien, quando muito evidentemente ele é que se apaixonou por ela?

Fragmento sem data
Ideia para uma história

Um homem, um escritor, mantém um diário. Nele anota pensamentos, ideias, acontecimentos significativos.

As coisas viram para o pior em sua vida. "Dia ruim", ele escreve no diário, sem elaboração. "Dia ruim... dia ruim", ele escreve, dia após dia.

Cansado de chamar cada dia de dia ruim, ele decide simplesmente marcar os dias ruins com um asterisco, como algumas pessoas (mulheres) marcam com uma cruz vermelha os dias em que vão menstruar, ou como outras pessoas (homens, mulherengos) marcam com um X os dias em que obtiveram algum êxito.

Os dias ruins se acumulam; os asteriscos se multiplicam como a praga das moscas.

A poesia, se ele conseguisse escrever poesia, podia levá-lo à raiz do mal-estar, esse mal-estar que brota na forma de asteriscos. Mas a primavera da poesia nele parece ter secado.

Pode recorrer à prosa. Em teoria, a prosa pode ter a mesma mágica purificadora que a poesia. Mas ele tem dúvidas a respeito. A prosa, em sua experiência, pede muito mais palavras do que a poesia. Não faz sentido embarcar numa aventura em prosa se a pessoa não tem a segurança de que vai estar vivo no dia seguinte para prosseguir a tarefa.

Ele brinca com ideias assim — a ideia de poesia, a ideia de prosa — como meio de não escrever.

Nas páginas de trás de seu diário, ele faz uma lista. Uma delas tem como título *Modos de acabar consigo mesmo*. Na coluna da esquerda ele lista *Métodos*, na coluna da direita, *Desvantagens*.

Dos modos de acabar consigo mesmo que ele arrolou, o favorito, depois de madura consideração, é afogamento, o que quer dirigir até Fish Hoek uma noite, estacionar perto do fim deserto da praia, tirar a roupa no carro, vestir sunga (para quê?), atravessar a areia (terá de ser uma noite de luar), enfrentar as ondas, dar braçadas no escuro, nadar até esgotar sua resistência física, depois deixar o destino tomar o seu curso.

Todo seu relacionamento com o mundo parece ocorrer através de uma membrana. Como a membrana está ali, a fertilização (de si mesmo pelo mundo) não ocorre. É uma metáfora interessante, cheia de potencial, mas não o leva a lugar nenhum que ele possa enxergar.

Fragmento sem data

Seu pai cresceu numa fazenda no Karoo bebendo água artesiana com alta taxa de flúor. O flúor deixou o esmalte de seus dentes marrom e duro como pedra. Ele se gabava de nunca ter precisado ir ao dentista. Depois, na meia-idade, seus dentes começaram a apodrecer, um após outro, e ele extraiu todos.

Agora, aos sessenta e poucos anos, sua gengiva lhe causa problemas. Formam-se abscessos que não cicatrizam. A garganta está infeccionada. Sente dor ao engolir, ao falar.

Ele primeiro vai ao dentista, depois a um especialista em ouvido, nariz e garganta que o manda para o raio X. O raio X revela um tumor canceroso na laringe. Aconselham que se submeta a cirurgia urgentemente.

Ele visita o pai na ala masculina do Groote Schuur Hospital. Ele está usando o pijama do hospital e seus olhos estão assustados. Dentro do paletó largo demais ele parece um passarinho, todo pele e ossos.

"É uma operação de rotina", ele garante ao pai. "O senhor vai sair dentro de poucos dias."

"Você explica aos irmãos?", o pai sussurra com dolorosa lentidão.

"Eu telefono para eles."

"A sra. Noerdien é muito capacitada."

"Tenho certeza de que a sra. Noerdien é muito capacitada. Tenho certeza de que ela vai se virar até o senhor voltar."

Não há mais nada a dizer. Ele podia estender a mão e pegar a mão do pai, ficar segurando, para confortá-lo, para mostrar que ele não está sozinho, que ele é amado e querido. Mas não faz isso. Salvo no caso de crianças pequenas, crianças ainda não em idade de ser formadas, não é uso na família deles uma pessoa estender a mão e tocar outra. E isso não é o pior. Se naquela situação extrema ele ignorasse a prática familiar e pegasse a mão de seu pai, o que esse gesto iria sugerir seria verdadeiro? Seu pai é verdadeiramente amado e querido? Seu pai não está verdadeiramente sozinho?

Ele faz uma longa caminhada, do hospital até a avenida Principal, depois pela avenida Principal até Newlands. O vento sudoeste está uivando, levantando lixo da sarjeta. Ele anda depressa, consciente do vigor de seus membros, da firmeza das batidas de seu coração. O ar do hospital ainda está em seus pulmões: ele tem de expelir, de se livrar daquilo.

Quando chega à ala masculina no dia seguinte, seu pai está deitado de costas, o peito e a garganta enfaixados, com tubos saindo para fora. Parece um cadáver, o cadáver de um velho.

Ele se preparou para o espetáculo. A laringe, que tinha o tumor, teve de ser extirpada, diz o cirurgião, não havia como evitar. Seu pai não vai mais ser capaz de falar de um jeito normal. Porém, a seu tempo, quando a lesão tiver cicatrizado, ele receberá uma prótese que permitirá um certo tipo de comunicação vocal. A tarefa mais urgente é certificar-se de que o câncer não se espalhou, o que quer dizer mais exames, mais radioterapia.

"Meu pai sabe disso?", ele pergunta ao cirurgião. "Ele sabe o que está à espera dele?"

"Eu tentei informar", disse o cirurgião, "mas não tenho certeza do quanto ele absorveu. Está em estado de choque. O que é de esperar, claro."

Ele para sobre a figura na cama. "Telefonei para a Acme", diz. "Falei com os irmãos e expliquei a situação."

O pai abre os olhos. Geralmente, ele é cético sobre a capacidade das órbitas oculares expressarem sentimentos complexos, mas dessa vez fica abalado. O olhar que seu pai lhe dá fala de absoluta indiferença: indiferença por ele, indiferença pela Acme Auto, indiferença por tudo que não o destino de sua própria alma na perspectiva da eternidade.

"Os irmãos mandam seus melhores votos", ele continua. "De uma rápida recuperação. Disseram para o senhor não se preocupar, que a sra. Noerdien vai defender o forte até que o senhor esteja pronto para voltar."

É verdade. Os irmãos, ou o irmão com quem ele falou, não podiam ter sido mais solícitos. Seu contador pode não ser da mesma crença, mas os irmãos não são gente fria. "Uma joia" — foi isso que o irmão em questão disse de seu pai. "Seu pai é uma joia, o emprego estará sempre à espera dele."

Claro que é uma ficção, tudo. Seu pai nunca vai voltar a trabalhar. Dentro de uma semana, ou duas, ou três, vai ser mandado para casa, curado ou semicurado, para começar a próxima fase, a fase final de sua vida, durante a qual o seu pão de cada dia dependerá da caridade do Fundo de Benefícios da Indústria Automotiva, do Estado sul-africano, através do Departamento de Pensões, e da família que sobreviveu a ele.

"Quer que eu traga alguma coisa para o senhor?", ele pergunta.

Seu pai faz minúsculos movimentos de escrever com a mão esquerda, cujas unhas, ele nota, não estão limpas. "Quer escrever?", pergunta. Ele tira o diário de bolso, abre na página de *Números de telefone* e estende a ele com uma caneta.

Os dedos param de se mexer, os olhos perdem o foco.

"Não sei o que quer dizer", diz ele. "Tente de novo e me diga o que quer."

Devagar, seu pai balança a cabeça da esquerda para a direita.

Nas mesinhas ao lado das outras camas da ala há vasos de flores, revistas, em alguns casos fotografias emolduradas. A mesinha ao lado da cama do pai está vazia a não ser por um copo de água.

"Eu tenho de ir agora", ele diz. "Tenho de dar uma aula."

Num quiosque perto da entrada ele compra um pacote de balas de chupar e volta para o lado da cama do pai. "Comprei isto para o senhor", ele diz. "Para ficar na boca se ficar com a boca seca."

Duas semanas depois, o pai volta para casa numa ambulância. É capaz de andar arrastando os pés com ajuda de uma bengala. Segue da porta da frente até seu quarto e se tranca.

Um dos homens da ambulância entrega a ele uma folha de instruções mimeografadas intitulada *Laringectomia — Cuidados com o paciente* e um cartão com os horários em que a clínica está aberta. Ele dá uma olhada na folha. Há um contorno de uma cabeça humana desenhado com um círculo escuro abaixo da garganta. *Cuidados com a lesão*, diz.

Ele recua. "Não posso fazer isso", diz. Os homens da ambulância trocam olhares, dão de ombros. Não têm nada a ver com isso, cuidar da lesão, cuidar do paciente. O negócio deles é levar o paciente para seu local de residência. Depois disso, é com o paciente, ou com a família do paciente, ou então com ninguém.

Antes, ele, John, tinha pouco o que fazer. Agora isso está para mudar. Agora ele terá mais para fazer do que poderá dar conta, muito, e ainda mais. Vai ter de abandonar alguns de seus projetos e ser enfermeiro. A alternativa, se ele não quiser ser enfermeiro, será anunciar a seu pai: *Não posso encarar a perspectiva de cuidar do senhor dia e noite. Vou abandonar o senhor. Até logo.* Um ou outro: não há um terceiro caminho.

ESTA OBRA FOI COMPOSTA EM ELECTRA PELA VERBA EDITORIAL
E IMPRESSA PELA GRÁFICA PAYM SOBRE PAPEL PÓLEN NATURAL DA
SUZANO S.A. PARA A EDITORA SCHWARCZ EM JANEIRO DE 2025

A marca FSC® é a garantia de que a madeira utilizada na fabricação do papel deste livro provém de florestas que foram gerenciadas de maneira ambientalmente correta, socialmente justa e economicamente viável, além de outras fontes de origem controlada.